我思う故に言あり

江畑哲男の川柳美学

Ware omou
yueni genari

Ebata Tetsuo
Senryu bigaku

新葉館出版

我思う故に言あり■目次

V 2006

2007

VI

VII 2008

我思う故に言あり

I

2002

生涯学習社会

05

2002

ある予言。

「これからの社会の変化は、これまで我々が経験したことのない速さで、かつ大きなものとなる」。

続けてその予言は言う。「国際化、情報化の進展と科学技術の発展、地球環境問題、エネルギー問題への取組の必要性、少子及び高齢社会の対応」などが求められる、と。

政治家の演説ではない。第十五期の中央教育審議会第一次答申である。平成八年七月のこと。

そもそも学校というのは、「不易と流行」という分け方で言えば、不易を追求してきた存在である。すなわち、流行や目先の利益などにとらわれず、永遠の真理を追究するという、いわば「旧態依然」たる存在が学校であった。ついでのことながら、中教審でもよく使われた「不易流行」なる語は俳諧用語である。このことは案外知られていない。『俳文学大辞典』（角川書店）によれば、「元禄二年（一六八九）芭蕉が門人間に説いた蕉風俳諧の根本理念。不易とは永遠不変、流行とは刻々の変化を意味し、両者は実に同一で、ともに風雅の誠に基づくものだという」。閑話休題。

その学校がいま変わりつつある。

平成十四年四月、ついに学校完全週五日制が実施された。学制が公布されたのが明治五年（一八七二）のことだから、ちょうど一三〇年を経て五日制に移行したことになる。一三〇年来、無かった大きな変革と言っても過言ではなかろう。学校五日制をめぐる諸問題については、『ぬかる道』二〇〇一年六月号の巻頭言「学力低下論争」（本書四一二ページ）に詳しいのでご参照願いたい。今回の完全五日制に移行するまでには、一〇年余の歳月を要した。改めて年表式に整理してみる。

一九八六年四月、臨時教育審議会が「社会のすう勢を考慮し、学校の週五日制への移行を検討」と提言。九二年五月、国家公務員の完全週五日制開始。同年九月、月一回（第二土曜日）の学校五日制開始。九五年四月、学校五日制が月二回に（第四土曜日を加える）。九八年二月学校五日制の前倒しを文部省（当時）が決定。〇二年四月、学校完全週五日制スタート。

学校五日制への模索が始まった頃、ＰＴＡの懇親会でのこんなエピソードがある。「土曜日に亭主と息子が家にゴロゴロされたんじゃたまんないわ。センセイ、何とか学校で面倒見てくれませんか」と。部活動に参加していない、「帰宅部」の生徒の母親の本音であった。「冗談じゃない。高校は保育所ではないのですよ」。教師側も本音を返して、お互いに苦笑した。まいにち川柳に「妻として週休二日喜ばず」という句があったのを思い出しながら。

さて、五日制スタート目前の三月十九日。同日付け千葉日報に、寺脇研生涯学習局審議官のインタビュー記事が掲載された。五日制に関わる種々の疑問に答える形で。寺脇研氏と言えば、巷間「ミスター文部（科学）省」と呼ばれるお方だ。記事によれば、「学校五日制ではっきりしておきたいのは『子どもが週休二日になるという考え方は違いますよ』ということ。家庭や地域社会でご飯を食べ、泣いて、笑って、騒いで生きる子どもの七日間は、学校があろうとなかろうと、ある」。

なるほどと思った。要するに学校が受け持つ週五日以外の部分は、親子の自由裁量の時間だということなのだ。登校日以外の日々をどう過ごすかという選択肢が広がったと考えるべきなのかも知れぬ。自ら課題を見つける「総合学習」が教育課程に位置づけられ、「生きる力の育成」が強調される所以である。

話は飛躍する。学校五日制ならぬ、週休二日制を大人たちはどう過ごしてきたのだろうか。さらに、定年後の自由時間を当事者はどう過ごしているのだろうか。

ここに興味深い統計がある。「文部広報」一〇〇〇号（平成一〇年十一月二四日号）掲載のデータ・学習人口の現状によれば、全日制高校生四一五万人に対して、教育委員会、公民館、青少年教育施設等が開設する学級・講座の受講者は一五三五万人にのぼるそうな。高校生の約四倍だ。まさしく「生涯学習社会」である。少子高齢社会は、学習人口の逆転現象をさらに加速するに違いない。川柳普及に向けたテーマはこんなところにも存在する。新設の初代幹事長・大戸和興さんも、やがて定年を迎える「団塊の世代」層へのアプローチ案をユニークな発想で温めていると伺っている。

さてさて、この春の話題は賑やかだった。早咲きの桜、星野阪神の開幕からの快進撃（四月十二日現在）、ペイオフの解禁、などなど。川柳界では、東葛川柳会の代表交替も話題となった。それにしても、六七歳の若さで代表の座を退く決断をした今川乱魚最高顧問の「勇気」は類例を見ない。改めて敬意を表させていただく。何はともあれ、新しい執行部の仕事は引き継ぎの汗をかくことから始まった。ご支援を切に乞う。

十有五而志于學

06

2002

東葛川柳会の新年度が始まった。十五年目の新年度である。もう何度も今川乱魚前代表がこの欄にも書いているように、当会スタッフの交代があったが、おかげさまで順調に引き継ぎが進んでいる。代表が交代しても、別に太陽が西から昇る訳ではなく、ましてコペルニクス的な転回があった訳でもない。ともかく、会友の皆さんのご期待に応えること。このことをまず念頭に置いて、ますます明るく楽しい会になるよう、会の運営に心を砕いている。

関東川柳界の某ベテラン氏が、当会のスタッフ交代劇を評して「きわめて自然な流れだね」と言う。当事者には案外見えにくいものだが、そんな評価が一般的なのだろうか。かも知れない。

その一方で変わって欲しいという期待感もあろう。どんなに良いものであってもマンネリは嫌われる。私自身も当会発足以来、事務局長や副代表を務め、編集・会計・句会・渉外など会務全般に携わってきた。その立場から言わせていただくならば、いま東葛川柳会は組織の充実が求められている。所帯が大きくなり、会友の皆さんのご期待に応えようとすればするほど、それに応える会の体制作り・組織化が肝要だと思う。所詮、組織というものは一人では何もできぬもの。まして、趣味の会であればなおさらのことだ。会の財政と運営はすべてボランティアによって支えられている。なればこそ、一人ひとりの創意工夫をどう活かすか。組織の充実と活性化はどう図ったらよいか、……。

具体論に入ろう。右の具体化として、この四月から維持会員制度を導入させていただいた。趣旨については『ぬかる道』五月号二六ページをご参照いただきたい。要は、発足以来あまり手がけずにきた会の安定基盤の確立を、財政的な面からお願いしようというのである。他の川柳会で一般に取り入れられている同人制(同人費)などを思い浮かべていただければ分かりやすい。この種の話題はこれまでにも何度かあった。

例えば、東葛川柳会一〇周年大会時における乱魚代表の挨拶。「財政基盤を確立して新たな発展の地歩を築きたい」と強調していた。しかし、忙しさに取り紛れて実現できなかった。今回、維持会員のお知らせ文書を作成してお願いしたところ、この長期不況下に四月末現在で四〇名を越える方々のご賛同が得られた。改めて心から御礼申し上げたい。また、維持会員の資格は「当会の活動に理解をお持ちの方ならどなたでも結構です」とし、会友・幹事に限定しなかった。そこが東葛らしいと言えば、らしい。

二番目は、企画会議の設置である。幹事会の組織と活動についてはー般会友に見えにくい面があろうが、ともかく東葛川柳会の元気で前向きな仕事ぶりはかなり知られるようになった。そうした事業の推進力になっているのが当会幹事団の存在である。これまでも年に数回幹事会を開いてそのつど仕事の分担をしてきたが、必ずしも機能的ではなかった。今回会則を改正し(『ぬかる道』五月号表紙2参照)、正副幹事長や部長をお願いしたことを期に、企画会議を開いて各セクション間の連絡・調整機能を密にすることを考えた。むろん幹事会もおろそかにはしない。諸会議の要には、大戸和興幹事長が座って采配を振るう。組織の手直しにはとかく戸惑いが伴うものではあるが、和興幹事長は本職で培ったノウハウと知識・経験・人柄を活かして事に当たってくれている。心強い。

さて、その企画会議が十五周年に向かって動き出した。まずは、十五周年の記念大会の日程から。十一月二日(土)を、今からご予定いただきたい。次に、出版物。今回はユーモアを柱にした本にしようと早くから松尾仙影編集長が意欲を燃やしている。会友の参加による合同句集の要素にプラスして、全国の有名作家の招待席を設けよう。一〇年を閲した乱魚ユーモア賞のまとめも入れよう。平成九年刊行の『贈る言葉』以来の東葛の講演録も収録しよう。旧「プラスの会※」での講演も収録可能だ。そんな構想が話し合われ、東葛十五年の節目にふさわしい意義ある出版物が出来上がりそうだ。この企画会議にはユーモア句集を上梓したばかりの乱魚最高顧問も出席して、知恵も汗も出していただいている。有り難いことだ。当日のイベントは、大木俊秀・佐藤良子の両氏を乱魚顧問が相手にするトークを企画した。この組み合わせも楽しみだ。お祭りに付きものの会計上の不安は、前述の財政基盤の確立で少しは拭えるか。いずれにしろ、楽しいお祭りになりそうだ。ほかに、応募方法や『川柳マガジン』との関わりなど書かねばならぬことがあるが、詳細別紙にてなるべく早く皆さんにお知らせしていきたい。

それにしても十五年。孔子の言葉を借りれば、「我十有五而志于學」の秋(とき)になる。どうせ勉強するなら楽しくしたいものだ。十五年に思いを馳せて、改めて前進の好機としよう。皆さんと志を共にしながら。

大会模様

07

2002

神戸の朝焼けは美しかった。

ちょっと奮発してキープした高層ホテルからの山の朝焼けが、じつに壮観だった。日本の山の美しさを再認識した思いでもある。占いの類を一切信じない小生ではあるが、「今日はきっと良い日になるゾ」――そんな予感がしていた。果たして予感どおりの五月十二日(日)になった。

五月十二日(日)第十三回時の川柳社交歓川柳大会。このため、新神戸に前泊。時の川柳社主幹の小松原爽介先生から講演を依頼されたのは、その半年ほど前。この間、必要な連絡を爽介先生自身から手紙や電話でいただいていた。先生は、どちらかと言えば不言実行タイプなのだろうか。そんな風にお見受けした。それでも、お礼状等は読みやすい達筆で書いてこられる。

例えばこうである。

「……先日は講演原稿わざわざ速達でお送り下さいまして有り難うございました。厚く御礼申し上げます。誤字脱字の無いのにはさすがと感服致しました。皆さんからいいお話だったと好評でしたが、私は全然聞いておりませんでしたので、熟読させて頂きました。裏方をつとめておられた方も喜

※東葛川柳会幹事の勉強会(H8年10月～H12年10月)。

んで貰えると思っています……」。

無駄のない内容、若い私にも丁寧な文面。主幹のあり方を学んだ思いでもあった。

さて大会当日。演題は「ジュニア川柳の魅力」。講演時間は六〇分。講演に熱が入ると、会場が応えてくれた。子どもの変化・学校の変化にはエピソードを多く交えた。現役教師の強みの一つは、エピソードに困らないことだ。用意した資料以外の話も会場の反応を見ながら取り入れた。話が亡母入院時のエピソードに及んだ時、つい涙ぐんでしまったら、会場からも貰い泣きが聞こえた。嬉しかったし、有り難かった。折しもこの日は母の日であった。

戸惑ったこともある。入選句披講時の二回読みが、いわゆる番傘方式とは違っていたこと。エスカレーターの右側は、関東では急ぐ人のために空けておくが、関西ではその逆であること。帰って慌ただしく公務に復帰したが、心地よい疲れと満足感が残った。

さて、夏の大会シーズンがやってきた。ふと手帳を捲ってみたら、夏に川柳大会が多いことに気づいた。「文化の秋」というから、大会や文化祭は何となく秋というイメージがつきまとっていたので、意外だった。

六月九日(日)には全日本川柳大会が沖縄の地で開かれた。慣れない大会運営に戸惑いも見られたが、みな待望の沖縄大会ゆえ寛大だった。選者の太田紀伊子当会幹事は着物姿で登壇し、よく通る声で披講と講評を述べた。以下、七月七日(日)に六月三〇日(日)石川県根上町のNHK学園川柳大会、二〇日(祝)は、日立の海観光川柳大会と神奈川県川柳人協会川柳大会が重なる。さらに、八月十八日(日)雀郎まつり川柳大会と続く。いずれも『ぬかる道』インフォメーション欄に掲載されているので、会友の皆さんのご参加を願えれば幸いだ。

大会の歴史もさまざまである。長い伝統を有する大会あり、またその逆もあり。大会というお祭りを企画するには、配慮事項が幾つかある。その第一は、お客さんにたくさん集まっていただくこと。よそのお祭り日と重なったりせず、集まりやすい日にちを設定し、交通至便な会場を選定する。次はイベントと選者。これまたお客さんを呼ぶ大事な要素だ。最後に、収支の問題がある。極端な赤字にならぬよう各吟社とも悩んでいるところではあろうが、一般には公表しづらいし、見えにくい課題でもある。陰で、一部幹部だけが苦労を抱えこむという例が少なくない。

こうした大会模様に少し変化が表れた。大会の平日開催が散見されるようになったのである。十五年前、東葛川柳会が土曜日を句会日に持ってきた時、当時としてはなかなか斬新な発想であった。学校はまだ五日制になっていなかったし、金融機関も開いていた頃の土曜日開催である。その後、土曜に句会を催す吟社は年ごとに増え、大会もそれにつれて土曜開催が増加した。祝日も生まれるたびに大会日として狙われてきた。

　平日開催のお祭りとしては、三月二〇日(水)の西村在我追悼句会が始まりだったろうか。翌日が祝日(春分の日)なので、印刷ミスではないかと主催者に電話で確かめたが、違った。現役リタイア組に影響はなかったが、影響がないという事実も逆に寂しい気がする。

　今年はさらに、十一月七日(木)松戸川柳大会、二九日(金)白帆吟社五五周年大会と、平日開催が続く。聞けば、いずれも会場確保がネックだったらしい。

　夏の大会であえて一つ書き残した。老舗の川柳研究社の大会である。開催日は七月二一日(日)。創設者・川上三太郎三五年忌を区切りと考えて今回企画したというお話を、西來みわ編集長から伺った。六大家の一人・川上三太郎を知らない世代へのアピールを込めて、三太郎の小冊子を記念品として発行すべく準備を進めていると言う。お祭り気分が先行する傾向にあって、ポリシーの感じられる楽しみな企画である。

芽吹くジュニア川柳

08

2002

　六月末、妻の実家の不幸から戻ると、職場の机の上には文書が溜まっていた。その中に、おやと思ったものが二通ある。

一通は、「第一回耐久教育論文賞募集のお願い」文書。発信者は、和歌山県立耐久高等学校PTA会長名になっている。二通目は、「淑徳大学社会学部社会学科開設一〇周年記念高校生川柳コンクールについてのお願い」文書。こちらは同大学社会学部長・社会学科長が連名で出されている。

　職場の教頭先生や国語科主任は私の趣味を心得ていて、詩・俳句・短歌・川柳など韻文関係の資料が届くと私の机上に回覧してくれる。若山牧水青春短歌大賞や山川登美子短歌賞などもそうである。ついでに言えば、現今の学校現場には膨大な量の文書が送られてくる。かつてとは明らかに異なる。教師の必要条件に事務処理能力を挙げねばならないと思うくらい忙しいのだが、こうした情報を享受できるのも現役でいるおかげだと思うことにして、本題に戻ろう。

　文書を要約すれば、一通目のそれは、①耐久高校が創立一五〇年を迎えること、②その記念事業として教育論文・作文・川柳の募集をすること、③高校生部門に於いては高校生活の中で感じている「心の叫び」を作文や川柳に託して欲しい、以上三点である。

　二通目の淑徳大学の方は、大学教育に対して多くの改革が求められているにもかかわらず、学生たちの欲求や志向を汲み取るのに充分であったかという大学側の〈反省〉を前段に披瀝している。その上で、①大学生の後輩である高校生のみなさんの欲求や志向について教えていただきたい、②高校生の生活意識を自由に詠み込んだ川柳作品の応募を、という依頼である。

詳しいことが知りたくなった。和歌山市在住の川柳作家で高校教諭の川上大輪さんに電話で尋ねたところ、耐久高校川柳募集の件は全く知らないと言われた。どうやら、この企画は川柳界の外側におられる方の発案のようである。淑徳大学はどうか。募集する川柳を「ハガキ一枚につき一首」と書いてあるところを見ると、とても川柳人の発想とは思われない。

しかし、書きたいのはその点ではない。こうしたイベントに川柳がきわめて自然に取り上げられるようになった、そのことである。しかも両文書に共通しているのが、高校生の「心の叫び」や生活意識を川柳によって把握したいとしている点だ。川柳の長所の一つを川柳界の外側にいる主催者もよくご存知なのだと思う。文字通りの〈市民権〉をジュニア川柳が得つつある。そう思うと、私としては嬉しくなった。

一方、私たち川柳界側からのジュニアへの働きかけはどうなっているのだろうか。かつては「ジュニア川柳」への若干の疑問や躊躇があった。というより、ジュニア川柳普及と言っても、何をどう具体化したらよいのかが分からないまま手を拱いていたというのが正直なところであろう。それがここ数年で変わった。

毎月私の手元に届く柳誌を見ても、ジュニアへの多様なアプローチが追求されている。

まずは柳誌のジュニア川柳欄。一ページながら『番傘』誌にも登場したのを始め、『港』『蘭』『犬吠』『つくばね』などの名はすぐに挙がる。その中で『川柳すずむし』六月号は愉快だった。表紙写真に運動会の腕白三人組を配し、表紙からしてジュニアを大切にしている姿勢が一目で理解できた。

次にこのところ増えてきたのが、総合学習の時間を利用した川柳の授業である。総合学習とは今次学習指導要領の目玉の一つで、教科の枠を越えた横断的な学習の時間。自ら学び自ら考える中で、「生きる力」を育むことを狙いとする。この総合学習に川柳教室の開催が目立つ。『川柳研究』五月号巻頭言ではいしがみ鉄氏が小学六年生に、『白鳥』七月号では細川聖夜氏が小学校四年生を相手に、川柳の講義をされたことが記されている。聞けば、聖夜氏の川柳教室などは九年も前から続けておられるとのこと。七月七日(日)のNHK川柳根上大会で直接ご本人から伺った。脱帽。

三つ目はジュニアの大会やコンクール。国民文化祭や全日本川柳大会などでの定着ぶりは、今川乱魚前代表がこのページでも何度か取り上げた。ほかに、二四回を数える佐賀県高校生川柳コンクールはあまりにも有名だし、山形県少年少女川柳大会も一〇回の大台に乗った(過日の沖縄大会で、山形の黒沢かかし氏と初対面。これもジュニア川柳の縁である)。身近なジュニア大会としては、茎崎町町民川柳大会も挙げておこう。ジュニア川柳普及の確かな足音を感じる昨今だ。

現役ならではのニュースを最後に紹介しよう。高等学校国語教科書に句会が登場する。高校では平成十五年度から新学習指導要領が実施されるが、「国語総合」という新しい科目に句会がお目見えした。残念ながら川柳のそれではなかったが、「句会の楽しみ」を俳人坪内稔典氏が書き下ろし、それが教材化されている。無署名・互選・相互批評の句会三原則を、「個人を他者に開く文化的装置」だとして稔典氏は推奨する。同感である。高校国語の表現分野に新たな地平を切り開いてくれるものと期待している。

日本語ブーム

09
2002

日本語ブームである。どの書店を覗いても、日本語に関する本が手近な位置に山と積まれている。一九九九年一月に発刊された『日本語練習帳』（大野晋著、岩波新書）あたりから、この兆しは垣間見えていたが、今年（二〇〇二年）になってからハッキリ火がついた。

今回の日本語ブームの背景には、学校完全週五日制の影響があると睨んでいる。本欄でも解説したように（五月号巻頭言）、今年度（H十四年四月）から学校五日制が始まった。五日制とリンクする形で新学習指導要領も四月から実施されている。その平成十四年四月が近づくにつれて、「果たして子どもの学力は大丈夫か」という危惧や批判が各方面から寄せられ始めた。こうした批判は、最初に大学教育の現場から巻き起こった。理数教育の当事者である教官から『分数ができない大学生』『小数ができない大学生』（いずれも東洋経済新報社）という現状指摘が鋭くなされ、いわゆる「学力低下論争」に火が付いたのである。「学力低下」への不安は、理数系科目にとどまらなかった。学習内容の三割削減や子どもの学力の国際比較、さらには学力とは何かまで論争が及び、ここ二〇年来追求されてきた「ゆとり教育」そのものへの批判にまで拡大した。こうした学力低下への不安や批判の、言うなれば文系版が今回の日本語ブームの背景にある。私はひそかにそう睨んでいる。

私がこの巻頭言を書き始めたのは、八月七日（水）。折しも七日付けの讀賣新聞の一面には「国語力大ピンチ」の大見出しが躍っていた。記事では漢字一〇語の書き取りの正答率が表にされ、小学校四年で扱う漢字の「積む」が書けない高校生が四六％にも及ぶと言う。これまた大きな見出し。こうしたセンセーショナルとも思える書き方は、『分数ができない大学生』『小数ができない大学生』と同根の発想であり、ブームの日本語関係書の何割かも、書き取りテスト風な構成を有している。いやはや、真面目で堅い巻頭言になってしまった。少し、軌道修正して続けさせていただく。

さて、ブームの本のどれを手にとっても皆さんの自由だが、ここでは次の三冊を紹介しておきたい。

①今月の巻頭言にあるような学力問題や日本語の将来まで考えてみたいという方には、『日本語のできない日本人』(鈴木義里、中公新書ラクレ)をお勧めする。なかなか読み応えのある新書で、第一章の「何が起こっているのか」からして、具体的でショッキングな実態をえぐっている。

②日本語のすばらしさを改めて実感したい方には、『声に出して読みたい日本語』(斎藤孝著、草思社)がよいのではなかろうか。とにかく話題の本である。齋藤孝氏の箴言は「ポエムの貌」としてすでに『ぬかる道』五月号にも掲載したことがあるので、ご記憶の方もおられよう。古き良き日本語を音読し、川柳作家としてそのリズムを体感するにはもってこいの本だ。

最後に、③いやいや、もっと楽しく日本語を考えたいという方に。風変わりなところで、デーブ・スペクター著の『僕はこうして日本語を覚えた』(同文書院)はどうだろうか。そう、テレビで活躍するあの外人タレントのデーブ・スペクターである。

デーブは生粋のアメリカ人。シカゴで育った。小学校五年生の時に、日本からの転校生ワタル君がやってきた。人を驚かせたり、笑わせたりするのが大好きなデーブは、ある時「日本語で話しかけてやれ」と思いつく。日本語のフレーズを暗記してワタル君に話しかけた。結果は大成功。デーブは有頂天になり、以来日本びいきになる。こんなエピソードが満載である。

外国人がどのようにして日本語を覚えたかという体験談は、日本語の特徴を浮き彫りにしてくれる。「日本語の勉強は手書きアナログに意味がある」と外人から言われると、ナルホドと思う。「デーブの漢字ノート」なる勉強法は真摯で興味深い。圧巻は「デーブの語学学習十箇条」だ。その第十条は「ユーモアを理解したい」。「その国のユーモアを理解したとき、あなたはその国を理解したといえる」、そんなことわざが英語にはあるらしい。デーブ曰く、「日本語はたのしい」。デーブを夢中にさせるほど、日本語は柔軟で、ファジーで、楽しくて、そして美しい。駄洒落を連発し目立とう精神で「笑っていいとも」に出演していたデーブの面目躍如といったところでもある。

終わりに、関連して二件。八月句会には宿題「日本語」。ブームにあやからせていただいた。同月の宿題「源氏物語」とあわせて難しいとの声も聞こえてくる。当会四月句会に「可愛くない孫」を出題して反響を呼んだのは記憶に新しい。この種の題には、ぜひ東葛川柳会らしいフロンティアスピリットで臨んでほしい。難しい題には必ず佳句が生まれる。そう確信している。

もう一つ。今月の「ポエムの貌※」は出版されたばかりの好著『川上三太郎の川柳と単語抄』から採った。その中の三太郎単語から。「句が／われわれに／教えてくれる事は／言葉を

※『ぬかる道』誌巻頭ページの詩的フレーズ紹介コラム。

／書く事ではない／言葉を／考える事である」。今月はこの言葉で締めくくる。

夏の疲れは秋に出るという。ご自愛のほどを。

実りの秋に

10
2002

いわゆる夏休み期間中に私は三つの研修会に出席した。「いわゆる」と書いたのには理由がある。夏休みとは俗称であり、正式には「夏季休業日」と呼ぶのが正しい。児童生徒にとってはお休みだが、教職員にとっては「休業日」＝「授業を行わない日」というだけであって、〈休み〉ではない。そんな報道が今年はお茶の間にも流された。学校完全五日制と併せて話題になったので、ご記憶の方もおられよう。それはともかく、この夏の収穫を公私にわたって書かせていただく。

①全国桐陰国語教育研究会千葉大会

国語教師の全国研究集会の一つである。会場が近かった(我孫子市民プラザ)ので、気軽に参加した。小中高の現場からの研究発表三本のほかに、大学教授クラスの講話が八題。講話の連続は猛暑にバテ気味の脳細胞にパニックを起こしかねなかったが、レベルはかなり高かった。

研究発表の一つに、飯田洋我孫子高校教諭の「『水無瀬三吟百韻』表八句の実践報告」があった。連歌の研究発表というのは珍しく、連歌や修辞法に日本の伝統文化である「合わせの文化」が見られるとの先生のご指摘は、印象深かった。また、大会事務局担当の戸丸俊文指導主事(柏市教育委員会)とも挨拶を交わした。戸丸先生とは初対面だったが、『ぬかる道』に目を通して下さっていると伺って、嬉しかった。

②第八回俳句指導者講座

現代俳句協会が主催し、(株)伊藤園と毎日新聞社が後援するこの講座には、ここ数年参加をしている。今年は、東京・桜ヶ丘女子高校の田付賢一元教諭が企画の中心になっていると聞いて、なおさら出席をせねばと思って出かけた。田付賢一先生には、平成一〇年一月東葛川柳会新春句会に「十七音字の乙女ごころ」と題して特別講演をしていただいた。この秋出版される当会十五周年記念合同句集にも、その講演内容を再録しているので改めてご紹介しておきたい。この俳句講座は、「実際に教育現場や地域における社会教育活動の場で俳句指導と取り組んでいる」方々を主たる対象とした企画。こちらも午前中に講演二題、午後は質疑応答、俳句の句会・互選・講評と盛りだくさんの内容だった。

日頃、現代俳句協会の動きは川柳界としてもっと注目してしかるべきだと考えていたが、冒頭の松澤昭会長挨拶はその期待を裏切らなかった。松澤会長は俳句の根幹である季語の問題に触れ、季語と季節感のずれを協会として今後整理していきたい旨を述べられた。例えば、朝顔やほおづきは現歳時記では「秋」に分類されている。陰暦に頼っているから、この種のずれが生じるのだと。今や「日本の俳句」ではなく「世界の俳句」となった時代、この時代を支える若い世代の台頭のために、季語の問題は角度を変えて考えていかねばならぬ、とも。喜寿を迎えた会長の開明的なお考えに、柳俳の垣根を越えて心を動かされた。秀句賞にいただいた『日英対訳　現代俳句二〇〇一』(邑書林)も、良いお土産になった。午後の句会席題「泉」に私は「石清水含み一瞬ナルシスト」を提出。別の講師の先生から新しい句であるとのお褒めの言葉があり、秀句賞につながった。私としては格別新しい句だとは思っていないし、むろん川柳として創った作品ではあるが、俳句の側の評価を新鮮な気持ちで聞き入った。

③ コンピュータ基礎講座

最後は、千葉県総合教育センター研修事業の一環として開催されたコンピュータ基礎講座。会場は流山南高校。小中高養護学校の主としてコンピュータ初心者が集められた。「集められた」には訳がある。文部科学省の施策で、教育現場におけるIT化の推進。すなわちすべての教職員がコンピュータに対応できるようしようとの狙いがある。

講義を聞く側に立つと、生徒の気持ちが妙に理解できる。何をどう質問して良いのか分からずに講義を聞くのはつらいものだ。コンピュータ講座には挫折者がとくに多い。指導者の側にも工夫が足りぬ。コンピュータ用語の氾濫が困難に拍車をかける。アイコン、クリック、セクター、フォーマット、アプリケーション、マルチタスク、ALTキー……、などなど。ところが今講座の講師は違っていた。室岡英夫講師は、初心者に分かりやすい解説を心がけておられ、好感が持てた。所詮、難しいことを難しく解説するのは誰にでも出来る。難しいことを易しく解説する、これが難しいのである。難しいことを易しく解きほぐすのがプロの真骨頂。教壇でもしかり、川柳でもしかりだ。

さて、楽しみな本二冊を紹介して締めくくろう。

川柳協会史『蒼い群像』。川柳人協会五十年の歩みと大会発表三才句が索引付きで掲載される。A6判二〇〇ページ、類題が八四〇もある労作。今年の川柳文化祭(11／3)参加者はこれがタダで貰えると言う。

もう一冊は当会の十五周年記念句集だ。チラシ配布や内容精査など準備の遅れがあったにもかかわらず、今川乱魚最高顧問の陣頭指揮のおかげで柏市文化祭には何とか間に合う。その乱魚顧問からは、乱魚ユーモア賞基金に多額のご寄付をいただいた。感謝申し上げたい。イベントに出費は付きものである。正直言って基金が心許なかったが、これで何とかなる。イベントの秋へ、乞うご期待！　実りの秋に、ともに乾杯！

川柳ほほ笑み返し

11

2002

「滑り込みセーフ句集の仲間入り」——佐藤良子先生から届いた合同句集の応募用紙には、こんな一句が同封してあった。

佐藤良子先生。川柳三日坊主吟社を設立し主宰。以下、『現代川柳ハンドブック』（尾藤三柳監修、雄山閣）から引用する（紹介文執筆・いしがみ鉄）。「川上三太郎門下。（三太郎の精神を伝えるべく）自宅を提供し家族同様に付き合い、常に笑顔で同人を引っ張って行く」。そんな人間味あふれる佐藤良子先生を、今記念大会のトーク出演者として福島県からお迎えする。トーク依頼の電話をおかけした時も、「良いですねぇ」と即オーケーの答えが返ってきた。トークのお相手として大木俊秀先生の名前を挙げると、「良いコンビになりそうですねぇ」とこれまた明快な二つ返事。意気に感じてお引き受けいただいたと思う。ふと、良子先生の句に「お祭りが好きで人間やめられぬ」があったのを思い出した。

対する大木俊秀先生。再び『現代川柳ハンドブック』より引用（同執筆・野谷竹路）。「NHK学園川柳センター長として、全国的に川柳の普及に飛び回りながら、川柳講座の機関誌『川柳春秋』の編集長を兼務している」。俊秀先生はユーモア作家としてつとに有名だ。東葛川柳会で森中惠美子句集『水たまり今昔』（平成六年七月）を発刊した時の記念大会のこと。宿題「乳房」で、俊秀先生の作品をユーモア賞に選ばせていただいた（選者哲男）。その句「ひとづまの乳房を正位置に戻す」。

個性豊かなお二人の川柳観・ユーモア観、さらには人間的な魅力を存分に引き出す役がトークには必要である。その役目を今川乱魚最高顧問が担当する。乱魚顧問のコーディネートによって、一時間のトークがどのような展開を見せるか、今から楽しみである。

記念大会の選者として二人の先生をお招きする。まずは野谷竹路先生。竹路先生には、当会発足当初からお世話になってきた。川上三太郎直系の伝統ある吟社・川柳研究社の代表をされている。特に新人の指導には定評があり、入門書『川柳の作り方』（成美堂）は好著として知られる。私個人の思いも付け加えさせていただくならば、川柳人としても教壇人としても大先輩の先生を今回お招き出来たのは大変嬉しい。

もう一方は、千葉県川柳作家連盟会長の平井吾風先生。広い千葉県の句会・勉強会を精力的に歩かれている。かつては川柳不毛の地と言われた千葉県だが、千葉柳界の今日の隆盛には先生の気さくなご指導と「和の精神」に与るところが大きいのではなかろうか。記念大会は、柏市文化祭他の都合で通常の句会日から今年はスライドして、十一月二日（土）の開催となった。皆さんのご出席を心からお待ちしている。

皆さんにご参加いただいた合同句集は、大会当日に何とかお渡しできそうだ。何しろ今回は準備期間が短かった。にもかかわらず、発刊までこぎ着けることが出たのは、乱魚顧問の陣頭指揮のおかげと、前月号巻頭言に記した通りである。猛暑のさなか、幹事と会友有志が編集や校正作業に汗をかいた。公民館に手弁当で集まっての作業であった。

さて、一〇周年の記念句集のタイトルは『川柳贈る言葉』(平成九年一〇月刊)であった。来るべき二一世紀に向けてのメッセージを、川柳の形で一句ずつ贈ろうというアイデアだった。「贈る一句」には、誰に贈るか、贈る宛先を書いて貰った。ユニークな発想が多かったので、別章を起こして解説を施した。

そこで今回。前回はメッセージを贈るという企画であったから、今度はそのお返しが必要なのではないか。そう考えた。古くは万葉集の、例えば相聞の歌もそうであろう。相手に言葉を贈る。その贈られた言葉に、何がしかのお返しする。一つの礼儀でもあり、そこから新しい人間関係も生ずるのである。『川柳ほほ笑み返し』というタイトルはそんな発想から生まれた。

今回の合同句集『川柳ほほ笑み返し』の柱には「ユーモア」を据えることにした。ユーモアの本質は他人を嘲ることではない。他人を嗤うことでもない。人間的な思いを共有することだと信ずる。所詮、不完全なのが人間というシロモノだ。そうした人間の弱さ・もろさ・哀しさ・本音をお互いに確認し合うこと。それがおかしさに通じる。キミもそうなのか、という共感である。時あたかも末世のごとし。株価の下落・デフレの進行、人心も凍りそうな事件の多発等々、明るい話題は聞かれそうもない。北朝鮮による拉致事件その後やイラクの動向にも目が離せぬ。

それでも、明けない夜はない。ノーベル賞のダブル受賞が話題となり、久々に新聞の一面を明るくしてくれた。受賞者の一人、島津製作所の田中耕一さんの言動がほのぼのとしたユーモアを湛えている。あの自然体が受けているようだ。世知辛い現代に必要なのは心のゆとりとユーモアの精神。こんな時代こそ川柳の出番だ。誤解なきよう付言しておくならば、現実から目をそらして笑えと言っているのではない。また、ユーモア以外の川柳の要素を排斥するつもりも全くない。

東葛川柳会。一九八七年(昭和六二)一〇月二四日(土)発足。同年十一月『ぬかる道』創刊。発足句会での今川乱魚代表(当時)の挨拶を再現しておく。

「私たちは、移り行く世の中の様や移り行く人の心を一人一人の眼で捉え、生き生きと表現し、またいつの世にも変わらない美しい人情を、今の言葉、今の感性をもって、身近な詩、川柳に託していきたいと考えてこの集いを持ちました」。

発足以来、東葛川柳会はかなり自由で幅広いスタンスを保持してきたように思う。言うならば「開かれた川柳会」を目指してきた。既成概念にとらわれず、会のためになること・私たちの勉強になることは積極的に取り組んできたつもりである。ゲスト選者の招聘、電子媒体の活用、会の組織化・活性化、地域に根ざし社会に目を向けた活動、フットワークの重視、柳歴にとらわれない幹事の登用、ジュニア川柳の振興、などなど。一生懸命でもあった。

「桃栗三年、柿八年、東葛川柳十五年」。記念出版の『川柳ほほ笑み返し』が、幸せのこだま・元気のお裾分けに少しでも貢献できれば幸いである。皆さんありがとう！ そして、これからもどうぞよろしく。

幸福の弁証法

12
2002

仮にAさんとしておこう。

「この度は東葛川柳会十五周年大会、心からお祝い申し上げます。心ばかりのお祝いをさせていただきました。（中略）季節不順の折、御身くれぐれもご無理をなさらないで、御大切に御大切にお念じ申し上げます。」

例えば、右のような文面のお便りを大会前後にいただいた。川柳というのは有り難いものだ。ご芳志を包んで下さった上に、御礼の言葉まで添えてある。御礼を申し上げるべきはこちらであるはずなのに、である。立場上、対外的な仕事も増えてきて、皆さんの代表としてこうしたお便りをいただける恩恵に与っている。

（中略）の部分は、当然のことながら人によって異なる。分類するほどのことではないが、①十五周年記念大会や記念出版『川柳ほほ笑み返し』への感想。②東葛川柳会に関する内容。③川柳そのものに対する心情の吐露。④その他。あるいは①～③までのミックスされた所感、などになろうか。

今月号の『ぬかる道』にも大会特集号として皆さんの声を紹介してあるので、ご参照いただきたい。また、「乱魚のメガネ」ではトークの一部ほかを再現してある。これもお読みいただければ幸いである。

さて、記念大会での私の挨拶。十五周年への思いとゲストの紹介は『ぬかる道』十一月号巻頭言で書かせていただいたので、会場では繰り返さなかった。ただし、繰り返し申し上げたいことがあった。それは、会を支えて下さった皆さんへの御礼の言葉である。東葛川柳会十五年の星霜に思いを馳せながら、私はおおよそ次のようなことを述べた。

昨今のニュース。最大の関心事は、何と言っても北朝鮮による拉致事件であろう。拉致被害者の報道に接するたびに思うこと。キーワードは三つくらいあるような気がする。①命の重み、②家族の絆（日本の家族と北朝鮮に残っている家族と）、③二十余年という埋めがたい歳月の長さ。

ひるがえって東葛川柳会を思う時、会として大切にしてきたことは次の二つに集約されるのではないか。

一つ目は、楽しく勉強すること。「生涯学習」という用語が一般に用いられるようになった頃に東葛川柳会は発足したが、当会では「楽しく学ぶ」をモットーに活動してきた。また、発足以来一人ひとりの個性を尊重してきた。五七五に込められた一人ひとりの命の輝きを大切にしながら歩んできたように思う。

二つ目は、己れのこと（会）だけでなく、他をも大切にする精神である。「自他共栄」という言葉があるが、他者に開かれた会をめざしてきたと信ずる。他の吟社との協調、他の文芸・文化との交流、地域や社会への貢献、などなど。大げさに言えば、一人ひとりの命の輝きが、会全体の輝きに、ひいては周りの輝き・世の人の命の輝きにつながるようにと願ってきた。自然災害が起これば被災者に義援金と励ましの句を送り、慶事が近くにあれば喜びの句とカンパを届けるといった具合いである。今川乱魚前代表（現最高顧問）がリーダーシップを発揮して、金額の多寡ではなく、川柳という人間くさい文芸に携わっている者の心のあり様として、提起してきた行動でもあった。

今回「祝十五周年　東葛川柳会」と刷り込んだボールペンを記念品として出席者にお渡し出来た。これも会の二つ目のあり方と関わりがある。今から三年半前に千葉県立柏陵高校が甲子園に初出場した時のことであった。地元の企業が名入りシャープペンを学校に届けてくれた。全校生徒と職員分のご寄贈をしてくれたのである。今回、東葛十五周年の記念品を思案している時、ふと思い出したのがその地元企業である。さっそく企業名を調べて、名入りボールペンを発注した。女性の社長は懐かしそうに当時の思い出を語ってくれた。しゃれたボールペンが出来上がり、出席者の皆さんにも喜んでいただいた。私自身も、本業と趣味を両立させてきたおかげでこうした繋がりがもてたものと喜んでいる。その意味でも嬉しかった。（大会ではこんなに詳しく内容を紹介できなかったが……）

さて、記念誌『川柳ほほ笑み返し』その後である。タイトル通りの反響があって、大会後の疲れが癒される思いだ。例えば、札幌川柳社主幹の斎藤大雄氏。招待作家のお一人でもあった。

「『川柳ほほ笑み返し』拝受しました。いい本を出されましたね。川柳人以外の人たちに読んでもらいたいですね」。―ありがたい言葉である。

『川柳ほほ笑み返し』を友人へのプレゼントとして活用して下さった方がいる。これもお一人だけお名前を挙げると、発足当初からの誌友・吉村木星さんである。木星さんの粋な計らいに感謝、感謝。

哲学に弁証法がある。すべての存在は弁証法的構造を持つとして〈矛盾〉を解明してきた。私はこの哲学を勝手に援用して、幸福はこだまするものではないかと考え始めている。何故なら、人の幸福というのは他者との関わりの中で存在するものに違いないのだから。

東葛川柳会のホームページより
ホームページアドレス
http://members3.jcom.home.ne.jp/tousenkai/

II

2003

新しい辞書

01
2003

明けましておめでとうございます。東葛川柳会の大きな節目であった十五周年記念行事も成功裡に終了することができました。皆さんのご協力に感謝申し上げます。今年もどうぞよろしくお願いいたします。

吉例により年頭の挨拶から巻頭言を記した。この原稿を書いているのは、実は年賀状の準備の最中。おめでとうという常套語の中で、新年の気分を醸し出しつつ、二〇〇三年(平成十五年)への思いを馳せている。

まずは、新年号としては全く似つかわしくない話題から。昨年十一月に某少年院へ出かけた。仕事の一環でと書くと誤解されそうだが、千葉県高等学校教育研究会生徒指導部会の視察研修でである。少年院とは、家庭裁判所の審判により、保護処分として少年院送致決定を受けた十四歳以上二〇歳未満の少年を収容し、生活指導・職業補導・教科教育等を中心とした教育・訓練を行い、社会生活に適応できる健全な少年に育成することを目的とした法務省の施設。長期収容者を対象としているその少年院は、整然として静かであった。寒かった。折からの氷雨。実習施設を見学しながら、少年たちの様子を伺った。茶髪など一人もいない。みな短髪で作業衣を着込み、コンピュータの操作・溶接技術の習得・小型建設機械の操作などに取り組んでいる。睨みつけられるのではないかと心配したが、少年たちの眼は意外にも澄んでいた。殺人・強盗・傷害・強姦などの凶悪犯の眼とは思えなかったが、少年たちの背景にはもっともっと寒い現実があるようだった。

革手錠の質問が参加者からあった。少年院の次長は苦笑いしながら、ほとんど使用していないこと・その必要性がないことを説明してくれた。私は、先ほどの少年たちの様子を思い起こして、すぐに納得。革手錠を使用するのには条件があるそうで、その一つに自殺や逃亡の恐れがある時だそうな。マスコミ報道に躍らされやすい人間の一面を思った。

さて、マスコミにもテレビのCMにも躍らされないのがこの頃の消費者の財布である。経済不況・消費不況が深刻だ。かく言う小生にも、ボーナスの四年連続削減がなされ、かつまた基本賃金の削減まで襲ってきた。小遣いの点ではまことに厳しくお寒いものがあるが、川柳の必要経費だけは削れない。

昨夏のボーナスで電子辞書を購入した。電子辞書などこの頃の句会では珍しくもなくなったが、川柳家にとってはハンディで便利なものが作られたと思う。辞書を句会に持参しない川柳家はいない。軽い辞書は持ち運びには便利だが、文字が小さかったり用が足りなかったり。重い辞書だと今度は持ち運びがしんどい。電子辞書はこうした悩みを解決してくれた。ポシェットにも入る手軽さで、充分な機能を兼ね備えている。

私が購入したのは、CASIOのEX-wordである。広辞苑・逆引き広辞苑・慣用句検索・カタカナ語辞典に漢和辞典まで付いている。広辞苑には二十三万語が収録されている。また、英語に関する機能もこの小さな機械で充分すぎるほどだ。

実を言うと不満が一つだけあった。類語辞典の機能がないことだ。英語の類語は引けるのに、肝心の日本語の類語が引けない。それはいかにも残念である。川柳の楽しみの一つは、言葉とめぐり合うこと。類義語が多く、その微妙な使い分けが表現を豊かなものにする。日本語の誇るべき特長でもある。また、類語の検索は字余り・字足らずを解消したりするのにも便利だ。私はふだんから三省堂の実用シリーズ『類語選びの辞典』を愛用している。需要がないとメーカーは作ってくれないが、類語辞典にはかなりの需要があるものと思う。俳句では同じ三省堂から『俳句類語辞典』が発刊されているくらいであるから。

辞書は新しいものをお勧めしたい。講座生や新人の方から、推薦の辞書は?と聞かれることがある。この辞書でないといけないとは言わないことにしているものの、古すぎる辞書の使用はたとえ愛着があっても控えた方がよろしい。新語が出ていなかったり、表記や仮名づかいが変更になったりしているからである。

『国語辞典』ではベネッセコーポレーションのものを愛用している。この辞書の利点は「詞藻」のコラムがあること。「女」を引けば、(幼いとき)(若いとき)(おとな)(年をとって)と使い分けの具体例が二〇数通り挙げられているし、(ようす・状況)による分類には、美人・美女・麗人・べっぴん・大和撫子・妖婦・バンプ・女傑・手弱女・醜女など、これまた二〇以上の例が掲げられている。これだけで「女」博士になれるというものだ。

辞書は用途によって使い分けたい。我が家には、国語辞典・古語辞典・漢和辞典などを職業柄もあって数種類ずつ備えている。ほかに逆引き辞典や用字用語辞典、類語反対語辞典やカタカナ語辞典なども必要であろう。逆引きは辞書に革命をもたらした。語尾から言葉の検索が可能になったのはご存知の通り。順を例にとれば、「書き順・語順・手順・筆順」等々、逆引きの威力が遺憾なく発揮される。ことわざ辞典、アクセント辞典、音楽・哲学などの専門分野の事典類、大きな活字の辞典など、ニーズによって多彩な辞書を活用したい。また、『現代用語の基礎知識』や『知恵蔵』、『イミダス』などの出版物も毎年楽しみにしている。

ところで、新しいタイプの辞書が登場すると言う。『ベネッセ表現読解国語辞典』(ベネッセコーポレーション)がそれである。どういう点が新しいかと言えば、これまでの辞書は言葉を〈確認する〉だけであった。すなわち、辞書を引いて「アイデンティティ」ならその意味を確かめる機能しか持ち合わせていなかった。今度の辞書は、言葉を〈使える〉ようになる辞典だというのだ。近刊の予定ということだが、川柳作家としては注目に値する。良い辞書は手近に置きたい。

手帳のスケジュール

02

2003

ここ一〇年ほど使っていた(財)社会経済生産性本部作成の能率手帳を、昨年から高橋書店のニューダイアリーに変えた。購入した手帳は、商品番号七七、ニューダイアリー3、定価八七〇円(税別)。高橋書店のものに変えた理由の一つは、土曜・日曜のメモ欄が平日の欄と同じスペースで確保されていること。能率手帳も使い勝手は悪くなかったが、土日の欄が平日のそれより手狭になっている。平日も土日も同じように忙しい(あるいはそれ以上にか?)小生にとって、土日のスペースの狭い手帳はいつの間にか使いにくいものになってしまっていた。

以前はどんな手帳でも良かった。どこからか貰った手帳をそのまま使用しても特に不便は感じなかった。従って、毎年違うスタイルの手帳にスケジュールを書き込んでいたことになる。そんな私が手帳にこだわり始めたのは、公私とも仕事が多忙になったからだ。忙しくなればなるほど、手帳の使いやすさを追い求めることになる。学校五日制の実施、ボランティア活動やNPOの普及などで、手帳も構造改革が求められているのかもしれない。

その二〇〇三年の手帳にスケジュールが埋まっていく。まずは、東葛川柳会の句会と行事から記そう。

東葛川柳会の句会は、第四土曜日に諏訪神社社務所で開催する。右が基本である。数年前には、会場確保の関係で句会日をずらさざるを得ないこともあって、ご迷惑をおかけした。句会日を第四土曜日と固定する方が、会友の皆さんにとっても、フレンド吟社にとっても宜しかろうというのが幹事会の判断である。この基本は今後も守っていきたい。

ただし、例外はある。十二月の句会。十二月の第四土曜日は、年によって暮れもどん詰まりの日になってしまうことがあった。あくまでカレンダーの関係である。「いくら何でもこんな日に句会を開かなくても……」と言われないために、十二月だけは天皇誕生日の二三日(祝)に決めた。六年ほど前からである。

次に会場のこと。新春句会(一月)と周年大会兼文化祭(一〇月)はいずれも別会場となる。『ぬかる道』誌に掲載するので、ご留意の上ご参加願いたい。

ところで、今年の吟行句会は三月三〇日(日)に設定した。場所は、麗澤大学のキャンパス。すでに伊藤春恵実行委員長の依頼のもとに、スタッフの下見も済んでいる。今川乱魚最高顧問に聞けば、子どもの頃からの懐かしい場所だというお話だ。東葛地域には吟行にふさわしい場所がまだまだ存在する。今年はこの広大なキャンパスの緑の樹木と春の桜をお楽しみいただきたい。花も三月三〇日頃がきっと見頃になるはずである。吟行句会には、子どもの遠足のような楽しさがある。今から手帳に書き込んでおいていただこう。

さて、川柳大会等の行事はどうなっているのか。今年の前半を中心にスケジュールをご案内しておく。

一月十三日(祝)番傘新同人おめでとうの会が大阪で開かれる。成人の日の恒例行事である。今年のおめでとう会では哲男が選を務める。番傘本社からは「活気ある会にして欲しい」旨の要請をいただいた。本号が皆さんの手に渡る頃には成功裡に終わっているはずだ。以下、敬称略、箇条書きにて記していく。

二月二二日(土)第五〇回関東観梅川柳大会(於ホテルレイクビュー水戸、乱魚・紀伊子選者。ただし、この日は東葛の例会日と重なっている)

三月一日(土)千葉市民文芸作品集発刊記念講演(於千葉市文化センター5階セミナー室、哲男の講演「川柳と高校生の世界」)

三月十六日(日)番傘川柳本社関東・東北総局第十四回総会(於NHK青山荘、紀伊子事務局長ほか)

三月三〇日(日)東京番傘川柳社創立六十五周年記念大会(於文京区民センター三階大ホール、ただしこの日は東葛の吟行会の日でもある)

四月二九日(祝)第七回つくば牡丹祭り川柳大会(於レークサイドくきざき、豊会長、春枝選者)

五月五日(祝)千葉番傘十五周年大会(於千葉駅ビル五階ペリエホール)

五月一〇日(土)旭川川柳社大会(場所等未詳、乱魚選者)

五月二五日(日)北国川柳社創立三五周年記念大会(於金沢スカイホテル十八階、乱魚選者)

六月十五日(日)第二七回全日本川柳大会(於香川県高松市、乱魚理事長・二次選者)

右スケジュールは、一月五日(日)の新年幹事会の折りにも印刷物にして紹介された。大戸和興幹事長からは「都合をつけてご一緒しましょう」旨の呼びかけがあった。旅は道連れと言うが、川柳の旅はとくにその道中が楽しい。

後半に入ると、日立の海(七月)、雀郎まつり(八月)、999(九月)、つくばね(十一月)と、大会が続く。国民文化祭は一〇月十二日(日)山形県長井市で開かれる。詳しくは、本誌インフォメーション欄で順次紹介していくつもりである。

さてさて、大急ぎであと二点。

今年は『ぬかる道』の仲間を増やしていきたい。句会などの参加者で、まだ誌友になっていない方にはぜひこの機会に誌友になっていただきたい。また、知人や友人にもお勧めいただければ幸いである。年賀状や投句などの折りに、『ぬかる道』を楽しみにしています。隅から隅まで読んでいます。生き甲斐を貰いました。そんな一言が添えられることがある。何気ない一言に疲れが癒される。ありがとうございます。

その年賀状。いただいた方にはすべて返事を書いた（一月八日現在三四三枚）。日頃お手紙をいただいてもなかなか返事を書けない、せめてもの罪滅ぼしに。ともあれ、今年もどうぞ宜しく。

川柳のイベント

03
2003

川柳という文芸は強いアピール力を持っている。この特長に着目して、川柳がイベントの一翼を担うことが少なくない。企業などのいわゆる「○○川柳」と呼ばれる企画などはその好例である。年末年始を挟んで、私は短期間のうちに川柳のイベントを経験した。今月はそのことを書いておこう。

まずは、ＫＩＣ（かしわインフォメーションセンター、会長・石戸新一郎氏）主催の「かしわ川柳大賞」募集の試み。ＫＩＣについて改めて紹介すれば、東葛地域の情報提供施設である。何しろアクセスが便利。丸井の三階。柏駅（ＪＲ・東武）南口を出ればすぐの場所にある。東葛六市二町の行政情報やマップをはじめ、地域のお店や会社、学校、各種団体など、暮らしに役立つ情報を提供してくれる。さしづめ、情報のコンビニエンスストアとでも考えていただいたらよろしい。有り難いことに利用は無料である。市内外からの、また外国人の質問にも通訳スタッフが親切に案内をしている、ユニークで新しいタイプの施設と言えよう。

このＫＩＣ創設一周年を記念しての企画が藤田とし子事務局長から持ち込まれた。柏の町の魅力を川柳でアピールできないか、というお話であった。昨夏のこと。お金はない、賞品なら出せそう、初めは小さくてもよい、今後育てていければ、ともかく楽しいイベントにしたい、ご協力願えないか。こんな依頼であった。

柏市在勤の小生。四年前に勤務校が甲子園に出場した折り、東葛地域の皆さんには物心両面にわたってお世話になった。今回はそのご恩返しが出来ればと思って引き受けさせていただいた。

選考結果については、『ぬかる道』二月号でご案内のとおり。十二月八日（日）の表彰式当日はひときわ冷え込んだ。翌日が雪になったほどの寒さだったが、人の温みを感じさせるひと時になった。狭い会場におよそ四世代の顔が集まり、スタッフの多少の不手際にもみな寛容であった。手作りのイベントの和やかさはいいものだ。本校柔道部の猛者の表彰に、母親が同行していた姿もほほえましかった。東京（12／12）、産経（12／15）、読売（12／20）、千葉日報（12／24）、東葛まいにち（1／8）の各紙も紹介するところとなった。今回のかしわ川柳大賞には、「第一回」と冠してある。温もりを失わずに、第二回以降へとつながってさらに発展することを期待するものである。

　二番目は、本誌協賛企業でもあり、私の亡母もこの地に眠る城山聖地霊園のイベント。城山霊園については『ぬかる道』誌表紙4の広告をご覧いただくのが手っ取り早い。公園のような霊園に、新しい管理棟が完成した。お墓参りのあとに契約者が一休みできる憩いの場所である。このスペースを利用して、何か皆さんにお楽しみにいただけないだろうか、というのがそもそもの発想だったようだ。依頼は五十嵐力担当部長からあった。昨年末のこと。ナニナニ?、お墓の前で楽しい話をしろだって?、う～む、これは面白い！　そう思うやいなや、これまた気軽にオーケーをしてしまったのである。

　かくして「川柳事始め」と題するイベントが、一月二六日(日)昼から開かれた。場所は城山聖地霊園内の管理棟。果たして何人集まるのか見当もつかなかったが、当日は飛び入りの参加者も含めて十数名がテーブルを囲んだ。そう、「講義」はテーブルを囲む懇談会形式で進められた。仲間意識が生まれるように。法要とは違って、当然ながら表情も柔らかい。飲み物や軽食は霊園側が用意した。私はそこで川柳を趣味として得をした話を、実例を挙げながらざっくばらんに語っていった。お墓が前にあるとどうしても終章を意識してしまうが、中心はあくまで「生きる」話。心豊かに生きる話をメインとした。教育の世界にも、デスエディケーション(死の教育)と呼ばれる指導法がある。むろん、よりよく生きんがための指導法だ。

　一時間ほどのくだけた話ののちに、それでは皆さん方にもお作りいただきましょう。こう呼びかけた。初めは遠慮がちだった参加者も次々と作品が寄せてくれる。当日は石戸秀人幹事にアシストしていただき、秀人さんからは席題「泣く」ほかが出題された。

　泣くまいと思って見てるメロドラマ　　丸山　節子
　あたたかな霊園見つけて安堵する　　河中しずよ
　昨今は混んでいますよ泌尿器科　　木原　治夫

右のような作品が十数句集まった。私の話が効果的だったからと申し上げるつもりはない。いまの大人の学ぶ力・吸収力は大したものである。そう思った。

　川柳のこうしたアピール力を、発会当初から活用してきたのが柴又柳会(会長・井上きよし氏)だが、紙数の関係もあって今回は割愛する。

　三番目に紹介するのは、これからのイベント。最後はごく普通の講演である。三月一日(土)に千葉市文化センターで千葉市民文芸作品集発刊記念講演会が開かれる。所管は千葉市教育委員会生涯学習部。川柳・俳句・短歌の三分野がその垣根を越えて開催する千葉市恒例の行事と伺っている。今年は川柳部門の担当のようで、哲男が講演をすることになった。千葉市川柳協会の安藤亮介会長・伊藤不取留委員のご推薦が効いたらしい。行政は何事にも準備が早く、日程は一年前に予約され、演題は七カ月前に照会があった。その演題は「川柳と高校生の世界」とお答えしておいた。

不取留委員からは歴代講演者のリストを送っていただいた。拝見すれば、川柳界の大物がずらりと並んでいる。今川乱魚当会最高顧問をはじめ、尾藤三柳・坂本一胡・大木俊秀ほかの各氏。俳句の世界でも、河合凱夫親子（凱夫氏は物故、ご子息は秋尾敏氏）など、著名人の名があった。当日は、川柳界のみならず、他の文芸の仲間たちにも川柳の魅力をアピールできたらと考えている。もっとも準備はこれからではあるが。

句集を読む

04

2003

縁あって『川柳娯舎亭句集』（新葉館）を岩井三窓さんからいただいた。四六判、一三六ページ、ソフトカバーの句集である。税込み価格二〇〇〇円。

タイトルにある「川柳娯舎亭」とは、神谷娯舎亭さんのこと。本名・神谷好介、大正二年四月五日生まれ、平成十二年五月二二日、享年八七で亡くなられている。番傘川柳本社の大先輩とお名前だけは記憶にあるが、お顔が思い出せなかった。句集の写真で記憶が甦った。大阪の句会でお会いしているはずだゾと思って、手元の柳誌を調べてみたら、あったあった。

『番傘みどり』三三五号（平成三年九月発行）。今から十二年前の平成三年八月、番傘みどりの句会でたしかにお目にかかっている。『番傘みどり』に句会の記録がある。「朝から涼しい八月四日、千葉県から江畑哲男氏がご子息を伴われて初出席……、席題の選を江畑氏にお願いし、学童の句の話を伺い賑やかに披講に入り予定通り四時終了。」と記されている。

そうそう。あれは、十二年前の夏休みだった。関西に出かけた折り、私はご子息を伴われて……。いやいや、失礼。下の息子（当時十一歳）と大阪城を見学、見学もそこそこに息子を強引に拉致するような形でみどり八月句会に出席した。句会後の懇親会にも同伴させたりして、息子はいたってご立腹。帰ってからひどく反抗された。それはどうでもよい。閑話休題。

その月の出席者には、神谷かをる（娯舎亭夫人）、杉本一本杉（高校国語の教科書に作品が紹介されたことで知られる）、古下俊作、矢部あき子、波部白洋（川柳文学社所属）、石川勝、上野多恵子各氏のお名前が見える。同句集に「跋その一」を寄せられた竹森雀舎さんには、乗り換え駅まで私たち親子をお送りいただいたことも思い出した。

『番傘みどり』九月号所載の娯舎亭さんの入選句を拝見しよう。

栄冠のかげの涙を君知るや　（哲男選「涙」）

酒は毒酒の嫌いな奴が言う　（三窓選「毒」）

『川柳娯舎亭句集』を開けば次のような作品が目に留まる。

妬くコツを婦人雑誌に教えられ　（昭和二三年）
それがしも拙者も英語アイで足り　（昭和二八年）
あるとこにある札束の無表情　（昭和二九年）
七面鳥イエス罵るように鳴き　（昭和三二年）
辻々で園児を配りさようなら　（昭和五四年）

分かりやすく、読んで楽しい句が多い。「骨太の本格川柳である」とは、「跋その二」を書いた岩井三窓氏の言だ。

ところで、話はここからである。『川柳娯舎亭句集』を中心になってまとめられたのは、番傘川柳本社参与をされている岩井三窓さんだ。三窓さんが編んだ句集だというのは、手にしてすぐ分かった。作品が年代順に並べられていること。巻末に索引が付されていること。いずれも、岩井三窓さんのかねてからの主張である。

冒頭「縁あって」と書いたその縁に触れよう。日本川柳ペンクラブ（会長・野谷竹路）の取材で岩井三窓さんを訪ねた。昨年三月二八日（木）のこと。ペンクラブでは、八〇歳以上の現役川柳作家に対してお話を聞く企画を立てている、「高齢作家インタビュー」と称して（ネーミングの是非にここでは触れない）。全国で活躍する川柳作家三〇名ほどを挙げ、ペンクラブ理事が手分けして順次インタビューをしようというものだ。今川乱魚同常任理事のアドバイスで、岩井三窓さんを哲男が担当することになった。インタビューの詳細は『川柳ペン』近号に譲るが、関西弁のぼそぼそ調で「川柳にもっと感動して欲しいんや」と語り始めた三窓さんの主張の中身は明確であった。曰く、川柳家は自分の作品だけでなく、他人の作品に関心を持って欲しい。もっと他人の句をほめたらどうか。けなすことは得意だが、褒めることをしない。川柳の良さをＰＲして欲しい。句集を編年体で編めば、句の生年がハッキリする。句の生まれた年によって、言葉の意味が違ってきてしまうことがあるのだ。索引を付すことは、川柳作品を正確に記録し、遺すためにも必要ではないか、……。

なるほど。娯舎亭さんの句を例に取れば「それがしも拙者も英語アイで足り」などは、おぼろな記憶で引用したりすると間違えそうだ。句の「アイ」などは「Ｉ」と表記する方が、平成の世では自然かもしれない。しかし原句は「アイ」である。

川柳作品を引用する際に、原典に当たるというのは文芸の常識なのだが、川柳界はその点きわめてルーズだ。古川柳研究者の渡辺信一郎先生も『オール川柳』などで警鐘を鳴らしてきたし、記憶だけで引用することの危険性については、私も何度か指摘しているところである。かく言うからには、今月号の巻頭言執筆に当たっても、『番傘みどり』当月号を本棚から探し出している。電話で三窓さんにその旨お話ししたら、「よう（柳誌が）ございましたなぁ」とえらく感心された。大切なこだわりだと信じている。

私事二題

05

2003

この春の人事異動で勤務校が変わった。前任校（県立柏陵高校）にはちょうど一〇年間お世話になったので、私なりに感慨深いものがある。三月三一日（月）に自分の机の整理を終えると、本当に転勤してしまうんだナという実感がこみ上げてきた。柏陵に来て一〇年。我ながらよく仕事をしたと思う。一〇年前にこの学校へ着任した時の一句を紹介させていただく。

机拭くここが私の新天地　（平成五年四月）

右の句を転勤の挨拶状に刷り込んだ。そう、〈私の新天地〉として務めたこの一〇年の間には、甲子園の春夏連続出場があったし、入試改革や制服の改定などにも取り組んだ。川柳の面で言えば、一般市民向けに学校開放講座川柳教室を県教育委員会の指定を受けて八年間開講し、その卒業生は延べで一八〇名を越える。

そんな思い出に浸っていた私を現実に引き戻したのは、膨大な荷物の山であった。一〇年の歳月は重い。加えて私の性格が災いした。何しろ生来の貧乏性で、何でも取っておくのだから始末が悪い。三月上旬に転勤の内示を受けてからの荷物整理にはともかく骨が折れた。公文書から学級通信・学年通信はむろんのこと、果ては初任校の生徒面談メモまで出てきたのには我ながら呆れてしまった。そうした記念すべきメモリー類を自らの手で葬り去るには、一定の感慨と手間と時間を必要とした。

さて、話はここからである。東葛川柳会が発足したのは昭和六二年一〇月のこと。発足時に事務局長だった関係もあってか、いやいやそれ以上に右に述べたような性格からだろう、川柳関係の荷物も多く背負い込んでいた。とくに『ぬかる道』誌残部の処置には迷った。三月中旬、私はメールで次の点を関係者に可能な範囲で知らせた。①転勤の内示を受けたこと。②『ぬかる道』誌の残部を処分したいこと。③必要な号があれば知らせて欲しいこと。以上三点。反応があった。大戸和興・太田紀伊子・成島静枝・佐竹明各幹事から、それぞれ欠号の照会や講座等に必要な部数確保の依頼があった。私の貧乏性もたまにはお役に立つのだとこの時ばかりは喜んだ。今川乱魚最高顧問からは、『ぬかる道』誌を長期で大量に保存してきたことに対するねぎらいのメールもいただいた。

川柳書や柳誌の保存については、本誌巻頭言などでも論及したことがある（例えば『ぬかる道』一〇七号、平成八年九月号）。また、佐藤美文個人誌『風』十五号（平成十一年）でも、川柳を遺すことの意義を書かせていただいた。俳句界には新宿百人町に俳句文学館がある。地上四階・地下三階の立派な建物に、貴重な資料が整理保存されている。川柳の資料だけは、今のところ私的保存に頼らざるを得ないのだ。

もう少し具体的に述べよう。『ぬかる道』誌のように、わずか十六年の歴史しか持たない柳誌であっても、早くも完全な保存が危ういのである。私宅での保存用『ぬかる道』を除けば、創刊号はすでに残っていない。二一号も欠、三一号は一部しか見当たらない。明治の新川柳から数えても一〇〇年しか経過していないが、川柳の書籍・雑誌・色紙・短冊などは果たして後世にきちんと伝えられるのであろうか。はなはだ心許ないのが現状である。

私事の二つ目。春休みを利用して、中国・上海に出かけた。私にとっては初めての外国旅行である。と言っても、旅行社が企画したわずか三泊四日のツアー。遠い外国へ行ってきたという気分ではない。当初は、今年七九歳になる父親と一緒に親孝行も兼ねて出かけるつもりでいた。父は、大正十三年生まれ。昭和十九年十一月に二〇歳で陸軍に入隊し、直後に中支へ派遣された。中国大陸へは船で釜山に渡り、陸路で北京・南京・上海を経て蘇州へ。終戦は蘇州で迎えた。昭和二一年二月上海の飯田桟橋から復員の途に着く。生家のある銚子へ帰り着いたのは三月のことだったと言う。その父が、体力に自信が持てないから旅行は見合わせるということで、やむなく私一人で出かけたのが今回の海外旅行だった。

その上海での土産話はいろいろあるが、紙数の関係もあるので中国語とその略字(中国では「簡体字」と呼称している)に話題を絞ることにする。飛行機に乗るなり、座席の前に次の表示があった。「安全須知、空中客車」(パソコンに現代中国語の略字がない場合は、日本の正字のまま表記。以下同じ)。中国と日本とは同じ漢字圏だから、発音はダメでも意味はだいたい想像できる。以下書き留めた中国語を列挙してみよう。「高圧危険、人不可近」「請勿触摸」(空調機械前の表示、「請」は「お願いする」という意味)「清洁袋」(「洁」が「潔」の略字と知れば簡単)、……。面白かったのはトイレの表示である。場所によってさまざまな熟語が使い分けられている。「厠所」「洗手間」「盥洗室」「ヱ生間」(「ヱ」は「衛」の略字)。むろんWCのアルファベット表示と兼ねていることも多かった。

中国の略字には興味をそそられた。この略字は、文字の読めない人の多かった人民中国の識字率を高めるのに大いに貢献したという(『知っているようで知らない漢字』一海知義著)。パソコンで入力可能な中国の略字は限られているので、具体例を数多く挙げる訳にはいかないが、例えば「電話」の「電」に雨冠(あめかんむり)はない。じつに大胆な略し方だ。雨冠がないから、「雲」は「云」という略字になる。この略し方を知らないと意味を取り違える。「白云」=「白雲」。「白(楽天)云う」と訓読してしまいそうになった。このほか、義→义、穀→谷、幾→几、陽→阳、郵→郎と、簡略化されている。「沈阳」は瀋陽、「郵票」は切手のことだ。

滞在したホテルでは日本語が通じた。だから、逆につまらなかった。自由時間になると、私は町に出た。町に出てコンビニなどを覗き、主として日用品の買い物を試みるのである。発音には自信がなかったので、いきおい筆談になる（戦時中の日本兵もそうしたらしい）。ハンカチを買いたい時はこんなメモを渡した。「我要最便宜手帕」（「便宜」は「安い」）。ホテルでは中国語の入門書を求めて読みふけった。面白かった。こんなに勉強した旅行は久しぶりだ。

それにしても上海の発展はすさまじい。アジアナンバー1のタワー・東方明珠からは多国籍のネオンが煌めいていた。そのあまりにまばゆい夜景を眺めながら、漢字文化の行く末に私は思いを馳せていた。

句会の工夫

06

2003

東葛川柳会は、発足当初から生き生きとした句会運営を心がけてきた。選と披講だけで句会が終わってしまうのはいかにももったいない、そんな考えを当初から持っていた。理由の一つには、新しい結社であること、参加者に新人が多いことがあったと思う。句会参加者には、モノではない、何かしらのお土産を持ち帰っていただきたい、そんな一種のサービス精神が会を興したメンバーにはあった。

この考えは発会当初から貫かれている。今川乱魚代表（当時）名による、発足句会のお礼状やゲスト選者への発信文書などを調べてみると、例えばこんな一節がある。

当会の特徴として、

①川柳の話が聞ける会
②吟社の枠を越えていろいろな川柳人とつながりが持てる会
③電子媒体（コンピューター）を活用して、人の句を鑑賞し、自分の句を蓄積できる会
④初心者とベテランが同じ場に参加できる雰囲気の会
⑤地域に根を下ろし、地域の文化と交流のある会

ゲスト選者の招聘は、まさしく東葛川柳会らしさを形作ってきたと思う。ゲストには毎回短い柳話をお願いしている。川柳観・作句法などの真摯なお話から、柳人との交流談などの軽いお話まで、内容はさまざまである。ゲストの柳話には個性が出る。時には、前月のゲストと全く違った考えを聞かされることさえある。しかし、そこが良いのである。川柳界に存在するさまざまな意見・考えを伺うことが、柔軟な思考につながっていくからだ。「人の数だけ異見がある」とは、紀元前の劇作家・テレンティウスの卓見である。多様な見方・考え方を知った上で各自の川柳観を確立していくことが、いまの時代には求められているのではなかろうか。

さて、その後も試行錯誤を重ねつつ、運営に工夫を凝らして

きた。松尾仙影幹事による体操の時間の導入などは、その最たる例であろう。一時期は、句会よりも体操の時間の方が楽しみだ、そんなジョークまで飛び出す始末であった。それほどの評判であった。句会の工夫について、私なりに整理をしてみると次のようになる。

㋐学ぶ時間の設定(ゲストのお話、川柳教室の実施など)

㋑息抜きタイムとの峻別(境内での軽い体操の導入、各種情報交換の場の設定、句会場の分煙など)

㋒てきぱきした句会運営(若手の登用、インフォメーションの充実、その時々の話題に触れたイベントの実行)

㋓何よりも明るい雰囲気の醸成(参加者全員の協力)

ここで、改めて「句会とは何か」を考えてみよう。目配りの行き届いた入門書として定評のある、野谷竹路著『川柳の作り方』(成美堂出版)を拝見する。それによれば、句会では「学ぶことがたくさんある」とした上で、次の二点を効用として挙げている。

①同じ文芸を志す仲間を得ることができます。(以下略)

②作句力の向上に役立ちます。もちろん、これが句会の眼目ですが、句会では、同じ課題で作句した自分の句と入選句を直ちに比較することができます。同じ課題でも着想の多様性と、似た着想でも表現技法の差で作品が生かされるかを学ぶことができます。

ところで、その野谷竹路氏は四月二八日に逝去された。当会としても哲男個人としてもお世話になった方で、ただただ残念としか言いようがない。詳細は本号「短信」欄をご参照いただきたい。さらには、『川柳研究』誌五月号に竹路句集『傘寿』の書評(追悼の気持ちを込めて)を哲男が書いている。あわせてご覧いただけたらと思う。

東葛句会の工夫はさらに続く。来る七月に故井ノ口牛歩前副代表七回忌追悼句会を開催する。牛歩さんは、東葛川柳会のほぼ草創期から、約一〇年にわたってご活躍をされた方である。牛歩さんと言えば、自宅を開放して会務を指揮していただいたことを思い出す。発送実務一切を取り仕切っていただいたし、手書きで名簿の整理をして『ぬかる道』の第三種認可にこぎつけたのも牛歩さんの功績が大だった。牛歩さん宅にはともかく人が集まった。お人柄ゆえであろう。初代の監査役も務めていただいたので、帳簿を揃えて車で伺ったことも一再ではない。それもこれも自宅であった。

さらに、物故した川柳仲間の黙祷を毎年してはどうかという提案も出された。今回の牛歩七回忌句会をキッカケとして、来年度以降七月句会を追悼の場としようと言うのだ。考えてみると、七月は東京盆の月である。ふさわしいかも知れぬ。企画会議・幹事会ではこの点もあわせて決定をみた。

さてさて、先を急ぐ。

東葛句会の特徴として、ほかに三句連記やカタカナ語の出題がある。三句連記は、新人作家の養成に役立ってきたし、カタカナの出題は、変貌する現代社会と向き合う多くの佳句を生み出すことにつながった。そう信じている。

　三句連記の効用は否定しないものの、一方で物足りない思いをしている会友もおられると聞く。今年の吟行句会では一種の冒険を試みた。最後の哲男選「席題・嘱目吟」では連記を止め、一〇句までの出句を可としたのだ。これによって、出句した数だけ入選する可能性が出てきた。最大一〇句入選のダイナミズムが味わえるのだ。幸いにして、皆勤賞のカウントから吟行の出欠を外してある。昨年のこと。多少の冒険が許される条件下にあった。「(一〇句出句にしたら)選が大変だったでしょう」と慰められた。確かに選は大変だったが、皆さんに喜んでいただけるなら今後も汗をかくつもりだ。

　いずれにしろ、句会運営の工夫は今後も続ける。工夫のないところに進歩はない。六月句会の宿題では、久々に「字結び可」も出題した。出題は一時期を除いて哲男が担当してきた。マンネリもあるかもしれぬ。然るべき幹事に今後は出題をお願いすることにして、ますます興味深い句会をめざしていくつもりである。まだ、句会に顔を見せていない会友の方、会友でなくとも句会に出席いただける方、いずれも大歓迎である。東葛ならではのお土産をお持ち帰りいただけると思う。

　皆さんの一層のご支援を今後ともお願いしたい。

旅は道連れ

07
2003

「短信」の欄をご覧いただきたい。

　この四月・五月・六月と、東葛川柳会の仲間が文字通り全国各地の大会に出かけている。近くは、つくば市茎崎で行われたつくば牡丹祭り川柳大会。遠くは、北海道旭川の親善川柳大会ほかである。今月は、東葛のメンバーが参加した川柳大会の幾つかについて書いておこう。

　まずは、つくば牡丹祭り川柳大会。四月二九日(祝)に行われたこの大会は、今年で七回目を迎えた。つくば市との合併に伴って会の名をくきざき川柳会からつくばね川柳社に改めた。会長は舟橋豊氏。顧問に太田紀伊子つくばね川柳会会長をいただき、つくばね川柳会とは姉妹会の関係にあるようだ。今年は、改名をして最初の大会であった。参加者は今年も一〇〇名の大台を越えた。高位入賞すると、鉢植えの牡丹が貰えるので人気がある。今年の大会には東葛の幹事だけでも十四名が参加をしている。私自身は、野谷竹路川柳研究社代表の急逝による原稿執筆の仕事が入り、今年は参加できなかったが、豊主宰の着実な努力が実を結んでいると思われる。豊主宰は、女性の時代にふさわしい企画を考えていきたいと抱負を語っている。

五月一〇日(土)には旭川親善川柳大会が行われた。こちらには、松尾仙影幹事の手配で総勢十四名がにぎにぎしくツアーを組んで出かけたと聞く。修学旅行ではないが、宿舎と交通機関を予約して二泊三日の旅に出るというのは、何歳になっても楽しいものである。何人もの方からツアーが楽しかったことを聞かされた。「師を追って千葉の雀が来る句会」(成島静枝)なる参加吟もこうした雰囲気を伝えてくれる。

旭川川柳社の主宰は大野信夫氏。大野氏は北海道の東葛ファン、と言うより今川乱魚ファン。その一。ユーモア川柳を愛し、『川柳あさひ』誌には「楽しい川柳を探す」コーナーを設けていること。その二。会の出席者を増やそうと、東葛句会に倣って三句連記制を取り入れたこと。そんなお手紙もいただいた。大野氏と言えば、昨秋の東葛川柳会十五周年記念大会にご夫婦でお見えになったのでご記憶の方もおられよう。その折りの懇親パーティーではご挨拶もいただいている。今大会後の『川柳あさひ』六月号巻頭言には、「千葉の東葛川柳会から日川協の今川乱魚理事長を始めとした十四名の方々のご参加を得て、大会を盛り上げて頂いたことは旭川川柳史に残る快挙と言えよう」とまで書いていただいている。

この『ぬかる道』七月号が皆さんの手元に届く頃には、全日本川柳香川大会も無事終了していよう。三つ目には、その香川大会のことに触れたい。

第二七回全日本川柳二〇〇三香川大会は、六月十五日(日)に開かれた。全国大会には観光が付きものである。大会事務局でも毎年観光コースの用意はされる。せっかく遠くまで足を伸ばすのだから、日頃行けない場所・行きたかった旧所名跡を回りたいと思うのは人情であろう。さて、私はどうしようか？と地図を眺めながら浮かんだプランは、次のようなものだった。①瀬戸内海を渡るJR瀬戸大橋線に乗りたい。②そうなると、岡山を経由する。岡山に近い歴史・文学の里はないかということで、美作の国・津山が浮上した。

最初は一人でも行くつもりであった。自分なりのこだわりを実現したいと思ったからである。次に、私と同じ行程で良かったら同行しませんかと、私案を披露してみた。三月初め頃のこと。何人かの同調者が出た。そして、見る見るうちに十一名のツアーとなった。これが経過だ。

津山に行きたいと思った最大の理由は、俳人・西東三鬼の故郷だからだ。西東三鬼。明治三三年五月、岡山県津山町(現津山市)に生まれる。日本歯科医学専門学校卒業。俳句を始めたのは三三歳と遅かったが、新興俳句の鬼才として頭角を現した。昭和三七年没。代表句は「水枕ガバリと寒い海がある」。「ガバリ」の擬音が大胆不敵である。

津山行きが総勢十一名にもなると、無計画な散策をする訳にはいかなくなった。この時に助け船を出してくれたのは、津山在住の番傘本社同人・土居哲秋氏である。哲秋氏は、私たちの案内役を快諾していただいたのみならず、旅程の立案からレンタカーの手配まで面倒を見ていただいた。趣味の友人というのは(哲秋氏は大先輩だが)有り難いものである。

その土居哲秋氏を紹介しておきたい。大正十四年九月、岡山県生まれ。昭和二〇年八月、満州国新京市(現長春市)にて終戦を迎える。同年九月、シベリアへ強制抑留される。イルクーツク第七収容所で川柳を書き始めた、と言う。土居哲秋川柳句集『祈る父』(平成十二年刊)にある、次の独白部分はぜひ皆さんにお読みいただきたい。

「帰国の望みは全く無く、飢えと寒さと重労働の合い間に、気休めの何かを書かなければ何かを残さなければと、あり合せの紙へ短い文句を書きなぐっていた。それは短歌とも俳句とも一行詩ともいえないものであったが、後日復員してその記憶を整理してみると川柳に一番近かった。それが今も書き続けている川柳のはじまりだったのである。」

哲秋氏の叫びにも似た作品が句集に並ぶ。氏の気配りと心優しさは、シベリア抑留時代のつらいご自身の体験の裏返しではなかったかと、後で気づかされた。読み返して、熱いものがこみ上げてきた。

順不同、先を急ぐ。右のほか、五月二五日(日)に行われた川柳三日坊主吟社三五周年大会(佐藤良子主宰)。福島県保原町で行われたこの大会は、前夜祭からにぎにぎしかった。大戸和興幹事長以下数名のメンバーが熱い歓迎を受けた。五月五日(祝)は千葉番傘創立十五周年大会。二百名以上の参加があった。この点に触れただけでもはや紙数が尽きた。

最後に、六月七日(日)。「ことばの祭典——短歌・俳句・川柳の合同吟行会」に、選者として招かれた。三部門合同で行われる珍しいイベントである。主催は仙台文学館(館長・井上ひさし)。ここだけは私一人の旅だった。道連れと言えば、一冊の本と缶酎ハイである。車中で『日本語のレトリック』(瀬戸賢一著、岩波ジュニア新書)を読み終える。今月号の「ポエムの貌」は、この本から採録した。

昔の人は良いことを言うものだ。「旅は道連れ、世は情け」。皆さんも機会があったら、ご一緒しませんか。

推敲と添削

08

2003

推敲の故事は比較的よく知られている。昔習った故事を思い返していただくと、たしかこういうことだったと思う。

賈島という詩人が、科挙(官吏登用試験)を受けるため、長安の都にやってきた。驢馬に乗って詩を作り、「僧は推す月下の門」という詩句ができあがった。ところが、「推す」の語を改めて「敲く」にしようかと思い、手をさしのべて推す動作や敲く動作の形をとってみたが、どちらとも決まらない。(夢中になり)うっかりして、都の長官韓愈の行列にぶつかってしまった。そこで詳しく事情を話すと、韓愈は「敲の字が良いだろう」

と言い、そのまま二人は手綱を並べて(馬を進めながら)長い間、詩について語りあったのだった。

　右の故事から、皆さんご存じの「推敲」の意味が生まれた。推敲とは、すなわち「詩や文章の字句を何度も練り上げること」である。

　推敲に対して添削がある。添削は辞書によれば次のように解説されている。「詩歌・文章・答案などを書き加えたり削ったりして改め直すこと」。推敲と添削の違いは、二つある。「詩文を直す」という点は両者に共通しているが、添削には答案を直す意味も付け加わる。そう、某受験出版社の進学ゼミナールの答案添削、通称赤ペン先生による添削はラジオCMでも有名だ。もう一つの違いは何か。推敲が自分で自分の作品を直すのに対して、添削は先生などの他人が詩文を直すという点だ。従って、師に自分の作品を直してもらおうと思う時には「推敲をお願いします」と言ってはならない。(もっと古い言い方では「斧正(ふせい)を乞う」という言葉があるようだ。)逆に自分で自分の作品を直そうとする時には「添削をする」という言い方は正当ではない。

　さて、『ぬかる道』誌にも「添削コーナー」が設けられるようになった。今年の五月号からのことだ。このコーナーは松尾仙影編集長の肝入りで始められ、その具体的な差配は編集長が行っている。現在は試行の段階だという話だが、最近届いた編集長からのメールによれば、「一年後くらいには『ぬかる道』独自の親しまれるページになるはずです」などと抱負を語っている。

　ここで話は飛ぶ。先ごろ亡くなった野谷竹路先生の追悼文を『川柳研究』誌に書いた。追悼文の中で竹路先生の「新人教室」の業績に触れて、その見事な指導者ぶりを改めて思い起すこととなった。追悼文を引用する。「……(新人教室では)一人ひとりの作品に丁寧な評と添削を施している。その評と添削が的確・適切なのだ。一字一句で変わる短詩文芸の、すばらしさと恐ろしさを垣間見た。そんな記憶がいま改めて甦る。」

　この「新人教室」は『川柳研究』誌の人気コーナーであった。私が指導を受けた昭和五六年当時の担当は野谷竹路先生だった。現在は津田暹さんがそのコーナーを受け継いでいる。ついでに言えば、その津田暹さんは、川柳研究社の組織改革に伴って新設された幹事長にこのたび就任した。

　添削は勉強になる。たった一文字で作品がマジックのように生き返る。この醍醐味はたまらない。よく言うテニヲハ、日本語の助詞の果たす役割が大きいからに違いない。助詞の使い方の妙は、添削のカナメと言われる所以である。

　隔月に募集する「川柳とうかつメッセ」(江畑哲男選)でも、添削希望の有無欄を設けている。作者の意向を確認するためである。印の付け忘れも時々はあるようだが、希望欄にチェックがない場合は原則として直してはいない。明らかな誤字脱字や表記の間違いは別として。当然のことだ。

添削を希望される方に対しては、これはあくまで私の選の場合だが、直しすぎないように注意をしている。「直しすぎない」というのは逆説的ではあるが、大切なことだとこの頃思うようになった。というのは、以前はかなり手を加えたのである。詩句を一生懸命練り直してあげることが、親切なのだと一途に思いこんでいた。五〜六年前のことである。若かった。その結果、その人の呼吸や個性を失わせることがありはしなかったか、といま省みて思う。直し過ぎると、どうしても添削者の句になってしまうのだ。右の点は、代表の立場に置かれてからは特に心している。

メッセの選に限って申し上げる。作者と私とのこれからも続くであろう長い長いお付き合いを考えながら選に当たっている。作品に手を入れることは容易（舞台裏はじつは大変）だが、作者自身による言葉との格闘があくまで基本だと信じる。まず、作者の側に言葉との格闘が欲しい。添削する場合でも、明日の推敲につながるように願って朱を入れている。譬えて言うなら、外科的措置で終わらせるのではなく、自然治癒力が増すようにと念願しての朱である。ご理解いただければ幸いである。

過日催された柏市民講座で「哲男流作句のポイント」をお話しした。ポイントは七つ挙げた。①はじめに感動ありき。（発見・発想・題材を大切にすること。）②焦点をしぼる。③定型の呼吸を大切にする。④省けるものは省く。⑤バランスを考える。⑥句語を選ぶ。⑦推敲する。初心者向けの講座でも、推敲の大切さを説くことを忘れなかった。

ところで、冒頭のエピソードはあまりにも有名だが、最近の研究によれば賈島の伝記的事実との食い違いが指摘されているようだ。端的に言えば、事実かどうか疑わしいということ。しかしながら、推敲のこのエピソードはそれでも私たちの魂を揺さぶるものがある。たとえフィクションであれ、一人の詩人が偉い人の行列が目に入らないくらいに自身の詩に夢中になれた、というくだりに心を打たれるのである。

危機管理

09

2003

長梅雨の影響で今年の夏は涼しかった。作物の実りを心配しつつも、ご病気の方には多少凌ぎやすい夏であったのではないかとも思った。

さて、ご心配いただいている今川乱魚最高顧問のその後。七月二三日に手術。胃の全摘ほかで七時間を要したが、手術は無事成功。本人が「病院で良い先生に巡り会えた」と語っている旨を奥様から伺った。誌面をお借りしてご報告に代えるとともに、皆さんとともに全快をお祈りしたい。

ところで、教師の夏は研修するものだという信念が私にはある。夏休み前半（八月一〇日）の段階で、今夏読んだ本は十二冊を数える。雑誌類を除いての数字だから、今年はかなり研修が捗っている。読んだ本を自分なりに分類してみると、

①『大学受験三羽邦美のパーフェクト漢文実況放送』（東進ブックス）、『古典文法質問箱』（大野晋著、角川文庫）など国語教育に関わる専門書、

②『女歌の百年』（道浦母都子著、岩波新書）、『俳句における日本語』（吉岡桂六著、花神社）など、短詩型文芸に関わる本。

③その他、となる。

①や②は立場上当然としても、③の分類で今回気がついたことがある。これまでも童門冬二の小説などはよく読んでいた。『小説立花宗茂』『論語とソロバン――渋沢栄一に学ぶ日本資本主義の明日』『組織を動かす』ほか。童門氏の小説やエッセイは、歴史の中から「組織と人間」の問題を生き生きとクローズアップさせる。あくまで〈現代〉を基軸に置いて、その上でそれぞれの時代のリーダーがどう動いたかを描いているから興味深いのである。

今年はこうした書物以上に、危機管理関係の本を多く手にした。佐々淳行や石原慎太郎、平沢勝栄らのかなり硬派な本を読んでいるのに気づいたのである。背景には、いま注目の北朝鮮問題や過日都庁舎内の防災センターを案内して貰ったことなどが影響しているかも知れない。

七月中旬、都庁川柳会（会長・渡久地潔）にお招きされた折り、会友の加藤富清さんに東京都防災センターなどをご案内いただいた。都庁の災害対策本部室をガラス越しに覗いただけだが、いざという時の準備は平時に整えておくという信念に貫かれた施設である。面積四一三㎡に二〇〇インチスクリーンが二面、地図表示盤・状況表示盤により一〇七名が一カ所で会議をすることが可能となっている。通信室では防災行政無線を使って、各防災機関との連絡を取れるように一般電話回線が寸断されても通信が可能となっていると言う。

危機管理と言うと、川柳を趣味とする私たちには縁遠く思われる。しかし、考えてみれば平和で安全な日々があっての趣味である。趣味を享受できるのも〈護民〉の役割を担う人と組織のおかげだとも言える。テレビ等でもおなじみの佐々淳行氏の『危機管理宰相論』『わが上司・後藤田正晴』、平沢勝栄氏では『日本よ国家たれ』などを読んで、新たな視点を切り開くことが出来た。

中でも「後藤田五訓」は圧巻だった。「後藤田五訓」なる存在をこの二人の本で初めて知った。「後藤田五訓」とは、日本の危機管理の先駆け。昭和六一年、中曽根内閣で内閣五室制が設置された時の後藤田官房長官（当時）の訓辞である。左に掲げよう。

①省益ヲ忘レ国益ヲ想エ

②悪イ嫌ナ本当ノ情報ヲ速報セヨ

③勇気ヲ以テ意見具申セヨ

④私ノ仕事デハナイトイウナ
⑤決定ガ下ッタラ従イ命令ハ直チニ実行セヨ

高度経済成長期に育った私からすると、いささか大時代的な感も否めないが、お二人の本を読んでいると平時に於ける「危機管理」の重要性がシロウトながらも理解できた。「いざ」という時の備え。学校で言えば避難訓練がそれに当たるのか。訓練の実際は皆さんにも覚えがあろう。いかにもオザナリ、生徒諸君も息抜き・お遊び感覚の行事となっている。

川柳会(界)に於ける「危機管理」とは？ 危機管理なる単語はいかにも大げさで、文芸の世界になじまない気もするが、やはり備えは必要であろう。危機管理を説いて、自ら着実に歩を進めている人物がいる。わが大戸和興幹事長である。和興幹事長は「自分は仕事を何もしていない」と言いつつも、各セクションへ目配りをし、バックアップシステムを確立しようとしている。外からは機能しているように見えても、実際は火の車、自転車操業なのである。実態を掌握している立場からの具体的提言等は今後なされるであろう。代表たる私の目からも、何とかしたい部分が少なからず存在する。

思い起こせば、過去三度にわたる今川乱魚代表(当時)入院の際は、危機管理への対応がすばやかった。私が巻頭言を書き、山本義明事務局長(当時)らと仕事の割り振りをして「危機」をしのいだ。その時の巻頭言(一九九六年八月号)で「幹事組織は東葛川柳会の宝の一つ」(本書四〇四ページ)と私は書いたが、その思いは今でも全く変わらぬ。

研修に話を戻そう。七月末、千葉県高等学校教育研究会国語部会主催の「第一回文学セミナー」が開かれた。今回は俳句の指導法をテーマに、句会形式で教員が研修に臨んだ。各自二句を持ち寄り、清記・互選・合評の、文字通りの参加型の研修に取り組んだ。講師は、俳人協会幹事・仲村青彦先生。紙数がないので、箇条書きにて先生のご指導の蘊蓄を記しておく。皆さんのご参考になれば幸いである。

(互選の)句会は二〇人くらいが理想。説明と表現は違う。説明は単なる報告。文学というのは口で説明できないことを表現するものである。だから比喩などが用いられる。現代俳句はモノで押して行く。説明は極力避ける。表現に切り込んでいくことが大切。説明の部分を取ってしまうととても良い句になる。季語は一つの焦点化。説明はダメだが時に分からせないといけない。――冷夏における貴重な収穫であった。

ジュニア川柳手帳

10

2003

ここ数年「俳句指導者講座」(主催・現代俳句協会)に出席させていただいている。この研究講座は、現代俳句協会(会長・松澤昭)が主催し、(株)伊藤園と毎日新聞社が後援の形をとっている。実際の運営は、現代俳句協会研修部が行っており、協会研修部の副部長は田付賢一先生が務めておられる。田付先生の名前を思い出せない方のために、ここで改めて紹介をしておこう。

昨秋、私たちは東葛川柳会発足満十五周年の記念として『川柳ほほ笑み返し』（新葉館出版）を出版した。ここには会友を中心とする合同句集の要素のほかに、会の講演録も収めてある。田付賢一先生には、平成一〇年一月二四日の新春句会に来ていただいた。「十七音字の乙女ごころ」と題して特別講演をお願いしたのである。私立女子高校の国語教諭として、俳句の創作指導を通じてのお話を情熱いっぱいにしていただいた。とても好評だったのを昨日のことのように覚えている。講演内容の詳細は、『川柳ほほ笑み返し』をご参照いただければ幸いである。

その「俳句指導者講座」は今年で第九回目を数え、田付賢一先生が中心になって準備を進められた。私も当日の司会補佐として、田付先生の横に座った。講座の総合テーマは「俳句の楽しさを子供たちにどのように伝えるか」。八月一〇日（日）、大井町のきゅりあん大会議室にて五〇名余が集まって、丸一日の日程を消化・堪能した。

講座は、講演・ディスカッション・インターネット俳句会の紹介・「小中高生の句」の互選及び優秀作品の表彰・出席者句会と、盛りだくさんの内容だった。こうした中でも、やはり圧巻だったのは、主として現場教師たちの俳句への熱い熱い意気込みであった。

具体的に紹介する。

1黒板に毎朝一つの季語を書いているという小学校の先生。朝の学級で本日の季語を紹介する。その効果。あいさつの習慣が身に付くようになった。さらに、季語のおかげなのだろうか？　たとえば燕の巣の近くでイタズラをする子どもがいなくなった、という報告。

2「今度はいつ俳句を創るの？」と生徒が質問するくらい、俳句が好きになったという中学校の実践報告。報告者の女性教諭は、「俳句の指導が人間形成に役立つ」と断言する。後日、中学校三年間の手作り句集をお送りいただいたのだが、読んで内容の濃さにびっくり。俳句の授業の効果であろう。卒業生は次のようなメッセージを残して巣立った。「国語の授業で心に残っているのは俳句創りでした。四季を通して校庭を散策し、季節の移り変わりをじっくりと見ることが出来ました。心がとてもうるおった気がします」と。

右のほかにも、授業開きに俳句創作をしている先生。保護者にも俳句を創ってもらい紹介して学級経営に役立てている先生。総合学習の中で職場体験後のお礼状に俳句を短冊に書いて贈るという実践をされている先生、などなど。念のために付言しておくが、これらの先生方は、自分の趣味を押しつけようとしているのではない。平成十四年度から実施された学校完全五日制と新学習指導要領で国語の授業時数が少なくなったなかでも、創意工夫を凝らしながら頑張っている貴重な実践なのである。短詩創作の指導をすることが、きっと子どもたちのためになることを信じつつの実践である。

モチロン私自身も発言をさせていただいた。内容は、創作活動の喜びを生徒と共有する観点からの実践例。私の実践については、この場では割愛する。これまでの文章や講演などを思い起こしていただければそれで良い。

一番びっくりしたのが、全校生徒にオリジナル俳句手帳を作って配布している中学校のお話だ。学校行事などの際には、全校で俳句の創作をする。指導する先生方も俳句手帳は常時携帯をしているそうで、職員旅行等のレクリエーションにもその俳句手帳は活用されると言う。

司会の補佐をしながら、実際の「オリジナル俳句手帳」を見せていただいた。文庫本大の俳句手帳の表紙下段には中学校名が印刷され、組・番号・氏名の欄が書き込めるようになっている。裏表紙には、「俳句を作ろう！——あなたの感動を十七文字に残そう——」との呼びかけのコピーのあとに、「一〇の決まり」が書かれていた。

①五七五で作る
②季語を一つ入れる
③見たものをそのまま書く
④うそや想像はダメ
⑤楽しい、きれい、美しい、うれしいなどの言葉は使わない。
⑥〜ね、〜よ、はやめる
⑦人の名前は入れてはいけない
⑧きたないことは書かない
⑨なるべく漢字を使う
⑩絵に描ける言葉を使う

これは使えるゾ！　すぐにそう考えた。と言うのは、この研究講座から二〇日ほど前のこと。(社)全日本川柳協会の常任幹事会(東京)があった。私が常幹として初めて出席した会議でもある。会議の詳細は省略するが、ジュニアへのアプローチが話題の一つになった。ジュニア川柳の出題はジュニアに親しめるものをという意見が出される中で、私も感想程度の意見を述べさせていただいた。議長役の竹本瓢太郎氏が、貴重な発言を承った、とまとめて終わった。

良いものは大いに真似をするべきであろう。「俳句指導者講座」から帰って、私は考えた。オリジナル俳句手帳を川柳手帳にアレンジできないものだろうか、と。イラストなどを入れて親しみやすくするとともに、俳句十箇条を川柳風に改める。さらには、ジュニア川柳の投句先、川柳についての質問や相談、日川協のHPやメールなどを記しておくと参考になる。大量に製作して、これをジュニアへの賞品として活用したら良いのではないか。名づけて、ジュニア川柳手帳。この小冊子を手にすれば、川柳への理解を深め、川柳作品をこの手帳に書きとめる習慣を付けることにもなりそうだ。その後、八月のわが東葛川柳会幹事会でも、ジュニアへの賞品について前向き考えて欲しい旨の要望が佐竹明幹事からあった。

「言うは易く、行うは難し」ということわざがあるが、ジュニアへのアプローチなどは、まさにその典型である。八月一〇日（日）の前記講座にジュニアとして参加したのは、教え子の冨中友恵（東葛高校二年生）さん一人であった。その彼女は、席題「海」で「サイダーの泡の向こうに巨洋かな」を創って、私の作品よりも互選の得票が高かった。

大会前夜

11
2003

大会も当会のように毎年開催していると、いささか慣れっこの感がなきにしもあらずだが、それでも当日が近づくにつれて慌ただしさが増してくる。慌ただしさの中に緊張感が加わる。準備は大丈夫か、当日の手配に抜かりはないか等々、夕食をとりながら書類に目を通す。そんな夜が続く。

どこの吟社でもそうであろうが、大会は半年以上前から準備される。会場の確保・選者の依頼・企画の立案に始まって、当日の役割分担・事後処理に至るまで大会にまつわる仕事は続く。東葛川柳会では、そうした大会のもろもろに対して集団の知恵を活かしてきた歴史がある。大会の骨子そのものは、会友のニーズや川柳界の現状などをふまえながら企画会議を中心に立案し、幹事会に諮って審議する。足らざるところを補いあって大会準備要項は作成される。大会準備要項記載のこまごまとした役割分担はこの場では割愛するが、当会では班を編成し、各班にチーフを置いて事に当たるようにしている。学校時代の班組織を思い起こしていただけたら良い。幼稚と思う方もおられようが、チーフを冠してグループを組織するというのは案外仕事の理に叶っているものだ。私がここで言う「集団の知恵」の一つは、右のことも含んでいる。

その大会のキーワードは「楽しくてためになる」である。「楽しい」ということと「ためになる」という二つのテーゼを両立させたい。そう念じている。生涯学習の基本テーゼに「楽しく学ぶ」があるが、このモットーのもとに東葛川柳会は活動してきた。詳しくは少し古いが『犬吠』（平成七年十二月号）掲載の「ズームアップ⑫東葛川柳会の巻〈楽しく学ぶ〉をモットーに」をご参照いただきたい。このモットーもかなり以前から繰り返し述べていることである。いま流行りの言葉を使えば東葛川柳会のマニフェストということになるのか。

川柳大会のあり方については、さまざまな考え方が存在する。『川柳マガジン』でも、近号で特集を組んでいるほどだ（本年七月号、九月号）。そこでの議論を拾い読みしてみる。

「（大会の魅力は）実作者として好きな選者がいるかどうか」、「川柳を語らない川柳大会は欠陥」、「大会自体は絶対評価ではなくて相対評価（によって、選と披講がなされる）」、「安全な句を採ろうとする。無難なところで収めてしまう」、「いいのは全部とる。入選句数を制限しない（方式が良い）」、「格調が高くて品位があって良いことを言ってるような、そういう句をトップにしたがる」傾向あり、……。

右の意見に対して、会友の皆さんにも賛否両論いろいろあると思う。私も私なりの見解を持ってはいるが、文字通り拾い読みの紹介だけにとどめておく。一点だけ整理しておくならば、大会に於ける選者の役割が大きいということ。これは否定しがたいエレメントである。何かと自らの個性を主張したがる川柳人にあっても、誰が選者かというのは共通の大きな関心事であることは間違いなかろう。

さて、今大会の選者を改めて紹介したい。

まずは、川俣秀夫先生。昭和十九年一月一日、川俣喜猿氏の二男として栃木県宇都宮市で生まれる。昭和四九年下野川柳会入会。現在は、下野川柳会副会長であり、宇都宮雀郎会副会長も務めておられる。昨年の東葛十五周年記念大会では、同じ下野川柳会の高梨宗路会長に「写真」の選をしていただいた。宗路会長から秀夫評を聞けば、秀夫氏は面倒見が良く、行動力も抜群。会の運営の要である、と。今回は、その秀夫副会長に選をお願いした。本職は金融機関の支店長と伺った。社会的地位の高さをおくびにも出さず、気配りをする秀夫先生を大会などで私たちはよく目にしている。お人柄であろう。

昨年の栃木県川柳協会三〇周年記念大会では「川柳大賞」を受賞された。その受賞句「足跡のほかは見せない雪女」。

加茂如水先生。東京番傘川柳社会長・番傘関東東北総局長・川柳人協会副会長ほかの要職を務めておられる。平成十一年には川柳句集『瀞』を出版された。同句集には、自らポン友と呼ぶ田中八洲志氏の序文がある。

〈酒席を共にすると気付くことだが、彼には沢山の拘りがある。まず、服装に合わせたベレー帽。煙草はピースの両切り。そしてビールはキリンに限られている。これらは「良いものは良い」「駄目なものは駄目」という彼の姿勢のほんの一部だ。そして彼は先輩の非は容赦しないが、後輩には細かいことまで気が付く優しさを持っている。……〉

友人の目から如水先生の人となりをリアルに伝えている。ついでに筆を滑らせれば、如水氏は通称「句会の鬼」と呼ばれ、関東で知らぬ者はいない。私個人は、如水先生には「含羞の詩人」の一面ありとひそかに睨んでいるのだが……。

大会は「選と披講だけで充分」との考えも、もう一方で存在する。東葛川柳会ではこの考え方はとっていない。むしろ、川柳界の内外から有益なお話を伺いたい。多様な価値観に彩られる現代社会にあって、複眼的な視野を持ちたい。川柳と自身の栄養素として積極的に摂取したい。そう考えている。

今大会の記念講演は、新潟県在住の大野風太郎先生にお願いした。川柳の上では、柳都川柳社同人であり、川柳研究社の相談役をされている。本職は、新潟蒲原新聞の主宰。言うならば、取材や文筆活動のプロである。プロの技術を生かして川柳史を閲し、川柳作家の実像に迫る。川柳界で、風太郎先生の存在は貴重である。大会前に、職場に電話をおかけした際も、田中五呂八に関する小樽新聞社時代のエピソードを弾んだ声で語りかけてこられた。お若い。生き生きとしている。先生の笑顔が浮かぶようだった。『川柳研究』誌では現在「川上三太郎と隣人たち」を連載中。また、川柳界の外でもご講演などをこなし、多方面でのご活躍中である。近くは「宮本武蔵と危機管理」を地元の警察署管内で九〇分お話しになったと聞いている。そうそう、「貧しさも余りの果ては笑ひ合ひ」で有名な吉川英治の伝記『吉川英治　下駄の鳴る音』（葉文館出版）も先生の著作であった。

　川柳界も「学びの時代」に入ったのではないか、そんな気がする。この点については後日またペンを執るつもりでいるが、ともあれ収穫の多い大会でありたい。大会前夜における、少し大きめな私の独り言である。

学ぶ、行動する

12
2003

　七年ぶりに修学旅行の生徒引率をして帰った。一〇月の中旬のこと。四月から勤めている高校では、ここ数年この時期の北海道を修学旅行先に選んでいるようだ。航空機を使って三泊四日の日程。内容としては、①札幌や小樽の班行動、②北海道の大自然をバックにして、ラフティング・乗馬・マウンテンバイク、あるいはアイスクリームや蕎麦打ちなどの体験学習。以上の二つが大きな柱であった。

　修学旅行の生徒引率というのは、傍目から見るほど楽ではない。正直に言ってしまえば、年ごとに億劫になるというのが実感だ。実際、引率に係わる緊張や旅行中の極度の睡眠不足などが中年の域に入った身体には堪える。とはいうものの、何事も前向きに取り組むのが小生のモットー。どうせ北海道に行くならと思って行動したことが、文学的収穫にもつながった。今回はそれを書きたい。

　北海道立文学館。札幌市内中島公園の中にある。時計台や北海道庁旧本庁舎などの観光コースから少し外れたところに位置しているので、驚くほど訪れる人が少ない。だが、この道立文学館には川柳の展示コーナーがあったのだ。常設展示会場には、短歌や俳句と並んで川柳がほぼ同じ広さのスペースを確保している。内容は、北海道の川柳（明治〜昭和初期）、同（昭和後期〜現代）、北海道川柳界の分布図などの解説のほかに、北海道に関係する川柳作家の紹介がある。とりわけ、小樽に於いて新興川柳を興した田中五呂八の業績が評価されて、貴重な短冊類とともに一般の方の目に触れるように配置されていた。

この展示を見て嬉しくなった。川柳の居場所を確保してくれない文学館が多くある中で、道立文学館は違っていた。きっと関係者の努力の賜物に違いない。そう思った。ならばエールを贈ろう。思い立つとすぐに行動してしまうのが悪い癖だ。その夜、斎藤大雄氏（北海道川柳連盟会長、（財）北海道立文学館監事）宅に私は電話をかけた。受話器の向こうからは、大雄氏の気さくな声が返ってきた。

「今日は嬉しくなって電話させていただきました。道立文学館に行って来たんです。文学館に川柳がきちんと位置づけられて、……」、小生の贈るエールに大雄氏も喜びの反応を返してくれた。ひとしきり会話がはずんだのち、市内のホテルに小生が滞在していることを知ると、大雄氏から「今からでも飲みに出られないか」と誘われた。これまた気さくな誘いで、嬉しかった。しかしながら、そのお誘いは「公務中のため」断らざるを得なかった。残念。いかにも残念。

後日談。十一月二日（日）。つくばね川柳会周年大会で、選者としてお見えになっていた斎藤大雄氏と再会した。大会後の懇親会の席上、半月前の札幌での電話の一件に話が及んだ。私は聞いた。「（修学旅行引率中の私を）ススキノにでも連れ出す気だったのでしょうか？」と。大雄氏は豪快に笑った。札幌川柳社創立（昭和三三年）以来川柳の発展に情熱を傾けてきた行動派の男の、豪放磊落な笑い方であった。

話を元に戻そう。道立文学館で、いかにも北海道的だなと感じた展示があった。「アイヌの歌人」「アイヌの口承文芸」「千島・樺太の文学」等のコーナーである。北海道の先住民族・アイヌは文字を持たなかった。そのアイヌ民族のなかで、日本の風土に生まれ育った日本文学独特の形式である短歌を創ることの難しさを、身をもって知り、乗り越えたアイヌの歌人たちがいた。バチラー八重子、違星北斗、森竹竹市、江口カナメら。「幼ごろ恐ろしかりし有珠嶽に今はこよなき親しみぞもつ」（八重子バチラー）。「アイヌの口承文芸」では、アイヌ学の礎を築いた金田一京助（1882〜1971）の展示もあったが、時間が足りなかった。

文学館を出ると、班行動の生徒たちや他の観光客ともすれ違った。中島公園内の豊平館（北海道開拓史が洋風ホテルとして建てた洋館）へは行くものの、文学館へは足を向けてくれないようだった。

翌日は小樽。小樽では、田中五呂八碑と対面することができた。JR南小樽駅を降りて海と反対方向へ坂を上がった住吉神社（『川柳マガジン』十一月号の作品合評欄には「八幡宮」とあるが「住吉神社」の誤り）に、その碑はあった。小雨模様の天候。風が冷たい。一〇月中旬の小樽はすっかり冬である。紅葉が色づいた木の下に五呂八の碑はあった。「人間を摑めば風が手にのこり」（田中五呂八）。碑と碑文を旅行前に機種交換したばかりのカメラ付きケータイに収めると、もう時間がない。本部詰め職員の交替時間が迫っていた。

振り返ってみれば、修学旅行のあり方もずいぶん変わった。(以下は、(財)日本修学旅行協会発行の資料『修学旅行のすべて』を参照する。)

修学旅行の嚆矢は明治十九年(1886)に遡る。東京師範学校の「長途遠足」がその始まりらしい。戦後の修学旅行を概観しても、①修学旅行の復興期(~昭和26)、②整備期(~昭和39)、③充実期(~昭和50)、④多様化期(~昭和62)と分かれる。そして平成の現在は、修学旅行第Ⅱ世紀とも言うべき時代に入っていると言う。肝心の旅行の意義はと言えば、かつては「国民教育的見地から国の文化的中心地または重要地を見聞する」ことだった。従って関東地方を起点にすると、京都や奈良の古都見聞が定番であったのも頷けよう。やがて、修学旅行専用列車「ひので」「きぼう」が出現(昭和34)し、さらには新幹線の開通(昭和39)。その新幹線が博多まで延伸(昭和50)し、東北・上越新幹線の開通(昭和57)して、さらには航空機の利用も許可(平成3、東京都)されるようになって、旅行環境も目的も形態も大いなる変貌を遂げるに至った。

今回七年ぶりの引率にあたっても、その豪華な宿泊先と贅沢な食事にびっくりしたくらいである。ホテルは、大昔のように多人数を大部屋に押し込む宿屋ではもはやない。ふと、枕投げができなくなってしまったのでは？と心配して聞けば、生徒たち曰く「特定の部屋にみんなで集合してやりました」と。答えを聞いて妙に安心した。儀式は生きていたのだ！

わが国では、集団としての旅の伝統がある。大名の参勤交代しかり、伊勢への「おかげまいり」しかり。そう言えば、全国大会のツアーや吟行会は人気が高い。学び、そして行動するのが川柳人の長所だ。かつて「書を捨てよ、町に出よう」という言葉が流行した。そのデンで言うならば、「書を携えて町に出よう」ではないか。若者よ、そしてシニアよ。

III

2004

年内新春号

01

2004

『ぬかる道』新年号である。二〇〇四年（平成十六年）の年頭号。年賀広告も『ぬかる道』の付録として添付されている。「皆さん、明けましておめでとうございます。今年も健康に留意をして、どうぞ川柳をお楽しみ下さい。」

やはり、書き出しはこうでなくてはならぬ。こう書かないと、新春の気分が出てこない。何故こんなことを書くか。この新年号は年内に発行される。そうした場合、代表としての挨拶はどのように切り出すべきか。しばらくパソコンの前で悩んだ。悩みながら、ふと次の一首を思い浮かべた。

「年の内に春は来にけり一年を去年とや言はむ今年とや言はむ」。言わずと知れた在原元方の歌である。古今和歌集冒頭の作品だ。念のために通釈を記しておく。〈年の改まらないうちに春が来てしまったことだなぁ。立春の今日から一年の残りの期日を、去年と言ったものだろうか、今年と言ったものだろうか〉。短歌の前に、「ふる年に春立ちける日詠める」の前書きが付されている。

右の在原元方の短歌を激しく攻撃したのは、近代短歌の祖たる正岡子規であった。明治三一年（一八九八）新聞「日本」の紙上に発表された「歌よみに与ふる書」にて。

正岡子規によれば、「実に呆れ返った無趣味の歌に有之候」ということになるらしい。子規は、ご存知のように万葉調を賞賛し、古今集を激しく攻撃した。古今集崇拝の旧来の歌壇を激越な調子で論難していった。現代的に翻訳すれば、短歌界における構造改革をなさんとして、陳腐な旧派・抵抗勢力を排撃していったのである。新しい何かを成そうとするとき、旧弊を破壊しようとするのは常套手段なのだ。子規の評論を読み直すと、激しい言葉がどんどん出てくる。曰く、「（紀）貫之は下手な歌よみにて」「死に歌よみの公卿達」「駄洒落か理屈」「陳腐を連想」「実にも歌は色青ざめ呼吸絶えんとする病人のごとくにも有之候よ」……。

ところで、在原元方のこの歌は年内立春を詠んだものであった。すなわち、新年と立春が一致するのが旧暦（太陰暦）の原則だが、時として十二月のうちに暦の方では「立春」になってしまうことがある。その矛盾を、いささか知的に、遊技的に、機知を働かせて詠んだ歌がこれだった。

元方風に言えば今回は年内新春号になる訳だが、長い枕詞はさておき、新春号にふさわしいニュースから書き始めよう。

まずは、朗報。句会場が変わる。日程的には、今年（二〇〇四年）二月から柏郵便局の三階をお借りできることになった。会場は椅子席である。柏駅からも多少近くなる。

生涯学習花盛りの昨今にあって、どの川柳会も会場の確保には苦労している。東葛の場合、さらに条件が悪化する。句会の参加者が多いので(この点は有り難いことなのだが)、逆に会場の確保がむずかしくなってしまうのである。

私は、大勢の参加が可能な会場を探すべく、公的私的施設を車で見て回ったことがある。代表になってある時期のことだった。句会場の条件としては、次の順番で考えた。①何よりも会場が安定的に確保できること。②交通の便が比較的良いこと。③幹事会開催や発送事務が可能なこと。右の三条件に加えて、参加者の年齢からすると、出来れば④椅子席が望ましい、ということになると思う。

しかし、ふさわしい会場はなかなか見つからなかった。それが今回病気療養中の田村巷談幹事の尽力により実現することになった。経緯は一年以上前にさかのぼる。電話で病気のお見舞いを述べながら、世間話も織り交ぜた。その折りに、句会場で悩んでいることも話題にしたようだ。その話を巷談幹事は覚えていてくれたのである。その後一年、さまざまな折衝があって今回実現の運びとなった。「真っ向サービス」を受けられるようになったことを、皆さんとともに喜びたい。

カルチャーに最適な施設は、本当は学校である。生涯学習の理念にも合致しよう。本音ではそう思っているのだが、いまは慎重に発言するタイミングを計っている。柏市内には、駅から比較的近く、生涯学習社会に対応できるように建て替えられた学校さえ存在しているのだから。

新春号の二番目としては、会友の出した著者が話題になったこと。まずは古くから当会の会友で、野田在住の戸邉好郎氏。げんごろうの雅号を持つ氏が、昨年六月『遠蛙』(DISTANT FROGS)を出版された。単独作家の英訳川柳句集は初めてらしく、「日本文化の世界への発信の一環として川柳を海外に普及したい」と著者の弁。国内外から反響を呼んでいる。ともかくわくわくするような句集だ。北星社刊、一五〇〇円+税。

好作家・加藤友三郎氏の句集『回遊魚』については、前号該当ページで触れた。改めてご参照いただこう。

そして、今川乱魚当会最高顧問著『癌と闘う――ユーモア川柳乱魚句集』。新葉館のチラシを引用すれば、「笑い療法でがんに立ち向かう、ユーモア川柳で綴る、がん闘病一四〇日」。昨年(二〇〇三)末に発行されたばかりだから「話題になった」と書くのは気が引けるが、きっとそうなるはずである。だいたいガンの闘病記で、こんなにもユニークで前向きな著書があっただろうか。乱魚氏の川柳に賭ける情熱と不屈の精神のなせるところであり、この本には川柳ならではの作品が収められている。ついでに記せば、新春句会では「がんに関する心得について」の特別講演を企画した。その道ではつとに知られる小野寺時夫先生のご講演は、大戸和興幹事長の発案と増田幸一幹事の肝いりで実現した。ご期待いただきたい。

三番目は夢想に近い。吟行句会を海外で開けないか。週刊誌の見出しなら、「ついに海外へ！　東葛の吟行句会で実現?」。これも経緯から説明しよう。昨十一月句会時、乱魚顧問から旅行社のパンフレットを手渡された。見れば「日米文化交流促進支援事業第十回海外フェスティバル」とある。ハワイの自然をバックに、カルチャーの写真が躍っている。句会後に意見を聞いてみた。反応は、女性陣を中心に「行きたい」「行ってみたい」。「一人じゃいけないけど、みんなとなら行けそう」。正直な感想だ。すぐにでも二〇人くらいは集まりそうな気配で、検討の価値ありと判断した。

　その後、一晩経って考えた。ハワイも良いが、同じ漢字文化圏の台湾はどうか。台北川柳会との交流も兼ねるということにでもなれば、私たちの楽しみだけでなく、(社)全日本川柳協会の活動にとっても大きなプラスになるにちがいない。

　この三番目は、いわばアドバルンだ。「夢想に近い」と書いたが、皆さんのご意見を投句のついでにでもお伺い出来れば幸いである。いずれにしろ夢は持ち続けたい。夢の実現のためなら多少の汗は厭うまい。新しい年が、皆さんにとっても当会にとっても有意義になることを心から願いつつ。

青春俳句の世界

02

2004

復本一郎氏が昨秋出版された著書を、皆さんはもうご覧になったであろうか。『青春俳句をよむ』（岩波ジュニア新書、七八〇円＋税）である。岩波ジュニア新書は、人生の出発点に立つ若い世代のために刊行されているシリーズだが、分かりやすくてしかも奥が深い。単価も安く、大人の皆さんの鑑賞にも充分堪えうる著書ばかりである。

　教育の要諦は、難解なことを易しく解説することにあると私は信じている。難解なことを易しく説明できないのは、教授者が真に理解していないからではないか。難しいことを易しく解きほぐしてあげること。それが教育であり、そこが難しいところなのだ。難しいことを難しいままに相手に伝えることは、さして難しいことではない。

　川柳もしかりである。最近の川柳界で目に付く二つの傾向。難解句や道句の一部流行。この二者の弱点を選者はなかなか見抜けないらしい。抽象句の世界はそれとして一概に否定するつもりはない。しかしながら、その抽象的な言い回しをよくよく吟味してみると、案外中身の乏しい作品であったりもする。ちょうど、玉ねぎを剥いたときのように、結局何も詰まっていなかったりすることさえあるのである。

　一方の道句。道句的な作品には、川柳は真面目な文芸だという主張が底流にある。その主張が強すぎると、作品が硬直化する。真面目な作品ゆえに大きな賞の対象となることも少なくないのだが、世間的にはあまり面白味がないという評価を受けてしまう。特にジュニアの作品において、道徳的な傾向（＝大人にとって好ましい子ども像の反映）ばかりが評価されるのはいかがなものか。選者の高齢化も道句的傾向を加速している。年齢を重ねると、どうしても心やさしい作品の方に魅力を感じるようになるらしい。なお、道句については『ぬかる道』昨十一月号「乱魚のメガネ」にも言及があるので、併せてご参照願えれば幸いだ。

さて、復本氏の著書に戻る。『青春俳句をよむ』は、俳句のイメージが「老人の文学」「大人の文学」として固定してしまっていることを憂いて、若者向けに「俳句好きになっていただきたくて書いてみた」。執筆の動機である。十二の章立てが著者の意図を物語っている。「友情」「恋愛」「家族」「教師」「卒業」「行事」等々。「恋愛」の章には、「林檎の木ゆさぶりやまず逢いたきとき」（寺山修司）があり、「試験」の章には、現役高校生の「銀河から模範解答降ってこい」（植松佳子）や「大西日解答用紙書き終わり」（木村良子）が並ぶ。「勉学」の章の「藪蚊接近英単語暗記中」（永井謙次）も面白い。また、学校の授業で言うところの〝余談〟がところどころに挿入されており、一服の清涼剤となっている。俳句の本ではあまりお目にかからないルビも、読者への配慮がうかがえて有り難い。「青春」時代を通り過ぎた大人が読んでも、郷愁とともに楽しんでいただける一冊と自信を持ってお勧めできる。

著者・復本一郎氏は、俳句の「切れ」に一貫してこだわっておられる。「切れ」は季語と並ぶもう一つの大切な約束ごとであると、著者は強調する。

《……五・七・五のどこか一か所で、必ずリズムの流れを「切る」ことになっています。そうすることによって、たった五・七・五の十七文字しかない不完全な言葉の世界が、一つのまとまり、すなわち完結性を獲得したり、意味性を獲得したり、あるいは深さと拡がり（二重構造性）を獲得したりできるのです。》

右の引用で意図的に省略した部分がある。川柳に関する記述だ。そこでは、川柳は切れのない一重構造性だと説かれている。果たしてそうだろうか。歴史的な経緯はともかくとして、川柳にも「切れ」はあるのではないか。私自身も時として句箋に句を二行書きにするのは「切れ」を意識してのことである。とは思うものの、ここでは疑問を提出するだけにとどめておく。復本見解に疑問は抱きつつも、整理するだけの時間的余裕がないので改めてペンを執らせていただきたい。

再び復本著。

《落し物口紅その他運動会　田中　春生

田中春生は、先生にして俳人であります。教師の目がとらえた「運動会」。この句にも「笑い」があります。「切れ」は〈落し物口紅その他／運動会〉です。

先生を好きだったころ春休み　櫂　未知子

右の句は実に素直な作品ですね。一句の「春休み」が「青春時代」のメタファー（隠喩）として有効に働いています。

作者自身が教師（大学の非常勤講師）として体験しているところの現実の自らの「春休み」でもありましょう。季語は「春休み」、季節は春。「切れ」は〈先生を好きだったころ／春休み〉です。

満月見る中退の奴も親友で　高松　敬仁

ちょっと乱暴な言葉遣いが一句をかえって清々しい作品にしています。「切れ」は〈満月見る／中退の奴も親友で〉となりましょう。上五文字が六文字、中七文字が八文字になっていますが、まったく問題はありません。これが「字余り」です。紛れもなく俳句です。》

改めて著者を紹介しよう。復本一郎氏は神奈川大学教授。当会との関わりで言えば、平成十三年（二〇〇〇）秋の大会で記念講演「狂句と新川柳」をしていただいた。講演録は東葛十五周年記念出版『川柳ほほ笑み返し』（新葉館）に収められている。ほかに著書としては、『俳句と川柳』（講談社現代新書）、『知的に楽しむ川柳』（日東書院）等がある。この機会に読み返していただきたいと思う。

折しも、今月号の『ぬかる道』には、現役高校生の文章二編を掲載することができた。自由研究（総合学習）の成果と私の授業で課した短歌の鑑賞文の二編である。いずれも秀逸。若者文化に批判は多いが、大人の側の耕す努力が足りないのではなかろうか。耕せば稔る。自明の理だ。耕し方の工夫はもっともっとなされてしかるべきとは思うが、……。

文化の力・つながり

03

2004

私のもう一つの趣味に演劇鑑賞がある。第一の趣味はむろん川柳だ。そして第二位以下は、と言っても川柳以外の趣味はぐっと比重が下がる。演劇鑑賞も下位ながら細々と続いている趣味の一つである。年に数回というスローペースで劇場に足を運ぶ。学生時代からこのペースは続いているので、演劇との付き合いもかれこれ三〇年が経つ。

学生時代観た演劇で印象に残っているのは、ゾルゲ事件を扱った「オットーと呼ばれる日本人」（一九七四年、広渡常敏演出、東京演劇アンサンブル）。この種の演劇が七〇年代の主流であった。演劇鑑賞後は喫茶店などで口角泡をとばす議論も闘わせた。何しろ若かった。青臭くもあった。そう言えば、今年二〇〇四年は、ゾルゲ事件の日本側主役・尾崎秀実の刑死後六〇周年に当たる。どこかで再演があるのかも知れない。

千葉県の教員になった当初は、東京の劇場に足が遠のきがちであった。それでも話題作については、チケットを取ったり取って貰ったりして出かけたものだ。「夜明け前」（一九八〇年、民藝）の鮮やかな書割や舞台装置は、今でも脳裏に焼きついている。

鑑賞する演劇は、現代劇がほとんどで、それも喜劇が多い。外国ものは少ない。シェークスピアの大作もモリエールの喜劇も正直言ってピンとこない。

喜劇と言えば、飯沢匡氏の作品をよく観た。ロッキード事件に題材を採った「多すぎた札束」（一九七七年、青年劇場）や「九階の四二号室」（一九七七年、新劇合同公演）、「夜の笑い」（一九八七年、青年劇場）などは氏の代表作であろう。手元にある『飯沢匡先生の思い出――没後五年にあたって』（一九九九年、青年劇場）という小冊子を読み返してみても、飯沢演劇の凄さを改めて思い知らされる。

以下は、小冊子からの引用（肩書はいずれも当時のもの）。

「飯沢戯曲の特徴は、底に重いテーマを秘めながら、それを声高に叫んだりしない」「大衆性と社会性と芸術性を合わせ持つ作風」（青年劇場前代表・瓜生正美）。「古代の日本人が持っていたおおらかな笑いの復権を求めて、飯沢先生は生涯闘ってこられた」（岩波書店社長・大塚信一）。「川口さん。低俗番組をバカにしてはいけませんよ。……志を高くもって低俗番組を作れ。勇気と高い志をもって楽しい番組を作ってくれ。それがＮＨＫの務めだ」（ＮＨＫ顧問・川口幹夫）。何やら、このあたり川柳にも通じそうな極意に聞こえてくる。

ところで、野田市と関宿町が昨年六月に合併した。（余談だが、これで由緒ある地名「東葛飾郡」は沼南町だけになってしまった。その沼南町も柏市との合併が決まっており、早晩「東葛飾郡」は消えてしまう運命である！）。野田市と関宿町の合併記念事業の一つとして劇団彩（さい）の公演が企画された。彩は野田市に本拠を置く劇団で、今年創立二十五周年を迎える。主宰は、タウン誌『とも』発行人の根岸清子さん。これまでも「名人・関根金次郎の生涯」や「青年たちの運河」など主として地元に密着した作品を手がけてきた。今回は、地元関宿町の偉人・鈴木貫太郎元首相の生涯を描いた「我が屍を乗り越えて」を上演すると言う。場所は野田市の欅ホール。上演日は一月三十一日（土）と二月一日（日）であった。私は、三十一日の夜の公演に出かけた。

鈴木貫太郎を演じたのは、『とも』編集人の梅田宏氏である。今回の演劇はほとんど動きらしい動きが見られなかった。テーマがテーマだけに仕方なかったのかもしれない。何しろサブタイトルの「終戦内閣の四カ月」でも分かるように、舞台は御前会議も含めて会議室ばかりだ。歌も踊りもその他のアクションも殆ど見られない。下手をすれば、空疎な言葉のやりとりになりかねない。そこを主演の梅田宏氏が好演した。

梅田氏が編集長を務めるのが、タウン誌『とも』である。『とも』には、比較的早くから川柳にページを割いていただいている。私が「にんげん万事五七五」と題する川柳欄の連載を始めたのは、一九八七年一〇月のこと。弱冠三四歳の時である。その「にんげん万事五七五」は連載一〇八回で終了し、中澤巌幹事にバトンタッチ。巌幹事は「川柳・江戸川塾」とタイトルを改めて再出発させた。現在では投句者も増えて、連載九〇回になろうとしている。当日巌幹事は広子夫人とともに会場を姿を見せた。文化のつながりである。また、野田在住の成島静枝幹事は翌一日に当演劇を鑑賞したと言うし、ほかにもご覧になった幹事や会友がおられよう。

　文化のご縁やつながりは大切にしたい。文化のつながりは基本的に横のつながり。即効性・機能性重視のタテ社会とは異なる。政治が関与しにくい生き甲斐の問題や心のケアを受け持つことが少なくない。文化は票にならないので、政治からは阻害され、不況時には予算が真っ先に削減されたりもする。だが、不況時こそ文化の出番ではないのか。

　東葛川柳会は発足以来、地域の文化のつながりも重視してきた。発足して間もなく柏市文化連盟に所属したことに始まって、近くは「かしわインフォメーションセンター」の事業への協力等々。文化と文化のつながりは、町や人を活き活きさせる。俗に言うハコモノ行政（誰も利用しない、為政者の名誉欲だけで造られるハコモノ）はご免蒙りたいが、東葛飾地域の文化施設は充分とは言えぬ。お隣・松戸市で開かれた昨秋の川柳大会会場はいかにも手狭だった。エンゲル係数ならぬカルチャー係数は、住み良い町づくりの指標でもある。「心の豊かさ」も財産の一つと考えるならば、「心の財産」作りに私たちは今後とも寄与してまいりたい。

日本語とオレオレ詐欺

04
2004

　東葛川柳会では、句会前のごく短い時間を利用して「川柳教室」を開いている。「川柳教室」と言っても、体系だった内容ではなく、川柳にまつわる折りに触れた話を展開している。たいがいは今川乱魚最高顧問の担当。二月は故あって、小生が「日本語の魅力」の一端をお話しすることになった。

　その時の話の枕にしたのは、いまもって被害者が絶えないオレオレ詐欺のこと。日本語とオレオレ詐欺とはどのような関係があるのか。私は言った。「オレオレ詐欺は日本でしか起こり得ない犯罪である。日本語の特徴を活かした詐欺でもある」と。そんな私なりの〈仮説〉を披露した。

　かいつまんで解説すると、こうなる。

　英語の人称代名詞は、IとかYOUのように基本的には一語しか存在しない。対して、日本語は人称代名詞が豊富である。日本人は、その場に応じて、相手に応じて、多種多様な人称代名詞を選んで使い分けをしている。「私・僕・自分・わし・それがし・手前・オレ、……」等々。さらには、子どもに向かって「お父さんの目を見なさい」と言ったり、児童に対しては「みなさん、先生の声が聞こえますか？」といった具合に、「お父さん」「先生」といった普通名詞さえも人称代名詞の代わりに用いてしまうのである。「私」「オレ」の話に戻せば、公式の席では「私」。ごく近しい、くつろいだ関係の相手には、「オレ」を使い分けている。

さて、くだんの詐欺師の手口。電話に出た祖母（あるいは祖父、以下同じ）に、「オレだよ、オレ」と切迫した声でいきなり用件に入る。祖母は考える。若い声だ。祖母たる私に助けを求めてきたのだ。「オレ」なる単語は近しい関係間で用いられる一人称代名詞である（文法を知らない祖母だって、それくらい経験上理解していよう）。我が身を振り返って近しい相手を想起すると、「オレ」とは孫のA夫か。きっとそうに違いない。「A夫ちゃんかい？」と、つい名前を呼んでしまうのである。「そうだよ、A夫だよ」、……。以下の展開は読者もご存知の通りだ。かくして詐欺が成立する、という次第なのである。

英語の場合、決してこうはならない。何しろ、使い分けができるほどの人称代名詞を持っていないのだから。「それがしも拙者も英語アイで足り」（神谷娯舎亭）。対して日本語の人称代名詞。「世の中にお前と呼ぶはお前だけ」（相元紋太）。古き良き日本人による、二人称代名詞のこうした使い方に余韻余情を感じるのは私だけではあるまい。

右の話は、おかげさまで好評であった。句会場の最後尾で聞いていた新葉館出版の竹田記者も「面白かった」と言う。全くオリジナルな仮説であったが、日本語それ自体の特長を示しているのではなかろうか。

「日本語の魅力」についての話をこれ以上再現しないが、川柳はその豊かな日本語を用いて表現する。人情の機微を、ニュアンスの微妙な違いを、わずか十七音字で表そうというのだ。改めて川柳という文芸はスゴイものだと再認識する。

話は変わる。この春休み（正式には「学年末休業日」と呼ぶ）に中国へ出かけることにした。私としては二度目の中国行きである。今回も小旅行に過ぎないが、自分としては楽しみにしている旅行だ。日程の都合上、当会三月句会を欠席することになってしまうのが心苦しいが、大戸和興幹事長に相談したら、一言「勉強してきなさいよ」と。これで、踏ん切りがついた。言い訳を言わせて貰えば、予定はこうだった。当初は、三月句会の翌日・三月二八日（日）出発便を予約していた。それがツアーの最少催行人数の関係で中止になってしまったのである。長期休業中以外は、勤務の関係で外国旅行は難しい。和興幹事長に事情を話したら、快く送り出してくれたという訳なのだ。

日本語の特徴は、外国語と比較するといっそう理解がしやすい。そんな気がする。お隣の中国とは漢字文化圏のお仲間であるが、日本語のひらがな・カタカナに当たる表記を中国語は持っていない。従って、新しい事物や概念を導入する時が大変である。訳語を次々工夫しなければならないのだ。コンピュータ社会の急速な展開のなかで、いま中国語は呻吟している。その辺の事情は『中国　現代ことば事情』（丹藤佳紀著、岩波新書）に詳しい。ご参照を。

嬉しい報告、残り三件。

①文部科学省は、平成十六年度に「日本語を大切にする教育を推進する事業」を立ち上げる。タイムリーな企画だと思う。その事業の推進校に、小生の勤務校国語科が指定を受けた。ホットニュース。私は、父母・一般市民向けの講演会の企画を受け持つことになった。その企画がこの秋、九月十八日（土）午後、柏の地で実現する。講師は、NHK生涯学習センター『川柳春秋』編集主幹の大木俊秀先生。「日本語の魅力　川柳の魅力」（仮題）としてお話しいただく。詳細は後日。今からぜひ楽しみにご予定いただきたい。

②句会レポートにもあるが、二月から句会場が代わった。新しい句会場は柏郵便局三階会議室。駅から近くなって、しかも椅子席。男女別（！）のトイレなど、評判は上々である。対応していただいた担当職員の方も親切で、有り難かった。郵政公社が掲げる「真っ向サービス」の看板が、鮮やかに印象に残っている。

③この四月号から、「メッセ」句評の執筆者が代わった。新しい書き手は、いわき番傘川柳会副会長の真弓明子さん。明子さんは、鋭い感覚の閨秀作家であると同時に、筆は柔らかく変幻自在。その名も題して「柳眼あまから談義」。ともかく自由にお書き下さい、と明子さんには申し上げておいた。川柳界の現状は、残念ながら「書ける川柳作家」が少ない。その少ない中でのご登板だ。これまたご期待を乞う。

ご紹介が遅れたが、前任の佐藤孔亮氏は昨年末に『「忠臣蔵」事件の真相』（平凡社新書）を出版された。とにかく面白い。文章が生きている。センテンスの小気味よいまでの短さ。川柳家の長所を遺憾なく発揮した好著と言えよう。

日本語バンザイ、川柳バンザイ。そんなニュース満載の巻頭言になった。日本語にも春が来たようだ。

お隣の世界

05

2004

ともかく広い。何もかもスケールが違った。何もかもケタ外れである。だいたい北京市一市だけで、ほぼ日本の四国ぐらいの広さに相当すると言う。本当か、調べてみた。北京市。人口一三八二万人（二〇〇〇年の統計）。広さ十六・八平方㎞。一方の四国。十八・八平方㎞。本当だった。驚き。

万里の長城。英語名は「THE GREAT WALL」。全長五三〇〇㎞あまり（ガイドは六三〇〇㎞と言っていた）。春秋戦国時代に辺境防護のために築かれたという。その後、秦の始皇帝が大増築した建造物である。アポロ宇宙飛行士のアームストロングが「月からも見えた」と語ったとかいうシロモノだ。まさしくグレイト。険峻な山道を早春の汗をかきながら登った長城に立って思ったこと。北京への小旅行はここに来るためだったのかも知れない、と。

しかし北京は田舎である。上海と比べてはるかに田舎だ。上海と比べて街は汚かった。煙草や交通のマナーが悪いのは上海と同じであった。黄砂の季節のせいで埃っぽくもあった。

街は乾いていたが、私は向学心に燃えていた。旅行中アルコールを一滴も口にしなかったほどである。メモ用紙を大量に持っていったのだが、毎晩そのメモがふくらんだ。

メモの中心は、中国語の表記に関するもの。同じく漢字を母胎とする中国と日本とで、その書き表し方が違う。背景には考え方の違い・文化の違いが横たわっている。それを知りたかった。

紛らわしいがよく指摘される相違に、中国語の『汽車』(『』内は中国語、以下同じ)がある。日本語の自動車のことだ。中国人は、排気ガスの方に視線を向けたのか。それともガソリンを『汽油』というからなのか。『火車』は汽車のこと。『火車』とは、石炭の時代を想起させる。『自行車』は自転車、『出租車』はタクシー。台湾では、タクシーをたしか「計程車」と呼んでいた。距離を計るという意味であろう。今度は、中国人と台湾人の目の付け所の違いを思う。

そう言えば、漢文のテストでは〈故人〉が出題される。日本語では「亡くなった人」という意味だが、中国では『友人』という意味になる。こうした詩文の解釈に影響を及ぼす意味の違いが大切なのだ。入試等の出題のポイントもこの辺にある。言うなれば「キーワード」。テスト問題ならではのこうした観点というのは、折りに触れてお孫さんなどに説明してあげると良い。きっと役に立つと思う。

中国語の『愛人』は「妻(あるいは夫)」のこと。ちなみに日本語の「愛人」に当たるのは中国語では『情人』だ。中国語と日本語における〈愛人〉の意味の違いは、テストには出されない(笑)。念のため。

メモを起こせばキリがないのでこの辺で止めておくが、もう一つの関心事は国民性であった。ちょっと出かけたくらいで、国民性云々など理解できるわけがないことはむろん承知である。その上で一言。中国語は英語と同じような構文を持っている。すなわち、主語がまずあって、述語が次に来る。「I love you」の構文だ。中国語の構文も「我 愛 你」。日本語は主語が省略され、周囲の状況から判断できる場合はその他の語も省かれることが多い。述語は末尾に置かれる。非論理的で妥協的な言い回しが多いとも言われる。たしかに。「……と考えなくもない」などと述語に持ってこられたりすると、英文構造民族は非常にまだるっこしく思うようだ。

ところで、旅行中に中国人と欧米人とが言い争う場面に二度出くわした。わずかの滞在期間に二度もである。英文構造民族の特徴としては、明確であること。パワフルであること。非妥協的で、自己主張が強いとも言われる。そんな言語と文化の関係を想起させられた。

さて、もう一つの収穫。

神奈川大学教授・復本一郎先生が、第六回の加藤育平賞（いくや）受賞の栄誉に輝いた。受賞の対象は著書『子規との対話』（邑書林）。同賞選考委員の弁を借りれば、「わび、さび論を独自に検証し至れり尽せりの子規研究、そして近代俳句論の出現に喜びは大きい」と言う。復本先生と言えば、平成十二年の当会大会の記念講演者。一昨年記念出版した『川柳ほほ笑み返し』（新葉館出版）にも、講演録「狂句と新川柳」が二〇ページにわたたって収録されている。

その復本先生の授賞式には、今川乱魚当会最高顧問と私の二人で出席をした。川柳界からの出席者は、我ら二人だけであったようだ。ほかには、元『月刊オール川柳』編集長の新垣紀子さんの懐かしい顔があった。現在彼女は、神奈川大学で雑誌の編集に携わっていると言う。川柳誌編集の経験が生かされているのだろう。時は、三月二〇日（土、祝）夜。場所は、丸の内の東京會舘のこと。

授賞式は、加藤育平氏の歯に衣を着せぬ挨拶で始まった。「平成十五年に出版された句集はろくなものがなかった」と。会場の俳人たちは苦笑するしかなかった。つづいて、大学教授や研究の仲間、神奈川大学の理事長らの祝辞が続く。乱魚顧問の登壇は六番目。全日本川柳協会理事長の肩書きが紹介されてマイクの前に立つ。乱魚顧問は、復本先生を「昨今川柳界を騒がせている人物」などとユーモラスな導入に始まり、著書の中味にまで一気に言及する。メリハリが利いている。病後とは思えぬスピーチに安堵した。

ところで、復本一郎先生には研究者以外にもう一つの顔がある。実験的超結社俳句集団「鬼」の会代表の顔である。その鬼の会七月例会に私は呼ばれている。川柳の立場から私に講演をせよと言う。三月二〇日のパーティーに出席して、隣組である俳句仲間は勉強家が多い。改めてそう感じた。そのような場所でお話しするのは正直言って怖いものがあるが、何事も勉強、そう思ってついつい引き受けてしまった。

中国語と日本語。今度は、同じく俳諧を母胎とする俳句と川柳。この二つの詩の世界には、どのような異同があるのか。こうした機会に私なりの整理もしてみたい。お隣の世界にお邪魔するのもまた勉強になると信じて。

06 2004 柳誌は外交官

世の中には、自分では分からないが第三者から指摘されて気がつくということがままあるらしい。

五月一日(土)通算第十七回目の吟行句会が開かれた。深川江戸資料館を訪ね、清澄庭園を散策するという趣向である。句会は庭園内にある大正記念館。ゲスト選者は江東川柳会副会長の新田登四夫氏。登四夫氏と言えば、江戸切子の職人さんとしてＮＨＫテレビ首都圏ネットワークに出演されたことでも知られている。その登四夫氏が冒頭の挨拶でこう述べられた。「『ぬかる道』二〇〇号記念吟行句会、まことにおめでとうございます」と。

おかげさまで、柳誌『ぬかる道』は二〇〇号を迎えた。二〇〇号とはいうものの、二〇〇号は到達点であり一つの通過点に過ぎない。そんな意識も働いたのか、特別の企画は用意しなかった。幹事会や企画会議等でもさしたる議論のないままに、自然の流れと受け流してしまったように思う。その『ぬかる道』二〇〇号と吟行句会がたまたま重なった。そう、たまたまだったのである。そのたまたまを編集部が見逃さず、「『ぬかる道』二〇〇号記念吟行句会」と銘打った。これが真相であった。しかし、第三者のご好意は有り難い。ゲスト選者の先生には意義のある行事として捉えていただき、冒頭のご挨拶をされた。せっかくの機会でもあるので、私なりに『ぬかる道』二〇〇号の歩みを振り返ることとしたい。

Ⅰ　草創期(創刊～二二号)

創刊号は、昭和六二年十一月二八日発行。Ｂ５判、一〇頁。客待ちの駕籠屋の表紙絵に、乱魚代表の巻頭言「ある出会い」、一〇月創立句会の入選句一覧、翌月句会案内、あとがきなどを収録。パソコン入力を基本としながら、一部は手書きの手作りの柳誌であった。巻頭言は、当時から格調が高かった。このあたりについては、今月号の熊谷冨貴子さんの文章に詳しいので、ご参照いただきたい。

ところで、この創刊号の前に「創刊準備号」があったのをご存知だろうか。発行は発足句会当日の昭和六二年一〇月二四日。Ｂ５判十二頁に「東葛川柳会の発足に当たって」、「句会の進め方ＡＢＣ」ほかを収録。乱魚氏の手によるものだが、後者の一文はいま読み返しても分かりやすくて奥が深い。当会に比較的川柳歴の浅い方々が多く集まった遠因は、こんなところにもあったのかもしれない。そんな気がする。

また、草創期ゆえの特徴であろう、「私と川柳」などの自己紹介コーナーや初心者向けの啓蒙記事なども目立っている。

Ⅱ　発展期(二三号～五〇号)

二三号(平成元年九月号)からは、印刷・製本を業者に委託した。ただし、入力は相変わらずの自前で、全体で十四頁程度。この時期に少しずつ誌友が増える。「内政の充実」(＝会の体制整備)を訴えるあとがきあり、土台づくりに腐心していた。と同時に、全国的な川柳界の動きにも注意を払う。国民文化祭ちば(平成三)の案内をはじめ、全国大会や他吟社の大会インフォメーションにもページが割かれている。

Ⅲ　充実期（五一号〜一四三号）

五一号から雑詠欄（「川柳とうかつメッセ」）を設ける。選者は乱魚代表。本格的柳誌へ一歩前進。雑詠欄新設とともにその鑑賞文を内外の川柳人に依頼して掲載を始めた。雑詠欄は当初は年四回の掲載であった。誌面はエッセイや句集紹介記事などが増え、雑誌はしだいに厚くなった。ちなみに一四三号は二八頁。成島静枝幹事らの協力を得て、編集入力の分業化も進んだ。

印刷製本を川柳の専門出版社（葉文館）にお願いしたのは、一三五号（平十一・一）からである。垢抜けしたレイアウトに目を見張った。冒頭ページに詩的な短文「ポエムの貌」を、下段には目次を初めて入れた（これまでは目次がなかった）。

内容もさらに充実へ。「古川柳こぼれ噺」（脇屋川柳）などの連載記事や、「週刊誌拾い読み」（中澤巌）のコラムをはじめ読み物が増えた。一四一号から連載された「現代川柳のまなざし」（堺利彦）は、その後一部加筆されて単行本になったことは、編集者としては嬉しかった。

Ⅳ　安定期（一四四号〜現在）

一四四号より編集長を松尾仙影幹事に交替。表紙2の下にスナップ写真が入ったりしてビジュアル化が進む（平十二・二〜）。コンピュータに強い山本由宇呆幹事も編集に加わって頼もしくなった（平十四・四〜）。

だが、課題も少なくない。今後の展望も含めた課題については紙数の都合もあって次号送りとさせていただく。なお、前述のように、今二〇〇号では一〇〇号記念のような特別な企画はしなかった。お二人だけ。お隣のお仲間からメッセージをいただくことにした。かしわインフォメーションセンターの藤田とし子事務局長と、松戸川柳会の米島暁子会長である。当会をよく知っていて、しかも違った立場からのご意見を伺えると思っての依頼であった。

そして、何よりも大切なのが誌友の皆さんである。当会を愛して下さる皆さま方のご要望にこれからもお応えしていきたいと思う。さらにより良い柳誌とするために。

結びに手前味噌ながら、次のエピソードを書かせていただこう。これも東葛川柳会をよく知る方のお言葉である。

三月の関東観梅川柳大会の折り。植木利衛氏（茨城県川柳協会会長）に、大戸和興幹事長と私が呼び止められた。『ぬかる道』誌を手にして、私たちにこう言う。「柳誌は最高の外交官である。その点、柳誌『ぬかる道』は見ただけで何を目指しているのかが伝わってくる。見事なものだ」と。

先輩や隣人からの激励は殊にありがたい。

祭りのあと

07

2004

　川柳という文芸が強いアピール力を持っていることは、以前にも巻頭言で書いたことがある（『ぬかる道』一八五号、平成十五年三月号）。今回は、印旛郡市歯科医師会・印旛保健所・千葉県教育庁北総教育事務所の三者が共催する行事「口腔衛生週間行事審査会」に触れてみたい。

　六月四日はよく知られているように「虫歯予防デー」。そして、この日から一〇日までの一週間を「歯の衛生週間」と定めている。虫歯を予防するには歯みがきが大切。甘いものやスナック菓子などの食べかすが、口の中に残っている時間が長ければ長いほど虫歯になりやすい。「食べたら磨く」という某社のCMを思い起こす。本来は硬い物質の歯が虫歯になってしまうのは、酸が原因である。酸を作るのは細菌。細菌の中でも、「ストレプトコッカス・ミュータンス」とかいう名前の菌が厄介だそうな。ミュータンス菌は、食べかすに含まれる糖と一緒になって歯垢を作り、どんどん仲間を増やしていきながら、酸を出し虫歯にしてしまう。そんなメカニズムを厚生労働省のホームページでは説いていた。

　ホームページもいいが、歯の大切さをもっと分かりやすく訴えることはできないものか。おそらくそんな発想が底流にあったにちがいない。数年前のこと。前記行事に川柳の部が設けられることになった。縁あって私が子ども川柳の選者を務めている。

　三者共催の「口腔衛生週間行事審査会・表彰式」は、毎年六月上旬に成田国際文化会館で催される。式次第を拝見すると、母と子のよい歯のコンクール・健歯児童及びよい歯の学校の部ほかの表彰。表彰は高齢者の部なども対象になっており、歯の衛生週間らしい行事だと感心させられた。

　川柳は「作品の部」に位置づけられている。図画・ポスター・書写・標語・作文、そして川柳である。印旛郡市全域の小学校から各部門への応募があり、川柳は標語に続いての人気を博している。（中学校からの応募対象は、川柳とポスターの二部門のみ。中学生になると何かと忙しくなるらしく、応募自体が減少する。これはこの行事に限らない。）

　子ども川柳の選は楽しい。今年も楽しみながら務めさせていただいた。三〇〇句近い応募作品の中から、今年選んだ優秀作は左記の通りである。

かがみ見てなかなかいいぞわたしの歯　（小四）大木　奈央
イテテテテむし歯ができたイテテテイ　（小五）後藤　拳斗
頭では負けてしまうが歯では勝つ　（小六）小松崎伶奈
ぬけた歯を屋根に投げたらおちてきた　（小五）藤崎　敦予
むし歯にはきれいな笑顔似合わない　（小六）伊藤　優太

小学生の作句力はあなどれぬ。視点も表現もじつに自由闊達。ユニークなことこの上ない。

右記の表彰式は、来賓の成田市長(代読)をはじめ、教育委員会関係者などのご来臨のもと本年も盛況であったと聞いている。はたして、入選作品が披露された時の会場の反応はいかがであったろうか。想像するだけで楽しくなってくる。

子ども川柳と言えば、群馬県吉井町の施策に触れないわけにはゆかぬ。群馬で国民文化祭が開かれたのは平成十三年十一月のことであった。当時まだ(社)全日本川柳協会の幹事ですらなかった小生に、ジュニア川柳部門の選の依頼が来た。与えられた課題は「書く」。資料を読み返してみると、三七一八名、一万四千句以上の応募があったようだ。この数字は、他の三題とあわせての応募数と記憶しているが、それにしても膨大な数である。段ボールで送られたジュニア作品の山と格闘したことを今でも鮮明に覚えている。

率直に言って、この年の応募句は玉石混淆と言った方が正しかろう。おそらく夏休みの宿題だったにちがいない。仕方なく「江畑さん何とかしてよ五七五」などと書いてきた悪戯っ子らしい作品も混じったりしていた。

群馬県吉井町は、その後の取り組みがすばらしい。国民文化祭後には子ども川柳を町の行事として位置づけ、県内すべての小中学校に応募要項を送るなど、地道で精力的な活動を展開している。四回目に当たる昨十五年度の作品を読んで驚いた。以前よりもレベルがはるかに向上しているのである。

国民文化祭から四年後の前回、私が受け持った課題は「手伝う」であった。その優秀作もご覧いただこう。

お手伝い胸でかぞえるおこづかい　(中一)設楽　貴史
えぷろんをつけてわたしもおかあさん　(小一)柴嵜　楓花
戦争を手伝う日本は正しいの　(中二)白石　香奈
しんぶんとり朝の空気がおいしいな　(小五)寺嶋　沙恵

応募者数二八〇〇、応募句数八六〇〇余り。一県で国民文化祭並みの量と質を誇る。祭りは熱気と集中力が命だ。しかしながら、それ以上に大切なのは祭りのあとかもしれぬ。この点、吉井町と町教育委員会一体の取り組みは特筆に値する。むろん今日の盛況に至るまでの苦労も書き落とせない。柳界の重鎮・荻原柳絮氏(吉井町)の営々としたご苦労も。

先を急ぐ。残り三点。

①第二八回全日本川柳2004埼玉大会が、六月十三日(日)に開催された。記録的な盛会。祭りには裏方が必要。会場が隣県なので一肌脱ぐことにした。当会幹事・会友からボランティアを募り、十三名もの方々に応じていただいた。業務は当日受付。係チーフの中澤巌当会副幹事長の采配が光った。

②二〇〇号記念として「かしわインフォメーションセンター」藤田とし子事務長の祝辞をいただいた(該当ページ参照)。川柳界の周辺におられて川柳をサポートしてくれる方々のご発言には教えられることが多い。有り難う。

③最後に本誌編集について。『ぬかる道』は、一言で言えば「楽しくてためになる」柳誌を目指している。読み物の充実もその一つ。ただし、校正にも気を配るべし。
子ども川柳のイベントと『ぬかる道』二〇〇号、そして日川協大会。お祭りの規模は違うものの、いずれも一時的な熱気で終わってはならぬ。そのことだけは確かであろう。

08
2004

作家の実像

六月句会のゲスト選者として播本充子さん(八王子市)をお招きした。播本充子さんと言えば、今年に入って「川柳塔のぞみ」吟社を立ち上げた川柳作家として知られている。「川柳塔のぞみ」吟社は、今年の二月二八日(土)発会句会をアルカディア市ヶ谷にて開催。当会からは太田紀伊子幹事が選者として参加した。当日は橘高薫風川柳塔名誉主幹も大阪からお見えになったと伺っている。川柳塔は大阪阿倍野区に本社を置く結社であり、関東では比較的なじみが薄い。現主幹は、先の全日本川柳埼玉大会前夜祭でご自慢のハワイアンを披露した河内天笑氏である。以下、『現代川柳ハンドブック』(尾藤三柳監修、雄山閣)の記述に従って、柳誌『川柳塔』を紹介することにしよう。

〈『川柳雑誌』(大正十三年創刊)主宰の麻生路郎の死去に伴い、門下生中島生々庵の提唱により昭和四〇年に創刊。北川春巣・若本多久志・西尾栞・橘高薫風ら『川柳雑誌』系同人二八〇名が創立同人となった。路郎主唱の「人間陶冶の詩」としての川柳を継承。(以下略)〉

ところで、東葛川柳会の句会は代表による開会挨拶からスタートする。代表挨拶では、主として当月のゲスト選者を紹介する習わしがあり、六月句会もその慣例に従って川柳塔社と播本充子さんを紹介させていただいた。川柳塔社を紹介するキーワードとして、麻生路郎の言葉を引き合いに「いのちある句を創れ」「職業川柳人」「人間陶冶の詩」のくだりを使わせていただいた。

話はここからである。帰宅して何気なく『川柳の群像』(東野大八著、田辺聖子監修、集英社)を眺めながらハッとした。句会当日、あわただしい中での挨拶であったとは言え、路郎の紹介はあまりにも表面的過ぎたのではないだろうか。そんな反省をさせられたのが、近刊『川柳の群像』であった。自身のニワカ勉強を恥じた。以下、具体的に述べてみたい。

『川柳の群像』。本の帯に「恋も涙も五七五」と刷り込まれ、「近代川柳に生涯をかけた一〇〇人の作家たち」の実像に迫る。三年前に亡くなった東野大八氏の遺作である。もともとこの『川柳の群像』の諸章は、『川柳塔』(昭和五七年二月号〜平成十三年八月号)に連載されたものであった。

さて、その中の「麻生路郎」の章。人間の業の深さから書き始める。「全く家庭をかえりみず、妻子を放置し、貧乏させて悔なかった」俳人・西東三鬼に筆が及び、しかもその三鬼と「どこか似ている」として麻生路郎が紹介されているのである。「逓信省外電技師、堺市立公民病院事務長など幾度か立派な職に恵まれながら、その悉くを放棄し妻子を貧窮にさらし、……」。「人間路郎の性格は、頑固で剛直で、それ故たやすく腹を立てるくせに寂しがりやであった」とも。

路郎の職業川柳人の宣言は昭和十一年のことであった。「専門家なき川柳は発展せず」なる名言を読んでなるほどと思い、句会で通り一遍の紹介を私はしてしまった。だが、路郎の実像はキレイ事では決してなかったようだ。

作家を研究する際に、どうしても作家の長所のみに目が行く。優れた作家の長所を顕彰することは意味のあることである。だが、長所を強調するあまり作家の人間像・全体像をゆがめてしまっては何にもならない。

とかく、著名な作家には〝神話〟が付きものだ。伝説も生まれる。名言も数多く残す。作家を尊敬する人たちの記述には、尊敬の念が先行してしまってその人間像をついつい美化しがちなる。人情である。致し方ないことでもあろう。だが、後世の研究者からすれば、美化された・聖人君子化された偶像のみが立ちふさがることになりかねない。偶像が一人歩きをしてしまうのである。

さらに卑近な例を挙げれば、作家の追悼文。美辞麗句だけで見送るのはいかにも芸がない。むろん「死者にむち打て」などと言うつもりは毛頭ない。後世の研究者として有り難いのは、むしろ複眼的な視点ではあろう。一面的なそれではない。作家のプラスもマイナスも丸ごと把握できる具体的事実をこそ知りたいのではあるまいか。

話を元に戻す。

東葛の句会後、私は橘高薫風先生に手紙を書いた。播本充子さんをゲスト選者にお呼びしたことや、ここに書いた自身の反省の念も書かせていただいた。薫風先生の体調が優れないと伺っていたので、少しでも負担を軽くするために返信用のハガキを勝手に同封した。折り返し返事が届いた。左はその返事である。

〈お申し越しの件、ハガキ一枚では答えられません。明治時代に商大を出た人物が、六十に近い職を変え、貧乏をいとわず、家族の犠牲を払ってまで金にならぬ川柳にのめり込んだ……〉

薫風先生の返事は嬉しかった。改めて、参考資料を読み返して、勉強し直そうと気持ちを引き締めている。

話は全く変わる。川村英夫幹事の句集『帆曳船』がこのほど完成した。ブルーの表紙も鮮やかな、清新な句集に仕上がっている。おめでたい。

依頼されて私も跋文を書かせていただいた。跋文には私なりの英夫像を追ったつもりである。エピソードも交えた。川村英夫という同時代に呼吸している川柳作家の全体像を、皆さんが理解する上での少しでも参考になればと念じながら。

句集はやはりいいものだ。人間が匂う句集は殊にたまらない。私たちの周囲からこのような個人句集がもっともっと出版されても不思議ではない。意欲のある方は遠慮せずに自分なりの句集を出して欲しい。常々そう思っている。

「いのちある句を創れ」。けだし名言である。麻生路郎の頃とは、時代も人間もすっかり変わってしまった。そうだとしても、やはり「いのちある句」を創りつづけていきたい。そう思う。いのちのある限り。

川柳と切れ

09

2004

復本一郎先生主宰の実験的超結社俳句集団「鬼」の会で、過日ミニ講演をさせてもらった。復本一郎先生と言えば、俳文学専攻の大学教授。『川柳と俳句』(講談社現代新書)、『知的に楽しむ川柳』(日東書院)、『青春俳句をよむ』(岩波ジュニア新書)など著書多数がある。川柳界へのご提言やご発言の機会もかなり多く、鬼の会の会報にも「川柳雑感――井上剣花坊に学ぶ」を現在連載中である。「昨今川柳界を騒がせている人物」という今川乱魚当会最高顧問の評も、あながちオーバーではなさそうだ。

その復本先生を前にして、ナント私は川柳のお話をすることになってしまったのである。七月十七日(土)、演題は「川柳の挑戦」。ミニ講演の中味を項目でたどれば、①私と韻文との出会い、②韻文を授業することの喜びと難しさと、③韻文指導の実際、④俳句と川柳との違い、⑤教壇から見た俳句と俳句教材の限界。時間的制約もあり舌足らずな面があったが、俳句界への文字通り挑戦的な内容も含んでいた。実際、復本先生を前にどきどきしながらお話しする一幕もあった。

復本先生は著書の中で「俳句のルーツは発句であり、川柳のルーツは平句なのである」とし、従って「切字(切れ)のある川柳は存在しない」とおっしゃる。さらに、「わかりやすさや論理性は川柳の大きな魅力であるが、切字(切れ)が入ったとたんに、そんな川柳の魅力がなくなってしまう」(『俳句と川柳』)とまで述べておられる。私は復本先生の著書から今日の川柳界が抱える数々の課題をいくつも教えていただいているが、この切れの部分だけは納得できなかった。納得できないというのは、川柳のルーツから言っているのではない。復本俳文学の学説を学問的立場から批判したものでもない。言うなれば、一〇代から韻文に親しんできた小生の、川柳作家としての直感であった。しかし、「直感」では論にならない。以下、具体的に述べることにしてみたい。

切れの具体例として、ミニ講演時に挙げたのは次の一句である。

何かあったらしい　何でもないと言う　　江畑　哲男

この句の「切れ」はすぐお分かりいただけると思う。と言うより、この句の場合は切れを切れとして意識できなければ鑑賞にならないのではないか。拙著『ぐりんてぃー』(教育出版)では、そのあたりのことを自句自解してこう書いた。念のために再掲をしておく。

〈親子の会話である。親子の葛藤である。父親と母親の会話だ。父親と母親の葛藤でもある。加えて子どもの心の中の葛藤まで、この句で踏み込んだつもりでいる。……「何かあったらしい」と「何でもないと言う」の間は、半角空けてある。詰めない方が良いと思う。一種の冒険であるが、この半角アケの部分に、冒頭書いたような葛藤を読みとっていただければ幸いである。〉

切れはこの句だけにあるのではない。『ぬかる道』誌からほかに切れのある句を挙げてみよう。この際だから切れのハッキリした句を挙げることにする。

コメばなれのせいです／日本語の乱れ　　窪田　和子
若者が話す／日本語らしきもの　　伏尾　圭子
同音異義語／脳が一拍呼吸する　　穴澤　良子
逆転の勝訴／命は戻らない　　松岡　満三
心臓に爆弾／ちびりちびり酒　　田実　良子

川柳の切れは、俳句よりも難しい。俳句は文語表現が原則だから切れの在処はすぐ分かる。切字の有無などでたちまち理解できよう。だが、川柳は違う。口語表現を旨としているだけに分かりづらいし、見えにくいのだ。

右の五句の切れをスラッシュで示した。いずれも俳句で言う中間切れ(五／七／五以外の場所で切れる)になっている。句会の披講の際に、よく「五／七／五」のリズムを固守しようとする選者がいるが、意味の切れ目とリズムが食い違うから句意が理解しづらい。句意を理解して披講すれば、スラッシュの一拍が大事だということに気がつくはずである。

試みに、窪田和子さんの句を「コメばなれの／せいです日本／語の乱れ」と、五七五のリズムで披講してみたとする。聞いている句会出席者は疑問に思うはずである。「せいです日本」?、「語の乱れ」?　ハテナ?、ということになる。

伏尾圭子さんの句はどうか。「若者が／話す日本語／らしきもの」。こう読んでも(「らしきもの」が少々引っかかるが)、窪田和子さんの句よりは通じるかも知れない。だが、この披講の仕方も原句を殺してしまう。

句意から言えば「日本語らしきものを、若者が話す」である。しかし、このままでは散文だ。倒置法を用いて「若者が話す日本語らしきものを」と作者は語順を変えてまとめた。ここがミソ。従って、「若者が話す／日本語らしきもの」と切れを正確に意識して読んでこそ、この句のアイロニーが生きるのだ。「五／七／五」のリズムで惰性的に読んでしまっては、せっかくの作者の意図が台無しである。

では、その「切れ」はどのようにして見分けるか。私見。
①活用語の終止形、もしくは命令形
②終助詞・間投助詞
③係結び
④倒置法
(⑤名詞)
⑤を括弧でくくったのには訳がある。切れる場合と切れない場合があるからだ。見分け方は、残念ながらない。個々の句によって判断するしかないのである。だから、厄介なのだ。①〜④で補足説明をすれば、①の判断も迷わされる時がある。終止形と連体形が同形の単語の場合など。しかし、文法の詳解は、この辺で切り上げることにしよう。

関連。「句箋に句は一行で書くもの」と決めてかかっている選者がいる。中味を吟味しないで「二行で書いてあるからこの句はダメ」と没にする。一行で書かなければいけない合理的な理由は果たしてあるのか。このあたりの論及は次回以降に譲るが、川柳には切れも存在する。この点の理解と併せてお考えいただくと良いのではなかろうか。ご再考を。

台湾吟行句会

10
2004

いよいよ当会初の海外吟行句会に向けて、本格的なスタートを切った。川柳界としても極めて画期的な行事になるものと信じている。会の責任者として心配が全くない訳ではないが、皆さんのご理解とご協力を得て充実した楽しい吟行になればと心から願っている。

吟行句会を海外で実施できないか。そんな夢みたいな話が持ち上がったのは昨年秋のことであった。きっかけは旅行社のパンフレット。ハワイの大自然をバックに、日米文化交流事業の華やかな写真がパンフレットに躍っていた。川柳会でも実現できないものだろうか。川柳の仲間と一緒に出かけられたら楽しいだろうな。そんな声が挙がってきた。当初の「行けたらいいな」が「行ってみたい」になり、「行こう!」になるのに、さして時間はかからなかった。「一人じゃ行けないけど、みんなとなら行けそう」、そんな現実的な感想も洩れ伝わって来ている。

会友の皆さんの夢を実現するのが東葛川柳会である。この話題はその後四十余名で構成する幹事会の正式に取り上げるところとなり、ついに実現の運びとなった。行き先は台湾。海外吟行の行き先を台湾にしたのには、幾つかの理由がある。

①日本と台湾との間には、文化的土壌に共通性があること。単に漢字文化圏というだけでなく、同じく島国に住み、かつて歴史を共有した民族として文化観・死生観・公私の別などの価値観に共通性を持っているようだ(李登輝前総統著『「武士道」解題』ほか参照)。また、日本語ブームは台

湾にも及んでいるらしく、先日も「日本語文芸in台湾」（読売新聞夕刊八月十七日～十九日付け）という新聞連載があった。日本語で文芸を自由に楽しむ人の世代に、『台湾俳句歳時記』の著者・黄霊芝氏（七六歳）らがいる。連載は、霊芝氏の世代ばかりではなく、ハーリー族と呼ばれる日本大好きの若者達の存在にも言及していた。

②川柳の会が台湾に存在すること。この点は重要である。「台灣川柳會」主宰の李琢玉氏とは柳誌の交換を続けている。その琢玉氏と二度ほど電話をしたのだが、氏の流暢で折り目正しい日本語には全く違和感を覚えなかった。「乱魚先生はお元気ですか？」と、かつて訪台し、交流した今川乱魚当会最高顧問の健康を気遣っておられたくらいである。

③適度なエスニック気分を味わいつつ、時差や言葉の障害等が少なく、治安も安定していること。民主化を成し遂げた台湾は「完全に自由な国」の一つとして世界的に評価されており、またその親日度もつとに知られている。台湾で公的に開講された第二外国語クラスの七一％は日本語だと言う。日本から台湾への旅行者も毎年約百万人を数える。「ちょっとお茶しに来ませんか」「ニッポンの疲れに、TAIWAN」なる旅行社の「リフレッシュ台湾」キャンペーンも、いかにも日本人好みとのキャッチフレーズとは言えまいか。

④台湾の料理・自然・芸術・流行等々も魅力である。実を言えば、このあたりの研究不足が小生の弱点なのだ。皆さん方には事前によくお調べいただきたい。吟行句会の成績もきっと良くなるであろうし、楽しさも倍加するに違いない。美の追求も自然派志向＋薬膳料理が中心らしく、……。いやいや、ここらあたりは現地で確かめてみるのが一番良さそうだ。

台灣川柳會では、月刊の会報を発行している。十二頁ほどの「會報」に掲載されている作品を紹介してみよう。

会社でも家でも削られる予算　吉岡　生信
寝たきりの身では無いけど寝てばかり　文　錫熚
三菱の名で騙された欠陥車　金子　茂
不孝もの身体削って整形し　張　静恵
こわばった作り笑いで聴く告知　李　琢玉

掲載句を拝見しても、日本の柳誌とまるで変わりがないことに気づかれよう。さらには「編集後記」。「（参加者）昌弘の『肥後守』、例会で「ヒゴノカミ」とは？、で聞いてみたが殆ど知らないという。昭和も遠く成ったものだ」との琢玉氏の感想が添えられている。このあたりにも、日本文化が根づいていることを窺わせる。

嚇し句も無理難題もかざすシナ　高　痩叟
神様のお削りの美をタロコ峡　李　琢玉

（タロコ峡は、台湾東部花蓮県にある。大理石の山を抉ったよ

うな、神様の彫刻品としか思えないほどの大峡谷）

中国と名乗るすべてを削り捨て　鄭　財福

右作品に台湾らしさをわずかに垣間見ることが出来よう。三泊四日の日程は別掲の通り。何点か補足説明をしておく。

《一日目》

到着後、台湾市内観光（中正紀念堂・竜山寺・総統府等）。

《二日目》

吟行句会の当日となる。忠烈祠や故宮博物館等を見学しつつ、句会も催したい。李琢玉氏とは、合同の吟行句会の線で話を進めている。

《三日目》

自由行動。台湾の土地・言葉に慣れ始めたところで、設定した。個人行動するも良し、グループでの行動もまた結構。オプショナルツアーも用意してもらうつもりである。

《四日目》

出発まではフリータイム。お土産を買う時間も確保したい。空港までは再び団体行動とし、午後には出国手続き・帰国へ。成田着は夕方の予定。

日程未定ながら、スペシャル企画を温めている。「日台文化論」とでも題する講演会を実現できないか。日本に講師をお招きするとなると、交通費や宿泊費だけでも嵩んでしまう。ところが、私たちはその時台湾に来ているのである。私たちのホテルに相応しい講師をお招きしてお話が伺えないものだろうか。ツテは今のところ全くない。だが、日本では聞けないようなお話を伺って帰りたいという希望だけは持っている。実現できれば幸いだ。もし、その方面に明るい講師をご存知の方はぜひご紹介願いたい。これまたどうぞお楽しみに。

大会の引出物

11
2004

川柳の大会シーズン最中である。今年の夏はことのほか暑かっただけに、秋の訪れがいっそうさわやかに感じられる。その秋も次第に深まりつつある中で、各地の大会が催されている。

句会や大会情報を受け持つインフォメーション欄も、通常の一ページでは足りない活況を呈している。川柳界にとって喜ばしいことである。各地大会には、複数の当会幹事が選者として招待され、その選者につながる幹事や会友がまた連れだって大会に参加している。あたかもサッカーのサポーター、あるいは球団の私設応援団のように。こうした義理人情に厚い姿勢は、「報復の連鎖」とは全く逆の「幸福の連鎖反応」となってこだまするものと信ずる。そう、こだまとはまさに響きあうものなのだから。何れにしろ、川柳の大会が賑やかになることは大いに結構だ。

そんな訳で、今月は大会の引出物＝記念品について書かせていただく。

まずは、晩夏に開催された雀郎まつり川柳大会から。歴史と伝統のある雀郎まつりは、今年で四〇回を数えた。当日は雀郎の色紙なども展示され、記念講演には雀郎門下の尾藤三柳氏が立った。引出物として、雀郎まつり四〇回を記念する高点句集『ふるさと抄』(宇都宮雀郎会編)が配布された。

内容を紹介しよう。高点句集の名の通り、歴年記念大会各題の三才句(天地人)の収録が中心である。何しろ四〇年。昭和三五年から昨平成十五年までの作品は、三才句だけで一四〇ページの分量になる。ページの空きスペースを利用して、雀郎のことばがちりばめられているのが工夫の一つ。ほかに、過去の特別寄稿再録あり、雀郎まつり四〇回の軌跡あり。

興味を引いたのは、前田雀郎の長男・前田安彦氏の特別講演記録である。「雀郎の生活と美」「雀郎と食」の二回分、昭和六一年と翌六二年のお話を採録している。

〈雀郎の川柳は貧から出て、そして、ようやく美の入り口に入ったところで、挫折をしたという事が言えるのではないかと思っております。〉

前田安彦氏は宇都宮大学教授(当時)。専攻は食品化学だそうで、『新つけもの考』(岩波新書)などの著書がある。

〈雀郎の裏芸である食の仕事を継いだようになった。……私の専門は、食品の味、色、香りを、雀郎は、口でもって判定しましたが、私はこれを数字で出すという仕事をしており、……こんなものを数字で出すという仕事をしているのは、私だけだろうと思っています。〉

残念なことを一点だけ、率直に言わせていただく。右の引用文もそうだが、文のねじれ。講演時の話し言葉をそのまま残してしまっていること。話し言葉と書き言葉は違う。校正やチェックを講演者にお願いすべきではなかったか。固有名詞の間違いもあり、もう一工夫が欲しかった。

九月に入ると、つくばね川柳会の記念大会があった。月日の経つのは早いものだ。もう十五年が経つと言う。十五周年を記念して、合同句集『励まし通信』(太田紀伊子監修、新葉館出版)が刊行された。一〇〇名近い会員の思い出深い川柳が並ぶ。ここでも読み応えがあったのは、講演録である。尾藤三柳「表現と伝達」、佐藤岳俊「川柳と風土」。特に、三柳氏の「伝達と表現の違い」や「問答の構造」の部分は圧巻であった。ほかに、合同句集特有の会の歩み(写真入り)、つくばね賞の一覧などを付している。

合同句集というのは会の節目に記念出版されることが多いが、外部の評価は概して低い。理由は、内向きの編集に終止してしまうからである。会の仲間にとっては思い出深いことであっても、外部の者にとっては所詮縁の薄い出来事。そのギャップをどう埋めるか。今回のつくばね合同句集には、部外者にも「読める合同句集」たらんとする工夫があった。口の悪い輩は、東葛の『ほほ笑み返し』そっくりではないか、などと言っているらしい。たしかに、当会十五周年記念出版『川柳ほほ笑み返し』(今川乱魚監修)と、よく似た構成になっている。両著とも、外部の読者を意識した特集記事を設けたりしているからである。当会出版物の長所を参考にしていただいたとするならば、私たちとしてはむしろ喜んでよい。「学ぶ」の語源は、「まねぶ」とも言われる。どういった組織であれ、長所はお互いに吸収しあいたいものだ。

戦後最強の台風二一号が過ぎ去った一〇月一〇日(日)には、東京みなと番傘創立四〇周年記念川柳大会が開かれた。場所は、大塚のホテル・ベルクラシック東京。哲男もみなと同人として、また大会選者として参加した。参加者には、出来上がったばかりの『定本・吟一句集　川柳的履歴書』(岸本吟一著)が配られた。

上装A4判、二七四ページの重厚で立派な句集である。口絵の写真に、大阪府下大宝尋常小学校時代の吟一少年と近影の吟一氏を配す。田辺聖子序文は「母恋の仄かな彩り」。吟一氏の母君(勝江)が若く美しい盛りにみまかられたことから、序文は書き起こされている。

五章構成。各章の冒頭には「水府人間ノート」を配置する。第一章は、岸本水府の最初の妻、吟一氏の母勝江の写真があり、ノートが解説の役を果たす。水府と勝江が角火鉢を囲んだ一葉の写真は、水府新婚時代のただ一枚残る映像だと言う。写真を入手した経緯が回想風に記されており、読後に想像が膨らみ、余韻が残る。巻末には、番傘創立六五周年を記念して創られたフィルム「川柳史探訪」(脚本・岸本吟一)を収める。今から三〇年前に作成された伝説のシナリオを読む機会を得た。その意味で、まさに「川柳的履歴書」であり、出版の意義は大きい。今回わが東葛川柳会の大会選者に、その吟一氏をお招きすることが出来たご縁を嬉しく思う。

さて、今次大会の記念講演講師を改めて紹介しておきたい。尾藤一泉氏。ご存じのように尾藤三柳氏のご子息であるが、川柳の研究者としてお声をかけさせていただいた。昭和三五年生まれ。歴年の記念大会で最もお若い講師である。齢は若いが、十二分の実力を兼ね備えられていることはご承知の通り。小生宅には早々と資料が宅配で届いた。B6版4ページ、新聞形式のレジュメが。当日は持参のコンピュータを駆使して、狂句の話をビジュアルに展開していただける。楽しみだ。

大会選者のもうお一人は、米島暁子氏。松戸川柳会会長、川柳人協会理事。早くからジュニア川柳に理解を示され、選者を務める『犬吠』ジュニア川柳欄の充実に見事な手腕を発揮している。松戸市在住。川柳を通じて、何かとお世話になっている隣人でもある。

「幸福の連鎖反応」とは、単なる助け合いや仲良し活動の展開ではない。底流には、個性の尊重・自他共栄の精神が存在するのである。豊かで多面的な活動の中での、多種多彩なあり方こそ川柳会(界)にふさわしいと私は考えるのだが、いかがであろうか。

結びに速報。今川乱魚最高顧問著『科学大好き　ユーモア川柳乱魚選集』の発刊が大会に間に合う。これまた嬉しい。

大会異聞

12
2004

まずは、新潟県中越地震の被害に遭われた方々に心からのお見舞いを申し上げたい。今回の大地震が発生したのは、奇しくも当会記念大会終了後、その夕方のことであった。

この日、「柏市文化祭川柳大会あわせて東葛川柳会創立十七周年大会」が、柏市中央公民館５Ｆ講堂で開かれた。参加者一四八名。おかげさまで盛会であった。盛会のゆえもあってか、終了時間が少々ずれ込んだ。大急ぎで後かたづけを終え、有志一〇人ほどで会食・懇談をしていたその最中の地震。千葉県柏市でも相当の揺れを感じた。二三日(土)午後五時五六分頃のこと。震源は新潟県中越地方で、震度は六強(その後震度七に訂正される)。強い余震が現在も続いており、被災地の状況についてはテレビ等で報道されている通りである。

さて、今回はその後の話。

その①。記念講演者の尾藤一泉氏。一泉氏は、柏まで講演の機材を積んで来られていたから、帰路もむろん車であった。一泉氏のサポーターを自認する脇屋川柳氏(豊島区在住)を乗せて東京・池袋近辺を走っていた。地震発生はその時。かなりの揺れを助手席では感じたと言う。お話は川柳先生から翌朝の電話で伺った。ともかくご無事で、何よりでした。

その②。新潟における被害の深刻さが伝わる中で、昨年の記念講演者・大野風太郎氏に電話した。柳都川柳社主幹の大野風柳氏(七月の水害見舞いでは、中越柳壇吟社へ当会義援金とお見舞い句を届けて下さった。『ぬかる道』一〇月号十二ページ参照)には繋がらなかったが、風太郎氏にはしばらくして繋がった。大会数日後のこと。風太郎氏曰く、大野風柳氏も含めて平野部は比較的大丈夫とのこと。

ついでに近況もお聞きした。執筆活動を精力的に続けておられる風太郎氏は、「作家の実像」に迫ることの困難さを言う。小生が『ぬかる道』八月号巻頭言で書いた「作家の実像」にも言及して、川柳作家の過去を書く際には、現存家族など関係者の感情に配慮しなければならない点がある、等々。

ところで、と風太郎氏。『定本・吟一句集　川柳的履歴書』をまだ読んでいない、手に入らないかと言う。承知。早速手配しましょう。代金は?、と聞かれたので、お見舞い代わりに贈らせていただきましょう。大野風柳氏の分も含めて五冊お贈りします、と哲男。

その③。とは言っても、実際の送本手続きは、櫟(いちい)敬介さんに取っていただいた。去る東京みなと番傘川柳会四〇周年大会の実行委員長を務めた熱血おじさんである。その敬介さんから、ほどなく電話があった。さっそく宅配便を手配したが、業者が言うには新潟地方は着便が遅れる、という話。電話は通じたが、道路は一部不通のままである。テレビ等で見て分かっているはずなのに、実感として受けとめられなかった。反省。改めて被災者のご苦労に思いを馳せる。

その④。地震災害お見舞い募金の件。今回は、お見舞い川柳の選句は簡略化することに決めた。出来るだけ速やかに現金を贈ることが先決と考えたからである。最初の地震発生が記念大会時（一〇月二三日）だから、次の十一月句会までには五週間も間が空いてしまう。お見舞い句の取りまとめ作業よりも、今回は募金を優先することにした。十一月句会では、句会場にて義援金を募らせていただく。

句会欠席の方には振込をお願いしたい。むろん金額は問わない。直接各地の赤十字を通じてすでに贈られた方はそれはそれで結構だが、会を通じて贈ろうとするお気持ちのある方には、郵便振込等の方法で当会口座へご送金いただきたい。気は心。額の多少ではなく、趣味の会としての善意を集めたい。それが少しでも力になればと思う。なお、その際通常の誌代や維持会費の納入と区別するために、通信欄に「地震お見舞い金として」と付記していただければ幸いだ。お願いばかりで恐縮だが。

地震発生から三日目の一〇月二六日（火）に、（社）全日本川柳協会常任幹事会が東京で開かれた（哲男は欠席）。その折り、中越地震お見舞いの件も話題となり、日川協として見舞金を贈ることを決定したという。今川乱魚当会最高顧問は、ご存知の通り日川協理事長の要職にある。会として募金をしたらどうかという発案は、じつは乱魚顧問からあった。経緯をご理解の上、ご協力を重ねてお願いしたい。

大会の話に戻ろう。

ところで、大会の楽しみの一つは仲間との出会い・ふれ合いにある。大会だからこその出会いや再会は喜ばしいものだ。そのお一人。村田倫也さん。朝霞市在住の当会会友。本職はカメラマン。数カ月前に資料をお送りいただいた。『小説宝石』九六年六月号掲載、異色〈日本語紀行〉のコピー。筆者は村田倫也さんその人。台湾で、格調高い日本文化を守り続けている方々との交流がレポートされていた。タイトルが振るっている。「台湾で和歌と俳句を教えられ」なる五七五の正調。中味もまたすごい。『台湾万葉集』の著者・呉建堂氏や『台湾俳句歳時記』の著者・黄霊芝氏をはじめ、台湾の著名な文化人の名前がどんどん出てくるレポートだ。当会会友にこのような方がおられる。その倫也さんが、台湾吟行句会に一部日程のみながら参加して下さると言う。心強い限りだ。

台湾吟行には高校生の参加申込もあった。会友のお孫さんが付き添いで参加されるというお話。大歓迎。ますます楽しみである。参加申込手続きは該当ページをご参照下さい。

大会での代表挨拶再録。

〈……東葛川柳会は比較的若い吟社である。さまざまな試行錯誤や挑戦を続けている。その会の代表として心がけているのは、人と組織を大切にするという点だ。ボランティア精神と善意で趣味の会は成り立っている。もう少し具体的に言わせていただけば、チームワークとフットワークを心がけてきた。この二つは力の足りない代表を支えてくれ、……。〉

「ワーク」で一つ言い落とした。ネットワークの大切さ。代表挨拶に補足訂正したい。〈「ネットワーク」も含めたこの三つのワークが、未熟な代表を支えてくれている、と。〉

〈「誠実にまさされる知恵なし」とは、イギリスの政治家ディズレーリ(一八〇四〜八一)の言葉である。「無知を恐れるなかれ、偽りの知識を恐れよ」とは、かのパスカル(一六二三〜六二)の言葉。言わずと知れたフランスの数学者・物理学者だ。楽しみながら学ぶ会として前進したい。ますますのご指導・ご鞭撻をお願いする。〉

大会異聞に戻って、その⑤。その②で書いた大野風太郎氏から新潟の銘酒が贈られてきた。御礼の御礼らしい。これではお見舞いにならないじゃないかと思いながらも、銘酒を美味しく頂戴している。ありがとう。

ネットワークに、改めて乾杯だ。

東葛川柳会の歴史

とうかつ東葛川柳会(代表・江畑哲男、会員350名)は、今から27年ほど前に発足した、ユニークでエネルギッシュな川柳の会です。

昭和62年10月24日(土)、東葛川柳会は千葉県東葛飾の地で産声を上げました。発起人は、今川乱魚(柏市、当時52歳、団体役員)、窪田和子(柏市、主婦)、江畑哲男(我孫子市、当時34歳、高校教諭)ほか。ベッドタウンとして成長著しいこの地域に、川柳の会を立ち上げようと相談した結果、誕生したのです。

名称は千葉県の東葛飾地域に根ざすことから、「東葛(とうかつ)川柳会」と名付けられました。会報は、「悪女・こんにゃく・ぬかる道」というのが下総名物と聞き及んで、そこから『ぬかる道』と命名されました。この会誌名は全国的にも珍しく、よくその由来を聞かれます。

創立以来、会員相互の自由な作風を尊重しあいながら、活動を続けてまいりました。モットーは、「楽しく学ぶ」です。現在では、全国有数の川柳結社に発展したとのお褒めをいただいております。

初代代表の今川乱魚は、会の代表を退いた(平成14年)後に、川柳の全国組織である(社)全日本川柳協会の理事長(平成14年)に就任、さらには会長にと昇進(平成17年)しました。乱魚前代表は川柳のユーモア精神を常に大切にしておられました(平成22年逝去)。

現代表の江畑哲男は、地元の高校教諭です。平成25年3月千葉県立東葛飾高校を最後に定年退職。その後も、地元の高校で再任用教諭(ハーフタイム雇用)として勤務をしております。当会代表としての活躍はもとより、ジュニア川柳の振興や生涯学習などの講師も務め、忙しい日々を送っております。

そう言えば、哲男代表の句に、

　平日は教師 土日はボランティア　　江畑哲男

があります。……(以下略)

(東葛川柳会ＨＰより)

IV

2005

新年号発車

01
2005

柳誌『ぬかる道』としては、二〇〇五年（平成十七年）の新年号に当たる。読者の皆さんに対しては、「新年明けましておめでとうございます」という挨拶がやはりふさわしいようだ。この辺りは月刊誌という性格の常であって、新年号は前年度末に発行される。従って、この巻頭言を書いている本人にしてみればあわただしいことこの上ないのだが、そこは物書きとしての想像力が求められることになる。新年の気分で、新しい年をイメージしながら、ペンを進めていくことになるのだ。

考えてみれば、文学は所詮フィクションの所業である。たとえ等身大の「私」を主人公とする小説であっても、「主人公」＝「まるごとの作者」ではあり得ない。事実を超えた真実に迫るのが文学であるとするならば、フィクションを織り交ぜたからといってリアリティーが喪失するというリクツは成り立たぬ。フィクションは、時として事実よりも真実に近い。文学的真実の探求に向けて、今年もご一緒に切磋琢磨していけたらと願う。

能書きはこれくらいにして、中身に入る。まずは、昨年（二〇〇四年）を振り返ることにしよう。

おかげさまで、東葛川柳会は「第二の発展期」を迎えつつある。「第二の発展期」という言葉を、ここでは直感的に使った。データや根拠を示しての発言ではない。本来なら、①数字的な検証（収支状況・誌友や句会参加者の増減等々）、②内容的な検証（句会の運営・編集の充実度・会員の満足度等々）、さらには、③その他、総合的な検証（対外的な関係、幹事や会員の求心力、代表のリーダーシップ等々）が必要になるところであろう。右記検証は、年末のあわただしさの中で省略させていただくが、「第二の発展期」という実感は的はずれでないと確信している。私宛ての手紙や投句・連絡などの際に、皆さん方の期待感がひしひしと感じられるからだ。

「第二の発展期」の具体的なプログラムは、組織（＝チームワーク）の力に委ねたい。会の行事計画立案や目標の作成に当たって、諸会議等々の場に皆さんのご意見・ご要望を反映して参る所存である。

さて、新年号だ。まずは、ジュニア川柳の選者交替のお知らせから。前月号ジュニア川柳欄にもその旨書いておいたが、新しい担当者として佐竹明幹事にお願いした。明幹事は川柳歴・幹事歴ともにまだ浅いが、なかなかのアイデアマン。ジュニア川柳の振興策を幹事会で提案するだけでなく、実現のための情熱と行動力の持ち主である。『ぬかる道』誌のさらなる充実と発展のために、温厚で明朗、かつ前向きな性格を存分に活かしてご活躍していただきたい。

『ぬかる道』のジュニア川柳欄は、一九九〇年四月号（通巻三〇号）に登場した。当初の投句者は四名だった。以後十四年半、江畑哲男が一貫して担当させていただいた。職業柄もあり、欄の開設当初から私なりに精いっぱい務めてきたつもりである。しかしながら、忙しさにかまけて、ジュニアへの働きかけや面倒見が行き届かなくなってしまった。この辺が潮時。フレッシュな感覚の持ち主に後事を託すのが良いと判断した。企画会議や幹事会のご承認もいただいた。旧に倍するご支援をお願いしたい。なお、会の充実・発展のために必要な人事と手だては、今後も取っていくつもりである。

ジュニア川柳の指導については、私自身が心がけてきたことをこの機会に書き留めておく。ジュニア川柳を支える意味でご参考にしてただければ幸いである。

①何よりも子どもの長所に注目してあげること。作品の短所を指摘するのは容易だが、子どもの作品をトータルに捉えて、その長所を育てるようにしたい。このことは案外難しい。具体的に触れる。例えば、リズムの整わない作品に出くわした場合。リズムの悪さの方にどうしても目が行きがちになる。短所だけに着目して、一刀両断斬り捨ててしまうのは簡単だ。少々の破調を気にするあまり、ジュニアらしい発想の芽を摘んでしまっては何にもならぬ。添削もしかり。ジュニアになじまない言葉の入れ替えは、子どもの言葉に対する感覚を逆に奪うことになってしまわないか。私自身のスタンスとしては、頑なな五七五絶対主義は取らないできた。要は、《子ども＝発展途上人》という見方が大切だと思う。

②子どもの発達段階を考慮すること。一口にジュニアといっても、年齢層は幅広い。学齢前の幼児から、大人顔負けの表現力を持つ高校生までさまざまである。ジュニアの一学年の違いは、大人の数年分に匹敵する。幼児には幼児の世界と表現がある。指導者はその点に留意すべきであろう。川柳の交流を通じて子どもたちと向き合い、その子の心身にわたる成長を肌で感じとることが出来たなら、指導者冥利に尽きるというものではないか。

③最後は、むしろ周囲の大人へのお願い。ジュニア川柳欄の充実・発展のために、お力を貸していただきたい。ジュニア川柳には、周囲の大人の仲立ちやサポートが必要なのである。学校の先生や習い事の先生、父母や祖父母など、ジュニアの身近におられる方々の手助けがないと、投句すらおぼつかない。ジュニアへの、折りに触れてのアドバイスや激励も有り難い。時にご褒美などで身銭を切ることも現実的にはあろう。いずれにしろ、子どもたちとのふれ合いを楽しむつもりで接していただければ幸いである。頭の柔らかなこの時期に川柳とめぐり合えた経験は、その子にとっても将来必ずやプラスになるものと信じて疑わない。

新年号から変わったことの二つ目。表紙絵。松尾仙影編集長を通じて、東京都民美術展運営会事務局長の矢吹昭久氏にお引き受け願った。美術には疎い小生だが、今月号の絵を一目見て面白いと思った。〈私〉が描かれていると感じた。東奔西走する現代人の投影でもあるのだろうか。いずれにしろ、不思議な魅力を持つ絵である。仙影編集長によれば、矢吹氏は今後毎月新しい絵を提供してくださると言う。おかげで『ぬかる道』を手にする喜びが増す。皆さんも、毎月の絵をどうぞ楽しみにご鑑賞下さい。

　年末のビッグニュース。十一月二八日付け朝日新聞一面に、今川乱魚最高顧問の川柳が紹介された。大岡信「折々のうた」欄に川柳が掲載されたのは初めての出来事。画期的。だからきっと、今年（二〇〇五年）は良い年になる。川柳界にとっても、当会にとっても、そして皆さんにとっても。

読書の楽しみ

02

2005

「一年の計は元旦にあり」。

　一年の目標らしきものを、毎年お正月に決めることにしている。いただいた年賀状の束を眺めつつ、来し方行方を振り返り、自分なりの目標を設定するというわけである。

「一年間に一〇〇冊の本を読む」。私的な目標の一つがこれだ。この目標は十年ほど前から掲げている。忙しいけれども、いや忙しいからこそ、知識を取り入れることには貪欲でありたい。そう考えて掲げた。知識を取り入れる最短で最良の手段は、やはり読書であろう。そう信じている。

　さて、その目標の達成度やいかに。手帳に何でもメモをしておく性分なので、「統計・調査」はいとも簡単であった。二〇〇一年、七五冊。二〇〇二年、わずか五〇冊で敢えなく降参。二〇〇三年は一一〇冊。ついに目標を達成した。ちなみに、昨二〇〇四年は、一一一冊であった。まあ、自分で自分を褒めて良かろう。

　なお、この統計にマンガや雑誌は含まれていない。

　余談①。「若者の本離れ」が指摘されて久しいが、若者は本を読まないどころか、じつはマンガさえ読まなくなり始めている。携帯メールに忙しくてマンガを読んでいられないのだと言う（『若者はなぜ「繋がり」たがるのか』武田徹著、ＰＨＰ研究所）。マンガをバカにしてはいけない。今やマンガで学べない学問はないと言っても過言ではない。文学はもちろん、政治・経済・哲学・宗教・歴史等々……。子育て時代、子どもたちの愛読書の一つに手塚治虫などのマンガがあった。日本古典文学もマンガで学べる。『源氏物語』のマンガなどは何作も出版されている。その中の最高傑作は、やはり『あさきゆめみし』（大和和紀、講談社）であろう。

　余談②。『漫画アクション』の今春号から北朝鮮拉致ドキュメンタリー「めぐみ」の連載が始まった。マンガは、ブームを呼ぶ。大衆の話題になる。川柳と共通の土台がある。政治と宗教には一線を画している趣味の会だが、拉致問題を政治的色メガネで見てはならぬ。日本人の一人として無関心であってほしくない課題の一つだ。拉致という許すべからざる国家犯罪に対して、このマンガが全面解決へ向けた大きな推進力になることを願って止まない。

閑話休題。

ところで、私の読書傾向はどうなっているのか。これまた昨年の手帳を眺めてみた。すると、おおよそ次のような傾向が見えてきた。

Ⅰ　第一義的には仕事に関係した本。これは当然。具体的には、国語の授業に関わる参考書や教育書がそれに当たる。楽しんで読むばっかりではない。『日本語史』(沖森卓也編、おうふう)などは、読むこと自体がしんどかった。

Ⅱ　川柳関係の本。まれに依頼原稿を書くために読まされることもあるが、基本的には楽しみながら読んでいる。『川柳うきよ鏡』(小沢昭一著、新潮新書)、『帆曳船』(川村英夫)などの個人句集、『科学大好き　ユーモア川柳乱魚選集』(今川乱魚編、新葉館)全三巻もこれに当たる。

Ⅲ　その他。これはもう手当たり次第だ。手に取った本、目に付いた面白そうな本を次々に読破していく。読書の楽しみの典型例。このⅢに当たる部分が人間的教養の土台作りになる、そんな気もしている。

分類Ⅲの読書傾向をもう少し丹念に見ていくと、昨年の読書傾向には二つの共通項があることに気づかされた。

i　歴史小説をよく読んでいること。特に読んでいるのが、童門冬二氏の小説。ここ数年、私は童門小説にはまっていると言って良い。『前田利家』『武蔵の道』『鍋島直茂』『佐久間象山』等々。テンポの速い展開に引き込まれながらも、仕事上のヒント等をこの種の小説から貰うことも少なくない。

童門小説は、歴史に題材を採っているが優れて現代的なテーマを内包している。そこがまた面白いところ。童門氏自身もこのように述べている。

〈私の基本的角度は、「その人物とアップ・トゥ・デイト」(今日的)な関係」である。だからある意味で歴史小説と銘打ってはいても、実体はホットな現代小説だ。それも社会小説だ。〉

(『国僧日蓮』あとがきより)

ii　台湾関係の書物も多くなっていた。やはり吟行句会のことが念頭にあるためであろうか。ほかに、中国や北朝鮮など東アジアの動向にも注目している。全くの偶然ではあるが、蔡焜燦氏の『台湾人と日本精神』(日本教文社)も、昨年読んだ本の中にしっかり入っていた。

余談③。三月に実施される台湾吟行句会の目玉企画の一つに、日台文化交流記念講演会がある。その記念講演を『台湾人と日本精神』の著者・蔡焜燦氏にお願いしている。依頼は、当会の村田倫也さんを通じて、台湾の李琢玉氏より折衝中である。もし実現すれば、今年の川柳界のビッグニュースになることは間違いない。（付記、蔡焜燦氏の講演決定！）

最後に、二冊の本を紹介して締めくくる。

『頭のいい人　悪い人の話し方』（樋口裕一著、ＰＨＰ新書）。話題沸騰の本だ。「『バカに見える話し方』の実例」が面白い。自戒ということにして引用する。

〈道徳的な説教ばかりする。ケチばかりつける。他人の権威をかさにきる。根拠を言わずに決めつける、……。〉

もう一著。今年になって初めて読んだ本が『恋川柳』（新垣紀子著、はまの出版）だった。情熱の女流作家・林ふじをの作品を改めて見直すとともに、林ふじをを追う若い女性執筆者の苦労にも思いを馳せた。労作である。こういう良質の本がもっと出版されて、川柳界を賑わせて欲しい。

時間のミステリー

03

2005

このところ寒い日が続く。寒波の襲来で、新潟県中越地震の被災地では積雪が四メートル近くにも及ぶと聞く（二月上旬現在）。今回の被災がなければニュースにはならなかったであろう、雪下ろしなどの作業風景を見るにつけ、自然との戦いの厳しさに改めて思いを馳せた。

この冬、会友の皆さんはいかがお過ごしであろうか。風邪など引かれぬよう、くれぐれもお大切に。この場をお借りして、私からのメッセージを伝えさせていただく。

さて、この寒い時期に行われるのが入学試験である。受験のシステム等に変化はあっても、受験風景というのは昔とさして変わらない。寒い時期の体調管理は何かと気を遣う。せめて実力を発揮出来るように環境を整えてあげたい。そう思うのが人情で、周囲の気苦労は大変なものだと思う。仕事柄よく理解できる。そして、この寒い寒い時期の試練を乗り越えた時に、めでたく合格の春がやってくるのである。

受験生もさることながら、受け入れ側も大変だ。学校の忙しさは季節を問わないが、この受験の時期は特別な緊張を要する。間違いの許されない公務が続くからだ。千葉県公立高校の場合を例に取るならば、特色化入試（＝以前の推薦入試）の出願受付が一月二六日に始まって、試験が二月二日。一般入試の受付は二月十四日〜十六日で、入試が二四日・二五日の両日。合格者発表は三月三日だ。この二カ月ほどの入試関係業務は、すべて通常の授業や校務と並行して実施される。これが緊張を要する激務の中身。前任校において、入試の実務責任者をやらされた時は本当に辛かった。つらい話の中身は当事者でないと分からない点も多いので、この辺で止めて本題に入ることにしたい。

川柳の仕事も待ってはくれぬ。こちらは特別な緊張こそ要しないが、忙しさは相変わらずである。

ところで、「忙しさ」を科学的に実証しようとするとどういうことになるのか。文学とはいささかほど遠い話になってしまうが、ある試算に挑んだ。

まずは、自分の余暇時間の総計を出してみた。

①一日は二四時間。これは当たり前。そのうち現役で仕事をしている関係上、労働時間（通勤時間も含む）がまず必要。これを一日十一時間として計上してみる。

②次に、生活時間。生活時間とは、睡眠・食事・入浴・家事等の時間で、標準的には一日一〇時間として計算するようだ。

③残りの時間が私の余暇だ。平日の余暇は、差し引き三時間という計算になった。

④①〜③を一カ月単位に均してみよう。一カ月を三〇日とし、休日を月八日として計算してみる。

⑤月当たりの余暇時間の総計は、次のようになった。

㈠平日　三時間×二二日＝六六時間。

㈡休日　十四時間×八日＝一一二時間。

㈠と㈡の合計は、一七八時間。一七八時間、これが私の一カ月の余暇時間のすべてということになる。

一方、川柳に関わる消費時間はどれくらいになるのか。まずは、私が抱えている項目毎に列挙してみよう。

Ⅰ　川柳の講座と句会が、毎月四カ所。月最低四日はこれに費やされる。ほかに、句会や大会等への参加がある。昨年（二〇〇四年）の実績は、合わせて九〇日ほどであったから、月平均にすると、七・五回という計算になる。

一回の出席に付き、会場までの往復時間と句会（講座）時間を合わせると平均五時間くらいかかるとして計算してみた。

五時間×七・五回＝三七・五時間（＝a）。

Ⅱ　次に、右記句会（及び講座）後に反省会やお茶会に付き合った場合。だいたい二回に一度付き合うとして、

一時間×七・五回÷二＝三・七五時間（＝b）。

Ⅲ　巻頭言をはじめとして、原稿を書く時間も必要だ。月平均四本書かされると見て、一原稿に四時間かけたとする。

四時間×四本＝十六時間（＝c）

Ⅳ　選句の時間もある。計算すると、月平均六〇〇句ぐらいは見ているようだ。一句に付き五分かけているものと考えよう。

五分×六〇〇句＝三〇〇〇分（五〇時間＝d）

Ⅴ　自分自身の作句の時間。これは、一日一〇句程度。一句に付き、二分考えているとすればこうなる。

二分×一〇句×三〇日＝六〇〇分（一〇時間＝e）

Ⅵ　『ぬかる道』の編集にも相変わらず関わっている。この時間を、月に四時間要するものと考えよう。

四時間（＝f）

Ⅶ　読書の時間。モノを書くのに必要な充電の時間である。月平均一〇冊ほど読む。一冊に付き三時間かかるとして、

三時間×一〇冊＝三〇時間（＝g）

Ⅷ　さらに言わせていただければ、電話・手紙・メールの類。それぞれ一日二通（話）、一通（話）一〇分。短時間で済む用件もあるが、ツーと言えばカーと応えてくれる相手ばかりでもない。まあまあ、平均の消費時間としては、一通（話）一〇分くらいで見積もっておこうか。

二通×三種類×一〇分×三〇日＝一八〇〇分（三〇時間＝h）

Ⅸ　Ⅰ〜Ⅷまでの消費時間（a〜h）まですべてを合計してみる。ナント、一八〇・七五時間になった。余暇時間の総計＝一七八時間を超えてしまったのである。

この計算だと、私の余暇は川柳以外に全くないということになる。余暇が全くないのだから、テレビも見られないし、散歩もできない。床屋さんにも行けないし、買い物の時間もない。少なくとも計算上はそうなってしまうのだ。美術館にも行けないし、愛もささやけない！（誰に？）。驚いた。

現実はどうか。仕事はおかげさまで公私とも充実している（充実しすぎ!?）し、今のところ健康だ。大河ドラマの義経だって楽しみに見ているし、妻との会話の時間もナントカ存在する。そうなると、私は余暇時間をどうやりくりし、他の時間をどのように生み出しているのか。我ながら不思議だ。

真夏のならぬ、真冬のミステリーとでも言えようか。

より優れた表現を求めて

04

2005

「巻頭言を楽しみにしています」、そんな声をお寄せいただいている。正直言って嬉しい。句会や勉強会で顔を合わせた時や、句会後の反省会でのちょっとした一言。あるいは、投句の際のメモ等に書き添えていただく場合もある。本来なら返事を差し上げなければならないのだが、多忙を理由に失礼させていただいている。返事を書けない分、楽しみに読んで下さるという方へ、時には返礼のつもりでこの巻頭言を書かせていただこう。

中にはこんな方もおられる。本欄で紹介された書籍類はできるだけ読むようにしている、と。有り難い。と同時に、恐縮である。責任重大でもある。

さて、今月は『新「ことば」シリーズ⑰　言葉の「正しさ」とは何か』（国立国語研究所）から紹介したい。この一〇〇ページ余の冊子は、政府刊行物の一種である。政府刊行物というのは概して面白くない。一般の書店に置いていないことが多い。従って、書店での注文という形を取らなくてはいけないのだが、その代わり値段は安い。この冊子で税別四六〇円。しかも、

これは面白かった。

この冊子は、表題の通り言葉の「正しさ」とは何かを追求している。言葉というのは、「正しい←→正しくない」という二者択一のほかに、「どういう表現が適切か」という問題も孕む。そうしたテーマをもこの冊子は論究している。

その一例。「お父さんは亡くなられていますか」という聞き方と、「ご両親は健在ですか」という尋ね方。どちらも同じ内容を言っているのだが、後者の方が配慮ある言い回しになっている。賢明な読者ならすぐに理解できよう。

別な事例（ちなみにこちらは別著からの引用）。

ある外国の留学生が、教授に対して次のように尋ねた。「これ、私の国のお菓子です。あなた、食べたいですか？」と。留学生の言葉遣いは、文法的に間違ってはいない。だが、適切な話し方かというと、適切とは言い難い。問題点①、教授に対して「あなた」という言い方。同②、「食べたいか」という尋ね方。

ところで、私たちが川柳の表現を勉強しているのは、「正しい←→正しくない」という二者択一の次元ではない。文法的に正しければそれで事足れり、とする世界ではないのだ。正しい・正しくないという判断だけならば、むしろ簡単である。正しい言葉遣いは、正しい伝達につながる。そうなのだ。伝達の機能だけを追求するのならば、間違ってさえいなければそれで正解ということになる。いろいろの意味に受け取れる伝達は、かえって誤解を招く。誤解を招く表現は、伝達として不適切ということになろう。

例を二つ挙げる。誤用の例＝「思いがけないハプニング」（↓「ハプニング」は「思いがけない出来事」だから重言となる）。誤解を招く表現＝「妹と友達二人で旅行に行った」（↓いったい旅行に行ったのは全部で何人なのか？）。

しからば、文芸は何を追求するのか。作者の心を伝えるという点では伝達的な機能も含まれよう。だが、伝達さえすればそれで済むというシロモノでは決してない。むしろ、伝達だけの五七五は、文芸としての価値は低い。余韻も余情もないからだ。よく言われる説明句というのがそれ。だから文芸は難しい。だから文芸の表現は奥が深いのである。

考えてみれば、川柳を趣味とする皆さんは大変な作業に手を染めていることになる。言葉遣いとして「正しいか・正しくないか」の次元を遥かに超越してしまっているのだから。「○か×か」ではなく、どちらの表現が適切か、どういう表現がこの場合ふさわしいか、そんな贅沢な悩みに日々明け暮れて下さっているという訳だ。

どちらの表現がふさわしいかという点で言えば、『去来抄』などの俳論が面白い。言わずと知れた古典である。川柳界にも『去来抄』のような著作の出現が待たれる。初心者向けでない、中・上級者向けの、もう一段掘り下げた表現の妙を追求した著作の出現が。それはまあ良い。話を戻す。

シーズンが終わったばかりの入学試験で譬えるならば、国語という教科の採点は複雑である。採点に使う神経は並大抵ではない。数学のようにX＝3と割り切れない分（むろん、数学には数学の大変さがあるのだが、ここでは触れない）大変なのだ。川柳も同様である。「○か×か」で割り切れないところが難しいのだ。

その意味で、「表現の妙」を求めて勉強を続けておられる皆さん方に大いに敬意を表させていただく。その皆さんに、強い味方が現れた。斉藤克美幹事による「ビギナーズ道場」である。克美幹事は、川柳歴は浅いが、このところ力を付けてきた実力派である。新人にとっては、少し前を行く先輩のアドバイスが参考になるのだと伺っている。その意味で、本道場に入門して本欄を大いに活用していただけたらと思う。

もう一点。

前月号から大木俊秀先生の講演「日本語の魅力　川柳の魅力」が掲載されている。こちらもご注目いただきたい。この講演が他の講演と決定的に違うポイントを示しておく。

①主催が川柳会でなく、教育委員会の事業・高等学校の企画であるという点（校長挨拶の写真はその意味で掲載した）。

②参加者の半数が川柳界の外側にいる人であったこと。

③内容的にいまブームとなっている日本語との接点をテーマにしていること。

終わりに、読書法についての私見を述べる。

読書は、律儀過ぎてもかえってよろしくないようだ。億劫になったら放り出すのも一興かも。飛ばし読みも結構。辞書のように必要箇所から読むという手だってある。要するに役立ちそうな知識からどんどん吸収していくこと。コレが肝要。哲男流読書法の極意でもある。

雑誌についても然り。何種類もの雑誌を隅から隅まで読もうなんてハナから不可能。購読しているから勿体ない、などと言う勿かれ。むしろ、お目当ての連載や書き手を拾い読みする方が有益かつ現実的だ。前に前にと進む読書法をこそお勧めしておく。

春だ。春だから勢いを付けて進もう。

ゲストとホスト

05

2005

秋田からゲスト選者をお迎えした。通常の句会では最も遠い距離からお迎えしたゲストではないか、そんな紹介を三月句会開会の挨拶の中で述べさせていただいた。

句会後帰宅して資料を確認したら、少々違った。高知から北村泰章氏を、平成六年八月句会にお招きしていたのである。そうだった。高校野球でも有名な高知商業高校の社会科教諭・北村泰章先生が、数名の女子高生を引率して諏訪神社の句会場にお見えいただいたのだ。かれこれ一〇年以上も前のことになる。改めて思い起こした。

凝り性の小生。秋田と高知とどちらが遠いか、地図帳を取り出して比較してみる。その結果、高知の方が若干遠いことが分かった。自宅にあったのは二宮書店発行の地図帳。斜軸正角割円錐図法による、東京を中心として半径五〇〇㎞・一〇〇〇㎞・一五〇〇㎞・二〇〇〇㎞の同心円が描かれている。その五〇〇㎞の少し内側に秋田市があり、その外側に高知市が位置していた。

地図帳は面白い。日本の最南端・沖ノ鳥島と領土問題で注目を浴びている尖閣諸島は、いずれも約一七〇〇〜一八〇〇㎞の距離にある。北方領土の択捉島は意外に近く、東京からは約一三〇〇㎞の距離。これまた現在注目の竹島はさらに近く、約七〇〇㎞。台北はどうか。二〇〇〇㎞の同心円の少し外側にあって、約二一〇〇㎞ほどの距離であった。

話を戻す。

三月句会ゲストの長谷川酔月氏とはほぼ初対面と言ってよかった。酔月氏については、秋田川柳銀の笛吟社の代表であること。お仕事は警察官。代表として大変行き届いた吟社の運営をされていること。その程度の予備知識しか持ち合わせていなかった。それくらいの知識で酔月氏を紹介するのには少々の躊躇いがあって、柳誌『銀の笛』のスローガンを披露させていただいた。

『銀の笛』表紙4に、毎号印刷されているスローガンは左記の通り。

◇川柳の更なるレベルアップを図るため、川柳の各種行事に参加しよう。

◇川柳を息の永い趣味にするため、家庭と仕事を大事にしよう。

正統派の主張である。特に後者。私自身は今も昔も仕事は大切にしているが、もう一つについては耳が痛かった。そんな感想も率直に述べた。

対する酔月氏の披講前の柳話。曰く、『ぬかる道』誌が大判で読みやすいこと。読み物が豊富でレベルが高いこと等々を、お褒めいただいた。『ぬかる道』誌が大判で読みやすい点は、以前にも例えば番傘川柳本社主幹の礒野いさむ氏からもご指摘されたことがあったが、今回は秋田と千葉の距離を越えて、お互いがその柳誌の有り様に注目していたようだ。期せずしてそのことが分かったのであった。

さて本題。

東京から約二一〇〇㎞の距離にある台北市。そこを目指して、私たちは三月二七日(日)朝成田空港に集合した。三月末にしては少し肌寒い気候。しかも春休みのせいか、空港は大変な混みよう。それでもみんな元気に出発した。

午後、台北着。関西空港からの参加した加島由一さんも合流して十九名(佐竹明・川崎信彰のお二人は翌日の句会から合流)。台湾の印象記については、参加者の皆さんそれぞれの感想が誌上に掲載される。今回の海外吟行句会がいかに楽しく充実していたかを、感じていただけるものと思う。

そこで、私の立場からは総括的なことを書きとめておきたい。
①台湾を選んで良かった。その親日度・治安の良さもさることながら、漢字文化の異同に興味と親しみを覚えた。一行が到着して、まず気がついたのがトイレの表示。「洗手間」とある。ほかにも「盥洗室」や「厠所」という表示があった。上海ではたしか「ヱ生間」とも書かれてあったが(「ヱ」は「衛」の簡体字)、台湾では見かけなかった。
最高齢参加者の濱川ひでこさんは、縣・國・鹽の旧漢字を懐かしいと言っておられたのが印象的である。龍山寺(台北最古の仏教と道教の寺廟)の十二支も面白かった。十二支の表記がすべて日本とは違っている。すなわち、「鼠・牛・虎・兔・龍・蛇・馬・羊・猴・雞・狗・猪」。カレンダーは、大陸と同じ曜日表記の「星期一(=月曜日)」。

時間がなくて本屋さんには立ち寄れなかった。個人的には残念な思いであったが、それでも空港で本を数冊買い求めた。『哆啦A夢(=ドラえもん)』の漫畫(=マンガ)や、『霍爾の移動城堡(=ハウルの動く城)』の卡通(=アニメ)もあわただしく買い求めた。カラオケを「卡拉OK」と書くのはあまりにも有名だが、日本語の「の」の便利な使い方が最近知られるようになってきたようだ。何に対しても、「○○の△△」という言い方をすれば連体修飾格になる。『霍爾の移動城堡』もその一例であろう。

書き出せばきりがない。「歡迎光臨(=いらっしゃいませ)」の看板をブライダルショップが掲げている。その中に「訂婚」の文字があった。「訂婚」?、植竹団扇さんと「結婚を訂正するの意味かな?」などとジョークを交わした。念のため解説を付す。ブライダルショップだから、婚約の解消・訂正を看板に書いたりはしない。台湾語で(北京語でも?)「訂婚」は「婚約」の意味。ちなみに、婚約解消は「退婚」と言うらしいから、ややこしい。

台湾の歴史ある港町・淡水河はあいにくの雨であった。それでも私たちは、「情人橋」という粋な名前の橋を恋人同士のように渡った。そう言えば、バレンタインデーは、「情人節」と呼ばれていたはずだ。
②その台湾は熱い政治の季節の中にあった。日本でも大きく報道された三月二六日(土)の集会。台湾「独立」の動きに対しては、今後武力行使も辞さないとする反国家分裂法の制定に大陸中国は踏み切った。こうした大陸側の強い姿勢に、台湾側は「反併呑法」のデモで応えたのである。実際、現地の新聞は紙面をはみ出さんばかりにこの集会とデモを伝え、ごく普通の台湾人がごく普通に政治を語る場面に何度も出くわした。
私たちはこうした動きの最中に台湾に降り立ったことになる。しかしながら、台湾の人々は穏やかであった。町の空気

も平穏であった。市内中心部は、前日一〇〇万人のデモで埋め尽くされたような殺気だった様子は微塵も感じられなかった。こうした折りには、えてして革命前夜の雰囲気が漂っていたり、民衆が暴徒と化したりすることもあるらしいのだが、台湾の町も人もいたって平和であった。この辺にも台湾人の民度の高さを思わせた。

考えてもみたい。台湾がその政治的自由を獲得したのは、つい最近のことだった。年表風に記そう。

一九四九年　蒋介石の国民党が台湾に逃れ、戒厳令を施行。
一九七五年　蒋介石死去。息子の蒋経國がその地位を継承。
一九八七年　三八年にわたる戒厳令(＝世界最長)を解除。
一九八八年　蒋経國総統死去。副総統の李登輝氏が総統の地位を継承。台湾史上初の本省人が政治を動かす。
一九九六年　台湾初の総統直接選挙で李登輝氏を選出。
二〇〇〇年　総統選挙で民進党の陳水扁氏当選。台湾政治史上初の政権交代が実現。

右のようなことは、旅行のガイドブックにも記されている台湾の歴史である。私たちはあまりにも台湾を知らなさすぎたのかも知れない。今回の旅行でその点を反省させられた。

右の戦後史をたどってもお分かりのように、台湾の人々が自由を獲得したのは、せいぜいここ二〇年弱のこと。戦後の長い時期、台湾で政治を語ることはタブーであった。現地ガイドの侯嘉恩さんも何度かこの点に触れていた。侯さんは五〇歳。台湾の大学で日本語を学び、今回のツアーのガイドを務めてくれた。解説は真面目で熱心で教養が深く、文化の団体にふさわしい方に案内していただけて、幸せであった。

ここで、会の原則的立場を改めて明らかにしておきたい。東葛川柳会は川柳を楽しもうとする文化の団体である。従って、政治や宗教に対しては一線を画してきた。個々人の思想信条はむろん自由だが、そのことを会に持ち込んではならない。発足以来の変わらぬ原則である。改めて記しておきたい。

その上で申し上げる。自由のないところに自由な文芸は育たない。言論の自由を獲得して二〇年足らずの台湾。民主化された台湾の今後に注目をしていきたい。

③台湾を選んで良かった。最大の理由は、何と言っても台湾に川柳会が存在したことだ。台湾川柳会の李琢玉会長(ミニ講演をしていただいた蔡焜燦氏は、琢玉氏のことを「宗匠」と呼んでおられた)にはお世話になった。この場をお借りして厚く御礼申し上げたい。

台湾側の句会出席者は十五名であった。琢玉氏から参加者お一人お一人の紹介があった。ユーモアたっぷり、愛情たっぷりのご紹介であった。参加者の年齢は比較的高いようだったが、職業・経歴・歴史と、それぞれバラエティーに富んでおられた。人も日本語もじつに生き生きとしていた。

台湾の方々には句会日を変更してお集まりいただいた。句会は第一日曜が通例。そこを私たちの都合に合わせて下さった。そうしたご苦労は、主宰の李琢玉氏は一言もおっしゃらなかった。日本語に厳しく、政治には辛口の琢玉氏だったのに、である。そこにゲストを迎える温かい気配りを感じた。

もし、合同句会やミニ講演といった企画がなかったら、台湾吟行は単なる観光ツアーに終わっていたにちがいない。改めて琢玉氏と台湾川柳会の皆さまに御礼を述べさせていただきたい。どうもありがとうございました。

会友総会こぼれ話

06
2005

四月には会友総会を開いている。会友総会と銘打ってはいるものの、格別形式張ったものにはしていない。時間的にも句会後という制約の中で開催しているものである。

とは申せ、総会は総会。趣味の会としても、年に一度くらいは構成員の皆さんに、会の現状と今後の課題等についてお知らせする義務があろう。東葛川柳会には会則があり、次のような規程がある。

〈第八条　幹事会は、年四回、会友総会は年一回開催する。
第十二条　この会の会計報告は、毎年一回四月に行う。〉

今年も右記の定めに従って会計報告をし、総会の場でご承認をいただいた。また、総会の開かれる四月句会に合わせて、『ぬかる道』誌当月号には会則を掲載しておいた。

句会後の総会というのは慌ただしい。披講が終わるとどうしても帰宅モードとなり、気が急かされる。今年もそうだった。しかし、句会日の午前中にはこれまた会則に定められている幹事会(約四〇名で構成)を招集し、審議に一定の時間を割いている。この点は幹事以外の皆さんにもご報告し、ご理解を深めていただきたいところである。

具体的に記す。総務・会計担当の中澤巌幹事から「東葛川柳会　平成十六年度　会計報告書」が幹事一人ひとりに配布され、詳しい説明がなされた。その骨子。カッコ内は解説。

〔収入の部〕

①句会費は、収入増。(句会が賑わっているおかげと思う。参加者が増えると当然のことながら収入も増える。)

②誌代は、誌代切り替えを三月末一斉に揃えたためにタイムラグが生じているが、ほぼ前年度並み。

③ご芳志については、収入減。(経済情勢の反映かとも思われるが、つらいところではある。)

〔支出の部〕

①印刷・編集費の出費増。(『ぬかる道』誌の充実と比例する。充実はさせたいし、出費は抑えたいし、……。)

②会議費等についても、出費増。(大組織になってきたため、

企画・編集会議を位置づけ、定例化した影響も。ただし、飲み代などは当然ながら自腹である。念のため。）

この会計報告書は、四月句会当日皆さんにお配りしたものと同一のもの。東葛川柳会は発足以来会計報告を公的に明らかにしてきている。「会を赤字にしないこと」は前代表からの変わらぬ方針だが、今後とも堅持していければと思う。

会計監査報告。松岡満三・太田紀伊子の両氏から報告があった。会計処理は明瞭・的確で、実務的にも太鼓判を押された。同時に何点かの検討事項もご指摘いただいている。監査役の両氏からは、幹事仲間の視線とは違う指摘を受けることが時々ある。趣味の会の和気藹々とした雰囲気は大切にしたいが、けじめも時として重要なこと。何しろお預かりしているお金のことだ。無駄なく、それでいて会の活動に前向きに活かすことが大切なので、今後も心して参りたいと思う。

監査役からの指摘の一つに、維持会費の収入減があった。大戸和興幹事長からは、ＰＲの強化と維持会員のメリット創出の意向が答弁の中で示された。こんなやりとりも、この際だからご紹介してしまおう。

次に大きな案件は、会の運営体制。即ち人事案件があった。

〈第六条　この会は会友の中から次の役員を置く。
代表一名、幹事長一名及び幹事若干名
（会計監査を含む）
最高顧問一名、顧問若干名を置くことができる。
必要により、副幹事長及び部長若干名をおくことができる。
第七条　代表はこの会を代表し、会の運営を統括する。
幹事長は、幹事と協力して会の運営に当たり、必要なときは代表を代行する。
最高顧問及び顧問は代表が委嘱し、重要な会務につき、助言をすることができる。〉

代表に江畑哲男が再選され、以下の人事を決めた。

最高顧問　今川　乱魚（再任）
顧　　問　今成　貞雄（再任）
幹 事 長　大戸　和興（再任）
副幹事長　中澤　　巌（再任、総務・会計担当）
副幹事長　松尾　仙影（新任、編集担当）
副幹事長　山本由宇呆（新任、編集及びＩＴ担当）
副幹事長　斉藤　克美（新任、発送担当）
会計監査　松岡　満三（再任）・太田紀伊子（再任）

人事・役員体制についても考えを述べておきたい。代表を引き継いでから三年が経った。あっと言う間であった。規約では任期についての規程はないのだが、三年は一つの区切り。改めてご承認いただくのが筋と考えた。前代表の路線を守りつつ今後どう発展させるか、自分なりに考えを巡らした。

①三つのワーク（チームワーク・フットワーク・ネットワー

ク）を今後も大切にしたい。そのため、現体制の骨格は変えたくなかった。
②会友の多様な要望にお応えし、かつアクシデントがあっても会務に支障が生じないようにする（＝危機管理能力の向上）。そのため、副幹事長を増員し、現体制を強化する。
③各担当幹事についても、引き続きお仕事をお願いしたい。さらに言わせていただくならば、新たな人材の登用やスタッフの複数配置も含め、今後さらに検討して参りたい。
要約すれば、情報を共有しつつ荷を分け合おうということ。言葉を換えれば、次のステップに向けて充電するということでもある。再来年の東葛川柳会二〇周年を見据えつつ。
紙数が足りぬ。去る四月句会では、句会場の突然の変更で皆さんにご迷惑をおかけした。しかし「迷子」は出なかった。全員無事に諏訪神社に到着。全会友にハガキを発信し、「危機」を乗り越えた。「迅速かつ適切、温かい処置でした」とかえってお褒めと激励のハガキをいただいたりもした。こちらこそ、有り難う。それもこれも幹事の皆さんの知恵と力の賜物である。
今回の「危機」に際しては企画編集会議のメンバーが迅速に対応した。企画編集会議とは、毎月開いている連絡調整のための実務的な会議である。学校における班長会議のようなもの。こんな説明を幹事会でもさせていただいた。裏話的ではあるが、この点も紹介しておく。その幹事や班長に立候補やご推薦があれば、幹事長までお申し出いただきたい。会へのご協力は巡り巡って皆さんに返ってくる。そんな会のあり方を指向している。会の事業計画その他については、紙数が尽きてしまったが、ご意見等があれば、お近くの幹事へ遠慮なくお話しいただこう。可能なものから実現して参りたい。
会友総会の最後に「今後とも物心両面からのご支援を」と述べた。「物心両面」なる言葉はつい出てしまったようだ。その「物心両面」は苦笑いを誘った。「代表の本音だナ」とも揶揄された。ともあれ、新しい年度もどうぞよろしく。

川柳上げ潮

07

2005

公私ともに多忙な活動のなかで、ふと思い浮かぶ和歌があった。

熟田津に船乗りせむと月待てば潮もかなひぬ今は漕ぎ出でな　（額田王）

言わずと知れた、『万葉集』（巻一、8）額田王の和歌である。念のため現代語訳を付す。

〈熟田津で、船に乗って出発しようと月の出を待っていると、（いよいよ月も出て）潮流もうまい具合になった。さあ、今こそ漕ぎ出そう。〉

さて、川柳学会の設立総会が開かれた。五月二九日（日）のこと。「川柳学会」とは聞き慣れぬ固有名詞であろうが、かねてから尾藤一泉氏が構想を温め、準備をしていたものだ。その川柳学会がこの日発足した。一泉氏は、こう呼びかける。〈川柳を単なる句会や作句の切り口からではなく、学問として捉え、……体系化を行う……。この会は、川柳を学術的に捉えることによって、……川柳界に一石を投じ、川柳の真の存在を内外に発信する意図があり、……。地道な活動から風を起こさねばならない。〉

右は、呼びかけ文の各所からつまみ食い的に抄録している。読みづらくて申し訳ないが、会の意図とその意気込みだけはお察しいただけるのではなかろうか。

ともかく、その川柳学会が船出をした。初代会長には十五世・脇屋川柳氏が、専務理事には尾藤一泉氏が選出された。このお二人は、昨秋の東葛川柳会記念大会に揃って来ていただいたので、ご記憶も新しいところかと思う。当会とのご縁も深い。設立総会には、小生を除けばどちらかというと句会派でない、学究肌の人たちが集まった（メンバー記載は紙数の都合上割愛）。特筆すべきは、前田雀郎子息の前田安彦宇都宮大学名誉教授と、九世川柳（前島和橋）の孫（故復子）の夫君たる芳忠淳氏を顧問理事としてお迎え出来たこと。心強い。小生もなにがしかの貢献をしろという話となり、監事を仰せつかった。会場は、王子駅前の北とぴあ。川柳の歴史に記念すべき一ページを刻すであろう一日となった。

設立総会を済ませた川柳学会の実質的な船出は、これからである。船長と機関長は決まった。機関誌『川柳学』も発行される。機関誌は今秋の創刊を目指して、銅鑼が打ち鳴らされている。今後いかなる針路を取るのかは未知数の部分があるが、この船出にはご注目いただこう。

二つ目は、当会の話。

「川柳とうかつメッセ」欄のこと。こちらは皆さん方の近詠欄、自由吟のコーナーである。この船出は、今から十三年余り前（一九九二年一月号）のこと。船出して九年後（二〇〇一年）からメッセは隔月掲載となった。乱魚メッセ賞というご褒美を付けるようになったのも、四年前の四月であった。メッセ賞創設から数えても四年余りが経過。今年もメッセ賞にはふさわしい作品が選ばれ、表彰された。何よりである。

さて、そのメッセ欄の五句組を、今月号から増やすことにした。これまではページレイアウトの関係もあって、五句組は八人に限定されていた。それを今月は十三人に増やした。理由は明瞭。投句の質が向上したからである。メッセ欄選者を前代表から引き継いで早くも三年余が経つ。この間新人も増えた。メッセの投句者も少しずつではあるが、増加している。小生によるメッセの選も二〇回を数えた。これまでメッセについて触れる機会がなかったが、ここらあたりで箇条書き風に選者としての考えの一端を述べておくことにする。

①一〇句出句、四句入選の基本はしばらく変えない。
②新人もベテランも投句は歓迎する。メッセ（ドイツ語で見本市・市場の意味）を賑やかにして欲しい。
③メッセには自選の欄もある。こちらも歓迎している。
④新人の方の「まだまだ」「もう少し上手になってから」という気持ちは分からないでもないが、臆せず投句していただきたい。誌代を収めておられる方には、みな投句の権利がある。ちなみに誌友の投句料は無料である。
⑤選に当たっては、発見・リズム・表現力・技巧・新鮮味・現代性、その他を総合的に判断している。
⑥「新人は育てるもの」という意識で選に当たっている。「育てる」の基本的コンセプトは、長所を伸ばすことだ。
⑦新人の短所は容易に指摘できる。しかし、短所を指摘することで長所を殺してはならぬ。自戒である。
⑧ベテランには意外と厳しいと言う。そのような指摘をされたこともあった。自分ではほとんど意識はしていない。ベテランの場合は、その実力を知っているだけに物足りなさを感じてしまうことがあるのかも知れぬ。
⑨新人は、佳句とそうでない句とのバランスが悪い。
⑩ベテランの場合は逆。ひどい句はあまり見られない一方、物足りなさを感じることも少なくない。
⑪全体的に推敲が不足しがち。自ら直そうという気持ちがなければ、他人が添削しても上達はしない。添削の有難味も薄れてしまう。
⑫添削は出来るだけ最小限に留めている。
⑬困るのは、添削希望の有無の意思表示がないこと。
⑭もっと困るのは、こう直せば良くなるのにと思うと、添削不可の意思表示があること。
⑮「上手になった」「成長の跡が感じられる」投句に出会うと嬉しい。選をしていて良かったと思う。
⑯メッセの選は毎月行うのが本来の姿であろうが、それには私の時間が足りない。今後の検討課題とさせて欲しい。

三つ目は、依然として根強い日本語ブームの話。NHK教育テレビ「日本語なるほど塾」という番組については、前月号『ぬかる道』短信欄にて紹介した。放送日等は前月号参照を。日本語の魅力いっぱいの、さすがNHKと言うべき番組となっている。

さて、今回はその雑誌の話だ。誌名も『日本語なるほど塾』（NHK出版、六八二円）と言う。現在発売されているのは、六・七月の合併号。合併号だから、二カ月分の内容が収録されているのだが、今号は特に面白かった。「ヒット曲でつづることば物語」（大塚明子）と、「留学生から見たニホンゴのトホホ」（佐々木瑞枝）の二本立て。必見。

哲男読書ノートより。『台湾は台湾人の国』（許世楷・盧千惠共著、はまの出版、一六八〇円）。『川柳を学ぶ人たちへ』（竹田光柳著、新葉館、一四七〇円）。『和製英語が役に立つ』（河口鴻三著、文春新書、七三五円)。

さらに、一番新しいニュース。全日本川柳二〇〇五広島大会が六月十二日(日)に開かれた。当日午前には(社)全日本川柳協会総会が開かれ、吉岡龍城会長が退任を表明。後任には今川乱魚理事長が昇格、会長に選任された。乱魚当会最高顧問にとっても当会にとっても大変な慶事である。乱魚顧問はますます多忙になるが、川柳の発展・地位向上のために少しでもその活動を支えたいと思う。皆さんどうぞよろしく。

その後の良い話

08

2005

とかく人の噂がそうであるように、新聞紙面もまたそうであるように、世間では醜悪な部分ばかりが取りざたされる傾向にあるようだ。醜悪さとは正反対の、良い部分・善なる様子はなかなか伝わりにくいし、残念ながら広まったりはしない。ところがどっこい、この世の中良い話はたくさんある。今月は、そうした話から始めよう。

前号速報でもお知らせしたように、二〇〇五年全日本川柳広島大会は、成功裏に終了した。戦後六〇年の節目の年に広島の地で大会が開催されたことは記憶されてよいであろう。大会記念品の句集『きのこ雲』を改めて手にしながらそう感じた。当会からもツアーを仕立てて多くの参加者があり、意義ある大会の成功にいささかの貢献が出来たように思う。

さて、大会数日後の夜のこと。広島から長距離電話をいただいた。定本広文大会実行委員長からである。用件は、大会選者であった小生への御礼の言葉・ねぎらいの言葉であった。「当日はバタバタしていて、御礼の言葉もよう言えんかった。遠くから都合をつけて来ていただいたのに申し訳なかった」と広島弁でおっしゃる。おしどり川柳家であるイツ子夫人も電話に出られて、「ありがとう」を繰り返された。ほかに用事はなかった。御礼とねぎらいのためだけに電話を下さったのだ。

そう思うと頭が下がった。恐縮もした。「とんでもありません。こちらこそありがとうございました。お世話さまでした。お疲れさまでした。立派な大会でした。私自身は、定例の川柳講座の関係で前日夜遅く広島入りをしたので、前夜祭にも出られないで失礼を致しました……」等々と、あわてて返礼と言い訳をするのが精一杯だった。

定本広文・イツ子ご夫妻とは、番傘の大会等で何度かお目にかかっている。お二人は私の父母と同年代である。そんな関係から、イツ子夫人には顔を合わせるたびに冗談めかして「お母さん」とお呼びしている。大会のお疲れは、お父さん・お母さん、いや違った、広文・イツ子ご夫妻の方がはるかに残っておられるに違いない。にもかかわらず、はるか年下の小生にこうした気配りをされる。一見華やかな大会の成功の陰には、こうした地味な努力の積み重ねが必ずある。改めてそう感じた。改めて、ありがとう。

電話を切って何だか嬉しくなった。心が熱くなった。こんな良い話は誰かに聞いてもらうに限る。そう思って窪田和子幹事に電話をかけた。和子さんは広島県出身である。その和子さんも良い話だと喜んでくれた。

さらに私は気配り精神を発揮したくなった。今度は、大阪の儀野いさむ氏にも手紙を書いた。いさむ氏は、日川協の大会委員長の要職にある。そのいさむ氏に、定本実行委員長の気配りや優しさをお伝えすることは、今後の日川協のためにも良いと判断した。

その後のエピソードを一つ。

窪田和子さんからは改めて手紙をいただいている。

〈さて、広文先生から、お電話で御礼やら労をねぎらっていただいたそうで、哲男さんからお電話をいただいたとき、電話を切ってから一パク置いて、私じわっと何やらあったかいものを感じましてネ。広文先生の(それは大変にお疲れだったと思う)気配り・やさしさ・思いやり、何やら私の方まで嬉しくなってきましたの。……感無量です。〉

善意はこだまする。句会では「悪女」と呼ばれる窪田和子幹事の、人情家の一面を垣間見た思いだった。

話は変わる。もう一つの「その後の良い話」に触れたい。

今度は、台湾吟行会のその後。

台湾川柳会の黄智慧さんが来日中と言う。黄智慧さんは台湾大学を卒業し、大阪大学大学院など日本留学を経て、現在は台湾の中央研究院民族學研究所に勤務されている。ご専門は文化人類学である。おそらく学会の会合で来日されたのであろうが、黄さんから、台湾で会えなかった今川乱魚さんにお目にかかれないか、日本の川柳句会も見学したい、とのご希望が伝えられた。何とか調整して欲しい。依頼主は、台湾吟行句会の立役者たる村田倫也さんであった。

調整の末、六月十八日(土)に私たちは再会することになった。八丁堀で開かれていた999番傘勉強会で落ち合うことにした。良い話はすぐに伝わる。台湾へご一緒した仲間のお一人である長谷川酔月さんも、秋田から上京する旨連絡が入った。当会大戸和興幹事長や長尾美和さんも加わった。結局、黄さんを囲んで、乱魚・倫也・酔月・和興・美和・哲男の総勢七名で会食をすることになったのである。

秋葉原のワシントンホテルで昼食を共にしながら話ははずんだ。黄さんからは、事前に乱魚氏宛てに質問事項がFAXで送られていた。黄さんの質問は主に次の二点であった。①日本と台湾川柳会との縁について。②海外に於ける日本語川柳の可能性、もしくは川柳の国際性について。

(社)全日本川柳協会会長に就任したばかりの乱魚氏の答えは、明快であった。話しぶりによどみはなかった。多くの資料を携えて、黄さんの質問に応じていた。席上、台湾川柳会の李琢玉会長が近々句集を出版するということにも話が及んだ。琢玉句集の序文は乱魚氏にお願いしたいと言う。乱魚氏は快諾。乱魚氏からは、加えて一つのアドバイスがあった。即ち、句集には日本語を知らない台湾の方々に読まれる工夫をされてはいかがか、と。この指摘には、黄さんも哲男も納得。これぞ本当の国際交流と思った。黄さんの満足げな頷きが印象的でもあった。収穫十二分のひとときとなった。

話は横道にそれるが、最近私は英語関係の本を集中して読んでいる。『「英語脳」のつくり方』(和田秀樹著、中公ラクレ新書)、『文科省が英語を壊す』(茂木弘道著、中公ラクレ新書)等々。日本語の本ではない。英語教育に関する本である。いま英会話がブームだ。むろん会話はできないよりできるに越したことはない。そうは思う。ただし、重要なのはコンテンツである。スーパーで野菜が買えるような、マクドナルドでハンバーガーの注文ができるような、そんな英会話＝英語力と誤解されては困る。言語を学ぶことは、言語の背景にある文化や国民性を学ぶことなのだ。東葛川柳会十周年の記念出版である『贈る言葉』所収の講演録「英語と川柳」(速川美竹)を読み直して改めてそう感じた。その意味で、乱魚当会最高顧問の句集の英訳・中国語訳は、日本文化の発信として注目に値しよう。琢玉氏の句集も、日台文化交流に役立つ出版物になることを心から願って止まない。

努力と忍耐とご褒美と

09
2005

先月号の巻頭言では、全日本川柳大会実行委員長の気配りについて触れた。何ごとも裏方は大変なのだ。そうしたご苦労の一端でも知っていただければ、と思って書かせていただいた。皆さんにご紹介もしたかった。

巻頭言に反響があった。これまた紹介したい。

〈暑中お見舞い申し上げます。……巻頭言「その後の良い話」は、不穏なこの頃の世の中を忘れさせて下さる一服の清涼剤のような快い気持ちが致しました。有り難うございました。どうぞ、お元気で。　流山市　H・K〉

「一服の清涼剤」との文面が嬉しかった。こちらこそありがとう。

話は変わる。

皆さんは、インターハイという言葉を聞いたことがあるだろうか。高校生にとっては、野球の甲子園大会と並ぶくらいの、あこがれのビッグイベントである。そのインターハイが今年は千葉県を舞台にして開催された。正式名称は全国高等学校総合体育大会。今年のネーミングは「2005千葉きらめき総体」である。「きらめき」の形容に思いが込められている。総合体育大会であるから、高体連傘下のすべてのスポーツ競技が、千葉県を会場として熱戦が繰り広げられた。陸上競技に始まって、体操・ソフトボール・バレーボール・バスケットボール・サッカー・空手・登山・柔道・剣道、等々。東葛地区が会場になった競技種目は、以下の通り。バドミントン男女(野田)、硬式テニス男女(柏)、自転車競技(松戸)、フェンシング(松戸)、なぎなた(我孫子)。猛暑のなかスポーツウェア姿の高校生たちと、あるいは皆さんもすれ違ったかもしれない。

ささやかながら私もインターハイのお手伝いをさせていただいた。回ってきた役割は、式典・表彰係。と言っても主役は高校生。司会進行はすべて高校生が務めた。私はと言えば、その進行をそばで眺めているだけの係であった。暑い日々だった。照り返しの日射しがとにかくきつかった。

八月四日(木)硬式テニスの団体戦の表彰式、八日(月)同個人戦表彰式と閉会式。会場は県立柏の葉公園テニスコート。男子は福岡県の柳川高校が優勝した。昨秋の国民文化祭柳川大会の折り、舟で川下りを楽しんだ。その舟からテニスコートが見えたアノ高校である。女子の優勝は、福井県の仁愛女子高校。準優勝が東京都の共栄学園。この共栄学園は誌友の椎野茂さん宅の真ん前にある学校だと聞いた。テニス競技大会役員の講評がすばらしかった。「優勝したチームは頑張った。でも一番頑張ってくれたのは、この暑いなか一所懸命審判をしてくれた生徒の皆さんです。大きな声のジャッジが良かった」と。観客はもちろん、選手や監督からも期せずして拍手が沸き起こった。トップの発言はこうでなくてはならぬ。これまた、猛暑のなかの「一服の清涼剤」であった。

さて、当会イベントの準備状況についても触れておこう。むろん、この秋に予定されている「柏市文化祭川柳大会あわせて東葛川柳会十八周年記念大会」のことである。準備は順調。中澤巌筆頭副幹事長作成の「大会運営要領」に基づいて作業が進行中である。大会のチラシも一通り配布し終えて、皆さまのご出席をお待ちしている。そのなかで、少々耳寄りな情報を提供しておきたい。これまでの大会にはなかった二つの目玉賞品について、今月は書き添えておく。

一つ目は、「第一回とうかつジュニア川柳賞」の表彰である。東葛川柳会は早い段階からジュニアへの働きかけに心を砕いてきた。「はばたけジュニア欄」の継続は容易ではなかった。しかしながらジュニア欄の継続は容易ではなかった。作品が思うように集まらないことも一再ではなかった。大人の都合でジュニアは動いてはくれないのだ。むしろ子どもの年間行事に合わせた大人側のきめ細かいアプローチが求められる。またジュニアの成長は早く、すぐに卒業期を迎えてしまう。これも困難な条件の一つであった。そんななかで迎えたジュニア川柳欄創設十五周年である。ジュニア川柳は一時期よりも盛んになったとはいえ、吟社レベルでの表彰はまだまだ少ない。今回佐竹明幹事の尽力で「第一回とうかつジュニア川柳賞」表彰の運びとなった。喜ばしい。大会の場を借りての表彰式には、遠方からの参加、親御さんや親族の応援参加もあると聞く。有り難い。良いことは声に出して讃えよう。

二つ目は、新しいご褒美が用意されること。柏市長賞・議長賞・教育長賞の、三賞授賞がそれだ。三賞のうち、柏市長賞は正確に言えば復活ということになる。残りの二賞は新規申請。そう、慎重に書くならば現在のところは申請中なのだが、許可されることはほぼ間違いないので公にしてしまう。

東葛川柳会は「楽しく学ぶ」をモットーに活動してきた。何ごとも楽しくなければ長続きはしない。それは真理である。しかしながら、もう一歩踏み込んで考えてみると、楽しさは最終目標なのであろうか。楽しさの追求は大事なことだが、楽しさ自体が自己目的であってはならないのではないか。そのようにも考える。言葉を換えれば、安易な楽しさの追求はすぐに飽きられてしまうということ。「難しいけれど楽しい」、逆もまた真理なのであるまいか。

もう少し整理しよう。「楽しく学ぶ」と「難しいけれど楽しい」は、決して矛盾しない。やり甲斐・生き甲斐とは、そういうものではないのか。多少の苦労（技術的・精神的に）が伴い、ちょっと大変（肉体的・経済的に）だけど、頑張ってみよう（向上心・達成感）。仲間との学びあい・助け合いの場（組織化・連帯感）は、そのためにこそ必要なのだ。

さらにさらにもう一点。努力（＋忍耐）に対して、ご褒美があったら嬉しい。人間の本音である。楽しく学んでいるうちには困難にもぶつかる。その困難を乗り越えるところに、さらなる価値が存在する。進歩は直線的ではないのだ。

終わりは、哲男の読書ノートより。今月は軽い読み物二冊を紹介する。

『笑わせる！技術』（中島孝志著、廣済堂出版）。「あんたおもしろいねぇ」。ビジネスマンとして成功する条件は、やっぱりこれ。①場がなごむか？、②膝を乗り出してくるか？、③ウイットとユーモアに富み、なによりわかりやすいか？、④話に花が咲くか、言い換えれば、発展性・成長性・飛躍性があるか？、⑤心を動かされるか？

『朝の通勤時間、知的な使い方』（現代情報工学研究会編、講談社＋α文庫）。サラリーマンにとって苦痛な通勤時間が、一日で一番貴重な時間に早変わりする。「自分の時間」を創ろうとする発想の転換が見事だった。

残暑お見舞い。熱中症は室内でも起こりうる。水分補給を心がけるべし。ただし、川柳熱中症は有益無害である。

我ら川柳党

10
2005

新党・川柳党を立ち上げる。残念ながら今次総選挙には間に合わなかった。しからば、次回の解散・総選挙に向けて今から準備を開始しよう。まずは、マニフェストの作成だ。川柳党らしいアピールを案として提示したい。

　我ら川柳党の政策の目玉はハナから決まっている。それは、どの政党にも出来ない政策課題を実現することである。我らが立党精神は、この点にこそある。

「生き甲斐の創造」。おそらく、唯一にして最大の公約がこれであろう。右記以外の、外交・安全保障・年金・暮らし等々のムズカシイ課題は、全くお約束できない。約束できないことは約束できないと、正直に申し上げる。ここが川柳党の良いところ。「正直は一生の宝」と昔から言うではないか。つらつら惟みるに、既成政党はとかくバラ色の公約を掲げたがる。端的に言って票が欲しいからだ。それ故、少なからぬトリックやマジックを使わざるを得ない羽目に陥ってしまう。可哀相なこと。わが川柳党にはこうした必要性は全くない。

「生き甲斐の創造」。見渡したところ、どの党の公約にも書き込まれていない。我ら川柳党だけの公約である。秘かな満足感。インフラの整備や暮らしの問題は、他党にお任せする。我が党は、他の党には出来ない「心のケア」に着目している。どんなに社会資本が整備されようと、どんなに財産があろうとも、人はそれだけでは幸福にはなれぬ。心の豊かさは、お金では買えないのだ。人が人である限り、「生きてて良かった」と思える「何か」が必要になるのではないか。

「生き甲斐の創造」。しかしながら、この公約も、その実現となると案外難しい。他人の心の中には容易に立ち入れないからだ。これまた正直に申し上げる。我が党と我が党員に出来ることは、「生き甲斐の創造」のお手伝いをすること。川柳の楽しさをお裾分けすることだ。これに尽きる。従って、党員各位のご協力を今後ともお願いする次第である。

　各党のマニフェストを読んで気がついた。要するに金の問題がネックなのだ、と。郵政改革は行財政改革、年金問題は財源問題に直結し、つまるところ金の問題である。そうだ！この機会に、我が党の財政についてもついでに言及しよう。

　財政。無駄遣いは全くナシ。財力も労力もすべて皆さんの善意に頼っている。その財政に余裕はないが、今のところ増税（＝誌代の値上げ）も考えていない。ご芳志という名の浄財は有り難く頂戴している。

　さらにもう一言。次世代問題。こういう言い方があるというのをマニフェストで知った。次世代問題と言えば、我が党的には二点思い当たる。一点はジュニア川柳の振興、もう一点は年齢を問わない、新人層の開拓だ。ジュニアの振興には今後とも力を入れていく。後者では、団塊の世代をはじめとする中高年層の台頭に期待したい。それもこれも、公約たる「生き甲斐の創造」につながるはずと信じて。

　以上は、選挙にかかわっての個人的な夢想である。笑ってお読みいただければそれで満足だ。本誌『ぬかる道』一〇月号が皆さんのお手元に届く頃には、異例ずくめの総選挙も終わっている。果たして、どの党のどのような公約が有権者に受け入れられたのであろうか。

閑話休題。話は変わる。

秋になって、各種カルチャーの案内が届いている。自治体の広報やミニコミ紙誌のカルチャー案内が賑々しい。近隣センター、シルバー大学、NHK学園や読売文化センターなどの民間カルチャー教室など、生涯学習活動が一段と活発になってきている。その気になれば、毎週何かしらの受講も可能ではなかろうか。良い世の中になった、そう思う。物質的な面以外でも日本は豊かになりつつある、そうも感じる。

そこで、今回は大学の講座を焦点を当てて取り上げてみたい。とりあえず東葛飾地域の大学に限定してご紹介する。
①江戸川大学。同大学・同短期大学のキャンパスそのものは、流山市駒木にある。東武野田線豊四季駅から歩いて十五分の距離。一年半前に、柏駅西口から徒歩二分のビル内に教室を求めて進出した。勤め帰りにも立ち寄れる便利さだ。私自身も昨夏は中国語講座を受講し、また元中日ドラゴンズの谷沢健一選手の単発の講演などを聞いたりもした。今秋は「アインシュタインと相対性理論」を世界物理年に因んで企画している。江戸川大学では、この教室をエクステンションセンターと呼ぶ。まさに教室のエクステンション(延長・伸張)だ。学長の戦略でもあるらしい。
電話、〇四−七一四一−四七〇〇(同センター)。
②二松学舎大学。こちらも「エクステンションカレッジ」と呼んでいるようだ。二松学舎と言えば、書道と中国古典文学・中国哲学が名高く且つ定評がある。九段キャンパスと柏沼南キャンパスで講座が開かれ、沼南キャンパスで私は「父母恩重経」の講義を受けたことがある。東京在住の誌友や在勤の誌友には九段キャンパスが便利かも。例えば、あの石川忠久同大名誉教授の講義「漢詩を作る」が、一〇月に始まる。全六回、一万五千円。むろん、それだけの価値は充分にある。
電話、〇三−三二六一−一二九八(企画・財政課)。
③中央学院大学。オープンカレッジには三つのコースが存在する。公開講座を利用して学ぶセンターコース、資格取得を目標に学ぶアドバンストコース、大学の正規の授業を学ぶコンティニュイングコースの三つを揃えている。手賀沼学会の事務局は同大学にあり、手賀沼が育んできた文化を考えるセンターの機能も果たしている。
電話、〇四−七一八三−六五二九(アクティブセンター)。
④麗澤大学。東葛川柳会、川柳会・新樹、川柳会・緑葉のお花見吟行句会でお世話になった場所である。広〜いキャンパスで背伸びするだけでも気持ち良い。学祖・廣池千九郎氏の提唱したモラロジー(道徳科学)に基づいて、知徳一体の教育を推進する。講座は多彩で、世界や現代社会に向き合ったテーマも数多い。私個人は、「日本の先人に

学ぶ」セミナーを興味深く受講している。
電話、〇四−七一七三−三〇三〇（広報課）。

⑤大学ではないが、白樺文学館にも触れておきたい。今年は、志賀直哉夫妻の我孫子転居九〇年に当たる。特別企画のメインは、一〇月九日（日）午後三時からの講演「志賀直哉と我孫子」だ（於我孫子市民会館大ホール）。講師は阿川弘之氏。志賀に二五年間師事した氏の話は聞き逃せない。
電話、〇四−七一六九−八四六八（白樺文学館）。

——勉強家の多い当会の皆さんのお役に立てば幸いだ。さらに詳しい情報を知りたい方は、各問い合わせ先へどうぞ。

終わりは訃報。台湾川柳会の前主宰・李琢玉氏が八月二六日に亡くなった。享年八〇。琢玉さんと台湾川柳会の皆さんのおかげで、心に残る、中身の濃い海外吟行句会が果たせた。私たち一行を温かく迎えてくださった琢玉さんは、日本語には厳しい方であった。合同句会の折りの直言が今でも忘れられない。会としての弔意は台湾の習慣に従った。哀悼。

ラジオ深夜便のこと

11
2005

NHKラジオ深夜便に出演したのは、何年前のことだったろうか。書棚を探したら、当時の録音テープが出て来た。平成九年十一月十三日（木）午後一時台の放送、というメモ書きが残っていた。今からもう八年も前のことになるのか。

平日の深夜の放送。そこに出演するとなれば、現役の小生は当然録音だ。今度は手帳で確認をすると、スタジオ入りしたのは十一月七日（金）夜のことだったようだ。その時のお相手が、今回の記念大会の講演者としてお招きする村田昭さん（ラジオ深夜便元アンカーマン）、その人である。

思い出した。当日は夕方まで会議があり、予定より遅れてスタジオに到着した。疲れていた。空腹でもあった。パンでもかじって腹の虫を押さえようかと思っていたら、村田昭さんに「お腹空いていませんか」と訊かれた。「食べてからにしましょう」と言われ、NHKの食堂に案内された。そんな心遣いが有り難かった。

番組は対談形式で、タイトルは「川柳で見る折り返し人生」。ジュニア川柳の話で出演したのではない。大人の川柳作品鑑賞がメインであった。川柳作品は当番組ではよく紹介されていたが、川柳作家が出演するのは初めてのことだった。

番組中一カ所だけ、言い淀んだ。それは、最初の方。「ところで、江畑さんはふだんはこの時間何をしていらっしゃいますか？」という質問だった。突然だった。そして、この質問には困った。私は典型的な朝型人間で、それまで深夜便など聴いたことがなかった。番組の存在すら知らなかったほどだ（ゴメンナサイ）。果たして、そのことを正直に放送でお話しして良いものやら、悪いやら、……。

右記の返答を躊躇ったこと以外、録音は順調であった。NHKの食堂で元気を取り戻したおかげかもしれない。収録時間約四〇分のお役目が果たせた。すべて、村田さんのリードのおかげである。NG(ノー・グッド)は出なかった。

反響があった。放送の翌日から、電話を貰ったり、手紙・メールが届いたのである。いつも聴いているという川柳仲間からの葉書。寝ながら聴いていたら、聞き覚えのある声なので目が覚めたという会友。(人間の声というのは、当人が思う以上に特徴がある。この点をサスペンス風に仕立てたのが松本清張の小説『声』である)。退職した先輩からもメールをいただいた、等々。ラジオ深夜便が大変な人気番組であることが初めて分かった。すべて出演後のことである。

ところで、この人気の秘密はどこにあるのだろうか。たまたま手元にあった『家の光』平成十七年六月号紹介記事によれば、「だからいい、ここが好き。人気の秘密!」と題して六点にまとめられている。引用しよう。①、いつ眠ってもOK。②、大人の雰囲気が好き。③、選曲がいい。④、アンカーが魅力的。⑤、情報が早い。⑥、思い出を回顧できる。……なるほど。今回、その魅力的なアンカーマンの一人であった村田昭氏をお招きできたのは光栄である。

さて、ゲストが話しやすい環境を作るのは主催者としての大事な務めである。八年前、村田さんがちょうど小生にして下さった、そんな気配りが求められる。当会では大会成功に向けて、幹事会や企画編集会議で打ち合わせを重ねている。ゲストにとって心地よい環境作りは、参加者の利益にもつながる。そのための努力も積み上げてきたつもりだ。

いささか批判めいた話になるが、川柳界というところはどうも仲間意識に寄りかかってしまう傾向にあるようだ。結束という意味では結構なのだが、時には親しき仲にも礼儀やけじめが求められるのではあるまいか。世間的な常識とのズレを感じてしまう場面が少なくない。大切な連絡は、文書で発信するよう心がけたい。発信文書には、相手サイドに立った、少なくとも実務的な連絡事項が必要だと思う。当日のタイムテーブルや昼食用意の有無、会場の地図とアクセス方法、などなど。とかく実務を軽視しがちなのが川柳界の弱点と言われる。お互いに気をつけたいものだ。

さて、川柳大会の楽しみは何と言っても句会の部である。今十八周年大会の選者を紹介させていただこう。

植木利衛先生。川柳ひたち野社を主宰されている。毎年七月に「日立の海観光川柳大会」を開催され、三〇年余の歴史を刻んでいる。本年は記念誌『海洋』を発刊して、巻末に「茨城の川柳・還暦メモ」をまとめられた。茨城県川柳協会会長の面目躍如たる労作と言える。

もうお一人は、脇屋川柳先生。十四世根岸川柳没後、十五世川柳を継承された。根岸川柳ゆかりの東京川柳会の前代表、現顧問である。江戸文化や江戸の風俗に造詣が深く、『松浦静山と川柳』（近代文芸社）ほか著書多数。過日発足したばかりの川柳学会では、理事全員によって会長に推挙された。

「成らぬうちが楽しみ」ではないが、書いている筆者自身もわくわくしてきた。新たに市長賞ほかのご褒美も加わった（九月号巻頭言参照）。次号以降の大会詳報にご注目下さい。

締めくくりは、哲男の読書ノート。今月は『体にじわりと効く薬食のすすめ』（前田安彦著、講談社＋α新書）を紹介したい。「たくあんは腸のガンを、日本酒は痴呆を予防!!」なる本の帯に惹かれて読み進めていった。たくあんには食物繊維が凝縮され、最大15％に達するそうな。これが消化器系機能の調整に役立つ。たくあんの「噛む」効用も見逃せない。次は日本酒。日本酒は体に良いのだと言う。旨みのアミノ酸になる前のペプチドという物質が効くのだそうな。心臓病・脳卒中・ガン・痴呆を予防する効果あり。酒飲みには嬉しい解説だ。しからば、秋の夜はたくあんに日本酒と洒落こもう。

ところで、著者名・前田安彦に心当たりがあるという方は、川柳の勉強家である。そう、作者は前田雀郎氏のご子息で、現宇都宮大学名誉教授。発足間もない川柳学会の顧問として重きをなしている。

いま、新書が面白い。中公ラクレ、文春新書、NHK生活人新書、PHP新書、等々。ちなみに＋α新書は、「プラスアルファ新書」と読むべし。新書は現代の窓である。本屋さんに行ったら、新書コーナーを覗いてみて欲しい。たっぷり三〇分くらいはいて、現代社会の風を入れ脳の活性化を図りたいものだ。食欲の秋は、本も美味しい。

年賀状を愛す

12
2005

年賀状の販売が始まると、今年もいよいよ最終コーナーに差しかかったなと意識させられる。もちろん十一月の段階ではまとめ買いをしただけなのだが、今年は昨年よりもさらに三〇枚ほど多く買い足すことになった。例年と違うのは、いつも句会場をお借りしている柏郵便局の総務課に年賀葉書を予約をしたこと。折りしも郵政民営化が話題となっている昨今である。

私個人としては、年賀状の習慣をずっと大切にしてきている。元旦に年賀状が配達され、お屠蘇気分のくつろいだ雰囲気のなかで、年賀状を読めるのは嬉しいものだ。

日本人は節目を大切にする民族だそうな。日本人ほど物事の始めと終わりを大切にする民族はないらしい。学校は始業式に始まり終業式に終わる。企業は仕事始めから仕事納め。兜町は大発会から大納会で締めくくられる。事業体も十周年、二十周年と区切りごとに過去を振り返り、次の目標に向かって決意を新たにする。欧米ではテレビでも演劇でもすぐ本番に入るが、日本では必ずテーマ音楽、拍子木を打ち「東西東西」の口上からスタートする。こうした日本的美風は稲作に原点があるらしい。熱帯原産のイネを温帯の日本で育て瑞穂の国にしていく過程で、勤勉・けじめ・節目の民族性を修得したと言うのだ(以上、主として『目覚めよ日本、愛せよ日本』より、清水馨八郎著、ゴマブックス)。

ところで、すっかり定着をした感のある年賀はがき。この普及には、最低でも二つの条件が必要であった。一つは、郵便事業の確立。そしてもう一つが教育の普及だ。要するに、誰でも文字が書けて、文字で書かれた郵便物が配達される制度がなければ、この日本的美風は定着しようがない。当然であろう。年賀状の特別取扱制度が始まったのは、比較的最近のことらしく、「お年玉付き」年賀はがきが発行された昭和二四年からブームになった(『郵便創業一二〇年の歴史』郵政省郵務局郵便事業史編纂室編、ぎょうせい刊)。

では、どれくらいの人が年賀状を書くのか。アバウトに言えば、全体の九割。平均枚数は五〇通。以下は、インターネットのサイトから面白そうな記事をピックアップしてみた。

①年賀状を出す相手(複数回答)

親戚・家族	六九、四%
友人	九五、〇%
仕事関係	五五、四%
貰った人に出す	六五、八%
その他	一、八%

②印象に残る年賀状は?

「オリジナルの写真入り年賀状。あとは文章だけのものも嬉しいです」(女性、三六歳、専業主婦)

「印刷が多い中、手書きの年賀状をいただくと、一筆一筆心がこもった感じがします。」(女性、四四歳、専業主婦)

「長い間会っていない友人の近況が書かれた年賀状。」(男性、三八歳、会社員)

③これだけはやめて欲しかった年賀状は?

「印刷だけで手書きのない年賀状」「子供・家族・結婚式の写真のみの年賀状」に多数の回答が集中。

「あらかじめデザインされ販売されている年賀状を、手書きコメントもなくそのまま送られてくること。」(男性、二九歳、会社員)

「子供だけの写真のもの(親と知り合いなのに、近況を知りたい相手は写っていない)。」(女性、三一歳、パートアルバイト)

残念ながら、郵便離れは着実に進んでいる。時代の変遷・人情の希薄化・他の通信機器の発達等々で、郵便の「信書」は「物流」へと変化してしまった。「信書の秘密」という情緒も消えかかっている。とりわけ若い世代の手紙離れは顕著だ。個人情報保護法の影響も見逃せぬ。学校でも名簿類をほとんど作成しない。教員の住所も教えない。年賀状を書く機会はますます遠のいてしまうのも理の当然であろう。

今年のお正月、在校生からは二通の「年賀状」を貰った。いずれもメールで届いた「年賀状」であった。時代の変化は激しい（もっとも、卒業をすると、何割かの生徒は年賀状に変わるから不思議ではある）。

「年賀状出した相手に今日も会い」（作者失念、たしか二〇数年前の「まいにち川柳」であったと記憶）という川柳作品がたしかあった。穿ちの効いた一句ではある。しかしながら、ソレはソレ、これはこれ。年末の慌ただしいなかでの賀状書きにはつらいものがあるが、その忙しさを何とかやりくりして書くのも一興と思おう。普段ご無沙汰をしてしまっている方への近況報告を兼ねて、あるいはいつもお世話になっている方への年頭の挨拶として、私は年賀状を活用している。

インターネットのアンケートにもあったが、どうせ出すなら「何か」を書き加えたい。ちょっとした一言で構わないのだ。この点、私たちには強い武器がある。川柳という武器が。年賀状に書き添えた句が相手の心に響こうものなら、幸いである。川柳を趣味にしていて良かった、そう思う一瞬でもある。

困るのは住所を書いて下さらない方。住所をいちいち確認するのはけっこう手間がかかるもの。さらには、ご自身のお名前を書き忘れたりする方もいて（毎年必ず居るのです！）、年賀状にまつわるエピソードには事欠かない。

さて、一〇月二九日（土）には、国民文化祭ふくい二〇〇五が開かれた。今回はバスをチャーターして参加した。総勢二〇名のツアーになった。我孫子発・松戸経由で、車中ゆったりと福井へ向かう。山代温泉雄山閣に連泊。連泊が良かった。参加者、特に女性参加者に好評だった。ドアツードア感覚の旅で、身体的にも楽だった。観光は、行きに東尋坊、帰りに白川郷。大会後には古城・丸岡城に寄った。

丸岡城はぜひ訪れたかった場所である。この城は、昭和二三年六月福井の大地震の際に倒壊し、昭和三〇年に古材を用いて再建された日本最古の野趣溢れる城。城内の始まったばかりの紅葉が私たちを出迎えてくれた。

ところで、詩人の中野鈴子（ご当地出身）が福井大地震の際に打った電報のことはご存知だろうか。東京にいる四歳上の兄・中野重治（プロレタリア文学者として有名）に宛てて打った電報である。その電文を紹介しよう。

「モノミナコハレ　ヒトミナブジ」

マグニチュード七・一、死者三七六九名、全壊家屋三万六〇〇〇戸という大きな被害があった地震。その被災地から発せられた電文が右だ。最小限のメッセージを伝えつつ、しかも充分に奥深い。さすがに詩人だと思う。実に見事。対句表現も効果的だ。心配をしていたところへ届いたのがこの電報で、受け取って「さすがに一家大笑いをした」と『中野重治全集』（第十八巻、筑摩書房）では伝えている。詩人は電文一つ取っても違う。我々川柳詩人も負けてはいられない。

東葛川柳会 歴代講演者一覧 Ⅰ （敬称略、肩書きは当時のもの）

昭和63年（1988）「川柳の原点を探って」尾藤三柳（日本川柳ペンクラブ理事長）
平成元年（1989）「現代川柳の原点を探る」尾藤三柳（日本川柳ペンクラブ理事長）
「歴代川柳とその時代」脇屋川柳（東京川柳会主宰）
平成２年（1990）「川柳など思いつくままに」坂本朝一（ＮＨＫ元会長）
「新聞川柳の選者として」神田忙人（朝日せんりゅう選者）
平成３年（1991）「続・歴代川柳とその時代」脇屋川柳（東京川柳会主宰）
「川柳：女が詠む、女を詠む」森中惠美子（番傘川柳本社常任幹事）
平成４年（1992）「人生と勝負」佐瀬勇次（日本将棋連盟八段）
「現代川柳への展開」斎藤大雄（札幌川柳社主幹）
平成５年（1993）「サラリーマン川柳苦労話」森泉康亨（第一生命ライフデザイン開発部次長）
「広告コピーと五七五」多比羅 孝（コピーライター）
「手賀沼に再び雁を」杉森文夫（山階鳥類研究所研究員）
「英語と川柳」速川和男（立正大学教授）
平成６年（1994）「国会の換気扇」仲川たけし（全日本川柳協会会長）
「惠美子川柳の魅力を語る」（森中惠美子 VS 今川乱魚）
「川柳：母を詠む」西來みわ（川柳研究社幹事）
平成７年（1995）「零からの旅立ち」北野岸柳（川柳洋燈主宰）
「川柳と私」今川乱魚（東葛川柳会代表）
「野茂と日米野球文化比較」池井 優（慶應義塾大学教授）
平成８年（1996）「短歌に詠まれる女ごころ」川村ハツエ（日本歌人クラブ中央幹事）
「女が変わり、法が変わって、男は変われるか」渥美雅子（弁護士）
平成９年（1997）「川柳と江戸庶民文化」渡辺信一郎（古川柳研究者）
「東葛の小林一茶」伊藤 晃（作家）
平成10年（1998）「十七音字の乙女ごころ」田付賢一（桜丘女子高校教諭）
「オペラの舞台裏」末吉哲郎（㈶新国立劇場運営財団常務理事）
「水府川柳の理念」岸本吟一（番傘川柳本社顧問）
「高齢化社会と日本の教育」傭藤瀋吉（東洋英和女学院院長）
平成11年（1999）「個の時代と川柳」大野風柳（柳都川柳社主幹）
「食べ物あれこれ」石戸孝行（京北スーパー相談役）
「江戸っ子、芝居好き、団十郎にちなむ川柳」林 えり子（作家）
平成12年（2000）「病める精神と文学ー山頭火」渡辺利夫（東京工業大学教授）
「川柳とその周辺」江畑哲男（東葛川柳会副代表）
「狂句と新川柳」復本一郎（神奈川大学教授）
平成13年（2001）「もう一つの日米摩擦ープロ野球外国人選手論」池井 優（慶應義塾大学名誉教授）
「川柳は愉し」鈴木如仙（豊橋番傘川柳会会長）

V

2006

来年、二〇周年に向けて

01

2006

新年明けましておめでとうございます。本年もどうぞよろしくお願いいたします。

さて、新年号としての挨拶は以上にして、早速本論に移らせていただきたい。従って、文体も変える。

今年二〇〇六年、平成十八年は東葛川柳会が発足して満十九年が経過する。即ち、来年は創立二〇周年を迎えることになる。新年（号）になったばかりで翌年の話をしては鬼も呆れるかも知れないが、来年の二〇周年に向けた構想の一端をご披露してみたい。多少夢物語めいた部分もあろうが、それはそれ。夢に触れる方が新年号らしい。

今年（二〇〇六年）は、来年に向けた準備の一年とする。来年（二〇〇七年）の二〇周年に向けた準備を、今から整えていくつもりだ。二〇周年記念事業に向けた準備と助走の年、それが今年・二〇〇六年である。そんな位置付けを私なりにしてみた。幹事・維持会員・会友の皆さんには、いち早くこのページで語りかけることにする。

当会創立二〇周年が話題に上った時、単発的な行事ではなく周年にわたって記念事業を企画してはどうか。そんな前向きかつ積極的な提案があった。新進気鋭の川崎信彰幹事からである。昨四月の幹事会席上のことだ。反応は？　幹事一同、なるほどという頷きが広がった。しからば、その線で話を進めていくことにしよう。

率直に言えば、一年にわたって記念事業を実施していくのはシンドイものだ。だがしかし、ここからが川柳人の発想である。何てことはないサ。これまで実施してきた当会の年間行事に、「創立二〇周年記念△△」という冠を付ければよいだけのこと。そんな知恵を授けてくれた幹事もいる。たしかに物は考えようである。どっちにしろ、生き生きと楽しく、そして会友の皆さんの期待に応えられるような記念すべき行事を検討していきたい、と考えている。

冠を付けるだけで、全く新しいアイデアがないというのも淋しい。腹案の段階ではあるが、オリジナル企画の一部をご披露申し上げる。多少のアドバルンはご容赦されたし。

①ユニーク類題別秀句集の発刊

「東葛の題はユニークですね」、そんな評価を以前からいただいている。たしかに名物のカタカナ題を始めとして、句会の題には特徴がある。「フィーリング」「ノック」「サロン」など、日本語に訳しづらいカタカナ題。「パンツ」「葬式」「可愛くない孫」「介護」など、ある意味ではきわどい出題。「時事雑詠」「イラク戦争」「〇〇に贈る」、そして甲子園出場校の応援や災害見舞い川柳募集などのタイムリーな宿題・席題、等々。これらのユニーク題は、月例句会別・類題別に一覧表にまとめて、いま私の手元に保管されている。今川乱魚最高顧問から（「乱魚のメガネ」昨年二月号）は、今後は「哲男代表の旗振りで進め」るべしと言われている。私としては、日本語研究の要素も加えてはどうかと考えている。具体的には、類語辞典の要素を加味するのが面白そうだ。

②台湾川柳会との合同句会

外国との交流は台湾だけに限った話ではない。分け隔てなく、さまざま国の方々と交流をしていくのが外交の原則である。同時に、いまある友好関係を大事にしていくのは当然だ。ともあれ、昨年の台湾吟行句会は川柳界に反響を呼んだ。

となると、二〇〇七年。今度は台湾の方々に来日していただけないものか。時期はあちら側のご都合もあろう。当企画はいま少し推移を見守って貰うことになるが、二〇周年に向けた夢のある話題の一つとなっている。

③新春句会を周年事業の幕開けに

発足以来、地域とのつながりを重視してきたのも当会だ。発足間もなく柏市文化連盟への加盟、各種地元イベントへの参加・協力、かしわ川柳大賞への参画などなど。固有名詞の記述をここでは避けるが、二〇周年記念事業の幕開けには地元の文化人をお招きして東葛地域の文化活動のさらなる発展を期すのも意義あることだと考えている。

④歴史的一日のイベントは？

全くの偶然とはいえ、メモリアルデーに気がついてしまった。来二〇〇七年の当会八月句会が、歴史的な記念日と重なるのだ。『川柳学』創刊号の、次の一文にご注目いただこう。

〈柄井八右衛門こと川柳は、宝暦七（一七五七）年八月二十五日、立机して前句附万句合興行を始めた。〉

八月二五日？、来年のカレンダーを眺めたら、ナントその日は第四土曜日。そう、東葛川柳会の例会日なのである。グレゴリウス暦と旧暦の違いこそあるものの、初代川柳が立机してちょうど満二五〇年の記念すべき日が、東葛川柳会八月句会の例会日に当たっているというわけなのだ。この名誉な偶然をどちらの神様に感謝したらよろしいのか。ともあれ、どんな一日にすべきか、じっくり考えて参りたい。

⑤その他の企画

これ以上の言及は避ける。書いてしまうと身が持たぬ。そんな気がしてきた。二〇周年の話の結びは、現実的なことを述べる。組織も人間も足腰が大切だ。その足腰の最たるものに財政がある。来る創立二〇周年は、『ぬかる道』購読者を最大数で迎えたい。皆さんには、この機会にまだ誌友になられていない方へのお声かけをお願いしたい。ご協力を。

残りは二点、駆け足にて。

[a] 日テレ「世界一受けたい授業」に武田先生出演

昨年（と、新年号では書くが）十二月三日（土）の日本テレビは、ご覧になったであろうか。「世界一受けたい授業」という番組に、新春句会の特別講演講師・武田康男教諭が出演された。美しい日本の空を自身のカメラで追いかけた映像をもとに、情感豊かな授業を展開していた。昨十一月句会時にPRした効果もあって、多くの会友にご覧いただけたようだ。「こんな素晴らしい先生の話が聞けるのは今から楽しみです」という旨のメールが私の所にたくさん届いている。一月二八日（土）の新春句会にはぜひお出かけを。

[b] バスツアー「全日本岩手大会」のご案内

表紙3をご覧いただこう。昨一〇月のバスツアーが好評だったので広く募集することにした。これまたお楽しみに。

作句タイム・作句場所 02

2006

初の字をつけて今年が動き出し　赤坂若かえで

（昭和五六年一月、「まいにち川柳」より）

新しい年、平成十八年（二〇〇六）を迎えて、句会や勉強会・講座が本格的に始まった。笑顔で、新年の挨拶を交わし合う中に、「今年こそ川柳に力を入れたい」「もう少し句が上手になりたい」等々の抱負も語られている。明るく、前向きで、個性あふれる決意が、どの集まりでも聞かれる。川柳仲間は健全だ。そう感じて、嬉しくなる。

「川柳よりもまずは健康」。そうおっしゃる方もいる。「私の場合は、こうして皆さんとお会いして、語り合い、笑い合えるのが何よりも楽しいのです」。こうおっしゃる方もいる。いずれにしても、率直な感想である。私事ながら、八一歳になった父親が病気療養中とあって、健康の大切さを改めて噛みしめている昨今である。

喪中にはならぬ予定の年賀状　中沢　広子

昨年納めの当会句会で、自由吟（哲男選）の天位を取った佳句だ。実感句と思われる。

まずは健康。次に、明るく・楽しく・前向きに生きよう。そして、出来れば、（声に出しては言わないけれど、心中秘かに期することは）川柳の質の向上。皆さんの声を集約すると、こんなまとめになるのかも知れない。

ところで、皆さんは、どんな場所で句を作っていますか？初勉強会の折りに、そんなアンケートを取ることになった。アンケートは、私が講師を務める柴又柳会（会長・井上清）で取らせていただいた。急な思いつきだったので、用紙などの用意はなく、挙手でお答えいただいた。

多かった答えのベスト3を、ご紹介しよう。

（複数回答可。従って一〇〇％以上の集計になる。）

①お茶の間　一〇人(五〇%)
②乗り物の中　六人(三〇%)
③寝室　四人(二〇%)

まずはお茶の間。季節柄、炬燵でテレビを見ながら川柳を作る方が多かったようだ。正月明けというタイミングもあった。さらには、アンケートの対象が、リタイアしたシニア世代が中心だったという要素も加味すべきか。意外だったのは、(書斎を含めて)自分の部屋、という答えが少なかった(二人、一〇%)こと。変わったところでは、トイレの中、犬の散歩の途中、自分の散歩の途中(各一人、五%)、……。

話はここから。「三上」という言葉をご存知だろうか。「みかみ」さん、ではない。「さんじょう」と、読む。

「三上」とは、『広辞苑』によれば、「文章を練るのに最もよく考えがまとまるという三つの場所。すなわち、馬上・枕上(ちんじょう)・厠上(しじょう)」の三つ。出典は、中国の『帰田録(2)』(欧陽修)だ。

これら三カ所は、句を作る場所としてもふさわしいということかも知れぬ。馬上、現代ではさしずめ乗り物の中、ということになろう。枕上、こちらは寝室、寝る時。そして厠上は、トイレだ(和式・様式の別は、ここでは触れない)。

たしかに当たっている。馬上・枕上ともに、右記アンケートの結果、上位を占めたくらいだから。

かく言う私はどうか。馬上、すなわち乗り物の中を、格好の作句場所として活用している一人である。

土日の句会には、だいたい鉄道を利用する。拙宅から東京の句会場まで、片道約一時間半ほどかかる。この行きの車中が、じつに貴重で充実した時間を提供してくれる。ひどい時は、一句も出来ていない場合がある。仕方なく、当日出句のすべてを電車の中で作る。あまり他人に勧められる作句法ではないが、かくして宿題1の三題各三句、宿題2の三題各五句、計二四句がすべて「馬上」で誕生?したりもする。

電車の中はじつに便利だ。車中混み合っていても、精神的には自分一人になれる時間である。たまに騒音が聞こえてきても、句材になると思えば腹も立たない。女子高生の会話も、おばさんのマナーも、句の素材にしてしまう。週刊誌の中吊り広告。これがまた有り難い。その刺激的見出しによって、買わないでも内容理解が可能だ。時事的話題やゴシップも参考資料になる。目が疲れれば、富士山や河川敷等の景色を眺め、座れれば電子辞書を引っぱり出して推敲もできる。一年ほど前の『港』誌に、私はこんな近詠を寄せた。

我孫子発 作句タイムとなる車内
中吊りをヒントに時事句情念句
隣席はケータイ 僕は句を作る
車内ではマナーモードで句を捻る　江畑 哲男

関東の句会では、生活実感の乏しい抽象句が持てはやされる傾向にあるようだ。メタファー(隠喩)が多用され、技巧的な作品が増えている。これはある意味で、多様な価値観・掴みづらい現代社会と人間の反映でもあろう。しかしながら、抽象語が常套語化する嫌いもあり、かえって没個性的な作品の量産につながっている。むろん、十年一日の如き伝統句は避けねばなるまいが、川柳のユーモアが再評価されつつあるのは、常套的な抽象句に食傷気味になっているという一面もあるのではないか。三上のエピソードは、生活に根を張ることの大切さを訴えているような気がしてならない。いずれこのテーマは、稿を改めて書いてみるつもりである。

さてさて、お待ちかねの新春句会（一月二八日）。

特別講演の講師・武田康男先生は、日本テレビ出演以降すっかり「時の人」になった。柏の書店では、著書『楽しい気象観察図鑑』（草思社）などにポップ（＝購買時点広告）が付いて、平積みになっていたと聞く。ポップの宣伝文句は、「世界一受けたい授業に出演した先生！」。新春句会で乱魚ユーモア賞の表彰を受けるジュニアとその親御さんも、武田先生の講演を楽しみにしていると聞く。東葛高校では、以前から「武田先生の授業を受けると、みんな理科が好きになる、地学が好きになる」という、いわば伝説の人。その武田先生は、この正月休みにもアラスカまで出かけて、オーロラの撮影をしに行って来られたそうな。年賀状がまたスゴイ、……。おっと、これ以上の紹介は控えよう。当日のお楽しみだ。

豪雪のニュース。胸が痛む。心からお見舞い申し上げたい。

03 もう一つのTX

2006

「つくばエクスプレス」こと首都圏新都市鉄道が開通したのは、昨年八月二四日のことだった。秋葉原を起点とし、千葉県北西部を経てつくば研究学園都市に通じるこの路線は、地元が待ちに待った新線である。東京・埼玉・千葉・茨城の一都三県、全長五八・三㎞に二〇の駅を配する。踏切のない高規格路線を最高速度一三〇㎞／h、最速四五分で結ぶ新線は、まさに「エクスプレス」の名にふさわしい。

聞けば、当会の会友にも、開通当日に利用したと言う方がおられた。中には、中澤巌幹事のように、会社からの帰路に通勤経路をわざわざ変えて利用したという「新しがり屋」さんも少なくはなかったようだ。

それはともかく、つくばエクスプレスはその頭文字を取ってＴＸとも称される。同時に、沿線には最新の情報技術に関する施設が多いことから、ＩＴ路線とか電脳路線とか呼ばれたりもするようだ。それもそのはずで、古くから電気街として知られ、近年ＩＴ・ロボット産業の一大中心地が形成されようとする秋葉原周辺。その秋葉原と、つくば万博（一九八〇年）で記憶に残るつくば研究学園都市。この二地区を結ぶ新線はそれだけでもＩＴ路線の名に値しよう。

ＩＴ路線と呼ぶなら、新駅・柏の葉キャンパス周辺こそその名にふさわしい。東葛テクノプラザや東京大学の柏キャンパスに代表される「最先端」の施設がここにはある。

今川乱魚最高顧問が通院中の国立がんセンターも、この新駅からはほど近い。当がんセンターは、現代医学の粋を集めている。変わったところでは、科学警察研究所の存在。この研究所は案外知られていないので、解説しておく。近年、科学警察の業務対象は広汎にわたり、生物学・医学・化学・薬学・物理学・農学・工学・社会学等の専門的知識・技術を有する研究職員が配置されているということのようだ。

ＩＴ路線であるつくばエクスプレスの路線図を見て、ふと気が付いたことがあった。これは、かの小林一茶の足跡と重なるのではなかろうか。見方を変えればこの新線は「小林一茶路線」ではないのか。果たしてそうだろうか、ご一緒に検証してみよう。

まずは、南流山駅。今回の開業で、ＪＲ武蔵野線と連絡が可能になり便利になった。南流山駅から徒歩だと少々距離があるが、赤城神社や光明院、一茶双樹記念館等をまずは思い浮かべる。赤城神社には、一茶の句碑（越後節蔵に聞えて秋の雨）があり、光明院は双樹と一茶の連句碑がある。小林一茶（一七六三〜一八二七）は、下総を最もよく訪れた。理由は秋元三左衛門の存在。醸造業を営み、味醂で成功を収めた五代目・秋元三左衛門（俳号・双樹）は、一茶の経済的支援者であった。当会でも、平成八年の吟行句会でこの界隈を訪れた。句会場兼昼食場所の割烹「柳屋」に、大勢の皆さんが集まったのを昨日のことのように思い出す。

次は、新駅・流山セントラルパーク。一茶の七番日記には「大黒」の名が出てくる。近くに県立流山中央高校が聳え立っているが、高校の所在地は大畔（おおぐろ）と言う。一茶が記した「大黒」であろう。このあたりは、伊藤晃著『一茶「流山」二入の記』（三一書房）の助けをお借りしたい。

〈（文化八年一月）十三（日）晴
今日西林寺出立、布施ノ渡し、花ノ井、大室、大黒新田、大黒、三輪山、加村、流山に入。〉

著者の伊藤晃先生に電話で伺ったところ、今の流山警察署のあたりを通ったのではないか、というお話であった。伊藤晃は筆名で、本名・舘野晃、千葉県議会副議長まで務められた方であり、本誌『ぬかる道』の名付け親でもある。

冒頭に触れた柏のキャンパス駅の次が、柏たなか駅になる。この新駅から東に四〜五キロほどに位置するのが、関東三弁天の一つ・布施弁天。文化九年（一八一二）二月十二日、小林一茶は秋元双樹と連れだって布施弁天を詣でている。

布施弁天。正式には、紅竜山東海寺と言う。今度は、山本鉱太郎著『旧水戸街道繁盛記上』（崙書房）に紹介を委ねる。

〈布施東海寺に詣でけるに、鶏どもの迹をしたひぬる不便さに、門前の家によりて米一合ばかり買ひて、蒲公英のほ

とりに散らしけるを、やがて仲間喧嘩をいく所にも始めたり。(略)米蒔くも罪ぞよ鶏が蹴合ふぞよ　一茶〉

利根川を渡る。千葉県とお別れをして茨城県に入る。その最初の駅が守谷である。新駅・守谷は、常総鉄道と連絡しているが、今回の開業に合わせて近代的な駅舎に生まれ変わった。その変貌ぶりにビックリさせられる。守谷と言えば、そう西林寺がある。

西林寺。雄護山西林寺。茨城県北相馬郡守谷町(現守谷市)守谷にある天台宗の名刹。延喜二年(九〇二)、延昌慈念大僧正の開基と伝えられる。(中略)当寺第六四代住職義鳳上人(鶴老)は俳人で、同郷の小林一茶との交友で知られる。境内に、「行く歳や空の名残を守谷まで」(一茶)の句碑がある(伊藤晃著『一茶下総旅日記』崙書房)。

以上、若干位置関係は東西にずれたりもするが、小林一茶に縁のある地名が次々と出て来ることは間違いなかろう。これだから、文学・歴史散歩は楽しい。

さて、当会の名物の吟行句会であるが、今年はその守谷周辺をメインにした企画を立てている。同エクスプレスに乗車するのも楽しみであるし、今は茨城県だがかつてはここも下総。その下総一帯を歩いたであろう、小林一茶の足跡を辿ってみるのもまた一興だ。期日は、五月五日(祝)。句会場兼昼食場所も確保済みと聞く。詳細は『ぬかる道』誌上にてご案内する。乞う、ご期待。今からぜひご予定いただきたい。

国家の品格、人間の品格

04
2006

世の中便利になったがゆえに、困ったことも随分起こっている。マスコミの報道等からも、そのようにも推測される。困ったことの第一には、おそらくコンピュータがらみの事件や犯罪が挙げられるのではなかろうか。会友の皆さんが、こうした事件や犯罪の加害者になることは全く考えられない。しかしながら、被害者になることは充分に予想されるし、心配もされる。くれぐれもご注意願いたい。

世の中便利になったがゆえに困ったことはたくさんある。今月号の巻頭言は、やや個人的な体験ながらこの辺りからお読みいただこう。

ひとり暮らしの父が心配で、時々は東京の実家に帰ることにしている。父は大正十三年生まれの八一歳。母が亡くなって、かれかれこれ十年余りが過ぎたことになる。年齢のわりによく頑張っていると思う。

ある日のこと。郵便物を点検していたら、思いがけない請求書があった。某電話会社からの請求であった。おかしいな、公共料金はすべて振り込みにしているはずなのに、どうしてなのか。父に問いただした。話を聞けば、以下のような事情であった。

知人に頼まれて、電話会社を変えた。市外と海外の通話が安くなると言われたらしい。○○サービスとかいう名称は覚えてはいない。何でもカタカナであったことは確かなようだ。そのカタカナのサービスで、A電話会社からB電話会社に契約を結び直した。適用は、市外通話と国際電話に限っての契約らしい。A電話会社への料金はこれまで通りの自動振込。ところが、B電話会社の料金は、毎月の請求書が送られてくる。従って、コンビニ等に出向いて振り込まなければならなくなってしまった。

私は父を叱った。安くなるって言ったって、市外通話をどれだけするのか(ちなみに一月分の市外通話料金は、たったの二五二円)。毎月わずかな金額でしかないじゃないか。そんなことより、振り込む手間の方を考えよ。国際電話に至っては、いったいどこの国に友人がいるというのか?、……。どうも父親には優しくなれぬ。反省。

さて、話はここからである。私は、B社の契約を解除して、元の契約に戻すことにした。父宛ての請求書等の資料を預かって。ところが、その契約の見直し・解除の手続きが面倒だったのである。

ともかくも電話。お問い合せは、○○サービスセンターへ、フリーダイヤルでどうぞ、と記されている。この種のフリーダイヤルというのは、ご経験があると思う。電話をかけると、まずは音声テープによるガイダンスが始まる。「□□については1番を、△△に関するお問い合せの方は2番を、……押して下さい」と案内される。お年寄りは、この第一段階で戸惑ってしまうようだ。無機質なテープの声に馴れていないせいもあろう。何を聞いたら良いのか、つい聞き逃してしまった、一方的に流れる案内等々に、立ち往生してしまうのだ。

第二段階の質問、第三段階の質問と順序良くクリアをすると、最終段階にたどり着く。ここまで来ないうちに、たいていのお年寄りは諦めてしまうものらしい。

ともあれ、やっとつながったフリーダイヤル。最終段階では人間様がお出ましになるはずである。ところが、これがなかなか出てくれない。数分~三〇分は平気で待たせる。無料電話だから文句は言えない、という仕組みになっているのか。いらいらが募った。……、この先は書くまい。個人的な話はここまでで止めておく。

折りしも、政界では民主党の送金メール問題に揺れていた。根拠のない偽物の電子情報をネタに政権党を追及しようとしたのだが、若い議員の勇み足に終わったようだ。「疑惑」の根拠を示せないことで、件の議員と所属政党に抗議が殺到したのはご承知の通りである。手っ取り早く便利な情報提供には落とし穴が付き物、という典型的な事例のように思われた。

この野党第一党の窮地を救ったのが、渡部恒三元衆議院副議長であった。世論というのは面白い。あれほど民主党に逆風が吹いていたのに、七三歳の大ベテランが登場した途端に風向きが変わった。曰く、水戸黄門の登場。一野党の危機を救ったのみならず、議会制民主主義の危機を救った、等々。

その渡部新国対委員長の弁がユーモアに満ちていた。「老骨にムチ打って、最後のご奉公」は別として、「未熟ながら国対委員長をお引き受けした。」(爆笑)。「息子を社長にして親爺が営業をしないと成り立たない中小企業もある」(拍手)と続く。ケータイ電話は持たず、パソコンも触ったことがない。今回問題となったメールは、「使うどころか見たこともない」お方らしい。政治の世界では「老骨」のようだが、趣味の世界の七三歳は頼もしい働き手である。その意味で、「七三歳ガンバレ!」とエールを贈りたい。

文明の利器というのは、要するに使いようだ。使う側の人間性が時として問われたりもする。怪しげなメールやさまざまな儲け話の勧誘。全日本川柳協会や大結社の名を騙っての書籍販売のお誘いも、後を絶たない。世の中、うまい話が手ぐすね引いて待っている。重ねてご注意を促しておきたい。

終わりは、久々に哲男読書ノート。

『下流社会』(三浦展著、光文社新書)、『羞恥心はどこへ消えた?』(菅原健介著、同)、『国家の品格』(藤原正彦著、新潮新書)、『小説　徳川秀忠』(童門冬二著、成美文庫)他。童門小説を除けば、現在ベストセラーになっている新書ばかりである。なかでも、『国家の品格』は刮目に価する。画期的提言がいっぱいだ。著者の藤原正彦氏は世界的な数学者であるにもかかわらず、国語教育の大切さを大胆に言いきる人としても知られている。「一に国語、二に国語、三・四がなくて、五に算数」。「論理は魔物」とか、「近代的合理精神の破綻」などと、数学者が語るところが面白い。市場原理にも手厳しく、以下のくだりが心に残った。「『法に触れないなら何をやってもいい』と財力にまかせてメディア買収を試みた人がいますが、日本人の過半数が彼を喝采しているのを見て、何とも絶望的な気分に襲われました」と。

便利主義と拝金主義では、まっとうな人間は育たぬ。

ポエムの貌の裏側

05
2006

『ぬかる道』をご愛読いただいて、案外目立たない存在が本誌冒頭の「ポエムの貌」である。注目していると言って下さる方もおられるが、その数あまり多くはなかろう。

毎月『ぬかる道』誌を手にして、最初に確認するのはおそらくは自分自身の作品。すなわち、句会の記録やメッセ欄であるに違いない。川柳誌という性格上、ある意味当然かとも思われる。続いて、連載物あたりか。『ぬかる道』誌には、読み物が他誌よりも断然多く、読者のご支持をいただいているところである。

本誌の好評の読み物類

その一つ、「海童さんの日本海運物語」(河野海童)は連載二〇回を越えた。少年時代の海への憧れからペンは起こされ、海運業界に於ける外国人労働者という現代的課題までを書き続けておられる。硬派の読み物だ。「山本少年の戦争と平和」(山本由宇呆)は、戦争体験を綴る。前月号の「焼夷弾焼きのジャガイモ」などは、戦争を知らない私たちが読んでも泣けてくる。対照的に軽いタッチで楽しませてくれているのが、「デモシカ先生行状記」だ。松岡満三監査によるユーモアたっぷりの書きっぷりが魅力となっている。

そうそう、忘れてはいけないのが中澤巌幹事による「週刊誌拾い読み」。幅広い分野から興味深い話題を拾って、私たちに情報提供をしてくれている。まとめに使用される会友の一句もエスプリが効いている。こちらは、連載の回数がカウント出来ないほどの快調ぶりである。さらには、会友の皆さんによる「五〇〇字ペンリレー」。本誌に集う皆さんの、個性のきらめきが頼もしい。

「ポエムの貌」の変遷

さて、そんな色彩豊かな連載ものの中にあって、「ポエムの貌」は地味な存在かも知れぬ。このコーナーも今月で八十九回目。初お目見えは、『ぬかる道』一三五号(一九九九年一月号)であった。最初の「ポエムの貌」には、尾藤三柳氏の言葉を引用させていただいた。

〈呉陵軒可有はこう言っている。「川柳は一章の中に問答がなければならない」と。

古川柳によく出てくる「……ハ」というのは、問答を構成する一番単純・基本的な形式。「……ハ」という問いに対して、どういう答が返ってくるか、この間の葛藤・エスプリ——これが命なのである。〉

右出典は、『川柳　贈る言葉』(今川乱魚編著)である。ちなみにこの『川柳　贈る言葉』は、平成九年一〇月東葛川柳会創立一〇周年の節目に刊行された。合同句集の要素のほかに、当会のクロノロジーや記念講演も収めている。東葛では、春と秋に記念講演を催しているが、そうした記録も合同句集刊行の際にまとめた。外部の方にも読んでいただけるようにとの配慮である。

その「ポエムの貌」に、当初は当会出版物から多く引用した。お名前を挙げていけば、脇屋川柳・斎藤大雄・速川美竹・渡辺信一郎・神田忙人・北野岸柳・川村ハツエの各氏。錚々たるメンバーにご登場願っていると改めて気づかされた。

次いで、各川柳書からの引用を心がけてきた。さらには、他の短詩型文芸や古今東西の名著からも題材を拾った。小生の本職は高校の国語教師だが、その本職ゆえに救われたことも少なくない。何しろ、毎月毎月それらしい詩的蘊蓄のある言葉を本から探し出すのだから、簡単ではない。仕事に追われて、今月はハタと困ったという経験も一再ではなかった。また、川柳書としては立派であっても、「ポエムの貌」向きの短文が見当たらないこともある。そんな時は古典に逃げた。古典的な名句は「ポエムの貌」になじみやすい。

〈大切なのは、普通の語で平凡なことを言うことである。
ショーペンハウエル〉

〈その日その日が一年中の最善の日である。
エマソン〉

〈高く心を悟りて俗に帰るべし。
松尾芭蕉〉

文芸書以外からも発掘する「ポエムの貌」

今月号の「ポエムの貌」は、高名な経済人からの言葉を引用させていただいた。三月号は、将棋の羽生善治棋士の近著から採っている。一見詩的世界からは遠いと思われがちなこれらの方々から、詩的要素たっぷりな言葉を発見できた。新鮮な驚きでもあった。

〈将棋の場合、含みのある手がだいたいは妙手になる。
羽生善治〉

将棋に多少心得のある方なら得心がいくことと思う。高段者になればなるほど、見え見えの手は指さないものだ。シロウトはやたら王手を掛けたがるが、俗に「王手は追う手」とも言われる。実はあまりよい手でない場合が多い。囲碁の有段者に聞いたら、囲碁も「含みのある手」の方が好まれるらしい。川柳も同様である。「好きだ」とか「美しい」といった直接的な言い回しは避けるべし、と初心者へはアドバイスをしている。ダイレクトな表現には、深み・奥行きがなくなってしまう場合が少なくない。

川柳も講座の時代到来か

さてさて、初心者と言えば新たな川柳教室をこの春立ち上げることにした。小生の関係では、五番目の勉強会になる。柴又柳会、柏陵川柳会(後の「川柳会・新樹」)、川千家川柳教室、川柳会・緑葉、に続く勉強会になる。現在は五つすべてに講師として関わっているわけではない。そのうちの幾つかは、小生の手を離れて別な方の指導に委ねている。時間的な関係も大変だし、肉体的にも限界がある。

その一つ、柴又柳会(会長・井上きよし)は公民館講座から発足した。講師は、大野風柳・速川美竹両氏であった。両巨頭から十一年前に引き継いだのだが、時折は近況をお知らせしたり、合同句集をお贈りしたりしている。ご恩返しである。

川柳界にも講座の時代が到来か。そういう趣旨の発言をこれまでもしてきた。春にはチャレンジ精神が似つかわしい。

今年は野球が面白い

06
2006

「プロ野球が面白くなった」「テレビ中継を今年は結構見ている」、そんな声がちらほらと聞こえてくる。野球人気が回復しつつあるのか。そうかも知れない。

ＷＢＣの感激余波

野球人気復活の要因。その第一は、何と言っても三月に行われたＷＢＣ（ワールドベースボールクラシック）の感激である。ＷＢＣは、久々にプロ野球に熱気を甦らせた。長嶋（中畑）ジャパンはアテネ五輪で銅メダルに終わったが、王ジャパンは世界一に輝いた。それも数々のドラマを残して、野球発祥の地・アメリカで優勝を遂げた意味は大きかった。

王監督の率いる日本チームは、二次リーグを一勝二敗。失点率わずかに〇・〇一の僅差で、辛くも準決勝進出を果たした。その準決勝ではこれまで二敗の韓国に、決勝戦では強豪キューバに快勝。勝った日本をアメリカのマスコミは次のように論評した。「ヤキュウ（野球）がベースボールに勝った」と。この見方も面白い。基本プレーを大切にする日本の、野球に対する姿勢が勝利を呼び込んだのだ、と。

そうそう、アメリカの論評と言えば、例の誤審事件。三月十二日の日本対米国戦の八回表。岩村の犠牲フライで生還した三塁走者西岡のタッチアップが早かったとして、判定が覆された。当のボブ・デビットソン米国審判員に対して、アメリカの国内からも批判が起こった。健全である。批判がまた面白い。「カリフォルニア・ドリーミング」という青春映画があるそうで、それをもじって「カリフォルニア・スキーミング（scheme＝策略）」と皮肉った。「ＯＨ！　ＮＯ！」（「王監督がノーと言った」の意味）と書いた別紙もあった。このあたりは、日本の駄洒落とよく似ている。

巨人が強いと景気が回復する⁉

さて、野球人気回復のもう一つの要因は、やはり巨人の強さであろう。プロ野球十二球団中、最もファンが多いのは何と言ってもジャイアンツ。そこから、「ジャイアンツが強いと日本の景気が回復する」なる神話が生まれるほどだ。経済に弱い小生には疑問でしかないのだが、日本経済新聞紙上にその旨のコラムが載ったらしい。その当否はともかく、今年のジャイアンツの闘いぶりは注目に値する。

昨年までのジャイアンツ。鈍重としか言いようのないチームデータが残っている。盗塁数38はリーグ5位。犠打数49は同最下位。出塁率３割2分1厘もやはり最下位であった。要するに、ドカンと一発大砲で決める野球しか出来なかったのが、昨年までのジャイアンツであった。東葛句会数年前の入選作。「巨艦大砲主義を貫くジャイアンツ」（作者失念）がある。全く以てその通りであった。

光る、原辰徳監督の采配

そのジャイアンツが、今年は豹変している。五月八日現在首位で、20勝1番乗りを果たしている。開幕前の予想では、誰が監督になっても「Ａクラスがやっと」と酷評されていたチームが、である。いったい昨年までと何が違うのか？

何と言っても、闘いぶりが面白い。打った・打たない、勝った・負けた、というゲームをしていないのだ。まさしく、日本的なヤキュウの面白さを堪能させて貰っている。むろん、原辰徳監督の用兵と采配のことだ。原監督の生来の明るさ・若さ・爽やかさに、勝負に対する厳しさが加わっている。

今年の原采配の象徴が、五月三日の阪神戦五回戦で見られた。六回表、無死一、二塁。五番打者の小久保へバントを命じたのだ。主軸打者・小久保の犠打は、99年以来の記録とか。21世紀になって初めての犠打。ある意味で歴史的な犠打を甲子園の大観衆の前で演じさせた原采配。スポーツキャスターの栗山秀樹は「原采配の凄み」と評価。同時に、原監督の「個人より組織」「組織を生かせば個人も生きる」という考えが浸透してきた証拠だと、スポーツ紙で述べている。

誤解しないで欲しい。小生は巨人ファンではない。40年以上のアンチ巨人である。その小生にも、今年の巨人の闘いは面白い。巨人は強くなくてはならぬ。その意味で、ここ二年ほどの巨人の弱さは、アンチ派にとっても不甲斐なく、情けなかった。だから、ガンバレ、ジャイアンツ!!

野村野球の理論的土壌

野村克也監督は、『野村ノート』（小学館）のなかで次のように述べている。

〈野球界は常に社会を反映している。根性野球が管理野球に変わり、そして今は情報野球に推移してきた。情報野球だからこそ、「打ち取るVs攻略する」の図式にならなくてはいけないのに、いつまでたっても「投げ損じVs打ち損じ」のままでは、ファンの関心を引きつけることはできない。ますます時代から遠ざかっていく。……ここ数年の巨人の衰退。大きな要因として挙げられるのが、まずＦＡや外国人に頼ったこと。さらには若い選手の育成を怠ったことなどもあるが、私はもっと根本的な問題があると見ている。……〉

野村監督と言えば、日本で最初に野球とコンピュータをドッキングさせた先覚者である。昭和50年代のこと。ＴＶ解説者時代の「野村スコープ」の映像をご記憶の方もおられよう。

こんなエピソードがある。南海ホークスに佐藤道郎というリリーフエースがいた。対阪急戦で、試合の勝ちがほぼ見えた五点差。かのスペンサーを三球三振に斬って取って、野村捕手兼監督（当時）にこっぴどく叱られた。野村監督曰く、「バカっ！　点差を考えたら、いろいろ試せるケースやないか。もっと遊ばんかい」と。強打者スペンサーにいろいろな球種を投げてさぐりを入れ、彼の弱点をつかむ絶好の機会だったと言うのだ。「それが次のピンチに役立つ。なんでそこまで頭を使わんのだ」。いかにも野村監督らしい。

野球の今後と川柳界

プロ野球は現在交流戦が行われている。昨年始まったセパの交流戦では、千葉ロッテの活きの良いプレーが印象に残っている。パリーグの選手の名前と顔も覚えた。これらが、WBC戦の声援にもつながった。楽天球団に招聘された野村監督の采配はどうか。理論に見合うチーム作りは進んでいるか。これらも興味は尽きない。さらには番外編。阪急による阪神球団の買収話が今後どうなるのか。こちらも目が離せない。

翻って、川柳界でも「勝った、負けた」の野球＝「抜けた、抜けない」の句会からの脱却が求められよう。こちらの理論構築と実践こそ大切だと思う。もっとも東葛川柳会の20年は、ある意味でこの点の脱却を心がけてはきたつもりであるが。

生涯学習花盛り

07
2006

世はまさに「生涯学習花盛り」。そんな実感のする昨今である。今月はその点から書き起こしてみたい。

高校開放講座「川柳教室」の新規募集を二年ぶりにした。「広報あびこ」「広報かしわ」「東葛まいにち」の各紙に掲載されたこともあって、応募者は八〇名を超えた。先着三〇名という募集枠の関係で、残念ながら一定数の応募者についてはお断りせざるを得なかった。中には、わざわざ学校まで応募ハガキを届けに来られた希望者もあった。聞けば、広報紙を見るのが遅れてしまい、「先着順三〇名」と書かれてあったので、急いで学校のポストまで直接投函しに来たのだと言う。ありがたい話である。

結局、受講者六六名で今期はスタートすることになった。それでも募集枠三〇名の二・二倍になった。講座の中身もさることながら、それだけ受講生のお世話も大変になる。さもありなんと思って、船本庸子・永井しんじ両ベテラン幹事と、進境著しい川瀬幸子さんには、世話役をお願いしておいた。お三方にとっても、川柳を系統的に学ぶ機会はこれまであまり多くはなかったのではないか。初心者の視点で講座を受講し直すのも意味のあること。自分の作品を見直す好機にもなるのではないか、と利点を強調してお手伝いいただいている。

今回の募集では、これまでと違った点がある。小生の講座としては初めて、土曜日の午前中を設定してみたこと。本音を言えば、土曜日の午後の方が時間的にも精神的にも楽なのだが、中には土曜日の午後が都合の悪い方もおられよう。そんな方々にも川柳の魅力を知っていただきたいと考えた。併せて違う層の方々との出会いにつながれば嬉しい。

さて、話はこれからである。「生涯学習花盛り」ということで困っているのが、会場問題だ。ふり返れば、東葛川柳会は発足以来この会場問題で頭を悩まして続けてきた。平成十六年一月号の『ぬかる道』巻頭言でも触れたことだが、東葛川柳会の場合は句会の参加者が多い。これはこれで大変有り難いことではあるのだが、逆に会場確保のネックにもなっている。贅沢な悩みではあるが、これまた現実である。参加者の高齢化もあって、駅に近く、椅子席の公的施設の確保が望ましい。となると、解決の難易度も増してしまう。

かくして公民館は、どこも満杯である。会場確保のために並んで汗をかいた時代が懐かしい。現在では、使用団体は抽選が原則になっているようだ。施設に限りがあり、使用希望の団体が多いとあれば、抽選にするのもやむを得ない。使用できるも出来ないも、時の運。公的サービスは、何より公平でなくてはならない。正論であろう。

しかしながら、右のような「公平さ」は、本当に正しいのだろうか。そんな疑問を抱かせた出来事があった。

以下は、アミュゼ柏で半年前に私が経験したことである。「広報かしわ」に掲載されていた、とある宗教講座に出席した。内容は、「社会人向け仏教講座」と案内されている。料金は無料。珍しく時間もあったので気ままに顔を出したのだが、部屋の雰囲気が普通ではなかった。宗教団体の勧誘だと直感した。部屋の一角に腰を下ろすや否や、青年が親しげに近づいてくる。しきりに話しかけてもくる、等々。詳細は省略するが、「文化講座」とは明らかに違う内容であった。しばらくして静かに小生は退席した。

公民館を後にして、同館にケータイから一報した。公的施設が怪しげな宗教の活動に利用されている、と。その時の職員の返答はこうだった。「内容のチェックはできません」と。ごもっともではある。〝民主主義〟の世の中では全くその通りなのだが、「事実は事実として上司に報告し、善処してほしい」とお願いして電話を切った。職業も名前も名乗った上で。

その一方で、教育委員会指定の講座であろうと、会場確保に特別な配慮はない。依怙贔屓などなくて、まさに「公平」に処理されている。一昔前なら、教育委員会等のお墨付きがあると多少の配慮があったようにも思うが、現在ではそうはいかぬ。「公平」に徹しているらしい。これはこれで一応正しい。

さてさて、以下に述べることは、あくまで私個人の問題提起である。趣味の一団体の長としての発言ではない。その点は誤解なきように読み進めて欲しい。

①公民館等の施設は今後も建築されるだろうが、会場難の根本的解決にはほど遠い。いわゆるハコモノを幾つか作っても、需要と供給のバランスが一挙に好転するとは思えない。

②公的施設は思いきって「低料金・一律」という発想から脱却してはどうか。こう書くと、抵抗はあると思うが、画一主義は必ずしも公平にはつながらないのではなかろうか。

③こう書くのには訳がある。公的施設の使用希望には、利

用日変動可能な団体とそうでない団体がある。先般私はこの事実に気づかされた。
④以下は、我孫子市の施設申込時に経験したこと。
⑤我孫子市では、使用申請書に第一希望〜第三希望までを記入する。ということは、平日の昼間なら変動可能という使用団体があるということだ。この点は今回分かった。
⑥小生が関わる申請は、全く逆である。特定の日時に限定される。つまり、第二希望以下はあり得ないということだ。
⑦利用日変動可能な団体とそうでない団体との違いは、構成員や活動内容によるものと思われる。
⑧であるならば、何かしらの〝差〟を設けるのも致し方ないことではないか。選択の自由を与えて、限りある施設の提供をしていくのも一つの考え方とは言えまいか。
⑨よくある旅行社のツアー。日程によって、同一ツアーであっても代金に多少の差が設けられている。代金の差で需給のバランスを保とうとしているのだ。選択は、申込者の自由である。それと似た考え方があっても良いのではないか。
⑩日程・時間帯・使用施設によって生じる差は、公平の原則とは次元が違う。使用団体にとっても、講師等の条件によっては、贅沢な会場と雰囲気を用意したい場合もあろう。
⑪その他。以前から要望のある民間企業施設の開放促進等々、「生き甲斐創造」に向けた課題は山積み。何しろ、団塊の世代一〇〇〇万人がリタイアする時代に突入するのだから。
⑫要するに、多様で多面的な文化要求に今後どのように柔軟に対応していくか、だ。コトは行政だけの問題に非ず。私たち自身の課題として、工夫と発想の転換が求められている。
以上、問題提起として受け止めていただければ幸いである。

学校図書館の仕事

08
2006

秋田の『銀の笛』誌発刊一五〇号記念の大会に出発しようとしている。今日は七月六日(木)。大会は九日(日)で、出発は前日の八日(土)になる。大会では選者を務めるとともに、「川柳と日本語の魅力」というミニ講演を行うことになっている。その出発前に、何とかこの巻頭言はまとめねばならない。手帳を繰りながら、そう思った。

今日七月六日(木)から期末テストが始まった。小生が担当する試験問題は未完成のままである。試験の実施日は、十一日(火)だ。今年は一年生の国語総合という科目を担当しているが、試験時間は八〇分を設定した。公立高校の試験としては長い方だ。試験が終わると、今度は採点が待っている。成績処理に追われる。だから、一つひとつ片付けよう。

さて、この四月から学校における校務内容が変わった。もちろん国語の教師であることには変わりはないのだが、授業以外の仕事内容が変わったのだ。学校では「校務分掌」といって、授業以外の仕事を皆で分担する仕組みになっている。割合と知られているところでは、生徒指導部とか教務部とかいうセクションがそれである。

その校務分掌で、今年小生は図書部の仕事を任されることになった。伝統校の図書館なので、かなり広い。蔵書数も約四万五千冊を数える。備品の購入費は、県費の節減で年々少なくなってはいるが、それでも雑誌や書籍の受け入れ・登録・管理、図書館の運営等々の日常業務だけでも大変である。専門の司書さんがいてくれ、さらには図書委員生徒による地道な活動に助けられているのが現状だ。

故黒澤隆信氏のこと

さて、図書部の仕事に不慣れな年度初め早々のある日。一本の電話が私のところへ入った。我孫子市在住の松木とし子さんという方からの電話。内容は「小林一茶に関係する本校の蔵書を調べて欲しい」との依頼であった。このような依頼は通常は受け付けないのだが、何やら訳がありそうだ。聞けば、小林一茶研究者の遺族で、本の原稿やら遺品などの出品を求められているらしい。依頼元をたどれば、長野県信濃町の一茶記念館からであるという。小林一茶は、一八二七(文政十)年十一月十九日に亡くなり、今年二〇〇六(平成十八)年は一八〇回忌となる。本家の一茶記念館では、一茶の顕彰行事や公開講座を実施する予定とか。なぜ東葛高校の蔵書を調査依頼されるのか、という問いかけに対して、松木さんは、黒澤隆信氏の姪だと名乗られた。その黒澤隆信というお名前にわずかながら聞き覚えがあった。氏の業績については後述する。

蔵書リストを送る約束をして、こちらも名前を名乗った。「江畑です。新米の図書部長です」と。名前を名乗ると、今度は向こうから反応があった。「川柳の江畑先生ですか」と。今度はこちらがビックリした。聞けば、松木さんは、我孫子市公民館の元社会教育指導員。その折り長寿大学を担当し、川柳をカリキュラムに加えた。講師たる小生との折衝があり、講義も聞いて下さった。覚えていて下さった。世の中狭い。

さて、その黒澤隆信氏。図書部の仕事を引き継ぎながら、広い図書館を見て回ったことが年度始めにあった。図書館には、開架式書棚とは別に、閉架の書庫というのがある。蔵書登録はされているものの、一般には公開されていない書庫のことである。その中にたしか黒澤隆信の名があったはずだ。改めて確かめたら、やっぱりあった。

黒澤隆信。小林一茶の研究者。東洋大学卒で、旧制の大多喜中や東葛中学の教諭を経て、その後東葛高校の定時制の教頭(当時の職制では主事)になられた。昭和二七年現職のまま急死された。死後、本校図書館に蔵書を寄贈されている。黒澤文庫と呼ばれ、俳文学を中心に一〇〇冊以上の登録がある。戦前の貴重な書物も多く、本校の財産ともなっている。

右の略歴は、本校の同窓生であり小林一茶の研究者でもある舘野晃氏(流山市在住)から伺った。「黒澤隆信先生をご存知ですか」と尋ねたら、「知っているなんてものじゃないよ」と言われてしまった。黒澤先生は舘野氏の恩師であり、一茶研究の道を志したのは黒澤先生の影響大ということであった。世の中やっぱり狭い。

小樽の観光案内パンフレットのこと

学校図書館にはじつに多くの文書や資料が送られてくる。六月下旬のこと。『小樽』という観光パンフレットが送られてきた。「修学旅行・研修旅行テキストブック」と銘打たれている。本校でも修学旅行先に北海道が選ばれ、小樽は人気コースの一つだ。海と坂と運河と。札幌と並ぶ、北海道では歴史を感じさせる町、それが小樽だ。運河に面した石畳の路とガス灯、歴史的建造物やガラスショップ等々、修学旅行グループ行動の格好のコースとなっている。パンフレットには、「銀行街を歩こう」「小樽坂めぐり」「小樽出身文学者の路を歩こう」「小樽の歴史をたどる」等々の研修項目が列挙され、地図入りの親切な案内が施されている。生徒を引率する立場からも、こうしたパンフレットの存在は有り難い。

話はここから。右パンフレットに川柳碑の記述はなかった。石川啄木・小林多喜二・伊藤整の文学碑や文学の路は紹介されているのに、田中五呂八のそれがない。待てよ、あれは確か三年前に小樽を訪れた時。南小樽駅坂上の住吉神社。そこに田中五呂八の川柳碑が建立されていたはず。「人間を掴めば風が手に残り」。これがなぜ記載されないのか。単に、川柳の顕彰という立場からだけではなく、小樽の観光案内にも役立つはずだ。そう考えて、行動に移すことにした。

北海道といえば、やはり斎藤大雄氏だ。大雄氏に資料二部を添えて手紙を書いた。氏から、発行元の小樽経済部観光振興室へ申し入れをしていただくのが賢明であろう。その際には、千葉の高校教諭からの申し入れがあったと付け加えていただいても構わない、とも付け加えた。何しろ、相手は市の観光室。修学旅行を誘致をしたい立場なのであろうから。

学校図書館の役割

四月以来自分なりに図書館の仕事に努力してきた。学校図書館の役割については、まだまだ勉強が足りぬ。学校図書館法によれば、「学校教育に欠くことのできない基礎的な」機関として図書館が位置づけられている。学習指導要領にも掲げられている「自ら学ぶ意欲と社会の変化に対応できる能力の育成をはかる」観点からしても、学校図書館の役割は小さくはなかろう。生涯学習社会への門戸を開く意味も大きい。いずれにしろ、本職には今後とも全力投球だ。

そう言えば、九日に開催される銀の笛吟社のスローガン。その一つが「川柳を永い趣味にするため、家庭と仕事を大切にしよう」であった。思い出したのも何かの因縁か。感謝。

平凡の価値

09
2006

やはり父のことを書かせていただこう。

父・幸治が亡くなった。七月二六日(水)午前一時四八分。私と妻と長男が見守るなか、静かに病院で息を引き取った。大正十三年十一月の生まれだから、享年八一であった。

死亡診断書というものを初めて手にした。そこには「死亡の原因」に「直接死因」なる項目があり、医師により「肝細胞癌」と記入されていた。肝臓癌は昨秋発見され、迷った挙げ句に癌告知をした。告知をされると、父は「治療は受けるが、痛い思いはしたくない」という意思を示し、それを貫いた。従って、父の最期はきわめて自然死に近い死に方であった。生を享けて八一年もの長きにわたり、身体に一度としてメスを入れることもなく、いわゆるスパゲティ状態(さまざまなチューブに病躯が取り巻かれること)にもならずに、黄泉の国へと旅立った。件の死亡診断書の、「死因の種類」には「1　病死及び自然死」に、○印が付されていた。

もっとも世間並みの苦労は味わった。もともと心臓に持病を抱えていた父であり、母の生前から入退院を繰り返していた。丈夫であった母が十一年前に先に亡くなると、それ以降入退院の世話は長男夫婦たるわが家の任務になった。要するに、体調の良い時は足立区西新井で独身生活を楽しみ、具合が悪くなると我孫子のわが家に来るという訳である。わが家には、父の「入院セット」一式が妻の手でいつも用意されていた。仕事を持っているだけに妻は大変だったと思う。

さて、死亡が確認されてからはお決まりのコースを進んだ。たいがいは葬儀社の誘導する通りのコースを歩むことになる。何しろ慌ただしい。急である。しかも、当事者は不慣れだ。

喪主として、葬儀社に注文はほとんどしなかった。この種の特殊なサービスには、「心の問題」が最優先されるべきことは言うまでもない。ただし、遺族に成り代わってのサービスに甘えがあってはなるまい。そう信じて、問題点の幾つかは落ち着いてから指摘しておいた。遺族の真意を汲み取ること、分かりやすい選択肢の提示、費用や返礼品の改善、等々である。当家のさまざまな不行き届きをフォローして下さったのは、東葛川柳会のメンバーの気配りであった。記して感謝申し上げたい。御礼の言葉は、何回申し上げても足りないくらいだと信ずる。

喪主の挨拶。

告別式最大のセレモニーとか。私はマイクの前に立って御礼の言葉を申し上げた。いま思い出すと次のような内容であったのではないか。
①貧しいけれど平凡な家庭の価値への言及。亡き父が、母と結婚して三人の男の子に恵まれた。三人の男子は二人ずつの子を授かり、その孫たち計六人がいま人生のスタート地点に立っている。今日のような世の中では、「平凡な家庭」にこそ価値があるのではないか。
②父の最期。とくに肝臓癌を告知されてから死に至るまでの報告。前述の、自然死に近い死の様子を、ごくごく簡単に説明させていただいた。
③ご会葬の皆さまへ感謝と御礼。
　私の話し方はいつもとは違っていたようだ。くぐもり声になっていた。川柳講座の時のように、言語明瞭とはいかなかったが、それでも終わりまで何とか話し通すことが出来た。埼玉県でやはり教職に就いている末弟が、感激して褒めそやした。親戚の何人かは泣いて聞いていた。

　一人だけ厳しい批判を寄せた人がいる。妻であった。挨拶中の「貧しいけれど平凡な家庭」の、「貧しい」が気に障ったらしい。せめて「豊かではなかったけれど」と言って欲しかったと苦言を呈した。ナルホド。これだから日本語は難しい。私も「つましく平凡な」と言えば良かったなぁと後で考え直した。仕方ない。所詮あとの祭りである。

　仏壇はあとのまつりをする所　吉川雉子郎(＝英治)

とにもかくにも喪主初体験は終わった。この機会に、幾つかの感想も付け加えさせていただこう。

㋐喪主の喪章が非常に重かった。すべては喪主の判断であり、喪主の動作からセレモニーは始まる。わが一挙手一投足が会葬者全員に凝視されている、そんな気がしてならなかった。

㋑分からなくて往生したことがたくさんあった。その一つ。家紋。家紋の種類の多いこと。問い合わせに、何度も本家を煩わせてしまった。

㋒良い戒名を付けていただいた。通夜・葬儀と併せて戒名の依頼をしたところ、電話ではダメとご住職。こちらに来て下さいと叱られてしまった。故人の人となりを聞いてから戒名は付けるものだとおっしゃる。正論である。徹夜明けの身には辛かったが、住職に「面談」をしていただいたおかげで良い戒名をいただいた、と今では感謝している。

㋓城山霊園には亡母に引き続いてお世話になった。この霊園のスタッフのケアは、単なるお墓の管理だけにとどまらない。詳述する紙数はないが、「任せて安心」の笑顔と気配りをいつも感じさせてくれる。

　さてさて、「平凡の価値」。

　考えてみれば、川柳も平凡な文芸である。短歌は一千数百年の歴史を有し、皇室を筆頭に正統で優雅な扱いをされている。兄弟分の俳句は、季語を持ち、その季語が体系化され、切れ字を用い、文語を操って花鳥風月を詠む。

比べて、川柳は気どらない文芸である。日常使っている言葉で、さまざまな思いを述べることが出来る。季語も切れ字も必要ない。短歌や俳句には詠みづらい事柄であっても、平気で詩の対象にしてしまう。自由闊達で飾り気のない文芸、それが川柳だ。川柳が面白いと言われるのも、そうした人間くささに起因しているのではないか、そうも思った。

その川柳は、来年・二〇〇七年に立机二五〇年を迎える。ごくごくありふれた庶民の詩が、二五〇年の節目を迎えるのだ。世の中の移り変わりが激しいなかにあって、流行り廃りのすさまじいなかにあっての、二五〇年である。ここでも平凡の偉大さに改めて思いを巡らす。

誌友の斎藤弘美（さいたま市）さんは、川柳立机二五〇年に向けて、「八月二五日は川柳発祥の日」と印字した鉛筆を自費で発注した。当会にもその鉛筆をご寄贈いただいた。鉛筆に文字を彫って配るというのは、ある意味ではありふれた発想だ。しかし、その平凡な発想と意気こそ貴い。

台湾人初の川柳句集『酔牛』が完成した。今川乱魚当会最高顧問の編による、李琢玉台湾川柳会会長（当時）の川柳句集だ。昨春当会は台湾に出かけ、日台合同川柳句会を実現した。琢玉氏は昨夏逝去され、乱魚顧問がその一周忌に間に合わせて完成させた。こちらは平凡ではない。

貞雄顧問追悼に寄せて

10
2006

去る八月六日（日）今成貞雄顧問が亡くなった。『ぬかる道』八月号には、貞雄さんからのお便りを載せていた。偶然である。再録すれば、左記の通り。

〈いつもお世話さまです。
『ぬかる道』七月号拝見。（短信欄の）新陣容スタッフ万全の出来、安心しました。
ただ今入院中。敵（＝ガン細胞）もだんだん強くなり、こちらも負けるわけには参りません。頑張ります。
六月十九日　今成　貞雄〉

ご遺族のお話によれば、前日まではお元気だったとのこと。ご長女とお孫さんが病院を訪れ、普通に会話もされていたと言う。その貞雄さんは、いつも通り何やらノートに書き留めておられた。それが、翌朝にはもうこの世の人ではなくなってしまった。闘病中の出来事とはいえ、急な旅立ちであった。改めてご冥福をお祈りしたい。

さて、『ぬかる道』誌に「貞雄顧問の追悼特集を組もう」という声がどこからともなく起こった。ベテラン幹事を中心に、追悼文もお寄せいただいた。追悼文を事前に読ませてもらうと、そこには小生の知らない貞雄さん像が思い出深く書かれている。有り難いことだ。嬉しいことでもある。ご遺族の方々にもきっと喜んでいただけるものと思う。

じつは、私自身もつい先ごろ同じような経験をした。私の知らない亡父像を聞かされたのである。七七日忌の法要の際の、親族による思い出話であった。息子の知らない、仕事上の父親像を垣間見ることが出来て嬉しかった。法事＝退屈なもの、という先入観を改める機会ともなった。閑話休題。

決意も新たに二〇周年へ

一方、小生はもちろん、皆さんご存知の貞雄さん像も思い起こされる。その多くは、受付におられた貞雄さんであり、当会の二〇周年を楽しみにしていた貞雄さんである。これまた偶然ながら、『ぬかる道』誌当月号には、二〇周年に向けたアピールを表紙二に掲載している。

八月九日(水)の告別式には、東葛川柳会を代表して弔辞を読ませていただいた。通夜から帰って改めて読み返した、今成貞雄句文集『笑門来福』(平成十三年刊)の中から、短文「川柳との出会い」を引用させていただくことにした。

〈退職後あり余る時間を好きなことに費やすことに決めた。市の郷土史講座に学び、たくさんの仲間が出来て、運良く抽選で県老人大学福祉科に入学した。クラスの藤倉五十次さんが陶芸科の島上進さんから、東葛川柳会があると聞き、早速二人で句会にお邪魔した。昭和六十三年六月二十五日、柏公民館の句会である。この日は、私の六十二歳の誕生日でもあり、忘れられない川柳との出会いであった。……その縁で川柳を始める。この縁を大切に川柳を生涯愛し、続けていきたい。私は果報者である。川柳万歳。〉

読み返しても貞雄さんらしい、お人柄の偲ばれるエッセイである。告別式の様子については、熊谷冨貴子元幹事も書いておられる。そちらもご参照願おう。

冨貴子さんの文章になかった点を一点だけ書き加えたい。弔辞を読みながら、貞雄さんの遺影がまぶしかった。二〜三年前のお写真と伺ったのだが、お元気そのものの貞雄さんのお顔であった。若々しくて、目がキラキラしていた。奥様にその点を申し上げるたら、「そうなんです。今にも出てきて声をかけられそうな、叱られそうな目だと、私も感じています」と、笑っておっしゃった。

ご親族代表の挨拶には、娘婿さんが立たれた。句文集『笑門来福』の中から、今度は川柳作品の幾つかを披露し、御礼の言葉をまとめられた。同じ趣味仲間としては、川柳を引用してくださった心配りが印象深かった。

今成貞雄顧問を見送りながら、私は改めて当会二〇周年行事の成功を心に誓った。何かあると一肌脱いでくれた貞雄さんである。「川柳万歳」とエッセイに書いてくれた貞雄さんである。貞雄さんが愛した川柳と東葛川柳会の灯を、今後とも守り発展させたい。皆さんのお力で、楽しくて記念になるイベントを展開していきたい。改めてそう誓った。

句会(体験学習)に講座生が参加

そんな折りも折り、新人が大挙して句会に参加をしてくれた。東葛高校開放講座川柳教室の面々二四名である。今年度新たに講座生を募集し、約六〇名の応募があった。三回ほどの講義の後に、体験学習たる句会参加というカリキュラムを組んだ。それが八月句会の体験であった。皆さんも思い出して欲しい。初参加というのは多くの期待とともに、少なからぬ緊張と勇気が入り交じるものである。

講座の一端を披露しておく。句会参加の体験学習の前に、「句会用語の解説」の時間を設けた。初めての場に出て戸惑うことの一つに、その世界独特の用語がある。独特の用語を知らないことで疎外感を抱いてしまうのだ。講座では、「句箋」「披講」「呼名」「連記」「説明句」等々を事前に解説した。「『抜ける』というのは、(「髪が抜ける」のように)マイナスイメージの言葉だとずっと思い込んでいました」。こう語って笑ったのは、柏陵高校講座の第一期生・大西豊子さんであった。今ではベテランの域に達しつつある人の入門期の感想である。この話を聞いてから、小生が川柳界の外部に向かって講義をする時は、努めて「抜ける」ではなく、「入選する」という単語を用いるようにしている。

ともあれ、新人の参加は会の活性化につながる。たとえ一年先輩でも新人にとっては「大先輩」に映る。大先輩らしい作品と教養を発揮してもらって、大いに新人を刺激していただこう。代表が出来ないお世話活動もお願いしたい。

哲男読書ノートより

久々に、読書ノートの紹介。紙数の関係で一冊だけにする。『日本語の歴史』(山口仲美著、岩波新書)。このところ、地盤沈下の続く岩波書店だが、この新書は久々に面白かった。中国大陸から漢字という文字を拝借し、その漢字に日本流の読み(＝訓)も付与した。一方、朝鮮半島では漢字とその発音だけを受け入れた。中国語と日本語では言語体系が異なる。(だから訓点が必要なのだ。)そのため、日本語が上手に書き表せない。この苦労に挑んだ祖先たちが、やがてひらがなやカタカナを生んでいく。そのドラマが素晴らしかった。

短歌の世界

11
2006

今年の朝日新聞、六月一〇日付けの「折々のうた」。

〈それぞれに発言させて結論に導きたるはへつらふに似つ　篠　弘

『軟着陸(ソフトランディング)』(平一五)所収。この歌を理解するには作者がさる大手出版社の幹部社員として、重要な会議の司会役をつとめることもあったことを知っておくといいだろう。会議を進める過程で、一人一人に発言をうながしつつ所期の結論に導いてゆく過程を、我にかえって自問すると、期待していた結論へ導いてゆく過程が、参加者たちにごきげんをとっているような苦い感じになるというのだ。サラリーマン短歌の異色。〉

本大会にお招きする篠弘先生の記事である。ご紹介の一助として、このコラムを活用させていただいた。

その篠弘先生をお招きするきっかけは、『ぬかる道』一月号「乱魚の老眼鏡」に詳しい。昨秋、今川乱魚当会最高顧問は日本現代詩歌文学館館長賞を受賞した。岩手県北上市にある日本現代詩歌文学館の、その館長が篠弘先生である。（先生自身のお住まいは都区内。）

乱魚顧問が『癌と闘う――ユーモア川柳乱魚句集』で同賞に選ばれたのは既報の通りだ。乱魚顧問曰く、「私はその場で篠弘館長から賞状と記念品を頂いた。一時間の講演もさせて頂いた。川柳生活でも滅多にない晴れがましい舞台でもあった。篠館長は歌人で、歌会始めの選者でもある。懇親宴でも親しくお話し頂いた。……その後篠先生からお葉書を頂いたが、そこには川柳人としても心すべき一文があるのでご紹介する。『文壇における川柳の扱いが適切でないのは、ひとえに、テーマ意識をもった句集が出版されないからです。そのことを渇望しておりました。……』と」。

もう一つ引用したい一文がある。今度は小生のエッセイである。同文学館発行の「館報」三八号（平成十五年七月一日）掲載の、エッセイ「川柳との出会い以前」で韻文への思いを私なりに綴っている。ご覧いただこう。

〈今でも感謝していることがある。中学校時代に俳句や短歌を教わったことである。私に韻文のすばらしさを教えてくれたのは、中学校の文芸部顧問の先生と文芸部の諸先輩方であった。今でもその方々とは時々お会いして、当時の思い出話に花を咲かせたりもしている。

私が通っていたのは、東京都足立区立第六中学校。昭和四〇年頃は、区内でも有名な非行中学校であった。非行で有名だという事実は、あとで分かった。私が教員になってから知ったことである。もう一つ後で分かったこと。出身中学校には、短歌結社に属している先生が三人もおられたこと。そんな恵まれた環境の中で、私はいつしか韻文の魅力を知らされるようになった。〉

三つ目。同文学館は平成十八年度の常設展として「教科書で出会う詩歌」を催している。当会誌友の菅真智さんの色紙や小生のエッセイの展示もある。近くにお出かけの節はぜひお立ち寄り願いたい。期間は、来年の三月十一日まで。

さてさて、右のようなご縁で今回の記念講演が実現した。篠弘先生の演題も、「短歌と川柳」と決まった。どのようなお話が当日聞けるのか、今から大変楽しみにしている。

ところで、私は以前から川柳は同型の俳句よりも短歌に近いのではないか、そう睨んでいた。そんな私のたわいもない推論を披瀝してしまったことがある。例えば、今から三年前の六月。仙台文学館（館長・井上ひさし）主催の「言葉の祭典 短歌・俳句・川柳へのいざない」の際。俳句・短歌・川柳の選者各二人ずつが当日の入選句の選評を述べる、そういう一幕があった。私は何のきっかけからだったか（定かではないが）、俳句と川柳は同型ではあるが詩的世界は決して近くはない。短歌の方がむしろ近いのではないか、そんな感想を壇上から述べた。同席のお一人であった俳人・辻桃子さんからは、即座に「面白い」とお褒めをいただいた。こうしたやりとりも改めて思い出した。

俳句よりも短歌の方が川柳的世界に近いと、私がなぜ考えるに至ったかは、たぶんに直感的・経験的なものでしかない。一つは、かつて交流のあった俵万智さんとの手紙のやりとり。（紙数の関係で残念ながら割愛する）。もう一つは、前掲のエッセイで述べた恩師の影響があるものと思われる。

少年時代の私は、短歌結社に属しておられた先生方から韻文の手ほどきを受けた。いま思い返しても、私はナント幸せな中学生であったのだろう。恩師の短歌をご紹介しよう。

原爆におほかたは逝きし友らの顔固く稚き印象のまま
未完の恋美しかりし物語夜半の机に指折り数ふ
時間中蛙を手にしてゐたといふを教師の顔となりて叱りき

ビキニデー反戦集会と書きこみて余白少なき手帳を閉ざす　清水美千代
苦しみて学ぶというもすでに死語街は溢るる顔貌若し　佐藤　光邦
歩くこと許されし日の産院のなべて鮮（あたら）し夏の陽の中
離乳食こまごま作り日曜の一日やさしき母となりたり　小林　トキ

こうした先生方の薫陶があって今日の私がある。韻文の世界のすばらしさを教えて下さった先生方の学恩を改めて思う。まして、一〇代前半の少年が受けた影響は計り知れない。私がジュニア川柳を推奨する原点もここにある。

恩師のお宅にも何度かお邪魔させていただいた。その折り頂戴した本に、中条ふみ子の歌集『乳房喪失』がある。中学生に歌集『乳房喪失』！　紅顔の美少年？がこの妖艶なる歌集を読み耽る姿をご想像あれ。漫画的構図かも。閑話休題。

翻って、平成の師弟関係は情けないくらいにドライである。師弟関係なる言葉さえ死語だ。個人情報保護とかで、名簿類は原則作成せず。従って教師の住所等は教えない。年賀状のやりとりがままならぬのも当然のこと。メールで来る「明けましておめでとう」の味気ないこと。そう感じるのはもはや時代錯誤なのか。ましてや、恩師のお宅に伺うという光景はもはやセピア色の世界でしか見られない。

かくして安倍内閣の掲げる「教育再生」は容易ではない。

川柳の行事を楽しむ

12
2006

山口県萩市で開かれた国民文化祭から帰って、この巻頭言を書いている。萩大会の正式名称は、「第二一回国民文化祭やまぐち二〇〇六」と言う。十一月四日（土）、会館入口に井上剣花坊・井上信子夫婦の川柳碑が鎮座まします萩市民館にて、大会は行われた。「維新と川柳胎動のまち萩」という歓迎の大横幕も掲げられていた。東葛川柳会では、今回もツアーを組んで出かけることにした。ある参加者の感想。「こんなに贅沢な旅程で、こんなところまで来られて幸せ」「一人ではとても無理」「連れてきていただいて有り難い」等々の声が聞こえてきた。詳細は田辺サヨ子幹事の紀行文に委ねるが、ともかく楽しかったことは確かだ。

ツアーは、三日（金、祝）に出発した。総勢十六名（途中参加一名）。絶好の行楽日和のなかで、旅と川柳を満喫できた。以後の話は、旅程表を示した上で語ることにしよう。

東葛川柳会様　日程表（2泊3日）

①11月3日（金）羽田空港（出発）10：05↓11：50山口宇部空港12：05＝12：30かめうら園13：15＝14：00秋芳洞……秋吉台16：00＝17：00千春楽（宿泊）

②11月4日（土）千春楽9：00～（タクシー相乗り）9：30萩市民館（大会会場）15：30～（萩観光各自）～17：30千春楽（宿泊）

③11月5日（日）千春楽9：00＝10：35赤間神宮～春帆楼11：35＝11：50門司港レトロ地区自由散策（自由昼食）13：50＝14：10北九州空港15：25↓16：50羽田空港

話のついで。右の印ものの解説を一応しておく。↓（飛行機）、＝（バス）、……（徒歩）、～（その他）。

一日目と三日目の移動は貸し切りバスをチャーターした。これが快適で大好評だった。何しろ、当会独自の旅程で、当会の御用達のバスとガイドさんを確保しているのだから、当然と言えば当然か。

萩では、歴史と文化に触れることが出来た。この種の大きな川柳行事には、講演・観光・懇親宴、その地域の文化的特色に応じたイベント等々がセットされ、遠来のお客を楽しませてくれる。舞台裏では、現地実行委員会の大変なご苦労がある。その仕事量・事務量は膨大である（昨年の『ぬかる道』巻頭言「その後の良い話」参照）。たしかに大変な仕事なのだが、それだけやり甲斐もあるにはある。苦労は、参加者に喜んでいただくことによって報われよう。その意味で、大変素晴らしい大会であったと改めて感謝申し上げたい。

笹島一江幹事大健闘

さて、その萩大会。大会は予定通りのプログラムを消化して、いよいよ当日の披講に移った。ツアーの面々やツアー以外の仲間の呼名も聞こえてきて、順調であった。最後の披講は、「夏みかん」である。この「夏みかん」というのが難題で、道中何度も話題となった。その宿題「夏みかん」に、笹島一江幹事の作品が特選(天位)に入選を果たした。「夏みかん糖度を追わぬ自負がある」。期せずして拍手が起こり、周囲は色めき立った。特選句は、文部科学大臣賞をはじめとする各種大会賞の候補作品となる。私は一瞬編集が頭をかすめた。ビッグタイトル獲得となると、『ぬかる道』の速報が必要となる。写真や談話、編集の割付も考え直さないと、……。待てよ、となると六月の岩手大会に続く東葛勢二連覇の慶事!! そう、岩手大会で誌友の石川雅子さんが文部科学大臣賞を獲得したことは記憶に新しいところだ。

さてさて、その二次選の結果はいかに。結果は、……う〜む、残念。惜しくも二次選で涙をのんだ。

選考方法さまざま、大会のタイトル賞

ところで、川柳大会のタイトル賞にはさまざまな決定方法がある。大きく分けると、①作品本位の決め方と、②作家(成績)中心の決め方、以上の二通りがあるようだ。

①まずは、作品本位の決め方。要は優秀句の中からタイトル賞を決める方式。大会選者が選んだ特選(三才)句の中から、さらにタイトル賞にふさわしい優秀な作品を選び直すというもの。手順は二段階になる。こうした二次選の方式にも、千葉方式と全日本川柳会方式の少なくとも二通りがある。

(ア)千葉方式から説明しよう。大会選者が選んだ各題の特選句の中から、同一の選者が改めて投票して知事賞ほかを選出する方法。ただし、選者はタイトル賞を辞退する、選者が担当した課題の特選句から二次選の投票はしない、等々のルールが定められている。

(イ)これに対して、日川協方式は少々異なる。一次選者と二次選者が別建て(＝別の選者)になっているのだ。

右記いずれの方法でも、一次選者が選んだ特選句が、タイトル賞をゲットできるとは限らない。笹島一江幹事の場合が典型的である。理由はさまざまだ。詳述する紙数はないが、宿題と雑詠的なタイトル賞作品との距離感、一次選者と二次選者の目線の違い、その他、地域性や時代性の反映の有無などもタイトル賞の要素に加味されるのかも知れない。

②①とは別に、大会の成績を重視する方式もある。作家本位と言い換えても良いかも知れぬ。こちらの多くは合点方式が取られている。葛飾区民文化祭や宇都宮雀郎まつり、川柳文化祭等々はこの方式を採用している。②の方式では、どんなに優秀な作品であっても、傑作一句だけではタイトル賞には届かない。どの選者の宿題にも一通り

の成績を収め、なおかつ、五客・三才などへ数句入選が点数的に必要となる。

①の方式では、新人でもタイトル賞の可能性があるのに対して、②の方式は、大概はベテラン作家に軍配が挙がる。

東葛川柳大会余話

話は前後する。一〇月二八日(土)の「柏市文化祭川柳大会あわせて東葛川柳会十九周年記念大会」は、多くのご出席をいただいた。賑々しくしていただいて嬉しかった。統計上では、最高の出席者・一六六名を数えた(除く、乱魚句文集及び哲男句文集両記念大会)。有り難い。出席者増に各幹事の対応の汗が光った。記念講演も好評だった。台湾の黄智慧先生(文化人類学者)の参加もあった。大会選者の先生方には大変慌ただしい思いをさせてしまった。ご免なさい。

試みに披講の速度を測ってみた。翌日の川柳文化祭時にである。披講・呼名・脇取りに、一句平均十五秒かかっていた。一分間に四句、その辺りが平均的なスピードかと思う。

東葛はどうだったか。三句連記の宿題「微妙」で読み上げたのは、約一八〇句であった。その披講を三〇分程で終えた。平均一〇秒。一〇秒間で、披講・呼名・脇取りを済ませた計算になる。その緊張感、文台との呼吸、会場との一体感、等々のおかげだと改めて感謝申し上げたい。有り難う。

東葛二〇周年が近づく。二〇周年を上げ潮の中で迎えよう。

VI

2007

東葛の去年今年

01
2007

俳句には「去年今年（こぞ・ことし）」という便利な季語がある。

去年今年貫く棒の如きもの　　高浜　虚子

〔句解〕去年といい、今年といい、暦の上では別の年として記される。だが、よく考えてみると、自分の生活も、他の人びとの生活も、また歴史も文化も、すべてひとときも断絶することなく、ただ昨日に続く今日として続いている。去年と今年の二つを貫いて、一本の棒のようなものが厳然と存在している。その棒のようなあるものに、神の意志とでもいうべき強力なものを感じる。

（尾形仂編『俳句の解釈と鑑賞事典』、笠間書院より）

右の句に擬えて言うならば、巻頭言のタイトルは「東葛の去年今年」ということになろう。雑誌の上では新年号に当たる今月号で、昨年と言い換えねばならないはずの今年・平成十八年を、皆さんと一緒に振り返ることにしたい。

二〇周年に向けて、委員会を立ち上げる

平成十八年（二〇〇六）の東葛川柳会は、おかげさまで順調な歩みを続けることが出来たように思う。平成十八年の新年早々に、二〇周年はどうするのか？の声が挙がり始め、早速「二〇周年記念事業準備委員会」を立ち上げることにした。何をやるにも、準備と体制と資金が必要だ。体制の面では、同委員会委員長に、大戸和興・前幹事長が横滑りで就任した。言い出しっぺの一人たる川崎信彰幹事には、事務局長として実務を支えてもらうことになった。

幹事会で挙がった記念事業を数え上げたら、ナント十三項目にも上った。と言っても、十三項目すべてが新しい企画という訳ではないから、どうぞご安心を。これは信彰事務局長のアイデアなのだが、通常行っている新春句会や吟行句会などの行事にも、「二〇周年記念事業」という冠を付けたらどうか、盛り上がるのではないか、というのだ。アイデアである。「二〇周年」という形容の冠を付けただけで、何やら心躍る、楽しい企画になりそうな気がしてくる。面白い。

むろん、二〇周年ならではの事業も実施していく。コトの詳細が決まり次第、順次皆さまにお知らせしていくことになるが、その場合皆さんのご協力が必須条件となる。こちらは、会の運営の中枢を担い、かつ会友一人ひとりの状況にも明るい中澤巌幹事長が、担当者と協力者のメンバーを貼り付けていく。そこでお願い。巌幹事長からお手伝いの依頼が皆さんのところに届いたら、ぜひぜひご協力いただきたいと思う。この場をお借りしてお願いする次第である。

山本由宇呆幹事からは、各記念事業にナンバーを振ったら

どうかとのアイデアも寄せられた。「T20MP―01」という具合に。「東葛20メモリアルプロジェクト」の略とか。コンピュータに強い由宇呆幹事が自ら実践している。「記念ロゴを募集しては?」というアイデアは、どなたの発案だったろうか。いずれにしろ、前向きで実現可能な提案は取り入れていきたい。何より、(ア)楽しく、(イ)疲れないように、(ウ)会の成長につながること、に留意して実施したい。

日常の会務こそ肝心カナメ

記念事業を遂行してゆく際に、気をつけなければならないことがある。それは、日常の会務との有機的連携である。記念事業とは申せ、日常の会務の上に成り立つものに違いない。記念事業は成功したけど日常の業務に支障が出てしまった、ではシャレにならぬ。大切なのは、雑用と呼ばれる毎月毎月の会務なのだ、そう信じている。具体的に言及するならば、

①親しみやすくてタメになる柳誌『ぬかる道』を編集し、皆さんの手元に確実にお届けすること。

②楽しく語らい、笑いあっているうちに、作句への意欲と刺激を感じる例会の開催と、その着実な運営。

③各種イベント、総務・会計・渉外などの仕事を支える幹事や誌友の皆さんの奉仕的な諸活動。こういった方々の善意が寄り集まって、楽しい東葛の会が成り立っている。

一つだけ具体例を挙げておこう。例えば、投句受付係。古くは故井ノ口牛歩副代表が担当していたが、一九九六年からは船本庸子幹事の担当になった。この間一〇年余り。庸子担当幹事からは愚痴一つ聞いたことがない。句会場があちこち移動するのと対照的に、投句の宛先は変わらない。安定している。地味な仕事ながら確実に投句者とのパイプ役を果たしてくれている。有り難い。当会には、こういう宝のような人材が何人もいてくれる。そして、実務は粛々とこなすに限る。

二〇周年を期に同人制の導入

さて、平成十九年度から東葛川柳会は同人制を導入させていただくことにした。現幹事は基本的にそのまま同人に移行するが、現在誌友の立場にある方々からも同人を募る。「同人」と「誌友」の違いは、どこにあるのか。一点だけ挙げるとするならば、誌友は柳誌だけの結びつきでしかない。ある意味気楽な立場ではあるのだが、同人は、会を財政と運営の両面から支えていただくことになる。それだけ結束力が強まるということだ。財政面について言わせてもらうならば、同人の負担は最小限に留めたい。各結社の同人費を調べてみたところ、月五〇〇円というのが一番安かった。月五〇〇円、年間六〇〇〇円の負担を同人諸氏にはお願いしたい。昨年までの維持会費との関連など細部については検討の余地を残しておくが、基本はこの線で進めて参りたい。

右提案は、企画・編集会議で二度ほど審議し、十一月の定例

幹事会と句会後の臨時会友総会にてご了承いただいた。同人制の導入で、東葛川柳会のさらなる発展を期したい。前号巻頭言の「上げ潮で二〇周年を迎えたい」を、もう一度繰り返させていただく。皆さんのご期待に応えつつ。

哲男の読書ノートより

新年号最初の読書ノート。『青空を歩く』(武田康男著、インデックス・コミュニケーションズ、一六〇〇円＋税)。東葛高校武田教諭の新刊である。あの新鮮なオドロキの連続だった昨新春句会の特別講演が蘇る。改めて、空の青さ・美しさに見惚れて癒された。「本日は青天のため、日常を休もう」という本のコピーも、理科系書物には珍しく詩的である。クリスマスやお正月のプレゼントなどに最適と思われる。

文化の外部発信

02

2007

年末の一日を京都で過ごした。お目当ては、宇治市である。宇治は久しぶりであった。京都駅からJR奈良線に乗り換えて宇治駅を降りると、「ようこそ源氏物語の里へ」という大きな看板が目に入った。そう、宇治市は源氏物語ゆかりの里なのだ。宇治を歩くことが今回の旅の目的の一つで、まずは平等院へと向かうことにした。

平等院。永承七年(*1053*)関白・藤原頼通によって創建され、翌天喜元年(*1054*)阿弥陀堂が建立された。当時、末法という考え方が平安貴族社会に浸透しつつあって、不安も広がっていた。末法思想とは、釈迦の入滅後、年代が経つにつれて正しい教法が衰微して世の中が乱れる、という考え方である。日本では、正法・像法各一千年とする説に基づき、一〇五二年を末法の元年とする考えが一般的だったようだ。

藤原氏の栄華は、藤原道長・頼通父子の時代に絶頂期を迎えた。平等院は、父・道長の別荘たる宇治殿を、その子・頼通が寺院に改めたものである。阿字池を前に鳳凰が翼を広げたように休む姿は、一〇円硬貨ですっかりお馴染みの構図。極楽浄土の再現を、都から離れたここ宇治に求めた頼通の心境はどのようなものであったのだろうか。そう考えると不思議な感じもした。藤原氏絶頂期の頼通が、である。

源氏物語ミュージアム

平等院を出て、喜船橋を渡ると中の島がある。そこには、今度は『平家物語』で有名な宇治川先陣の碑があった。中の島から朝霧橋(名前がすべて優雅！)をさらに越えると、宇治神社・宇治上神社へと続く。ゆるい坂のところどころに、源氏物語のゆかりの案内板がもの静かに立っている。「忙しい旅は宇治には似合わない」とするガイドブックのコピーも、ナルホドと感じられた。目指す宇治市源氏物語ミュージアム(名誉館長・瀬戸内寂聴)は、小高い丘の中腹にあった。

館内に入ると、まずは実物の牛車、十二単の衣裳、光源氏の住まい六条院の模型(1/100)等々、華やかな展示物が目に入る。次なる一室は一転して暗かった。ライトは落とされ、宇治十帖の解説が施されている。このコントラストには理由があった。『源氏物語』の主人公・光源氏が華やかに活躍した世界を「春の部屋」とし、後者を「秋の部屋」として演出し、設計されたものらしい。映画「浮舟」(篠田正浩監督作品)も出来が良かった。そして、この博物館の「源氏物語に親しむコーナー」にはついつい嵌ってしまった。

「源氏物語クイズ」にまずは挑むことにした。『源氏物語』の知識をTV画面に向かって、タッチパネル式にチャレンジする。このクイズにはランク分けがされていた。少納言・大納言・太政大臣の三つのランクに。少納言と大納言は全問正解でクリアしたが、太政大臣コースでは躓いてしまった。ザンネン。かくなる上はと、再チャレンジ。「再チャレンジ」とはどこかで聞いた文句だが、悔しさのにじむ再チャレンジは成功へのバネとなるはずだ。ちなみに、小生が間違えた設問をご披露しよう。「藤原道長が就任しなかった役職は、次のうちどれか。(ア)摂政、(イ)関白、(ウ)太政大臣」。さてさて、正解は?、……これはやはり難問に属すると思う。

ついでながら、「性格診断テスト、あなたは誰のタイプ?」にも果敢に挑戦。結果だけを言えば、私は「夕霧」タイプなのだそうな。「周囲の大きな期待にこたえようと努力を怠らない、地味で堅実に歩む秀才タイプ」という診断だった。

どこの博物館でも、参観者を惹きつけるために工夫を凝らすようになったが、このミュージアムの工夫には脱帽と書いておく。(図書室やビデオ等は残念ながら割愛)。

『源氏物語』完成一〇〇〇年

ところで、(諸説あるが)『源氏物語』の完成は寛弘五年(1008)とされている。来年二〇〇八年は、『源氏物語』完成からちょうど一〇〇〇年の記念すべき年に当たる。来る二〇〇八年には意義ある多くの催しが、全国各地で開かれるに違いない。また、大いに期待したいところでもある。

ご存知の通り、『源氏物語』は五十四帖の一大長編小説である。四〇〇字詰め原稿用紙に換算すれば、二五〇〇枚の大作。帝は四人、ストーリーは七〇余年にわたる。登場人物四百数十人、主要人物だけでも五〇人以上にも上る。

この『源氏物語』の英訳を初めて試みたのが、駐英大使付きの書記官(当時)末松謙澄であった。(明治の官僚は偉いものだ。)『源氏物語』が紹介されると、欧米人は驚いた。何しろ、東洋の遅れた小国にこんなに優れた小説があるなんて。シンジラレナーイ、欧米列強はそう思った。なかんずく、当時の大英帝国は世界の覇者であり、文化の中心であった。W・シェークスピア以上の作家など存在してはならないのだ。『源氏物語』

は、かのシェークスピア(1564〜1616)が生まれる、実に五〇〇年以上前の作品ということになってしまう。

今年は、川柳立机二五〇年。来年は、『源氏物語』完成一〇〇〇年。これらの記念すべきメモリアルイヤーに、「美しい国」の文学・文化が外部発信されるのは大変喜ばしい。

川柳と国語教育

さてさて、昨年暮れの話をもう一つ。十二月十六日(土)に、私は研究発表の機会を与えられた。場所は、早稲田大学。早稲田大学教員養成GP公開講演会 兼 国語教育学会第二三〇回例会にて、『俳句・川柳で育てることばの力』という研究発表とシンポジウムがあった。発表の題目と発表者は、以下の通り。「読まれる喜び」(俳人、大学院生・高柳克弘氏)、「言葉の力と川柳」(千葉県立東葛飾高等学校教諭・江畑哲男)、「句会という授業」(佛教大学教授・坪内稔典氏)。発表後は、同じメンバーでシンポジウムを展開した。

小生の発表は、

①高校生のいま(実感的学力低下論、高校生の実態)

②私の授業実践(韻文授業の実際、川柳創作の指導)

③まとめ(若干の問題提起、今後の実践の方向)

発表の中心は②の実践報告である。その中で、創作文芸としての川柳の優位性に言及したり、川柳を教科書に採録してほしいとの要望等もさりげなく織り込んだ。実践を背景にすると心強い。現場の先生方からの共感も得られたように思う。そもそも教員養成GPプログラムのGPとは、「good practice」(=良い実践)の略らしい。

暮れも押し詰まって、熊本の田口麦彦氏から電話が入った。麦彦氏と言えば、三省堂から意義あるアンソロジーを三冊も立て続けに出版している注目の人である。『神奈川大学評論』にもコラムを書き続け、川柳を外部発信する貴重な存在のお一人だ。氏の活躍とは比ぶべくもないが、それでも小生のジュニア川柳の活動や、今次国語学会での発表を麦彦氏は高く評価して下さった。励まされるのは嬉しいものだ。麦彦氏とお話をしながら、小生にとっての川柳の意味を問い直した。自分にとって川柳とは、学校教育と社会教育(=生涯学習)と趣味、この三つの正三角形の真ん中に位置しているのではないか。ふとそう感じた。我ながら、面白い発見であった。

春の装い

03

2007

今年も暖冬であった。朝、出勤の車に霜が降りていない。二月十二日現在、東京都心でいまだに「初雪」が降らない。気象庁が、明治九(一八七六)年に観測を始めて以来の珍記録であるらしい。身に堪えるほどの厳しい寒さがないのは有り難いことではあるが、地球規模で考えると果たしてこれで良いのか、そんな疑問もわいてくる。四季の豊かな国に生まれ育った日本人から、季節感覚がしだいに失われしまうのも寂しい気がしている。

大寒と敵のごとく対ひたり　富安　風生

〈自選自解〉いつの間にか売り物みたいになったが、周囲ではわたしの寒がりは有名になってしまった。……それにしても〝敵のごとく〟とは仰山ないい方をしたものである。にもかかわらず、どうやら作品として認められるのは、どこかにシンジツの匂いがかぎとれるからであろう。季節名〝大寒〟の語感、〝対ひたり〟の語勢に身を固くした姿勢が彷彿とする。(『自選自解　富安風生句集』、白鳳社)

やはり冬は厳しくなくてはならぬ。厳しい冬があって、春の暖かさが有り難く感じられるのだ。そう思う。

さて、『ぬかる道』の誌上では三月号になった。まさしく春である。柳誌の上でも春の装いが散見される。

まずは、表紙。ある種のオドロキをもって見つめられている。昨年までの風景画も好評を博していたが、写真の魅力を再発見させられた。そんな声が編集部に届いている。村田倫也幹事は、プロ中のプロの写真家である。そのプロの写真が本誌の表紙を飾っている。大いに誇ってもらって良い。

このほか、装いを新たにした部分を順次紹介しよう。

(1)「ビギナーズ道場」の道場主が変わる。こちらは四月号から。斉藤克美幹事には、丸二年ご担当いただいた。新人向けコーナーでは、当会では例のない長期間となった。その間に、投句者が数倍に増えた。四月号からは、山本由宇呆幹事に交替する。こちらも新人指導の実績を積んでいる幹事である。大いに期待していただきたい。

(2)メッセ鑑賞欄。長谷川酔月・銀の笛吟社会長には丁寧な句評をお書きいただいた。行き届いた目配りと句評のバランスが良かった。お人柄でもあろう。お約束の一年があっという間に来て、交替の時期を迎えた。そうそう、お礼状を出したいとおっしゃる方のために、左記へ住所を記す。

〒010-0973　秋田市八橋本町四―三―十八　長谷川酔月宛て

次号からは、盛岡在住の中島久光幹事の手に変わる。当会幹事ならではの視線と、『原生林』編集長という二つの立場が程良くミックスされて、ユニークな句評が期待されている。

(3)女性コラムの登場。近年はどの柳誌でも女性コラムが見られようになったが、遅まきながら東葛でも始まった。たっぷり充電しての執筆という形になったが、逆に肩の力を抜いた内容をこちらからはお願いしている。東葛女性陣の余裕のコラムをどうぞご賞味いただきたい。

(4)最後は短信欄の報告・集約先の変更。業務連絡めくが、前月号から中澤巌幹事長が担当している。幹事長の視野から、川柳界内外の情報やら、同人や誌友の活躍をお知らせする欄である。皆さんの情報提供もお願いしておく。

さてさて、東葛川柳会発足二〇周年の記念事業も無事スタートした。先般の新春句会も、おかげさまで大賑わいだった。代表挨拶で、「平成十九(二〇〇七)年は、川柳のメモリアルイヤーである」と述べた。柄井川柳が立机してから二五〇年。そして、わが東葛川柳会の二〇周年。これらの記念すべき年を、皆さんの力で大いに盛り上げて欲しい。具体的に挙げさせていただくならば、①、労力の提供(記念行事において、各種ボランティアとしての協力。幹事であるなしを問わない)、②、金銭面での協力(同人の登録・維持会費への協力ほか)、③、アイデアの提供や精神的支援。実際のところ、「お世話さまです」の一言だけでも幹事の疲れが癒される。お気持ちのある方は、幹事長までぜひお申し出をいただければ幸いである。幹事だけの記念イベントにはしたくはない。また、幹事の力だけでは限界もあろう。

ところで、表紙二をご覧いただいているであろうか。昨年の十一月号から「記念イベント情報」を提供させていただいている。毎月開いている企画編集会議、ここで決まったことをお知らせするページにもなっている。余談ながら、この企画編集会議。ここがいま当会の牽引車になっている。会議の内容は多岐にわたり、密度の濃い議論と実践課題を次々に消化している。各担当は宿題を持ち寄り、資料を作成して会議に臨む。その場で出された課題をまたまた持ち帰って、次の会議までに課題をこなす。この繰り返しが東葛の馬力になっている。充実した二時間たっぷりの会議である。良い機会なので、ここでの議論の一端を紹介しておきたい。

(ア)二〇周年記念事業の第二弾は、吟行句会。場所は野田方面に決定した。実施要項は次号にて発表。

(イ)一般公募の時間は取れなかったものの、東葛川柳会二〇周年を記念したロゴマークをただ今作成中。

(ウ)その東葛ロゴの入ったスポーツベストを製作・発注する。軽くて、動きやすく、ファッショナブルな白の特製ベストを考案中である。素材は抜群。透湿防水素材というのだそうで、外から雨は通さないのに、蒸れないという快適さ。ラインには反射素材を組み込み、夜の散歩等の安全性にも配慮されている。一〇〇着の限定販売で、予定価格の三〇〇〇円は安い。発案者の佐竹明幹事からは、五月吟行句会に間に合わせたいとのこと。過日の新年幹事会の席上、小生をモデルとして細かい検討も加えられた。実際、こんな面白いアイデアが検討され、口の目を見る会もあまり例がないのではないか。いささか自画自賛めくが、乞うご期待!、と書いてしまおう。

(エ)八月の記念句会の輪郭が固まりつつある。水井玲子幹事の尽力で、会場・流山市生涯学習センター多目的ホールが確保できた。今川乱魚最高顧問の講演「川柳のユーモア今昔」は、川柳立机二五〇年を特別企画である。会場が流山ということもあって、小林一茶没後一八〇年と流山市制施行四〇周年のお祝いも付け加えさせていただいた。賑やかな記念句会となりそうだ。流山は、信州出身の小林一茶と縁の深い土地柄でもある。そんなご縁から、石田一郎長野県川柳作家連盟会長にも選者としておいでいただけることになった。もう一人の選者・山崎蒼平氏の久々の来葛も楽しみである。大戸和興顧問には、流山市への後援依頼申請をお願いしている。

(オ)東葛二〇周年を期に、同人制を設けることになった。改めて同人としての登録をお願いしたい。当会の活動に積極的にご協力いただける方、すべてが有資格者である。

試験問題と川柳

04
2007

まずは、今年の千葉県公立高校の入試問題(国語)から。皆さん、どうぞチャレンジしてみて下さい。

一　次の傍線部の漢字の読みを、ひらがなで書きなさい。
1　川が二つの街を隔てる。
2　雲が山の頂を覆う。
3　古都の春を満喫する。
4　カタログを頒布する。
5　迅速に処理を行う。

二　次の傍線部のカタカナの部分を漢字で書きなさい。
1　校庭の鉄棒でサカ上がりをする。
2　カロやかに踊る。
3　シュクシャク五万分の一の地図。
4　重いセキムを果たす。
5　船のキテキが鳴り響く。

大問の三以下は、説明的文章、文学的文章、古文と計4題が出題された。ほぼ例年通りである。各紙に今年の問題傾向の分析が掲載されているが、それによれば、「全体的に得点しやすい問題」であり、「差がつきにくく」、「むしろ漢字の読み書きや文法問題が得点の伸びを左右しただろう」との見方が紹介されている(三月一日付け読売新聞千葉版)。

漢字の読み書きで言えば、音読みは出来ても訓読みが出来ない。入試問題を例に取れば、「間隔」(かんかく)は読めても、「隔てる」(へだてる)が読めない。「サカ上がり」の書き取り問題がどの学校でも意外なほど出来なかった、とも聞いている。こうした傾向は、以前から個人的には指摘していたところではあった。「謀略」は読めても、「謀る」が今の子どもたちには読めないのだ。「渋滞」は書けても、「トドコオる」となると難問中の難問になってしまう。この訓読みが出来ないという現実は、社会の変化と対応している。

端的な例は、カタカナ語である。カタカナ語の氾濫は、やはり社会の変化・世相の反映であろう。きちんとした統計を取っているわけではないが、日本の社会や風潮の欧米化と比例していることは間違いあるまい。

巻頭言の冒頭を再度ご覧いただきたい。「皆さん、どうぞチャレンジしてみて下さい」と、そこでは書いた。「チャレンジ」は英語（＝外来語、ここではカタカナ語と呼ぶ）だ。漢語では「挑戦」と言う。和語では「挑む」になる。例文にすると、次のような言い方が三種類出来る。

㋐「ダイエットにチャレンジする」

㋑「減量に挑戦する」

㋒「目方を減らそうと挑む」

以前にも書いたが、日本語の語種は三種類以上存在する。①、和語（もとからの日本語）、②、漢語（漢字の音読みで表現される中国から伝来した語や、明治初期に外国の文化文明の翻訳語）、③、カタカナ語（外国の音を利用して使われる語）の三種類。さらには、①・②・③の混成語もあるから、日本語の語種と語彙はきわめて豊かと言えるであろう。

加えて、同義語であっても語種の違いがニュアンスの違いとなり、微妙な日本語の奥行きをさらに微妙に伝えてくれる。①の和語は、親しみやすく、柔らかな印象。②の漢語は、厳密で引き締まった印象。③のカタカナ語は、目新しく、若々しい印象を、それぞれ読み手に与える。余談ながら、安倍総理の答弁にカタカナ語が多いのは、戦後生まれの初の総理大臣という「若さ」から来ているのかも知れない。

語種の違いによる同義語を掲げておこう。

①「めし」、「宿屋」、「人柄」。

②「食事」、「旅館」、「性格」。

③「ディナー」、「ホテル」、「キャラクター」。

同じ語種どうしでまとめると、自然な感じを読み手に与える。「宿屋のめし」「旅館の食事」「ホテルのディナー」といった具合である。違う語種をドッキングさせると、どこか違和感が伴う。「ホテルのめし」、「旅館のディナー」等々。「宿屋のディナー」となるとミスマッチも甚だしい。笑ってしまう。

ここで、一つの発見！　ユーモア川柳を作るのに、日本語の語種の違いを利用するのも手かも知れぬ。余談その2。ただ今編集中の『ユニーク類題別秀句集』（今秋発行予定）では、日本語の魅力についてのコラムも掲載するつもりでいる。乞う、ご期待！

さてさて、二月には特色化入試（かつての推薦入試）があり、一般入試から三月へ。三月に入ると、合格発表、予餞会、卒業式。その後は、学期末試験問題作成、試験・採点・成績処理・終業式と続く。

翻って、わが定期テストの問題はどうか。小生のこだわりの一つに、記号問題を極力避けること、がある。選択肢だと、生徒の実力がどうしても掴みづらくなる。それが難点。記号問題やマークシートの方がはるかに採点がラクなのは承知しているが、小生が三〇年以上続けているこだわりでもある。かといって、長文の答は採点にえらく手間取る。そこで、短く解答させる問題を出来るだけ多く作るようにしている（これまた小生のこだわり）。実際のところ、短く答をまとめる方がはるかに難しい。その点は全く川柳と同じである。

話は変わる。「現代川柳を国語教科書に」と、（社）全日本川柳協会では要請活動を行ってきた。一〇年ほど前には教育新聞の一面を飾り、仲川たけし会長（当時）のコメントも掲載された。私自身は、この主張に全面的に賛成である。出来る協力はすべてしたいという気持ちでいる。しかしながら、乗り越えるべき課題も少なくない。指導教諭の問題、教材の選定、指導書や試験問題のサンプル準備等々。従って、教科書に川柳が掲載されればバンザイという訳ではないのだ。

試験問題という観点から言えば、俳句の場合は決め事があるので作成しやすいというメリットがある。そう、季語・切れ字の出題である。短歌の場合も、独自の修辞を問えば試験問題らしくなる。ところが川柳にはそれがない。あまりにも自由な形式だけに、試験という形で出題するには相当骨が折れると予想される。川柳が教科書に載らない陰の理由に、試験問題が作りにくいことにも一因があるのではなかろうか。

そこで、川柳採録の道。いま一番現実的なのは、川柳にまつわる短文ではなかろうか。川柳鑑賞文の類が教壇人の立場からすれば扱いやすいと思う。田辺聖子の『川柳でんでん太鼓』が採録された実績から言っても、説得力がある。

いつぞやの話。今川乱魚当会最高顧問が小生の巻頭言を大変褒めてくれて、「いっそのこと教科書には哲男さんが書いたらどうか？」、などとお戯れを言われたことがあった。乱魚顧問から褒められたことは殆どないので、よく覚えている。私は即座にトンデモナイとお答えした。力不足は自分が一番よく承知しているからである。川柳家には、川柳の魅力を外部発信する文章をどんどん書いて欲しいと思う。岩井三窓著『紙鉄砲』（新葉館）のようなエッセイが良い。面白い教材は、教科書会社自体が探しているところでもあるのだから。

クレーム社会を超える

05

2007

四月に入って、花が見ごろである。勤務校の桜もいつの間にか満開になり、忙しかった一〜三月期の疲れをしばし癒してくれている。桜の名所は全国至るところにあって、花見に出かけるのも嫌いな方ではない。だが本音を言えば、遠くの桜より近所の桜の方が私は好きだ。例えば、自宅近くの公園に咲いている桜。例えば、通勤途中に見える手賀沼湖畔の桜。例えば、勤務校国語研究室から見下ろせる桜、などなど。理由は、簡単。普段の気取らない桜が好きなのだ。

さらに言わせていただくならば、桜の散り際が個人的には美しいと思う。別に軍国主義的な話をしようというのではない。春風にちらほらと舞う桜の美しさを言いたいのだ。その艶めかしさ、散り際の恥じらいを秘めた桜の演技力は、見ていてたまらないものがある。

さかずきに散るはなびらも酒が好き　大木　俊秀

本年一〇月の二〇周年大会にお招きする選者の名吟である。この作品は、むろん作者の酒に対する思い入れを詠んだ一句ではあるが、同時に桜の花びらを登場させることによって、一幅の絵になっている。

もうだいぶ前のこと。句会か何かの帰りに今川乱魚当会最高顧問ら数人と、上野公園に繰り出したことがあった。桜を観賞したのち、東照宮境内の尾藤三柳碑前で記念写真を撮ろうという話になった。その夕上野公園は込みあっていた。やっとの思いで三柳碑前にたどり着いたのだが、そこも酒盛りグループに占拠されていた。

乱世を酌む友あまたあり酌まむ　尾藤　三柳

句碑には、こう刻まれているはずであった。ところがその句碑が見えない。あろうことか、ハンガー代わりに上着などが掛けられていた。しかし、その時の酔っぱらいの言い訳が面白かった。「ちょっと碑が寒そうにしていたものですから、……(だから上着を掛けてさしあげたのだ)」。この気の利いた台詞に、一同は笑った。乱魚氏も軽妙な台詞を返して、この日の写真撮影はめでたく和やかに終了したのである。

クレーム社会を憂える

いったいいつから日本人は、こんなにクレーム好きになってしまったのだろうか。そう感じる昨今である。新聞を読んでも、テレビを見ても(もっともあまり見ないが)嫌になってしまうことばかり。むろん、批判精神は大切である。同時に、批判精神とわがままとは別物だということも心しておきたい。給食費未納問題の情けないこと。権利意識の肥大化と指摘する向きもあるが、小生の個人的見解では少々ニュアンスが異なる。己を顧みないクレームに対して、日本的「和」の社会が戸惑っている、と考えた方が正確ではないか。言いたい放題の匿名クレームが横行するのならば、欧米的自己責任論とセットにして論じなければバランスが取れぬ。

かえって外国籍の人の方が、日本(人)の長所がよく見えるのかも知れない。例えば、金美齢氏の著作一冊でも読んでみると、目から鱗が落ちる気がする(例えば、『日本人に生まれて幸せですか』海竜社、ほか)。

苦情ならぬ、心情を伝える

世の中案外捨てたものじゃない。良い話というのは身近にたくさんある。そして、良いコトに巡りあったなら、その気持ちを素直に伝えたいものだ。「ありがとう」を言うのは照れくさいことではあるが、それを躊躇わないようにしたい。クレームを付けつけるのとはちょうど正反対の行動を、近頃の私は取るように心がけている。

①昨年の三月末、我孫子のエスパで買い物をした時のこと。レジで支払いを済ませようとする私に、係の女性が妙なことを尋ねてきた。今日・明日中に買い物をする予定があるか、と訊くのだ。謎はすぐ解けた。カードのポイントの有効期限が近づいているのだった。全く気がつかなかった。期限切れになる前にポイントを使った方がお得ですよ、というアドバイスであったのだ。おかげで数千円の節約が出来た。

②これまたレジでのお話。布佐駅前の東急ストアで、レジ係から「空いている方へどうぞ」と声をかけられた。お客を誘導する仕草が、いかにも自然だった。男というものはレジが苦手である。ここのスーパーは清潔で、女性店員の品も良い。がさつな店、騒々しい店、サービスの押し売りをしたがる店、安いけれど汚れた店を、私は好まない。従業員のマナーもサービスの一つだと私は信じて疑わない。

③これまた我孫子の話。アビスタという生涯学習施設があり、そこに図書館が併設されている。昨夏のこと。ある論文を探していたが、すでに雑誌の保存期間を過ぎてしまっていたようだった。パート勤務らしい若い女性職員からそのように説明されて、諦めかけて別の書棚を覗いていたら、今度は司書とおぼしき男性職員から声をかけられた。図書館相互の貸出システムがあって、時間はかかるがお取り寄せ可能という説明をいただいた。おかげで、読みたかった論文を読むことが出来た。

プラスのメッセージも発信しよう

右の出来事に対して、私は私なりの感想を相手にお伝えした。結果は、お伝えして良かったと思う。なかには苦情か？と身構える様子も窺えたが、こちらの意図を正しく理解すると反応が変わった。今度は先方が「有り難うございます」を繰り返してきた。こちらが御礼を言いたくて連絡したのだが、面白いものだ。要するに、良いことは良い。その思いを伝えることが大切なのだ。苦情ばかりで、世の中良くはなるまい。殺伐としてくる。「店のこの点が良い」「こういう応対をされて嬉しかった」というプラスのメッセージの発信は、もしかしたら苦情以上に大切なのではないだろうか。

③の件では、いわゆる「市長への手紙」に書いたところ、図書館長から逆に丁寧な御礼状をいただいてしまった。人間誰しも、叱られるより褒められる方が嬉しいに決まっている。

先ごろ亡くなった諸井虔氏（旧秩父セメント会長）のエピソードには感激した（三月二九日付け産経新聞「正論」欄、「ある財界人の心意気が支えた研究」）。昭和五八年当時、夢の夢だった酵素レニン（高血圧の発症に関わる）の全遺伝子暗号の解読研究へ、億単位の研究費をポンと拠出してくれた話が載っている。おかげで「研究費の心配をせずに研究が出来た」と、村上和雄・筑波大学名誉教授は述懐している。

コレで思い出したのが、我孫子の白樺文学館。コンピュータ関連の事業で成功した佐野力氏が、かつてお世話になった我孫子へのご恩返しということで私財を投じて設立された。設立資金は六億円、加えてその後の運営費も負担されている、と伺った。やはり世の中捨てたものではない。その白樺文学館には、川柳会・緑葉の吟行句会でお世話になった。多謝。

初めての同人総会

06

2007

同人制を導入してから初めてとなる総会が、四月句会後に開かれた。時間は短かったが、事前のお知らせの効果もあってか、五六名の方々にお残りいただくことが出来た。その初の同人総会のご報告を、まずは申し上げたい。

句会終了は十六時十三分。いつもよりも十五分以上早く、句会が終了した。しばらく間を置いて、中澤巌幹事長がマイクを握り、開会宣言。続いて①会計報告。ありきたりの会計報告と違うのは、数字の謎解きをしていた点である。すなわち、なぜこういった収支になったのか、その背景を巌幹事長が解説してくれたのだ。私は演台の隣で報告を聞きながら、本職とはいえサスガだと思った。そう、感心しながら聞いていたのである。

おおむね成功の同人制度

組織の充実と財政の確立、さらには一連の二〇周年行事をも視野に入れて、昨年末から同人というシステムの導入をご提案してきた。この提案は、昨年十一月の定例幹事会と臨時会友総会でご承認いただき、いざ平成十九年度のスタート台に立つことになった。その同人には、八七名の方々にご登録いただいている（四月十八日現在）。目標の一〇〇名にはわずかに及ばなかったが、初年度としては合格ラインと言って良いと思う。ほかに、維持会費をいただいた方で、果たして同人になって良いものかどうか迷っている方もおられるようだ。これまでも巻頭言等で取り上げてきたが、さらなるご理解を得るべく趣旨の徹底を図っていきたいと思う。

会計報告に続いて、松岡満三・太田紀伊子両監査による②監査報告があった。松岡監査委員からは、「十円・一円単位の金銭に至るまで明瞭である」との報告があった。ここで脱線する。実は松岡委員。午前中の幹事会では、らしい一言を付け加えていた。「政治の世界では、ウン万円以下は領収書が要らないそうですが、当会の会計は厳正でして……」。満三氏らしい一言であった。同人総会ではあいにく時間がなくて、政界風刺の直言は割愛したのであろう。その一言を聞けなかった人のために、誌面ではこうして紹介しておく。その会計報告・監査報告とともに、拍手で承認された。

同人総会のまとめとしては小生が指名され、ありきたりながら結束の強化と二〇周年への協力を訴えて幕となった。その間、約十七分間。初の同人総会、これまた合格と自己採点では考えたい。

幹事会では人事の決定ほか

四月句会の午前中は、定例の幹事会がもたれた。幹事会では、右記以外にも次の二点が議題として話し合われた。

③東葛川柳会二〇周年記念行事について

④人事と会務の分担について

③については、大戸和興二〇周年記念事業実行委員長と川崎信彰同事務局長から、いずれも順調に進んでいる旨の報告があった。小生からは、多少の苦労話も付け加えた。

④の人事については、以下の通り。

代　表　江畑　哲男

幹事長　中澤　巌

副幹事長　斉藤　克美、山本由宇呆、笹島　一江、成島　静枝、佐竹　明

会計監査　松岡　満三、太田紀伊子

最高顧問　今川　乱魚

顧　問　窪田　和子、穴澤　良子、大戸　和興、増田　幸一

社外顧問　石戸新一郎(かしわインフォメーションセンター理事長)

舘野　晃(作家、小林一茶研究者)

松村　俊作(印旛郡市学校歯科担当理事)

山本鉱太郎(旅行作家、劇作家)

人事はおおむね留任とした。留任と書くと新鮮味に欠けるようだが、そうではない。昨年見直し、強化した体制の充実を図ったつもりである。

肩書き以上の大変なのが、実際の会務だ。毎月大判三四ページ以上の会報を編集・発行し、一〇〇名もの句会参加者をお迎えしている。さらには四〇〇名への柳誌発送、etc。実務を重視せずして、楽しい趣味の会は成り立たない。楽しい会とするために、汗をかいているスタッフがいる。そのスタッフには、今後も若干の補強と修正が必要となろう。詳述する余裕もないので、ここでは「言わぬが花」としておこう。代わりに、以下落ち穂拾い的に「声」を書き留めておく。

(ア)『ぬかる道』誌面に落ち着きと風格が出てきた。読み物が多くて、読み応えがある。

(イ)エネルギッシュな句会に圧倒される。披講が楽しい。その披講。一部聞こえないことがあるので、さらに改善を。

(ウ)スタッフの心配りにいつも感心させられる。有り難い。いささか甘い自己採点ではあるが、さらなる充実をめざす

姿勢に変わりはない。改めて、ご支援・ご鞭撻のほどをお願いしたい。

あなたにとって「川柳とは?」

斉藤克美副幹事長によるユニークな連載が始まる。「達吟家による川柳一言集」がそれだ。他の文章と違うのは、足で集めた一言集だという点である。すなわち、句会に出かけ、その場で選者級の川柳家一人ひとりにインタビュー形式で聞き回ったのだと言う。「○○先生にとって川柳とは?」と聞いてその成果をノートにまとめた。克美幹事らしい、足で稼いだ労作と言えよう。

実際、ノート片手に改めて「川柳とは?」と聞かれると答えに窮してしまう。克美幹事によれば、インタビューに対して即答して下さった川柳家もあれば、家に帰ってから慎重に返答を考えた川柳家もおられたそうな。ちなみに小生は後者であった。そんな現場感覚のレポートである。どうぞお楽しみ下さい。

ところで、あなただったらこの質問に何と答えますか?

川柳と短文

07

2007

五月句会の挨拶時にお話ししようとしたこと。すなわち時間がなくて消化不良のまま終わってしまった話を、一部繰り返させていただく。文章についての話である。

『山月記』(中島敦)の話

まずは導入のエピソードから。高校二年生「現代文」の授業で『山月記』(中島敦)を取り上げた。この小説は、格調のきわめて高い漢文調で書かれていて、文体もテーマも現代っ子には難しいと思われた。

いわゆる現代文の定番教材の一つなのだが、その冒頭だけでも誌面では紹介しておきたい。

〈隴西の李徴は博学才穎、天宝の末年、若くして名を虎榜に連ね、ついで江南尉に補せられたが、性、狷介(けんかい)、自ら恃(たの)むところすこぶる厚く、賎吏に甘んずるを潔しとしなかった。〉

さて、小説の授業にも区切りが付いて、生徒たちはどのように読んでくれたのか。それを確かめるべく、感想文を課題として課した。そのうちの一人の感想を句会では紹介した。

〈初めて教科書を面白く読みました。「良い」文章ならいくらでもありましたが、「面白い」のは初めてです。漢文調によるリズムの良さ、表現の的確さ、先を読ませない展開、何より情景、言葉遣いによる丁寧な心理描写。……〉

ある男子生徒の感想であった。嬉しかった。授業をした甲斐があった、と心から思った。

句会の後日談も加えておこう。句会後の反省会の席上。「アノ小説、僕は好きでしたねぇ」と話しかけてくる人がいた。いま話題の「表紙」の人・村田倫也幹事であった。句会挨拶では触れられなかった右冒頭を私が暗誦してみせると、倫也幹事もハモるように復誦した。意気投合の瞬間であった。

短文と川柳との共通点

川柳は上手だけど、文章はからきしダメとおっしゃる方がいる。川柳界におけるそれなりの指導者だからご謙遜かと思いきや、本当にダメらしい。新人ならいざ知らず、短文一つ書けないリーダーで良いのだろうか。柳誌は分厚くとも、読むところがほとんどない。果たしてそんな柳誌で良いのか。非難をしているのではなく、川柳界の今後のために課題を提起しているのである。

『ぬかる道』誌では読み物にページを割くようにしている。おかげさまでご好評をいただいている。エッセイの話題は、硬軟両用・左右両にらみ・公私こもごも、となるように工夫はしているつもりだ。書けないとおっしゃる方には、それなりのアドバイスもさせていただいている。

そのアドバイスとは、分かるように・見えるように書く。事情を知らない人に説明するつもりで書く。5W1H（いつ・どこで・誰が・何をして・どうなった・それは何故か）を意識して書く。センテンスは短かめに（長過ぎると、主語・述語のねじれが生じたりする）、等々である。

少し上手な方には、もう一段上のアドバイスをさせていただいている。すなわち、聞かせどころはどこか、読ませどころはどこなのか。川柳でも報告句・説明句ということが言われる。それと同じで、単なる報告では文章も面白くはない（それすら書けない方は別として）。そこからもう一歩抜け出そうとするならば、「ここを読んでください」「ここがワタシの言いたいところなのです」。——そんな生の声が文章自体から伝わってくるように工夫もしてみたい。その点で、川柳との共通点がありはしないか。

カラオケのサビを活かそう

四月句会の代表挨拶時にはカラオケとの共通点にも触れた。何しろゲスト選者は、足立川柳会幹事長・竹内祝子先生であったから。知る人ぞ知る、カラオケの達人である。

この句の中心は、どこにあるのか。作品の聞かせどころはどこなのか。いくつもの題材を並べただけで感動の中心が見えてこない。そんな場合がよくある。作者の感動の中心が、読者にも分かるように表現したい。カラオケに喩えるならば、サビの部分だ。そのサビを、作者自身が意識して欲しい。

さらにさらにアドバイスするならば、文章は何度か読み返して欲しいものだ。言いたかったことを言ったつもり、中心部分を強調したつもりではあっても、他人にはちんぷんかんぷん、てなことがままある。新人向け作句の注意事項で、「ありきたり」や「独りよがり」を指摘することがある。ご自分では「新鮮な発見」をしたつもりでも、ご自身のワールドの中でしか通じない、ということが少なくない。要するに「独りよがり」なのである。文章の場合にも、「ありきたり」や「独りよがり」には注意したい。そのために、自ら推敲する姿勢を失わないことが肝要である。これまた川柳の場合と非常によく似通っているではないか。

哲男の読書ノートより

久々の読書ノート。まずは、『中世説話の人間学』(小林保治・藤本徳明共著、勉誠出版、一九〇〇円＋税)をお薦めしたい。若者の「古典離れ」が指摘されて久しいが、一流の大学教授によって古典の世間話が語られている。そうした民間説話の人間学にご注目いただきたいという本だ。ちなみに小林保治教授は小生の恩師である。現在早稲田大学国語教育学会の代表委員も務めておられる。活字好きの皆さんにぜひ読んでいただきたい好著である。

右記とは打って変わって、『がんのウソと真実』(小野寺時夫著、中公新書ラクレ、七六〇円＋税)には考えさせられた。「がんに関するほんとうのこと」、「医者が言いたくて、言えなかったこと」等々のサブタイトル通りの内容であった。自身の豊富な経験や現場での反省をも踏まえて、手術のやりすぎや過剰な治療についての問題提起がなされている。個人的にも昨夏他界した父への末期治療のあり方を何度も想起させられた。著者の小野寺時夫氏にご記憶がおありかと思う。平成十六年一月二四日(土)、当会新春句会において特別講演「がんに関する心得」というご講演を頂戴した、あの小野寺先生の最新刊である。

随所に気配り、全日本二〇〇七栃木大会

栃木大会速報。六月一〇日(日)の大会参加者は約五四〇名。当会からはバスをチャーターしての前泊組と当日参加組、併せて四〇名強が集まった。九日(土)には前夜祭が開かれ、小林かりん幹事と小生が大会連続出席一〇回の表彰をされた。大会役員の気配りが随所に感じられ、なかでも作新学院高等学校吹奏楽部ブラスバンドの演奏には癒された。

新俳句大賞入賞に思う

08
2007

台風の進路が気がかりである。

七月としては、観測史上最強クラスの台風が近づいている。七月十三日(金)二一時(＝この巻頭言を書いている時刻)現在、台風四号は沖縄付近を北上中。十四(土)・十五(日)・十六(祝)の連休には、強い暴風域を伴ったまま関東に向かう恐れがあり、警戒が必要と繰り返し報道している。

毎年のことではあるが、日本列島は台風に見舞われ、少なからぬ被害を出している。列島の位置と地理的条件の宿命とはいえ、少しでも被害が少なくなるように祈るばかりだ。

わが国は、国土の七割が山地である。山高く、谷深く、狭い国土にあって、台風は甚大な被害をもたらす厄介者である。そう、確かに厄介者には違いないのだが、その一方で豊富な水資源をもたらしてくれる貴重な存在でもある。物事にはこうしたアンビヴァレンス(＝両面価値)的要素があって、一面的な評価は必ずしも適当とは言えない。台風を例にとるならば、水不足解消のために適量の雨だけを運んでくれたら良いとも思うのだが、そうは問屋が卸さない。それが現実だ。

台風の進路を気にしながら、自然を相手として生きてきた先人たちの苦労に、思いを馳せるのも悪くはない。そんな機会を与えてくれたのも台風四号であった。

もう一つの台風

もう一つの台風もまた列島を襲っている。参議院選挙である。こちらは昨十二日(木)に公示され、選挙戦に突入をした。年金の記録洩れ問題等をめぐって、有権者のまさしく「風向き」が議論をされている。はて、その結果は如何に。

台風が過ぎ去った後に、改めて考えてみたいことがある。それは少子高齢社会の行く末であり、その意味での教育問題である。教育は「国家百年の大計」とかつてはしきりに叫ばれたものだが、もはや死語になりつつあるのではないか。残念である。せめて参議院の選挙くらいは、もっと長期的な展望のもとでの議論が出来ないものか。そんな感想を抱いた。

新俳句大賞に生徒が佳作入選

さて、表題の話に移ろう。

ご存知、伊藤園の新俳句大賞に本校生徒が入賞を果たした。『第十八回伊藤園お～いお茶新俳句大賞』入賞・入選のお知らせ」。県立東葛飾高等学校二年生・川村航太君。佳作特別賞受賞。作品は、「ホームラン跳ね返ってきた怒鳴り声」というものであった。なお、今回の応募総数は一六九万九四八九句にも上る。過去最高の、じつに天文学的な数字であったと言う。その中から、選ばれただけに価値がある。

文部科学大臣賞や各部門の大賞、その他賞金の付いたタイトル賞には届かなかったものの、佳作より上位にランクされる位置とも聞いている。受賞作品は、九月以降「お～いお茶」のパッケージに掲載されると言う。今後お茶を飲むときには確かめながら、味わってみたいものだ。

入賞作品の発表に至るまで

舞台裏を少々説明したい。

入賞のお知らせは「突然」ではなかった。新俳句大賞事務局から、問い合わせと照会が繰り返しあった。学校を通じての応募には、児童・生徒への問い合わせもまた学校を窓口として行われる。理由は種々あるが、ここでは割愛する。

最初の問い合わせは四月上旬にあった。一次予選通過のお知らせがあり、その際に本人の作品かどうかの確認がなされた。二次予選通過時には、作品の背景等を聞かれた。そのたびに電話を受けた司書室では、入賞への期待が膨らんだ。その後、三次予選も通過。「予選通過は、必ずしも入賞・入選を意味しません」などと念を押される。だが、そう言われるとかえって期待感は膨らむものらしい。何しろ、「本人を電話口に出して下さい」と要請され、直接のやりとりまで目にしているだけに、期待するなという方が無理というものだ。

しかしながら、その後はしばらく連絡が途切れた。そして七月七日の新聞発表。そこに川村君の名前はなかった。ダメだったのか、とあきらめかけていた矢先の入賞通知だった。

入賞通知は言う。「貴団体からの応募作品は、一句一句時間をかけて、厳正に審査をいたしました結果、一名様が別紙の通り入賞・入選されましたのでお知らせいたします」と。そう、文字通り「厳正な審査」と言えよう。

ここまで厳正な審査がどうして必要なのか、改めて考えてみたい。振り返って事務局からの照会は左の通りである。生徒本人の作品かどうか。誰かに添削して貰ったりしていないかどうか。さらには、作品の背景の確認等々。要するに、盗作や暗合の心配、あるいは添削・代作の危惧はないかどうかを、繰り返し確かめていたのだ。

実際、後になって入賞を取り消す場合が少なくない。こういった不祥事は、どういう訳かジュニア作品に多いのが特徴である。いま手元にある書物を手に取ってみれば、例えば『俳句のひろば'92一茶まつり 全国小・中学生俳句大会』を見ると、某中学生の上位入賞作品が抹消されている。足立区教育委員会賞の項にシールが貼られ、「本人より入賞辞退の申出がありましたので入賞を取り消します」と記されていた。

背景となった韻文の授業

本校生徒がなぜ新俳句大賞に応募する気になったのか。若干の経過についても触れたい。理由は明解。昨年度(高校一年生時)の短歌・俳句の授業がキッカケとなったのだ。

昨年度の短歌・俳句の授業は、我ながらノリノリだった。長い長い教員生活の中でも、特記すべき授業であったと断言する。紙数ある限り詳述すれば、

①特別講義「江畑Tの和歌を考える」の実施。(和歌とは何か、和歌の技巧、日本の短詩型文芸について、七五調の謎を解く、都々逸の味わい、川柳の誕生、等々を解説した。)

②生徒による発表形式の授業展開。教科書掲載の短歌や俳句を、生徒自身が調べて発表する形式。意欲的で高レベルの発表が多かった。なかには、俳人・夏石番矢と直接イ

ンターネットで交信して発表をした生徒も出現したほどである。

（余談ながら、それ故にこそ教科書に川柳が掲載されていることが重要なのである。「教科書に川柳を」の意義はこういうところにあるのだ。川柳界の一部に、こうした実践の苦労を知らない人間に限って、「教科書に川柳を」の運動を、否定的に自虐的に捉える傾向がある。極めて遺憾である。）

③各クラスの要望に応じた発展的授業の展開。この中に伊藤園への応募があった。一クラスだけだったが、新俳句の応募に意欲を燃やし、三〇名が投句、今回の受賞につながった。

紙数が尽きた。何事であれ、行事一つを成功させるのは大変だということだ。それにしても、三〇年以上培った韻文の知識と技能が役立ったのは嬉しかった。教師冥利に尽きる。

09 お金の話

2007

今月は、ノッケからお金の話。

「東葛川柳会二〇周年記念事業基金」に、ぜひご協力くださ い。二〇周年行事を進めていくに当たって、収支のバランスがとても悪いのです。当初からある程度予想はされていたものの、今回基金のお願いという形で呼びかけさせていただきました。何かと支出が嵩む折り大変恐縮ですが、事情をご賢察の上ご協力をお願いいたします。

基金の趣旨は、今月号の中面該当ページに書かせていただいたとおりです。七月二七日（土）午前中に開かれた幹事会でご承認いただき、午後の句会でも呼びかけさせていただいたところ、さっそくのご応募がありました。さらに、句会後『ぬかる道』八月号が到着してからも、多くの方々からご協力いただき、嬉しく存じているところです。二〇周年記念事業はいよいよ正念場にさしかかっています。皆さんのご協力・励ましを糧として、会の発展に微力を尽くす所存です。今後ともどうぞよろしくお願い申し上げます。

さて、文体は変わる。巻頭言は、「である体」でほぼ統一してきた。右のお願い文も当初は「である体」で書いてみた。ところが、会友の皆さんへの呼びかけとは申せ、他人様にお願いごとをするのに（ましてやお金のこと）、「である体」のままだと、いかにもマッチングが良くない。そぐわないのだ。そこで、冒頭部分のみ文体を直させていただいた。日本語って、やはり奥深いものだと思う。

他の吟社の場合

ことほど左様に、お金の話は言い出しづらい。例えそれが公のことであったとしても、人にお願いするのには勇気を必要とする。一方で、会の運営にとっても、事業を成功させるためにも、会の収支のバランスは最も基本的で大切な要素である。東葛川柳会は、創立以来二〇年間冗費を抑え、事務を合理化し、己の汗で購える部分はそのように努めてきた。結果、これだけの雑誌と活動量と注目度にもかかわらず、誌代等の負担軽減に配慮してきたつもりである。また、会務は分担し、諸会議を重んじ、経理を公開し、三つのワーク(=フットワーク、ネットワーク、チームワーク)を心がけてきた。近代的な吟社経営に取り組んできたつもりでいる。こうした点に対して、川柳界内外から積極的な評価もいただいているのは面映ゆいことだが、会と会友の皆さんのためには喜んで良いものと思う。

ところで、周年記念事業など物入りの際に、他吟社ではどうような対策を講じているのか。参考までにご紹介したい。

例えば、札幌川柳社では五〇年史発刊のための基金募集を行っている(目標金額三〇〇万円とか)。川柳宮城野吟社でも、六〇周年基金を募集した。宮城野吟社主宰の雫石隆子氏から率直にお話を伺ったことがある。反応はいかがでしたか、と。隆子氏の答え。「会員から、そういうことは遠慮しないで言って欲しい、と励まされた」「募金を通じて、川柳宮城野に対する吟社愛を感じることが出来て嬉しかった」とも。

全国の川柳結社の様子を聞けば、どこも厳しい歳出減で臨んでいる。会員や誌友の減少・高齢化・後継者難等々で、吟社自体が立ち行かなくなったところも少なくない。そこまではいかなくても、部数減・ページ数のカット・交換誌の廃止等々、支出を減らす作戦を取っているようだ。むろん、ムダな経費は断固として削減すべきである。当会もその点にかけては人後に落ちない。何しろ、毎年厳しい監査を受けているから、その点は自信を持って言い得る。

しかしながら、「シュリンク(縮小)の論理」で吟社が立ち直ったという例は、寡聞にして聞いたことがない。良い雑誌を創ろうとするエネルギーや、必要な手立てを省こうとするのは、吟社の活力にマイナス作用をもたらしてしまうのではないかと危惧している。事実、そうした吟社では、その後第三種郵便物の認可が取り消されたり、結局は歳出減以上の部数減・停滞・後退を招いているのが現実のようだ。

川柳立机二五〇年の意義

柄井川柳が立机してから、二五〇年の節目を迎える。今年の八月二五日は、川柳立机後の最初の開キ(入選句の発表)があってから二五〇回目の記念日となる。この八月二五日は、幸いにして第四土曜日、東葛川柳会の句会日と重なった。この日に何かやらない手はない。そう思って、記念句会を準備してきた。小林一茶没後一八〇年をも記念し、句会場は一茶ゆかりの流山を選んだ。石田一郎長野県川柳作家連盟会長をお招きし、流山市と市教育委員会の後援も申請した。その申請の折りに、長野県からのゲスト招聘に市の担当者は感心して聞いて下さったのを覚えている。書けばキリがないが、出題の工夫に至るまで、なかなかのイベントを立案したと自負している。おそらく、この『ぬかる道』が手元に届くころには、文字通り記念すべき行事として成功裏に終わっていることと信ずる。

「東葛ジュニア川柳大募集」も一吟社のイベントとしては大成功だった。この意義についても、別途該当ページに多少詳しく書いておいた。ご覧いただければと思う。

さてさて、二五〇年前に思いを馳せてみよう。時は江戸時代中期。江戸の経済力が増すにつれて、文化の中心は江戸に移り、町人を中心とする市民文化が台頭した。

世界史的にはどうか。

一七五七年を調べたら、「プラッシーの戦」というのがあった。学校では習わなかった。百科事典によると、イギリス東インド会社の軍隊と、フランス・ベンガル太守連合軍との、カルカッタ北方のプラッシーで闘った戦争らしい。要するに、インドの植民地支配をめぐる西欧列強同士の戦いである。結果は、英国軍が勝利して、以後インド支配の基礎が固まる。有名なセポイの反乱が出てくるのは一八五七年だから、川柳の時代からさらに一〇〇年も先のことになる。

高校生たちに江戸文学を授業する際に、自慢げに話をすることがある。それは、西欧世界がアジア進出・侵略に熱狂している頃、日本では市民が川柳を楽しみ、文化に興じていたのだと。付言すれば、一七五七年当時アメリカという国は存在していなかった。合衆国建国は一七七六年であり、奴隷解放宣言はさらに約一〇〇年後の一八六三年になる。教科書では、何となく江戸時代が暗い封建社会のように(それは新時代を良く見せようとした意図とも関わる)習った記憶があるが、事実は一面的ではない。江戸の平和・安定は世界史的に特筆すべきことらしいし、庶民の識字率も世界一だったと聞く。二五〇年のお祭りに際して、改めて学び直してみたい。

『類題別ユニーク句集』編纂も順調

一〇月二七日(土)の本大会に向けて、準備も急ピッチ。『類題別ユニーク句集』も良いものが出来そうだ。七月に入って、二万句以上の入選句を閲し、その中から四三〇〇句を厳選し、各題秀句一〇句の配置まで考えた。大会記念出版物として、良いアンソロジーになりそう。乞う、ご期待!!

いよいよ、二〇周年大会

10
2007

今年の夏はとにかく暑かった。

その猛暑もようやく終わりかけようとした八月下旬に、遅い夏休みを取って、いわゆる旧満洲を旅行した。

一応はツアーの形式ではあったのだが、最少催行人数二名のところを、一名のキャンセルが出たため、たった一人のツアーとなった。私としてはそれは有り難かった。つまり、五泊六日の旅程を、現地添乗員と運転手、大連以外の場所ではさらに現地ガイドも付く、贅沢ツアーとなったからである。むろんツアーゆえ見学コースは決められているものの、時間的にも空間的にもわがままを通せる旅になった。私の個人的なこだわりにも、かなり応えてもらうことが出来たのは幸いだった。

私の個人的なこだわり。要は、近代史の勉強である。興味のあるところには、たっぷりと時間をかけた。あとは良きに計らえ。そんなＶＩＰ待遇のツアーに、期せずしてなった。

大連の空港を降り立つと、さっそく旅順へ。その日は大連泊。瀋陽（旧奉天）・長春（旧新京）・哈爾浜（ハルビン）と、旧満洲鉄道を北上する五泊六日の旅程。全日程を付き添ってくれた現地添乗員は、当初小生を不思議がっていた向きがあった。何しろ、写真は撮らない、お土産は買わない。そのくせ、やたらメモばかりを取り、質問もけっこうしてくる。そんな小生は、一般の日本人旅行者とは違う印象を持たれたようだ。

現地添乗員は青年で、勉強家であった。苦学して日本語を習得したようである。小生が高校の国語教師であることを知るや、主として文法の質問を浴びせてきた。例えば、「そうだ」と「らしい」の違い、など。旧満鉄の旅は長い。毎日毎日、三〜四時間列車に揺られた。車窓には、トウモロコシ畑がどこまでも続く。退屈な車内が青年添乗員との日本語文法教室に早変わりしたのは、いま考えても可笑しかった。

窓外を眺めながら、白浜真砂子元幹事の思い出話が甦る。真砂子幹事は、旧満洲・新京から六二年前に命からがら逃げ延びたお一人である。まだ一〇代のお嬢さんであった。この長い長い距離をソ連軍の侵攻に脅えながら、南下する心境はいかばかりであったか、そんな思いで景色を眺め続けた。満洲からの引き揚げを漫画化した『遙かなる紅い夕陽』（森田拳次、独立行政法人平和記念事業特別基金発行）を思い出しながら。（コレは傑作。森田拳次は「丸出ダメ夫」で有名）

さて、旅行記ばかりを書いてはおれぬ。以下は、駆け足の感想にてお許しを願いたい。

①旅行直前に白浜真砂子さんから資料をいただいた。体験談ともども参考になった。どうも有り難う。

②『世界史のなかの満洲帝国』（宮脇淳子著、ＰＨＰ新書）を、旅行中に読み終えた。満州は「満洲」と書くのが正しいらしい。巻頭言もそれに従った。

③右の著書は、「政治的な立場や道徳的価値判断をいっさい排し、あくまでも歴史学的に満洲を位置づけよう」として書かれている。決まりきった議論が多い昨今にあって、右のようなスタンスは貴重だと思う。

④こだわりツアーのおかげで、哈爾浜（ハルビン）の旧桃山小学校校舎内の見学が許された。入学式（中国は九月入学）直前の多忙のなか、素性の知れぬ日本人を受け入れてくれ

たことに、感謝(謝謝)。現地ガイドの顔が利いたのだ。

⑤その兆麟(旧桃山)小学校の施設は最高だった。八〇年以上経ってもいまだ揺るがぬ一級建築である。いわゆる「植民地」に、どうしてこのような立派な施設設備が次々建設されていったのか。この辺りはまだまだ研究の余地がありそう。

⑥ココは、中国東北部のエリート中のエリートが入学する小学校だそうな。遠距離から通学する小学生もいるそうで、驚いたことに子どものための送り迎え専用バスが営業している。むろん私企業の経営で、児童募集のチラシを小生も受け取った。中国の「格差社会」を垣間見た思いである。

⑦小学校の壁に掛かっていたスローガンが象徴的だった。「今日勤学苦練、明日国家棟梁」(棟梁=人材)とある。エリート校らしい、社会主義臭の残るスローガンだと思った。

⑧それにしても中国の現実は厳しい。「治安が悪いので、気を付けて下さい」が、添乗員の第一声であった。「煙草痰交通マナー土埃」は、小生の旅中吟である。

入念に準備、頻繁に打ち合わせ

いよいよ記念大会。大会は一か月後に迫った。準備も最終段階に入った。多くのお客様をお迎えすべく、幹事会・企画会議・各種打ち合わせを何度も開いて、意思の統一を図っている。「組織の東葛」とも呼ばれているが、こんなに打ち合わせをして迎えた大会は私の記憶にない。二〇年間で初めてではないか。ともかく準備に汗をかいていることだけは、この場をお借りしてご報告しておきたい。

大会の選者先生への依頼状は、早くに発信した。

大会当日の会次第、ご配慮願いたい事項等々も、率直に書かせていただいた。短時間で「出句三句×出席者=合計」の選は、大変である。先生方にはご負担をおかけするが、モットーたる活きの良い大会を目指して運営したい。大会選者は、大木俊秀・平井吾風・尾藤三柳の三先生である。なんとも贅沢で、豪華な選者陣に、ご期待を乞う。

一点だけお断り。三句連記「コミュニケーション」(中澤巌選)の披講は、時間の関係で秀句のみとさせていただく予定である。言うなれば、全日本川柳大会並みの進行・時間配分となっている。披講されない入選作品は、むろん翌月号の『ぬかる道』で発表する。この点は予めご了承願いたい。さらに、三句連記は事前投句となっている。東葛では初の試み。事前投句に関する注意事項は、『ぬかる道』中面最終ページに書いておいた。よ~くご覧下さい。

第Ⅱ部・懇親会に趣向アリ、どうぞお楽しみに

第Ⅱ部についても、精力的に準備を進めている。第Ⅱ部は、ミニシンポジウムと懇親パーティー。こちらも七月に趣旨を書いた依頼状をお出ししている。

懇親会と言えば、飲んで騒いで終わりというのが定番だ。個人的には、それも嫌いではない。しかし今回は、女性幹事のアドバイスに従った。参加して良かったと言える、何か心に残るイベントであって欲しい。そうした希望に応えるイベントが、このミニシンポジウムである。

「川柳ガンバレ」という副題は、じつは私が付けた。「川柳ガンバレ」は、「人生ガンバレ」や「まともに楽しく生きようぜ」につながるはずである。お立場の違う各シンポジストによる、おそらく個性的なご発言にご注目あれ。

会場には、写真パネルも展示される。東葛二〇周年の歴史を思い出させる懐かしい展示物となろう。川崎信彰幹事肝入りの企画でもある。パネルは参加者の目線の高さに掲示され、慌ただしいタイムテーブルの中の清涼剤となれば幸いだ。

という訳で、一〇月二七日(土)。皆さまのご参加を心からお待ち申し上げている。

おかげさまで二〇周年

11
2007

当会創立二〇周年記念大会のゲスト選者のお一人・大木俊秀先生の「出版記念の集い」が、九月二四日(月、祝)に開かれた。場所は、帝国ホテル本館二階牡丹の間。案内状の発送が諸般の都合で遅れたようで、それでも関東の川柳人を中心として八〇名ほどが集まった。

今川乱魚全日本川柳協会会長の祝辞、中村克史NHK学園生涯学習局長の挨拶のあと、竹本瓢太郎川柳人協会会長による乾杯の発声。祝宴は、当日発刊されたばかりの句集『満天』を手に、終始なごやかな雰囲気で進んだ。「美人ではあるが僕より背が高い」、「人妻の乳房を正位置に戻す」、「米が好き米のお水はもっと好き」など、俊秀流ユーモア句への賛辞が続いた。お酒の名句が多い俊秀先生には、当会大会でも宿題「酔う」の選をお願いしているところである。

宴もたけなわ。お開き近くなって、突然小生が指名された。予定外の指名。急であったが、むしろそれまでのスピーチでは触れられなかった点に小生は言及した。カタイ言葉で言えば、NHKが持つ教育機能と大木俊秀先生の生涯学習への貢献について、である。平成十六年九月、俊秀先生には柏市で講演をしていただいた。演題は「日本語の魅力　川柳の魅力」。とは言っても、東葛川柳会の主催ではない。対象は、本校生徒も含む一般市民である。句会はもちろんなかった。

経過は、こうだ。文部科学省の「日本語を大切にする教育を推進する事業」の推進校に、県立東葛飾高校国語科が指定された。その一環として企画されたのが俊秀講演であった。同事業は成功を収め、小生も貢献が出来て嬉しかった。

あれから、三年。「川柳の魅力　日本語の魅力」と題して、今度は小生が講演することになった。大木俊秀先生の足許に遠く及ばないが、精一杯務める所存である。その後も日本語ブームは根強く、文部科学省もこれまでのあまりにも行き過ぎた母国語の軽視に対して、多少の軌道修正をしているようにも伺える。結構なことだ。川柳普及の好機でもあろう。

大会ゲスト選者

大木俊秀先生以外のゲスト選者をご紹介しよう。

まずは、平井吾風先生。千葉県川柳作家連盟会長の重責を担っている。穏和で、足マメな会長としてよく知られている。千葉県内の句会・大会・勉強会に足を運ぶこと、毎月十数カ所と聞き及ぶ。独断専行型のボスではなく、かといっていわゆる調整型のボスでもない。県川連のスタッフをその気にさせる、人間的魅力たっぷりの会長である。会社員・労働組合の役員を務められたご経歴から、宿題「収入」をご担当願った。ふあうすと川柳社理事。ぼうふら川柳社主幹。

尾藤三柳先生。川柳公論主宰。日本川柳ペンクラブ理事長。著書は、『川柳の基礎知識』（雄山閣）、『選者考』（葉文館出版）など多数に及ぶ。讀賣新聞「よみうり時事川柳」選者をはじめ、これまた多くのマスコミ川柳選を担当する。現代川柳界の第一人者である。現在刊行中の『川柳総合大事典』（全四巻、雄山閣）は、圧巻である。右は、文学史的に川柳を初めて体系化した『川柳総合事典』（昭和五九年刊）を、今回大幅に改定したもの。ご子息・尾藤一泉氏の編に監修者として重きをなす。川柳発祥二五〇年に相応しい記念出版物と信ずる。宿題「国」の選は、そんな三柳先生にお願いをした。

川柳二五〇年を機会に

川柳二五〇年と言えば、当会が独自に「立机二五〇年」の記念句会を持ったことは前号でも書いた。その二五〇年にあやかって、当会関係者からの意義ある川柳発信が続いている。

まずは、『川柳流山』（今川乱魚監修、たけしま出版、一二〇〇円＋税）の刊行。千葉県東葛飾地域では比較的知られている北野道彦賞に、今春流山市立博物館友の会川柳講座が輝いた。そのメンバーによる地域テーマ川柳句集である。ご当地流山のPR川柳集でもある。流山の名物と言えば、小林一茶と近藤勇。その二人が一緒の渡し舟に乗り合わせている表紙絵からして、ユニークだ。ほかに、「利根運河」「つくばエクスプレス」等の章立てがある。流山にちなむ解説も興味深い。編集後記を、中沢巌当会幹事長が執筆した。

植竹団扇幹事の『強制しないオムライス』（新葉館出版、一五〇〇円＋税）については、前号で紹介記事を掲載した。川柳界では若手の作者だけに、一読の価値ありと推薦する。

当会念願のホームページも、過日リニューアルオープンすることが出来た。今月号では、山本由宇呆副幹事長がその意義について詳述している。八月記念句会時における開通式の模様から説いて、当会に於けるコンピュータ活用の歴史をも繙く熱いエッセイとなった。ご参照願いたい。以上、意義ある動きをまとめて短く紹介させていただいた。

さてさて、おかげさまで東葛川柳会も満二〇周年の誕生日を迎えることが出来た。モットーたる「楽しく学ぶ」に加えて、三つのワーク（フットワーク・ネットワーク・チームワーク）の賜物と心から喜んでいる。改めて、会友の皆さんに心から感謝申し上げたい。

ジュニア川柳指導者二人を失う

この記念号に「訃報」を書くのはつらい。

九月初め、高知の北村泰章氏の逝去を知らされた。絶句。ショック、どうして?、そんな思いがよぎった。聞けば、心筋梗塞で八月十六日に急逝された、と言う。残念、いかにも残念。この春に癌で亡くなった鈴木泰舟氏（浜松川柳社いしころ会会長）に引き続いて、ジュニア川柳のかけがえのない指導者を続けて失ったことになる。

鈴木泰舟氏とのご縁から書く。一昨年（平成十七年）の第二九回全日本川柳広島大会の時に、ジュニア部門の選者としてご一緒した。ゆっくりお話ししたのは、この時が初めて。全日本大会ジュニア部門の応募資格が、中学生以下になっていることへの疑問を口にすると、「同感」と打てば響くようなお答え。「高校生はジュニアに含めるべし」とすぐに意気投合した。大会の壇上にて披講前にこの点を二人して訴えたのが、昨日のことのようである。

北村泰章氏。高知商業高校で三五年もの長期にわたって、川柳部顧問を続けてこられた。氏の教員歴と川柳部顧問歴がぴったりと重なるのだが、ともかくその情熱と行動力には心から敬服していた。氏は、川柳の魅力をむしろ現役高校生とうち解けあいながら、自然体で普及してこられたようにも窺える。その足跡は、三八七ページにも及ぶ『高校生句集　鵬程万里』（平成十八年八月発行）に記録されている。自宅を開放して句会や雑談に興じる先生のお写真を拝見すると、いかにもアットホームな師弟関係である。羨ましくも思った。当会にも、女生徒を引率して参加して下さったことが忘れられない（平成六年八月句会、平成十二年江畑哲男句文集『ぐりんてぃー』出版記念句会）。

両氏はともに高校教諭。国語ではなく、何故かお二人とも社会科の教諭であった。個人としても川柳界としても、惜しい方々を亡くした。謹んでご冥福をお祈りしたい。

ありがとう、二〇周年

12

2007

大会の翌日・一〇月二八日（日）、十五世・脇屋川柳先生から電話が入った。内容は、御礼と労い、さらには当日ご自身が早退したことのお詫びも含めたお電話であった。電話のなかで、川柳先生はある参加者とのやりとりを披露された。その方から、「東葛川柳会が二〇年で、あれだけ大きくなった秘訣は何ですか?」と聞かれたそうだ。先生は、即座に次のようにお答えになったという。
①(先代も含めて)リーダーの指導力。
②組織の力、チームワーク。
③「どなたでも楽しめる仕掛けになっていること。『参加すると楽しい』という仕掛けを作ってきた、ユニークで大胆な発想と行動力」。
今川乱魚最高顧問からは、当会二〇周年記念出版物たる『ユニークとうかつ類題別秀句集』に対して、これまたいち早く次のような長文のメールをいただいている。
〈今日、二〇周年記念の類題別秀句集を頂きました。出版おめでとうございます。(ご送付)ありがとうございました。
初めて内容に触れ、なかなかの労作であることが分かります。哲男さんのよい仕事の実績になるものと思います。二〇年の入選作品に全部目を通すことは、哲男さんの若さだからできることで、いまの私にはとてもできません。労を多とします。(中略)〉
乱魚顧問はさらに続けて、本著の長所と課題を指摘してくれている。
〈長所
1記録性がある。普通この種のものは、題と句と作者ですが、それに選者と句会の年月がある。これは初めてです。
2二〇年という長い期間の作品を収録しているので、作品に時間のバラエティーがある。
3課題のバラエティーには遊び心、プラス進取の精神、教養が出ている。
4作者を広く掬っているので、一つの地方の会でありながら、東葛川柳会の幅の広さがアッピールされる。
5課題記載が編年体になっていない分だけ、順番に意外性があり、新鮮である。
6エッセイは国語問題に絞ってあり、国語教師らしさがあり、初心者の勉強にもなる。

残念なところ

1索引のないこと。ページまで入れなくても、作者全員の名の一覧表(できれば選者の名だけの一覧表も)が、巻末にあるとよかった。後で作って挟み込んでもよい。誰かに拾わせて(アイウエオ順にする)ください。(以下略)〉
脇屋川柳先生と今川乱魚当会顧問。お二人に共通するのは、それぞれ確たるモノの見方と素早い反応である。川柳界の大御所としてのご意見は大変参考になる。この場をお借りして御礼申し上げる。

感謝状へ感謝の葉書

さてさて、記念大会当日は雨であった。時に激しい雨でもあったようだ。そんな悪条件にもかかわらず、お出で下さった方々に改めて感謝申しあげたい。

当日第Ⅱ部で会から感謝状を差し上げたお一人、窪田和子当会顧問からも御礼の葉書が時を移さずに届いている。

〈東葛川柳会二〇周年大会、大盛会。すてきな会場で、明るく盛り上がり、若さがはち切れそうな、いい大会でした。前々からの準備、大変だったと思います。スタッフの皆々様お疲れさまでした。パーティー会場（へ移動するのに）外へ出なくてもよいのが、とても良かったですね。外の雨なんか忘れていましたもんね。〉

和子さんらしい文面が、葉書の表面にも続いていた。

〈私ごと。「感謝状」と思いがけぬ高価な記念品、びっくりしています。……近ごろは会のお役に一つもたっていませんので、恐縮しています。ありがとうございました。厚く御礼を申し上げます。乱筆です。　かしこ〉

感謝状贈呈は、本来当会の内輪の祝い事かも知れないが、多くの皆さんの前でご披露をしたかった。感謝状は、東葛川柳会を代表してお渡ししたのである。会のあり方にも関わることういった姿勢を、川柳界の外側におられるゲストの皆さんにも見ていただきたかった。当日夕刻のパーティー時に申し上げたとおりである。

参加者の声・声・声

このほか、幹事・同人・会友各位からの「声」を拾わせていただこう。

「江畑先生のご講演、眼も耳もしっかり開けて、楽しく勉強させていただきました。これからも大好きな日本語と、私なりに関わり続けていきたいと考えております。少し若い張りのある寅さんの声にも出会えました。（注：「男はつらいよ」のくだりが車寅次郎の物まね調になったということか？）……。」（伏尾圭子、達筆な筆字でのお便り）。

「むつかしい話をやさしく聞かせて下さるご講演、いつもながらの熱のある話し方で、楽しく聞かせていただきました」（浅井徳子）。

「二〇周年の式典は、大変有意義でございました。私のような老人にもなかなか楽しゅうございました」（濱川ひでこ）。

「国民文化祭の前日なのに、（会場は）満員で席をさがすのが大変でした」（平田耕一）。

「日頃控え目な頼柏絃（台湾川柳会）会長が、簡潔に堂々と祝辞を語っていただき、私もほっとしました」(村田倫也)。

さらには、直接・間接の声・声・声を拾ってみよう。

「パネル展示が懐かしかった」。「ともかく、楽しい大会でした」。「やっぱり川柳って魅力的ですね」。「川柳の国際化に貢献した大会となりましたね」。「選者の先生方もさぞかし大変だったことでしょう」。「二〇周年のお疲れさまでした。お疲れが出ませぬように」(注:この種のねぎらいの言葉を、実にたくさん寄せていただきました)。

第Ⅱ部の企画は?

同様に、第Ⅱ部の企画&パーティーの感想を拾う。

「ミニシンポジウムの企画が良かった」。「単なる飲み会でなかったから良かった」。「シンポジウムは短かったが、良かった」。「短くてもっと聞きたかったところが良かった」。「川柳界の外側におられるゲストの感想が新鮮だった」、etc。「第Ⅱ部の立食でないところが良かった」とは、女性幹事の感想。「料理が良かった」、「第Ⅱ部の会費六〇〇〇円はけっして高くない」……。ありがとう、ありがとう。

無論、反省がないわけではない。反省すべき事項は幹事会等で改めて取り上げ、今後に活かしていくつもりである。

当日祝辞や賛辞の多くは代表たる小生に贈られた。私としては、東葛川柳会のチームワークの勝利だと信じている。幹事・同人・会友の皆さんのおかげであると、改めて感謝申し上げる次第である。有り難うございました。

Ⅶ

2008

二一年目の春

01
2008

例年のことながら、川柳誌の上では新年を迎えた。個人的には喪中（義母の死去）という事情もあり、おめでとうとは申し上げられないが、今年もどうぞよろしくお願いしたい。

さて、平成も二〇年を数える。速いものだ。「一年の計は元旦にあり」ということなれば、当会二一年目の新春に当たって、いささかの所感を申し述べさせて貰おう。

まずは、感謝。

当会二〇周年行事の大きな成功は、「チームワークの勝利である」と、前号巻頭言で書かせていただいた。改めてその点を強調しておきたい。会友の皆さんお一人ひとりの力と、スタッフ全員の協力のおかげで、二〇周年の記念行事は成功裏に終了した。重ね重ね、御礼申し上げる。

少しだけ、舞台裏の苦労話

前号『ぬかる道』で、総務・会計を預かる中澤巌幹事長が「幹事長雑感」を書いている。

「……敢えて申し上げたい事は、郵便振替票が配達されると、暑い盛りに、わざわざ郵便局まで出向き、手続きをされたのかと思うと（感謝の）言葉もありませんでした。金額の大小ではなく、そのお気持ちがうれしかったのです」と。

さらに幹事長は同じ一文で、予期せぬ幾つかのハプニングにも言及した。記念句会や記念大会開催に伴う、舞台裏の苦労についつい筆が及んだ。珍しいことだ。日頃、苦労や愚痴をこぼさない巌氏にして、である。代表としては、こうした苦労話を会友に皆さんに分かっていただくのも、ある意味で必要なことだと思っている。とは申せ、巌幹事長は真意は、大会の大変さを語りたかったのではない。仕事の苦労を分かって欲しかったのでもない。苦労はモチロン尽きないのだが、それを支えて下さった皆さんに御礼が言いたかったのだ。「幹事長雑感」を、私はそのように解釈した。

大切にしたい一体感

大きなイベント後に、虚脱感が襲うことがある。時によって、後遺症が出る。後遺症にも幾通りかのパターンがあって、以下思いつくままに列挙してみよう。

大きな赤字を残してしまう。人及び組織に疲労感が漂う。会務に偏りが生じ、スタッフ同士に不信感が芽生える。極端な場合には、会の存続すら危ぶまれる、等々。こうした後遺症の根底には、イベントの成功感や満足感を共有できない場合に生ずることが少なくないようだ。

大切なことは、成果を見落とさないことである。良かったことは、良かったと情報発信することである。長所を長所としてたまには胸を張っても、罰は当たるまい。まして、新春ではないか！　日本人は真面目・几帳面で奥ゆかしくて、とかく反省事項のみに目が行きがちになる。評価すべき点を評価するのも、大切な要素だと信じたい。

おかげさまで大会記念出版物の『ユニーク句集』も好評である。労作を労作として評価をしていただいている。事前の予想以上に売れ行きも好調だ。有り難い。

新年の企画あれこれ

表紙の春から紹介しよう。

好評を博した村田倫也幹事に、再登場をお願いした。昨年は、いわば「国際親善シリーズ」であった。今年はさらに趣向が加わり、名付ければ「江戸情緒再発見」か。浮世絵師・安藤広重の名作「名所江戸百景」のアングルを、写真で迫った労作である。広重の眼と現代を追求する写真家のアングルとの比較ができて、興味深い。毎回綴られる「表紙に寄せて」ともども、ぜひぜひご鑑賞願いたい。

新春句会の特別講演が、これまた興味津々である。東葛川柳会ならではの企画と自負している。昨年は、川柳立机二五〇年のお祝いで川柳界全体が賑わった。今年は『源氏物語』完成一〇〇〇年のメモリアルイヤーとなる。日本文学全体のお祝いとして位置づけたいものだ。講師の先生も早くから決まっていて、準備も万端。ぜひ楽しみにしていただきたい。

ジュニアもシニアも

話は変わる。昨年十一月二二日（木）「75歳以上、総人口の10％　1950年以来初めて」という見出しが、千葉日報の一面に躍った。高齢化社会の現実を思い知らされる。川柳界でも高齢化を憂える声があちこちで聞かれるようになった。

私見。右は、たしかに一理ある。だが一方で、長生き出来るようになったこと自体は、誇りにして良いのではないか。要するに、少子化と高齢化のバランスの悪さが問題なのだ。東葛川柳会も、ジュニアの育成とシニア対策双方の目配りを、心がけて参りたい。細案は、別稿に譲ることにして。

同日千葉日報県西版に、「地方自治功労で大臣表彰」という記事を発見した。表彰対象に、NPO法人「かしわインフォメーションセンター」（KIC）があるではないか。「地方自治法施行六十周年記念総務大臣表彰」の式典が十一月二〇日に東京都内で開かれ、KICも表彰されたと言う。表彰理由。行政に積極的に参画したり、コミュニティーづくりに取り組んだり、……。総務大臣表彰は、市町村の部と民間団体等の部とがあり、かしわインフォメーションセンターは後者の部門で受賞された由。こういう記事は嬉しい。KICは、かしわ川柳を主催している団体である。当会二〇周年にも、石戸新一郎理事長と藤田とし子（第Ⅱ部シンポジスト）のお二人がご出席いただいた。受賞、おめでとう！

読書ノート

久しぶりに一気読みした本がある。村田兆治著『まだ現役には負けられない』（プレジデント社）が、それである。ロッテのアノ村田兆治の書いた本だ。面白かった。五〇歳を過ぎて一四〇キロのスピードボールを投げた、マサカリ投法の村田。そう、まさに彼の速球のような、勢いのある本であった。

「現役時代、エースにこだわって投げてきた。しかし、現役を引退したら、元エースという肩書きは通用しなくなる」。

「引退してぶくぶく太ってしまう多くの元プロ野球選手を見てきて、かつての栄光にすがって生きるだけの人生は送りたくないとつくづく思ったからだ。締まりのない体で、『オレも昔は名の知れたエースだったんだ』と愚痴を言うような人間にはなりたくない」。

「投手は常に冷静でなければいけない、と言われる。とりわけ最近の風潮からか、打たれても怒らない、悔しがらないクールな投手が増えてきた。しかし、私は冷静すぎるのも問題だと考えている」。

「長寿社会になればこそ、もっと体の重要性について考えた方がいいと思う。体と心のバランスがあってはじめて、気力はついてくる」。

二一年目の春を進む。体と心、気力のバランスに配慮して。

来し方とこれから

02

2008

年末に大掃除らしきものをした。多少なりともスッキリしたような気がする。通常は、夏・冬の長期休業中に小掃除ぐらいはして新学期に備えるのだが、昨夏はそれが出来なかった。二〇周年事業に忙殺されていたからである。ともかく、大会数カ月前からフル回転の毎日であり、掃除はおろか手紙や書類の整理すら覚束なかった。毎日毎日、当面の仕事の処理するだけに追われていたのである。大会が終わるまで、書類を捨てるのが怖くもあった。

おかげで年末にそのツケがたまり、大掃除には丸二日かかった。主として書斎の整理・整頓が中心だったが、我ながら公私ともによく仕事をした一年であったと思う。

公私のうちの公は割愛するとして、私（と書いたものの、考えてみればこれもまたある種の「公」でもある）の分野では、大会の成功と『ユニークとうかつ類題別秀句集』の刊行が大きかったと思う。

「宝物」の発掘・整理

大掃除のなかで、宝物がザクザク出てきた。例えば、当会十五周年の記念ボールペン。「祝・東葛川柳会」と印字され、小箱に丁寧に収まっていた。思えば、当会代表に就任して大仕事の一つが十五周年大会であった。

さらには、手紙や書類の山また山。故人となった方のそれも少なくなかった。昨年他界した時実新子・岸本吟一両氏の手紙類、あるいはそれ以前の川柳研究社の渡邊蓮夫・野谷竹路、みなと番傘の田中南桑・川田柳光、……各故人のそれ。吟一氏の葉書は、まとめてストックした。(「こんな丁寧にやっているから掃除がはかどらないのだ!」とは陰の声)。

書籍や参考資料類の整理がまた大変だった。一番多いのが『ぬかる道』。捨てるものは捨て(↑この判断が難しい)、合本にするものと保存用とに選り分ける。振り返れば、こんな作業をもう二〇年以上やっている計算になる。

大切にしたい充電タイム

ところで、新聞には「首相の動静」なる欄がある。たいていは、国内政治面の隅っこに置かれている。四日付け朝日新聞には、「(3日)終日、東京・野沢の自宅で過ごす」との記載があった。「書類整理」という書き方をする新聞もある。そうなのだ、こういう時間も必要なのである。何も飛び回るだけが政治家ではない。時としてじっくり戦略を練ったり、思索に耽る時間もなくてはならぬ、そう思う。日本のリーダーたちには、充電タイムがあまりにも少ないのではないか。

福田康夫総理と比較するのもおこがましいが、小生の今年のテーマの一つが「充電」である。放電ばかりでは身が持たない。会のためにも宜しくない。もともと実力がないのは、自分自身でもよく承知している。人並み以上に努力して初めて、いまの自分がある。この点、スーパーマンであった前代表・今川乱魚顧問とは明らかに違う。この際、代表の「使い方」の研究を幹事諸兄にもお願いしておこう。

会としては、二一年目の春を迎えた。十五周年や二〇周年のメモリアルイヤーとは違って、多少地味な年になるかも知れない。そうでなくても、「東葛さんはいつも賑やかだ」と巷間噂されているようだから(毎年、新春と秋に記念大会を開催しているからに違いない)。こういう年は、軍学的に言えば、「兵を休ませ、稔りを豊かにする」のが常道なのかも知れぬ。いずれにしろ「内部充実の年」にしたいものだ。充実の中身を聞かれれば、私なりのビジョンは持っている。しかしながら、我が東葛川柳会は、チームワークの会である。組織で動く。具体的には、企画編集会議・幹事会・同人総会等の議論に委ねることにする。会友の皆さんもご意見も伺いたい。大いに参考にさせていただく。

年末年始に原稿四本

さて、「私」的な分野では年末・年始に四本の原稿をやっつけることが出来た。

①日本現代詩歌文学館の館報「詩歌の森」五一号へ、「現代

の子どもの川柳」連載第四回（＝最終回）脱稿。最終回ということもあって、ジュニア川柳振興の意義と「秘策」について、私なりの主張を展開した。ジュニア川柳に興味・関心をお持ちの方にはぜひお読みいただきたい、と願って書いた原稿でもある。（館報は、三月中旬の発行予定）

②『川柳マガジン』二月号へ創作一〇句の寄稿。こちらは楽しみながら創った。「現代川柳巻頭競詠」欄の作品には、どうも面白味がない。固いタイトルの故なのか、力が入りすぎている感がある。もっと作者の個性を尊重した楽しい欄にならないものか、常々そう考えていた。折しも、「ライフアップセミナー」なる中高年向け研修受講という刺激もあって、我が人生後半のビジョンを思い描いてみた。「年金は足りず川柳では食えず」ほかのユニーク作が生まれた。まぁ、こちらは楽しみながらご覧いただこう。

③千葉県高等学校教育研究会国語部会部会誌へ、「川柳二五〇年」の寄稿。かなり頑張って書いた。原稿用紙二〇枚の大作である。研究と呼ぶほどの自信はないので、「報告・実践・考察」というサブタイトルを付けた。内容は、県内の国語教師に向けて、川柳と川柳界を理解して貰うための一種の情報提供になっている。情報提供と同時に、多少の批判もない交ぜにした。他方で、川柳界の内側に向けてサインも発している。何しろ、教壇は実践を積み上げる世界である。一朝一夕では、コトは動かない。そんな事情も川柳人には感じ取ってほしい。国語部会誌の発行は例年五月以降で、ある層の方々にお読みいただけたら、と考えて書いたものである。

④四つ目は、二〇周年記念講演「川柳の魅力　日本語の魅力」のテープ起こし。自分自身の話であるにもかかわらず、案外時間がかかった。講演時の話し言葉と、原稿という書き言葉の違いもあった。原稿用紙にして十五～六枚。記録係・島村嘉一幹事のビデオが役立った。講演時の臨場感が出ていれば嬉しい。『ぬかる道』今月号に一挙掲載している。

『ぬかる道』誌の新しい風

前月号から、ジュニア川柳欄の選者が交替した。植竹団扇幹事には、これまでもジュニア川柳を支えていただいており、その熱意と指導力はよく知られている。今回の選者交替に伴い、「団扇先生の川柳教室」と名称も改めた。ご期待を乞う。

もう一つの新風は、コラム欄だ。実力者・川崎信彰常任幹事の登場。いきなり、何やら起こりそうな連載の初回であった。詳しい話は何も聞かされていないが、今後の展開が楽しみ。こちらもご期待願おう。ご好評いただいた「デモシカ先生」は今回で終了。前執筆者の松岡満三監査には、かなり思い切ったことを書いていただいた。読み物は、書くのも執筆者を発掘するのも難しい。編集子の腕の見せ所でもある。

同人誌と表紙絵・写真

03

2008

絵心のない私でも、美術館を覗くことはある。上野公園内の美術館や博物館を筆頭に、出光美術館（丸の内）・サントリー美術館（元赤坂）・根津美術館（青山）、などなど。我孫子からは遠いが、県内の川村記念美術館（佐倉市）はゆったりとした敷地のなかに建物が鎮座していて、行くたびに癒される。

新宿という街は個人的には好きになれないが、安田火災海上ビルの四二階にある東郷青児美術館には、何度か通った。超高層ビルのなかに、こんな空間があるのも嬉しかった。東郷青児が描くモデル女性の「指」がたまらない。あの指の魅力で、何度か通ったのかも知れない。抽象画の方はまるっきり苦手である。それでも、分からないなりに分かったフリをして鑑賞することがある。これもまた一興と言えようか。

一月十六日、日本画家で文化勲章受章者の片岡球子（かたおか・たまこ）さんが亡くなった。享年一〇三。彼女の「面構えシリーズ」は有名だが、死亡記事を見て「面構え」の絵を思い出した。彼女の絵と初めて遭遇したのは、五年ほど前のこと。北海道立近代美術館でひとしきり対面・鑑賞し、「面構え」シリーズを面白いと感じた。たしかその折りに、絵ハガキの数枚も買い求めたはずである。引き出しを探してみたら、あったあった。「足利尊氏の面構え」を改めて鑑賞してみる。ある新聞には、この「足利尊氏の面構え」の絵が追悼記事と一緒に掲載されている。してみると、素人の鑑賞力もバカにしたものでもない、と我ながら少々自信を持った。

文芸誌の表紙

さて、文芸誌の表紙が殺風景なのはどうもいただけない。むろん経費がかかるのでやむを得ない側面もあるが、出来ることならそれなりの「品格」が欲しいとは思う。川柳「誌」でなく、川柳「紙」の場合は表紙に絵心など求めようがないが、柳誌に一定の品位を求めてもあながち贅沢とは言えまい。そう思って、手近にある川柳誌を引っ張り出してみた。

品格ある柳誌の表紙には、絵画や写真が配されている。絵の場合は日本画が多いようだ。『番傘』・『きやり』・『下野』・『噴煙』・『時の川柳』・『川柳まつやま』『さいたま』・『つくばね』・『すずむし』・『めいばん』などなど。写真や絵画がカラー印刷になっていると、柳誌がいっそう映えてくる。一方、会員によるイラストを表紙にしている柳誌もある。『犬吠』・『港』などがそれだ。これもまた一興かと思う。同じイラストでも、『やしの実』誌になると専門の漫画家の手によるものである。かなり以前から続いていて、一種の名物表紙ともなっている。

残念なのは、表紙絵や写真に解説がないもの。いったいどういう方が表紙を飾っておられるのか、それが分からない。『ぬかる道』の「表紙に寄せて」に当たる記事が見当たらないのだ。せめて一言でも絵解きがあると、読者の興味は増すに違いない。さらには、他人事ながら心配な事がある。肖像権や著作権の問題である。この表紙の絵や写真は勝手に使用して大丈夫なのか、という心配だ。著作権一つとっても、川柳界は配慮が足りぬ。

『白樺』と表紙絵

同人誌『白樺』が創刊されたのは、明治四三（一九一〇）年であった。『白樺』は、武者小路実篤・志賀直哉・有島武郎らが寄って立った雑誌だ。「白樺派」と呼ばれる由縁は、むろんここにある。トルストイの影響を受けた彼らは、理想主義・人道主義的の道を突き進んだ。「文壇の天窓を開け放った」と評価したのは、たしか芥川龍之介だった。その『白樺』の表紙は、当時としても斬新だったに違いない。

〈……『白樺』は文学雑誌であると同時に、美術雑誌でもあった。美術についての関心が深く、ロダン・ゴッホ・セザンヌなどの複製図版を惜しみなく掲載した。後期印象派の人々を紹介するのも積極的であった。〉

（『新潮日本文学小辞典』より）

食うに困らない、学習院出身の彼らだから出来たこと、などと言う勿かれ。今から約一〇〇年前の、若い彼らの意気をこそ、この雑誌の表紙から感じ取って欲しい。

一転して、現実的な話。「品格」ある表紙を創るには、それだけ物入りになる。お金がかかる。柳誌維持の基本は、誌友を増やしていただくことに尽きる。さらには、広告も募集中である。表紙2・3・4の空きスペースを利用していただきたい。『ぬかる道』誌を支え、応援していただけるスポンサーがどこかにおられないか。このお願いは、別途またどこかで書かせていただくつもりではいる。詳細は、代表もしくは幹事長までご照会下さい。切なる希望である。

総会の季節

さてさて、春は総会の季節だ。一年の節目に反省・総括をし、次の目標に向かって前進を誓うことは一般的に言っても好ましいことであろう。その総会（予定）を記す。

①（社）全日本川柳協会東西常任理事会兼通常総会。二月一〇日（日）、和泉橋区民館で開かれた。審議事項は以下の通り。滅多にない機会だから審議事項を紹介しておく。

(1)平成二〇年度事業計画（案）
(2)平成十九年度補正収支予算（案）承認の件
(3)平成二〇年度収支予算（案）承認の件
(4)八〇歳以上の功労者顕彰の他　表彰の件
(5)川柳文学賞の件

(6)賞品(盾)実費負担の件
(7)その他

②千葉県川柳作家連盟役員会。二月二四日(日)十五時から、千葉市内で開催。千葉県川柳作家連盟は、吟社の連合体である。それ故の長所と短所を併せ持つ。総会の内容としては、こちらも事業報告やら予算決算他が続くものと思う。

③番傘川柳本社関東東北総局総会。三月十六日(土)午後、上野のレストランにて開催。総会の中に、句会を組み込んでいる珍しい総会だ。句会好きな川柳人らしい趣向。

④東葛川柳会同人総会。こちらは、四月例会後に予定している。短時間ながら、仲間意識の共有を図りたい。

会議の鉄則を記しておく。鉄則というか、小生自身が心がけている点である。以下は、その中身。

(1)よく練った原案を作成して、会議に臨むこと。
(2)必要な情報は共有し合い、議論すべき事項と熟考すべき事項とに、きちんと立て分けておくこと。
(3)参加者には、達成感が後に残るような配慮をしたい。
(4)何よりも、明るく前向きなトーンを失わないこと。総会後に、「よし、この目標でみんな頑張ろう!」と元気になることが大切だ。具体的な行動は、会議後に始まるのだから。

常識の落とし穴

04
2008

『文藝春秋』は、気楽に読んでいる月刊誌の一つである。そもそも雑誌というのは、気ままな読み方が許されるものと小生は思っている。何も、隅から隅まで几帳面に読む必要はない。全部読まないと気が済まないという人は、よほどの貧乏性か、あるいは雑誌の読み方を知らない人であろう。

例えば川柳誌。私が目を通すのは、基本的に巻頭言とあとがきである。巻頭言には、身辺雑記や思い出話が多い。たまに、川柳論を見かけたりもするが、その多くは私的な不満に終始してしまっている。前向きな提言はきわめて少ないのだ。残念なことではあるが、川柳界の現状でもある。それでも、編集のスキルを学んだり、会の組織・経営面で参考になる柳誌は、メモをしたりコピーを取っている。学ぶべき雑誌は、たとえ一部であっても読む価値があるものである。

モンスターペアレント

さて、気楽に読んだ『文藝春秋』三月号。読んだのは、第一三八回芥川賞「乳と卵」(川上未映子)ではなく、「怪物保護者が学校を破壊する」(奥野修司)であった。そう、いま話題のモンスターペアレントについてのレポートだ。

まずは、こんな事例。ある小学校でのこと。小学四年生で体重が六〇kgの児童。運動会の騎馬戦で、この肥満児を上に乗せることになったそうな。騎馬の児童はそれなりに頑張ったものの、結局は無理ということが分かって中止した。子どもも納得の上での話であった。さてその後日談、である。

この児童の母親から、担任のA女性教諭宅に抗議の電話がかかってきた。「あなたは子どもの気持ちを踏みにじった」、「教育委員会に訴える」。A女性教諭には子どもがいなかったようで、「子どものいない先生に、子どもを教える資格があるのかしら」とまで言われたと言う、……等々（注：この場合、母親の言動こそが明らかな人権侵害に当たる）。当初は一〇分程度であった抗議電話が、連日になり、ついには深夜の三時に及ぶようになった。A先生は精神不安定となり、とうとうダウン。現在、病気療養休暇中と言う。

右は、極端な事例ではない。親が（とくに母親が）子どもを「尊重」して、朝ご飯はケーキにした事例。朝寝坊の子に遅刻をさせないようにと担任が言ったら、子どもにそんなことは言えない、仲良しの子どもと「喧嘩」になってしまうではないかと、逆に食ってかかられた事例、等々。呆れる話には事欠かない。『ぬかる道』読者の皆さんには信じがたい、非常識な事例は身近に存在する。そう、「かつての常識が通じない」のであり、したがって「かつての常識」＝「いまも常識」という等式を疑う必要がある時代になったのだ。

「常識」を疑う眼を養うべし

川柳作品にも、かつての常識にあぐらをかいている作品が少なくない。教育を例に話を続けるならば、「管理教育」「詰め込み教育」「授業は地獄」「子どもは純粋」「厳しい校則」等々、あまりにも安易な「常識」に寄りかかってはいないか。劣化した最近のマスコミ報道を鵜呑みにしているだけでは、良い川柳は創れない。「ゆとり教育」の弊害は、現場の人間ならば誰もが実感していること。「学力」の低下はもちろん、「ゆとり教育」によってかえって平日の「ゆとり」が奪われてしまったという皮肉な現実を、ご存じであろうか。

人はとかく、自分の育った環境や時代を基準にして、「常識」を形成したがる。結論が先にあって、モノを考える傾向も否めない。ある意味で仕方のないことではあるのだが、川柳子には常識を疑う眼を養って欲しい。固定観念で句を創ったり、常套句でまとめる川柳から脱して欲しい、そう思う。

大いに楽しもう、吟行句会 in 佐原

何やら説教臭くなったので、話題を変える。

さてさて当会恒例の吟行句会も、今年で二十一回目を数える。今年の目的地は、「小江戸」と呼ばれた情緒ある町・佐原だ。平成の大合併で佐原という市名が消えてしまったのは残念（香取市と合併）だが、古い商家や蔵造りの家並みが立派で、何

より小野川べりの散策を楽しみたい場所である。佐原は、水郷観光地の拠点。古くから酒や醤油を産する。醤油の試飲は遠慮するとして、酒造元に寄ってお酒の試飲が出来るのは楽しみだ。むろん、お土産もそこで購入するつもり。昼食会場には、老舗の「うなぎ割烹山田」を選んだ。申し分のない場所と思う。ゲスト選者には、地元からほど近い阿部巻彌先生（川柳「道」吟社主幹）をお招きしている。

佐原で忘れてはならないのが、伊能忠敬であろう。忠敬は一七四五年（延享二）、上総国小関村（現・九十九里町）の農家に生まれた。幼い頃から学問に秀で、十八歳の時に伊能家（下総国佐原村）の婿養子となった。今回興味を惹かれたのは、その後半生である。五〇歳を過ぎてから江戸に出て測量や暦学を学び、きわめて正確に日本全国を測量に歩き回った。忠敬の仕事は、間宮林蔵（常陸国上平柳村、現・伊奈町）に引き継がれ、忠敬の死後三年にして「大日本沿海輿地全図」が完成する。そのロマンに、改めて感動した。今ならさしずめ、「中年の星」と呼ぶべき存在に違いない。

忠敬の測量を支えたのは、幼少時からの算盤の技能と鍛えた足腰であった。だから、今回の吟行句会では出来るだけ歩こう、私はそう決意している。皆さん方も、どうぞ歩きやすい格好でお出かけ下さい。詳細は、表紙二を参照のこと。

読書ノートより

忙しい時こそ、本が読みたくなる。ただ今読書中のものも含めて、紙数の限り紹介しておく。

まずは、『作歌のヒント』（永田和宏著、NHK出版）。川柳研究社の津田暹幹事長ご推薦の一著。作歌（作句）上のヒントになる箴言が満載である。今月の「ポエムの貌」にも、早速活用させていただいた。暹さんには、良い本をご紹介いただいた。感謝。川柳界にもこういう理論書が欲しい。

続いては、句集の紹介。川柳界の若手が、続けて句集を出版している。丸山芳夫・いしがみ鉄の両氏である。両氏と小生はたまたま同学年ということもあって、川柳仲間としての友情を温めてきた。だから余計お二人の句集は嬉しい。

『豆電球』（丸山芳夫著、新葉館出版）は、掛け値ナシに面白かった。技巧に走りがちな昨今の川柳界にあって、久々に作品そのものを楽しんだ。発見の妙、比喩の巧みさが光る。

漢文の返り点ほど雹がはね
冬の手に揚煎餅のようなひび
相続の例えにいつも父が死に
ト音記号のように食べてるスパゲティ
双差し（もろざし）を許したようなレントゲン

紙数が尽きた。いしがみ鉄氏の『残響』については、次号に譲る。四月開催される同出版記念会の報告も兼ねながら。

読書の春

05
2008

本業の話。

勤務校で「読書リスト」を作成した。

「読書リスト」、すなわち「お薦めの本の一覧」なんて、珍しくも何ともない。そう思われる方もおられよう。そうなのだ、子どもに薦めたい良書はたくさんあって、さまざまな形でこの種のリストも作成されている。一般的なのは、児童・生徒の学年ごとのリスト、つまり子どもの発達段階に応じたリストの作成である。そして、読書リストの多くは、どちらかと言えば文学好きな大人の好みを色濃く反映している場合が少なくない。

今回作成した「読書リスト」は、右のようなものとは性格を異にする。進学重点校にふさわしい「読書リスト」である。経過を含めてお話しさせていただこう。

「学の確立」を意識した読書リスト

勤務校たる県立東葛飾高校が千葉県教育委員会から進学重点校に指定されたのは、平成十八年度のことである。「進学重点校」指定の目的は、一般的には進学指導を強化すること。具体的には、進学補習の実施などの方策で、より大学進学実績をあげることであろう。普通はそうである。しかしながら、東葛高校の場合は少々違う。むろん、進学実績のさらなる向上も期す。父母の期待を背にしている以上、無碍には出来ない。だがその一方で、東葛には東葛の歴史と伝統がある。歴史と伝統を踏まえた「進学重点校」の取り組みはないものか。そこで、考えられたのが「学」の土台の重視、「真の学力」の重視であった。

授業・部活動以外の公務として、現在私は図書部に属し、その責任者を委嘱されている。学校図書館の管理と運営に日々努めている。前述の「読書リスト」は、専任の学校司書と協力して進める、まさに小生の仕事であった。

今回「読書リスト」を作るに当たって、注意したこと。それは前述した東葛高校に於ける「学」の確立・「知」の確立である。つまりは、総花的にならぬこと（＝「何でも読めば良い」はダメ）。ここから先は、少々専門的になるので、『打たれ強くなるための読書術』（東郷雄二著、ちくま新書）から、参考になりそうな部分を引用することにしたい。

文学書に偏った推薦図書

読書の効用の重点を自己形成や人格の陶冶に置く結果として、「これを読め」という推薦図書が文学書、特に小説に偏りがちになるという困った事態を招くことがある。読書論を書く人の多くが文学部や教育学部など「文科系」学部の出身者であり、作家や評論家などの文筆業に就いている人が多いという事実の必然的結果である。人は自分が好きなものを他人にも勧めるものだ。

「古典を読め」の連呼にウンザリ

読書の勧めのたぐいには「古典を読め」と書いてあることが多い。たとえば古い本で恐縮だが、加藤周一『読書術』(岩波現代文庫)にものっけから次のように書いてある。

「たとえば日本を理解するために、論語と仏教の経典、日本の古典文学のいくつか、また西洋を理解するために聖書とプラトンを、できるだけおそく読むことが、おそらく「『急がば回れ』の理にかなない、『読書百遍』の祖先の知恵を今日に生かす道にも通じるだろうと思われます。」

自分の読書歴を長々と書く読書論

読書論のひとつのスタイルとして、自分が子供の頃、本に興味を持つきっかけとなった出来事から説き起こし、思春期を経て大人になるまでにどんな本を読んで感激したかを長々と綴るというものがある。たとえば武田修志『人生を変える読書』(PHP新書)はこのスタイルで書かれており、「この小著は、ひとことで言えば、人生論風読書案内です。著者がかつて出会い、人間や人生について見る目を開いてくれた書を、その折の体験内容とともに語ることで、紹介していこうというものです」という一文から始まっている。

知的読書への読書論

私が手に取ったなかでプラス方向に参考になるものが二冊あった。そのどちらもが英語からの翻訳だという事実には、示唆以上の意味がある。日本の読書論は、どうしても教養主義から抜け出すことができない。欧米においても読書が教養を形成するための重要な手段と見なされていることは同じだが、欧米には人生論的・情緒的ではない読書へのアプローチの伝統がある。それは主として高校の高学年と大学という教育の場を媒介としてなされるものである。

「アカデミック・ライティング」(academic writing)という言葉がある。狭い意味では、大学で学生が書くレポートや卒業論文などの学術的書き物をさすが、広い意味では大学教員が書く専門論文だけでなく、奨学金の推薦書から予算獲得のための研究計画書などの書き物も含まれる。これらは「情緒」の介入する余地の一切ない書き物である。アカデミック・ライティングは日本ではやや倭小化されて、「論文の書き方」という技術的捉え方をされることが多い。……(略)

買うか借りるか

まず大問題として本を自分で買うか、それとも借りるという選択がある。学生ならば大学図書館があり、一般の人ならば市立図書館などの公共図書館があるので、本を借りて読むこともできるのである。『イギリスはおいしい』（平凡社）で日本エッセイストクラブ賞を受賞したリンボウ先生こと林望は、「本は自分で買うべし」と強く主張している。その理由は「借りて読んだ本は記憶に残らないから」というのだ。私も経験的にこの意見に賛成である。

「読書リスト」の反響

ここから、哲男のペンに戻す。

作成した「読書リスト」に、専門家筋からの反響があった。

①、まずは、書店から。高島屋八階にある大型書店・ウイングブックセンターでは、本校「読書リスト」の特設コーナーを設置してくれた。むろん、販売促進目的ではあるのだろうが、我がリストの価値を認められた気がして嬉しかった。

②、もう一つは、出版社からの反応。たまたま筑摩の書籍が当推薦リストに多く入っていたということもあって、担当者が学校を訪ねてきてくれた。「思考力を鍛えるリストですね」というお褒めの言葉を頂戴したのは、これまた嬉しかった。

筑摩書房からは、幾つかの興味深いエピソードも伺うことが出来た。地方の書店から火が点いて、再び売れ始めた本があると言う。再ブレークのきっかけは、書店のポップであったそうな。そのポップのコピー＝「若い時に読んでおけば良かった本」。実に巧みなコピーである。この出版不況下に、いやいや不況下だからこそ、発掘したい本は存在するのだ。

ポップで再ブレークした本こそ、『思考の整理学』（外山滋比古著、ちくま文庫）であった。著者・外山氏と今川乱魚日川協会長が過日お逢いして、川柳談義に及んだと聞いている。川柳界にも何か良い波紋が起きそうな予感がする。

中教審答申パンフレット「生きる力」

その川柳界に新たな動きが生まれた。「教科書に川柳を」小委員会（委員長・大木俊秀）の設立である。（社）全日本川柳協会（会長・今川乱魚）では、「現代川柳を国語の教科書に」という目標を掲げてきた。小委員会の設置は、今回で三度目になる。

かつて（平成六年）、仲川たけし日川協会長（当時）の下で、「教科書に川柳を」プロジェクトチーム（小委員長・山田良行同理事長、当時）を発足させた。その後、「教科書委員会」（委員長・関水華）や「ジュニア委員会」（委員長・野谷竹路）等の改組があったが、実質的な活動のないまま終わってしまった。今回は、今回こそ、ぜひぜひ具体的な活動を展開して欲しい、と思う。思うだけでなく、小生も委員の一人として微力を尽くすつもりである。

過日の日川協総会の議論でも、「教科書」の問題が俎上に乗せられたが、議論の方向には落胆せざるを得なかった。机上の空論が多かったからである。今次小委員会では、

(1)現状を理解すること。（＝共通認識）

⑵今後の展望を切り開くための努力をすること。

が、必要ではないか。まずは⑴である。現状の把握から始まり、情報交換・研修等が重要であろう。そう信じて、文部科学省から中教審答申のパンフレット（「生きる力」、平成二〇年一月一七日）を取り寄せ、常任理事と委員各位に郵送した。私費のお節介であったが、乱魚会長からは御礼の言葉があり、乱魚ブログ（三月二八日付け）でもご紹介いただいた。

大きな活字の『ぬかる道』

三月から四月にかけて、新聞各紙の活字が一段と見やすくなった。また、そのように宣伝もしている。高齢者への配慮であろう。『ぬかる道』誌の活字は、二一年前から大きな活字を採用している。先見の明があったとは、いささかの自負。

　春の選抜高校野球では、千葉勢の活躍があった。千葉勢は安房高校と千葉経済第一高校。両校に共通していたのは、ユニフォームの漢字表記である。このアルファベット全盛時代に、漢字表記のユニフォームはかえって新鮮に映った。余計応援したくなった。ガンバレ、漢字ユニフォーム校！

　いしがみ鉄氏の出版記念会をご報告して、三ページ建ての巻頭言を締めくくろう。

　四月六日（日）、いしがみ鉄氏の句集「『1―f　残響』出版記念会」が開催された。発起人は、西來みわ（川柳研究社代表）・鈴木国松（同副代表）・成田孤舟（川柳白帆吟社主幹）・阿部勲（川柳研究社句会部長）の各氏と江畑哲男（東葛川柳会）。川柳三日坊主吟社主宰の佐藤良子氏も、福島県から鮮やかに駆けつけた。穏やかな春の夕刻、銀座の一室を借り切ってのひとときだった。川柳人だけの集まりではなく、家族・兄弟・友人に加えて仕事仲間も集まった。鉄氏の交遊の幅広さを思わせる、和やかで心温まるパーティーとなった。

　著者・いしがみ鉄氏は、川柳研究社副幹事長。五五歳ながら柳歴は三〇年に及ぶ。パーティーの至るところで、鉄氏の働き者でまめな性格、人柄の良さと気配りが感じられた。当日の司会・進行は、結社を超えた友情を温めてきた江畑哲男が務めさせていただいた。『残響』の余韻が心に残っている。

報告・同人総会

06
2008

わが東葛川柳会でも、「同人」の呼称がなじんできたようだ。「同人」という響きは、なかなか魅力的である。その魅力を分析的に書くならば、以下のような要素が含まれよう。

▽「同じ志の人。同門の人。なかま」（『広辞苑』）という意味内容。

▽損得勘定を抜きにした同志的つながり。

▽縦社会のそれではなく、苦楽を共にしようとする横のつながり・連帯感。

▽善意の集まり、ボランティアというニュアンス。

▽その一方で、「一旦緩急あれば」(いやいやこの比喩は古いので止めよう)、「いざ鎌倉……」(この比喩も古いけれど)となれば、駆けつけて来てくれるといった信頼感・期待感。

ざっと右のようなイメージを、私は勝手に抱いている。

今年の同人総会

「横のつながり・連帯感」とは申せ、その「同人」も組織である限り、最小限の決めごとは必要になる。リーダーの決定、役割分担、会の目標や目当て、長期及び短期の計画、金銭の管理と運用、などなど。こうした決めごとの大綱は、趣味の会でも多くは総会の場で最終的に決定される。

東葛川柳会の同人総会は四月二六日(土)に開かれた。句会終了後のわずかな時間ではあったが、必要最小限の事項を決めさせていただいた。同人組織を導入してから、今回で二度目の総会であった。

まずは会計報告と監査報告があり、拍手で承認を受けた。監査委員からは「きわめて几帳面な帳簿管理をしている」(松岡監査)、「会計の苦労がよく分かった」(太田委員)という、それぞれ報告と感想があった。人事については、代表・幹事長コンビの留任が決まり、午前中の幹事会では別記スタッフをご承認いただいた。

会務の分担はどうなっているか

当日午前中に持たれた幹事会では、会務の具体的分担についても議題に載せていた。人事に関わって、代表として日ごろ考えていることの一端を披露させてもらった。①、内部充実を図る年としたい。②、実務を引き続き重視し、人材の登用と活用を図る。③、(二〇周年事業の成功を受けて)現人事の骨格は変えないものの、近未来を見通した体制の強化や人事の補強を適宜施してまいりたい。

会務分担は、以下の通り。(主な部署のみ記載)

会務統括　江畑　哲男、中澤　巌
句会部　(部長)斉藤　克美、(副部長)笹島一江
編集部　(部長)江畑　哲男、(主補佐)山本由宇呆
発送部　(部長)佐竹　明(=新任)
会計部　(部長)中沢　広子、(補佐)中澤　巌

右記のほかにも仕事はある。川柳界内外の渉外の仕事(柏市文化連盟なども含む)、コンピュータやHPに関連した作業、吟行句会をはじめとする各種行事の実施等々。会務は出来るだけ割り振り、各担当で実務と工夫をお願いしているが、一方でセクション間の連絡・調整機能も欠かせない。その役割は「企画編集会議」が果たしている。じつは、この「企画編集会議」こそ二〇周年イベントの原動力になった組織である。公民館の一室で毎月二～三時間、休憩なしに協議し、イベント

の細部まで詰めていった。会議は毎月開催され、会議のたびに到達点と課題を確認して散会した。配布された書類も半端ではなかった。かくして、「企画編集会議」は一大イベントに大きな力を発揮したのである。

会議後に、考えたこと・思い浮かんだこと

総会が終わっても、ヤレヤレとはならない。課題はいくつか存在する。「内部充実」のための手立ても求められよう。当然のことだ。という訳で、総会後に代表として思ったこと・考えたことを、左記に記しておきたい。

(1)総会の時間が、あまりにも短い。（しかし、現実的には時間は取れない。それが悩みである。かと言って形式的な総会も良くない。）そこで、幹事会総会を充実させるのが現実的ではないか。今後の方向として検討していきたい。

(2)一案。人事は幹事会総会で決定する。四月の同人総会では、会計報告・監査報告と、人事の承認。これだけだと形式になりがちなので、例えば会への要望事項を伺う機会として活用してはどうだろうか。この方がご意見を聞けそうな気もする。あるいは、同人総会前に、予めご意見やご要望を集約するのも一つの方策ではあろう。

(3)その人事。毎年毎年「人事」を審議するのはいかにも重たい。スタッフには、腰を据えて会務をお願いしたいとも思う。他吟社のように、二〜三年おきに人事案件を審議するのも一考か。（会則に任期を設けることにもつながるが。）

(4)人材の登用については、積極的に考えたい。お手伝い大歓迎、ボランティア大歓迎である。何しろ、代表も幹事長も仕事現役のため、手の回らないことも多い。「自分たちの会は、自分たち自身で守る」、そんな心意気を頂戴したい。

「ポエムの貌」にご注目を

本誌冒頭の「ポエムの貌」をご覧いただいているであろうか。毎月本を読んで、その本の中から「ポエムの貌」にふさわしい言葉を選び出す作業である。充実感があると言えばその通りだ。「ポエムの貌」に、今回初めて小論文の参考文献から抜き出してみた。

本来、小論文の参考書などは「ポエムの貌」からは遠い位置にあるものだ。詩的な言葉とは異質であろう。しかし、引用した一文は意外と「文学的」だった。いかがであろうか？

〈論文とは一人一人が考えていく作業そのものであり、また考えていくプロセスを他者に向けて提示することであって、どこかに模範があるのではない。そして、書くことの原動力となるのは、自分で発見したり納得したりすることの悦びと自由の感覚なのである。〉

このところ、巻頭言にご感想が寄せられる。嬉しい。「モンスターペアレント」への驚き、「読書リスト」への資料提供のお願い等々。皆さんから反応があるのは有り難いものだ。総会は終わったが、皆さんとともに前進して参りたい。

アマチュアの魅力と底力

07
2008

印旛郡市歯科医師会・印旛保健所・千葉県教育庁北総教育事務所の三者が共催するイベントに、今年初めて出席させていただいた。「歯の衛生週間」にちなむ行事で、正式名は「平成二〇年度　歯の衛生週間　審査会・表彰式」と言うらしい。終戦直後から始まった行事のようで、一二〇〇名入る成田国際文化会館を会場として毎年開催されている。

内容は、①健歯の児童生徒・高齢者・親子の表彰、②児童生徒の図画・ポスター・作文・川柳・標語・書写の優秀作品の表彰、の二点である。小生は、むろん②の川柳作品部門の選者として関わってきている。

六月五日(木)十一時、表彰式が始まった。地元来賓名士の列に混じって小生も壇上に並ぶことになり、多少の居心地の悪さを覚えながらもイベント自体は楽しむことが出来た。

家族的雰囲気の温み

開会挨拶、主催者代表挨拶(印旛郡市歯科医師会会長・野澤隆之氏)、来賓挨拶、審査結果発表等々、型どおりにイベントは進行し、予定通りに終了した。こうした流れの中で、興味深いことが二つあった。

まずは、来賓の成田市長・小泉一成氏の挨拶である。成田市長は川柳の入選句を取り上げて、歯の大切さを会場の子どもたちに説いたのである。成田市長と小生とは面識はなく、控え室で川柳の話をさせていただいた訳でもなかった。にもかかわらず市長は、数ある表彰部門のなかで、わざわざ川柳を取り上げてくれたのであった。

二つ目は、表彰式の雰囲気である。とくに目を引く企画があった訳でもないのに、会場はほのかな温かみに包まれていた。よそ者の小生には不思議であったが、その理由は閉会直後に理解できた。表彰式が終わったロビーで、世代の違う人同士が懇談していたからである。親と子、教師と児童・生徒、祖父母とその子や孫、などといった組み合わせの懇談であった。あるべき人間関係を示している気がした。

当日は、生憎の小雨模様であった。「晴れていたら、もっと和やかだったことでしょう。会場周辺の芝生などに出たりして、配布されたお弁当を親子して広げる光景が見られたはずですが、……」。そう、解説をしてくれたのは主催者のお一人・笠井精一先生であった。笠井先生は、印旛郡市歯科医師会の元会長さんで、この行事に川柳を組み込んだ立役者である。選者たる小生とのご縁もその時から始まり、かれこれ一〇年以上が経過する。

今年も愉快だった、ジュニアたちの作品

さて、今年私が特選に選んだのは次の川柳である。

くいしばる白い歯光るスポーツ選手
印旛村立いには野小学校五年　中山　大地

デート前つぃつぃ多めの歯磨き粉
栄町立栄東中学校三年　長澤　健志

選評に小生はこう書いた。

まずは中山大地君の作品。「まるでカメラのシャッターのように、素晴らしい一瞬をとらえました」。長澤君の作品には、「いやぁ参りました。心理をうまく突いています」と。

詳しく書けば、もっと触れなければならないところかも知れない。下五の字余りや、いわゆる中八問題。しかし、選評欄は一行程度に限定されている。例えば、大地作品の下五を「アスリート」にすればリズムは整う。そう思ったが、添削はしなかった。そして、この作品をこのまま特選に選んだ。句に勢いが感じられたのである。小さな枠に、今から閉じこめる必要はない。「アマチュア」という語を用いるならば、応募者すべてがアマチュアである。仲立ちをして下さっている先生方の多くも、川柳を専門的にはご存知ない。従って、この種のコンクールでは、文芸川柳的に、妙に小さくまとまっていない方が魅力的なのではないか。そうも考えている。

侮るべからず、「アマチュア」川柳

「アマチュア」川柳の魅力と言えば、その代表格はなんと言っても「サラリーマン川柳」である。一大ブームを巻き起こして、いまなお健在だ。伊藤園の新俳句も、川柳とも俳句とも区別できないままに、天文学的数値をキープしている。昨年の集句数は、ナント一六九万句を超えた。アマチュアの発想は楽しいし、意外性がある。底知れぬエネルギーを秘めている。それゆえ、「玄人」は「脅威」を感じたりするのかも知れない。

さて、その辺りを論じたのが『川柳公論』一八一号所載のエッセイ「川柳のデイ・アフター」(尾藤三柳)であった。

三柳氏曰く、

〈昭和六二年には第一生命による《サラリーマン川柳》が登場、二〇年を経て、押しも押されもしない開かれた文芸として大衆の中に根を下ろした。〉

おっしゃる通りだ。この前段の記述、すなわち「アマチュアリズム」への軽視、ないしは蔑視に対する批判にも小生は同意する。これらが、川柳界の一部に残存しているのは嘆かわしいことであろう。

尾藤三柳氏の「川柳のデイ・アフター」に異議アリ

だがしかし、である。「サラリーマン川柳」をはじめとするアマチュアリズムへの賞賛が、次のような断定につながると、

正直言って首を傾げざるを得ない。

〈この間、吟社川柳は歴史上かつてない最盛期を迎えているが、新旧対立などといっても、しょせんはコップの中の争いで、社会に何の影響を与えるものでもなかった。〉
（傍線、引用者）

となるとこれは、吟社川柳の全否定ではないか。注意して読むと、三柳氏のアマチュアリズム賞賛はある別の意図を秘めている。改めて読んだ。そして分かった。このエッセイの冒頭からして、強引な断定を下しているのだ。引用しよう。

〈川柳は永いあいだ、というのは明治末年から大正初めの吟社川柳勃興期以後、外を見ることを忘れてしまった。〉
（傍線、引用者）

右の断定の根拠は果たして何か。残念ながら、論拠は示されていない。さらに三柳氏はこう続ける。

〈各吟社の任意的な集団である川柳界という硬い殻の中に閉じこもり、いつからかその殻の内側だけが正統な川柳であるという根拠のない思い込みに囚われ、それ以外のマスコミやアマチュアリズムの川柳を「川柳ならざるもの」もしくは「亜流の川柳」と見做した。これが、今なお続いている吟社川柳の時代である。〉

アマチュアリズムを賞賛することに、あながち反対はしない。アマチュア川柳の魅力と底力も否定はせぬ。この点、東葛川柳会二〇年の歴史と、ジュニア川柳ならびに生涯学習振興を実践し続けてきた小生にも、いささかの自負がある。

しかし、である。アマチュア川柳を蔑視する傲慢さは排除されねばならないものの、かといってアマチュア川柳だけを賞賛する意図はいったいどこにあるのか。なぜかくまでアマチュアだけを賛美するのか。アマチュア川柳を天まで持ち上げ、礼賛する一方で、吟社川柳を何故にここまで否定するのか。読者は全く理解に苦しむ。

第一、理論的にも矛盾していよう。アマチュアはいつまでもアマチュアではないからである。

さらに言わせて貰おう。「アマチュア」氏は、いつどこで川柳の本格的な勉強をするのだろうか。吟社（近年盛んな勉強会も同様）は、川柳を学ぶ場ではないのか。こうした場所以外のどこに、鍛錬の場を求めようというのか。川柳の、例えば表現力のさらなる向上を求めたい「アマチュア」氏は、どこでどう切磋琢磨したらよいというのか。

ここで、三柳エッセイ批判の骨子を整理しておく。

①単純な二項対立の図式における、善玉・悪玉的解釈。
②あまりにもラフで、論拠を示さない断定の連続。取り上げた箇所以外にも安易な断定が多く、悪意をも感じさせる。
③（余計な心配かも知れないが）吟社川柳の全面否定は、尾藤三柳氏自身の過去や自己否定につながりはしないか。

川柳界の大御所と呼ばれる尾藤三柳先生の、あまりにも割りきりの良すぎる論理展開は、小生にある種の哀しみを覚えさせた。

ゲスト選者の魅力

さてさて、「楽しく学ぶ」をモットーにしてきた東葛川柳会。五月のゲスト選者は、当会に歴史的一ページを飾った。お招きしたゲストは、大川幸太郎先生。川柳界の肩書きとして、「台東川柳人連盟会長」「新堀・安倍川川柳会会長」と紹介させていただいたが、知れば知るほど「大変な」先生をお招きしたものであった。振り返ってそう思った。改めて、ご紹介しておく。

幸太郎先生の川柳界以外の肩書きは、「大仏師」である。プロフィール(抄録)を紹介しよう。

〈大正十二年、浅草安倍川町生まれ。一〇歳で仏師に入門。新堀小学校に通うころには、すでに仏像を立派に彫っていた天才少年。……昭和五九年、皮工芸部門で卓越技能者表彰受賞。六〇年に黄綬褒章受賞。平成十九年、二度目の卓越技能者表彰。〉

その大仏師から、三才賞として円空仏の観音様をご提供いただいた。当会始まって以来のこと。おかげで、仏像の世界が少しだけ身近に感じられた、とは参加者の声であった。

小生も仏像彫刻の世界は全くの素人で分からないが、運慶・快慶以前の定朝あたりからはかすかな記憶がある。仏師・定朝は、平安時代中期の仏師。仏師全体の社会的地位を高めるとともに、その作風は後世の造仏の規範となった。定朝が作り上げた優雅な様式が「円派」「院派」と呼ばれ、仏師たちに受け継がれ、その後「慶派」と呼ばれる仏師たちが明るく写実的でのびのびとした作風を作り上げた。

運慶・快慶による東大寺南大門の金剛力士像は有名だ。あるいは、運慶作興福寺所蔵の「無著菩薩像(むじゃくぼさつぞう)」は、日本彫刻史上特筆すべき傑作と言われる。あたかも生きているかのように、しずかにたたずんでおられる姿には、心が洗われる。そうそう、その東大寺や興福寺のある奈良にて、番傘川柳会百周年の大会が開かれる。これまた楽しみである。閑話休題。

来る六月のゲスト選者は、田口麦彦先生である。熊本からおいでになる。近著『地球を詠む』(飯塚書店)のキャンペーンの一環として上京され、柏の書店でもサイン会を行う。川柳界の外への発信を意識してのキャンペーンと言えよう。

川柳の色紙展

締めくくりは、川柳色紙展。前月二八日(水)～六月三日(火)まで、さわやか県民プラザの二階回廊ギャラリーを会場として開催された。柏市文化連盟(浅野正子会長)が、先般文部科学大臣功労表彰の栄を受け、これを記念した催しである。県民プラザ・文化連盟・芸術文化推進共催事業の三者共催で、当会では増田幸一顧問中心に汗をかいていただいた。当会のボランティア活動もすっかり定着した。ささやかな文化発信ではあるが、好評だった由。有り難く報告を受けた。

日川協福岡大会こぼれ話

08
2008

川柳の全国大会にツアーを組むようになってから、かれこれ一〇年くらい経つだろうか。ツアーの最初は、今から十一年前、平成一〇年の第二二回全日本川柳山口大会だった。

当時の旅程メモを、左記に再現してみよう。

6月12日(金)17:54　寝台特急さくら東京(発)
13日(土)07:03　小郡着、(朝食)秋吉台展望所＝秋芳洞＝萩市内観光(昼食・萩焼窯元、松陰神社、松下村塾・東光寺、武家屋敷散策)＝ホテル着(前夜祭)、ホテル泊
14日(日)　全日本川柳大会(萩市民会館)＝津和野泊
15日(月)　津和野観光(和紙工場・森鷗外旧居記念館・昼食・殿町散策・太鼓谷稲成神社)＝石見空港発(羽田へ)、19:10　羽田着

＝印は、貸し切りバスである。記憶が正しければ、右のツアーは米島暁子松戸川柳会会長のお骨折りで実現した。いま以上に公務多忙だったその頃、ホテルや食事・移動等の心配もせずに連れて行っていただける、そんな旅程が大変有り難かった。ラッキーにも代休や十五日の千葉県民の日が重なり、遠方の全国大会に参加が可能になった。ちなみに、以前の旅程では、たとえ全国大会に出席してもとんぼ返りの慌ただしさであった。観光などは入り込む余地もなかった。

堪能しました、福岡・小倉・門司の観光

川柳の全国大会というのは、一部の人間のものではない。句の上手な方だけが集まる大会でもなければ、地方の選抜を経た参加者の集まりでもない。参加しようとする意志と時間、それに多少のお金があれば誰でもが参加できる大会、それが川柳の全国大会である。

全国大会の意義は改めて申すまでもないが、他のイベントもおそらく同様であろう、公式の行事とリラックスタイムとを上手に組み合わせている。前者はむろん大会であり、式典・披講・表彰の類である。後者には、前夜の懇親宴やアトラクション、そして何より柳友との交流がそれに該当する。

全国大会ツアー企画の際、後者の楽しみに加えて、小生は文学・歴史散歩を付け加えるようにしてきた。十一年前、米島暁子さんがお世話いただいたように、参加者の皆さんに喜んでいただければと考えての、小生なりのご恩返しである。

金印の志賀島、元寇史料館

六月七日(土)、かくしてツアー参加者十四名は、日川協大会に向けて出発。二泊三日の旅ながら、皆さん軽装であった。ツアーも経験を重ねるとしだいにこうなるようだ。「旅慣れ

てだんだん軽くする鞄」（渡邊蓮夫）を思い出した。

福岡は快晴であった。貸し切りバスから歓声が上がるほど、海の中道は美しかった。日本の白砂青松百選、日本の渚百選にも選ばれている自然の美しさにすっかり魅了された。

志賀島の金印公園は、思いのほか小振りであった。弥生時代の光武帝から、奴国の王に贈ったという「漢委奴国王」の金印が発見された地として知られている。「委」は「倭」とも書く。案内板には「二〇〇〇年前の日中友好のシンボル」と記されていたが、それは違う。「倭」（委）とは「従順」「ちび」の意で、華夷秩序から発する「奴国」への蔑称と思われる。数年前の反日暴動の際、「小日本」（＝これまた蔑称）を絶叫していたが、ああした心理に通じるものがあったのだ。

福岡市内に戻って、元寇史料館に立ち寄った。亀山上皇銅像と日蓮聖人銅像が聳える下に、二階建ての史料館はあった。いつものように中沢広子さんが全員分の入館料を支払い、見学を開始して間もなくすると何やら歌が聞こえてきた。クラシックではない。山口幸さん八四歳の歌声であった。

「♬　四百余州を挙る　十万余騎の敵
国難ここに見る　弘安四年の夏の頃
なんぞ恐れんわれに　鎌倉男児あり
正義武断の名　一喝して世に示す」

歌は、「元寇」（永井建子作詞作曲）。解説は言う。「明治二五年四月『音楽雑誌』十九号。この歌は、「元寇のえき」をテーマにしていますが、当時の富国強兵の風潮の中で、国民の指揮の高揚に大いに役立ちました」（注：文中「指揮」は「士気」の誤り）。

幸さんの歌声はこの後も続いた。途中から高台に移って、一同の合唱と相成った。「広瀬中佐」「水師営の会見」「紀元二千六百年」「皇太子様誕生の歌」などなど。小生は聞くしかなかったのだが、故蔵多李渓東京番傘川柳社会長の「戦争と平和どっちも知っている」なる一句が、ふと甦った。

森鷗外の小倉、松本清張の小倉

大会の記事は省略させていただこう。

三日目は朝早くホテルを出て、小倉・門司に向かった。村田倫也さんがこの日からバスに乗り込んだ。小倉の観光については、初参加の野口良さんが報告を書いてくれているので重複部分は省略する。一点だけ追加。車中でマイクを握り、森鷗外の小倉生活を解説し始めたら、ツアー常連の一人・長尾美和さんに褒められた。なかなか聞けない話を有り難う、と言われた。褒められると、こちらもやり甲斐がある。

大会には、北九州在住の同人・岩田康子さんも参加されていた。翌日の小倉観光の話をしたら、小倉をあまりご存知ないようだ。正直な方である。当方が千葉に戻って、「小倉と鷗外」の関連資料を送ったら、お礼状が返ってきた（康子さんの手紙、本号に別掲参照）。そのお礼状には、森鷗外旧居跡のパンフレットが同封されていた。ツアーでは折悪しく休館日で見られなかっただけに、この資料送付は嬉しかった。

一行はその後、松本清張記念館を堪能したのだが、あるパンフレットから教えられた事実がまたまた興味深かった。

森鷗外にとっては、九州・小倉は左遷の地であった。（左遷たと言う。）松本清張は鷗外とは反対に、故郷・小倉から新天地・東京へと向かった。昭和二八年、松本清張四四歳のこと。作家としては遅いデビューであったが、以後の精力的な執筆活動は皆さんご存知の通りである。

の証拠に、東京・新橋を発つ鷗外を見送る陸軍高官は少なかっ

読書ノートより

小生の本の買い方、その秘密を一つだけ明かそう。旅先では、郷土史家の書籍やその土地でしか手に入らない印刷物を努めて買うようにしている。東京の販売ルートに乗らない書籍を求めるのだ。少ない量の印刷・販売なので本は割高になるが、時として掘り出し物が見つかることもある。

今回求めた印刷物は以下である。『伊能忠敬と豊前国企救郡の地図作り』（田郷利雄著）など、シリーズ「門司と小倉の歴史から九州が分かる話」の小冊子数冊、『福岡の近代文学』（福岡市文学振興事業実行員会編）、パンフレット『元寇』（岡本顕實著）、パンフレット『森鷗外と松本清張』（松本清張記念館）ほか。残念だったのは、『福岡の近代文学』に川柳についての記述が見られなかったことである。

ゲスト選者・田口麦彦氏からの御礼

六月のゲストは田口麦彦先生であった。『地球を読む』発売記念全国縦断サイン会も成功を収めた。「このようなイベントは故時実新子さんも実現出来なかった。東葛の皆様には御礼申し上げたい」と、熊本の麦彦氏から電話が入った。

09

2008

『ぬかる道』二五〇号自祝

本誌『ぬかる道』が二五〇号を数えた。先月号のことだ。この機会に改めて、日ごろ支えて下さっている会友の皆さんに、心からの感謝を申し上げたい。七月句会時の代表挨拶で当誌二五〇号に触れ、自ら静かにお祝いしていると申し上げたところである。

『ぬかる道』が二五〇号の節目を迎えるのは、じつは数カ月前に気がついた。前例にならうならば、本誌に理解のある全国の川柳指導者にご寄稿をお願いして、二五〇号記念特集号を創るところであろう。一〇〇号・一五〇号・二〇〇号ではそのようにしてきた。しかし、今回は見送った。何故か。大リーグで活躍しているイチロー風に言うならば、二五〇号は一つの通過点に過ぎないからである。

柳誌の発行目的と役割

少々堅い話になるが、川柳紙誌の発行目的を考えてみたい。参考にしたのは、『あなたも編集者』(朝日新聞整理部編ほか)である。右は、政党や労働組合の機関誌などを想定した本で、趣味の会にはそぐわない部分もあるが、ある程度参考になった。これによれば、一般に機関紙誌と称される印刷物の発行目的は次の三点に集約されると言う。

①縦の意思疎通のため

「縦」というのは、上から下へのお知らせと、下から上への要望・提案等を指すらしい。つまりは、句会や大会の案内、吟行会などの行事、各種決定事項の連絡などが前者に当たる。後者は、皆さんの声や要望だ。川柳諸氏には、「縦」という意識は希薄である。趣味の会だからそれでも構わないのだが、当誌では意思疎通一般にかなり心を砕いてきた。各種お知らせはできるだけ速やかに分かりやすくお伝えし、会友の皆さんの声にも耳を傾けてきたつもりである。

②横の意思疎通のため

右参考文献によれば、構成員同士の自己紹介・現状報告・意見発表等がこれに当たるらしい。川柳紙誌の場合は、何と言っても近詠欄や句会実績が一番の目当てであろう。全体が句会報のみという柳紙も少なくない。読み物の記事が極端に少なく、自分の作品が掲載されているかどうかが、購読の際の唯一の価値基準——そんな川柳界の一部現状はさびしい限りである。その一方で、速報性に疑問のある紙面も少なくない。『ぬかる道』誌では読み物にも誌面を割き、速報性はもちろん、ビジュアル性も心がけてきた。この点では先駆的役割を果たしているものと自負している。

③内外の情報交換のため

こちらは解説の要はあるまい。今川乱魚最高顧問の「乱魚の老眼鏡」がこの役割を果たす。このほか、巻頭言や短信、ときおり入る報告やレポート類、こちらも他誌より豊かな内容であると確信している。

避けるべきこと十箇条

『あなたも編集者』では、避けるべき事項が列挙されていた。興味深いので、引用してみる。

㋐ずっと前に終わった行事の報告(古新聞のような)
㋑他紙誌の切り抜き、寄せ集め
㋒やたら長の付く人ばかりの登場、長の挨拶記事(一部PTA新聞にありそう)
㋓狭い世界の身辺雑記(川柳界はこればかり)
㋔内容にそぐわない見出し(「○○に付いて」など)
㋕多すぎる字数やカタイ文章
㋖会議写真、顔写真だけ、トリミングなし
㋗図やグラフに工夫がない(もっとも川柳誌にこれらが登

場することはほとんどないが）
㋘レイアウトの工夫、記事の仕分け、配分
㋙誤字、脱字、誤植
ナルホドと思う指摘ばかりであるが、案外陥りやすい欠陥でもあろう。

哲男流「文章の書き方」

読み物にも力を入れている『ぬかる道』。それでは、日ごろどんな工夫をしているのか。原稿依頼の際には、どんな点をお願いしているのか。留意して欲しい事柄。使える原稿と使えない原稿の差は？等々、めったにない機会なので本音を書かせていただく。言わば哲男流「文章教室」である。

ⓐ相手を思い浮かべながら書く。

間違った情報や不完全な伝達、悪意ある中傷などは論外として、自分の書いた思いが上手く伝わらないのはやはりもどかしいものだ。その原因の多くは、「独りよがり」による。この欠点を解決する簡単な方法をお教えしよう。相手（読み手）を意識しながら語ること、である。川柳（会）を知らない相手を思い浮かべるともっと良い。その（川柳を知らない）相手に説明するように書く、これが一番の良策だ。

仲間うちの四方山話は、誌面では通じない。「Aさんのこの間の失敗だけど、……」と書かれても、読者はちんぷんかんぷん。Aさんて誰？、この間っていつ？、失敗って何のこと？、……。ついでに言えば、名前だけの記述（「哲男さん」）は避けるべし。氏名を（少なくとも初出時は）フルネームで記すこと。さらには、その場にふさわしい情報や肩書きもきちんと書き込むこと。「東葛川柳会七月句会の冒頭で、江畑哲男代表は……」という具合いに、である。

ⓑ大事なところは立ち止まって書く。

文章には、読んで欲しいところ・聞いて欲しいところがあるはずだ。ここぞという場面では、「立ち止まる」ことをお勧めしたい。原稿はおそらくは短文であろうから、大事なポイントもせいぜい二箇所程度か。そこでは、具体例や細部の描写、自分の心理等々を盛り込むようにすると良い。川柳でもカラオケでも同じ原理だ。いつかも書いたとおりである。

ⓒトニカク書く。

何を書いて良いか分からない、どう書いたら良いか教えて下さい。こういう人は書かない人である。書かないから書けないのだ。解決法は、トニカク書くこと。ここから始めて欲しい。書いてみて、書くことの難しさが分かれば進歩と言えよう。技法や表現力は自然と付いてくるもの。そう信じている。これまた川柳の作句と似た部分があろう。

ⓓその他の留意事項。

書き出せば、きりがない。以下は、高校の教科書『国語表現Ⅰ』（教育出版）よりの引用。

▽タイトルは文章の顔

「学校給食の思い出」というタイトルと「給食とのたたかい」というタイトルとを比べた場合、どちらが興味をそそられるだろうか。……(以下略)。

▽書き出しを工夫する

あとまで読み続けてもらうためには、書き出しが勝負だ。それはどこなんだろう、という謎めいた問いをまず出して、本文へ読者を導入する手法……(略)。

しかしながら、哲男流「文章教室」の極意は、右とは全く異なる。その要諦は、「楽しんで書くこと」である。力のない国語教師ほど、ヤレ辞書を引きなさい、○○はいけません等々、口うるさいことばかりを言いたがる。下手な川柳指導者ほど注意事項が多くなる、それと同じ理屈である。文章は、読んでも書いても楽しいもの。産みの苦しみはあるが、出来上がった時の喜びもまた大きい。これまた川柳と同じだ。

「おんなの目線」、好評連載中

コラム「おんなの目線」が好評だ。女性幹事数人で、苦しみながら、楽しみながら、書いていただいている。

ある時の企画・編集会議の席上。「おんなの目線」執筆者から、「約束の一年が過ぎました。ついては、執筆者を交替させて下さい」との申し出があった。女性陣の申し出に対して、次期企画を用意していなかった小生は困った。女性幹事の目線が一斉に小生に注がれる。もごもご口ごもる小生に、男性幹事から助け船が出た。「おんなの目線」は、面白いと誰もが認める人気コラムである。こうしたコラムは、代表や最高顧問でも書けない内容と思われる。是非続けるべし。

女性幹事の要望はこれにて一件落着。あれから半年。いまも好評連載中である。

進化し、深化する『ぬかる道』へ

「おんなの目線」の裏事情を書いたのには訳がある。編集の舞台裏を紹介して、苦労やら背景やらを知って欲しかったからだ。いずれにしろ、『ぬかる道』を充実させるのは誌友の皆さん自身なのである。原稿はいつも募集している。取捨は一任していただくが、豊かな誌面作りにご協力願いたい。

さらにお願い。編集部にさまざまな声を寄せて欲しい。そうした声が『ぬかる道』を進化させる。激励も、正直言えば欲しい。叱咤も結構。反応がないのが一番つらい。言葉遊びめくが、『ぬかる道』は進化し深化する。そうありたい。

『ぬかる道』二五〇号に当たり、他誌のような派手なキャンペーンは今回展開しなかった。しかし、誌友は増やして欲しい。購読をお勧め下さるよう、改めてお願い申し上げる。

哲男の読書ノート

読書も「楽しむのが基本」かも知れぬ。そう思った。従って、今回は楽しかった本を、ランダムに書き出そう。

マンガ。『その時歴史が動いた』シリーズ(集英社)は、ご存知か。「戦国編」「幕末編」「宿命のライバル編」等々、まあまあ気軽にご覧あれ。最近では、「決死の外交編」が面白かった。単価は比較的高い(九〇〇円)ので、ブックオフなどの新古書店を一旦は覗いてみるとお得。半額で買える。

新書類。『新聞社』(河内孝、新潮)、『訓読みの話』(笹原宏之、光文社)、『亡食の時代』(産経新聞取材班、扶桑社)、『他人を見下す若者たち』(速水敏彦、講談社)、『訳せそうで訳せない日本語』(小松達也、ソフトバンク)、etc。

最後に川柳家の書いた本を紹介する。まずは、『いなかいいかない?』(落合正子、本の泉社)。回文ですべて構成されている童話。日本語って面白い。お孫さんへのプレゼントにご活用を。次は、『江戸名物を歩く』(佐藤孔亮、春秋社)。ピカ一の近刊。江戸の魅力を満載し再発見する新刊。川柳人必読の書。筆者のお名前をご記憶下さい。一〇月の東葛大会選者としてお招きしている方。こういう教養ある人が川柳界におられる。それが嬉しい。ぜひ書店でお買い求め願いたい。

メンタルトレーニング 10

2008

さまざまな話題と課題を残して、八月二四日(日)北京五輪は閉幕した。二週間あまりにわたる平和の祭典に、テレビ観戦もさぞ熱の入ったことであったろう。真剣勝負は、見ているだけの人間をも感動させる力がある、改めてそう感じた。

「さまざまな話題と課題を残して」と書いたが、話題の筆頭は何と言っても、中国勢の活躍だ。世界最多の金メダルを、開催国・中華人民共和国が獲得したのである。アジアで初めて、アメリカ・ロシア(旧ソ連)以外の国で初めて、金メダル獲得のトップに躍り出たことになる。

一方、課題は山積である。チベットや新彊ウイグル地区の人権問題は言うまでもない。中国ウオッチャーからの情報によれば、メディアには報道されない爆弾事件は、五輪期間中毎日のようにどこかで発生をしていたという。右の問題以外にも、台湾との軋轢、国民の自由や権利の抑圧、取材・報道の自由、深刻な経済格差、党幹部の汚職・腐敗、はたまた食品安全や環境問題等々、挙げればキリがない。中国寄りと批判されてきた朝日新聞の社説でさえ、「独裁」中国の「政治改革」を提唱するまでに至っている。いずれにしろ、中国の今後は世界から注目されることになるが、いささかノーテンキな言い方をすれば、こうした問題が表面に出てきただけでも北京五輪の意義はあった、と評価すべきかも知れない。

真剣勝負の魅力

当会八月句会の宿題の一つが、「北京五輪一切」であった。句会前から話題を呼び、マスコミからも関心が寄せられた。

おかげさまでユニークな句が集まり、記事にもなった（8月28日付け毎日新聞、9月10日付け「東葛まいにち」紙）。

さて、一口にオリンピックと言い、無責任にもメダルの皮算用をしてしまうが、選手や関係者にとっては並大抵の努力ではない。四年に一遍の真剣勝負、そこにいたるまでの競技力・精神力を思うと、常人の想像をはるかに超える。「メダル数余興で予想するテレビ」（今村幸守）という入選句は、当事者と第三者との落差を見事に突いている。句会後の雑談で、「町内会のトップになるのさえ大変なんですから」という笑い話が出たが、全くその通りだ。

『Ｎｕｍｂｅｒ』（九月十八日号）の巻頭グラフは、ソフトボールの上野由岐子が飾った。アメリカ・オーストラリア・アメリカと連戦、二日間で四一三球にも上る熱投には大いに魅了された。『Ｎｕｍｂｅｒ』誌では、勝敗の差を分けたのは「執念の差」であるとその快挙を分析。上野由岐子の「脳力」（頭脳の勝利）を絶賛している。「執念の差」というと、やたら根性論が振り回されたりするが、今月の巻頭言ではメンタル面の鍛錬について考えてみることにしたい。

スポーツ理論の歴史と進化

スポーツや芸事を極める場合、日本人が好きなのは「〇〇道」と「道」にすることである。柔道、剣道、茶道、etc。

ボール遊びにしか過ぎなかった野球を「道」に進化させた立役者は、「学生野球の父」飛田穂洲（とびたすいしゅう）（明治19～昭和40）であった。「学生の本分は勉強、野球は教育である」という信念のもと、心と体を磨く「野球道」を追求した。「一球入魂」という言葉の生みの親も穂洲である。小生はまだ見ていないが、現在上映中の「最後の早慶戦」にはその辺りのことも描かれていて、感動を呼んでいると聞く。

その野球道の理論が、現在どのように継承されているのか、残念ながらよく分からない。そう言えば、今回のオリンピックでは、「柔道」が滅びてしまったという嘆きを聞いた。「柔よく剛を制す」一本勝ちをめざす日本の柔道が、細かいポイントを稼ぐ、アルファベットの「ＪＵＤＯ」に取って変わられた。「柔道はタックル技にしてやられ」（新井季代子）の句が穿つとおりである。

野球を変えた野村ＩＤ理論

野球に話を戻す。野球とコンピュータをドッキングさせたのは、野村克也氏（現楽天監督）である。野村ＩＤ野球のルーツは、今から約三〇年も前に遡る。昭和五四年、南海の監督解任後に野村氏は評論家になった。その際に、沙知代夫人アドバイスもあってコンピュータ会社の富士通と組んで、ソフト開発に勤しんだ。富士通の技術員が開発したソフトに、野村監督独特のデータを打ち込んでいったのだ。

読者は覚えておられるであろうか、解説者時代の野村克也氏を。TV画面のホームベース上にストライクゾーンを書き込み、バッターの責め所を具体的に解説していった野村氏を。これがいわゆる「野村スコープ」である。当時こうした解説は珍しかった。この解説は、日本野球の知的水準を上げ、野球のレベルアップに間違いなく貢献した。どだいそれまでの野球と言えば、その解説の多くは結果論に終始していた。理論よりも実践の球技であったように思われる。

三球三振に斬って、叱られたピッチャー

面白いエピソードがある。佐藤道郎という南海のリリーフエースがいた。対阪急戦（「南海」「阪急」という球団名が出るほどムカシの話）で、試合は五点差である。強打者・スペンサーを迎えて、佐藤投手は三球三振に打ち取った。その直後に、野村捕手兼監督に大目玉を食ったと言う。「バカ!! 点差を考えたら、いろいろ試せるケースやないか。もっと遊ばんかい」と。強打者・スペンサーには、いろいろな球種を投げてさぐりを入れ、彼の弱点をつかむ絶好の機会だったというのだ。「それが次のピンチに役立つ。なんでそこまで頭を使わんのだ」とも。後にも先にも、三球三振に取って叱られたのは、これが初めてだった、と佐藤投手は述懐する。

こうした知的解説を築き上げるまでには、前史があった。野村監督兼選手の南海時代のこと。スコアラーの草分けに尾張久米次というデータ収集の名人がいて、当時誰もやっていなかった配球表を作り、色鉛筆で直球系と変化球系とを大別していったのだと言う。（以上、永谷脩著『勝利を導く「知・情・念」の応用』未来出版参照）

北京五輪では結果を出せなかった日本野球だが、二年前のWBCでは見事世界一に輝いている。果たして、日本の野球道は今後どのような方向に向かうのか。

メンタル面の強化法

標題の「メンタルトレーニング」の話に大急ぎで戻ろう。スポーツ分野に於ける理論武装は、ここ二〇年ぐらいで急速な進歩を遂げた。書店や図書館を試みに覗いてみるとよろしい。スポーツの理論書・解説書、さらには競技から得た人生哲学書の類がずらりと並んでいる。

人気があるのは、特定スポーツの単なる解説書・理論書にとどまらない、人間の普遍的価値を追求した本にあるようだ。たとえば、『弱さを強さに変えるセルフコーチング』（辻秀一著、講談社＋α新書）。北海道大学医学部卒業の著者には、「スポーツドクター」という肩書きが付いている。コーチング法を説いた『聴き上手が人を動かす』（清水隆一著、ベースボールマガジン社新書）などは、組織人が読むと参考になる著書だと思う。そう言えば、心のトレーニングに気づかされる本＝『心を鍛える言葉』（白石豊著、生活人新書）は、東葛高校の「読書リスト」に取り入れた本であった。メンタルな面のケアやメン

タルな部分に左右されがちな人間関係論は、最近の心優しい高校生には大きな関心事と思われる。

ここでハタと思い出したことがある。本校の読書リスト中一番人気があったのは、『あなたの話はなぜ「通じない」のか』（山田ズーニー著、ちくま文庫）であった。多くの高校生は人間関係に悩んでいる。「公園デビュー」に悩む子育て主婦のことが話題になったのは、今からもう数年前のことだった。今度は、高校生版「公園デビュー」の指南書が必要か。入学式後のクラス開きや、入部当初の部活動で何と挨拶したらよいか?、そんな実際的な会話を盛り込んだ本を出版したら、ひょっとして大ベストセラーにつながるかも知れない。実際、そんなご時世なのである。

話のついで。福田首相辞任のニュース。メンタルトレーニングは、政治家にも必要な時代になったようだ。

中国問題を考える

本の紹介を続ける。いま注目の中国問題では、中島嶺雄・黄文雄・宮崎正弘・山際澄夫・櫻井よしこ等々、さまざまな専門家がおられるが、個人的には石平（せき・へい）氏に注目をしている。『日本と中国は理解しあえない』（日下公人との共著、PHP研究所）、『「日中友好」は日本を滅ぼす』（講談社＋α新書）ほか、過激なタイトルの著書が多いなかにあって、近著『これが本当の中国33のツボ』（海竜社、一五〇〇円＋税）は分かりやすく、奥が深い。

番傘創立一〇〇年の重み

さてさて、秋は大会のシーズンである。『ぬかる道』誌上でも出来る限り大会のご案内をさせていただいているのは、ご承知の通りだ。なかでも、番傘川柳本社の創立一〇〇年記念全国川柳大会は注目される。一〇月十二日（日）JR奈良駅前の、その名も創立一〇〇年にゆかりある「なら一〇〇年会館」という会場での開催。何しろ、一世紀に及ぶ川柳結社の記念大会である。その歴史も学びたいし、それ以上に大会そのものを楽しみたい。大会参加者には、『番傘川柳百年史』（創元社）も配布される。その内容も楽しみにしている。

大会プログラムには、今川乱魚（社）全日本川柳協会会長、上野道善華厳宗管長（東大寺別当）、作家・田辺聖子氏らの祝辞が予定をされている。田辺聖子氏の体調は優れないとも伺っているが、お話が聞ければこれまた嬉しい。

大会ツアーについては前号でも触れた。むろん今回の番傘一〇〇年奈良大会にも、ツアーを組んで臨んでいる。大会前日は奈良市内。大会翌日は飛鳥の里を回る。ツアーの参加者は一〇数名。断っておくが、東葛川柳会は番傘傘下の結社ではない。番傘でない当会からの参加者も含めて、一〇月十二日は一〇〇〇名規模の歴史的な大会になると聞いている。

来る十一月九日（日）には、第二三回国民文化祭いばらき二〇〇八川柳大会も開かれる。大会は水戸市からバスで三〇分ほどの城里町で開催される。こちらもぜひご参加を。

前述の「野球道」の飛田穂洲。穂洲は茨城県水戸市で生まれた。世の中混迷したときには「水戸ッポ」が歴史の舞台に登場する。そんな水戸を経由するのも何かの因縁か。

歴代の記念講演

11
2008

この一〇月二十四日に東葛川柳会は、満二十一歳の誕生日を迎えた。

昨年の二〇周年記念大会は、チャペルの聳える結婚式場・プラザヘイアン柏を会場に、台風の近づくなか第一部だけで二一六名の出席者を数えた。川柳界内外から来賓をお迎えし、記念講演は代表たる江畑哲男が務めた。「川柳の魅力　日本語の魅力」をテーマに、六〇分間精一杯に語ったつもりである。おかげさまで意外にも好評であり、講演要旨は新しいホームページの「代表の部屋」に掲載され、いつでも容易にアクセスが出来る。HPとは便利なシロモノである。

当日に記念出版された『ユニークとうかつ類題別秀句集』(新葉館出版)もその後売れ行き好調で、残部も少なくなっている。節目節目を大切にイベントを行い、記念すべきものを形に残すことの大切さを改めて思う。

記念大会、選者の顔ぶれ

本年も記念大会に向けて、着実に準備を進めてきた。昨年ほどの派手さはないものの、充分お楽しみいただける内容と自負している。

まずは、大会選者のご紹介から。

宿題「テキスト」の選をご担当いただくのは、津田暹先生。川柳研究社幹事長、千葉県川柳作家連盟機関誌『犬吠』編集長、(社)全日本川柳協会理事等々の要職を幾つも(難なく)こなしている(ように小生には見える)。ペンも実務もお人柄も、安定感抜群の先生。平成十一年に刊行された句集『川柳三昧』は、いま読み返してもなお新鮮である。

宿題「のろのろ」は、東京番傘川柳社の佐藤孔亮先生にお願いをした。昭和三十一年生まれの若手。雑俳の会「揚巻」を主宰、読売文化センターの講師も務めている。この先生も健筆家で、近著『江戸名物を歩く』(春秋社)は九月号巻頭言で紹介させていただいた通り。右著書を、村田倫也幹事が一〇月号表紙写真の解説で早速活用してくれた。

大会ゲストの言うならば「トリ」を、松戸川柳会会長の米島暁子先生にお務めいただく。当会のお隣・松戸市にお住まいである。川柳まつど二十五周年記念の『合同句集4』には、次のような自己紹介を書いている。「川柳のお陰で、夫・娘・孫に干渉する暇がないから、喜ばれている」と。包容力豊かな先生の、宿題「弁当」の披講はいかにも楽しみだ。

記念講演者の横顔

今年の記念講演は、(社)全日本川柳協会監事の清水厚実先生にお願いした。きっかけは、日川協の総会であった。二月一〇日(日)、秋葉原で開かれた日川協総会に小生も出席。会議は平日に開催されることが多く、なかなか出席できなかった小生の、久々に出席できた総会であった。席上「川柳と教科書」問題について、清水監事から要点を捉えた報告と解説がなされた。清水報告は、次期学習指導要領改訂のポイント・方向も含めた含蓄深い内容であった。

しかしながら、議論は深まらなかった。川柳人というのは、どうして他人の話をまともに聞けないのだろうか。理解しようとしないのであろうか。問題の本質から外れたところで個人的な「感想」を交換し合うのが、どうも好きらしい。少なくとも清水報告を理解した上での発言は、皆無に近かった。

こんな井戸端会議的「話し合い」を聞きながら、小生は昨今のワイドショーを思い出していた。理解もせず、調べもせず、考えを深めずに、コメントを繰り返す出演者の何と多いことよ。ワイドショーというのは、自分たち以外の他者を攻撃し非難していれば視聴率が上がるそうな。己には甘く、他者にのみ責任をおっかぶせてさえいれば、視聴者も安心して見ていられるからだそうな。いやはや、閑話休題。

「川柳を教科書に、そして著作権を大切に」

右に書いたような経過があって、清水監事に手紙を書いた。小生なりの苛立ちがあり、清水先生とコンタクトを取りたかった。このことが結果として今回の記念講演実現につながったのだと考えると、アノ会議も逆に意味があったと言うべきなのか? 世の中、面白いものだ。

その後の日川協の動きを記しておこう。日川協では、今川乱魚会長の旗振りで「教科書問題委員会」(委員長・大木俊秀常務理事)を立ち上げた。四月以降精力的に同委員会を開催。小生はまたしても平日の会議ゆえに出席できず。わずかに資料送付(「学習指導要領の解説」)などで「協力」するのみ。しかし、これまたそうした資料の交換によって、清水厚実先生とのコンタクトが深まることになった。有り難い。

清水先生からは講演のタイトルを早くにいただいた。演目は、「川柳を教科書に、そして著作権を大切に」である。面白おかしい話ではないが、川柳人として一度は聞いておきたいテーマである。川柳を短詩型文芸としてアピールする絶好のタイミングとも思う。清水講演に期待したい。

多彩で豪華な講師を招聘してきた歴史

東葛川柳会では、大会時に川柳界の内外から講師をお招きしてきた。誇るべき伝統と自負している。実際、講演を楽しみにして下さる方も少なくない。講演は、会員の知識や視野を広げるだけでなく、会自体のステータスを高めることにもつながっているのだと、最近気がついた。大袈裟に言えば、グローバルな視野の獲得。こんな企画が、当会創立当初から連綿と続いている。改めて、今川乱魚前代表（現当会最高顧問）の慧眼に敬服する次第である。

ところで、これまでどんな先生をお招きしたか。入会して日の浅い方のために、主な記念講演者と演目を列挙してみることにしよう。（敬称略、肩書きは当時）

「野茂と日米野球文化比較」池井優（慶應義塾大学教授）、「女が変わり、法が変わって、男は変われるか」渥美雅子（弁護士）、「人生と勝負」佐瀬勇次（将棋棋士八段）、「サラリーマン川柳苦労話」森泉康亨（第一生命ライフデザイン開発部次長）、「東葛の小林一茶」伊藤晃（作家）、「高齢化社会と日本の教育」衞藤瀋吉（東京大学名誉教授）、「江戸っ子、芝居好き、団十郎にちなむ川柳」林えり子（作家）、「東京の町を見ながら」泉麻人（コラムニスト）、「川柳と江戸庶民文化」渡辺信一郎（古川柳研究者）、「病める精神と文学─種田山頭火によせて」渡辺利夫（東京工業大学教授）、「狂句と新川柳」復本一郎（俳文学者）、「短歌と川柳」篠弘（歌人）、「江戸の笑い」山本鉱太郎（旅行作家）、……。

川柳関係者については、お名前だけを列挙する。尾藤三柳、脇屋川柳、大野風柳、坂本一胡、斎藤大雄、速川美竹、北野岸柳、西來みわ、大野風太郎、尾藤一泉、今川乱魚、……。

右講演の要旨は、当会の記念誌『川柳ほほ笑み返し』、『川柳贈る言葉』に原則収録されているので、ご覧ください。

こうしたご縁は親近感を抱かせる。例えば、「栄養費」という裏金問題に揺れた数年前の野球界。あの折り、実態解明と再発防止に池井教授が奮闘をされた。会見する池井教授を見るたび、私たちはテレビの前で先生を応援していたのだ。さらに先日、渡辺利夫先生（現拓殖大学学長）の新刊『新脱亜論』（文春新書）を手に取った。圧巻。理性的・複眼的で、しかも筋の通った近代史観である。その思索の深さに感銘。今年一番教えられた歴史の本、と自信を持って申し上げたい。

二つの大会

12
2008

この一〇月には、記念すべき二つの大会があった。番傘の大会と東葛の大会である。

前者は創立一〇〇年を記念する大会で、参加者数はおそらく川柳史上最多であろう、一〇三三名を数えた。後者は創立二十一年、参加者数は一八五名（投句含む）であった。二つの大会に対していくつかの感想を抱いた。今月はそこから書かせていただこう。

まずは番傘の大会。正式には、「番傘川柳本社創立一〇〇年記念全国川柳大会」と呼ぶ。

タイムカプセルが届いた

大会前に、驚かされたことがある。小生宛てにタイムカプセルが届いたのだ。タイムカプセルというのは、自らの筆跡で書かれてある、自らに宛てた葉書のメッセージである。十五年前の一九九三年、番傘創立八五周年記念大会がやはり奈良で開催された。その折りに、タイムカプセルを託した。十五年前は東葛飾郡沼南町に住んでいたのだが、葉書の表面は現住所たる我孫子市に書き直されていた。番傘の事務局が訂正してくれたのだろう。おかげで、葉書は迷うことなく小生宅に届いた。九月上旬のこと。

メッセージに、何を書いたか。葉書の文面を見て苦笑いをした。メモ魔の小生らしく、当日の行動が詳細に記されていたのだ。このメモを見ると、当日の様子が分かるので、皆さんにもご覧いただくことにしよう。(実際のメモは横書き・算用数字)

一九九三年十一月十四日(日)

5時　起床
5:46　中ノ橋~柏(始発バス、一六〇円)
6:02　柏~上野~東京(四四〇円)
7:21　東京~京都(往復料金=一二五二〇円、2割引)
　　新幹線　四九四〇円
10:15　京都~奈良(近鉄特急、五四〇円+四四〇円)
11:00　奈良着(会場=奈良ロイヤルホテルへ)

〈出席者〉
南桑、李渓、竹仙、乱魚、花戦、修、こうすけ、紀伊子、蓉子、和子、あきの、真弓明子、ときを。
正紀、福島久子、松岡葉路・恵美子、古賀絹子。

十五年の歳月

この葉書仕様のタイムカプセルを見て、しみじみと十五年の歳月の長さを思った。「年々歳々花相似たり、歳々年々人同じからず」である。この十五年の間に、右記十八名中五名の方が亡くなっている。

この葉書を、同行の窪田和子さんが懐かしそうに眺めてくれた。懇親宴で一緒になったおかの蓉子さんにもお見せしたところ、「十五年前(大会に)来たのだっけ?」と、とぼけたことをおっしゃる。人の記憶は、このように曖昧になるものだ。

番傘一〇〇年大会は、予定通りに進行した。前号本誌「短信」に記したとおりである。

実を言えば、心配していたことがあった。一〇〇〇名もの来場者を受付はどう捌くのだろうか。何回かの全国大会の受付を経験している小生は、混乱は必至と危惧していた。大会運営のプロを自認する小生の心配でもあった。同じ心配をしている人がいた。同行の中澤巌幹事長である。

しかしながら、この心配は杞憂に終わった。受付は思いのほかスムーズであった。天候も幸いした。混乱を避けるために入場制限をしたのだが、受付待ちの来場者を入り口の外・秋晴れの会場の外に並んで貰う形を取っていた。いずれにしろ、関係者の皆さま、有り難うございました。そしてお世話様でした。さぞ大変だったことでしょう。

多くの収穫といくつかの課題

大会と懇親宴、さらにはその二次会も含めて、多くの収穫があった。

収穫の一。大会の引き出物。何と言っても、四〇〇ページにも及ぶ『番傘川柳一〇〇年史』が労作である。礒野いさむ主幹の序文は特に読み応えがあった。ほかに、『當百句集』(昭和三年に刊行され、昭和三十二年に復刻された『当百句集』の再復刻版)と、DVD『川柳史探訪』(番傘川柳本社六十五周年記念の復刻版)も、参加者全員に配布された。価値ある復刻と思う。

収穫の二は、人との出会いだ。懐かしい方、新しい出会い。我ながら付き合いが良いので、書き出せばきりがない。割愛。

さらに三。柳誌との出会いも収穫の一つ。一誌だけを挙げるならば、『川柳文学コロキュウム』(発行人・赤松ますみ)。その32号掲載の山本洵一氏による「ことばの世界を覗く」が興味深かった。勉強している人のペンはすぐ分かる。

一方、課題も少なからず見えてきた。最大の課題は、何と言っても川柳の未来像をどう描くか、であろう。記念品『番傘川柳一〇〇年史』を読めば感じる。かつて、川柳人は意気盛んであった。ために論争があった。何より、若かった。例えば、一四七ページ所収の番傘五〇周年の「宣言」をご覧になるとよろしい。

『番傘』一〇月号に、小生が「次なる一〇〇年へ」というエッセイを書いた所以も、実はここにある。過去は素晴らしい。課題は、「未来をどう描くか」なのだ。この点、次の時代へ向かう志も方向性も見えてこないように思えるのは、いかにも残念である。

東葛川柳会のモットーあれこれ

わが東葛の大会出席者は、一五〇名(+投句三十五名)であった。数字的に見れば、むろん番傘の比ではない。比較にならない。

一方、東葛川柳会は若くてエネルギッシュな会であるとも言われる。そんなお褒めをいただいてきた。来し方を振り返ってみて、改めて会のあり方を考えてみよう。過去の発言のなかから、モットーらしきものを、この機会に幾つか挙げてみたい。

①「**楽しく学ぶ**」。何よりも「楽しさ」を追求してきた。楽しくなければ川柳ではない、などとも言ってきた。参加者本位の運営を心がけてきた。例えば選者の選句時間の活用。一方、だらしない時間の使い方は避けてきた。勉強タイム(講演や披講)とリラックスタイム(歌や体操・懇親

宴）を建て分けてきたのも、ご存知のとおりである。

②「**人と組織を大切にする**」。所詮、趣味の会である。会を支えるのは、代表・幹事長も含めてボランティアなのだ。従って、各自で出来ることはやっていただくしかない。会の仕事は分けあい、支えあう。三つのワーク（チームワーク・フットワーク・ネットワーク）ということも、再三強調してきたところである。

③さらには、**学校教育**（ジュニア川柳）**や生涯学習**（地域社会）**との連携**をも視野に置いてきた。今回、江戸川大学で「川柳入門講座」を開講するのは、川柳界として画期的なことと信ずる。

さらにさらに、先月号の巻頭言「歴代の記念講演」をまとめながら感じたこと。東葛川柳会は、地域に根ざしつつも川柳界全体を視野に置いて活動してきたのではないか。いま流行りのカタカナ語で言うならば、「**グローカリズム**」（地球規模の発想で地域活動を行う）という考え方に通じるものがあるのかも知れない、と考えた。いささか手前味噌ではあるが、的外れではあるまい。

▽前号訂正　十一月号巻頭言「歴代の記念講演」に、仲川たけし氏のお名前が欠落していました。その仲川先生は、一〇月十八日（土）癌のため逝去。享年九二。謹んでご冥福をお祈りします。

VIII

2009

新年号早々ながら

01

2009

新年号早々ながら、新聞社の対応の不実を書く。

新年号なので、話はすべて「昨年」ということになる。

昨平成二〇年九月一〇日付けの毎日新聞を見て驚いた。万能川柳欄に八月月間賞作品として、「誤解して結婚理解して離婚」（あらさが氏）が掲載されていたのだ。しかし、この句は先人の作である。作者と選者、そして新聞社は、知ってか知らずか、同一の作品を投稿・選出・掲載してしまった。おそらく小生の記憶に間違いはない。九月一〇日夕刻毎日新聞社に電話を入れた。

暗合句の扱い　その原則

電話の段階では、慎重を期して「小生の記憶では……」という言い方をした。「古い番傘の作家の作品で、おそらく一字一句違わない作品と記憶している。盗作と言ってきつければ、あきらかな暗合句と思われる。暗合句の場合は、後で発表された作品の方を取り消すのが、文芸の世界の常識・常道である。善処して欲しい。」――そのような指摘を、小生は電話でしたのであった。昨秋の当会記念講演（清水厚実講師）でも話題となった、著作権の問題もイメージしながら。

毎日新聞読者室の対応は、丁重であった。電話口に出たＫ氏からは、「知らなかった。資料があるならぜひ送ってほしい。ＦＡＸで結構です」と言われ、翌々日の十二日（金）に依頼通りにお送りした。二日ほど時間が経過したのは、多忙と該当書籍の捜索に手間取ったからである。

案の定、小生の記憶に間違いはなかった。「誤解して結婚理解して離婚」の作品は、故北原晴夫句集『哀歓抄』（昭和57年刊）の八ページにあった。作品が似通っているのではない。一字一句違わないのである。暗合と言えば見事な暗合だ。ちなみに、この北原晴夫は、『現代川柳ハンドブック』（雄山閣）にも名を残している作家である（研究書『今日の川柳―現代川柳の理解と実態―』の編者として）。

新聞社へのＦＡＸ　その文面

新聞社へのＦＡＸでは、右記の事実をまず伝えた。北原晴夫句集『哀歓抄』の該当部分をコピーし、さらに奥付のコピーも添えて、ＦＡＸ送信した。ＦＡＸの送り状兼文面には、次のように書いた。（実際の文面は横書き、「ですます体」）

①「盗作」か「暗合」かの判断は貴社にお任せする。「暗合」が発覚した場合は、後で創られた作品を取り消すというのが文芸の世界の常道、と再度の念押しをした。

②（社）全日本川柳協会（会長：今川乱魚）の存在と、そこで取られている一般的な処置にも言及。

③加えて、今回は「月間賞」として扱われ、広く発表・顕彰されている。それゆえ、今後の処置はなお大切になろう。

　さらには、日ごろの新聞川柳欄への抱いていた、小生の意見・要望も率直に述べさせていただいた。

④読者室「万能川柳欄」の選者が川柳人でないのは、いかにも残念である。

⑤小生は、「まいにち川柳欄」（選者：故渡邊蓮夫）の香り高い文芸性をこよなく愛していただけに、余計そう感じる。

⑥川柳の欄は川柳の専門家に選を委ねることを、この際ご検討いただけないであろうか。

④〜⑥は、川柳人として当然の主張であり、希望と信ずる。

右の経過と資料を津田暹氏（川柳研究社幹事長、日川協理事）に提供したところ、お褒めと激励の言葉をいただいた。「よくお気付きでしたね。その後の対応も立派です」と。分かる方に分かっていただいたのが嬉しかった。

新聞社からの返信　その文面

冒頭に、「新聞社の不実」と書いたのはここからだ。

電話口では丁寧だった毎日新聞社からは、その後全く返事がなかった。一カ月近くが経過した。資料提供をお願いしてきたのは先方なのに、返事も礼状も来ないのである。失礼ではないか。大マスコミのこういう対応はいただけぬ。そう思って、一〇月七日付で手紙を再び書いた。手紙には、この一カ月の経過と若干の抗議の意を込めた文面をしたためた。

　第二信に対する返信は速かった。一〇月九日付けで、しかも毎日新聞読者室長・七井辰夫氏の署名入りの返信だった。その文面を左記に示す。

〈拝復

　このたびは弊社・万能川柳欄でたいへん貴重なご指摘をいただきながら、返事が遅れましたことを心よりおわび申し上げます。申し訳ございません。

　当室のK（人名）から電話およびファックスを受け取った直後、弊社欄の担当者に通知して対応策を協議しました。その結果、月間賞はすでに受賞してしまったあとなので取り消しはしないものの、投句者の作品掲載には十分慎重に対応することとしました。

　江畑様の見識あるご指摘に、関係者一同たいへん感銘を受け、今後身を引き締めて選句をお願いしていこうと心を新たにしたしだいです。

　なお、選者の仲畑氏はこの欄の「仲畑流万能川柳」という名称からもご賢察のとおり、コピーライターの視点から新たな川柳の分野を開拓しようとお（ママ）１９９１年からお願いしており、選者あっての欄ということで、全国にたくさんのファンを持っております。今のところ選者を替える考えはございませんので、その点はぜひご理解いただきたいと思います。（以下略）〉

（傍線、引用者）

右の返信　皆さんはどう読まれましたか？

右の文面を、読者の皆さんはどう読まれたであろうか。今度の返信は素早かった。表面的には大変丁重な文面である。非の打ち所がない。しかしながら、内容的には「返信」になっていない。日ごろの授業で文章の読解法を高校生に指導しているが、右の文章には「中身」がない。「心」もない。そう思う。ただただ、謝ったフリをしているだけである。

以下は小生の第三信。骨子はこうであった。

(1)一〇月九日付け返信にある、「(暗合への)対応策を協議したけれど、「取り消しはしない」」。その理由＝「すでに受賞してしまったあとなので」は、理由になっていない。

(2)右は、小生とのやりとり・経緯から見てもおかしい。すなわち、九月一〇日に貴紙上にて月間賞の発表があり、発表直後に気が付いた小生から「盗作」もしくは「暗合句」という指摘をしたのだ。この指摘に対しての対応や答えが、「もう済んだこと」というのは、時系列的に言っても全く矛盾する。

(3)問題は、新聞という公器に発表された以上、指摘に対する何らかの「対応」(新聞社の語法)が、なされて然るべきこと。モチロン、著作権の問題も絡む。

(4)もっと噛み砕いて言うならば、新聞紙上に発表になったことで、この「暗合句」を孫引きしたり著書への引用があったりしたら、貴社はどうされるのか。「新聞の社会的公器としての責任」とは、そういう点を言うのではないか。

(5)補足。そもそも、作者の「あらさが氏」氏は、こうした経緯をご存知か。ある意味で「暗合」を知らずに、入選・表彰された作者も不幸なことと言えるのではないか。

余談ながら、著作権の問題でも『ぬかる道』は模範的な対処をしていると思う。例えば、昨年度の表紙の写真。下絵は歌川広重の「江戸百景」である。広重のアングルを、村田倫也幹事のカメラから「現代の江戸」を捉えた。毎号左上の絵画の著作権(三〇〇〇円強)は、当会としてきちんとお支払いしてきた。趣味の会ですら、こういう対応が当たり前となっているのだ。ほかに、取材費等もかかっているが、これ以上は申し上げぬ。閑話休題。

田辺聖子氏の批判を資料として添付

小生からの第三信は、右記の通りであった(実際の文面は横書き、「ですます」体)。第三信には、資料を添付した。その資料とは、昨秋文化勲章を受章された田辺聖子さんの一文である。川柳家ならよくご存知の『道頓堀の雨に別れて以来なり』(中央公論社、一九九八年刊)から採った。

〈近時、世上に横行する猥雑な狂句・雑俳を一律に引っ括って川柳と名付けるのは、川柳を僭称するの甚だしき

ものだ。（中略）

「川柳宮城野」という柳誌が仙台市から出ている（主宰ちば東北子氏）。ちょっと前だがそこに「川柳界の憂鬱」として柳界に評判わるい某新聞の募集川柳について東井淳氏が書いていられる（平成4・11・12）。

その欄の選者が川柳作家ではなくコピーライターであることに柳壇はまず不満なのだが、東井氏は、水府もコピーライターであり、山頭火にもその資質はあったとし、それはそれとして、「川柳も俳句も短歌もこのようたコピー感覚から得るところは多く、むしろその時代感覚と庶民感覚から学ぶことば大切である。しかし水府も山頭火も川柳作家と俳句作家である。がゆえにコピーを書くことができたのであり、コピーライターが川柳や俳句を作ることができるかというと疑問であろう。五七五という厳格な規律をもつ表現がより自由度の高い表現へと移行することは比較的易しいが、その逆は難しいと云えるからである。この場合、小は大を兼ねるが大は小を兼ねないのである。川柳とコピーがただ感覚的に類似しているということだけで川柳の選者が決定されたとしたら、これはまさに川柳界にとって憂鬱なことである」

といわれているのは妥当なご意見で私も賛成だ。某新聞社がどのような識見で以てコピーライターを柳壇選者に据えたのか、そのあたりの事情はつまびらかにしない

けれども（それ以前は老練の川柳作家であった）、もしそれをあえてするなら、名称も新しく興して、雑俳・冗句・狂句・イチビリ句・おやおや句・笑句・戯句・迷句・乱句・驚句・仰天句・無礼句・宴会句・野次馬句・俗句・世事句・落句・無作法句・軽口句・チャリ句・駄洒落句・漫句・巷句・珍句・閑句・遊句・とぼけ句・砕け句・騒句・歓句……などという新語を興せぼどんなものであろうか。本来の川柳と区別するために。……〉

念のために付言する。この小説『道頓堀の雨に別れて以来なり』は、一九九九年の第50回読売文学賞を受賞した。当授賞式において、井上ひさし審査委員長は「文壇は川柳という文芸について不勉強であった」と、いみじくも述べておられた。新聞社はこの言葉を改めて噛み締めるべきではなかろうか。しかし、残念なことにこの第三信に対する返事は来ていない（平20・12・5）。

『ぬかる道』新年号からの企画

さてさて、気分一新して締めくくりは楽しい話題を。『ぬかる道』新年号からの企画を紹介しておこう。

まずは、人気コラム「女の目線」に対抗して、「男の交差点」が始まる。男性執筆陣数人で書い継いでいく予定。短期連載では、新葉館出版・大野瑞子記者の「西田當百の川柳と金言」余話が見もの。掛け値ナシに興味深い。商業雑誌の記者が、同人

誌へ寄稿するというのも珍しい。この他、二月号から新しい連載も用意されている。
個人的には三年ぶりの年賀状が嬉しい。健康は宝と素直に思う。

巻頭言の反響

02
2009

当初の予定を変更して、前月号の続きを書く。その方がタイムリーであろうと判断した。

というのは、前月号の巻頭言「新年号早々ながら」に多くの反響が寄せられたからである。手紙やら電話やらを予想以上にいただいた。その一部を、今月号に別掲(該当ページ参照)している。ご覧いただきたい。何を書いても反応の少ない川柳界では珍しいこと。その珍しいことが起こっている。

ご承知のように、前月号の巻頭言では新聞社の不実を書いた。しかも、真っ正面から書いた。暗合句に対する不誠実な姿勢が許せなかったのだ。著作権も蔑ろにしている。小生が関わった事柄ではあるが、それは私憤ではなく公憤と呼ぶべきものと信ずる。川柳をこよなく愛する一人として、また一人の川柳作家として、皆さんに聞いていただきたかったことでもあった。

腹は立ったが、出来るだけ客観的に書いた。事実に基づき、時系列のやりとりも分かるように書いたつもりである。従って引用が多くなった。基本二ページの巻頭言が、三ページにわたったのはそのためである。

巻頭言への反響・共感の数々

佐竹明担当幹事による新年号の発送はスピーディーだった。このため、十二月句会開催(二三日)以前からすでに手紙や電話をいただいていた。一番早かったのは、川柳白帆吟社主宰の成田孤舟先生であった。孤舟先生からは、独特の右上がりの字で丁寧なお手紙をいただいた。続いて、池井優慶応大学名誉教授、さらには儀野いさむ番傘川柳本社主幹、著作権の専門家である清水厚実(社)日本図書教材協会顧問など、大物からの激励が相次いだ。予想を超える反響に嬉しくもあり、有り難くもあった。

池井優(川柳雅号・南海)教授については、昨年十一月号巻頭言でも言及した。当会に二度ほどご講演においでいただいている先生である。平成七年十二月句会には、「野茂と日米野球文化比較」という時宜にかなったご講演をいただいた(『贈る言葉』所収)。その後も何かとご縁があり、もう一度お招きできないかと今川乱魚前代表と相談していたのだが、時期が悪かった。西武ライオンズの裏金問題調査委員会の委員長に就任され、マスコミの取材攻勢に遭っていた、ちょうどその頃だったのだ。手紙に同封された随筆のコピーには、池井先生一家が夜討ち朝駆けのマスコミ攻勢に見舞われたことが書かれてあった。

礒野いさむ先生からは、葉書で簡単ながら有り難い一言を頂戴した。清水先生には、昨一〇月の当会大会にてご講演を伺ったばかり。しかも演題が「著作権を大切に」とは出来すぎている。新聞社の今回の対応は、反面教師の教材としても使えそうだ。

横浜の五十嵐修さんは、もっと行動的だった。例の張りのある声の美しい日本語で（元ＮＨＫアナウンサーなのだから当然か？）、直接電話で激励をいただいた。その内容たるや、出席した句会や講座等々でわが巻頭言を出席者の皆さんに読んで聞かせ、新聞社の不実を解説して下さっているのだそうだ。話を聞いた川柳家は、強い関心と共感を寄せて下さっているとも伺った。感激屋の五十嵐修さんに電話で熱く語っていただいて、こちらが感激をしてしまった。このほか、お名前は挙げないものの多くの方々の激励や、この機会に伺った『ぬかる道』への各方面からの期待に感謝申し上げたい。頑張ります。

いずれにしろ、私たちは川柳を文芸として捉えているのである。毎日新聞社は、十四年前に選者をベテラン川柳作家からコピーライターに差し替えた。川柳の選者なんかコピーライターでも出来る、新聞社はその程度の認識であったのだろう。今回の一件で、川柳作品を軽んじていることがよく分かった。ひょっとしたら、川柳を侮っているのかも知れない。川柳作品への侮辱は、川柳そのものへの侮辱に他ならぬ。

十二月二二日、小生から毎日新聞社読者室長・七井辰夫氏宛てに『ぬかる道』前月号を資料としてお送りした。巻頭言には付箋を貼り、一筆箋にて趣旨を書き添えた。はてさて、お返事はいただけるのもかどうか。一月五日現在、その返事は届いていない。

ますます楽しみな『ぬかる道』誌へ

前月号では中途半端になってしまった、『ぬかる道』誌の新しい企画をご紹介しよう。

まずは、落合正子さんによる短期集中連載。正子さんは回文作家で、回文作家協会の会長を現在務めておられる。回文とは、上から読んでも下から読んでも同音の、そう「しんぶんし」「たけやぶやけた」のアレである。連載は今月号から軽やかに始まった。回文から始まって雑俳にいたるまでの魅力をたっぷり書いて下さいナ、正子さんにはそうお願いしている。ご期待下さい。

次は「男の交差点」。好評の「女の目線」に、男も負けられぬ。男女機会均等法だってある。川村安宏・秋山精治・小川定一のお三方が今後書き継ぐが、実はもう一人書き手が欲しい。出来れば五〇～六〇代の、モチロン男性。テーマは肩の凝らない日常茶飯。立候補者は、山本由宇呆担当幹事へ。ガンバレ、男性陣!!

哲男の読書ノートより

『東大合格生のノートはかならず美しい』(太田あや著、文藝春秋社、一〇〇〇円)が興味深い。いま話題の本でもある。東大生ノートに共通する「7つの法則」を、少しだけお見せしよう。

法則1　とにかく文頭は揃える
法則2　写す必要がなければコピー
法則3　大胆に余白をとる
法則4　インデックスを活用
法則5　ノートは区切りが肝心
法則6　オリジナルのフォーマットを持つ
法則7　当然、丁寧に書いてある

時季が少しはずれてしまったが、お孫さんのプレゼントにいかがか。余談ながら、古典に関する限りは江畑哲男教諭推奨のノートの取り方と全く同じである。

次は、『サラ川グリッシュ』(長野格・デービッドマーティン著、講談社、一〇〇〇円+税)。サラリーマン川柳の英語版だ。有名なサラ川の二種類の英訳が興味深い。英語的言い回しの勉強にもなる。英語が苦手の人も楽しめますので、念のため。

全米で二〇〇万部売れたという本が、『合衆国再生』(バラク・オバマ著、ダイヤモンド社)だ。いえいえ、日本語訳です。

竜王戦の名勝負

第21期竜王戦は、歴史と記憶に残る名勝負となった。渡辺明竜王と挑戦者・羽生善治名人との七番勝負は、見応えたっぷりの知的激闘だった。ところで、この二人とも新書を出している。羽生名人は一足早く二〇〇五年に『決断力』(角川oneテーマ21)を、渡辺竜王はこのほど『頭脳勝負』(ちくま新書)を出版した。竜王戦は、渡辺竜王の奇跡の逆転勝ちとなったが(自慢ながら小生は渡辺竜王に分があると予想していた)、著書では羽生名人に一日の長がある。将棋通の方、そうでない方にも発見のある一著だ。

風邪・インフルエンザに注意。手洗いとうがいが予防の基本だ。

春風と闘志

03
2009

関係者以外でも比較的分かっていただけそうな教員の苦労に、入試関係業務がある。その入試がいまピークを迎えている。千葉県の日程を例に説明させていただこう。

▽二月六日(金)　特色化入試(=昔の推薦入試)
▽二月二六日(木)・二七日(金)　一般入試
▽三月十七日(火)　二次募集

同業者の植竹団扇幹事が勤務する私立高校では、推薦入試三回・一般入試三回の、都合六回もの入試を実施していると伺った。驚いた。それはそれは大変な作業である。入試の大変さは、ハンパではない。どの業務一つを取っても間違いというものが許されないからだ。この緊張がず～っと続く。試験問題の検討に始まって、問題作成・受付業務・会場準備・試験当日・採点業務・成績処理・合格発表・教委への報告・入学準備、等々。何から何まで緊張を要する仕事の、しかも連続である。

入学試験の今昔（いま・むかし）

川柳人の皆さんは、他の一般の方々と比べて想像力が豊かだから、入試模様の今昔をご理解いただけるのではないか。あえて、ムカシと様変わりした事情の一端を記せば、それなりに「不易」の部分と併せてご想像いただけるものと信ずる。まあ、こんな入試事情の考察などを巻頭言に書く柳誌も珍しいであろうから、あえて今月号では触れさせていただくことにした。

①変化の第一は、選抜方法の多様化。と言っても、ちんぷんかんぷん!? 一口に「入試」といっても、実に多くのパターンがあるということ。入試日程を先に紹介したが、あれはあくまで全日制の日程である。ほかに定時制（三部制）や通信制があり、成人や帰国子女などに対する特別入試のパターンが幾つか存在する。

②次は、評価尺度の多元化。これまた難解なので、説明が必要か。「評価尺度の多元化」とは、学力に依らない評価を採り入れること!? ぶっちゃけ、学力以外の要素を評価することだ。具体的には、内申書の記述、面接の実施（重視?）、傾斜配点の導入、個性や能力・適性・意欲・態度・関心などなど数値化の難しい部分への「評価」の導入、学校裁量の拡大、など。皆さんに分かりやすく説明するのがとても苦しいのだが、要するに「一〇〇校あれば、一〇〇パターンの合格基準がある」とお考えいただければ良いのかも。「えっ?、合否って、学力の差で決まるものじゃないの」。普通はそう考えるが、その辺りがムカシと違うのだ。

③①・②の本筋とはやや趣を異にするが、さまざまな事情へのこと細かな配慮の数々。これまた様変わりである。各種配慮は多くの項目にわたり、同時に細心の注意が求められる。受験生及び受験生の家族にとっては有り難いことと思わるが、正直申し上げて現場は大変である。病気・障害・さまざまなパターンへの対処が要求される。これまた具体的事例を挙げよう。

本校では、保健室を三部屋（重患用・インフルエンザ用・一般の病気）用意している。そうそう、検査室を男女別にしなくなったことも昔とは違う。ついでに言えば、書類上の男・女別を、〇印等で極力書かせないような配慮も施す。良し悪しの論議はともかく、男が先で女が後に来るような「差別」的書類を排除する狙いがあるように思われる。

あれこれ思いつくままに列挙したが、実務責任者たる教務主任の苦労は尽きない。総責任者の教頭先生の重圧も計り知れぬ。以上、入試の舞台裏の一端を書かせていただいた。

大学入試のキーワード

一方、この時期は並行して大学入試と重なっている。本校生徒たちも、センター試験(一月十七日・十八日)から始まった入試日程をそれぞれ無難に?こなしている(はずである)。

自慢話になるが、今年のセンター試験の問題を小生はズバリ的中させた。二学期末の定期考査問題に「多文化主義」(＝マルチカルチュラリズム)を出題したところ、国語ではなかったが「現代社会」という科目でそのまま出題されていたのだ。この事実はあとで同僚から知らされて、嬉しかった。「現代社会」を選んで受験した生徒は、本校では一一一名いる。彼らは、試験会場で「ヤッター!」と、心の中で快哉を叫んでくれたであろうか。

ついでながら、わが卒業試験の問題には次のキーワードを出題した。「デフォルメ、アイデンティティー、カタルシス、パラドックス、コンテクスト、……」。おいおい、冗談言うなよ。おまえさんの担当は国語だろ。外来語ばかり出題して、いったい何なんだ。そんな嫌味を言われてしまいそう。

実はここがカギなのである。難関大学突破の秘密はこの辺りにあるのだ。現代の評論文や小論文には、今やカタカナ語が必須となっている。思考力を問うのが大学の入学試験だとするならば、カタカナ語で示される概念を知らずして、難関入試は突破できない。現代社会は語れない。そういう時代に、好むと好まざるにかかわらずなっているのだ。受験を控えたお孫さんへのアドバイスの参考になれば幸いである。

入試とは全く関係ないが、東葛川柳会では創立以来、宿題の一つに外来語(カタカナ語)を取り上げてきている。今川乱魚前代表の慧眼である。改めてそう思う。

思わず笑ってしまった迷答・珍答

カタイカタイ話題が続いたので、笑えるエピソードを一つ。これも試験の話。定期テストに、「ポスト・モダン」の意味を出題したら、次のように解答した生徒がいた。「僕のような外来語に弱い人間に対して、はぐらかしたり誤魔化したり優越感に浸ったりする時に使用する単語」。この答えには笑った。採点を忘れて、大笑いした。うまい!、とも思った。モチロン不正解だが、ナルホド鋭いところを突いている。その珍答ぶりに敬意を表して、思わず一点だけ挙げてしまった。名前を確認したら、I君であった。落研の部員である。

落研ネタでもう一つ。

入試当日の校門前などで、受験生激励とサークルのＰＲを兼ねて、チラシが配られたりする。「がんばれ、受験生」「祈る合格！」等の文字が躍る末尾に、「○○大学ラグビー部」などの署名が入る。試験会場のチラシ類に「落語研究会」は登場しない。「がんばれ、受験生」のチラシの後に、「落ちる」の入った「落語研究会」の文字は、やはり相応しくないのであろう。閑話休題。

教育は秋田に学べ

ところで、秋田県の教育がいま注目されている。昨年・一昨年と実施された小中学校の全国学力テストで、秋田県が全国一位に輝いたからだ。なぜ秋田の学力が高いのか、その要因は諸説ある。最も基本的な理由として、家庭がしっかりしていることを挙げる識者がおられた（中嶋嶺雄国際教養大学学長）。曰く、食事を家族とともに規則正しく取ること。田舎ゆえに地域社会での役割があること、等々。ナルホドと思った。秋田県内でも人口の少ない田舎の方が、都会よりも学力が高いとか？　要するに、家庭的にも地域的にも落ちついて生活できる環境にあるということが何より肝心ということか。これまた何らかのアドバイスになろう。

「春風や闘志いだきて丘に立つ」（高浜虚子）。このあまりにも有名な一句には誤解があって、「穏やかな春風に、合格や進級をした人間が新しい目標に向かって闘志を燃やしている」というのがその代表例だ。この季節、そうした誤読もまた良しとするか。

良質のジョークを

04
2009

こんなご時世ですが、ジョークなどいかが。いやいや、こういうご時世だからこそ、ジョークを磨いてはいかがかと思う。

有名なジョークに、映画「タイタニック」から検証する国民性というのがある。

沈没し始めたタイタニック号から避難するにあたって、まずは女性や子どもを優先させなければならない。スクリーンの中の男たちは文句も言わずに従っていたが、実際のところはどうだったのであろうか。何しろ自分の命がかかっているのである。大混乱は必至だったたと思われる。

という訳で、貴方がタイタニック号の客室乗務員だった場合、どのようにして「女性や子ども優先の原則」をお客さまに納得させるのか。結論は、国の気質・国民性によって説得の中身を変える必要があるということ。具体的には左記。

▽イギリス人には……「貴方は紳士ですからね」と言うのが一番。

▽イタリア人には……「きっと女性にもてますよ」が良いらしい。

▽ドイツ人には……「規則ですから」がぴったりだ。

▽アメリカ人には……「ヒーローになれます」で決まり！

そして、である。

▽日本人に対しては、……「皆さん、そうなさっていますよ」という台詞が良いらしい。うまい！、と思わず叫んでしまった。

以上は、『世界の日本人ジョーク集』（早川隆著、中公ラクレ新書）などに出てくる、よく知られたジョークである。

国民性を比較したジョーク

右のような国民性を比較したジョークには、他にもさまざまなバリエーションがある。レストランで注文したスープの中にハエが一匹入っていた場合の対応の違いなども大変面白い。

▽イギリス人は、スープを置き、皮肉を言って店を出て行く。

▽ドイツ人は、「このスープは熱いので充分殺菌されている」と冷静に判断してからスープを飲む。

▽フランス人は、スプーンでハエを押しつぶして出汁をとってからスープを飲む。

▽ロシア人は、酔っぱらっていてハエが入っていること自体に気がつかない。

▽アメリカ人は、ボーイを呼び、コックを呼び、また支配人を呼んで、挙げ句の果てに裁判を起こす。

▽中国人は、ハエを取り出し、スープを飲んでから、またハエを皿に入れ、マネージャーを呼んで、いくら弁償してくれるかと大声で叫んでもめる。

▽日本人は、周囲を見渡して、自分だけにハエが入っているのを確認したのち、そ〜っとボーイさんを手招きして呼ぶ。

社会風刺のジョーク

さてお次は、主として『英語のユーモアを磨く』（村松増美著、角川ｏｎｅテーマ21）からの引用になる。

村松氏は、場の雰囲気を和らげる「icebreaker」（＝砕氷船）の役割をユーモアに求めている。すなわち、話し手と聴き手の間に介在するよそよそしさをユーモアは打ち砕くというのだ。詳しくは本著に譲るとして、こんなご時世の「社会風刺のジョーク」の章には何が書かれているか、紹介しよう。

イラク人のテレビレポーターが、アメリカ人・アフガニスタン人・そしてイラク人の三人に尋ねた。（原文は英語）

Q「電力不足についてのあなたの意見は？」

▽アメリカ人＝「電力不足って何ですか？」。

（→電力不足にアメリカは縁がないということ。）

▽アフガニスタン人＝「電力って何ですか？」。

（→電力が慢性的に不足しているアフガニスタン。）

▽イラク人＝「意見って何ですか？」。

（→意見など持つことを許されないイラクを風刺。）

ブラックジョーク三題

次の例になると、いささか書くのがためらわれる。

まずはアメリカ。ブラックマンデー（一九八七年、ニューヨークで起きた株式市場の大暴落）のころに流行ったジョーク。

ビジネスマンがウォール街のホテルにチェックインした。

「I'd like a room on a very high floor.」

（高層階の部屋を頼む）

「To sleep or to jump ?」

（寝るためですか、それとも飛び降りるためですか？）

今度は中国。黄文雄氏の手にかかると、ジョークはさらに辛辣になる（『ジョークで分かる中国の笑えない現実』徳間書店）。

ある老農夫がタネを買って畑にまいた。だが芽が出てくるのは雑草ばかり。なぜならそれはニセのタネだったから。

老農夫は傷心のあまり、農薬を買って服毒自殺した。だが死ぬことは出来なかった。なぜならそれはニセモノの農薬だったから。

老農夫が一命をとりとめたのを喜んだ家族は、酒を買ってきて祝杯を挙げた。すると一家全員死んでしまった。なぜならそれはニセモノの酒だったから。

ついでにもう一題。嘘つきのタイプ三様。

▽アメリカ人＝「アメリカでは、嘘つきは弁護士になる」。

▽日本人＝「日本では、嘘つきはマスコミ関係者になる」。

▽中国人＝「中国では、いまだ一人も嘘をついた者はいない」。

「親父ギャク」と言う勿かれ

『ぬかる道』に連載中の「言葉遊びを楽しむ」は、おかげさまで好評である。回文や雑俳の類は日本語独自の（と言って良い）言葉遊びであろう。巷間よく「親父ギャク」などと蔑まれるが、考えてみれば「親父ギャク」ほど日本語的なユーモアはない。何故なら、日本語には同音異義語が多いからである。

そうした日本語の特質を理解しないで蔑まれるとしたら、親父と親父ギャクの双方にとって不本意だ。あえてこの点は強調しておこう。

してみると、日本のユーモアは外国に比べて劣ってはいない。それどころか、洗練されたユーモアの方が多いのではないか。

例えば次の例。話は戦争の時代に遡る。

軍部のＰＲ＝「贅沢は敵だ」に対して、一字加えて「贅沢は素敵だ」といたずら書きをしたとか。「足りぬ足りぬ工夫が足りぬ」に対して、今度は一字削って「足りぬ足りぬ夫が足りぬ」と、男が戦争に取られてしまったことを皮肉った。いずれも庶民感覚のユーモアで、この点で当時の軍部に圧勝したと言って良い。

ところで、麻生総理のジョークは、本来ならばもっと評価されて良いのではないか。次なる話などは、かなりイケテル！

麻生氏は首相に選出された直後、ニューヨークの国連総会に飛んだ。一般討論演説の途中で通訳機器が故障し、冒頭からやり直すハプニングがあった。機器の故障を耳打ちされると、麻生首相はすかさず英語で「メイド・イン・ジャパンの機械でないから、こうなった」と言い放った。とたんに会場は、大きな笑いと拍手に包まれたという。マンガで培ったユーモアのセンスであろう。

05 復活「とうかつメッセ賞」

2009

「川柳とうかつメッセ賞」を復活する。

『ぬかる道』自由吟欄の優秀者を表彰するようになったのは、平成14（二〇〇二）年のことであった。当時の幹事が発案し、今川乱魚代表（当時）がその要望に応えたものである。その名を「川柳とうかつメッセ乱魚賞」と称し、4月句会にて毎年表彰を続けてきた。その後、乱魚最高顧問の多忙もあって、中断したまま今日に至っている。残念である。その辺りの経過をご存知ない誌友も増えてきたので、ここで改めて書き留めておきたい。まずは、「とうかつメッセ乱魚賞」の受賞者とその作品を記す。


第1回（平14）小林　光夫「石ころもただ者でない明日香村」

第2回（平15）上鈴木春枝「華麗なる着地で子育てを終える」

第3回（平16）穴澤　良子「老人力試す千切りみじんぎり」

第4回（平17）成島　静枝「人間の産み分け叱るチューリップ」

自由吟欄開設の意義

東葛川柳会が雑詠（自由吟）の欄を設けたのは、今から17年前のこと。話は平成4（一九九二）年に遡る。会発足から50カ月が経過した時点で、乱魚代表（当時）は「メッセ欄」開設の意義を三点にわたって述べている。（以下は、巻頭言「川柳のメッセに」の要約。）
①句会参加者の増加は有り難いが、入選率の低下が心配だ。没の多い初心者を励ます方法の一つとして、また投句者との対話が深まるという意味で、雑詠欄を設けることは有効であろう。
②題詠を中心にしていると、作品の幅が狭くなってしまう。自由な発想で句を作って欲しい。文芸本来のあり方にも合致する。
③私（＝乱魚）に句を見て欲しいという人が増えた。現役サラリーマンで忙しいが、もはや後戻りは出来ないと考えた。
早いもので、代表の交代から7年以上経過した。メッセ表彰の中断からも48カ月が経った。ご褒美が中断したままとい

うのは、いかにも残念である。良き伝統は守りたい。会として、作家と作品を育てようとする姿勢は堅持すべきではないか。そのために人と作品の顕彰は続けるべきであろう。そう考えた私は、メッセ賞の復活へと動いた。昨秋来、乱魚顧問の了解をいただき、企画編集会議と幹事会の審議を経て、この度正式に復活する運びとなった。メッセ賞の復活を、皆さんに喜んでいただけたら有り難い。

ただし、名称が変わる。今後は「川柳とうかつメッセ賞」とする。下話の際に、「川柳とうかつメッセ哲男賞」と称してはどうかと揶揄もされたが、トンデモナイ。あくまで、「メッセ賞」は会としての表彰である。その点は強調しておく。

復活第1回の受賞者は?

さて、その「川柳とうかつメッセ賞」復活第1回の受賞者を発表する。栄えある受賞者は、伏尾圭子(柏市)さん。迷わずに決めた。圭子さんの句をご存知の方なら、その実力はお分かりのことと思う。雑念を一切排して、実力本位で決めさせていただいた。改めて、圭子川柳をご鑑賞願おう。ブランクもあったので、過去3年ほどの秀句12句を紹介しておく。

寛いでその他大勢組にいる
胸の奥私を嗤う声がする
鈍足を置いてきぼりにするブーム
子を殺す鬼などいない絵本棚
落花盛んきっぱりと言うさようなら
本当のことを動悸が言っている
語尾丸くまるく怒りを押さえ込む
腕組みの中に答えが二つある
まん丸い笑顔神秘に遠くいる
この距離を保っていたいていねい語
拗ねている眼に幸せな人ばかり
秘め事はひめごとのまま黒い薔薇

圭子川柳の発想に難解さはない。表現に衒いもない。それでいながら、発想も表現もよく磨かれている。復活メッセ賞の栄誉に値するものと確信した。なお、ここでは復活第1回と紹介してきたが、記念品には「第5回川柳とうかつメッセ賞」と刻むつもりである。「メッセ賞」の精神を継承したいが故にである。

表彰は、4月句会時がやはりふさわしいのではないか。句会終了後には、短時間ながら同人総会も開かれる。会計年度も替わる月でもあり、4月にご褒美を差し上げるのが適当と思う。

今回は、「メッセ特別賞」も考慮すべきか?

ところで、久々の授賞である。「メッセ」欄の意義は先に記したとおりだが、ブランクの期間を考えるとお一人の授賞に多少の物足りなさも感じてしまう。「特別賞」のような形で、顕彰すべき会友が他にもおられるかも知れない。そんな思いもしてきた。だとすれば、「メッセ特別賞」は何を基準に、どなたに差し上げるべきか。いささか迷っている。『ぬかる道』誌雑詠欄開設の原点に立ち返って、いま一度考えてみたい。こちらの発表は、句会当日のお楽しみということにさせていただこう。

自選欄充実、新人も臆せずに投句を

さらに、今月のメッセ欄をご注目いただきたい。「自選作家」の欄が充実していることにお気づきであろうか。

「自選の方がかえって厳しいゾ」、幹事会でそう発言したのは斉藤克美副幹事長であった。その通りだと思う。東京の句会を総ナメにしている克美幹事の、サスガの一言だ。「川柳達吟家の一言集」を毎月まとめ、連載しているだけあって、発言は本質を突いている。しかしながら、自選の厳しさの一方で、選という縛りがなくなった自由闊達さも活かして欲しいと願う。新しく自選作家に推薦させていただいた皆さんは、実力も経験も充分である。ぜひ「自分なりの川柳」を追求していただきたい。また、そうした姿勢が『ぬかる道』誌面を一層豊かにしてくれる。

さらにさらに、今回を好機として新人の皆さんにはメッセへの投句を呼びかけたい。よく「もう少し上手になってから……」などとおっしゃる方がおられるが、上手になるための一里塚がメッセ欄なのである。選者の私としては、投句が少ない方が時間的には楽が出来るが、川柳を通じて皆さんとの対話を深めたい。メッセの交流を通じて、「作家」が育っていくものと信じている。

WBCから見たリーダー論

ところで、3月に開催されたWBC（ワールドベースボールクラシック）は、日本中の感動を呼んだ。日本チームは世界制覇・V2の偉業を達成し、日本中に勇気と活力をもたらしてくれた。「野球はもはやベースボールを超えた」とも言われている。

3月句会の代表挨拶で、いまだ興奮冷めやらぬWBCの戦いに触れた。話したいことは幾つもあったが、抜群のチームワークとともに、若大将・原辰徳監督のメンタル面の成長に言及。監督としての資質、その素晴らしさを次の3点にわたって解説した。

⑴まずは、野球を知りチームをよく知っていること。（トップはその道に精通していなければならないのだ。）

⑵明るさ・前向き・正攻法の戦いが好感をもたれた。堂々としたマナーを貫いたことも清々しかった。

⑶辛抱強さや我慢も時に大切。トップの大変さも伝わった。

蛇足ながら、「侍ジャパン」というネーミングも良かったのではないか。「星野ジャパン」のように、あえて個人名を冠さなかったことが清々しさを倍加させた。学ぶべき点が多々あった。

06 「自分の感受性くらい」

2009

4月25日（土）の句会後、短時間ではあったが恒例の同人総会を開催することが出来た。「恒例の同人総会」と書いたが、この同人制度も導入して早くも4年半が経過した。当初は多少馴染みにくかった「同人」という響きにも慣れていただき、ここに来てすっかり定着した感がある。有り難いことだ。

同人と誌友の違い

改めて、同人と誌友の違いに触れておく。誌友は柳誌のみの繋がりである。むろん、その誌友の皆さんを東葛川柳会は大切にしている。句会への参加、『ぬかる道』誌への投句や投稿、その他あらゆる面で差別的な待遇はない。

ならば、同人とどう違うのか。同人の方々には、会を支えていただく義務と、会の運営に参画する権利が生じる。会との結びつきも強くなるという訳だ。その違いである。後者の権利の一つに、同人総会への参加がある。

さて、今年の同人総会。今年は人事を動かさなかった。毎年毎年人事を動かす必要はなかろうという、昨年の総会の流れを受けての留任である。「留任」と聞くと進歩がないように感ずる人がいるようだが、そうではない。いっそうの充実と発展を図るための人事であり、各担当はそれぞれの会務に精通するという利点がある。言わずもがなのことではあるが、担当間の意思疎通もこれまで以上に密にして欲しい。

余談。農耕定着文化のわが国では、「重いこと・動かぬこと」が「尊い」とされてきた。熟語を見よ。重いことは、「重要・重臣・重視・重厚」などと続くではないか。対して、「軽い」ことは貴ばれなかった。「軽蔑・軽薄・軽率・軽挙妄動」等々という使われ方をされている。閑話休題。

当会会務全般については、中澤巌幹事長が手腕を発揮している。お気づきの方も少なくないであろう。会の運営や会務の割り振りに、細やかな工夫や配慮がなされていることに。従って、巌幹事長から依頼があった場合には、同人・会友の皆さんは（条件の許す限り）応えていただきたい。代表からのお願いである。

「〜くれない病」患者の話

さてさて、カタイ話はこれ位にして、……。

一時期教育界で、「〜くれない病」なる言葉が流行った。「先生は○○してくれない」「お母さんが○○してくれない」「友だちなのにアタシのことを分かってくれない」などなど。昨今の世相を眺めていると、「〜くれない病」は教育界だけの現象にとどまらず、この国全体に蔓延しつつあるようだ。情けないこと。

　こんな時、茨木のり子の詩「自分の感受性くらい」を思い出す。有名な詩なので、ご存知の方もおありと思う。

〈ぱさぱさに乾いてゆく心を／人のせいにはするな／みずから水やりを怠っておいて
　気難しくなってきたのを／友人のせいにはするな／しなやかさを失ったのはどちらなのか
　苛立つのを／近親のせいにはするな／なにもかも下手だったのはわたくし
　初心消えかかるのを／暮しのせいにはするな／そもそもが　ひよわな志にすぎなかった
　駄目なことの一切を／時代のせいにはするな／わずかに光る尊厳の放棄／
　自分の感受性くらい／自分で守れ／ばかものよ〉

　右の詩は、何度か授業したことがある。若者向けに、志の高さを謳い上げようとする時に、よく引用される詩でもある。この詩の素晴らしい点は、自分自身に対する厳しさがあって、それを誇りとしている点である。プライドというのは、本来そういうものなのであろう。にもかかわらず、昨今の世相は哀しい。この詩で言う「駄目なことの一切を」、時代や他人のせいにする傾向が強くなってきたからである。

　東葛川柳会は、繰り返すが趣味の組織である。自立した大人の組織である。ボランティア精神に溢れた支え合う組織でもある。こうした機会に改めて確認をさせていただきたい。何やら説教くさくなったので、再び話題を変えよう。

特別賞は窪田和子さんに

　先月号の巻頭言で、「『川柳とうかつメッセ賞』を復活する」と書いた。その言葉通り、4月25日の当会句会で表彰をさせていただいた。既発表のとおりだ。このメッセ賞の復活にあたって、特別賞の授賞にも触れておいた。やや思わせぶりな書き方をしたかも知れない。再掲する。

〈ところで、久々の授賞である。「メッセ」欄の意義は先に記したとおりだが、ブランクの期間を考えるとお一人の授賞に多少の物足りなさも感じてしまう。「特別賞」のような形で、顕彰すべき会友が他にもおられるかも知れない。そんな思いもしてきた。だとすれば、「メッセ特別賞」は何を基準に、どなたに差し上げるべきか。いささか迷っている。『ぬかる道』誌雑詠欄開設の原点に立ち返って、いま一度考えてみたい。こちらの発表は、句会当日のお楽しみということにさせていただこう。〉

　そのメッセ特別賞は、窪田和子さんに差し上げた。和子さんは、東葛川柳会が誇る「作家」のお一人である。「悪女」をテーマに川柳創作にずっと励んで来られた。その姿勢は立派であり、会員の尊敬を集めている。窪田和子さん、おめでとう！

本業をプラスの材料にして

東葛川柳会の15周年時もそうであったし、20周年の時もそうであった。そしてまた今回もそうだ。何がって？

一生懸命に仕事をしてきたおかげで、例えばメッセ賞の記念品手配などという雑用はそれほど大変ではなかった。学校というところは、じつに雑用の多い仕事場である。この種の雑用を私は避けずに、これまで引き受けてきた。そんな私なりの生き方が、こういう時に役立ったのだと思うと嬉しかった。

「本業が役立つ」と言えば、ほかにはツアーの企画。あるいは、吟行句会の立案などなど。引率の勘所も身に染みついている。むろん仕事は私だけがするのではない。前述の組織論はこういう時に活かされる。いずれにしろ、「ボランティア精神に溢れた支え合う組織」たる東葛川柳会は、人を活かす組織でありたい。

おかげさまで、5月5日(火、祝)に行われた第22回吟行句会は大成功であった。森鷗外に関する小講話を設定し、東京大学を句会場とするなど工夫を凝らした。特別講演者をはじめ、人との出会いや邂逅の縁を感じた一日でもあった。詳細は次号に譲る。

出版文化を守り、よく読み、よく学ぼう

締めくくりは、本の紹介。尾藤三柳著『川柳神髄』(新葉館出版、六〇〇〇円＋税)。著者傘寿の記念に出版された川柳評論集。六八〇数ページの厚さと重み。たっぷりの読み応え。圧巻。

変わり種は、今川乱魚著『癌を睨んで――ユーモア川柳乱魚ブログ　西へ東へ会長の六三〇日』(新葉館出版、二〇〇〇円＋税)。タイトルどおり、(社)全日本川柳協会会長としての東奔西走記をまとめたもの。三柳・乱魚両雄の出版意欲にはただただ脱帽。

愉しきかな吟行句会

07

2009

数ある川柳行事のなかで、吟行句会ほど愉しいものはない。私はつねづねそう思っている。

そもそも、アウトドアスタイルの勉強というのは愉しいものだ。遠足に修学旅行、学園祭や芸術鑑賞会等々、狭い教室を脱しての「学び」には解放感が伴う。いつもと違った場所での「学び」は、子どもたちをウキウキさせるに充分である。ましてやオトナの遠足たる吟行句会には、子ども時代にはなかった付加価値が伴うので、いっそう楽しくなる。

だいたい吟行会そのものが、

①気候の良い時期に日程が設定される。

②名所・旧跡を訪ね歩く。

③美味しいものをいただける（今回は学食でゴメンナサイ）。
④2次会も設定され、心地よい疲れにアルコールの味も一入。

といった感じになるのである。

森鷗外＋東京大学＝企画のコンセプト

いやぁ、それにしてもたくさんの方々にご参加いただいた。改めて、御礼申し上げる。出席者77名。第22回を数える吟行句会は、東葛川柳会にとっても歴史的な大盛況となった。

吟行句会の一般的なコンセプトは右記①〜④のように整理されるが、今回の吟行句会にはさまざまな付加価値が加わった。

⑤森鷗外に関する特別講話の実現。（林尚孝先生には有意義なご講演をいただいた。講話要旨は今月号に掲載。別掲。）
⑥東京大学キャンパス内の文化的価値の発見・再発見。（ハンドマイク片手に、川崎信彰幹事の大活躍アリ。）
⑦回文作家の落合正子さんとの交流。（地味ながら、この点も良かった。折良く、『ぬかる道』誌に集中連載をしていただいたところでもあったから。）
⑧ゲスト選者・河合成近氏の地道な努力を顕彰・紹介できたこと。（川柳研究社の句会案内チラシに、毎月「文学散歩」的記事を掲載中。なかなか出来ぬこと。ちなみに、吟行句会当日配布された「文学散歩・団子坂」「同・藪下の道」（by成近氏）は、簡にして要を得たまとめになっている。ご参照あれ。）
⑨参加者全員にお渡しした、三原堂のお土産。知る人ぞ知る銘菓。ひそかな評判にもなった。伊藤春恵・本間千代子両世話役コンビの気配りである。女性ならではの気配りに感謝。
⑩その他、お名前を挙げればキリがないが、目立たないところでの準備や気遣いをして下さった多くの方々に感謝、感謝。有り難う存じます。おかげさまで、皆さんに充分にご満足いただけたようです。記して、御礼申し上げます。

勢い余って、あと二つ書いてしまおう。

⑪それにしても、伊藤春恵吟行部長の存在は貴重だ。些事にこだわらない人柄が、開放感ある吟行句会を醸し出している。何しろ、創立以来吟行会のチーフをお務めていただいているが、采配を振るうタイプでは決してない。それでいて、周囲の人間が何かお手伝いをしたくなるようなオーラをお持ちのようだ。
⑫佐藤孔亮氏の参加。独特の風貌（失礼！）でお馴染みの方だが、ご自身「江戸を歩く」等の各種カルチャー教室の講師を務めているほどの専門家でもある。にもかかわらず、（風貌以外では）目立たずに当会の行事にご参加し、アシストをしていただいた。深謝。その孔亮氏は、以来森鷗

外に嵌っておられるとか。

目立つ人・目立たない人

そう、目立つ・目立たないと言えば、その昔の選挙スローガンに「出たい人より、出したい人を」というのがあった。たしか、政党化が進行していなかった頃の、参議院選挙立候補者への推戴スローガンであったように記憶している。

趣味の会では、ある意味で目立たない人の存在やご協力が大切なのだ。代表の気配りとしては、この点も肝に銘じているつもり。

目立たない話のついでにもう一つ。

東葛川柳会のモットーに、「モノより心を」というのがある。近代的でスマートなモットーの一つと信ずる。吟行句会はある意味お祭りでもあるので景品類もお出ししたが、当会は元来「合点主義」や「景品主義」を採っていない。賞品目当ての会とは違う。むしろ、「心のお土産」を大事にする会だとご記憶願いたい。

余談。かの正岡子規が俳句革新に乗り出したのは、明治20年代のこと。当時は、いわゆる「月並調」俳句全盛の時代であった。「月並調」というのは、子規が明治の点取俳句を否定的に表現したくて使った用語だ。今もその精神は輝いている。閑話休題。

さてさて、今回の吟行句会では人それぞれの生き方やお互いの「縁」を感じることが出来た。それは二次会の談笑によく表れていた。森鷗外とのつながり、東大を巡る人脈、ゲストとのご縁、旧制中学や長い人生での接点、等々。吟行句会当日、安田講堂を見上げながら、（お一人だけお名前を挙げてしまえば）三浦芳子さんの感慨深げな表情が印象的であった。「人に歴史あり」の一齣を暗示させた一瞬でもある。改めて、企画の的確さを思った。

「千住博は優れもの」――読書ノートより

『ぬかる道』誌で案外目立たないページと言えば、冒頭の「ポエムの貌」かも知れない。櫛部公徳幹事が注目をしてくれているほかは、反響の乏しいページでもある。（ザンネン。ところが、この準備たるや大変なのですゾ。）

今月号の「ポエムの貌」は、日本画家の千住博氏の言葉を選ばせていただいた。出典は、近刊『絵を描く悦び』（光文社新書）から採った。東京大学ならぬ、東京芸術大学美術館で開催されていた「皇女たちの信仰と御所文化　尼門跡寺院の世界」を訪れた折りに手に取った本である。

実に深い本であった。一気に読んだ本でもある。「芸術とは何か」を考えさせる本であり、同時に「川柳とは何か」に思いを巡らせた本でもあった。

「箴言（しんげん）」という言葉があるが、いわば箴言の宝庫がこの本である。ともかく惹きつけられた。以下、紙数が尽きるまで箴言を列挙し続けよう。

「人物を描くとは『関係』を描くこと」、「背景は背景でない」、「まとめようと思うと凡庸になる」、「捨てて捨てて残ったものが自分の文脈」、「夢中で生きるプロセスが『絵』の魅力となる」、……。川柳作家必読の一著、と言って過言ではない。

千住博氏の「あとがき」が、輪をかけて素晴らしかった。

〈たえず言いきかせていないと忘れてしまうということがある。ある種の思想や哲学、科学といった分野だ。本書の内容もそのようなものだと思う。だからこれは一面、自分に言ってきかせて、改めてまた自身が思い出すために書いたとも言える。一番勉強になったのはこの私かも知れない。〉

こういうことを書く人は、本物の勉強家の証拠であろう。

08 英語落語を楽しむ

2009

ただ今少々充電中

思うところがあって、今年の4月から母校の公開講座を受講している。早稲田大学日本語教育研究センターが主催する「日本語教育学公開講座」という講義を現在受け続けている。


授業日程は、前期が4月~7月、後期が10月~翌年1月で、ほぼ毎週土曜日の開講。時間は、10時~12時15分。自宅を8時過ぎには出ての「通学」となる。

目的は、自分自身の充電である。現在56歳。もはや若いとは言えない年齢だが、充電するのは今しかないと考えた。数年前から大学の単発の講座を幾つか受講してきたが、物足りなかった。公私にわたる事情を勘案すると、今年がチャンスだと考えた。

むろん平日は学校がある。公務はゆるがせには出来ない。土曜日は土曜日で、東葛川柳会を始め川柳関係の仕事も多く抱えている。時間的にも肉体的にもしんどい現状だが、いまのところそれ以上に「学びの充実感」に満たされている。有り難いことだ。

川柳の面で言えば、中澤巌幹事長をはじめ幹事の皆さんにはご厄介をおかけしている。当会自慢のチームワークを発揮して、会友の皆さんにご迷惑をおかけしないように気配りはしているつもりだ。勉強会関係でも、斉藤克美・山本由宇呆両講師にご奮闘いただいている。これまた有り難い。

さる勉強会で、この「哲男少々充電の希望」をお願いをしたところ、即座に賛成してくれたのは山本由宇呆副幹事長であった。のみならず、小生の「向学心」を皆さんの前で褒めたたえてくれたりもした。照れくさかったが、ご厚意は嬉しかった。

「日本語教育学公開講座」の内容等については別途書く機会もあるであろう。今月の巻頭言で触れたいのは、「哲男の少々充電」が、近い将来当会のプラスになるというお話である。義理がたい小生の性格から言っても、幹事各位のご配慮、会と会友の皆さんへのご恩返しはさせていただくつもりだ。

英語落語の可能性

6月中旬、平日の夕方。「ワセダ・グローバル・フェスティバル」（早稲田大学国際コミュニティーセンター主催）の一環で、「桂かい枝の英語落語」という公演があった。東葛高校の落語研究部員にこの催しを紹介したところ、生徒たちも行ってみたいと言う。落研の顧問としては責任上、引率することになった。

いやぁ、連れて行って良かった。期待以上に面白かった。授業が終わってすぐに学校を飛び出し、大隈小講堂に着いたのが午後の4時半。行きの電車では日ごろの疲労のせいか、転た寝をしてしまったが、会場では本当によく笑った。1～2年生の参加部員6名も心から満足していたようであった。

桂かい枝師匠は、NHKの人気番組「英語でしゃべらナイト」でもお馴染みの落語家だとか。「聴いて笑える」「見て笑える」英語落語の実践報告と実演には、熱が入っていた。「笑いは世界の共通語」であり、落語を通じて日本の伝統文化の発信をしようとする師匠の姿勢は、気高く立派であった。

むろん苦労もあったようだ。以下箇条書きにさせていただく。

①演じづらかったのは、イスラム圏での落語。女性はブルネイを被っていて表情が高座から見えない。黒い頭巾の端が息で震えている様子で、面白がっているのだなと初めて分かった。

②落語は独りで演ずるもの。この点がまだ外国ではご理解いただけない。「へ～イ！」と噺を始めたら、スタンダップコメディー（stand-up comedy）の感覚で、会場から「へ～イ」と返事をされてしまった。会話だけで噺が作られている芸能というのは、他の国にはないのではないか。

③お客様のイマジネーション（想像力）のみで、落語は演じられるステージドラマ（stage drama）である。テーブルに座布団を乗せれば高座は完成するが、準備してもらうテーブルの大きさが会場によってまちまち。なかには、足が一本のテーブルで、落っこちそうになりながら演じたこともあった。

サスガだと思ったのは、右のような苦労話を笑いに転化してしまうところである。

「笑いは世界の共通語」

当日の公演は、「英語落語の挑戦」を謳い文句にする一方で、「中学生程度の英語力があれば充分楽しめます」ともPRしていた。実際、英語力はほとんど必要なかった。早稲田在籍の外国人留学生もたくさん来場していたので、日本語力もたいして必要なかったのではなかろうか。にもかかわらず、会場には笑いが絶えなかった。

英語落語の先魁は、桂枝雀や桂文珍あたりではなかったか。文珍師匠による「時そば」は、記憶がある。研究社刊の『英語落語で世界を笑わす』(立川志の輔・大島希巳江)にも、「時そば」(Time Noodles)は掲載されている。モチロン和英対訳付きで。「時そば」の内容は本来の噺といささか異なっているが、金銭をちょろまかす肝心な部分は同じだ。

同著によれば、ケチ噺(=金銭の話)は世界中でどこでも受けるのだそうな。反対に、イスラム圏ではネタの選定も大変難しいと言う。酒ダメ、煙草ダメ、女ダメ、博打ダメ、死後の世界の噺ダメ……と、ダメダメ続き。となると結局、ケチ噺しかなくなってしまうらしい。

学習指導要領のお話

さてさて、今度は一転してカタいお話。

6月20日(土)、私が所属する早稲田大学国語教育学会で定期総会があった。総会前にはシンポジウムが開かれ、テーマは「伝統文化とは何か」であった。実にタイムリーな企画である。というのは、『学習指導要領』が10年ぶりに改訂され、「伝統的な言語文化の尊重」が謳われているからだ。小・中・大学による現場からの実践報告と問題提起がなされ、さらには文部科学省教科調査官がパネラーの一人として登壇するという豪華版であった。

興味深かったのは、東京都小学校国語研究会言語部が示した「学習材試案」(平成21年2月20日)。そこには、「因幡の白ウサギ」「八岐大蛇」に並んで、落語の「寿限無」や「時そば」「江戸小噺」などが挙げられていた。川柳についての言及は、残念ながらなかった。

早稲田の長所は、理論と実践とを両睨みするところであろうか。3時間近いシンポジウムは、その行方を見守るだけで大いなる刺激と収穫になった。この詳細は割愛させていただく。ここは川柳の誌上である。『ぬかる道』誌でのご紹介はこの程度に留めておくが、今川乱魚日川協会長には当日の資料送付を、清水厚実日川協監事には口頭報告をさせていただいた点を付言しておきたい。

英語落語や国語教育学会の活動を通じて、改めて実践の大切さを思った。評価は、形あるものによってなされるのだ。

別件。共著ながら、愚息が本を出した。初めての商業出版物である。白水社の言語入門書シリーズの一著で、『日本語の隣人たち』(三四〇〇円+税)。売れる本ではないが、いわゆる「危機言語」を多く扱っている点がミソ。親馬鹿ちゃんりんの紹介。

「宿題」を考える

09
2009

7月句会の宿題の一つに「参謀」があった。この種の題の選者は、やはりベテラン氏に限る。というより、当月のゲスト選者が廣島英一氏だったので、宿題「参謀」がふさわしいと考えた。

廣島英一氏は足立川柳会の会長であり、同時に川柳人協会事務局長を務めておられる。川柳人協会というのは、関東甲信越を中心とする川柳人の派閥横断的な組織である。会員数は二〇〇名強。その協会事務局長が果たして「参謀」に当たるのかどうかはハッキリしないが、英一氏にはこの題を気に入っていただけたようだ。英一氏曰く、「こんな題は初めて。今までお目にかかったことがない。さすが東葛さんだ」とおっしゃってくださった。

大河ドラマ　「テーマ」決定の舞台裏

むろん、宿題「参謀」は今年の大河ドラマを意識したもの。それにしても、今年の大河ドラマのテーマが、なぜ直江兼続になったのか。これについては興味深いコラムがある。『直江兼続』(外川淳著、アスキー新書)から、ほぼ丸ごと引用してしまおう。

〈平成二十一年(二〇〇九)放映のNHK大河ドラマの主人公が直江兼続に決定したとき、歴史ファンの多くは意外に思ったに違いない。兼続大抜擢の背景には、「直江兼続公をNHK大河ドラマに推進する会」の地道な努力があった。「推進する会」は、平成九年(一九九八)年、兼続ゆかりの米沢市、六日町(南魚沼市)、与板町(二〇〇六年に長岡市に編入)によって結成された。地元市町村の英雄を大河ドラマの主人公にすることで、地域の活性化をはかる動きはほかにも見られる。だが、「推進する会」は、大河ドラマの原作となることを想定し、新潟県出身の作家火坂雅志氏に対して兼続を主人公とした『天地人』の執筆を働きかけ、平成十四年(二〇〇二)年から『新潟日報』や『山形新聞』などの地方紙で連載するという独自の手法で推進運動を盛り上げた。

NHKサイドにしてみると、地元が盛り上がっていれば大外れにはならず、また、最近では前田利家・山内一豊・山本勘助という脇役クラスを主人公とした大河ドラマが好評だったことも手伝い、兼続が選択されたと思われる。〉

やはり乱世が面白い

歴史は乱世が面白い。大河ドラマをはじめ、歴史ものの多くは乱世に焦点を当てている。乱世こそ、人物の軽重が問われるからに違いない。歴史ファンの読みどころもその辺りになる。三国史しかり、戦国時代・幕末しかりである。

ところで、脚本家のジェームス三木がかつてこんなことを言っていた。「ドラマを面白くするには、対立軸を据えることだ」と。ナルホド。Aという人物を浮き立たせるには、Aとは別の、対照的な人物Bを登場させるのが良い。そうすると、Aという人物像がBという人物との比較対照の中で浮かび上がってくる。さらには、AとBとの接触や会話のなかに葛藤やドラマが生じて、読者を楽しませてくれる。おおよそそんな内容であった。

作句の発想に「対角線」思考を

右のような下敷きがあって、川柳の勉強会等では「対角線」思考を皆さんにお勧めしている。「対角線」思考とは、宿題を見たら「対角線」の事柄を思い起こすようにしたらどうか、というアドバイスだ。すなわち、右なら左、南と言われたら北、男が出てきたなら女を想起せよ、ということ。そんな「対角線」思考を意識すると、発想の幅がぐ～んと広がり、川柳的葛藤やドラマも生じやすくなる。小生の作句法のヒミツの一つでもある。

右の「対角線」思考は、単に発想の幅を広げるだけに留まらない。大げさに言えば、学問的思考のイロハにも通じることである。単純思考は「純粋」な反面、危うさが付きまとう。対立軸や対角線からの視線も同時に併せ持つ必要があろう。

さて、総選挙本番である。「天下分け目の関ヶ原」といった様相も呈しているようだ。その割に国民的盛り上がりが少ないように見えるが、それはまぁ、ここでは置くとしよう。

選挙に向けた各党のマニフェストも出揃った。川柳子の眼力やいかに。良い句を創ろう。川柳子お得意の穿ちを、大いに発揮するチャンスでもある。報道によれば、マニフェストに共通しているのは、「無料化」「○○支援」の「ばらまき合戦」（8月1日、日本テレビ）。政党が国民に媚びているとの批判も。だとしたら、情けない。

候補者の一人くらい、政党の一つくらい、「世のため人のために、税金はしっかり納めていただきます！」と公言する硬骨漢がいないものだろうか。マァ、いないでしょうが（笑）。でないと、みんな働かないで「貰う人間」ばかりになってしまうのではないか。幕末や動乱期には、「私」を捨ててみんなが「公」を語った。中にはむろん胡散臭い御仁もいたようだが、魅力ある人間は乱世に輩出している。乱世と比べて政治も人間も小さくなっているように感じるのは、小生ばかりではあるまい。

哲男の読書ノートから

さてさて、数カ月ぶりの読書ノート。まずは、岡野雅行著『人生は勉強よりも「世渡り力」だ』（青春新書）。暑いあつ～い真夏の読書には、この種の本が痛快だ。

タイトルからして、勉強より「世渡り力」というように「対角線」思考を主張している。ただし、「世渡り力」といっても、「ヘラヘラおべっか使ったり、人を騙したり陥れたりして自分だけ得するような、うすっぺらい『世渡り上手』をすすめてるんじゃないよ」。そうそう、こういう言い回しも小気味よい。

筆者をご存知か。金型屋の二代目。学歴もカネもない職人の人生論・商売論と笑う勿かれ。相手は職人は職人でも世界一の職人。小泉純一郎元総理や奥田碩元経団連会長が訪れたほどの経営者だ。その職人の一番の楽しみはナント「仕事だ」と断言する。そんな人間の、「世渡り力」はやはり「勉強」になる！

次からはカタイ書物をすっ飛ばして、読み漁った雑誌類を挙げまくろう。興味を引いた記事をランダムに列挙する。

『Ｎｕｍｂｅｒ』七三三号（7／30）。「野茂英雄が破棄した『巨人絶対主義』」、「人材育成新戦略、成功までの舞台裏」。『文藝春秋』8月号、特集「さらばアメリカの時代」。『日経ＰＣ』9月号、特集4「さらばダメ変換」、かな漢字変換の不満を解消。目からウロコ。『週刊新潮』8月6日号、櫻井よしこの連載コラム「日本ルネッサンス―沖縄戦、県民疎開に尽力した知事」。新たな事実。『将棋世界』8月号、「連盟の瀬川さん」（瀬川晶司四段）、ほのぼの連載記事。教育雑誌他は省略。

先の「対角線」思考の補足を少々。本当は、「対角線」的な二元論でも単純すぎるのだ。もう一歩進めて「複眼的思考」の大切さを、生徒諸君には常々説いている。評論文の読解や小論文指導等々の際にも、きわめて重要なアングルと思う。

そう言えば、歴史物には複眼的思考のヒントがてんこ盛りである。だから面白いのだ。総選挙後には、果たして時代が大きく動く「乱世」になるのか、それとも単なる「政治の乱れ」に終始してしまうのか。これもまた注目すべき点であろう。

その意味で、国民としての「宿題」はまだまだ終わっていない。

こだわりの美学

10
2009

前月号の巻頭言で、岡野雅行著『人生は勉強よりも「世渡り力」だ』（青春新書）をご紹介させていただいた。その後多少の反響もあったりして、職人さんのモノへのこだわりが話題となった。日本の技術がきわめて優秀なのは、職人さんと職人気質の存在が大きい。職人さんには、モノにこだわる美学と伝統がある。そのこだわりゆえに、優れた製品が出来るのだ。道具なら何でも良い、○○が出来るならばそれでいいじゃないか……、そんな妥協は許されない。こうしたこだわりこそが、世界に冠たるモノ造り国家へとわが国を押し上げた要因でもある。

職人さんほどではないが、人それぞれに「こだわり」を持っていよう。今し方、私はサインペンを求めに出かけたのだが、いつものサインペンが某コンビニでは見当たらなかった。百円ショップも覗いたが売ってない。仕方なく遠くの店まで車を飛ばして、愛用のサインペンを購入してきた。小生こだわりのサインペンは、三菱鉛筆(株)の「PM－120T」。このサインペンは、相当の量をこなす書き物をしても疲れない。極細タイプでは珍しい。

こだわるもの・こだわらぬもの

職業柄、文房具にはこだわる。ノート・鋏・のり類は、とくにそうだ。やはり仕事は愛用の品でしたいもの。のりはちなみに、(株)トンボ鉛筆のスティックのり「シワなしpits」が最高。これ以外の製品だと、スクラップ時にノートがかさばってしまって使いづらい。手帳については、いつぞや書いた通りの、高橋書店の商品77。セロテープは、銘柄こそ問わないが、安物のテープは結句ムダになってしまう。分厚い資料を同封しても大丈夫な、ストロングタイプのセロテープを私は愛用している。

文房具のほかにこだわっているものは何か?、そんなこともつれづれに考えてみた。授業は当然だし、レイアウトや見出しなども、仕事の延長線上と言うべきか。時計もしかり。時計は、秒単位まで正確なことが私の第一条件。第二条件は、日付と曜日が入っていること。数年前からはシチズンの電波時計を愛用中。

こういうことを書き始めるとキリがない。後戻りをして書き直すべきか、どうか。そうそう、「後戻り」というのが小生はキライな性分である。人間的には、「誠実さ」を求める。これまた当然か。いやはや、どうも話題がありきたりになってしまった。

アルコール類に話題を転換する。小生は、ビールは極力飲まない。理由は、食事が入らなくなるから。酎ハイ一杯に、その後は日本酒というのがお決まりのコースだ。缶チューハイは宝酒造に限る。甘ったるい酎ハイはパス。つまみは和風料理が一番で、乾き物は苦手だ。しかし、ナッツ類なら我慢してつまむ。

女性の趣味?、いえいえこちらの方はご勘弁を。えっ?、強いて挙げれば? う～む、こだわりは「清潔感」かナ。下品な人、自己中の人はご遠慮申す。日ごろお上品な方が、時として蓮っ葉なことをおっしゃる場合は別。こういう場合は逆にサマになる。

『枕草子』的感覚で

何だか、だんだん『枕草子』の章段に似てきたゾ。『枕草子』の「こだわるもの」の章段。その「まとめ」は次の文言にするか。「なにもかにも、清潔なものこそよけれ」。

反対に、こだわらないモノを挙げよう。まずは車。走りさえすればそれで良い。そんな感覚しか小生は持たない。ある日のこと。斉藤克美幹事宅へ会務で届け物をした。その時のマイカーは汚れ放題で、克美氏からは「車を洗うヒマもないのか」としっかり指摘されてしまった。

オシャレにも疎い。ブランド音痴は言うもさらなり(＝言うまでもない)。比べて、今川乱魚最高顧問は相当オシャレである。先刻ご承知のことと思う。閑話休題。川柳の話題に戻そう。

ネット上の議論から

インターネットが普及して、ネット上でも柳論が交わされるようになった。結構なことである。距離を越えて、見知らぬ同士がリアルタイムに議論を展開出来るところがネットの魅力と思う。逆に、注意すべき点は何か。論理の空回りや一方通行、細かいニュアンスが伝わりにくい点、等々であろうか。

さて、小生も時々覗くサイトに新葉館の「川柳マガジンクラブ句会」がある。東京八月句会の報告には次の一句があった。

「居酒屋でテーブルを拭く癖がある」(団扇)。

面白い見つけである。当日の句会でも最高点を集めたようだ。団扇?、そう我らが幹事・植竹団扇さんの作品であった。ネット上の評によれば、「自分もそうする、そういう人が回りにいる、そういう人を見かける、等々、読む側の立場・経験の違いに関わらず、状況が伝達される作品でした」ということであった。

私も全く同感だし、共感した作品である。ただし、強いて挙げれば難がある。そう思った。難は、助詞の「で」である。当日議論になったかどうか分からなかったので、夏の夜のつれづれに次なる意見を投稿させていただいた。

〈前略　ご免ください。

東京句会の様子、時々拝見しています。楽しそうですね。

……一言だけ。居酒屋の句です。小生なら、「居酒屋で」とはしません。理由は、説明的になるからです。

「居酒屋の」なら良いでしょう。ご参考にしていただけるなら幸い。……以上、こうした議論が出来るのが、貴クラブ(の魅力)なのでしょう、きっと。

何かの折は、どうぞよろしくお願いいたします。〉

助詞へのこだわり

小生の「居酒屋の」論に対して、しばらくして次なる投稿があった。投稿者に了承を得ていないので、ここは、匿名でTさん(女性)と紹介しておく。

〈初めてコメントいたします。

素人の意見なので、ご了承ください。江畑様の、「居酒屋で」「居酒屋の」のご意見を読ませていただき、たった一文字で川柳の味わいが変わることに驚きました。

私は「居酒屋で」という表現で、この人物が「ご自宅では拭かない」「ご自宅でも拭く」「ラーメン屋さんでも拭く」のように、色々と取れるので、面白いと思いました。でも「居酒屋の」だと、「居酒屋のテーブル」までつながってしまって、「テーブルを拭く癖」という部分が薄れるような気がします。「で」を「では」や「でも」の省略だと、勝手に解釈するのは、よくないでしょうか。勝手な意見ですみません。〉

（傍線引用者、以下同）

さらに、追いかけてRさん（男性）の小生批判があった。

〈私もTさんの意見に賛成です。「居酒屋の」では広がりがなく、物語を創造できません。「居酒屋で」とあるから、読者はイマジネーションを膨らませることができるのです。これが文芸における余韻だと思います。さすが団扇さん、助詞の使い方をよく心得られていると感心しています。それをよく解釈されたTさんも立派です。〉

ナルホド、こうして気軽に意見を戦わせる場がインターネットなのだ、そう実感した。しかしながら、小生の「の」説はこっぴどくやっつけられてしまった。リアルタイムに、しかも全国的に。ハテ、どうしたものか。小生としてはモチロン自分の見解に自信は持っている。問題は、どのようにして「反論」を展開すべきか、である。その点を私はさんざん迷った。

迷った末の結論。こうして『ぬかる道』の巻頭言に取り上げさせていただくことにした。話題を皆さんに提供することで、学習の材料になる、そう考えた。したがって、ネット上の反論は差し控えることにした。大人げないし、議論自体を萎縮させてしまう恐れがあるからだ。だとしたらそれは、小生の本意ではない。

まずは、後者のRさんのご意見について。

実際、ネット上ではこういう「論法」が困りものだ。と言うのは、Rさんは結論しか述べていない。アンタの意見は違うゾ、という結論部分だけ。自身の思い込みを先行させて、それだけを述べたのでは説明にならない。説得力を持たぬ。しかも、そんな「思い込み」がインターネットで全国配信されている。ネットに限らず時々こういう「議論」を見かけるが、注意が肝要である。批評の基本は他者の論理を追うことにある。この点、速報性に重きを置くネットは、論理を追わない危険性を必然的に孕む。噛み合った議論・建設的な議論のためには、心したい事項である。

Rさんの日ごろの行動力に敬服している小生としても、きわめて残念だった。Rさんには、以前東葛川柳会の選者もしていただいた。川柳界では若手に属するRさん。前月号本稿で複眼的思考に触れたことと併せて、苦言は率直に呈させていただいた。

一方、Tさんのご意見。

小生が「の」の方が良いと書いた理由を、もう少し丁寧に解説させていただこう。まずは、

①「で」も「の」も、ともに格助詞

「で」も「の」も助詞。詳しく説明すれば、ともに格助詞である。格助詞のなかで、「で」は場所などを限定する時に用いる。従って、Rさんが理由もなしに「で」は広がりがあると結論づけたのは、もうこの時点で間違いだとお分かりになることと思う。

格助詞「の」は、大きく言って四つの使い方があるのだが、少なくとも「で」よりも幅がある。多彩でもある。この場合の「の」は連体修飾格を作る「の」（だから格助詞という）にあたる。ところでTさんが、「の」だと「居酒屋のテーブル」までつながってしまう、と指摘された。その指摘自体は正しい。

②係助詞の「省略」はあり得ない

そのTさんは、「ご自宅では」「ご自宅でも」の省略と考えられないか、と遠慮がちにご意見を述べられた。「は」「も」は、ともに係助詞と呼ばれる。係助詞は、「他の語の後に付き、その付いた語に意味を加え、かつ、その語の受ける述語にまで勢いをもたらす助詞」である。したがって、そうした格助詞の「は」「も」を省略してしまうのでは文意が異なる。文法的にも無理だ。

例を挙げよう。「おばさんには叶わない」の「は」をもし省略してしまったら、内容が変わってきてしまいませんか。

③説明的になりがちな「〜で」

「で」は、日常会話で広く使用される。川柳講座では、「で」を使うと散文的になる・説明的になる、と解説してきた。具体例を申し上げれば、「○○で、△△をして、こうなった」という構文は、まさに散文そのものである。そんな報告型川柳が初心者には多い。その典型が「○○で」という使い方なのだ。

まとめに、俳句界でよく使われる箴言を引いておく。「『には』（庭）は崩して、『の』（野）にすべし」。「〜に」「〜は」と句を起こすと、どうしても説明になる。それより「〜の」を用いた方が良いという教えだ。戒めが語呂合わせにもなっている。

文法は難しい。じつは意外に思われるかも知れないが、話し言葉の文法（＝口語文法）は、古典文法よりもさらに難しいのだ。というのは、英文法・古典文法と違って、口語文法は学校で習う機会がほとんどないからである。文法の大切さは無論言うまでもない。言葉の文芸で、言葉の決まりを知ろうとしない川柳人は論外である。そんな情けない川柳人の、なんと多いことよ。

川柳家よ、言葉と言葉の決まりにもっとこだわろう！

知的財産を愛す

11
2009

今大会の記念講演は、慶應義塾大学名誉教授の池井優先生

かにおられない。

当会の歴史のなかで、三度ご講演をお願いした方は、先生のほかにおられない。

にお願いした。当会としては三度目の招請になる。二二年の

楽しみな池井講演

池井優（いけい・まさる）。（以下は、ウキペディアほかを参考にしてのご紹介）歴史学者。専門は日本外交史、極東国際関係史。（学位歴ほか省略）、この他、日本スポーツ学会代表理事、野球文化学会幹事、二〇〇七年西武ライオンズの裏金問題に関する委員会・委員長などを務める。日米の野球の歴史にも精通し、プロ野球やメジャーリーグ関連の話題で新聞やテレビに登場することが多い、……。

その池井先生をお呼びしたいと考え始めたのは春先のこと。折りしもWBCに日本中が沸き立っていた。そんな頃であった。まずはお電話を差し上げてご都合を伺った。結果は即答でOKをいただく。その後、モチロン正式に依頼状を送付させていただいた。

話は少々横道にそれる。このところ「川柳界の非常識」を何度か指摘しているが、その一つに連絡方法や依頼の安易さが挙げられる。仲間意識ゆえの気安さも手伝うのだろうが、改善すべきことの一つだと信じている。

小生なりの社会常識を言わせていただければ、お招きする側は、

①まずは、電話等による打診・折衝。

②次に、文書による正式な依頼状の発信、が必要ではないか。

講演の依頼ならば、(ア)日時、(イ)会場、(ウ)講演時間と演題の確認、(エ)当日の参加者の概数及びその層、(オ)謝礼の額、などをお知らせすべきであろう。他にも、(カ)講師の会場到着時間、(キ)食事提供の有無、(ク)レジュメ等の指示、があると有り難い。当会は右のほかに、(ケ)当日のタイムテーブル、(コ)終了時間の目安、さらには(サ)懇親会のこと、なども書いてしまっている。一種のサービス精神からだが、こうした情報提供は講師の先生からは様子が分かって助かると、案外ご好評をいただいている。

川柳に話を戻す。通常の句会選者程度ならば文書は割愛するとしても、大会などで依頼文書を省略してしまうのはいかがなものか。川柳人として考えていきたいことの一つである。

演題が決まったイキサツ

池井先生には、当初「プロ野球監督に見るリーダー論」をお願いしていた。大会の開かれる一〇月二四日（土）前後は、日本シリーズ真っ最中。楽天・野村克也監督の去就と相まって、「プロ野球監督論」はおそらくタイムリーな企画にちがいない（速報。楽天がパリーグ2位で初のCS進出決定！）。中澤巌

幹事長との酒席での打ち合わせでは、そんな「結論」を一旦は下した。

右の「結論」が見直されることになった。キッカケは企画編集会議である。幹事長との打ち合わせでは、ゴルフをたしなむ人は当会にはあまりいないであろう。それなら野球で、という予測からの判断であった。会議の席上でもその説明を繰り返した。ところが、である。

「なお、池井先生からは『日本外交とゴルフ』という演題も候補として出され、別の場所では好評を博し、……」などと、余計な情報を小生が付け加えてしまった。すると、企画委員の反応が違った。野球の話は二度伺っているので、今度はゴルフをお願いしたらどうか。そんな雰囲気が感じられた。改めて聞いてみると、ゴルフをやられる方が案外多い。その中には意外な顔もあって、こっちがビックリした。かくして、結論。演題はゴルフに変更。池井先生には再度の打診とお願いすることになった。先生からはやはり即答でOKをいただく。感謝、感謝。「日本外交とゴルフ」に最終決定した一幕であった。

裏話を披露してしまったが、この演題もタイムリーだと思う。というのは、自民党から民主党への政権交代があり、日米外交をはじめとして外交がいま注目されている(速報その2。二〇〇九年のノーベル平和賞はオバマ大統領が受賞。「核なき世界」に向けての発言と行動が評価された)。そんな折も折、川柳の会らしいお話を伺えたら嬉しい。皆さんとともに期待をしたい。

講演という知的財産を愛す

考えてみれば、当会は春秋の大会ごとに特別ゲストをお招きしている。年に最低二回、川柳界内外の有益なお話を伺う機会を設けてきた。他の会ではあまり見られない企画だと、楽しみにもしていただいている。正直申しあげて、準備もお金も事後処理もそれだけ大変になる。しかし、それ以上に我々が得られる財産の方がはるかに多いはず。そう信じて企画・実行してきたところである。

嬉しい評価がある。

一つは、『東京番傘』誌。本年六月号の編集後記で、佐藤孔亮編集長がこう書いてくれた。「東葛は面白い会で、こういう時(吟行句会)にも講演があり、今回は森鷗外に関する林尚孝先生の講演でしたが、これが実に面白かった」と。

もう一つは、佐賀番傘川柳会の菖蒲正明会長である。平成二〇年十二月号『番傘』誌は、番傘一〇〇周年の特集記事。正明氏は「川柳の発展を願って」というエッセイのなかで、「『番傘』誌も、以前はいろいろと読み物があり、楽しみであった。東葛川柳会の『ぬかる道』に昔の『番傘』誌を見る思いがする」と、評価して下さった。

「楽しく学ぶ」をモットーに

こうしたいわば知的財産は、まずは『ぬかる道』誌に掲載される。当然ながら会友優先である。さらには合同句集発刊などの際にも何編かは掲載し、会友以外の閲覧にも供している。池井先生にかかわって言えば、『川柳・贈る言葉』（今川乱魚編、平成九年）には「野茂と日米野球文化比較」を、『川柳ほほえみ返し』（今川乱魚監修、平成十四年）には「もう一つの日米摩擦―プロ野球外国人選手論」を掲載させていただいた。両書の残部はほとんどない。

当会は、発足当初から「楽しく学ぶ」をモットーとしてきた。人は趣味の会でもステップアップを望みながら、その努力となるとなかなか難しい。勉強は本来楽しいものだが、独りでするとついつい投げ出したくなるものでもある。生来怠け者の人間の、その辺りに対する対策と工夫を当会では怠らなかった。最近に於ける小さな勉強会の組織化も、その一つと思し召せ。まぁどうせ勉強するなら、ワイワイがやがやみんなで楽しくやろうじゃないか。「楽しく学ぶ」というモットーの真意は、ブッチャケその辺りにあるのだ。

「楽しく学ぶ」ことを追い求めてきた当会。おかげさまで知的財産が蓄積され、東葛講演録の三冊目を今すぐ出版しても大丈夫なほどの知的ストックがある。三年後の当会発足二五周年事業にはどんなことをしてやろうか、今から代表としての夢のある思案にくれている。

今年も多彩　大会選者の紹介

ここで、二二周年大会の選者を紹介させていただこう。

トップバッターは、川柳研究社副代表にこのほど就任した、いしがみ鉄氏。宿題「タイトル」の選をお願いした。鉄氏は川柳界の若手ながら、柳歴は三〇年を超える。むろん仕事は現役で、社長業もこなす。忙しい合間を縫って、川柳に情熱を注いでいる姿勢は立派である。

下野川柳会会長の川俣秀夫氏には、ユニークな課題「穴」を担当していただく。達吟家でフットワークも軽い秀夫氏。秋の秀夫氏の予定を『下野』誌で拝見したら驚いた。大会選者として東奔西走の毎日である。そう言えば、一昨年夏の全日本栃木大会でのまめまめしいお働きは、参加者の脳裏に今でも焼き付いている。

トリは、当会幹事長・中澤巌。今年は代表の個人的事情もあってしばしばご登場願っている。宿題「外交」は、はまり役と思う。

秋は知的収穫の時期でもある。知的彩りをご一緒に楽しもう。

漢字・感じ・幹事

12
2009

「いやぁ、九月の句会はいつにも増して楽しかったですね」。おかげさまで、そんな感想をあちこちからいただいた。

九月の宿題は、「不規則」、「砂」、「ガム」、それに「漢字に関すること一切」であった。増田幸一顧問の句会レポートによれば、「いずれも如何にも東葛らしい題で」、「今日の宿題の白眉は最終の『漢字……』であろう」と来た。さらに続けて言う。「難しいと言えばそれまでだが、参加者一同日頃の語学を試されるのはこの時とばかり、蘊蓄を傾けた名句、迷句が出揃い、これには国語の権威の江畑先生もたじろぐ一幕もあって、感心するやら、爆笑するやら、『ぬかる道』発行が待ち遠しい……」。

いま思い起こしてもその通りだった。実際の句会では、参加者の皆さんの漢字にかける意気込みと向学心に脱帽した。同時に、改めて漢字の魅力とその奥深さをも再認識したのであった。

「漢字は日本語である」

さて、その『ぬかる道』誌の入選句を訂正させていただく。

今回の訂正は、いわゆる校正ミスとは違う。パソコンをやっておられる方ならお分かりであろうが、パソコン及びプリンターによる活字の有無が主原因である。とは申せ、作者には漢字に対する執着がある。思い入れも一入ではない。したがって、意図した漢字が、理由はどうあれ出力されていないのはいかにも残念なことに違いない。そこで、巻頭言としては異例ではあるが、入選句の訂正をこの場でさせていただく。むろん、巻頭言らしい解説を付け加えながら。

十七ページ下段、一行目。

「東葛の葛常用の仲間入り」（篠田和子）。この「葛」という活字がポイントなのだ。構えの中の文字が「ヒ」ではなく、「人」と書く「葛」の活字が、今回常用漢字の仲間入りをした。その点を作者は見事に突いている。

十九ページ下段、五行目。

「本当のなみだは点のある涙」（穴澤良子）。果たして、この活字が印刷で正しく出てくるかどうか、心配である。何しろパソコンとプリンター、双方の性能が問われている。性能が悪いとこの字は出てこない。技術と細心の注意力を要するのが、この句である。点のある「涙」とは、右下部分が「大」ではなく、「犬」という字の「涙」だ。作者もそれが言いたかった。

ところで、「漢字」は中国のものという思い込みがあるようだ。たしかに、そのルーツは大陸から発してはいるが、現在日本で使用されている漢字は、さまざまな日本式の改良を加えた「わが国独自のもの」である。「漢字は日本語である」、そう言って差し支えないらしい。書名もズバリ『漢字は日本語である』(小駒勝美著、新潮新書)は、最近の研究成果も踏まえていて面白かった。

南極から、「皆さんこんにちは」

一〇月二九日付けの朝刊各紙をご覧になったであろうか。「越冬隊員先生、南極から〝授業〟県立東葛飾高校の武田教諭」(読売・朝日・千葉日報)と、報道されたアノ記事である。東葛版をご覧になれなかった方のために、改めて紹介させていただく。

東葛高校の武田康男教諭(現在は休職扱い)は、第五十次南極観測隊員として現在昭和基地で活動中。その武田教諭の「特別授業」が、一〇月二八日(水)午後本校体育館にて実施された。TV回線を前日から繋いでおき、いよいよ本番がスタート。体育館のスクリーンに、南極にいるはずの武田教諭が笑顔で登場。「皆さん、こんにちは」と挨拶すると、会場から拍手と歓声が起こった。この「授業」は双方向(つまり、こちらからも交信が可能)で展開されていて、生徒たちの拍手が数秒後に伝わると、今度は向こうから「ああ、どうも有り難う」と反応が返ってくる。いやはや、技術の進歩は素晴らしいものだ。

冒頭武田教諭の「今日の気温はマイナス10度であたたかい方です」という報告に始まり、TVカメラと一緒に昭和基地内外を探検する。基地周辺の風景、基地内部の様子、各種観測機器、風呂場や三畳の個室などの生活の場もカメラと一緒にお邪魔させていただいた。美しいオーロラ・ひょっこり登場するペンギンなどをTVカメラと一緒に観ていると、約一〇〇〇名の教職員・生徒ともども南極にいる気分になった。それほどの臨場感であった。

「風邪を引いたりしていませんか」という生徒からの質問にも、その場で応答。「そちらでは新型インフルエンザで大変なようですが、南極ではウイルスが生きていけないので、風邪を引くことはないのです」という返事。かえってこちらを気づかう武田先生に、生徒ともども感激した。人柄の良さ、その好人物ぶりは南極に行っても相変わらずのようだ。

感動の「授業」が終わると、生徒は各HRで感想文を提出。感想は南極にも送られる。武田教諭と個人的親交もある小生は、「南極へひょいと電波の一跨ぎ」「ブリザードTVカメラも命がけ」などの創作川柳二〇句を送信してもらうことにした。

知的財産・人的財産の蓄積

その武田康男先生を、当会では平成十八年の新春句会にお招きしている。演題は「空の表情に魅せられて」であった。覚えておいでであろうか。長年自ら撮り溜めた得難い映像の数々を、惜しげもなく披露しての講演。川柳の会では珍しい理系の講演だった。メカに弱い会員諸氏から驚嘆の声が何度も上がった。

その後、武田教諭はあちこちで引っ張りだこになった。ついには南極にまで出かける超有名人になってしまった。約四年前に当会にお招きしておいて良かったと思う。東葛高校へ着任してまだ日の浅い時期だったのでおいでいただけたが、南極から無事帰還の折りには再び当会においで下さるかどうか、いささか気になるところ。いずれにしろ、人的つながりは貴重な財産である。

財産と言えば、このところ当会幹事や同人の句集出版が続く。喜ばしいことだ。今川乱魚最高顧問は別格としても、江崎紫峰・長尾美和・太田紀伊子・佐藤喜久雄の各氏。また、新葉館の企画「現代川柳作家一〇〇名による『川柳作家全集』」の刊行には、今川乱魚・大戸和興・太田紀伊子、それに江畑哲男も参加。川柳文化向上のためにも、今後出来るだけ誌面で紹介していきたい。

新型インフルエンザにご注意を

新型インフルエンザの動向が不気味だ。本格的流行はこれからか?、心配である。現在罹患の主役は一〇代。近隣の高校でも、学級(学年)閉鎖が続いている。文化祭を中止or非公開にしたり、部活動の大会辞退や修学旅行時の対応等々、教育機関の使命とはいえ神経が休まらない。クラスの仲良し同士がカラオケに出かけて、全員が罹患してしまったという笑えないエピソードまである。何と言っても手洗い・うがいが基本らしい。ぜひ履行を。

締めくくりは、表紙2「新春の集い」のご案内。幹事限定の新年会を発展的に解消して新しい行事とした。大いに楽しもう。

IX

2010

去年の話・今年の話

01
2010

『ぬかる道』誌は新年号を迎えた。平成二十二年（二〇一〇）の幕開けである。雑誌の上では、「明けましておめでとうございます」と、書くべき号でもある。

しかしながら、正直言って新年の雰囲気など全くない。それもそのはずで、この巻頭言を書いているのは十二月の初旬。年賀状の準備はおろか、学期末テストすら始まっていない。採点・成績処理・冬季補講等々は、当然ながらテスト後。正月はまだまだ遠いというのが正直な感想である。したがって、これから書くことも「昨年は……」とは書きづらい。ついつい「今年の……」と書いてしまう。事情をご推察願いながら、お読みいただこう。

公共図書館の役割を考える

リアルタイムの感覚で言えば、今年の十一月のこと。新年号的割り切り方で書くならば、去年の日付になる。昨年十一月一日（日）に行われた国民文化祭静岡川柳大会から帰って、直後の二日（月）の話。

月曜日はことのほか忙しい。旅行の疲れなどこぼしてはおれぬ。ともかく、勤務時間前に雑務をてきぱきと処理したのち、午前中三時間の授業をこなす。教材は、『平家物語』の「木曾の最期」の章。最近の高校生は、とくにこうしたエピソードには疎いようだ。その生徒たちを相手に「富士川の合戦」を語り、「倶利伽羅峠の火牛攻め」を語り、「宇治川の合戦」「鵯越」「那須与一物語」から、「壇ノ浦」に至るまで、一気に源平合戦をあたかも講釈師のように語り終えた。一時間×三コマ、講釈師をまるまる演じるのはサスガに疲れる。語り終えたのち、出張先に向かったのである。（会友の皆さんへ。仕事現役の代表の忙しさをどうぞご賢察ください）。

出張先は江戸川大学（流山市）。近くて助かった。用務は「図書館連携シンポジウム」への出席と意見交流であった。「利用者サービスの向上と地域における図書館について考える」というきわめて真面目なサブタイトルの付いたプログラムは、内容的にも真面目かつ退屈（失礼！）であったが、大学図書館や地域の図書館の現状と課題を考える良い機会にはなった。

そう言えば、船本庸子幹事のこんな感想を思い出した。二年ほど前のことであったろうか、近くにある大学図書館を一般住民も利用できるようになって有り難い、というような話を。

図書館は「福利厚生施設」か!?

シンポジウムに話を戻す。ある関係者が図書館の役割の変化に触れて、面白い発言をしていた。地域の公共図書館は、文教施設から福利厚生施設に変わりつつあるのではないか、というのだ。すなわち、利用者の滞在時間が長いこと。地域のお年寄りのサロンとしても利用されていること。中には、血圧計を置くなどのサービスがなされている現状、等々に触れての発言であった。そんな現状を「福利厚生施設化」と指摘したのだった。これには、真面目な参加者からも笑いが起こった。

「図書館の連携探索」というテーマでは、パネラーの一人として発言を求められた。県立東葛飾高校図書部長なる肩書ゆえであるが、私としてはフランクに高校生側のニーズを述べさせていただいた。カタイ雰囲気をほぐす意味で、若干のユーモアを交えながら発言した。高校図書館の現状、利用生徒の実態、大学や地域図書館側からの利用促進の案内等々に触れて、「連携の潜在的ニーズ」は高いのではないかと述べた。その際に、「まぁ高校生ですから、血圧計は利用しないでしょうけど、……」と付け加えたら、会場は爆笑に包まれた。

変わりつつある大学図書館

シンポジウム終了後には図書館内部を見学させていただいたのだが、大学図書館の規模と蔵書数には改めて圧倒された。江戸川大学の場合、独立した地上四階建ての総合情報図書館棟がそびえ立ち、蔵書約二〇万冊、AV資料七〇〇〇点を数える。船本庸子幹事ならずとも、一般利用したくなるではないか。

大学図書館の側も地域の人々の利用を歓迎しているようで、川柳家諸氏のような模範生は大いに利用されたらよろしい。手続きのため身分証明書が必要だったり、大学によっては登録料が要るところもあるようだがこれはご愛敬。大半は無料だ。一般書から専門書まで豪華に揃っていて、冷暖房完備、一日いてもタダで書籍とニラメッコが出来るのだから、これほど幸せなことはない。ただし、血圧計は置いていないので念のため(笑)。

ええい、調べ始めたついでに。近隣の大学を紹介してしまおう。麗澤大学(柏市光ヶ丘)、聖徳大学(松戸市岩瀬、ここでは地上八階建て・地下二階の新図書館が昨年八月オープンした、蔵書は四五万冊を誇る)、二松学舎大学(柏市大井)、日本橋館大学(柏市柏)、中央学院大学(我孫子市久寺家)、川村学園女子大学(我孫子市下ヶ戸)、東洋学園大学(流山市鰭ヶ崎)、流通経済大学(松戸市新松戸)。東葛地域って、意外と大学が多いことに気づいた。川村女子大を除いては、学外利用者へも何らかの便宜がありそうだ。詳しくは大学へ照会を。

『ダーリンは外国人』(小栗左多里)にハマる

図書館ネタが続く。東葛高校では今年度末の図書館報発行に向けて、図書委員会(生徒)内部で企画編集会議を積み重ねている。一面にどんな記事を持ってくるかを検討した結果、いま評判の小栗左多里シリーズでいこう!という結論になった。

ご存じない方のために付言すれば、小栗左多里は漫画家。トニー・ラズロというアメリカ人ジャーナリストと結婚し、その家庭内の日常を漫画化した自伝風作品。外国人の夫との会話の微妙なズレやら、英語と日本語の相違にも触れて、語学的にもタメになる。生徒にも小栗左多里ファンがいて、本校ALT（外国人講師）に取材してみようという話になった。本校ALTのピーター氏は大変気さくな先生で、過日小生とも「日本文化論」を交わし合った。そんな情報を図書委員に提供したら、一面はピーター先生への取材で飾ることで一件落着した次第である。果たして、小栗左多里の夫（トニー・ラズロ）のような会話を引き出せるか、興味津々である。余談ながら、このシリーズはお正月のプレゼントにどうか。お子さん・お孫さん向け図書として推薦したい。

ところで来年は、いやいや今年は「国民読書年」である。図書館の貸出冊数が過去最高を記録した一方、高校生の不読率が五〇％を超えているのが気になる。紙数がないので端的に申し上げるが、不読の子どもは家庭環境も偏差値もよろしくない。過日のテレビで、食事を作らない親が増えている実態が暴かれていたが、食育と読書率はかなりの相関関係があるものと睨んでいる。

齊藤克美副幹事長の急逝を悼む

お正月にふさわしくない話題を最後にさせていただく。

十一月十二日、齊藤克美※副幹事長が亡くなった。享年七六。検査入院後の、病状のあまりに速い展開に絶句した。川柳を愛し、東葛をこよなく愛してくれた。それゆえであろう、愛する川柳と川柳家の皆さんに見送られながらの旅立ちであった。哀悼。

だがしかし、これは去年の話。今年は元気よく出発しよう。

東奔西走・南船北馬

02

2010

「……という訳で、台湾から無事に戻りました。」

こんな挨拶を、年末に何度繰り返したことか。メール・電話・手紙等々での私の挨拶がこれであった。そう、昨年十二月二六日（土）〜二九日（火）、三泊四日の日程で私は台湾に出かけた。観光に非ず。レッキとした教育研究協議会参加のためであった。

「日台交流教育会」（会長・古田島洋介明星大学教授）という団体があるようで、縁あってその第三三回訪台団のメンバーに加わった。台湾での研究協議は、初めての参加ということもあって、大変興味深かった。学問的刺激もたくさん頂いた。総じて、私にとっては充実の四日間であった。

食事時間以外はほとんど勉強

日程はきわめてタイトだった。自由時間というものがほとんどなかった。食事の時間以外は、すべて研修（＝勉強）だっ

※追悼記事の部分のみ本名の「齊藤」を使用した。

たと言っても過言ではない。

具体的な日程を記す。そうだ！ ここは参考までに、台湾側の表記でご覧いただこう。その方が、「雰囲気」が伝わりそうな気がする。

〈二〇〇九 台日教育研究會 議程〉

12月26日（日）

08：30～09：00 報到（到着）
09：00～09：50 開幕式（＝開会式）・照相（＝記念撮影）
09：50～10：00 茶叙（ティータイム）
10：00～11：00 日方專題演講（＝日本側の基調講演）
講題「戦後日本品格教育的發展與現況」
11：00～12：00 台方專題演講（＝台湾側の基調講演）
講題「台灣品格教育政策」
12：00～13：00 午餐
13：00～13：40 日本國民小學組論文發表（講題 略）
13：50～14：20 台灣國民小學組論文發表（講題 略）
14：20～15：00 日本國民中學組論文發表（講題 略）
15：00～15：40 台灣國民中學組論文發表（講題 略）
15：40～16：00 茶叙
16：00～16：40 台日本高級中學組論文發表
講題「**詩歌與品格教育**」
（千葉縣立**東葛飾高中・江畑哲男**）
16：40～17：20 台灣高級中學組論文發表（講題 略）
17：20～18：00 閉幕式（＝閉会式）
18：15～20：00 晩宴（「宴」と言ってもアルコールはナシ）

「道徳教育」に対する、日台の明らかな違い

研究会は新竹市内・中華大学の会議場で行われた。一二〇名収容可能な階段式の会議場は、その半分ほどが熱心な参加者で埋まった。台湾側の一般参加者には大学生が多かった。

まずは、開会式前に先立って両国の国歌の演奏。これには正直言ってビックリした。

研究テーマは「品格教育」、日本で言う「道徳教育」であった。小・中・高の日台それぞれの代表がレポートを事前に作成し、日ごろの教育成果を発表しあう場がこの日であった。

まずは日本側。長岡市立山谷沢小学校・小林義典教諭の発表。タイトルは「道徳心の土台『祖国への誇り』を取り戻す」。日本から持ち込んだパソコン機器を駆使して、自ら制作した映像をふんだんに用い、ビジュアルで分かりやすい授業を展開していた。マイク片手に会議場内を先生が歩き回り、参加者を小学生になぞらえて意見を求めたりもする。サスガは小学校の先生。小学校の教室にいるような気分にさせられた。

……と、ここまで書いて気づいたこと。この調子で書いていくといつまで経っても終わらない！ 先を急ぐ。以下は要旨のみ。

かくして、日本・台湾と交互に発表が続く。日本側に比べて、

台湾側の発表は意欲的な実践報告が多かったように感じられた。対して日本側は、ネガティブな現状を報告することが多かった。理由は明確だ。台湾では、道徳教育そのものに反対する人(勢力)は存在しないのだと言う。この点、日本では「道徳教育」への抵抗感や躊躇がまだまだ払拭しきれていない。

初体験　通訳付きの研究発表

いよいよ、小生の出番となった。タイトルは、「韻文の授業と『心の教育』」。発表の順番が遅い方だったので、逐語的に通訳を差し挟む発表の要領はだいたい掴めていた。「通訳」とはいうものの、金のない民間団体のこと。その大半は、在台湾の日本語学科専攻の学生ボランティアである。要するに、通訳としては素人。訳も自信なさそうで、お世辞にも上手とは言えない。

そこで私は一計を案じた。休憩時間を利用して彼らにメモを渡した。冊子には印刷されていない単語で、しかも発表時に出てきそうな、キーワードになりそうな単語を予めメモして渡しておいたのだ。こうすれば、少しは「予習」が出来るのではないか。

もう一点。どの研究レポートも質的に優れていた。ただし、残念な点があった。発表がみんな真面目すぎる(道徳教育ゆえかも?)のだ。これだけ内容の濃い発表が続くと、さすがにくたびれる。研究協議は、開始以来ナント七時間が経過していた。

そこで、小生の発表。会場全体の疲労感を読み取って、レポート発表の前にまずはジョークでご挨拶。「教師になって三五年目になります。時が経つのはじつに速いものです。私が教師になったのは、つい昨日のような気がしています。……」(笑)。

ジョークはアイスブレーカーとも呼ばれる。文字通り、会場の緊張(アイス)をほぐす役割を果たしてくれた。

韻文の授業　ポイントは二種類の「対話」

小生のレポートを、簡単に説明しよう。

「心の教育」という観点から申し上げるならば、韻文の授業には二つの「対話」が存在する。この二つの対話は韻文の授業を成り立たせる上で重要なポイントになる。

一つめは、自己内対話である。主として創作過程に於ける、もう一人の自分との対話だ。自分自身の感動を対象化する作業と言い換えても良いだろう。余談ながら、近年の若者に多い「自我の未成熟」は、この内的コミュニケーションの不足にも起因しているのではないか。

二つめは、外的コミュニケーションである。韻文授業の根底には、「他者理解」が必然となる。「人間理解」と言っても良い。要は、他者の感動の表現(＝詩歌)を、いかに自己の世界に取り込むことができるのか、である。人間は所詮、「己」を通じてしか「他人」を理解できない。どんなに愛し合っている男女でも、「一心同体」にはなることは出来ないのである。……、この後者の論理を説明する際にも、私は次のような例え話を用いた。

〈愛し合っている夫婦がいたとしよう。夫が台湾の美味しい小籠包を食べても、妻は満腹にならない。なぜなら、夫の胃袋と妻の胃袋は別物だからである(笑)。妻が高級な老酒を飲んでも、夫が酔っぱらうことはない。夫婦の愛が冷めたからではない(笑)。妻の胃袋と夫の胃袋は、やはり別なのだから。肉体が別々である以上、精神も当然別物ということになる。別々の人間の感情・喜怒哀楽を理解するのは、ことほど左様に難しいことに違いない。……〉

台湾川柳会と故李琢玉氏を紹介する

発表の最後には、台湾川柳会と故李琢玉氏のことに触れた。持参した句集『酔牛』(今川乱魚編、新葉館出版)を手に、壇上から大きくかざして、「台湾の皆さまにぜひ知っていただきたいことがあります」とトーンを上げた。台湾に於ける日本の短詩型文芸の受容の歴史と現状を紹介したかった。

『酔牛』はご存知のように、二〇〇六年刊に刊行された台湾人初の川柳句集である。台湾では、現在も短歌・俳句・川柳を創る人々がいて、日本の伝統文芸が脈々と息づいている。この発言は研究協議後も話題になった。台湾人の多くが事実を知らなかったことでもあるし、さらには教養深い日本側の先生方も、こと川柳に関してはあまりご存知なかったようである。

折しも、台湾川柳会の涂世俊さんが中華大学まで来てくれていた。明後日に開いて下さる小生歓迎の昼食会の、時間と場所を知らせに来て下さったのである。後で聞けば、頼柏紘台湾川柳会会長の指示だったらしい。こうした気配りは大変有り難かった。

台湾川柳会との昼食会

自由時間のない今回のツアー。台北には全く寄れなかった。それでも最終日の二九日(火)の昼、台湾川柳会の皆さんと交流を持つことが出来た。場所は、中山駅直ぐの、新光三越本館八階の台湾料理店であった。集まっていただいた方々は、頼柏紘会長以下、黄培根・林栄晃・陳瑞卿・林蘇綿・林顔卿・高薫・林肇基、そして案内役の涂世俊の皆さんであった。

頼柏紘さんからは、台湾川柳会を支え、いつも投句をしてくれる東葛川柳会への感謝の言葉が述べられた。私からは、台湾川柳会との交流の足跡を振り返る発言をした。頼柏紘会長が二年前の東葛二〇周年に来て下さったこと。さらには、一年半前の日川協全国大会福岡においで下さったこと、etc……。

昼食会は終始なごやかで、話が尽きなかった。涂さん以外の方はみなご高齢のはずだが、私と話したがり、聞きたがった。身を乗り出して、質問するその瞳がキラキラ輝いていたのが印象的だった。一番もの静かだったのは、頼柏絃会長ではなかったか。

宴果てて空港まで送っていただいた。何から何までお世話になった。川柳の縁に深く感謝しながら、夕方の便で台湾を後にした。

ナニ者!?　村田倫也なる男

帰国してから、年末の掃除を気休め程度にした。と言っても、せいぜい書斎の整理ぐらいだったが。雑誌・書籍・メモ類を整理しているうちに、『植民地期東アジアの近代化と教育の展開』（研究代表者・磯田一雄、大阪経済法科大学アジア研究所客員教授）なる印刷物に出くわした。数カ月前に、村田倫也幹事からいただいた分厚い冊子だった。中に「植民地期台湾における日本語短詩文藝と国語教育」という研究レポートがある。A4版の大きさで、一二〇数ページにも及ぶ分量。これをまた紹介し始めるとキリがないのだが、このレポートがまた大変なシロモノであった。

要は日本語短詩文藝が「国民精神の涵養」、すなわち台湾人の「同化・皇民化」の道具とされていた点を指摘しながら、もう一方で、「そういった皇民化の面だけを強調するのは片手落ちである」とも直言する。つまりは、「短歌や俳句での表現行為は単に日本語を受容するというよりはるかに自覚的な行為である」とも喝破する。この見方はなかなか鋭く、深い。

ついでながら一言。村田倫也幹事はこの膨大なレポートに目を通している。のみならず、重要な部分には下線が引かれているではないか。となると、村田倫也とは如何なる人物なのか。単なるカメラマンではなさそうだ。そう睨んでいる昨今である。

先を急ぐ!!

訪台団メンバーの知的レベルの高さ、省略。日本語ボランティアの女子学生の話。早稲田大学の日本語研究センターに学んでいたらしい。教授名を聞いたら、親近感がわいた、以下略。ITの街・新竹の企業見学、略。幼稚園参観、略。宿舎の話、略略略。

映画「鶴彬　こころの軌跡」を鑑賞

話は全く変わる。昨十二月十二日(土)に遡らせてもらおう。当会十一月例会でもPRのあった、映画「鶴彬」。十二日午後、流山文化会館ホールにて上映会が行われた。観客は約三〇〇名。その一割ほどを当会関係者が占めていたようだ。

数日前に連絡が入って、上映前に当会代表より挨拶が欲しい旨の依頼あり。了解。以下、当日挨拶の骨子を記憶のままに記す。

①鶴彬の映画が上映される。しかも東葛地区・流山市内で

上映されることを、地元の川柳会として喜んでいる。上映の話は当会同人から聞いた。「出来る協力はさせていただこう」とその際に申し上げ、先日の例会で事務局長さんにPRに来ていただいた。

②この映画を私はまだ見ていない。どこに焦点が当てられるのか。時代背景なのか、鶴彬の思想なのか、人物か、はたまた川柳そのものなのか、いずれにしろ興味津々である。

③この種のいわゆる自主上映作品では、二〇年以上前に観た映画「小林多喜二」がある。小林多喜二の生涯と文学について、ここでは述べる時間的余裕はないが、多喜二は昭和八年二月二〇日に拷問のため命を落とした。鶴彬が病死したのは、それから五年後のこと。多喜二と同じく、享年二九歳であった。

④残念なことがある。小林多喜二は広辞苑等にその記載があるが、鶴彬の記載は見当たらない。作家・田辺聖子氏や井上ひさし氏が、日本近代文学史上から川柳を欠落させている点を批判的に指摘していた。同感である。

⑤願わくは、この機会に川柳という文芸が大いに注目されることを心から願って、挨拶に代えさせていただく。(拍手)

小生の挨拶のおかげ?か、竹田麻衣子さんが持ち込んだ『鶴彬の川柳と叫び』(尾藤一泉編)は、売れ行き好調だったらしい。

心からの追悼で、齊藤克美さんを送りたい

本当に紙数がなくなった。

故齊藤克美副幹事長追悼の件、皆さんには諸事よろしくご協力願いたし。弔吟や追悼文、二月の追悼句会と続く。弔吟は、万葉以来の伝統たる挽歌(ばんか)とお考えいただいたらよい。万葉集の部立ては、「相聞(恋の歌)・挽歌(死者を弔う歌)・雑歌(自由詠)」の三部に分かれる。克美さんを偲ぶにあたって、三つくらいの「顔」が思い浮かぶ。(ア)川柳作家としての克美氏。(イ)東葛の幹部(副幹事長、句会部長、前発送部長)としての氏。(ウ)さらには、勉強会講師としての側面、といった「顔」である。

結びに別件の御礼。東奔西走の多忙な日々が続く小生に、ねぎらいの年賀状を数多くいただいた。無理をせぬように、御身大切に、といういたわりの言葉が多かった。謝謝(シェシェ)、謝謝(感謝)。

03 2010 嗚呼、齊藤克美さん

本来なら、「あっけない」と表現すべきなのかも知れぬ。

しかしながら、齊藤克美副幹事長の最期はあまりにも「見事」であった。そう申し上げる理由をお話しさせていただこう。

「スマート」な最期

齊藤克美さん(やはりこうお呼びする方が似つかわしい)は、じつに「スマート」で、「格好良く」、私たちの前からひっそりと去って行かれた。川柳というドラマチックな劇場の、私たちの共通の舞台から、美しく素敵な思い出だけをお土産に残して、いつの間にか消えて行ってしまわれた。

病気や死という苦しさ・醜さ・辛さを、(ご家族はいざ知らず)私たち趣味仲間には一切見せることなく、克美さんは遠い遠い旅に出かけられた。それゆえに、齊藤克美という一人の男に重ねる思い出と言えば、良いことばかり、お世話になったことばかり、という構図が出来上がった。かくして、東葛川柳会内外の多くのお仲間が受けた、数えきれないほどの恩恵のイメージ、プラスのイメージがオーバーラップして、齊藤克美さんと一緒に思い出されることになったという次第である。

しかも、このイメージは「永遠」に残る。死の間際に形成されたが故に、消え去ることはない。「見事」「スマート」「格好良い」と、私が表現する由縁である。

克美さんの「三つの顔」と「三つの呼称」

その齊藤克美さんには「三つの顔」があった。『ぬかる道』前月号巻頭言で書いたとおりである。

「三つの顔」とは、

①川柳作家としての克美さん。

②東葛川柳会幹部(副幹事長、句会部長、前発送部長)としての克美さん。

③さらには、勉強会講師としての克美さん。

これらの「顔・顔・顔」が、本号『ぬかる道』誌の追悼記事のなかでさまざまに語られている。克美さんを偲ぶよすがとしていただければ大変有り難い。

齊藤克美さんと私・江畑哲男との関係を、もう少し踏み込んで書かせていただくならば、克美さんは「三つの呼称」を私に対して使い分けていた。その三つとは、「哲男先生」「哲男代表」「哲男さん」の三つである。さほど意識的ではなかったのかも知れないが、思い起こせばこうした呼び方で会話の中身も違っていたように思われる。

1　「哲男先生」

一番目は「哲男先生」。この呼称が一番多かった。何しろ、新樹から始まって、緑葉・双葉と勉強会をご一緒した仲である。新樹では受講生として出発した克美さんも、緑葉・双葉では講師をお務めいただいた。講師として、各勉強会の皆さん一人ひとりの面倒をじつによく見ていただいた。その上で、「哲男先生」を守り立てることも忘れなかった。

2　「哲男代表」

こちらは、主として東葛の会議の際の呼び方であった。幹事会や企画編集会議等での発言は、いつも東葛川柳会への愛に満ちていた。各吟社の句会にマメに出席されていたこと、内部の仕事では『ぬかる道』の発送をご担当いただいたこと。右の「仕事」に関して、克美さんから愚痴を聞いた記憶はほとんどない。

3　「哲男さん」

この三番目の呼称は、極めて稀である。限定的であった。私的な関係の、きわめてアットホームな時に、「哲男さん」という呼び方を時々された。従って、あまり知られてはいない。それ故に書き残す価値は、逆にあるのかと思う。

「東葛を日本一の会に」

その中で、印象に残っている「哲男さん」。次の二つの場面が思い出される。

あれはいつであったか。少々アルコールが入った時のことだったと思う。どこかの句会の帰りに、ハッパをかけられた。「哲男さん、東葛を日本一の川柳会にしましょうよ」と。「オレは本気ですよ」とも言ってくれた。心強かった。

もう一回は、叱られた時である。自家用車で克美さん宅に届け物をした。その際に車の汚れを指摘された。「哲男さんはお忙しいと見えて、車を洗うヒマもないらしい」と。私は苦笑するしかなかった。そんな時の克美さんは、父のような存在にも思えた。

……いずれにしろ、私たちに言わせれば忽然と消えてしまった克美さん。御礼の言葉を申し上げないうちに手の届かない彼方へ旅立ってしまった。その克美さんに、私たちから申し上げる最後の言葉は、やはり「有り難う」がふさわしいと信ずる。

齊藤克美さん。「本当に有り難うございました」。哀悼。

勉強会　陰に講師の努力アリ

「川柳の時代」と言われている。「川柳の時代」の、その川柳界の内側では、勉強会が元気である。勉強会がなぜ元気なのか。その理由は幾つかあろうが、「句会主義」に陥っていない点が理由の第一に挙げられるのではないか。

川柳の句会は、本来楽しいものである。楽しいはずなのだが、句会に出席して、ただ単に「抜けた」「抜けない」で終わるのはどうもいただけない。いわゆる合点制や賞品のニンジン化（その割にたいしたニンジンに非ず）、換言すれば「成績第一主義」は、もはや時代遅れではないのか。東葛川柳会では、発足以来句会にプラスαの価値を追い求めてきた。東葛の市（いち）が、他の既成吟社と違うと好意的に評価される由縁でもある。

勉強会は「成績第一主義」ではない。学び合いやら話し合いがあって、さらには人間関係のプラスαがある。それが楽しいらしい。勉強＋付加価値はここでも大切な要件であると信ずる。

亡くなった克美さんは句会も好きだったが、勉強会も好きだった。勉強会の講師をお願いして暫く後のこと。「先生、文法書はありませんか」と尋ねられた。「えっ、誰が読むの？」と聞いたら、「自分だ」と克美さん。「講師になったら、文法の本くらい読まないと」と克美さんは言った。「七〇歳にもなって、文法の勉強をするとは思いませんでした」と、照れ笑いを浮かべながら。

一口に「勉強会」と言うが、その陰に講師の努力がある。この点はぜひご賢察願いたい。

関連として。高校一年生の韻文授業で発表形式を採り入れた。発表生徒の感想は「授業は聞くとやるとは大違い」。天と地ほどの違いがあるとも。「先生の大変さが分かった」とは、本校生徒の弁。

上手に気分転換

04

2010

このところ『ぬかる道』巻頭言の題材が、少々カタイようだ。ゴメンナサイ。小生は本質的には真面目人間!?なので、ついつい直球が多くなってしまう。

二月号巻頭言は台湾教育研修の報告を中心にナント四ページ（巻頭言としては新記録！）、三月号は三月号で齊藤克美追悼記事であった。代表の立場・巻頭言の性格上やむを得ない側面もあるが、もう少し気楽に読める題材も盛り込むようにはしたい。反省。

『人は「感情」から老化する』

和田秀樹著の『人は「感情」から老化する』（祥伝社新書）は、面白かった。同著によれば、過去20年間で65歳以上の歩行能力は10歳ほど若返ったそうな。また、言語性ＩＱは高齢になっても維持されるというのがどうやら真相のようだ。嬉しいことよ。

問題は、体力・知力の衰えよりも「感情機能」の衰え、にあるらしい。「心が老けて」しまわないことが肝要で、以下そのコツを見出しから拾ってみることにする。

『「欲望」は生きるための原動力になる』「若者よりも、お年寄りの『引きこもり』のほうが深刻」『「足を運ぶ」ためのきっかけを作る』等々、列挙しただけでナルホドと思ってしまう。さらには、女性も男性もおシャレをせよと提言する。そうなのだ。心が老け込まないためには、オシャレをして句会に出かけることが肝心なのだ。本巻頭言を読んだ方には、ぜひ実践をしていただこう。来月から、東葛の句会には（若い人はモチロン）おシャレな中高年がいっそう増える。そんな気がしてきた一著である。

上手な気分転換法

ところで、著者の和田秀樹氏をご存知だろうか。かの「学力低下論争」時（一九九九年ごろ）に、「受験勉強＝悪玉」論の一面性を突き破った御仁である。和田秀樹氏は東大医学部卒の精神科医。その和田氏と並んで、苅屋剛彦東大教授が「受験＝地獄」という虚構を打ち破った。目からウロコが落ちた思いで読んだ。

日本は少なくとも一九八〇年代までは、アジア諸国と比べても群を抜く高学力を有していた。作家の松本清張や田中角栄元首相が高等小学校しか出ていなくても、かなりの知識の持ち主であったのはよく知られている。それだけ、日本の民度は高かったのだ。……オットいけない。またまた真面目に書き始めてしまった。またまた反省。気楽な話題に転換しよう。

そう、こうした気分転換が大切なのですゾ。川柳家諸氏はとっくにご承知のこと。上手な気分転換法に長けている皆さん方は、生き上手な人間だと自分で自分を褒めていただきたい。前著曰く、切り替えの下手な人に、感情の老化が起きるのだそうな。「落ち込んだときには、決して反省するな」（↑笑）、「できなかったことではなく、できたことに目を向けよ」（＝プラス思考）、「『年甲斐もない』は最高の褒め言葉だ」（アハハハハ）等々、サスガに精神科医。この方のおっしゃることは、ひと味もふた味も違う。心の保ちよう・持っていき方が、極めてユニークだ。

コンピュータで遊ぶ

一日中コンピュータとにらめっこをしていると、「遊び」が欲しくなる。この頃小生が時々遊んでいるのは、インターネット上のクイックリサーチというアクセスだ。一種の意識調査だが、これが結構面白い。こんなことで遊んでいるヒマは本来ないのだが、気分転換にはたしかになる。リサーチ項目も政治・経済・文化・芸能等多岐にわたり、世論の動向も一定程度分かってくる。

▽「来週の日経平均はどう動く？」
▽「秋葉原の歩行者天国、再開した方が良い？」
▽「巨人の外野陣で最も期待するのは誰？」
▽「『過大』な津波予測、謝罪は必要だった？」

調査自体に参加はしなくとも、回答の結果を覗いてみるだけで興味深い。自分と世論との異同が瞬時にして掴めるからだ。

例えば、「印象に残った五輪競技は？」というリサーチ。回答を覗くと、「フィギュアスケート64％、カーリング16％、スピードスケート7％」の順になっていた。結果は予想通りだった。しかしこれでは、なんだかつまらない。

苦労してこそ「子育て」

意外だったのは、「子ども手当てに」に関する意識調査（二月十五日～二五日実施）である。「子ども手当て（月額二万六〇〇〇円）の支給額についての考えは？」という問いかけには、三つの選択肢があった。結果は、

1位　「そもそも子ども手当ては不要」　59％

2位「歳出削減に応じた支給額を」　29％
3位「国債を発行しても満額支給を望む」　10％
4位「その他」　4％

支給額を問うているのに、「そもそも子ども手当ては不要」という答えがダントツの一位！　右の結果を皆さん方はどのようにご覧になられるか。このあたりは、テレビ等のマスコミの論調とはかなり食い違うかも知れない（最近でこそその論調に変化は見られるようになったが）。

さらに書き込みを覗くとこれがまたスゴイ。「（お金は）本当に子育てに回るのか」という素朴な疑問や、「究極のバラマキ政策」という批判はまだまだ可愛い方だ。「給食費も払わない親に現ナマを渡す気か！」、「どうせ親のパチンコ代に消えるに決まっているサ」に始まり、「家族共同体の解体を狙う深謀遠慮の極み」等々、その口調はかなり激しい。このほか、本巻頭言には掲載できないホンネが満載である。俗に「ネット右翼」とも称されるのが、この種の「世論」なのかも知れない。一方、その主張や論理には説得力があった。もう少し柔らかく言い換えれば、苦労してこその「子育て」ではないか、ということであろうか。

「ホンネ満載」と言えば、そもそも川柳こそがホンネの文芸である。ネットと違うのはそのホンネをどう文芸に昇華するかだ。川柳の三要素の一つ「穿ち」の本質もそこにある。オットト、いけない。またまた講義調に戻ってしまった。話題転換、閑話休題。

春本番、静から動へ

「そうは言っても、ワタシこの頃スランプで、……」。ハイハイ、そうおっしゃる方には究極の「スランプ解消法」を伝授する。前著曰く、「やり続けることにつきる!!」だってさ（笑）。

気分転換とは違うが、『ぬかる道』誌に新しい連載が始まった。河合成近さんの「千駄木文学散歩」だ。四回程度の短期連載を予定。成近さんと言えば、昨年の吟行句会ゲスト選者。森鷗外をはじめ、この地域の文学・歴史に造詣が深い。どうぞお楽しみに。

さてさて、雪が多かった今年もいよいよ春本番。春には「挑戦」の二字が似合いそう。気楽に「挑戦する」大切さを、和田氏の著書から学んで欲しい。吟行会、とうかつメッセ、誌上課題吟、勉強会等々、東葛川柳会はあなたの「挑戦」を待ってます。

05 実力本位

2010

復活第二回「川柳とうかつメッセ賞」を発表させていただく。第二回のとうかつメッセ賞（通算六回）は、宮本次雄さん（柏市）に決定した。個性あふれる作品と抜群の安定度を評価しての授賞である。宮本次雄さん、おめでとうございます！

「川柳とうかつメッセ賞」の意義

さて、「川柳とうかつメッセ賞」の経過と意義については、昨年五月号の『ぬかる道』誌に書いたとおりである。一言で繰り返せば、会として作家と作品を育てようという意欲と情熱の表れである。そうお考えいただきたい。

多くの川柳結社には会としての表彰が存在する。しかしながら、ある吟社では順送りに近い表彰であったり、またある場合には会としての求心力を維持する目的もあったりするようだ。こうしたなかで、マンネリが囁かれている表彰も少なくない。

当会はそうではない。マンネリに陥るどころか、始まったばかりなのである。復活して二年目の表彰でもある。その意味で、今回の授賞者を選ぶ作業はしんどかった。興味津々でもあった。ほぼ一年分以上のメッセを、忙しいなかで再読することとなった。その上で、宮本次雄さんに決めさせていただいたのだ。まさに、実力本位の選考であった。受賞者に喜んでいただければ、こちらも嬉しい。また、投句者の皆さんにおかれては、これまで以上に作句に意欲と情熱を燃やしていただければと願う。

内実は、実力伯仲の「メッセ」

一方、宮本次雄さんの実力が、他の方々と比べて抜群であったかというと実はそうではない。いえいえ、失礼なことを言うつもりはさらさらない。次なる資料をご覧いただこう。

左記は、過去一年（昨平成二一年・二〇〇九～）ほどの巻頭作家たち（敬称略）である。

3月号　中澤　巌（次雄・四句組）
5月号　石戸　秀人（次雄・五句組）
7月号　日下部敦世（次雄・五句組、五番目）
9月号　萱谷はなこ（次雄・五句組、二番目）
11月号　坂牧　春妙（次雄・五句組）
1月号　宮川ハルヱ（次雄・五句組）
3月号　本間千代子（次雄・五句組、十番目）

お分かりであろうか。巻頭作家の顔ぶれが実に多彩なのである。メッセは「実力伯仲の時代」に入った、と言い換えてもよい。

資料によれば、宮本次雄さんが巻頭作家となったのは平成十九年九月号のこと。早くもこのころ頭角を現していた。その号をいま読み返せば、伏尾圭子・笹島一江・宮内みの里らの閨秀作家を躱して、巻頭の栄誉を射止めている。そしてその後も、巻頭にこそなってはいないが、安定した位置をキープし続けている。

宮本次雄作品鑑賞

ではここで、宮本次雄作品の鑑賞に移る。

マニフェスト大風呂敷が畳めない
国会で眠る時給はいかほどに
失敗の酒同じ愚を繰り返し
沈黙の臓器に溜まる疲労感
一本の桜に恋をしてしまう

どの作品にも言いしれぬ味わいがある、そう思う。実感の乏しい、ある種の修飾語全盛の関東柳界にあって、これらの作品はみんな新鮮に映る。飾り立てた言葉は何一つないのに(ないがゆえに?)、深みがある。味わい深いのだ。その味わいを小生なりに分析してみよう。いま入力中に気づいたことだが、例えば下五の止め方にご注目いただきたい。順に、打ち消し形・疑問形・連用止め・体言止め・終止形となっている。すべて違う形の止め方になっているではないか。実に多彩なまとめ方を、次雄さんがしていることにいま気づかされた。あるいは偶然かも知れぬ。しかし、それだけ技術的な進歩も見られるということだ。

内容的には、さらに個性的である。宮本次雄さんと言えば、お酒をテーマにした作品が多いことで知られる。とりわけ、次の作品は次雄さんの代表句。「飲んでない酒がまだある日本地図」。平成十九年十一句会の特選句で、ご本人もいたってお気に入りのご様子。メッセにも同様の句がないかと探したら、あったあった。

休肝日酒に合わせる顔がない

じつに、巧まぬユーモアの漂う作品ではないか。「個性あふれる作品と抜群の安定度」と評価させていただいた由縁である。

ところで、メッセ賞には句を刻んでいる。記念品に作品を残すのだ。小生もさまざまな賞をいただいているが、残念ながら句の入っていない賞は有難みに欠ける。次雄さんには、酒の句を記念に刻んで貰っていただくことにしよう。

かくして、復活第二回メッセ賞の晴れの受賞となった。心からのお祝い申し上げ、かつ今後のいっそうの精進をご期待申し上げる次第である。

新人は安直を避け、ベテランは手抜きを避けるべし

さて、「メッセ」の選をしていると、いろいろなことに気づかされる。何度か書いたことでもあるが、再掲する。

①新人は推敲をすべし。
②ベテランは手抜きを避けるべし。
③句会の没句を並べて投句する、というのはやはり正道ではない。没句はやはり没句だ。選者の名誉のためにも言っておく。
④とはいうものの、捨てがたい没句もあろう。その場合でも、最低限の時間的発酵が必要なのではないか。
⑤概して、新人は発想力に優れている。一方、ベテランは表現が巧みだ。お互いに学びあう点があると信ずる。

⑥まずは、投句をすること。投句を躊躇しないこと。次にその投句を続けること。努力なくして、上達するはずがない。
⑦句会や大会に参加してみること(含む投句)。「私は、まだまだ新人で……」という一種の謙遜は早々に捨てるべし。
⑧本を読むこと。本は買って読む方が身につく。
⑨可能な限り、「外の空気」を吸うこと。(勉強会や講演、観劇等々への参加、旅行や散歩も含めての「外」の空気)
⑩テレビ漬けにならないこと。新聞を信じないこと。マスコミの発想なんてありきたり過ぎると、斬り捨ててしまう方が賢い。

以上、とりあえず十箇条にまとめた。名づけて、「哲男流創作のポイント10箇条」!? ご参考になれば幸いだ。

準備万端、吟行句会 in 早稲田

外は、眩しいばかりの春。「外の空気」は脳に美味しい。

つひにゆく道 ——乱魚顧問を悼む

06

2010

「つひにゆく道とはかねて聞きしかど昨日今日とは思はざりしを」 (古今集・哀傷・八六一)

(誰にでも最後にはたどる死出の道だとはもとより聞き知ってはいたけれど、それが昨日今日というほどに差し迫ったものだとは思ってもいなかったよ。) (佐佐木幸綱・復本一郎著『名歌名句辞典』、三省堂)

詞書に「病して弱くなりにける時詠める」とあり、『伊勢物語』の最終段に「心地死ぬべくおぼえければ」とあるので、在原業平臨終の折りの歌とされている。名歌である。いまこの名歌が心に沁みる。

今川乱魚最高顧問急逝

残念なご報告をしなければならない。前月号号外でお知らせしたように、今川乱魚当会最高顧問は四月十五日(木)午前二時十九分に亡くなった。胃癌のため。享年七五。

葬儀は身内だけで済ませたそうで、逝去の報は三日後の十八日(日)に全日本川柳協会事務局長・本田智彦氏からの電話で知らされた。驚いた。そして残念である。

訃報を聞いて、「つひにゆく道」だと頭では理解しつつも何ともやりきれなかった。ついで、乱魚顧問との思い出が止めどもなく溢れ出てきた。その中で真っ先に思い浮かんだのは、東葛川柳会の創立当初のことである。

昭和六二年秋、かねてから準備をすすめていた東葛川柳会を立ち上げることにした。創立時のメンバーは、今川乱魚・窪田和子・江畑哲男ほかである。創立時の代表には今川乱魚が就任。乱魚代表は当時本職が相当忙しかったようで、ともかく雑事一切を哲男が受け持つことにしてスタート。その時の小生の肩書が笑える。事務局長 兼 編集長 兼 会計……。窪田和子さんには、(今となってはやや時代遅れのネーミングだが)婦人部長の肩書を献上することにした。「わしゃ、いやじゃけんのう」と言いながら、書き垂れなど句会に必要な仕事と目配りをしてくれた。みんな若かった。

会が動き始めると、お手伝いをして下さる方がしだいに増えた。穴澤良子さんはお茶やお花で会場を和ませ、故今成貞雄さんは受付を取り仕切り、故井ノ口牛歩さんは発送を担った。みなそれぞれの持ち場で新しい会を支えてくれた。ナルホド、「ボランティア活動」というのはこのようにして行うものなのか、と教えられた。かくして、東葛川柳会は他社から羨ましがられるほどの成長を遂げていったのである。

事務処理から人間関係論・組織論まで

乱魚代表からはじつに多くのことを学んだ。私の人生に最も影響を与えた人と聞かれれば、迷うことなく今川乱魚とお答えしている。現在でもそれは変わらない。

乱魚師から学んだことは数知れぬ。川柳の理論面・実作面はモチロン、川柳界の現状と課題もずいぶん伺った。話をする度に感じたのは、相当の読書家・勉強家であり行動派であるということ。論理も明快、しかも発想がユニークだった。学んだのは川柳に限らなかった。人生訓や組織論、人間関係のノウハウに始まって、コンピュータや事務の細部に至るまで若い私に情熱的にご指導いただいた。こんな人間は、当時私の周囲にはいなかった。その人間的大きさに圧倒されて、「尊敬する人は今川乱魚」、そう公言してはばからなかったほどである。

面白いのは、事務処理の例えば文書作成要領一つを取っても、我々公務員の世界の要領と微妙な違いがあったこと。不思議なのは、お互いに大の議論好きだったが、政治向きの話をほとんどしなかったこと。いずれにしろ、よく酒を酌み交わし、語りあい、笑いあった。その頃私がよく愛した乱魚名句に、「天下を論じ国家を論じ金が欲し」がある。一方、乱魚師がよく口にしていた名台詞は「人間万事、色気と食い気」であった。

明るく、前向きで、バイタリティーに溢れた乱魚師だが、時として怖い一面をも見せられた。可愛がられた反面、よく叱られもした。代表職を引き継いで思い出すのは、不正や不義に対する厳しい姿勢である。ニコニコしていた乱魚師の表情が、一変する。ひとたび許せないとなると、容赦はしない。当会の金銭を横領したK氏に対する断乎たる措置は、今でも印象に残っている。

二〇数年に及ぶ会の歴史のなかでは、退会される方も当然出てくる。やむを得ないことだ。理由の大半は、病気・死亡・家庭の事情等々であるが、なかには自分自身の不実を棚に上げて陰で誹謗中傷をする輩がごく少数ながらいた。趣味の会のメンバーはお仲間である。善意の集まりだ。その善意の会員を守るのはトップの務めに違いなかろう。そういう時の乱魚師は毅然として揺るぎなかった。「代表たるもの、かくあるべし」と背中で教えられた気がした。

名句誕生秘話

話題は一転して病気のことに飛ぶ。

乱魚師の最初の入院は、今からちょうど二〇年前・平成二年五月のことであった。直腸のポリープを切除する手術は、その年の五月二四日に行われた。五月二六日（土）に予定されていた東葛の月例句会には、代表は不在となった。当時目新しかった三句連記の選者は、乱魚代表（当時）の指名により哲男事務局長（当時）が務めることになった。宿題「自由吟」で、「見舞いには日本銀行券がよし」（乱魚）という名句は、小生の選でこの時に誕生したものである。

今でも鮮明に覚えている。この句を私が披講すると会場から笑いが巻き起こった。記名係の井ノ口牛歩さんが「投句、今川乱魚」と復唱すると、句会場は大爆笑に包まれた。

病気に関する乱魚師の他の名作をご覧に入れよう。「ポリープというしゃれた名のこぶを持ち」、「腸手術まではそれ飲めやれ歌え」（『港』一九九〇年五月号）、「腹が引っ込めば入院もうけもの」（同六月号）、「人脈のひとわたり来る見舞客」（同八月号）、……。入院手術という一大事であるにもかかわらず、この明るいトーンは何だろう。とりわけ、「腸手術まではそれ飲めやれ歌え」の一句は、窪田和子さんと大いに笑いあったものであった。

乱魚師は、絶えず「生」を見つめていた。

その後、乱魚師は開腹手術だけでも五回に及んだ。入院は一〇回ほどか。そのたびに不死鳥のように甦った。これまた驚きであった。そして今回。その師もとうとう不帰の人となった。改めて哀悼。つくづく残念である。

「仏壇はあとのまつりをする所」（吉川雉子郎）

今川乱魚という人物の大きさは計り知れない。今川宅に弔問に訪れたとき、奥様はお疲れのご様子だった。郵便・電話・FAX等々が殺到し、その対応に追われテンテコ舞いだった。「食事やトイレに行く暇もないほどです」ともおっしゃっていた。「乱魚に対して尊敬半分、恨み半分です」とも。その大変さは想像できよう。何しろ、原稿・講演・大会選者等の仕事を抱えたままで、ひとり黄泉の国に旅立ってしまったのだから。ポジティヴに「生」を生き、七五年の生涯を駆け抜けた今川乱魚師は、ある意味で「死ぬ」準備を怠っていたのではないか?、そんな思いにもかられた。

一方、「家族葬は良かった」と奥様はおっしゃる。「ゆっくり落ち着いて見送ることができた。家族や親戚にも喜ばれた」ともおっしゃった。「私人・今川充（本名）」はこうして旅立った。

さて、これからがもう一仕事である。「私人・今川充」とのお別れは済んだのだが、「公人・今川乱魚」としてのけじめが果たされていない。もう一区切りが必要になる。川柳界の巨星「公人・今川乱魚」は、しかしながら川柳界だけの「公人・今川乱魚」ではなかった。(社)全日本川柳協会会長たる今川乱魚は、その肩書き以上に川柳の文化向上に奔走した。対マスコミに、文化人に。現役(「世界経済情報サービスセンター」勤務)時には仕事を通じて有識者に川柳文化を発信し、母校・早稲田大学を通じては幅広い人脈を駆使して駆け回った。これらの方々へのけじめは家族葬後になった。

訃報の連絡をさせていただいた際にも、「分かりました。それで、今後はどのようになるのですか」と、川柳界内外から聞かれた。お供物もお別れもしていない、どうすればよいのか?、というのである。困った。なかには、「江畑哲男はいったい何をしているんだ!」と言わんばかりのお叱りも頂戴した。これには事情があった。お許しをいただきたい。

決定!! 九月五日(日)に「偲ぶ会」

委細は省略する。

「偲ぶ会」の骨子は、四月二五日(日)に決まった。乱魚師の奥様を交えて、津田遅千葉県川柳作家連盟会長、山本義明999番傘柏副会長、江畑哲男の四人で、以下のような概要を決めさせていただいた。

①「偲ぶ会」(仮称)の主催は、全日本川柳協会とする。
②事務局(長)は、東葛川柳会・江畑哲男が務める。
③日時と場所は、九月五日(日)昼、ザ・クレストホテル柏にて。その際には「小冊子」を配布する。
④東葛や999番傘など、近隣吟社はこれに協力する。

奥様からは小冊子作成の希望が表明された。「偲ぶ会」に写真を配した『乱魚の歩み』(仮称)のような小冊子を配布できないか、と言われた。これには一同賛成、了解。

骨子が決まると、正式に走ることが出来る。まずは、しかるべき人と組織への連絡。電話・FAX・メール等を駆使。人では、大野風柳・山本鉱太郎・竹本瓢太郎・礒野いさむ(敬称略)、……。組織では、日川協・川柳人協会・柏稲門会……、おっと足下の東葛も。まだまだ走り出したばかりだ。

つらいのはなじられること。嬉しいのはねぎらわれること。番傘副幹事長の森中惠美子さんには出張先からケータイで連絡。惠美子さんは「柏とは縁が深いなぁ」と言われ、心優しい言葉をかけていただいた。美しい関西弁であった。

続・愉しきかな吟行句会

07

2010

吟行句会はやはり愉しかった。「数ある川柳行事のなかで、吟行句会ほど愉しいものはない」と、昨年この時期の巻頭言でも強調して書いたほどである。

今年の「吟行句会 at 早稲田」は、例年以上に素晴らしかった。吟行句会史上、最多の参加者を数えた。期待もいつも以上にふくらんだ。そして、その期待どおりの内容になった。充実した一日であった。好天にも恵まれた。そして何より、やすみりえさんの講演が良かった。……そのような声・声・声を皆さんから頂戴している。

今年の吟行句会、三つの意義

代表挨拶でも触れたこと。「夢」が実現した。
①夢の第一は、やすみりえさんの講演である。
やすみりえ。神戸市出身。大学卒業後に本格的に作句をスタートさせたと聞く。恋を詠んだ作品で幅広い世代から人気を集めている。各メディアや公募川柳の選者も多数務め、川柳の広告塔的役割も果たす。TVの人気番組「笑っていいとも」にも出演中。著書に『ハッピーエンドにさせてくれない神様ね』(新葉館)がある。文化庁文化審議会国語分科会委員。

りえさんの演題は「川柳と私」。比較的漠然としたタイトルであったにもかかわらず、講演は参加者を魅了したようであった。小生は、嘱目吟の選をしながらであったが、あたかも鈴の音のようなやすみりえさんのお声にしばしば気を取られ、聞き惚れてしまった。

そのやすみりえさんは、『ぬかる道』誌を丁寧に読んで下さっていた。意外だった。しかしそれ以上に嬉しかった。講演では、『ぬかる道』五月号を手に、りえさん注目の川柳を一句一句挙げていかれた。作者名が披露されると、会場から作者の手が挙がった。目が合う。微笑みが交わされる。句会場は、作品を通じての講演者と作者の交流の場となった。和やかな光景となった。さらには、りえさんから作品に対する短いが的確なコメントがあった。これがまた良かった。りえさんは、単なる人気タレントではない。川柳作家・やすみりえを大いに印象づけた五〇分であった。

たっぷり堪能!! 早稲田大学

②第二は、句会場を早稲田にしたこと。他吟社では考えられない企画がここでも実現し、これまた好評であった。
吟行句会実施上の苦労は何点かあるが、その一つに句会場の確保がある。前年は東大。この時は川崎信彰幹事の奮闘があった。そして、今年は小生の母校・早稲田大学。小生はかなり早い時期から、伊藤春恵担当部長に尻を叩かれていた。しかしながら、小生にはアテがあった。「大丈夫、大丈夫。お任せあれ」を繰り返していた。腹づもりがあったのだ。

細かい経緯は省かせていただく。こうした企画の成功のカギは、「人と組織」を掴むことにある。大切なのは、(i)信頼すべき人にお願いをすること。(ii)組織を把握すること。以上の二点である。学生時代から世話役活動を長く続けていれば、その辺りの勘所は掴めるというものだ。今回は、「人と組織」その全てが上手く機能した。そう思う。

一点だけ特筆する。学生ボランティアガイドによるツアーを利用させていただいた。早稲田大学広報室広報課には、「キャンパスツアー」の受付があるということは知っていた。そのツアーを今回利用することに決め、申込も早めにしておいた。これがまた正解であった。吟行句会当日は、皆さんから見て子どもやお孫さんのような現役学生ガイドによる親切な案内と、ユーモラスな解説がモテモテであったようだ。ＯＢの一人として鼻が高かった。

文化的価値ということ

③文化的な質も高かった。吟行句会のゲストには佐藤孔亮氏をお招きした。孔亮氏についてはこの巻頭言でも何度か筆を割いているが、改めてご紹介したい文筆家である。

佐藤孔亮。一九五六年大分市生まれ。立教大学文学部史学科を卒業。単なる川柳作家ではない。都々逸・雑俳をもこなす「江戸文化の研究家」である。立派なご著書もお持ちである。以前にも紹介したが、『江戸名物を歩く』（佐藤孔亮著、春秋社）は好著。『歩く東京（千代田線）』シリーズ（枻出版社）もガイドブックにしては目の付け所が面白いが、孔亮氏の著書はさらに思索的で、江戸文化の勉強になること請け合い。「吟行句会 at 早稲田」の際も、教養の一端を披露してくれた。「最後の早慶戦」ゆかりの安部球場。現在では中央図書館を含む総合学術情報センターに変貌を遂げている。この場所を学生ガイドが案内した際に、安部球場が出来る以前はミョウガ畑であったと、解説をしたらしい。その解説を聞いて、佐藤孔亮氏はとっさに「江戸の名産といわれた早稲田の茗荷を思い出した」とお話しされたのだ。さらには、成子（西新宿）の真桑瓜や亀戸の大根、芝の海老、江戸川の鯉などにも言及し、「江戸文化の研究家」たる片鱗を少しだけ覗かせてくれた。

川柳界にも孔亮氏のような方がおられるのだ。そのことが嬉しい。いまの川柳界は「文化」にあまりにも無関心なのではないか。川柳以外の「文化」に無頓着なのではないか。残念ながら、そう断ぜざるを得ない。文化的貧困は川柳それ自体をも貧しくする。川柳界の問題は、何も「高齢化」だけではなさそうだ。

成熟した日本という文明国の「生涯学習社会」にあって、文化的な価値にもっと重きを置くべきだと信ずる。今川乱魚師が「川柳文化向上」のために生涯走り続けたことを、川柳界の指導者はいま一度想起すべきではないか。また、佐藤孔亮先生には機会を見て、再登場の場面を設定したいと思う。

読書ノート　てんこ盛り

早稲田吟行句会に関しては、こぼれ話的エピソードはたくさんあった。幾つかでも拾い上げたいが、書き始めるとまたまた巻頭言が増ページになってしまう。残念だが、今回は割愛。

さてさて、久々の読書ノート。

まずは、いま大人気の『日本人の知らない日本語』『日本人の知らない日本語2』(蛇蔵&海野凪子、メディアファクトリー、いずれも税別八八〇円)を取り上げたい。第一章の「外国人の素朴な疑問は超難問」からして笑っちゃう。川柳家は買うべし。読み終わったのちに、お孫さんあたりにも勧めたらいいかがか。英語と国語の偏差値が、一〇くらいは上がりそう(な気がする)。

今年はショパン生誕二〇〇年だそうな。『ショパンのすべて』、『ショパンとサンド』(いずれも音楽之友社)が面白そう。

硬派には、岡崎久彦氏の日本政治外交シリーズをお勧めする。『重光・東郷とその時代』(PHP研究所)は読み応えアリ。

以下は一気に列挙。『「いただきます」を忘れた日本人』(小倉朋子、アスキー新書)、『食い逃げされてもバイトは雇うな』(山田真哉、光文社新書)、『落語家はなぜ噺を忘れないのか』(柳家花緑、角川SSC新書)、『県別　名字ランキング事典』(森岡浩、東京堂出版)、『16歳の教科書』(7人の特別講義プロジェクト&モーニング編集部、講談社)、などなど。

本年は「国民読書年」。過日、(財)文字・活字文化推進機構・肥田美代子理事長の講演を聴いた。恒例の東葛周年大会でも、読書年に相応しいゲストをお呼びするつもりだ。乞うご期待!!

大会・外交・そして旅

08

2010

『ぬかる道』の速報性にはかねてから定評がある。前月号でもその速報性を遺憾なく発揮してくれた。

六月十三日(日)、第三四回全日本川柳二〇一〇鳥取大会が開催された。大会は会次第に則りつつも、幾分遅れ気味で進行していった。宿題第二部の披講も終わり、いよいよ各賞の表彰式。嬉しいことに当会関係者二人が特選に入賞している。二次選の結果によっては、大きな表彰につながる可能性があった。少なくともその資格を得ていたのだ。

大賞候補・ノミネート者の二人

有資格者の一人は、川柳研究社の幹部で当会誌友でもある河合成近さん。そう、アノ「千駄木文学散歩」を四回にわたって連載してくれたベテラン作家である(「千駄木文学散歩」は好評のうちに掲載予定回数を終了、感謝)。もう一人は、当会新進気鋭の作家・日下部敦世さん。こちらも不定期連載「グーチョキパー」の執筆者だ。期せずして「書ける」お二人が大賞の有資格者となった。しかも、二人とも当日の大会には欠席であった。

もっとも河合成近さんの場合は、晴れある表彰に備えて?、準備よろしく代理受賞の依頼を事前にされていたようであった。もう一人の日下部敦世さんは、準備ナシとお見受けした。

大会の引率責任者！たる小生としては、壇上で受賞者がいないという、ミットモナイ事態は避けてあげたかった。大会運営の苦労を思うと何とか代理を立ててあげたいナ、そう考えた。そこで、進行の遅れでホテルへの早帰りを希望するグループと、会場居残りグループとに手分けをした。会場居残りグループを見渡したら、川瀬幸子さんがいた。幸子さんには急遽登壇していただき（この人はとても素直で、「ハイ分かりました」と登壇してくれた）、敦世さんの代わりに晴れて大会賞を受賞。この様子を根岸洋さんがカメラに収め、河野桃葉さんと私が拍手で称えた。

ちなみに、川瀬幸子さんは気後れせずに、堂々と代理で表彰を受けた。これならば、もし仮に来年、ご本人の栄誉があったとしてもその予行演習に充分なったはず!?だ。閑話休題。

電子機器を駆使しての「速報」

翌朝。七時〇六分鳥取発の特急スーパーまつかぜに乗車。哲男以外のメンバー大半は、JR安来駅（足立美術館見学）で下車の予定。対して哲男は、神話と小泉八雲を見て回る計画で松江まで足を伸ばすことにしていた。特急は途中まで一緒だ。同じ列車に乗り込んで、サテ『ぬかる道』の編集が気になった。昨日の速報はどのようにして届けたらよいか。

そうだ。同行の根岸洋さんがたしか最新鋭の機器を持参していたはず。キングジム製の「pomera」という手帳サイズのパソコン、それがあるではないか。さっそく洋さんからお借りして、車内で「速報」の編集作業。入力わずか五分にして完了。あとはデータを帰宅後に山本由宇呆編集長に送信して貰えばよい。そうすれば、由宇呆編集長経由で印刷所に送られる。あたかもバケツリレーのように（いささか比喩が古すぎるか?、笑い）、データは次々伝達されていったのである。かくして、『ぬかる道』七月号三八ページ左下の速報と相成った。

仕事で肝心なことの一つに「段取り力」がある。

「段取り力」とは、発想力と実行力の総称である。世のなか、アイデアばかりが先行して（要するに口先だけで）、実務能力の伴わない人のナント多いことよ。そういう人に限って、自分のアイデアこそ最高だと信じきっているから手に負えない。信じられないクレームもこんなところから得てして発生するようだ。

「段取り力」とは、裏返せば危機管理能力のことでもある。上手くコトが運ばなかった場合の、判断力と行動力。事態を見極め有効な手立てをどれだけ的確に施せるか。この点でも、近年の人的資質の劣化が気になる。何でも他人のせいにしたがる（香山リカ著『悪いのは私じゃない症候群』を思い出す）傾向や、はたまた「我関せず」を決め込む等々、困ったことである。

危機管理能力養成のカギは、きちんと向き合うこと・決して逃げないこと。加えて、総括して次に活かすこと。経験という宝を積むことでもある。この点で、小惑星探査機「はやぶさ」のスタッフの「段取り力」は大いに見習うべきであろう。

趣味の世界一つとっても、こうした「段取り力」のある人が会員の皆さんの信頼を勝ち得ているように見受けられる。いやはや説教臭くなってきた。またまた閑話休題、話題を転換しよう。

「大会外交」の成果は？

全日本川柳鳥取大会は、例年以上に慌ただしかった。一つは距離的に遠かったこと。もう一つは、「今川乱魚さんを偲ぶ会」の一件があって気を遣う場面が多かったからである。

その大会は「外交」の場でもある。今回「大会外交」の大部分を「乱魚さんを偲ぶ会」に費やした。多くの方に声をかけ、逆に声をかけられた。だが、それでも時間が足りなかった。もっともっとお話ししたい方がたくさんいた。一部原稿依頼者へもご挨拶が出来ないままだった。この場をお借りしてお許しを乞う。

大会の収穫は幾つかあった。その幾つかを列挙する。

①川柳塔の常任理事・木本朱夏（和歌山市）さんに呼び止められた。この方も「書ける人」だ。実際、「書いている人」であるらしい。後日送付された資料によれば、演劇雑誌『上方芸能』に「川柳　人生劇場」を連載中とか。こちらも早速、「大いに川柳文化を発信して下さい」と、御礼と激励の手紙をお返しした。

素晴らしき町「神々の首都・松江」

翌日は松江に向かった。その松江は素晴らしかった。

六月十四日（月）。午前中は神話の里を巡った。午後は宍道湖畔に下りて松江城下を堪能。そこでの収穫を記そう。

②まずは山里歩き。八重垣神社・神魂（かもす）神社・八雲立つ風土記の丘と歩く。日差しは思いのほか強かった。歩き疲れたところに、「出雲かんべの里」なるものがあり、民話館があった。その民話館の館長・酒井董美（ただよし）先生との出会いは奇遇であった。

民話館で立体映像シアターで「耳なし芳一」を鑑賞し、さらに民話二題＋スライド上映と歓待された。すっかりお世話になったが、その間の来館者は私一人であった。恐縮していたところ、館長さんが出てこられて名刺交換。小生の名刺を見て、今度は館長さんがビックリ。館長さんも川柳の会に所属しておられるらしい。吟社名を聞けば、松江しんじ湖番傘川柳会。会長は長谷川博子さんと言うではないか。昨日の鳥取大会でお会いし、午後は松江城下をご案内して貰う約束になっている、その人こそ長谷川博子さんであった。世の中狭い！　ちなみに、民話館で買い求めた酒井先生のご著書『さんいんの民話とわらべ歌』(ハーベスト出版、一五〇〇円+税)は、口承文芸を収録した労作である。

③午後は小泉八雲の気分で半日を過ごす。詳細は割愛するが、授業のネタをかなり仕入れることが出来たのは大収穫だった。また、博子さんからいただいた『人物しまね文学館』(島根県文学館推進協議会編、一七一四円+税)も大いに役立ちそう。感謝。

④宍道湖の夕陽スポットは幻想的であった。サスガ神々の首都・松江。若干雲がかかっていたが、それでも十二分に堪能した。夕陽スポットを観賞するため、この日小生はわざわざ夕食時のアルコールを抜いたほどである(もっとも寝酒は別扱い)。

帰葉しても多忙は続く。しかし、御礼状はすぐにお出しした。

さて、右巻頭言は六月末にいったん書き上げた。多少窮屈だったものの、一段を二九行に詰めてレイアウトしたところ、ぴったり収まった。巻頭言はそのまま印刷所に送るつもりだったが、しばらく考えて以下の記事を書き足すことにした。

大会後もつづく「外交」

六月句会は、所用のため早退させていただくことになっていた。それでも、二六日(土)午前中には企画編集会議を開き、投句を済ませ、おおかたの雑用を済ませてから、十三時過ぎに会場を後にする予定であった。

企画編集会議が終わって受付開始までの間。しばらく句会場の様子を観察する。句会場はパリ総合美容専門学校。その六階では、幹事の皆さんがそれぞれの持ち場で忙しく立ち働いていた。

こうした動きが有り難い。すでに小川定一幹事の指揮の下、椅子や机の搬入は一時間以上も前に完了している。そこに、今度は句会のための各種小道具の準備に取りかかる。係の連絡・打ち合わせ、係どうしの確認等々もこの時間を利用して行われている。

準備が一段落すると、ライチタイム。思い思いのグループに分かれ、雑談に花を咲かせる。こうした時間がまた貴重なのである。組織は何より人の和が大切だ。和を保つには、幹事どうしの日ごろからのコミュニケーションが欠かせない。

そんな折り、笹島一江・水井玲子両幹事に声をかけられた。『川柳マガジン』六月号に書いた追悼文「正岡子規と今川乱魚師」が目に止まったらしい。哲男にしか書けない中身だとお褒めいただいた。嬉しかった。実はこの追悼文は一晩で書いた。日ごろの研究の成果?を一気に吐き出して書き挙げた原稿でもあった。そして、この一文を幹事諸氏にご推奨いただいたのは、隣席にいた宮内みの里幹事であったらしい。

十三時が過ぎた。皆さんへのご挨拶もそこそこに句会場を後にして向かったのは、早稲田大学である。早大国語教育学会の年の一度の総会がこの日予定されていた。総会まで少し間があったので、大学の広報課に立ち寄る。五月八日(土)の吟行句会でお世話になった「学生ボランティア」の御礼を述べるためである。こうした気配りというか、サービス精神は小生の性分。このような些事一つ一つを大切にして今日まで生きてきた。自慢めくが。

国語教育学会。十五時開会。まずはシンポジウム。テーマは、「新学習指導要領を見据えた『言語活動』」。パネリスト三名。いずれも第一線でご活躍中の先生方ばかり。今次改訂の目玉の一つに「言語活動例」の扱いがある。高校の部では「詩歌の創作」が挙げられていた。要チェック。勉強になった。刺激も受けた。

討論の部では時間が足りず、発言は出来なかった。その分、懇親会で気を吐く。一介の高校教師に過ぎない小生が、曲がりなりにも人脈を保っているのは地道な努力があればこそ、と信ずる。

懇親会も果てて、サスガにこの日は疲れて帰宅。現役の仕事、川柳の仕事、今回新たに降って湧いた「偲ぶ会」の仕事等々に、中澤巌幹事長をはじめ小生の健康を気遣ってくれる。有り難う。

09
2010

準備着々

野田川柳会(会長・野良くろう)が発足して、早一年が過ぎた。野田市に川柳の勉強会があったらいいナと、約一年半前からその構想を練ってきた。成島静枝幹事の奮闘で念願が叶い、昨年六月ついにその産声を上げた。第一回目の勉強会には小生が招かれ、「川柳の魅力を探る」と題する講演をさせていただいた。野田は個人的にも懐かしい町である。何しろ、今から三〇数年前、小生の教師生活のスタートがこの野田市であったのだ。その野田市に川柳の勉強会が立ち上がったことは、公的にも私的にも嬉しく有り難いことであった。

あれから一年。会の体制もすっかり整い、スタッフ一同活き活きと活動をされている。その様子が、毎月の会報「ひばり」(編集長・松澤龍一)から伝わってくる。これまた有り難い。

会長の役割、スタッフの役割

先般、野良くろう会長から手紙をいただいた。その文面。

〈前略

……野田句会は、哲男先生のお声掛かりがなければ立ち上がることもなかったでしょう。本当に感謝しています。

まだヨチヨチ歩きのヒヨッコですが、（山本）由宇呆講師の講座を聞きながら、楽しい句会が続いています。感謝に堪えません。自由闊達に意見を述べ合うことが、メンバーの刺激になっているようです。……

〈（ところで）何故小生が会長になったのか、未だにワカリマセン！　スタッフの中で年長だったから?、ヒゲを生やしてエラソウだったから?……〉

くろう会長からいただいた手紙の本来の趣旨は、御礼である。東葛川柳会七月句会に参加された野田川柳会のメンバーへの配慮に感謝したい、というのが手紙が本旨。そのついでに、どうやら日ごろの疑問を小生にぶつけてこられたらしい。「何故小生が会長になったのか、未だにワカリマセン！」と。

今だから申し上げよう。野良くろうさんから、今から一年前に次のような相談があった。今般、野田川柳会が正式に立ち上がる。それに際して、私（＝くろうさん）はナント会長に推されている。会長というのはいったいナニをすれば良いのか?、と。そんな趣旨の質問兼相談であった。

対する哲男の答え。「いやいや、何もしなくてよろしいのではないですか。ニコニコして、『皆さんのおかげです』とでも言っていればいいじゃないですか」と。いま思い返しても、いい加減な返答であった。くろう氏の精神的な負担を軽くするためとはいえ、あまりにも軽率な言い方であったと「反省」はしている。しかしながら、野良くろう会長は小生の忠告（!?）を忠実に守っていただいている（笑）ようでもある。

人を活かす、組織を活かす

人のいるところ、必ず組織というものが存在する。その組織には当然さまざまな運営方法がある。組織の規模、会の性格、集まったメンバーの個性等々で、組織のあり方も変わってくる。

東葛川柳会の場合で言えば、三つのワークを大切にしてきた。フットワーク・ネットワーク・チームワークの三つである。

「楽しく学ぶ」というモットーも掲げてきた。趣味の会だからまずは楽しみたい。次には、組織と構成メンバーの成長につながる活動を心がけよう。文芸の会だから「学ぶ」という要素も大切にしたい、そう考えた。そこで何となく自然に固まったモットーが、「楽しく学ぶ」であったのだ。

くろう会長の手紙に戻る。野田川柳会は「楽しい句会が続いて」いるとのこと。結構じゃないですか。「自由闊達に意見を述べ合うことが、メンバーの刺激になっているようです」、これまた素晴らしい！

ついでに申しあげれば、くろう会長は「ニコニコして」いるだけではない。先に引用したように、講師たる小生に手紙を書いている。会の現状を把握し、謝意を述べてこられた。トップの役割の一つには、現状把握と指導性の発揮がある。野良くろう会長は、その役割を立派に果たしておられるのではないか。

発足一〇周年を迎える「川柳会・新樹」

さて、一〇月二日(土)には、「川柳会・新樹」(会長・山本由宇呆)の一〇周年記念行事が予定されている。派手な記念大会とはせず、外向きのPRもほとんどしていないようだが、「勉強会のあり方」をコンセプトに記念行事を企画している。参加者は八〇名を超えそうだとも伺っている。

この記念行事には、ほかの会に見られない幾つかの特徴がある。

①小生を講師とする各勉強会のメンバーが多く参加すること。これは頷ける。「川柳会・新樹」は、小生を講師とする講座の、いわばさきがけ的存在だから、に違いない。

②『新樹Ⅵ』が記念に刊行されること。記念誌は、今回でナント六冊目を数える。一見地味な「新樹」だが、記録を残そうという意識は勉強会のなかで一番高いのではないか。

③会のOBやお世話になった方々を招待していること。これは意外と珍しい。新樹一〇周年と言うが、じつはその前史がある。平成六年の柏陵高校開放講座川柳教室、平成九年からの柏陵川柳会(初代会長・石戸秀人)。こうした前史と試行錯誤があって、今日の「川柳会・新樹」の隆盛があるのだ。

④一〇周年を機に「これからの勉強会を考える」をテーマとしていること。当日の記念講演は、小生が務めることになっている。新樹とその前史すべてに関わっているから、当然と言えば当然かも知れない。その講演には、「勉強会のあり方を考えさせるような内容」を盛り込んで欲しい要望されている。今からそのテーマを準備しなくてはならぬ。

句会も良いが、勉強会はもっと良い。勉強会は、言うならば「道場」である。道場でしっかり修行しないで、他流試合(各地の句会や大会)は覚束ないことであろう。

「川柳会・新樹」の記念行事は一〇月二日(土)午後、東葛川柳会の句会場でお馴染みのパリ総合美容学校にて開催される。

準備着々「乱魚さんを偲ぶ会」

さてさて、いよいよ九月五日(日)が近づいた。「今川乱魚さんを偲ぶ会」の開催日が迫ってきた。諸事いろいろ不安がない訳ではないが、一生懸命に準備を積み重ねてきた。その甲斐あって、全国から二〇〇名を超える方々のお申し込みをいただいている。

北は北海道、西は大阪、南は九州や沖縄、さらに遠く台湾からもご出席の連絡をいただいた。関係諸団体への連絡や確認、受付名簿の整理とスタッフの張り付け、今川乱魚さんの歩みが分かる小冊子の発行、ホテルの下見と打ち合わせ等々、汗をかいてきた。総じて、「準備着々」と申し上げておく。ともかく「心のこもった会」にしたい。そう考えている。ご協力をお願いしたい。

ジュニア川柳讃歌

10
2010

暑い暑い夏であった。忙しい忙しい夏でもあった。

今年の記録的猛暑のなかで(こんな記録は二度とご免被りたいが)、奇妙な事件にもいくつか遭遇した。その筆頭は、例の幽霊高齢者であろう。何しろ、百十一歳の高齢者の生存が確認できないままに、年金だけはちゃっかり着服していたというのだから呆れる。幽霊というのは、足がないと子ども時代から聞いていた。にもかかわらず、その幽霊のおアシ(=金)だけは不正受給していたのだから、夏の怪談も変わり果てたものだ。

余談。この頃の「よみうり時事川柳」は勢いを取り戻したかに見える。選者が川柳人でないのは遺憾だが、分かりやすい切り口でユニークな作品を入選させている。八月一〇日付け同欄の「近頃は親を死なせぬ親不孝」(暁天)などは、ズバリ傑作だ。

マスコミに罪あり

しかしながら、幽霊高齢者事件に対するマスコミ報道は奇怪であった。遺体の放置は、責任者遺棄致死罪や死体遺棄罪に相当する。死亡を隠蔽して老齢福祉年金や遺族年金を受給していたのならば、明らかな詐欺行為である。にもかかわらず、報道は個人の責任よりも、「お役所は何をしている?」、「民生委員がいるではないか!」に(少なくとも当初は)傾いていた。冗談ではない。お役人はともかく、民生委員などは無給の民間人に過ぎないのだ。世論のミスリードも大概にして貰いたい。

そう、日ごろから苦々しく思っているのがマスコミのミスリードだ。子どもが事件を起こせば、親ではなく学校が責められる。学校長が謝罪する姿に対して、容赦なくフラッシュの放列が浴びせられる。そのたびに学校の権威は失墜させられ、モンスターやクレーマーを増長させている。その罪、決して軽くはない。

(同じマスコミ人たる辛坊治郎氏は、幻冬舎刊の近著『日本経済の真実』のなかで、「メディアの持つ負の影響力」を痛烈に批判している。ご参照あれ。)

なぜ親の責任を追及しないのか。幽霊高齢者で言えば、なぜ子どもや孫の責任は追究されないのか。

理由は簡単。学校やお役所の責任を報道していれば、安泰だからだ。誰も傷つかないからである。学校・役所、病院・官僚・国家や社会……という「公」は責めやすく、虐めやすいのである。こうしたからくりにそろそろ気がついても良さそうなのだが、……。

日本的風土と欧米的価値観

さらにペンは走る。

「奇妙な日本社会」の出現は、人の思想にも変化をもたらすのであろうか。ある日のラジオ番組で、社会学者・宮台真司までが「絆の復活」を唱えていたのには正直驚いた。宮台真司といえば、朝日新聞の論説欄で「ブルセラ論争」（なつかしい言葉！）を展開した御仁である。「家族の絆」などという単語からは最も遠い社会学者だと、小生などは思い込んでいた。次々と起こる「奇妙な日本社会」の出現に、さしもの過激派も「転向」したということなのかもしれない。

要するに、現代日本社会が揺れに揺れている。「揺れ」の根本要因は、日本的風土と欧米的価値観の乖離（かいり）にあると睨んでいる。大ざっぱに言って、二〇世紀後半まで日本的共同体は、欧米的価値観を上手に消化・吸収してきた。しかしながら、ここ二〇年は違ってきた。「グローバル化」の大津波に、日本全体が動揺を繰り返している。それも情けないほどに。

その動揺に政治の混迷が加わって、醜態をさらしている。その象徴が郵便局の扱いだ。郵便局をどうするかについては、基本的価値観そのものが揺れ続けている。揺れて腰が定まらないのにもかかわらず、政争の具にされ続けてきた。ある時は「町の郵便局を残せ」と言い、ある時は「費用対効果」を錦の御旗に郵便局的な人情が斬り捨てられる。これではたまらぬ。

日本の政治の混迷がいつまで続くか分からないが、根本的には前記二者の止揚（しよう）（独語、アウフヘーベンの訳語。低い次元の矛盾対立を新しい調和と秩序のもとに統一すること）が必要であろう。ついでに言えば、現政権党たる民主党は党の基本綱領さえいまだ持っていないと言う。綱領すらないのだから、政治が混迷し、政策がブレるのは当然と言えば当然か。閑話休題。

成功を収めた、「第3回とうかつジュニア川柳」賞

前月号『ぬかる道』があまりにも充実していた（四四ページの大部）せいで、書くべきことが書けなかった。書けなかった一つが当会八月句会で表彰したジュニア川柳についてである。

おかげさまで、五二九名・一五一七句の応募があった。歴史の浅い吟社のイベントとしては立派な到達点だ。ちなみに、前回のジュニア川柳募集は、川柳二五〇年の記念すべき年（平成十九年）に行った。応募総数、約四〇〇名・八四〇句であった。従って、今回は一・八倍に増えた計算になる。スタッフの努力もさることながら、この到達点は素直に喜びたい。

『ぬかる道』誌では創刊以来、ジュニア川柳の振興に心を砕いてきた。今でこそ、ジュニア川柳を否定的に捉える川柳人は皆無に近いが、当初は決してそうではなかった。「子どもには無理」、「子どもの時代からうがった見方を教えたくない」、「そもそも子どもから誌代が貰えない」などなど、いま振り返っても呆れるような反対論が主流を占めていた。これまた情けないこと。

ジュニア川柳、何のため？

では、我々は何故ジュニアに川柳を勧めるのか？

大野風柳（社）全日本川柳協会会長の近著『川柳を、はじめなさい！』（新葉館ブックス）のなかに、次の一節があった。

〈いま、私は何のために川柳を作らせているのだろうかとふっと思った。何の恐れもなくジュニア川柳を募集し、常連の川柳の先生たちがそれを選んでいる。そしてときには添削までする先生もいる。あまりにも大人の目でジュニア川柳を判断しすぎてはいないだろうか。

私たちが目標とする川柳に近づけすぎてはいないだろうか。そしてひとつの型に押し込めようとしてはいないか。

もっともっと自由な世界でこのジュニア川柳を考えてやることを忘れているように思う。〉

一種の問題提起にもなっている。大人の都合でジュニアを振り回してはなるまい、との戒めには小生も同感である。

一方、（紙数がないので結論だけを述べるが）子どもの側に立って考えても、自己表現の手段として川柳は最適の創作文芸だ。内的コミュニケーションを促進して精神的な成長にも役立つ。そう確信する。ジュニア川柳のさらなる発展と深化のためには、幾つかの課題も存在しよう。指導者どうしの実践交流やふさわしいテキストの作成、等々だ。生前、今川乱魚日川協会長（当時）には、右提案をしたことがあった。残念ながら実現していない。

書き残したこと。夏季休業中檜枝岐（ひのえまた）村まで生徒四〇人と歌舞伎を鑑賞。バスを借り切り、福島の片田舎まで校外学習に出かけるというユニークな行事。残念ながら割愛。文化祭の裏話もカット。

九月五日（日）「偲ぶ会」成功。チームワークのおかげと深謝。

「さあ前へ」のかけ声で

11
2010

九月五日（日）の「今川乱魚さんを偲ぶ会」が涙と笑いのうちに無事終了して、たくさんの方々からねぎらいの言葉を頂戴した。その一部を、『ぬかる道』誌上でも紹介させていただいている。

ねぎらいの言葉は素直に受け留めている。中でも、ＮＨＫ

学園川柳講座編集主幹の大木俊秀先生からの言葉は、特に嬉しかった。電話での開口一番、「いやぁ、哲男さん。じつに良かった。感動しました」と、心を込めて言って下さったのだ。それもこれも、東葛という組織とチームワークのお陰。そう信じている。

お陰さまという、小さなお裾分け。

『ぬかる道』の誌友の皆さんには、当日配布した小冊子『今川乱魚の歩み』をお届けした。発送部スタッフの手配で、先月号の『ぬかる道』誌と一緒にお手元に届いたことと思う。小冊子は、当会のスタッフ、とりわけ山本由宇呆・根岸洋両幹事の労作である。何度も原稿や写真をチェックし、何度も何度も写真を入れ替えた試作品を作っていただいた。キャプションにも苦労した。その甲斐あってこちらも好評である。どうぞご覧いただきたい。

そして、改めて御礼申し上げる。スタッフの皆さん、参加者の皆さん。本当に有り難うございました。

秋の川柳大会　真っ盛り

秋は大会シーズンである。各地の川柳大会が、真っ盛りだ。その最中に、わが東葛の二三周年大会もセットされている。

大会の特徴はさまざまだ。自治体とタイアップした川柳大会、各吟社の節目を記念しての大会。大人数の大会、比較的アットホームな大会。アルコールの出る大会、講演に力を入れている大会、あるいは自然体（参加者ほったらかし？）の大会。これらの特徴は、それぞれ会の歴史や主宰の意向等を反映しているようだ。

東葛川柳会は比較的若い会である。私もこれまで時間の許す限り他吟社の大会に参加してきたが、皆さん方にも積極的に参加されることを望みたい。

東葛川柳会は新人の多い会である。「大会はベテランが参加するもの」という、間違った先入観は捨てていただいた方が良い。小生の考え。大会は新人こそ参加すべきである。好奇心いっぱいの時期に参加してこそ、学ぶことも多いはず。

東葛川柳会は奥ゆかしい？人が多いのかも知れない。一人では気後れするらしい。だとしたら、ベテラン勢はぜひ新人を誘っていただきたい。考えてみれば、こういう役目は故斉藤克美さんがしておられた。じつに忠実に新人の面倒をみていただいていた。

川柳研究社の創立八十周年記念大会

九月十九日（日）には、川柳研究社の創立八十周年大会が開かれた。老舗吟社の八十周年ということもあり、参加者は二五〇名を超える大盛会であった。大会の特徴を、箇条書きに記す。

①学校（駒込学園）を大会会場としたこと。スリッパに履き替えて、高校内の地下ホールに下りる。ぎっしり満席だっ

た。

②ジュニア川柳を事前に募集して、当日に入選作の表彰・発表が行われた。ジュニア作品約一〇〇〇句が集まったという。

③記念講演が日程に組み込まれていた。講演者は、(社)全日本川柳協会会長・大野風柳氏。演題「川上三太郎から学んだもの」は、ご自身の体験と重ね合わせて熱弁をふるわれた。

④宿題は四題。すべて、二人選という趣向だった。その二人の選者の組み合わせも、興味をそそられた(例えば、宿題「華やか」は、竹本瓢太郎氏Vsやすみりえさんという組み合わせ)。

⑤祝宴もナント校内で行われた。同業者として、これには少々ビックリ。私立学校というのは、こういう点でも自由が利くのかと感じた。会場移動もなかったので、参加者にとっても主催者にとっても楽だったのではないか。

⑥当日の引き出物として、津田暹句集『川柳三味Ⅱ』と『川柳研究合同句集　第七集』が参加者に配布された。

乾杯の音頭「さあ前へ」と発声

以上は箇条書きによる客観的なまとめではあるが、大会を通じて小生の個人的な感想なども率直に書かせていただこう。

(ア)学校を会場としたのは、吟社にとって物心両面でプラスになったのではなかろうか。何と言っても、財政面でのプラス。他人様のフトコロ具合を探るようで恐縮だが、この点は主催者にとっては大きなプラスだったに違いない。

さらには、若い世代と交流する催しが自然かつ容易に行われたこと。これまた大きい。オープニングのアトラクションは、駒込学園の売りの一つである和太鼓の演奏だった。素晴らしかった。

(イ)前記は、植竹団扇当会幹事の貢献が大きいと想像した。

(ウ)記念講演も含めて、大会の全プログラムに参加させていただいて感じたこと。吟社の歴史と伝統の重みと、川柳界の今後に思いを馳せる好機となった。何を引き継ぎ、何を改革すべきか。小生のような改革派にとって、示唆に富む一日であった。

(エ)第二部は懇親会。乾杯の音頭には小生が指名された。並み居る諸先輩を差し置いてのご指名で戸惑いもあったが、これまた素直にお引き受けすることにした。

(オ)さて、乾杯前に何か言うのか。言うとすれば何を言うべきか。いやいや、こんな時はみんな一秒でも早く飲みたい心境。話をしても誰も聞いてはくれぬ。そこで一計を案じた。

(カ)川上三太郎の言葉を引いて、「さあ前へ、乾杯」と唱和して欲しいと呼びかけた。予行演習一回。「よろしいですか、ご唱和下さい」。「さあ前へ、カンパ〜イ」と声を張り上げたのだ。吟社の来し方と行く末、川柳界の未来に対して、小生と同じ感懐を持たれた方もおられよう。この一風変わった乾杯の発声に、秘められた思いを一人でも感じ取って下さればそれで良しとしよう。

㈲引き出物二点。津田暹句集『川柳三昧Ⅱ』は前著に続く好著。『川柳研究合同句集　第七集』はだいぶ厚くなった。

ポスト「川上三太郎の弟子」

しかしながら、川柳研究社の八十周年に私が期待していたものは、もう一歩前を行くメッセージの発信であった。

具体的に何かと聞かれれば、「ポストモダン」の発信である。「ポストモダン」とは、行き詰まっている近代をどう克服するかの意。難関大学の小論文入試では、「ポストモダン」の追求。すなわち、物質豊かさの追求・金銭万能主義の「近代」をどう超克すべきかが、論文入試の共通したテーマになっている。

そのデンで言えば、「ポスト現代川柳」「ポスト六大家の弟子」に関するメッセージを、多少なりとも聞きたかった。大会当日の代表の挨拶にもあった。「川上三太郎の弟子でない初めての代表」が津田暹氏である、と。その暹氏の今後に注目したい。

考えてみれば、川柳界の大御所・尾藤三柳氏は、一貫して「ポスト現代川柳」を追求してこられた。今川乱魚師は、「ポスト現代川柳」をリアリズム(ユーモア)に求めたのではなかったか。

12 ケータイ韻文コンテスト

2010

江戸川大学主催による「第十八回全国高校生ケータイ韻文コンテスト」は、去る一〇月十五日に締め切られた。この韻文コンテストは短歌・俳句・川柳の三部門で募集され、川柳の選者の一人に小生の名前も挙げられていた。しかしながら、今年の夏から秋にかけては公私ともに多忙で、本コンテストのPRやお手伝いをほとんどしないままに募集期間が終了してしまった。大変残念であり、また申し訳ない気持ちでもいる。

イベントが終わってからPR?するなんていささか間の抜けた話だが、本コンテストは来年度も募集されるとのこと。さらには、過日の表彰式に参列させていただいたこともあって、罪滅ぼしに「後日談」を書かせていただくことにした。

伝統文化×現代的ツール

「第十八回全国高校生ケータイ韻文コンテスト」の表彰式は、十一月三日(祝)午後、江戸川大学内で行われた。まずは、「ケータイ韻文コンテスト」の趣旨から「復習」してみよう。

①韻文コンテストの趣旨(by江戸川大学)を引用する。

「デジタルネイティブである現代高校生の皆さん、その象徴である携帯電話やPCを使って、日本の伝統文化である韻文（短歌、俳句、川柳）にチャレンジしてみませんか？」。

つまり、日本の伝統文化である韻文と、若者の必需品とも言えるケータイとのコラボレーションという訳なのだ。

そう言えば、江戸川大学はその前身の江戸川短期大学時代に韻文コンテストをたしか実施していた。一時途絶えていた韻文コンテストを、今回ケータイというツールを活用してのコンテストにリニューアルしたのだと言う（市村佑一学長談）。ナルホド。これはユニーク。面白い企画だと思った。

②次には副賞。これまた現代的でユニークであった。

各部門の最優秀賞の副賞は、ｉＰａｄ（アイパッド）。優秀賞には、ｉＰｏｄ（アイポッド）Ｔｏｕｃｈ。入賞者には、電子辞書などが授与された。

ここで少しだけ解説を施す。

ｉＰａｄは、アイパッドと読む。ｉＰａｄとは、アップル社によって開発・販売されているタブレット型コンピュータのこと。今年になって発売された商品だ。「ウェブ、メール、写真、ビデオを体験する最高の方法です」とは、アップルのＣＭ。そうそう、ｉＰａｄにはｉＰｏｄ機能も兼ね備えている。

対してｉＰｏｄ。こちらは、アイポッドと読む。手のひらサイズの携帯型デジタル音楽映像プレヤーのことだ。

これらの副賞は、高校生でなくとも羨ましい。

③表彰された作品を紹介しておく。紙数の関係で、川柳以外は最優秀賞のみの掲載とする。

団体賞（短歌部門）　千葉県立浦安高校（五四首、四〇名）

短歌最優秀賞　岐阜県立総合学園高校　水上　渓花

「恋心昔の歌にも詠まれてたずっと変わらぬ難しい気持ち」

俳句最優秀賞　岐阜県立鶯谷高校　田中　和来

「戦争を語るが如く彼岸花」

川柳最優秀賞　神奈川総合高校　佐々木　結

「合否さえ携帯開けばわかるのね」

川柳優秀賞　東京・明治学院高校　高橋　萌

「鳴り響け群衆の中繋ぎの証」

同　東京学芸大附属高大泉校舎　長谷川　楓

「届くかなこの指で打つこの気持ち」

大学と地域との連携

④これは全くの余談。

表彰式当日は、気持ちの良い日本晴れだった。そんな折も折、同大の学園祭が開催されていた。キャンパスには時間前に到着。せっかくの機会だからと学園祭を覗く。模擬店が並び、野外音楽ステージが小うるさい。ごくありふれた学園祭風景と思いきや、学生諸君の出店とは違うテントが並んでいた。新撰組の出店と流山の物産展のテントであった。

佐藤毅教授にその訳を伺ったら、流山市と江戸川大学との連携の一つの成果なのだと言う。そう言えば、井崎義浩流山市長と市村佑一学長との何かの締結式の模様を記事で見たような気がする。ネットで調べ直したら、「流山市低炭素まちづくり研究センター協定書締結式」だったそうな。市と共同で環境を守る取り組みをしている学生ゼミもあるようだ。いずれにしろ、そうした連携の一つの形を大学祭で見られたのは参考になった。

ついでにもう一言。地域図書館の連携と公共図書館の役割を考える、「図書館連携シンポジウム」を開催したのも江戸川大学だった。昨秋こちらにも小生は参加し、『ぬかる道』（二〇一〇年一月号）にその概要を書いておいた。さらには近隣大学の図書館紹介もしてあるので、いま一度ご覧いただければ幸いである。

さらに一言。いま一番勉強熱心なのは中高年だから、大学図書館が地域に開放されるのは歓迎すべき方向だ。結構、結構。

大好評だった記念講演

一〇月二三日（土）東葛記念大会の講演は好評だった。「良かった」「感動した」というメールが当夜から届いた。なかには「海老原先生に惚れた」という男性からのメールもあった。その一部を本誌「短信欄」に掲載したが、こういう良い情報は今後どんどん流出させたい。ネット映像も近い将来の課題になると思う。

「国民読書年」関連で、変わり種のお知らせを二つ。『てにをは辞典』『五七語辞典』（いずれも三省堂）が静かなブームを呼んでいる。手にすると面白い。川柳作家は手にするべし。

十一月の宿題である「壁」を例に取ってみよう。（以下は、『てにをは辞典』からの抜粋）

「壁」△が　落ちる。崩れる。そびえ立つ。できる。汚れる。目の前に立ちはだかる。△を　洗う。意識する。覆う。感じる。よじのぼる。△で　遮られる。仕切る。△に　囲まれる。ぶち当たる。寄りかかる。穴をあける。（思いがけない）〜にぶつかる。

▼ 厚い。因習の。大きな。深刻な。人種の。絶望の。……

要は、本格的な日本語コロケーション辞典だ。ひとつ上の作句力を目指す方には、ステキなパートナーとなるに違いない。

『ぬかる道』の表紙が変わります

来年度の『ぬかる道』表紙絵が大城戸仁志先生の静物画に変わる。先生は、千葉県立東葛飾高校の現職教諭（担当は美術）、東京芸術大学油画科卒業。流山市美術家協会所属。二〇一〇年、流山市展賞（最高位）を受賞された。

村田倫也幹事の写真も大好評ゆえに名残惜しいが、いったん休止願うことになった。来年度は美術作品をご堪能いただこう。引き続き『ぬかる道』誌へのご支援をお願い申し上げたい。

速報。千葉ロッテ日本一。CS直前からの快進撃は見事だった。

X

2011

いわし川柳と町の活性化

01
2011

この原稿を書いているのは、平成二二年の十二月である。だが、『ぬかる道』誌上では平成二三年一月号の扱いになる。つまりは新年号ということだ。したがって、今年（平成二二年）十一月の出来事を書こうとすると、「昨年の」と書かねばならない。新年号とはそういうもの。そのつもりで、読者の方々もお付き合いいただきたい。前置きはこれくらいにして、……。

第八回いわし川柳記念句会

昨年の十一月二七日（土）、千葉県銚子市に出かけた。第八回いわし川柳記念句会に出席するためであった。

十一月二七日（土）は第四土曜日。第四土曜日は言わずと知れた当会の例会日であったが、中澤巌幹事長に一切をお任せして出席させてもらうことにした。ゴメンナサイ。

実を申せば、記念句会に招待されていた訳ではなかった。一昨年（平成二一年）のように記念講演をするという訳でもなかったし、選者でもなかった。しかしながら、ぜひ出席したかった。

一昨年の一〇月四日（語呂合わせで、一〇四（いわし）の日）には、記念講演者として小生は登壇した。「アイらぶ日本語」というタイトルで講演をさせていただいた。おかげさまで好評だった。

「いわし川柳」の発祥・由来が面白い。そもそもが銚子市政七〇周年（平成十五年）を記念するイベントからスタートしたようだ。いわば、町の活性化の一助としてこのイベントは始まった。

同市はいわしの水揚げ量全国一を誇る。いわしは銚子市のシンボル。「いわし川柳を通して全国に銚子をPRしよう」と銚子川柳会（名雪凛々会長）が大会を主催し、昨年まで七回を数えた。第八回目の昨年も、全国から約八〇〇句近い応募があったという。

サンマ VS いわし

いわし川柳ならぬ、「サンマ川柳全国大会」というのが開催されていた。こちらは宮城県気仙沼市のイベントである。

日本有数のサンマ水揚げを誇る同市で、サンマを全国にPRしようと、地元の川柳結社が中心となって平成六年から始められたものらしい。銚子のいわし川柳よりも先輩格の企画である。

そのサンマ川柳は七年ほど前に打ちきりになった。「サンマを題材にした川柳が出尽くした」ということらしいが、どうやら理由は他にもあるらしい。そのサンマ川柳は一〇年間続いた。

一方のいわし川柳も、記念句会形式のイベントは昨年で打ち切りとなった。今回は、銚子川柳会という一吟社の行事になってしまった。ザンネン。銚子駅前の新聞社の二階ホールをお借りして、後援企業各社からの賞品・景品の山また山を積んだ、一昨年までのにぎにぎしい光景は見られなくなってしまった。

しかしながら、二二年もいわし川柳句会は続けられた。会場は変わり、規模も形式も縮小したが、いわし川柳の伝統は残った。銚子市内の企業数社からも協賛があり、昨年とは違う形ながら開催に漕ぎ着けた。良かった! 千葉県川柳作家連盟からも、正副会長や大幹部の面々が今年も記念句会に顔を見せていた。

いや、県内だけではない。

事務局担当で縁の下の力持ちの永藤我柳さんに聞けば、大阪の平井美智子さん、群馬の飯田銀河さん、栃木の柳岡睦子さんなど、遠方からの参加者もおられたようだ。このいわし川柳句会はどこかホットで、一度ご縁が出来るとリピーターで来たくなるようになるらしい。大阪の平井美智子さんのように。嬉しい話である。

切れもユーモアもあった銚子市長の挨拶

さてさて、昨年同様地元の銚子市長もお見えになった。市長挨拶。この種のイベントでは地元の市長などがよく出席してご挨拶をいただくが、正直申し上げて感心した記憶はあまりない(失礼!)。

ところが、野平匡邦(のひらまさくに)銚子市長は違っていた。通り一遍の挨拶ではなかった。時間的にもやや長い挨拶だった。この市長は違うゾ、まずそう感じた。思いきったことを言う市長だナ、そうも思った。頭脳明晰、かつユーモアを解するお人柄とお見受けした。

だいたい今の政治家はポリシーがないせいか、やたら相手に阿った発言をしようとする傾向がある。政治家の失言の類は、むしろポピュリズムから発しているのではないか。柳田前法相のサービス精神?などは、その最たるもの。しかし、よくよく考えてみればリップサービス的言辞なるものは、本当は相手をバカにしているのである。見下しているのだ。

野平市長の挨拶で驚いたことがもう一点あった。京大俳句事件や津山出身の俳人・西東三鬼の話が出てきたことだ。しかも、市長は原稿一切を見ないで喋っておられた。スゴイ。

数日後、挨拶の謎が解けた。当方から川柳の本をお贈りした御礼にと、野平市長から著書を二冊いただいた。この原稿を書いているちょうどその時(12/4)、郵便物が届いた。お父上(野平椎霞)の遺句集とご自身のエッセイ集が入っていた。小生もかなりマメな方だと自負しているが、この市長の反応の素早さと著書に見られる多芸多才ぶりには参った。たいしたものである。この市長、市長にしておくのは勿体ないかも!? いやいや、冗談冗談。

活気があった銚子の街

銚子市は哲男個人としても思い出の深い町である。小生ご幼少のみぎり、いえいえ小学校・中学校時代に、夏休みの大半をこの銚子の町で過ごした。言葉遣いの乱暴な銚子市民であるが、考えてみれば活気があった。花火大会の賑わい、興野(こうや)小学校のラジオ体操。犬若海岸や、あるいは渡船に乗って茨城県の波崎海岸へも海水浴に出かけた。思い出は尽きない。そうそう、野球が強かったナ。あの頃、県立銚子商業高校は甲子園の常連だったっけ。

銚子商業高校の校歌は今でも口ずさめる。

(と、こんな調子で書き進めると、巻頭言が二ページで終わらない。まァいっか。どんどん書き進めよう!)

銚商の校歌は、格調高い男性的七五調。甲子園で勝利する度に流される訳だから、カッコ良かった。甲子園に翻る大漁旗は、歓喜に満ち満ちていた。

ええいっ、勢いだ。ついでに歌詞も掲げてしまえ!

〈 幾千年の　昔より
海と陸との　戦いの
激しきさまを　続けつつ
犬吠埼は　見よ立てり　［ジャン!］〉

［ジャン!］は付け足しだが、印象的な終わり方なので記憶している方も少なくなかろう。

全国に数多の高校アリ。その校歌の歌詞もさまざまだが、銚商の校歌は極端に短い。端的で、しかも内容が濃い。気の短い銚子市民の性格にもピッタリ?の歌詞かも知れない。

作詞は相馬御風、作曲は東儀鉄笛。あれっ、どこかで聞いたことのある名前だぞ? そう、そうなのだ。カノ早稲田大学の校歌を作った、名コンビの二人なのだ。

ちなみに、この銚子商業高校の校歌は一〇番まであるのをご存知か? インターネットでも活用してとくとご覧あれかし。サスガ、創立一一〇年を超える名門校の校歌である。

ザンネン! 寂れていた銚子の街並み

さてさて、思い出話から一転。

昨十一月二七日(土)、銚子の話に戻ることにしよう。

選者先生が選をされている間、小生は久々に銚子の町を散策した。銚子電鉄の観音駅〜円福寺(銚子観音)〜銚港神社〜銚子漁港第一卸売市場、と歩いた。観音堂には、有名な古帳庵句碑がある。そう、あの「ほととぎす銚子は国のとっぱずれ」の一句だ。

「銚子は国のとっぱずれ」だけれど、千葉県内で市政を敷いたのは二番目に早い。電話線の開通も県都・千葉市より早かったそうな。そんな自慢話を地元民・名雪心遊さんから伺った。

故郷の自慢話は聞いていて楽しい。その銚子市にあって、観音駅周辺こそが元々の中心街だった。ザンネンながら、その中心街からしてかつての活気が感じられない。やはり寂しかった。

市長挨拶にもあった、人口減少県内ワースト1という現実を思い知らされたのである。政府はいったいナニをしている？　日本の景気回復策や、如何に？……。

いよいよ出版！　『アイ らぶ 日本語』

今年（平成二三年・二〇一一年）の話を展開することにしよう。今年最初の景気のいい話（になると嬉しい）。

いよいよ『アイ らぶ 日本語』（学事出版）が出来上がる。小生の夢がまた一つ実現する。

小著『アイ らぶ 日本語』は、日本語の魅力とともに川柳の魅力を発信する本である。

日本語の魅力はよく知られている。日本語ブームは、嬉しいことに息長く続いている。日本語の魅力を発信する本は、数多く出版されている。結構なことだ。

一方、川柳の魅力も知られるようになってきた。川柳の魅力をPRする著書の数は少ないものの、出版物がない訳ではない。

しかしながら、日本語の魅力と川柳の魅力。双方の魅力を発信する本は今までにあったのだろうか？　なかったのではないか。

とすると、小著は「日本語の魅力＋川柳の魅力＝本邦初のコラボレーション」になる。こう書いてもあながち誇大広告とは言えまい（だんだんCMめいてきたが許されたし＝独り言デス）。

本を創るにあたって、若き女性編集者のアイデアには刺激を受けた。一例を挙げれば「ebata's note」。「ebata's note」とは、本文中から印象づけたい事項や強調する事項を、特記するメモのこと。このメモを本の上段の肩に、そこだけ横書きにして特記するという。「ebata's note」は、『アイ らぶ 日本語』の特長の一つに確実になりそうだ（詳細は実物にて）。

彼女のアイデアに乗せられて、いよいよ本気になった。「ebata's note」は、正直言えば負担であった。しかし、女性編集者の前向きなアイデアは活かしたい。本気になった小生は、教壇生活三五年の精魂を傾けて、この面白トピックに取り組んだ。

小著の出版が川柳文化の向上に少しでも役立てば有り難い。

02 ユーモア賞の今後
2011

おかげさまで、例年になくゆっくりと正月を過ごすことが出来た。原稿書きやら何やらも順調にはかどり、年賀状もほぼ年内に書き終えた。有り難いことだ。会友の皆さまもお健やかに新年をお迎えのことと、まずはお慶び申し上げたい。

「ゆっくりと正月」を過ごせたとはいうものの、これは多分に男性的発想かも知れぬ。お節料理に舌鼓を打ち、飽きれば書斎にこもって書き物をする。お客が来れば応対するが、来なければ自分の仕事に専念出来る。男というのは身勝手なものである。

アルコールは努めて飲まないようにした。特に昼間は飲まなかった。昼に飲んでしまうと、「仕事」が出来なくなる。

年末・年始の「仕事」

年末・年始、小生がした「仕事」を書き出してみた。（冬季の進学補習やら冬休み中の公務は、紛らわしいのでこの際カット。カッコ内は独り言と思って下されん。）
①第三四回日台教育研究会に参加。十二月二七日（月）〜二八日（火）、於　東京代々木・オリンピック記念青少年総合センター。（昨年訪台した折りに、お世話になった日台双方の先生方とめでたく再会。研修に加えて、新たな出会いもまた収穫。）
②『アイらぶ日本語』出版の最終チェック。御茶ノ水にある学事出版社にて戸田幸子担当と。（良い本を創りたい、という執念の頑張り！）
③新春早々に開催する企画編集会議など、各種レジュメの作成。（つねに人と組織を重視して、会議には臨んでいるつもり。）
④新春句会時における「会次第」の作成などの会務処理。（こうした雑用を、もう足かけ二五年も!!やっている計算になる。）
⑤日本文藝家協会発行の「文藝家協會ニュース」に、エッセイ「ネーミング・バリュー」（九〇〇字）を執筆、送稿。
⑥「川柳とうかつメッセ」の選。（本音を言えばシンドイのだが、その一方で皆さんの作品と対話できるのは楽しみでもある。ところで、メッセにまだ参加していないアナタ。今年はぜひ出句して下さい。上達するための近道ですよ。まずは、チャレンジを。ウサギのように、思いきって今年は跳んでみて下さいナ。）
以上が、年末・年始に小生がした「仕事」だ。

しかし、じつはこの時期もう一つ大切な「仕事」があったのだ。「ゆっくり」出来るこの時期にしかできない「仕事」が。いったい何か？　それは、瞑想に耽る!?こと。想いを巡らすこと、である。どういうことか？

組織あるところ、必ずリーダーがいる。そのリーダーたるものは、時として静かな思索の時間が必要なのではないか。小生の場合で言えば、吟醸酒を嗜みながら、当会の未来に思いを馳せる、そんな一時が求められる。テーマは、むろん東葛川柳会の未来である。この「仕事」は、毎年楽しみながら行うことにしている。

「乱魚ユーモア賞」の現在と未来

さてさて、いろいろ思いを巡らしたことの一つに、「今川乱魚ユーモア賞」の今後があった。

今川乱魚最高顧問は残念ながら鬼籍に入られたが、おかげさまで「第十九回今川乱魚ユーモア賞」の表彰は例年どおりに進んでいる。作品募集から、集計・発表・表彰へと、つつがなく準備が進行している。それもこれも、二次選者の先生方と幹事の皆さんのご協力の賜物である。記して御礼申し上げたい。

先人の文化遺産をどう受け継ぐか。「ユーモア賞」を今年実施すれば、第二〇回の節目を迎えることになる。となると、その節目をどう迎えるべきか。

第二〇回のユーモア賞は募集したい。この意向はほぼ固まっている。二〇回目はこれまで通りの募集とするか。それとも、何か節目にふさわしいイベントを加えるか。このあたりが考えどころ。

二つ目には、この賞はこれまで「乱魚氏個人」に寄りかかっていた。今後それは出来ない。したがって、個人ではなく、組織としてどう継承するか、これが第二のポイント。「節目にふさわしいイベント」とするには、会としての財政的援助が必要になる。

本の話　三題

最後は軽い話題で。年末に読んだ本と、注目の書籍の話。

『となりのクレーマー』（関根眞一著、中公新書ラクレ）。

苦情処理のプロが書いた本。昨年読んだ本のなかでも、最もリアルで、面白かったノンフィクション!?である。何しろ、西武百貨店の元「お客様相談室」の室長であった方の体験記と来ている。数々のクレームと対応するなかで培った「極意」が、実際の体験を元に明かされている。

著者曰く、「日本も個人の主張が強いアメリカ型社会になりつつあり」、「どこまで話を聞き、対応するのか。どこから毅然と臨むのか」が大切、と。また、「苦情処理のポイントは、相手の『人間』を知ること」とも言う。「『苦情を言う人』との交渉術」というサブタイトルが付されていたが、こんな非常識きわまりない人間が結構いるというだけでも参考になろう（笑）。

そうそう、この類の本は日本の政治家が読んだらよろしい。特に、外交下手の総理には必読の書かも。中国をはじめ、非常識なクレーマーへの対応の格好の指南書になる。「目線をそらすな」とか「安易に妥協しない」とか、「なによりも、クレーマーには屈しない気構えを持つことが肝心」と言う。ちなみに、この本はブックオフで求めたが、タッタの一〇五円だった。

注目の国語辞典。版を改めた『明鏡国語辞典　第二版』（大修館書店）がよく出来ている。日頃から誤用の多い、あるいは紛らわしい用法などをコラムにまとめていて興味深かった。

例えば、「おお(大)」「だい(大)」の使い分け。「おお」と読むもの。大威張り・大株主・大看板・大芝居・大掃除・大騒動・大人数など。このうち、とくに「大人数↔小人数」「多人数↔少人数」の対比は、ナルホドと思った。

最後は、辞書と言うより事典の話。

『平家物語大事典』(大津雄一他編、東京書籍、一九〇〇〇円)は圧巻である。この事典の特長は、文学の領域のみならず、美術・伝説をはじめ、マンガや映画、翻訳など現代に至る受容まで視野に入れたキャパシティーの広い画期的な事典となっている。

嬉しいことに「川柳」の項目もある。さらに、「平家落人伝説」なども巻末に取り込んだ。そう、東葛高校リベラルアーツ講座でお世話になっている福島県南会津郡檜枝岐村についても、地図と記述があった。この大事典にして、この金額は高くない。

ところで、筆頭編者の大津雄一先生は早稲田大学の教育学部教授である。公私とも小生がお世話になっている先生だが、すばらしい「お仕事」をされておられることに改めて敬服した。

最後は御礼。今年いただいた年賀状には、昨秋の「乱魚さんを偲ぶ会」に対する慰労の文面が多かった。その心遣いに感謝。

川柳の魅力発信へGO

03

2011

今年の新春句会は、とりわけ賑やかに、そして華やかにしていただいた。「江畑哲男著『アイらぶ日本語』出版を記念する」という冠も付いていささか面映ゆくもあったが、皆さんのご厚意に素直に甘えさせていただくことにした。誌上をお借りして改めて御礼申し上げたい。どうも有り難うございました。

こういう本を出したかった!

さて、拙著『アイらぶ日本語』は小生四冊目の著書である。処女出版の『ぐりんてぃー』(教育出版)は、今から十一年前の西暦二〇〇〇年に出版した。川柳句文集(川柳+エッセイ)の体裁にしたのは、尊敬する野谷竹路先生(川柳研究社第四代の代表、故人)の川柳句文集『中学校の四季』(構造社出版、昭和五七年刊)が念頭にあったからである。

小生二冊目は編著であった。『ユニークとうかつ類題別秀句集』(新葉館出版)は、二〇〇七年に編纂された。東葛川柳会創立二〇周年記念行事の一環として、会友の皆さんの秀句を類題別に整理し、日本語の魅力に関するエッセイ一〇編を添えた。編著者として江畑哲男が代表しているが、櫛部公徳常任幹事（当時）をはじめ、大変多くの幹事の手を煩わせたことは記しておきたい。

三冊目『川柳作家全集　江畑哲男』（二〇一〇年）は、新葉館出版からの持ち込み企画であった。『川柳作家全集』は全一〇〇巻、川柳界の第一線で活躍中の作家一〇〇人のコレクションという触れ込みで、統一規格の基に一気に世に出された。小生は、『ぐりんてぃー』以後の作品を中心に、三章に分けて構成し直して出稿した。掲載句約三三〇句だが、小著の中でここにだけは文章が盛り込めなかった。

そして、今回。

『アイらぶ日本語』は、日本語の魅力と川柳の魅力を併せ持つ、一種のコラボレーションになっている。日本語の魅力を日常生活の感覚から発信するとともに、川柳の啓蒙をも意識して書いた。

こういう本を出したかった！　以前からそう願っていた。この願いが、おかげさまで今回実現した訳である。自分の夢の一つが実現したということを、いま率直に喜んでいる。

川柳の魅力を発信しよう！

そもそも川柳には大いなる魅力がある。

私たちが川柳を楽しんでいるのは、モチロンその魅力に惹かれているからだ。易しそうに見えながら、難しい。難しそうに見えて、案外すっと出来てしまったりもする。

絶妙な口語表現は、一種の清涼剤である。読んでいてスカッとする。作者として巧く言い表せたナと思うときもまた、絶頂である。その自信作を選者の先生が抜いてくれようものならば、天にも昇る気持ちになろう。

達吟家の秀句を鑑賞するのもまた楽しい。こういう表現の仕方があったのか、というオドロキ。こんな見付けはオレには全く想像も出来なかった、という発見。充実の鑑賞タイムは、脳の活性化を促すに違いない。

短歌・俳句の雅な文語表現も、それはそれで素晴らしいと思う。しかしながら、口語はモチロンのこと、俗語や流行語を自然に採り入れて、ポエムにまで昇華してしまうこの川柳の魅力には叶うまい。インパクトもそれだけ強い。そんなこんな川柳の魅力を、もっともっと外部に発信できないものであろうか。

川柳入門書あれこれ

初心者に決まって訊かれるのが川柳入門書の存在である。その入門書には良いものがない、と書いたら叱られるだろうか？

入門書の最高傑作は、何と言っても『川柳の作り方』（野谷竹路著、成美堂出版、一九九二年）だと信ずる。小生は、長らくこの『川柳の作り方』を推薦していた。しかし、この名著は残念ながら絶版となった。しかも、絶版になってから一〇年は経つ。

他の入門書はどうか。大木俊秀氏の『俊秀流　川柳入門』(家の光協会)、番傘川柳本社編の『川柳　その作り方・味わい方』(創元社)等があるが、いずれも一〇年以上も前の出版物だ。

比較的新しいところでは、竹田光柳氏の『川柳を学ぶ人たちへ』(新葉館出版)や、田口麦彦氏の『川柳練習帳』(飯塚書店)がある。しかし、これまた出版から五年以上が経過した。

時代の変化が著しい昨今、一般庶民という大きな市場へ発信力のある川柳入門書が欲しいと思うのは、小生だけではあるまい。

復本一郎先生の『知的に楽しむ川柳』(日東書院)も、文字どおり知的で素晴らしい。しかしながら、俳人の著作を川柳人が有り難がっているようではあまりにも寂しい。

そのなかで奮闘しているのが、我らが会員・堤丁玄坊著『スピードマスター　川柳の教科書』(新葉館出版)だ。このテキストは、当会傘下の勉強会でも相当普及をさせていただいた。評判は上々。初心者にはとても馴染みやすい。だがその一方で、初級者・中級者になると正直言って食い足りない。

要するに、本格的に川柳を勉強しようという人への入門書が極めて貧しいのだ。残念ながらそれが川柳界の現状である。

故渡邊蓮夫氏ら　先人の偉大さ

比べて先人は偉かった。例えば、川柳研究社第三代目の代表であった故渡邊蓮夫氏。「まいにち川柳欄」の選者を長く務められた。この欄から、現在活躍中の優れた川柳作家が多く巣立った。小生も蓮夫先生の薫陶を受けた一人である。

川柳界の外側へのPRにも心を砕かれた。いま書斎の本棚をちょっと覗いただけでも、『川柳のすすめ　鑑賞と作り方』(浜田義一郎・神田仙之助・渡邊蓮夫、有斐閣選書、昭和五四年)や、『鑑賞川柳五千句集』(神田仙之助・礒野いさむ・渡邊蓮夫編、有斐閣、昭和五七年)が垣間見える。

右の著書の特長は、川柳専門の出版社からの刊行ではなく、一般の書店から発行されている点。いま読んでも鑑賞に耐えうる内容である点。いやはや、改めて心から敬意を表させていただく。

今年の功労者表彰

今年の新春句会では、当会功労者への表彰を割り込ませていただいた。功労者の表彰は昨年初めて行った。昨年はこの表彰を新年懇親会の場で行った。今年は二年目。一年だけで功労者表彰が途切れてしまうのは、いかにも残念。しかし、今年の宴は小生が主役!?となってしまいそう。そこで一計を案じた。懇親会の場ではなく、新春句会の場をお借りして功労者表彰を行うことにしたのだ。「サプライズ」と称した背景にはこんな事情があったのだ。

功労者表彰、その①。伊藤春恵幹事。何しろ、当会の吟行句会を創立以来ご担当いただいている。一昨年の東大、昨年の早稲田と大賑わいであった。お若い春恵氏には今後ともご活躍を願う。

功労者表彰、その②。中澤巌幹事長。言わずと知れた会務の中心である。私心なく、バランス感覚よろしく会務を担う。会員一人ひとりへの目配りも効いている。昨秋の「今川乱魚さんを偲ぶ会」は、巌幹事長抜きでは考えられなかった。

一点補足。功労者表彰。来春からは「サプライズ」でない形での位置づけを考えたい。すなわち、会の正式な行事として表彰を行えるよう工夫をしたい。

今年の寒さは厳しい。そしてその寒さはもう暫く続きそうだ。家の中ばかりに籠もらず、たまには外に出て伸びでもしよう。ついでに、川柳の魅力を外部に向けて発信しようではないか。

句会の楽しみ

04

2011

今年の冬は寒かった。昨夏が何しろ記録的な猛暑だったから、余計に寒く感じたのかも知れない。いずれにしろ春が恋しい。

その春。日本の春は美しい。とは言うものの、外国の春を知っている訳ではない(笑)。それはともかく、今年の開花予想を楽しみながらこの巻頭言を書いている。

席題復活　川柳研究社の快挙!

「春一番」が川柳界に吹いた。川柳研究社(代表・津田暹)が、今年の新年句会から席題を復活したのである。川柳研究社は老舗中の老舗結社である。その影響は少なくなかろう。

これまで同社では、例会の宿題を六題出題していた。そのうちの一題を今年から席題とし、〆切の一時間前に題と選者を発表するように変更したようだ。句会の活性化と静寂化のための、一種の句会改革に違いない。

そう言えば、昨年一〇月号の『川柳研究』誌巻頭言で、「席題(当日課題)の楽しみ」と題して、安藤紀楽川柳研究社幹事長が句会の現状と席題復活の意義を次のように書いていた。

「席題の無い句会はあのしーんとした緊張感に乏しく、どこか物足りない。……情報機器の発達した今こそ、席題を設け頭の中のコンピューターを稼働させその場での作句を競う、こんな時間を当社の句会にも欲しいと思う。(阿部勲)句会部長も前から同じようなことを感じていたようなので、来年あたりからまず一題席題を復活させたいと思う」と。

そして今年。その席題復活という課題を実現した。同誌二月号によれば、その時の句会の様子がこうレポートされている。

「……新年句会も盛況。午後一時を期して今年から復活させる席題の選者と題が決められる。……席題が決まると、句会場にはしばらく静寂が広がり、席題があったころの日比谷神社の空気が懐かしく再現された。……」（勲）。

句会考あれこれ

さて、以下は句会のあり方に関する私見である。

①席題が消えたのは一〇年ほど前だったろうか。関東各地の句会から、いつの間にか急速に席題が消えていった。理由は定かではないが、新人向けの配慮が底流にあった？、と推測している。

②席題が消えてから、たしかに句会に緊張感がなくなった。以前は、〆切時間直前まで句箋に向かって奮闘する姿があちこちで見られた。張り詰めた空気が句会場を支配していたのだ。

③かといって、席題のあった昔がすべてスバラシカッタ訳ではない。その最大の欠点（汚点）は、席題が事前に洩れていたこと。本来「席題」であるはずの題を、仲間同士が何日も前から教え合っている光景を何度見たことか。情けなかった。いま流行りの言葉で言えば、「八百長」が横行していたのである。

④席題復活は良いが、その数が多過ぎるのは如何なものか。三分吟やカラオケ吟も余興としては結構だが、句会という場では似つかわしくない。作句には、やはり句を熟成させる時間と一定の推敲時間が必要と思われる。粗製濫造は避けたい。

⑤それにしても、句会や出題に「哲学」が欲しい。吟社は、ただ句会を開けばよいというものではないのだから。

改めて見直したい水府の精神

⑥この点、岸本水府は立派であった。安易な懸賞主義を排した水府の崇高な精神は、改めて見直されて然るべきだと信ずる。（新葉館ブックス『岸本水府の川柳と詩想』収録の「岸本水府の『川柳第四運動』大綱」をご参照あれ。）

⑦東葛川柳会の「哲学」はハッキリしている。当会・中澤巌幹事長が心がけていることの一つに、「句会は楽しく」がある。その「楽しい」の中身を小生なりに分析すれば、運営は明るく生き生きと、内容は達成感・成就感・知的満足感が得られるように、ということになるのであろうか。

⑧東葛川柳会二月句会では、「文化都市シリーズ」の第一回として「鎌倉」を出題させていただいた。川崎信彰句会部長の出題原案に、小生が「文化都市シリーズ」という冠と知恵を付けた。この入選句は今月号の『ぬかる道』誌に掲載されている。ご覧いただきたい。なお、「文化都市シリーズ」はこれ以降数カ月に一度出題する予定でいる。四月句会は「仙台」、さらには「金沢」「京都」「神戸」と出題の旅をしていくつもりだ。

⑨出題に関する思い出。昭和六〇年代、東京番傘川柳社の席題「大東京シリーズ」は素晴らしかった。「新宿」に始まり、「原宿」「渋谷」「秋葉原」「両国」「四谷」「池袋」「駒込」と続き、「上野」で締めくくられた。

⑩ただし、困ったこともあった。右はいずれも「席題」であったこと。十八時過ぎでないと東京番傘の句会場に到着しない小生にとっては、遣り甲斐は感じたものの相当の重荷であった。

⑪誤解のないように付言しておく。「席題復活は快挙」と書いたからと言って、どの会でも席題を復活させるべしという意味ではない。句会の大小、会の歴史や性格（句会か勉強会か）、出席者のニーズ等を考えて中身を充実させるべし、という意味である。

最後にお薦め。句会に出席出来ない方は仕方ないとして、句会出席を躊躇されているアナタ。一度ぜひ句会場にお運び下さい。きっと、何かしらの「発見」があるはずですよ。

「句会の効用」（坪内稔典氏）

ところで、俳人の坪内稔典氏が「句会の楽しみ」をこう述べている（二〇〇二年五月十七日付毎日新聞夕刊）。俳句と川柳で句会の違いはさておいても、参考にはなるであろう。

稔典氏は、「句会の三原則」として「無署名、互選、相互批評」を挙げる。要は「句会の平等主義」ということだ。

〈句会の平等主義は互選と相互批評にも及ぶ。作者名が伏せられているので、のびやかに選べ、遠慮なく言いたいことが言える。句会大好き人間だった正岡子規は、相互批評について、「成るべくして精密に批評し、駁撃（ばくげき）し相互の衝突点を見出すを要す」（「随問随答」一八九九年）と述べているが、口角沫（あわ）を飛ばす状態になったら句会は最高に盛り上がる。〉

さらには、句会は「個人を他者に開く文化的装置」だとも言う。

独りよがり・自分の密室に閉じこもりがちな自分を、大きく開け放した気分になる。それが句会だと言う。卓見である。

本のお薦めと御礼

今月は、受験生のお子さん・お孫さんをお持ちの方に『手紙屋　蛍雪編』（喜多川泰著、ディスカヴァー21）をお薦めしたい。いやいや受験生自身にも読んでほしい本である。その中の一節。

〈「楽しい」というのは何かに没頭するからこそ手に入る感情なんですね。「笑えること」を探している人にはなかなか見つからない。〉

最後は、『アイらぶ日本語』の販売・普及活動への御礼。例えば、長野のI先生は七〇部を引き取って下さった。福島のS女史も五〇部。各界の皆さまのご協力に感謝・多謝。勉強会の皆さんも新樹の三〇部をはじめ、一〇部・二〇部とご協力をいただいている。拙著が川柳文化の向上につながるならば大変有り難い。

大変だけど頑張ろう！

05
2011

三月十一日(金)午後二時四六分ごろ、東日本を巨大地震が襲った。震度七、マグニチュード八・八(のちに九・〇に訂正される)という、とてつもない大地震であった。千葉県内にいても度肝を抜かれるほど激しく揺れた。その直後に、これまた途方もない巨大津波が東北から関東の太平洋岸を襲い、甚大な被害をもたらした。さらに、原子力発電所の制御不能と放射能被害の恐怖。「計画停電」とやらに伴う混乱また混乱、……。

四月六日現在、死者一万二四三一人、行方不明者一万五一五三人。避難者も十六万三〇〇八人の多きを数える。

未曾有の被害に遭われた方々に、まずは心からのお見舞いを申し上げたい。

海外メディアから称賛される日本人

こうした被害にもかかわらず、日本国民は冷静かつ賢明であった。海外メディアは、日本人がこのような状況下でも、とても冷静で謙虚であり続けていることを称賛している。

例えば、オバマ米大統領は「震災後に助け合う日本人を賞賛」した(ロイター他)。三月十七日には、オバマ大統領は震災犠牲者の弔問で日本大使館を訪れ、「日本の復興を信じている」と記帳した。ニューヨークタイムズには、「日本の回復力、忍耐強さ、絆の強い社会の力が発揮される時だと思う。何かと対立ばかりするアメリカ社会と違い、日本は一致団結してこの困難を乗り越えるだろう。今こそ、米国はこの日本の素晴らしさを学ぶべきではないか？　今こそ日本に深く同情するとともに最大の称賛を送りたい」と書かれてもいる。

中国紙では、「多くの中国人が、地震発生後の日本人の秩序ある行動に敬服している」と伝えている。中国発の報道には、「オマケ」も付いていた。ネット上では、「日本の学校は避難所になっているが、中国の学校は地獄だ」などと四川大地震の教訓を引き合いに、中国政府や中国人の対応を批判する書き込みも多かったらしい。二〇〇八年五月に起きた四川大地震では、耐震性の低い(と言うより、全くの「豆腐渣行程」＝「おから工事」、中国語の呼称)校舎が多数倒壊し、五〇〇〇人を超える子どもが死亡した。ついでに言えば、生徒を置き去りにして真っ先に逃げた教師がいたことも記憶に新しい。

外国のメディアからの疑問。「なぜ、日本人はこれほどの惨事のなかで、暴動も略奪もなく、冷静・沈着に行動できるのですか？」と。

右の答えはハッキリしている。一言で言えば、日本国民の民度の高さ。日ごろは、何かにつけ「日本叩き」を繰り返す人々や、反日を叫んでいる国でさえ、実際は政権や治安の維持に汲々としてるのである。「ローマは一日にしてならず」、先人の知恵とＤＮＡに感謝をしたい。

なぜ暴動や略奪が日本では起きないのか?

ネットの書き込みはじつは怪しい内容のもの少なくないのだが、次の分析はナルホドと思う。

〈日本には地震や津波といった災害が過去に何度も起こっている為、日本人はある程度は予想していた事態であった。さらに日本固有の思想では、自然を神として崇めてきたことと、そして仏教の無常感の思想に基づいている。欧米諸国が自然を支配してきたのに対し、日本人やアジアの国々は自然と共生するという全く異なる自然に対する態度をとってきた。この差が海外からの称賛として表れたのではないか。

古来から日本人はその地形により、遊牧民族の血が交わらなかった農耕民族であり、気候の変化の激しい中で、繊細な作業である稲作を行ってきた。その為、隣の経験豊かな百姓の真似をするのが最もよいという日本人的な気質表すこの「右に倣え」という言葉があるように、個性に乏しく自ら何かを生み出せないが、災害時でも個人主義に走らず、集団で秩序を守り、その中で謙虚でいるというのが日本人の古来からの特性である。〉

いくつかの感動的な話

今回の大震災でも数々の感動的なエピソードが聞こえてきた。湖南省から東京に留学し、日本語学習中に地震に遭った中国紙・「瀟湘晨報」の中国人記者がネットに書き込んだ話。日本人教師は留学生たちを避難誘導し、「教師は最後に電源を切って退避した」と、その落ち着いた対応を称賛していた。そのネット上に掲載された記事には、「日本人のマナーは世界一」「人類で最高の先進性が日本にある」などの書き込みが相次いでいるらしい。この点は素直に喜びあいたい。

身近な感動的なエピソードでは、前月号『ぬかる道』で紹介した佐藤良子さんのメール。「逆境、何するものぞ」という気概に溢れている。いわき番傘川柳会の真弓明子さんも立派だ。「地震になんか負けていられない」と、電話でおっしゃっていた。いわき番傘川柳会は、来る六月五日(日)に創立五五周年記念大会を控えている(その後、大会は一年程度延期することを決定)。

極めつけは、今年六月十一日(日)に全日本川柳大会の開催地・仙台である。川柳宮城野吟社主宰の雫石隆子氏は、「会場の都合で延期されることもあるかも知れないが」と断った上で、大会開催に向けて準備を進めている。「川柳は、ある意味で『歴史の語り部』という側面がある。この時、この時代にしか創れない『句の作品』というものがあるはずだ」とも付け加えられた。お見事!! けだし、卓見であろう。

22年度　最後の授業

高等学校は通学範囲が広いせいもあって、県立の各高校は数日間（高校によって日数は違う）臨時休業のやむなきに至った。いくつかの科目で実施された学年末試験も、翌週からは中止となり、その後は自宅学習で登校禁止措置を取った。

このような中で、小生の勤務校は一日だけ登校日を設けた。テスト後の答案指導を中心に、短縮日課ながら授業を実施したのだ。わずか三〇分であったが授業が出来たのは有り難かった。大震災直後に行ったこの授業が、22年度締めくくりの授業となった。

その授業で、小生が高校二年生の諸君に強調したこと。

百年・二百年、あるいは一千年に一度の大災害である。こういう時にこそ人間の真価が問われる。この大惨事に巡りあえたことを、ある意味で「好機」と捉えよ。

ことわざに言う、「艱難汝を玉にす」、「逆境は人を賢くする」と。暴動も略奪も起こらない日本。日本国民の民度の高さを、誇りに思うべし。

以上の前提を述べた上で、次なる三点を生徒に語りかけた。

①「国語力＝人間力」、そう信じて授業を展開してきた。国語力の中身は、「豊かな心の育成と筋道の通った思考力」である。

②人の強さ・たくましさ・優しさについて、改めて考えよう。強い人間は優しい、たくましい人間は賢い。逆もまた真なり。とくに、戦中・戦後を生き抜いた日本の女性は、優しくたくましいのではなかろうか。災害時こそ、先人やお年寄りの知恵を学べ。

③世のため人のために、賢くなろう。テストの点に一喜一憂することなく、世界を見つめ、自分を見つめて、勉学に励むべし。「志」なくして、人は飛躍できない。「学問への敬意」なくして、人は賢くなれぬ。……

やや大時代的な訴えになったが、生徒たちの眼はキラキラ輝いていた。嬉しかった。

中止！ 中止！ 句会、大会、会合、etc

このような事態だからやむを得ないことではある。予定されていた川柳句会・勉強会・大会、各種会議が次々と中止になった。小生に関わるものだけを列挙してみても、これだけあった。

- 三月十二日(土)我孫子稲門会第一回川柳同好会　中止
- 三月十九日(土)川柳会・双葉月例勉強会　中止
- 三月十九日(土)川柳白帆吟社月例句会　中止
- 三月二〇日(日)川柳研究社月例句会　中止

・三月二七日(日)千葉市川柳大会　中止
・三月二九日(火)日川協常任幹事会　延期
・四月　二日(土)川柳会・緑葉吟行句会　中止

しかしながら、東葛川柳会は三月句会を予定通り開催することにした。会員の皆さまから句会への期待を感じとったからである。一方、当然のことながら、不安感もぬぐえなかった。この非常時に、という陰の声も聞こえないではなかった。それゆえ迷った。決断に勇気が要った。

結論。句会は予定通り開催しよう！　ただし、「川柳チャリティー句会」にして、川柳界内外へ励ましのメッセージを送ってはどうか。当日の様子は句会レポートに譲るが、「大変だけど頑張ろう！」という気持ちを皆さんと共有したかった。

三月句会開催！「チャリティー句会」の装いで

例えば、高塚英雄(千葉県川柳作家連盟事務局長)さんは、次なるメモを当会句会部に託してきた。

〈地震以後の鉄道の間引き、停電騒ぎで大会や句会が軒並み流れる中、東葛は「こんな時だから開催するんだ！」とのこと。敬意を表したく思います。〉

またある人は心配顔で、「えっ、東葛さんはやるの？」とか、「東葛さんだけですよ」とも言ってこられた。その三月例会。開催するに当たっては、中澤巌幹事長の周到な準備があった。まずは安全の確保。幹事長自ら会場に何度か足を運び、非常階段の確認や計画停電の予定等々を、パリ美容の担当者との打ち合わせを繰り返した。こうした努力の甲斐があって、三月句会が無事に開かれたのである。宿題「ホーム」を披講する前の挨拶で、巌幹事長が思わず涙ぐんでしまった背景には、こうした苦労があったのだ。私は私で「チャリティー句会開催」の趣旨を作成し、マスコミに情報発信をする役回りを演じた。

結果的にこのチャリティー句会には、六四名の参加があった。ご不便な中だっただけに有り難い限りである。改めて感謝申し上げたい。募金にも何度も応じていただき、感謝に堪えない。おかげさまで、当日の句会費と併せると、募金は十三万一〇一〇円に達した。当日の句会費以上に皆さんに募金していただいた計算になる。深謝。

以上の金額に東葛川柳会としての足し前をして、まずは(社)全日本川柳協会を通じて三万円を送金。残りの一〇万一〇一〇円に二万余を加え、十二万五一〇〇円にして日本赤十字柏支部にお届けした。これまた巌幹事長にご尽力いただいた。思いきって句会をやって良かった。ご協力、本当に有り難うございました。

今年のメッセ賞　本間千代子さんに決定!!

さてさて、今年のメッセ賞。正確に言えば、「第七回川柳とうかつメッセ賞」は、本間千代子(流山市)さんに決定した。

ご本人は「まだまだ」とか「力不足」などと謙遜をされておられるが、いまや当会看板作家のお一人である。選者の小生がそう断言できる、そういう作家になられた。選のたびに、千代子作品の呼吸と向き合うのが楽しみでもあった。何より、この一年間に巻頭作家二回の実績(一〇年三月号、十一年一月号)がその実力を物語っている。

では、その千代子作品をご紹介しよう。

介助する側にも欲しい温湿布
肝臓を病めば意見が雪崩打つ
チョコなどの小細工はせぬ猫の恋
追いかけて欲しくて逃げてばかりいる
ヒーリングミュージック聴く歯科の椅子
古典派のしらべ味噌蔵にも流れ
外反母趾なだめすかして履くシューズ
チャチャのリズムへステップ端折り歳端折り
風の夜は鱈腹食って飲んで寝る

こうして並べてみると、改めて興味深い。女性特有?の安易な叙情に走らず、かといって私生活丸出しの伝統句でもない。趣味や私生活を詠むかと思えば、心情を見つめる作品も器用にこなす。題材は一般的な主婦よりは幅広く、表現力はまだまだ磨く余地がありそう。さらに精進されることを願って、授賞の言葉としたい。おめでとうございます。

昨年の巻頭言でも書いたこと。「メッセは実力伯仲の時代」に入った、と。つくづくそう感じる昨今である。そのメッセを皆さんで盛り立てて欲しい。ぜひ新顔のチャレンジも期待したい。

『川柳の理論と実践』(新家完司著)を推す

久々に(と書いたら申し訳ないが)、「良い川柳入門書」に巡り会うことが出来た。新家完司著『川柳の理論と実践』(新葉館出版)がそれである。

まずは、読みやすい。文体が柔らかい。①・②・③……⑧のように、つねに整理しながら書かれている。(小生の句は引用されていなかったが、)例句も適切である。何より、難しい内容を優しく、丁寧に解きほぐそうという姿勢が見られる。この点が良い。

新葉館のブログにご本人の写真がアップされている。あれを見ると相当おっかないオッサンの顔(失礼)で、あの表情とは似ても似つかない文章になっている。おっと、筆が滑った。脱線脱線、失礼。

小生もモノ書きの端くれだから分かるのだが、難しい内容ほど優しく説明することが大事なのだ。ところが、これが結構難しい。完司氏は、その辺りをよ〜く心得て書いておられる。お薦めの一著。今月号の『ぬかる道』冒頭ページの「ポエムの貌」にも、完司氏の箴言を引用させていただいた。ご参照あれ。

山本鉱太郎氏出版記念会

06
2011

「近藤、山本両氏出版記念会」なるご案内状をいただき、四月三〇日(土)午後、小生も出席させていただいた。「近藤」とは、元共同通信社文化部長の近藤あきら氏のこと。同本社と大阪支社の文化部で、長く学芸・文芸・放送・芸能等を担当されていた方であるという。「山本」とは、流山在住の旅行作家・山本鉱太郎先生のことで、我らが東葛川柳会の社外顧問をお引き受けいただいている超有名人である。

出版のお祝い会は、柏の京北ホール六階にて開かれた。両氏につながる関係者や多士済々の地元文化人が顔を揃え、広いとは言えない同ホールは瞬く間にいっぱいになった。趣向盛りだくさんで、長唄あり、講談あり、ピアノ演奏ありの三時間余り。いやはや愉快な半日であった。じつによく笑った。世のなかユニークな人っていっぱいいるんだなぁ、と改めて感じた。

「とにかく楽しく」をモットーに

さて、当日参加者に贈呈された著書は二冊。一冊は、山本鉱太郎先生自身の著『深川木場物語』であり、もう一冊は近藤あきら氏の手による『ペンの旅人――旅行作家・山本鉱太郎の半世紀』(いずれもたけしま出版)という聞き書きであった。後者は、四六判、ソフトカバー、二二〇ページ、一六〇〇円+税。

『ペンの旅人』は一気に読んだ。この本の被写体たる鉱太郎先生自身が魅力いっぱいの人物ではあるのだが(一度でもお会いした方ならお分かりいただけよう)、近藤氏のペンの勢いもまた良かった。見事だった。楽しく、活力に満ち満ちた先生の半生を見事に描ききっている。(いやいや本著は「聞き書き」か。)

たとえば各種カルチャーセンターの講義の様子を、近藤氏は次のようにまとめている。

〈講座では、その都度下調べをし、草稿を書き、時計を見ながら読んで時間の計算までする念の入れよう。まるで新米講師のような初々しさと、「とにかく楽しく」をモットーに、年季のはいった教授法に魅せられて通う受講生は多い。〉

「楽しい」講義とは、そもそもどういうものなのか。なぜ、鉱太郎先生のお話はいつも楽しいのか? そんな疑問には、鉱太郎先生の次なる信念がその答えになっている。

「普通の人」の話がすばらしい!

〈ぼくが勧めるのは1人旅です。1人旅ですと土地々々で出会った人とのおしゃべりをする機会がふえます。そのとき、いい人に会い、いい話を聞けたら最高の旅といえます。

「いい人」とは名もない普通の人です。普通の人に話を聞き、謙虚に学ぶと人間はほんとうにすばらしいことがわかり、生きる指針になります。〉

まさに人間讃歌の見本のようなお話。先生のバイタリティーの底にあるヒューマニティーを覗き見た思いである。このヒューマニズムは半端ではない。持って生まれた人間力に違いない。

山本鉱太郎先生の著作は数々あるが、じつは震災前に眺めていた本があった。『日本列島なぞふしぎ旅』全六巻（新人物往来社、一九〇〇円）である。その「北海道・東北編」を読み返しながら、全日本川柳仙台大会時に於ける観光ツアーに思いを馳せていたのだ。行き先は金華山、牡鹿半島の先にある小島を考えていた。

ちなみに小生は一人旅も好きだが、川柳仲間とのツアーも楽しむ。後者の場合、ツアーの企画立案者はたいがい小生である。今回のツアーの参考書が、山本著であった。山本著には観光を予定していた金華山もしっかり記述されている。タイトルは「金華山でホントに金が採れたのか」であった。

大切にしたい「なぜなぜ、どうしてだろう」精神

この著書はそもそもクイズ形式で記述が進められている。その理由は、先生のご意向によるものか。「なぜなぜ、どうしてだろう」という探求精神を大切にしたい、というご趣旨か。「三陸海岸にはなぜ津波が多い」という項目がある。「仙台のかまぼこはなぜ笹形」という項目もあった。ちなみに、前者の項目では、「津は港という意味で、港内で大きくなるので『津波』と呼ばれている」という津波の解説から始まる。親切である。

話を戻そう。

全日本大会の金華山ツアーには、一〇数名が参加する予定であった。石巻に宿を取って、住吉公園や日和山公園の眺望を楽しむつもりであった。万石浦にも寄るつもりだった。支倉常長の銅像が立つ月浦も良いらしい。そして砂金採りの体験でもして、日本最初の金の産地たる金華山へと一路向かう、のはどうか。

〈この島はまた信仰の島でもある。西の出羽三山、北の恐山に対して、東の霊山としてみちのくの素朴な農民たちの信仰を集めてきた。島の西側中腹に鎮座ましますのが有名な黄金山神社で、祭神は金山彦と金山姫の二柱。商売繁盛、大漁の神として信仰され、三年つづけてお参りすれば一生お金に不自由しないといわれている。〉

（前記山本著）

右のような旅程を当初は考えていた。仮定の話だが、もし宿泊先で今次のような震災に見舞われていたら、私たちは助かっただろうか。大津波に襲われた際、正しい理解と対処をし、きちんと避難が出来たであろうか。そう考えると、少々恐ろしい。

「ビバ仙台 大会はヤルやるという」(哲男)

さてさて、心配されていた全日本川柳仙台大会は、予定どおり開催されることになった。勇気の要る決断だったはずだ。

(社)全日本川柳協会は、「地元仙台実行委員会の努力に報いるため、また、被災地で頑張っている多くの方々を励ますためにもご参加を」と呼びかけている(四月二三日消印)。仙台の実行委員の方々が、困難にもめげずに頑張っておられる様子は、『ぬかる道』誌でも報じたとおりである。この日川協の呼びかけに、私たちも応えたいと思う。

ただし、最終決定に至るまでには混乱があった。さまざまな意見や配慮が交錯したのだとは思うが、日川協は一時誤った連絡文書を発信してしまった。仙台大会について、「当初予定の六月十二日は中止とさせていただき、開催の延期および誌上大会への切り替えについて検討中」(三月三一日付け)と。こうしたトップの指示変更はいただけぬ。三月三一日付け文書によって、小生は会員へ即座に中止の連絡を流してしまったし、ホテルのキャンセルもした。この点、事務局は軽率であった。世に言う「風評被害」とは、不正確な情報の発信に始まることを心すべきであろう。

報告 幹事総会&同人総会

さてさて、大事な総会の報告が最後になってしまった。

四月二六日(土)は句会。当日の午前中に幹事総会を開き、句会後には同人総会を開いた。会計報告、活動報告、人事等の案件が審議された。どの会でも年度の節目に開催する会議である。

会計報告承認。辛口で知られる松岡満三監査から、会計部へのねぎらいの言葉を頂戴した。幹事には一部入れ替えがあった。乱魚ユーモア賞については今後の方向性を確認。人事では句会部を強化した。中澤巌幹事長の、「支え合いながら前進していきましょう」の力強い言葉で両会議は締めくくられた。

贈られる側の論理

07
2011

五月末から六月初めにかけて寒い日が続いた。雨も多かった。その雨には放射能が混じっているかと思うと、鬱陶しさが余計にいや増す今日この頃である。

さて、そのようななかではあるが、とても有り難くかつ清々しい寄付行為があった。今月はこのことを記したい。

清々しい図書寄贈のお申し出

話の発端は、昨年の東葛高校同窓会総会であった。小生は東葛高校の出身ではないので同窓会は欠席しているが、その席上にてある同窓生から大量かつ貴重な図書寄贈の申し出があった。

図書寄贈の申し出をされた篤志家は、昭和二十五年の東葛高校卒業生・淺川彰三氏。淺川氏は昭和六年生まれで、戦時下の昭和十九年に旧制の千葉県立東葛飾中学校に入学をされた。戦後の学制改革を経て新制東葛飾高校を昭和二十五年に卒業した。同氏によれば、足かけ七年間同じ校舎で学ぶという得がたい経験をされたと言う。

その淺川氏からお申し出いただいた寄贈図書の目録を見て、ビックリした。外国文学・日本文学の全集を中心に、四十五種・約八〇〇〇冊をリストアップしてこられた。淺川氏とは全く面識がなかったが、聞けば早稲田大学でロシア文学を専攻され、卒業後旧ソ連のモスクワに勤務、帰国後には大学で教鞭をとられた方のようである。数年前に健康を害され、現在は別荘のある山梨県に移り住んでおられる。図書寄贈の申し出も、東葛地域在住のご友人を介してのお申し出であった。

「贈る側」の配慮

さらに驚いたのは、図書の寄贈にあたっての贈る側たる淺川氏のご配慮である。そのお気遣いたるや……、まぁお聞き下さい。
①目録を作成しての寄贈のお申し出。
②学校図書館にふさわしい図書のみを選定してこられた(単行本は一切除外)。
③書籍のみならず、書棚ごと寄付をしたいというお申し出。
④配送料の負担。図書館は三階にあるので、宅配業者に三階まで運ぶようにという指示していただいた(三階まで運ぶのと、一階までとは宅配料金が違ってくるのだ!)。
⑤梱包の気遣い。通常一〇号と呼ぶ段ボール箱(文芸書の梱包によく使われる)に、寄贈図書を番号順に詰め、箱の外には判別しやすいように番号と名札を貼付。
……実際ここまでやっていただけるかという、行き届いたご配慮であった。「贈る側」が、「贈られる側」の諸事情を慮っているのだ。淺川氏はおそらく愛書家であろう。愛書家だから、書籍のその後の扱われ方にも気を配っておられるに違いない。こういうお申し出は今までに例がなかった。

お断り続けてきた図書の寄贈

正直に申し上げる。これまでも図書の寄贈のお申し出は少なからずいただいている。しかしながら、すべてお断りしてきた。丁寧に丁重に応対しながらも、お断りをしてきたというのが実際であった。

理由は、要するに自宅で不要になった本を処分したいという趣旨だったからだ。捨てるには忍びない、勿体ないので学校で引き取って貰えないか。アノ高校なら、対象が高校生なら、大切に扱ってくれるだろうという、善意ではあるが「贈る側の論理」からの発想である。それは、「贈られる側」からすればば、「有り難いけれどちょっと困ってしまう論理」であった。なかには、本を寄付してあげるから引き取りに来い、と言わんばかりの電話もある。

「贈られる側」の事情を説明させていただこう。まずは、学校図書館にスペースがないこと。配架すべき書棚がないこと、書棚が買えないこと。つまりはお金がないのだ。第二に、寄贈したいという書籍に資料的価値が乏しいこと。第三には、受け入れには手間がかかること。図書原簿への記載、登録印、ラベル貼りやカバーリング等々。これらの作業を、学校司書一人で作業する。運営の実態はそうなのである。その司書さんさえ配置されていない高校もある。公立図書館や大学図書館とは違って、きわめて貧困な条件のもとで図書館運営を強いられている。

耐震補強付きの書架工事

三月十一日(金)午後二時四十六分、東日本大震災に見舞われた。東北に比べたらその比ではないが、関東地方でも少なからぬ被害があった。本校図書館も例外ではない。

まずは、書籍の崩落。書棚に収納しきれないで立てかけたり二重にしていた本の崩落が激しかった。司書室や司書室奥の書庫はさらにひどかった。古い書棚ケースのガラスが割れた。古いけど頑丈な安定型書棚が、一〇数センチも移動?していた。いずれも耐震補強をしていない書棚であった。

寄付行為とはいえ、新たな書架を設置するにあたっては耐震補強は必須条件だった。そこで、改めて先方に事情をお話しし、お金のかかるお願いも申し上げた。浅川氏からは快諾の返事が来た。有り難かった。

「迷惑ボランティア」!?

話は変わる。

今次の震災のニュースで、「迷惑ボランティア」という言葉を初めて知った。そんな言葉があるらしい。以下は、ネットの情報ながら参考になりそうな話を列挙する。

▽学生のサークル感覚で来られても迷惑。きちんと募集があって、それに納得して覚悟を決めて行くもんなんです。

▽豪雨は、荷物の移動や破棄、床や家具の掃除など、まだ個人でも手伝いが出来ることがありますが、能登地震などは重機やチェーンソー、ダンプなど機械が必要ですから、個人の出る幕ではなかったですね。

▽でもね、地元の人なら地理を知っているから、まだできるのですよ。「おい、役場に行って来い」、「役場はどこにあるんですか」……ではね。地理も知らない他所の人にはできないでしょう。

▽豪雨のとき運動靴で来た高校生がいましたが、衣食住すべて自分のことは自分でする決意が無ければ、お荷物に

なってしまいますね。

▽東日本大震災で、被災地の人が一番ありがたかったのは自衛隊の人たちで、一番迷惑だったのはボランティアの人たちだったとツイッターで書いている人がいました。……いやはや、きびしいご指摘である。善意が善意として通じていない。たとえボランティアといえども、いやいやボランティアだからこそ、「相手の立場に立つ」ということが大切なのだろうか。そんなことを教えられた。

本の紹介

さてさて、紙数の許す限り本の紹介をさせていただこう。

『三陸海岸大津波』(吉村昭著、文春文庫)。この本がいま売れている。明治以後、繰り返し三陸を襲った大津波の貴重な証言・記録を発掘している。「吉村記録文学の傑作」とも言われている旧作である。

『伝える力』(池上彰著、PHPビジネス新書)。大人気の池上彰氏の本。おびただしいほどの著書が本屋さんに並んでいる。その中で『伝える力』(PHPビジネス新書)を推薦する。「話す」「書く」「聞く」能力が仕事を変える!、という副題が付いていて、川柳仲間の参考にはきっとなる。

例えば、「自分のことばかり話さない」こと。「よい聞き手に」になること。ナルホド。会話はかくありたい。こんな事例が分かりやすく、それこそ「伝える力」で書かれている。

とかく高齢になると、いわゆる「自己中」(ジコチュー)に拍車が掛かる。「体調はいかがですか?」と相手が尋ねようものなら、ソレ来たとばかりに延々と「病気自慢」が始まる。家では聞いては貰えないのか、日ごろの鬱憤をぶちまけるように話し続けるのは如何なものか。善意で問いかけた側、聞かされる側はたまったものではない。まぁ、聞いてあげるのも一種のボランティア活動(笑)ではあるが、それも毎度毎度では閉口してしまうに違いない。

もっとも当会メンバーは比較的良識的な人が多い!?ので被害は少ない方かも。いずれにしろ、よりスマートな会話をお互い心がけたいものだ。

川柳の本では、田口麦彦著『アート川柳への誘い』(田口麦彦著、飯塚書店)をお薦めする。川柳とアート(絵画・写真・切り絵・書など)とコラムのコラボレーション集だ。こういう幅広い視野を川柳作家こそ持って欲しい。

表紙絵のこと、活字の大きさのこと

そのアートの話。『ぬかる道』表紙の絵画が、今月から末吉哲郎さんにバトンタッチした。末吉さんは当会会員で、東京都写真美術館の参与を務めておられる。その絵筆にどうぞご期待下さい。アートの一種かもしれないが、巻頭言の活字を試験的に大きくしてみた。見やすくなったのでは、と思う。

一方、政治の混迷は見るに堪えない。そのようななか、全日本川柳仙台大会は参加者六〇六名で賑わった。勢いもあり、かつ見事であった。大会前夜、笹島一江・中澤巌・中沢広子・米島暁子・舟橋豊氏らが表彰された。詳細は短信欄にて。

外に向く海・内に向く海

08
2011

今月は訃報から。六月十五日、台湾川柳会の三代目会長・頼柏絃氏が亡くなられた。頼さんとは五回ほどお会いをしているが、穏やかな紳士であったという印象が強い。最後にお会いしたのは、昨年九月五日の「今川乱魚さんを偲ぶ会」であった。謹んでご冥福をお祈りしたい。

頼柏絃　台湾川柳会前会長　逝去

頼柏絃氏の略歴を記す。一九三〇年台湾の台中市に生まれた。日本の小学校・旧制中学に学び、終戦後帰台。一九四九年台中一中（高校）三十期卒、一九五三年台湾大学工学部卒。卒業後、国際貿易の社長を務める傍ら、ライオンズクラブの会長など社会奉仕活動にも力を注がれた。川柳は、一九九九年四月、李琢玉台湾川柳会第二代会長に勧められて始められたと聞いている。

小生の手元には、頼柏絃氏が書かれた『茜雲の街』（一九九七年刊、致良出版社）がある。改めて読み返してみたが、その描写力・構成力、さらには参考文献の数に圧倒された。本著は一八九五年の日本領台からの数十年を縦軸に、台湾人の愛憎劇を横軸に構成された、長編大河小説である。殺人も愛欲も裏社会も登場する。温厚そのものの頼氏からは想像もできなかったテーマだ。舞台も、台湾・神戸・上海等々めまぐるしい。そして、それらを見事に描ききっている。

ドラマにからめて、筆者の文化観や歴史観が語られる。故人の遺徳を偲ぶ意味でその一節を引用してみよう。

〈日本が植民地台湾の近代化・工業化を推し進めたことは、欧米の植民思想では考えられない異数である。歴史に「もし」は無意味だが、あえて、もし、日本が台湾を五十年間統治しなかったと仮定した場合、一九四五年の台湾はどんな姿であり得たか、…（中略）…動乱に明け暮れた清朝と国民政府には台湾を建設する余裕などあろうはずはなく、一九四五年の台湾は、近代化社会基盤もなく、十九世紀の前近代的社会構造をそのまま保っていたであろう。〉

そうそう、小説はすべて日本語表記である。小説（＝フィクション）であると同時に、一種の台湾小史にもなっている。豊富な語彙と深い教養・洞察力が窺えた。涙と共に、哀悼。

仙台の歴史と文学

話は変わる。既報のように、六月十二日（日）開催の第三十五回全日本川柳二〇一一仙台大会は、大きな成功を収めた。東日本大震災後の困難のなか、参加者六二五名は見事だった。

わが『ぬかる道』誌では、七月号の表紙2で雫石隆子実行委員長の前夜祭における挨拶を、さらには写真数葉を表紙3に掲載した。数ある柳誌のなかで、おそらく最も早い掲載であったに違いない。『ぬかる道』誌の速報性に磨きがかかったものと自負をしている。

全国大会等があると、その地の歴史や文学を時間の許す限り垣間見ることにしているが、今回もほんの少しだけ歴史・文学散歩をすることが出来た。そちらの報告。

まずは支倉常長（はせくら・つねなが、1571〜1622）。日本史事典等によれば、次のような解説になる。

〈江戸初期の仙台藩士。慶長遣欧使節の正使。藩主・伊達政宗の命により一六一三（慶長18）年遣欧使節としてノビスパンに（メキシコ）からスペインに渡り、国王フェリーペ三世に政宗の信書を呈した。ついでローマに行きローマ教皇パウロ五世に謁見、通商を要請したが成功せず、一六二〇年帰国した。帰国後はキリシタン禁制のため不遇のうちに没す。〉

その支倉常長のお墓は、政宗ゆかりの青葉神社に隣接する光明寺にあった。光明寺というのは北山五山の一つに数えられる伊達家ゆかりの菩提寺だそうな。そのお寺に常長の墓が存在するということだけでも、歴史の行間を思わせるに充分であろう。

私がここで言う「歴史の行間」とは、慶長遣欧使節派遣の陰に隠された伊達政宗の野望のことである。ご存知かと思うが、しばらくペンを走らせたい。

伊達政宗のとてつもない野望

「国盗り物語」に走った戦国武将たちに遅れて生まれること、二〇余年。遅れてきた英雄・伊達政宗に、「天下」は残念ながら定まりかけていた。ナントカ手立てはないものか。そこへ降ってわいたのがメビスパン（メキシコ）との通商だ。この計画自体は徳川幕府の意向を反映したものであったが、そこから先は政宗である。仙台領内でキリスト教の布教を許可するのと引き替えに、南蛮国の国情偵察を図りながら、徳川幕府に忠誠を装いつつ、実はイスパニア（スペイン）との同盟を目論んでいた。ローマ教皇の支持を取り付け、日本皇帝への道を切り開く道を秘かに考えていたのではないか、という説である。支倉常長派遣には伊達政宗のそんな遠大な野望が秘められていたのだ、というのだ。

当時のスペインと言えば、ポルトガルと並ぶ世界の強国。スペイン艦隊は世界最強であった。そんな外国との同盟まで視野に入れて「天下」を睨み、コトを起こそうと企んでいた独眼竜・政宗。アノ政宗ならやりかねない、という期待も込めた俗説である。いやはやこれだから歴史は面白い。

当時のイスパニア（スペイン）はフェリーペの治世。ちなみに、「フィリピン」の国名はスペイン国王の名前「フェリーペ」に由来する。

支倉常長一行は、石巻から出帆した

支倉常長の一行が出港したのが、現・石巻市月浦であった。一六一三（慶長18）年一〇月二十八日のことであった。その月浦は、今回の震災で甚大な被害を被った。石巻への歴史散策を今回は「自粛」させていただいたが、その月浦の港から海を眺めてみたかった。近い将来、復興が叶った時点でその夢を実現したいものだ。

支倉常長の話に戻ろう。

七年の歳月を費やして、一六二〇（元和6）年秋帰国した常長であったが、日本の海はもはや外には向いていなかった。常長が帰国した日本は幕藩体制が確立し、鎖国と切支丹禁制の世となり、人も海もみんな内側を向いてしまっていた。長途の困難な使命を果たした功臣・常長。仙台藩は常長を人目に触れない場所に隠棲させ、静かな余生を送らせたという。

そして、日本の海が再び外側に目を向けるのが約二五〇年後の幕末だ。幕末の開国。それは有無を言わさずの武力による開国であった。岩倉具視らが欧米を視察したのは、支倉常長の一行が石巻から出港して二六九年後の、一八七三（明治6）年だった。いまも月浦の高台に建つ支倉常長の銅像。湾から遠く外海を見つめながら、常長像はいま何を思っているのであろうか？　♪ちゃららぁ～、ちゃららぁ～♬

……以上、「その時歴史は動いた」風？の解説デシタ。オシマイ・オシマイ。

仙台と魯迅

もう一話。しからば今度は、「歴史秘話ヒストリア」風に語ろう！〈歴史、……それは絶え間なく流れる大きな河。その中のキラキラとした一滴を「秘話」と言う。……〉

魯迅の秘話。

〈魯迅（ろじん、Lu-xun、*1881～1936*）。中国の文学者、思想家。本名周樹人。少年の頃祖父の失脚で貧窮を体験。一九〇二年日本に留学、医学を志したが文学の重要性を痛感し、帰国後の一九一八年。短編小説『狂人日記』でデビューした。その後、多くの小説・随筆・評論を発表。……作品に一貫しているのは、民族の将来を憂い、民族精神の改革を説く姿勢である。（以下略）〉

解説の三行目にご注目いただきたい。魯迅が医学への志を捨てて、文学に向かったのは何故か？　このナゾは、じつは仙台留学時代のある出来事にあった。

以下は、小説『藤野先生』から。

魯迅の小説『藤野先生』は、魯迅と仙台留学時代の恩師・藤野先生との交流と仙台での暮らしを描いた作品である。藤野先生は、清国留学生のために毎回授業用ノートの添削をしてあげていた。その「添削ノート」は、内容だけでなく文法の誤りまで訂正してあった。日本語のおぼつかない主人公への藤野先生の優しい心づかいであった。

「事件」は起こった

ある時、「事件」は起こった。階段教室で日露戦争の幻灯を見せられた（幻灯の時代である）。幻灯は、折りしもロシア軍のスパイたる清国人が日本人に処刑される場面だった。処刑された瞬間、日本人の同級生たちはみな歓呼の声をあげた。ある意味コレは仕方ないことだったが、魯迅が最も衝撃を受けたのが処刑を見る清国の群衆たちの表情であった。画面のなかで同胞たちは、傍観しながらへらへら笑っていた。その「笑顔」が魯迅の胸に痛く突き刺さった。

「もはや言うべき言葉がない」「およそ具弱な国民である限り体格がいくら立派でも、頑健でもせいぜい見せしめの材料と見物人になるだけだ。彼らの精神を改造することである。それに役立つには医学でなくて、文芸を挙げるべきだ」（駒田信二訳）と、魯迅は決意するのであった。

付け加えれば、中華思想の陰に潜む国民性・奴隷根性を暴露したのが『狂人日記』や『阿Q正伝』。名作『狂人日記』はシナ同胞への痛烈な批判だった。（ちなみに「支那」という用語は当時魯迅自身が普通に使用していた。念のため）

何しろ「人が人を食う」というテーマの小説だ。これはいったい何を譬えているのだろうか。シナ人を食って（＝搾取して）いるのは、無自覚なシナ人自身であるという魯迅なりの警告であった。そうした無自覚な民衆の自覚を促すべく、魯迅は医学を捨てて、文学へと走ったのだった。

……以上で、「歴史ヒストリア」風解説を終了する。

閑話休題。

今年は目を外に向けよう。各種川柳大会に積極的に参加してみませんか。千葉県川柳大会at我孫子も準備着々。

今年の消夏法

09
2011

まずは、残暑お見舞い申し上げます。

今年の夏は何かにつけ特別でした。何しろ、電力事情の影響がありました。そういうなかにあっても、当会会友の皆さんは夏の暑さに対して、上手に・賢く対処してこられたこととご推察申し上げます。くれぐれもご自愛の上、お元気にお仕事に句作に励まれるよう、お祈りいたします。（という挨拶ののち、いつもの文体に戻る。）

今年の夏の風景

今夏、わが家の作物が豊作である。ミニ菜園のまねごとで、グリーンベルトを作った。作ったと言っても小生は全くノータッチ（笑）で、しかしながら色鮮やかに多くの実りをもたらしてくれている。

ミニトマト、茄子、胡瓜、紫蘇、ゴーヤ、ハーブ、ニラ、オクラなどなど。なかでも、ミニトマト・胡瓜・紫蘇はとくによく生って、毎日のように食卓を賑わしてくれる。有り難いことだ。「放射能のお陰で実りが豊か!?」なんてジョークも飛んだりするが、まぁ良しとしよう。

生り物以外には西日除けの葭簀も張られた。扇風機も久々に登場。登場したと言ってもココでも小生はノータッチ（スミマセン）で、昨年とは違う夏の風物詩をひたすら鑑賞させていただいている。

ついでながら「節電」。こちらの号令は殊のほか厳しく、クーラーの電源もしばしばＯＦＦにされる。コレには参った。小生よりもはるかに暑がりで寒がりだったはずの妻が、今や国策たる「節電」の忠良なる臣民に変身してしまった。

夏の健康法

夏休み直前、『ＤＲＰ（ドクターズプラザ）』という専門紙から取材の申し込みがあった。「医療界のナビゲーター」を自負する専門紙からの取材である。

その八月号「健康インタビュー」欄に登場して自らの「健康の秘訣」を語る羽目になったのだが、実を言えば取材前日ハタと困った。小生に「健康の秘訣」なるものは存在しなかったからだ。

取材の申し込みは、『ＤＲＰ』編集長の皆藤英夫氏からであった。「健康川柳」募集の立役者（黒幕?、失礼!）であり、今春の小生の出版記念会にも来て下さった、いわば仲間内からの取材である。適当に喋ったらナントカまとめてくれるらしいので、本校図書室で取材を受けることにした。

話した内容はたわいもないこと。

⑴生活のリズムを守ること（小生は朝型）。

⑵上手にストレスを解消すること。

加えて、⑶川柳の効用、くらいだった。

インタビュアー（皆藤氏とは別人の女性）はさすがで、小生の勝手なお喋りを上手にまとめて下さった。雑談的に時折混ぜた川柳も小見出しとして利用してくれた。

インタビューが終わって、言い忘れた健康法が一つあった。冷たいものは極力控えるということだ。「消夏法の一つで熱い茶を啜り」という小生の名句がある。

朝も昼も基本的には熱いお茶（グリンティー）を飲む。コーヒーだって、夏でも冬でもホットを頼む。昼間からビール、などというケシカラン!!行動は厳に慎んでいる。

ただし、夜はこの限りではない（笑）。夜は、レモンサワーに始まって、程よく冷えた冷酒をいただく。不思議なもので、不味い冷酒を飲むとお腹を壊す（!・）。美味しい冷酒の場合は、そういうことはない。

ひんやりカタログ

さて、会友の皆さんはこの夏をどのようにお過ごしになったであろうか。

今夏のヒット商品に「ひんやりグッズ」がある。

例えばクールバンダナ。水を含んだ高分子給水ポリマーによって、首筋をひんやりさせるバンダナだ。どうやら気化熱を利用して涼感を与えるようだ。税込価格一二八〇円。

マイファンモバイル。首からぶら下げて正面からの風を吸い込み、涼しい風を胸元から襟元にかけて届ける、要は扇風機のようなもの。税込（以下同）九八七円。首から提げないハンディタイプは、クールダウンミストファンとな。こちらはナント四八〇円のお買い得。

ゴム臭がしない水枕として売り出し中なのは、ののじシリコン水枕。四七二五円。なぜ「ののじ」と呼ぶのかは不明ながら、ソフトな感触で高品質なシリコン製、寝苦しい夜には快適と、PRしている。

五二五円のハンカチにも工夫がある。今治産のふわふわパイル地を使用して、冷感素材で作られたガーゼのハンカチ。小生もこのハンカチと前述のバンダナだけは、この夏に買い求めた。「水にぬらすだけ　南極気分」なるキャッチコピーもなかなかよろしい。

この他、足裏クール樹液シート、エコエアークールミストやアイスパンチ（要するにスプレー）、等々。変わり種には、ヘルメットに取り付けて使用する小型ファンがある。その名もヘルクールとか。こちらは、六三〇〇円と一万一五五〇円の二タイプ。

以上は、柏高島屋七階の東急ハンズに並んでいる商品である。東急ハンズという店はなかなか楽しい。まだまだ厳しい残暑を前にして、ご存じない方は一度お出かけになってみては如何か。グッズにいろんな工夫が施されて、見ているだけでも楽しくなる。

「文化都市」論争

今月は、肩の凝らない巻頭言で出来るだけ引っ張ろう。果たして、これが「論争」と呼べるものかどうか。

月例句会の宿題に、「文化都市シリーズ」を出し続けている。初回の「鎌倉」に始まって、「仙台」「金沢」と続いた。九月句会は「京都」を予定している。

その後は、「博多」「小樽」「松山」などが候補に挙がっている。文化都市シリーズの選者については、自薦他薦をただ今募集中。情報提供は句会部まで。

ところで、熱い「文化都市論争」が二次会の場であった。小生が、「千葉県内で文化都市と呼べる所はありますか？」と問いかけたところ、すかさず中澤巌幹事長から「流山」という答えが返ってきた。対して小生、即「却下」(笑)して、皆さんの笑いを誘った。

以下、二次会の与太話は続く。「野田は?」、「却下」。「松戸?」、「却下」。「鎌ケ谷?」、「問題外」(笑、失礼)等々。……たわいもない「論争」である。

報告・企画編集会議

さてさて、マジメな話題も少しはお知らせしておく。

七月句会の午前中に、企画編集会議を開いた。

①誌友を増やす運動強化の件。(皆さんの知り合いで、『ぬかる道』の読者になっていただける方はおりませんか。)

②広告主の発掘・開拓の件。(こちらは何らかのツテが欲しい。そういツテをお持ちの方、ご連絡を乞う。)

③今川乱魚さんを顕彰する「第二〇回とうかつユーモア賞」の件。(これまでの伝統を継承しつつ、エッセイ部門などを追加。若干のリニューアルあり。お楽しみに。)

④秋の大会。(記念講演。こちらはお聞き逃しなく。)

⑤来年の二十五周年記念大会の件。(大会は平成二十四年一〇月二十七日(土)に決定。概要は近々に発表する。今からぜひご予定下さいナ。)

⑥来年の吟行句会。(四月三日(火)、銚子方面で調整中。貸切バスで行き帰りの楽ちん豪華版。)

ヒドイなぁ日川協の会議

次もマジメな、マジメすぎる?話題。あるいは、巻頭言で書くべきことではないかも知れぬ。

去る七月二十六日(火)午後、(社)全日本川柳協会常任幹事会が開かれた。夏休み中とはいえ、小生は勤務日なので休暇を取って会議に出席。ところが、相変わらず「会議」になっていなかった。この日は特にひどかった。議長がいない、会議資料がない、議論が錯綜する、という体たらく。「雑談」に終始した二時間だった。

その中で大変な事態が進行している。再来年(平成二十五年)の日川協全国大会の開催地が決まっていないのだ。この時期にして未定!、なのである。出席した常任幹事諸氏からはそれなりの危機感からの発言が相次いだが、肝心のトップの動きが鈍い。

緊急に臨時理事会を招集するなどの打開策を取るべし、という小生の提言も結局はうやむやにされてしまった。日川協は、その危機管理能力が問われている。

外部講師による特別授業を実施

結局はマジメな巻頭言になるのだろうか? もうしばらくお付き合い願おう。

勤務校の東葛高校では、外部から有識者を招いてお話を聞くという企画が、制度として確立している。大学などでは、ごく普通に行われている企画だが、高校の段階では珍しいと言えよう。先般それが、本校三年生の現代文授業で実現した。夏休み直前の七月十五日(金)のことである。

おいでいただいたのは、我孫子市在住の林尚孝茨城大学元農学部長。演題は「『舞姫』の虚像と実像――農学者が覗いた文学の世界」であった。林尚孝先生。皆さんのご記憶にあるだろうか? そう、三年前の当会吟行会(=鷗外記念館と東京大学)に、ゲストとしてお招きした先生だ。

林先生はパワーポイントを駆使して、本校図書室にて三年生一六〇名を前に熱弁をふるっていただいた。

高校三年生の定番教材に、森鷗外の小説『舞姫』がある。全国の高校生はみんなこの教材を学んで高校を巣立つ、と言っても過言ではない。雅文体のロマン、立身出世と恋の狭間に揺れる明治のエリートの悩み、まさに高校三年生にふさわしい教材にちがいない。

この『舞姫』を、小生は高校三年生の冒頭で扱うことにした。オリジナルな、小生ならではの授業計画である。受験直前の二学期末に扱うのでは遅い、と常々考えていたからだ。

従って、一学期のすべてを『舞姫』の読解に費やした。さらに発展学習として、森鷗外の(あの有名な!)遺言状のナゾにも触れた。専門的な話はこれ以上差し控えるが、林先生をお招きする条件は充分整えておいた。

理系の研究　文学の研究

東葛高校においでいただいた先生から、会友の皆さんも以前拝聴した「舞姫事件」のご研究を存分に語っていただいた。その上で、「理系の研究と文学の研究」の違いについても、先生は言及された。

曰く、

(ア)理系の研究は、「事実の探究」である。したがって、一定の結論を得る。

(イ)文学の研究は、「読み手の解釈」が重視されるらしい。だから、無数の結論が生じる(という、おそらくは皮肉)。

面白かった。生徒にも好評であった。

授業のまとめで私は以下のような発言をした。

今回の特別授業は、

(a)林先生の熱意で今回の特別授業が実現したこと。

(b)東葛高校という学校だから、実現できたこと。

さらには、

(c)幅広い人脈を持っている江畑Tだから、実現した企画なのだゾ(と言うと、一部生徒は苦笑い)。

いま振り返る大震災とその後

原発事故の収束はまだまだ先になる。八月七日投票の柏市会議員選挙では、どの候補者も今次災害に言及していた。

こうした時だからこそ、冷静で多面的な検証が必要になるであろう。メディアにも、災害時に於ける危機管理という観点からの論考やエッセイがポツポツ出始めてきた。

なかで、『ＷｉＬＬ』九月号のインタビュー「菅総理、怒鳴っても復興はできません」（この種の刺激的なタイトルは編集部が付ける）は、一番考えさせる内容だった。インタビューの受け手は宮城県知事・村井嘉浩氏だった。

書いているうちに暑くなった。残暑、くれぐれもご用心を。

10 2011

県大会を成功させよう！

朝夕めっきり涼しくなった。おかげで睡眠がきちんと取れる。それだけでも有り難い。

活用される電子媒体

いささか旧聞に属するが、「川柳が見た地震」展のご案内を、川柳研究社幹事で当会会友でもある斎藤弘美さんからいただいた。メールでのご案内であった。

添付ファイルによれば、八月七日（日）～十二日（金）、浅草・隅田公園内リバーサイドギャラリーにて開催、とあった。メールが届いたのは八月八日（月）である。


ご連絡をいただいたのが遅かったせいもあって、小生は参加できそうもなかった。代わりに、弘美さんからのメールを転送することで、展覧会のＰＲに協力させて貰うことにした。その際、「このメールは転送可です」という一言も付け加えたように思う。

斎藤弘美さんからは、後日メールで御礼状が来た。当会幹部のＳ氏がご夫婦でこの展覧会に来場したと言う。しかも、Ｓ氏は入場無料の展覧会に「寸志」を置いていかれたそうな。そうした御礼を込めた弘美さんのメールであった。メールの発信力はすごい、改めてそう感じた。

ところで、小生の勤務校でもメールによる連絡網が今年度になって整備された。メールの連絡網は大変便利である。夏休み中にもかかわらず、例えば次のような連絡が入った。

▽「夏休み中の図書館開館について（確認）」（７／24、図書委員会：生徒の組織）
▽「来年度の募集定員について」（８／17、校長）
▽「月一回のテストメール」（８／18、総務部）
▽「文化祭準備に関わる生徒の帰宅時間について（連絡）」（８／30、生活指導部）

おそらく世間的にはちょっとした「変化」であろうが、学校は元来「保守的」なところ。ウン?、「保守的」という言葉が適当でなければ、何かに付けて「慎重」かつ「冷静」な対処が求められるところである。

そりゃそうだ。いわゆる「学校文化」がコロコロ変わるようでは、親子間の文化の継承はおろか、大袈裟に言えば国家百年の計が成り立たないのだから。

こうした学校文化にあって、メール連絡網の整備などは中高年の皆さんには意外な「変化」と映るかも知れない。

週番がメモを取らなくなった!?

学校文化の変化と言えば、次の話をすると皆さん大変驚かれる。週番がメモを取らないのである。皆さんもご記憶がありのように、クラスには週番(あるいは日直)がいて、たいがい職員室前に連絡用の黒板がある。週番は毎朝その連絡用黒板を見て、各ホームルームへ戻って、その日の連絡事項を伝える。これが週番の役目の一つである。

その週番が連絡用黒板を見てメモを取らない!? ではどのようにして連絡事項を伝えるのか? 答えは簡単。ケータイを利用するのだ。ケータイを連絡用黒板に向けて、カシャッ!! これで良し。「コレにて一件落着」という訳なのだ。

授業内容もケータイでカシャッと写しちゃう、などという話も聞いたことがある。サスガに本校では見られないものの、もし許されるのならば、その方が「合理的」で「便利」かも知れない。

数学の授業に於ける、黒板一杯に書かれた数式の展開。理科の授業なんかでは、やたら込み入った化学反応式。古文の授業なら、さしづめ品詞分解が該当する。こうした面倒な書き写しをいちいちしなくても済むものなら、大変結構。ケータイでカシャッ、コレでOKなら手間は省ける。

ただし、ケータイ「書写」による学力向上は保証の限りではない。ン?、当たり前か。

準備着々、千葉県川柳大会 at 我孫子

さて、その電子媒体を大いに活用しつつ、千葉県川柳大会の準備を現在進めているところである。メールの有り難い点は、時間的な制約がないこと。複数の相手と大量の情報を送受信できること。八月末からは、毎日のようにメールで各方面と連絡を取り合っている。

千葉県川柳作家連盟の全体の動きは、中島宏孝同理事長が掌握する。そして、「現地実行委員会」とも呼ぶべきわが東葛川柳会は、中澤巌当会幹事長が役割分担等の気配りに余念がない。

心配なのは、この巻頭言を書いている御仁、すなわち江畑哲男その人である。ヤレ、

(1)我孫子文学散歩のDVDを上演したらどうだとか、

(2)賞品には京北スーパー特製の白樺派レトルトカレーがユニークだとか。

あるいは、(3)二次会会場として「コビアン」(我孫子ではちょっと知られた洋食屋)貸し切りを決めただの、当初は大変

威勢が良かった(笑)。

ところが、二学期が始まってからはトンと勢いがない。忙しいとかナントカ言って、巌幹事長におんぶにだっこだ。

千葉県川柳大会成功へ、あなたもご参加を

しかし、皆さん。

「千葉県川柳大会は間違いなく成功する!!」、そう確信している。中澤巌幹事長作成の役割分担(案)を見れば、県大会成功に向けて幹部諸氏に大号令をかけてくれている。名簿を見たら、大会初参加者の名が何人もあった。これは嬉しい。

日ごろけやきプラザを利用している川柳会・双葉の大動員も頼もしい。代表の足らざるところを皆さんに補っていただいて、地元我孫子開催で良かった！という賛辞に満ちた声で大会が終わりますよう、ご協力をお願いしたい。大会は一〇月十六日(日)。我孫子駅南口にてお待ちしています。

秋は他の川柳大会も目白押しだ。東葛の場合は、比較的その歴史が浅いこともあって、大会に二の足を踏む人が少なくない。その意識はこの辺で克服して各種大会に参加しよう。

句会の題を考える

11
2011

「地域新聞」というミニコミ紙があるそうな。発行部数は一七八万部を超えると聞いて驚いた。その三四九号(9／16発行)一面に、初めて我孫子市で開催される千葉県川柳大会の記事が、大きく四段抜きで紹介されている。

「地域新聞」には我孫子版というのもあるらしく、こちらも発行部数約四万部。この影響力は小さくない。

ミニコミ紙の影響力

「地域新聞」に記事が掲載されてから、川柳の仲間からは当然ながら反響があった。「良かった」「(PRをしていただいて)ありがとう」「おめでとう」という反響である。数は多くないが、大会の問い合わせも拙宅に届いている。

生徒からの反応もあった。我孫子在住の生徒からは、「先生見ましたよ」と声をかけられた。わざわざ掲載紙を学校に持参してきた男子生徒もいた。教科を担当をしていない、見知らぬ女生徒からも廊下で声をかけられた。

驚いたのは、二〇数年前の教え子からのメールである。そのメールによれば、その女性は「地域新聞」の配布員をしているのだという。自分が配る新聞に、かつての担任の記事と顔写真(もっともこちらの写真は小さかった。笑い)が、掲載されていたので、感激してメールをくれたらしい。

その子(もう子ではない！、失礼)のメールは礼儀正しく、旧姓での自己紹介から始まり、高校時代の思い出の一端を記し、「いつまでも、お元気で更なるご活躍を」と大人の言葉で結んであった。しかも、「担任の近況わかる地域新聞」なる一句まで添えてあるではないか。嬉しかった。それにしても、ムカシの生徒はエライものである。

通常私たちが「ミニコミ紙」と呼んでいるものの、その影響力は侮れないナ、そう感じた一件であった。

読者の関心事が記事の中身になる!!

さて、ミニコミ紙の記事である。ベテラン記者が取材に来てくれたのは夏休み中のこと。記者には、

(ア)川柳の歴史や魅力。
(イ)川柳と小生との関わり。
(ウ)千葉県川柳大会が初めて我孫子市で開催されること。

等々を語った。そのなかで、特に記者の側が興味を持ったのは、当日の宿題であった。

小生曰く、「今回は地元・我孫子市にちなんだものを出題しました」と。宿題「友情」は、武者小路実篤の代表作から。「志す」は、志賀直哉から一字を貰った。「ユートピア」(＝理想郷)は、モチロン「新しき村」の実践を踏まえている。「白い」も、白樺派からの連想である。

ベテラン記者はこうした川柳の出題を面白がってくれて、記事は以下のようにまとめてあった。「県大会の我孫子開催は初めてで、主催者の千葉県と千葉県川柳連盟は、参加者への粋な計らいをした」と。県大会の出題にあたって、それなりに知恵を絞ってよかった、と改めて感じた一件であった。

記者の取材というのは気ままなように見えて、案外読者を意識している。小生がお話しした中身は多岐にわたったが、我孫子市初開催に関連するこうした出題の方法が、記者の関心を呼んだのだ。記者の関心、すなわち「地域新聞」の読者の関心を呼んだことになる。

出題の苦労と楽しさと

では、来るべき当会の「柏市文化祭川柳大会併せて東葛川柳会二十四周年記念大会」の出題はどうなっているか。

宿題は四題。「刺す」「看板」「隣」「サブ」の四つだ。これらの題は、いずれも記念講演をして下さる佐藤毅(さとう・たけし)先生からの連想である。以下、ナゾ解きをしてみよう。

宿題「刺す」は、演題から採った。記念講演は、「わらいが風刺を持つとき」である。その「風刺」で「刺す」を採用した。次に「看板」。佐藤先生と言えば、江戸川大学の看板教授という評判である。だから「看板」。そうなると、「お隣」もご想像が付くに違いない。そう、江戸川大学は柏市のお隣・流山市に位置している。

困ったのは、カタカナ題だ。当会では、宿題四題のうち一題は必ずカタカナの題を出すようにしている。そのカタカナ題に適当なものが見当たらなかった。そこで、佐藤先生の肩書きをいろいろ調べたら、「東京湾学会副会長」というのがある

ではないか。そうだ。その「副」にちなんで、「サブ」ではどうか。一見狭い題のようにも見えるが、「副」や「補」にちなむ川柳ならば広く頂戴出来る。もちろん「サブカルチャー」「サブテーマ」「サブノート」「サブリーダー」などは、題意に叶っている。

おっと肝心なこと。ゲストスピーカー・佐藤毅教授のプロフィールをここでご紹介させていただこう。

〈福島県出身。國學院大學大学院日本文学研究科博士課程。

近世・近代の日本文学、浪漫主義文学の変遷を研究分野とする。現代の流行作家の作品にも目を通し、商業演劇のチェックも欠かさない。西鶴、馬琴、近松などの「江戸」から、若者の心をひきつける現代の文学まで守備範囲は広い。

文学の魅力を伝える博覧強記とその絶妙の語り口は、社会人にも熱心なファンを持っている。東京湾学会副会長、日本近代文学会等会員、千葉文学賞選考委員。著書「北村透谷の世界」「近世文学史」など。〉

（以上、江戸川大学のＨＰより）

新春句会の出題は？

書き始めると止まらない。悪い癖（笑）である。

しからば、新春句会の題はどうなっているか。

こちらの講演は、回文・言葉遊び作家で、日本回文協会会長を務める落合正子先生にお願いしている。当日は、回文や言葉遊びの楽しさを大いに語り、また参加者にワークショップ的な演習もしていただけるものと、秘かに期待をしている。その正子先生からは、演題として「回文の魅力と作り方のコツ」を頂戴している。

では、出題をどうするか。回文だから、「回る」はありきたり過ぎる。しかも、当会二〇〇八年一月句会に出題済み。「回す」？　いやいや、この際もう少し知恵を絞ろう。

こういう時は、その先生の著書を拝見すると参考になることが多い。ご著書から知恵を拝借するのだ。

落合正子先生は、二〇〇五年に『いなかいかない』（本の泉社、一五〇〇円＋税）を上梓されている。『いなかいかない』のサブタイトルに、「鏡の言葉」とあった。回文は「鏡の言葉」とも言うらしい。「鏡」、この言葉いただこう。

回文の作り方では、「清音と濁音は兼用できます」とあった。著者のあとがきにも書いてある。「清濁」か？、「清濁併せ呑む」なるフレーズもあって、面白いかも知れぬ。いやいや、「清濁」となるとかなりの難題である。新人の方々には敬遠されてしまいそうだ。

では、「清い」で行くか。いやいや、いっそのこと「濁る」の方が良さそうだ。お正月句会だけど、そっちで行こう！

演題は「回文の魅力と作り方のコツ」。今度は、素直に「コツ」。「コツ」は正しくは「骨」と書くが、これだと骨（ほね）と勘違いされる恐れがある。お骨もあったりして、それこそ正月早々縁起でもないと、叱られてしまいそうだ。

「コツ」。『広辞苑』には次のように記されている。

〈（多く「こつ」または「コツ」と書く）物事をなす、かんどころ。要領。急所。呼吸。〉

うんうん、これで良ろしい。

題と選者の組み合わせ

宿題と選者の組み合わせも一苦労だが、楽しいものだ。毎月の句会には、以下のような配慮をしている。

①ゲスト選者には、その人となりや経歴・主張に添った出題を出来るだけ考える。

②時事・トピックには常々関心を払っておく。

③カタカナ題は当会の魅力の一つ。日本語の同義語では言い表しきれないニュアンスを持つ語を拾うようにしている。

④ゲスト向けの依頼文書を作成・発信して、当会の趣旨・当日のタイムスケジュールを予めお知らせしておく。

⑤初めてのゲストや女性選者には、特に丁寧な説明を心がけるようにしている。

⑥冒険的な出題やマイナスイメージを伴う題は、原則的に若い選者もしくは幹事を選に当てる。

⑦何よりも、明るく楽しく生き生きとした句会にすること。

コレこそ一番の配慮と言えよう。

夏～秋への読書記録

『日本語という外国語』（荒川洋平、講談社現代新書）、『テレビの大罪』（和田秀樹、新潮新書）、『私はなぜ日本国民となったのか』（金美齢、WAC）、『大局観』（羽生善治、角川oneテーマ21）、『うまく話せなくても生きていく方法』（梶原しげる、PHP新書）。『決断できない日本』（ケビン・メア、文春新書）他。相変わらずの乱読だ。

川柳関係でのお勧めの一著アリ。『人生としての川柳』（木津川計、角川学芸出版）一四〇〇円＋税。この本は深い。

大会済んで陽が昇る

12
2011

我孫子市で初めて開催された千葉県川柳大会は良かった。当日参加一九二名・投句者四十八名という、県大会史上最多の参加者数を記録して、無事にその役目を果たすことが出来た。有り難うございました。

振り返ってみれば、細かい点での課題や反省は残るものの（世の常）、お陰さまで「大成功！」と評価していただいた。大成功の秘訣は、何と言っても事前の準備とチームワークであった。東葛川柳会伝統の三つのワーク（ネットワーク・フットワーク・チームワーク)が功を奏したものと信ずる。

準備段階で、ある程度の成功は予想できた。その頃、私は別なことを考えていた。「秘策」と呼んでもよい。「秘策」とは?「成功」に「大」を付けるにはどうしたらよいか、である。その一つが、開会宣言のパフォーマンスであった。

47秒のパフォーマンス

「開会宣言」は、プログラムのトップに位置付けられていた。持ち時間はたったの1分!? 与えられた時間はわずかに60秒である。その60秒でいったい何ができるのか?

(a)開会宣言だけに徹する。これだとプログラム進行上は申し分ない。しかし、時間は守れるがいかにも芸がない。

(b)我孫子の歴史・文化に少しでも触れようか。う〜む、一分間ではねぇ、とても話せませんよ、ハイ。

そこで考えたのが、(c)案だった。その(c)案。当日小生が行動したとおりに、誌上で再現してみたい。

〈皆さん、こんにちは。(「コンニチワ」と、元気よく返事が返る。)ようこそ、県大会へ。ようこそ、我孫子市へ。(ここで一呼吸。トーンを低くしてゆっくりと)いままさに、国難とも言うべきこの年に、それでも川柳を楽しめる幸せを噛みしめながら、(再び間。右手を高く挙げて)千葉県川柳大会の開会を宣言します!(拍手が起こる)。選手代表(笑いが起こる)、江畑哲男っ。(一礼。回れ右。両手を腰に当て、高校野球選手のようにランニングしながら退場。)〉

この間、47秒。再び拍手と笑いが起きた。やった! これにて県大会の成功、間違いナシ!!、と確信した。

パフォーマンスの陰で

いやはや、久々に自らパフォーマンスを楽しんでしまった。その後の懇親会でも、小生のこの開会宣言は酒の肴にされたりした。愉快だった。

ところで、県大会成功の陰には目立つ部分の努力だけではモチロンない。一つひとつは書ききれないが、中島宏孝理事長を中心とする大会前の準備作業は、それはそれは目配りよろしく念の入ったものであった。宏孝理事長の指示のもと、当会・中澤巌幹事長によるさらなる配慮と差配があった。記して御礼申し上げたい。

仕事には情熱と工夫が必要である。情熱のエネルギー源は「好き」になることであろう。工夫の原点には、「相手の立場でモノを考えること」、があるのではないか。

県大会で当会が務めた役割は多岐に及ぶ。司会、準備、選考委員室、受付、文台、配景、DVDの操作、来賓受付・接待、句集販売、片付け等々。それぞれの係分担に於いて、苦労と工夫があったことだろう。その工夫あれこれ。これまた幾つも挙げられるが、一点だけご紹介する。

懇親会の案内係。懇親会の案内係のチーフは、新進気鋭の東条勉幹事である。案内係というのは、遠足時の引率のように、ぞろぞろと皆さんを引き連れていくものだとばかり小生は思い込んでいた。

ところが違った！　係の皆さんは、二次会会場に向かうまでのポイント数カ所で、表示を持って立ち番をしてくれていたのだ。お世話さま。しかも、心憎いことに彼らの多くは役目を終えると懇親会には出席せず、風のように消え去った。じつに見事だった。

東葛の大会もお陰さまで、成功！

「柏市文化祭川柳大会 兼 東葛川柳会二十四周年記念大会」は、その週の二十二日(土)に開催された。こちらもお陰さまで、成功裏のうちに終えることが出来た。感謝、感謝。

今次大会の特徴。

①佐藤毅先生の講演「笑いが風刺を持つとき」。内容が濃かった。それでいて語り口は軽妙洒脱。大いに満足。

②特筆すべきは、台湾川柳会会長・涂世俊氏の来日参加であろう。祝辞も良かった。流暢な日本語で、かつユーモラス。挨拶の見本とも言える。

③大会選者の個性も楽しめた。毎回のことでもあるが。

④江戸川大学やまちなかカレッジに入門したばかりの川柳初心者、あるいは東京みなと番傘川柳会の面々が、少なからず参加してくれた。

⑤一方、千葉県大会の成功の割りには、東葛への参加者がイマイチだった。県内の、中堅・ベテランの方々の参加が少なかったのでは？　だとすれば、残念である。

趣味の結社同士の関係は、対等・平等でギブアンドテークが基本であろう。早くも来年の大会のオファーが来ているが、こちらばかりがギブするのは、チト考えものかも知れぬ。

大賑わいだった、京都国文祭

十一月六日(日)国民文化祭in京都の速報。参加者九一一名の活況を呈した。地元関係者、役員各位、大会スタッフの皆さん、選者の先生方、お世話さまでした。

当会からも総勢二〇名近い参加者があり、概ね好成績を収める。大会ツアー(次号で詳報)も例年以上の好評を博す。そうそう、懸念されていた再来年の日川協大会の開催県が決まった。大会が済んで、また新しい陽が昇る。当会も来秋にはナント四半世紀、二十五周年を迎える(表紙4参照)。

締めくくりはオススメの雑誌連載記事。『文藝春秋』連載の「プロ野球　伝説の検証」(二宮清純)が、抜群に面白い。『週刊新潮』の「古都を旅する」や、『週刊現代』の「絶景日本遺産」等の旅シリーズも結構面白く読んでいる。

東葛川柳会 歴代講演者一覧 Ⅱ （敬称略、肩書きは当時のもの）

平成14年(2002)「東京の町を見ながら」泉 麻人(コラムニスト)
トーク「川柳におけるユーモア」佐藤良子(川柳三日坊主吟社主宰)、大木俊秀(ＮＨＫ学園川柳講座編集主幹)
平成15年(2003)「動物の心 人間の力」増井光子(横浜動物園ズーラシア園長)
「川上三太郎と森繁久彌」大野風太郎(川柳研究社相談役)
平成16年(2004)「がんに関する心得について」小野寺時夫(元都立府中病院長)
「狂句排撃から百年、新川柳の行方」尾藤一泉(川柳家)
平成17年(2005)「今一歩踏み出す勇気を＝ボランティアの本質」渡邊一雄(日本フィランスロピー研究所長)
「ラジオ深夜便とリスナー達」村田 昭(元ラジオ深夜便アンカー)
平成18年(2006)「空の表情に魅せられて」武田康男(千葉県立東葛飾高校教諭)
「短歌と川柳」篠 弘(日本現代詩歌文学館館長)
平成19年(2007)「江戸の笑い」山本鉱太郎(旅行作家)
「ユーモア川柳今昔」今川乱魚(東葛川柳会最高顧問)
「川柳の魅力 日本語の魅力」江畑哲男(東葛川柳会代表)
平成20年(2008)「『源氏物語』―「ほんとう」のもつ力」和田律子(流通経済大学教授)
「川柳を教科書に、そして著作権を大切に」清水厚実((財)図書教材研究センター所長)
平成21年(2009)「日本人の食のふるさと－漬け物つれづれ」前田安彦(宇都宮大学名誉教授)
「深い森の中に迷い込んだ私」林 尚孝(森鷗外研究家)
「ゴルフと日本外交」池井 優(慶應義塾大学名誉教授)
平成22年(2010)「石川啄木『時代閉塞の現状』百年にあたって」碓田のぼる(新日本歌人協会全国幹事)
「川柳と私」やすみりえ(ＮＨＫテレビ「いっとろっけん」きらり☆川柳選者)
「読書の楽しみ」海老原信考(元千葉県立小金高校校長)
平成23年(2011)「アイらぶ日本語」江畑哲男(東葛川柳会代表)
「わらいが風刺を持つとき」佐藤 毅(江戸川大学教授)
平成24年(2012)「回文の魅力と作り方のコツ」落合正子(日本回文協会会長)
「南極の魅力(越冬体験から)」武田康男(第五〇次南極観測隊員)
平成25年(2013)「『平家物語』の語る絆」大津雄一(早稲田大学教育・総合科学学術院教授)
「クールジャパン 世界に誇れる日本型食生活」内野美恵(日本パラリンピック委員会栄養サポート代表)
平成26年(2014)「役人一首創作秘話」野平匡邦(前千葉県銚子市長)

XI

2012

この一年を振り返る

01

2012

少し早いが今年を振り返る。

いや失礼。今号は二〇一二(平成24)年の新年号である。したがって、誌面上では昨年(二〇一一年)を振り返る、ということになる。まずは直近の出来事から、時系列を遡りながら振り返ってみたい。

大好評の川柳ツアー

国民文化祭京都の大賑わいについては、先月号で速報した。それにしても参加者九一一名は壮観だった。当会からも総勢二〇名近くが大会に参加した。

大きなイベントには付加価値が付きものだ。川柳大会には観光が欠かせない。当会でも小生の道案内でツアーを企画・実施している。小生好みのコースばかりを毎回選んで恐縮なのだが、それでもかなりの好評を博している。

さて今回。京都の東側、小盆地・山科を回ることにした。この山科の魅力は案外知られていないようだった。では、ツアーで辿った跡をご案内しよう。

(ア)まずは、志賀直哉旧居跡。

京阪山科駅からもほど近い、建て込んだ住宅地の中に、「山科之記憶」という碑が残っている。観光タクシーの運転手さんには、「ここで良いのですか?」と訊かれたほどの目的地だった。それもそのはず。関西で志賀直哉旧居跡と言えば、何と言っても奈良が有名だ。そちらでなく、山科で本当に大丈夫なのか?、と一時は不思議がられた。だが、志賀直哉は「名うての引っ越し魔」(山本鉱太郎著『白樺派の文人たちと手賀沼』崙書房より)。我孫子時代の後の一年数ヶ月を山科の地で過ごしている。

(イ)次は、岩屋寺と大石神社。

そう、忠臣蔵で有名な大石内蔵助が隠棲していた場所である。岩屋寺の北には大石神社があった。神社に併設された記念館には、テレビや映画に出演したゆかりの俳優のスチール写真が所狭しと飾られていた。大石内蔵助にちなんで、大願成就の祈願に訪れる神社だそうな。

(ウ)随心院。

世界三大美人の一人・小野小町の住まい。小町を慕う、かの深草少将が伏見の地から山を越えて百夜通い詰めた、という伝承の残る寺でもある。この寺の屏風絵と庭園が女性陣に好評だった。そう、この地を見学したのは、東葛川柳会の小町娘たち。小野小町の気分になってお庭を堪能した。

しかし、恵心僧都作の卒塔婆小町坐像(晩年の老いさらばえた小町の姿を写した)には、いささか異議アリ。当会の小町娘たちもかなり複雑な心境になったとお見受けした。

「死への恐怖」が庭造りへと駆り立てた!

(エ)ツアーの最後は、醍醐寺であった。

洛南最大の寺院。豊臣秀吉の醍醐の花見であまりにも有名なお寺。広い広い敷地の、ほんの一部しか見学できなかった。それでも三宝院の庭の、少しだけ紅葉した眺めに趣を感じた。こちらも襖絵が見事だった。帰途、「醍醐の水」を小生だけが買い求め、酔い覚ましに飲む。霊験あらかたで二日酔いにはならなかった。

興味深かったのは、『京都　特別な寺』(宮元健次著、光文社新書)の次なる指摘である。

〈あの藤原頼通しかり、足利義政しかり、人はなぜかくも死期が近づくと庭を造りたがるのだろうか。あの頼通ですら末法の世の死後への不安から平等院を造り上げたのである。そして秀吉もしかり、死への恐怖が彼を庭造りへとかりたてたのではなかったか。〉

……観光タクシーは有り難い。かくして、和気藹々の川柳ツアーは終了し、小雨降るなかを京都駅まで私たちを送り届けて貰った。今回手配したのは京都MKタクシーだったが、運転手さんがお二人とも上品で丁寧な方であった。満足。

参加者の一人・伊藤春恵さんは、翌日の宿題「ガイド」で次のような句を出句し入選している。「イケメンのガイドのせいか疲れない」。楽しい川柳ツアーの実感句だったのかも知れない。

川柳書ベスト3

今年(じゃなかった)、昨年読んだ川柳書。今度は、そのベスト3を書き出してみよう。

①『人生としての川柳』(木津川計著、角川学芸出版)。一昨年刊行された本だが、オススメの一著。『可哀想なお父さんに捧げる哀歌』(一九九一年刊、法律文化社)以来、木津川氏には個人的に注目をしているのだが、氏はつねに川柳と社会との関わりを追究しておられるようだ。

②『川柳の理論と実践』(新家完司著、新葉館出版)。柔らかいタッチと多面的な考察が良い。引用句も新鮮で、中級の勉強会テキストに最適と信ずる。

③『アイらぶ日本語』(江畑哲男著、学事出版)。自画自賛ですみません(笑)。でもでも、「川柳と日本語の関わり」をこれほど楽しく解説した本はない、と自負している。

多くの雑誌の書評にも取りあげられた。とくに嬉しかったのは、『日本語』八月号(明治書院)の「新刊クローズアップ」欄で取りあげられたこと。評者は西辻正副(にしつじ・まさすけ)文部科学省初等中等教育教科調査官。いわば、教育行政(国語)の実質的牽引者にお褒めいただいたことは身に余る光栄であった。

インプットなくしてアウトプットなし

川柳書以外では、国語教育の充実を推奨する世界的数学者・藤原正彦氏のペンが熱い。『日本人の誇り』(文春新書)などは一段と熱を帯びてきている。

NHKテレビ番組のテキスト『仕事学のすすめ』(大久保恒夫)にも刺激を受けた。セブン&アイ・フードシステムズ社長・大久保恒夫氏の勉強ぶりには圧倒された。さっそく三年生の現代文授業でも紹介をしておいた。

特筆すべきは、日川協仙台大会の大成功であろう。困難ななかでの前向き思考は尊敬に値する。当会の三月チャリティ句会でさえ、その開催には相当の勇気が要ったのだから。

千葉県大会at我孫子の大成功。東葛大会の成功と台湾川柳会会長の来日。一つひとつを挙げていくと、すべて「よくやった!」と、自分で自分を褒めたくなる(笑)。川柳を愛する皆さんのおかげ、と感謝しながら。

年賀状という贈り物

02

2012

生徒から届く年賀状は嬉しいものだ。

「明けましておめでとうございます。今年もよろしくお願いいたします」。「謹賀新年　昨年は大変お世話になりました」。「江畑先生にとって良い年でありますように……」といった、マニュアル通りの、古典的な言い回しの年賀状も意外に多かった。モチロン、これはこれでよい。

年賀状に添えてある「一言」

「今年は、去年よりも成長できるように頑張りたいと思います」。「勉強にも部活動にも努力したい」というような、その子なりの決意表明も書かれていたりする。こちらは微笑ましい気分で読ませて貰っている。

さらに、「先生の国語の授業を毎回楽しみにしています」。「お世辞じゃなくて、本当に先生の授業が大好きですよ」。「江畑先生の教養あるお話を楽しみにしています」となると、大変有り難く嬉しく、その生徒の氏名を思わず確かめてしまう(笑)。

さらにさらに、「私は高校に入学してから国語が好きになりました。大学も文系に……、と決めました。江畑先生のおかげです」とくると、何やらくすぐったい心境だ。「年賀状は贈り物だと思う」。その通り。町の郵便局がJPに「変身」してからロクなことがなかったが、あのCMだけは優れものだと今でも思っている。

さて、以上はいずれも高校一年生からの賀状。しかも女生徒から(!)の年賀状である。ちなみに、男子生徒からはナシ。いやいや、卒業生から一通あったかかな。その程度。

「一言」に込められたホンネ

女生徒からの年賀状には、たいがい何か一言が添えてある。そうした一言はむろん手書きだ。漫画やイラスト、写真、種々のマーカー等々で、賑やかに華やかに彩られているなかに書き込まれてある一言。その肉声が嬉しい。

これが卒業生の年賀状となると、少々趣を異にする。

「今年こそは大学生になれるよう頑張りたいと思います」。「おかげさまで、○○大学の△△学部に入学出来ました」。「教育実習の際は、ご指導有り難うございました。大学院も無事合格し、春から東京に戻ることになりました」。「早いもので、上の子は大学生になりました」、といった報告調に何故かなってくる。不思議だ。

何か書いてあったとしても、せいぜい左の如し。

「お久しぶりです。今年、大学四年になります。今は卒論のテーマを考えているところです。また、学校に遊びに行かせて下さい」。

大人になるということは、もしかしたらホンネとか肉声とかをあまり吐露しないということなのか。そんな疑問がふと湧いてきた。

「絆」「伝統文化」の大切さ

ところで、年賀状のやりとりというのは現下の学校にあっては案外難しいことなのである。手紙文化なんてそもそも古い、そういう感覚も確かにあるだろう。通信機器類の急速な進歩と相まって、年賀状自体がもはや時代に合わないという側面もあるかも知れぬ。しかしながら、ここで言いたいのはそういうことではない。

皆さんはあまりご存知ないであろうが、そもそも先生と生徒が手紙をやりとりするという環境が今の学校にはないのだ。どういうことか？　つまりは「個人情報保護」という壁があって、生徒名簿も教師の名簿も門内外を問わず不出！、というシステムになっている。要は、個人情報の類は教えるべきでない・知らせるべきでないというスタンスなのだ。したがって、たとえ師弟関係と言えども(この用語自体がもはや死語か？)、年賀状のやりとりなどはあまり歓迎されないのだ。いやはや、割り切っていると言うべきか、「大人の」「スマートな」と形容すべきかは分からぬが、こうした方向を社会も文部科学省も指向してきたように思う。そうした指向は二〇年以上になる。果たしてこれで良かったのだろうか？

一計を案じて

ある時から小生は、「個人情報を公開」することにした。年末の授業で、生徒諸君にわが住所を教えておくのである。「まぁ、その気があるなら年賀状でもどうぞ」と言い添えて。年賀状は、したがって宿題でも強制でもない。

ところが今年、ある男子生徒にからかわれた。「とかナントカ言っちゃって、(先生は)年賀状が欲しいんだぜ」(笑)と。平成という時代は、ベテラン教師が生徒に平気でチャチャを入れられる、そういう環境なのだ。閑話休題。

一時期、「虚礼廃止」が叫ばれたことがあった。だが、挨拶や手紙は虚礼ではない。アメリカ的な、ドライな人間関係だけでは、「和の国・日本」は立ちゆかぬ。「絆」や「伝統文化」が改めて注目されているのは、あながち東日本大震災のせいばかりではあるまい。

「国力」は「人材力」

さてさて、昨年末から今年にかけて読んだ本。『「リーダーの条件」が変わった』(大前研一著、小学館一〇一新書)が良かった。タイムリーな問題を提起している。

「はじめに」で著者はこう記す。

〈組織が危機に瀕している時、リーダーが無能だと、その下で働く人々はいかに苦労するか――それを実感しているのが、今の日本国民ではないだろうか。〉

同感。大前氏は、続けて言う。

『国力』は『人材力』で決まる」。

「なぜ、日本には一国のリーダーたり得る人間がいないのか？　その理由を一言で言えば、将来のトップを担う人材育成をしていない、ということに尽きる。」。

これまたその通り。

「『人材不足』の最大の原因は、日本の教育が『リーダー育成』を目的にしていないことにある。学校の先生は文部科学省の指導要領に従って答えを教えるだけで、教育カリキュラムの中には『リーダーシップ』の概念すらない」と。

残念ながら、右の部分に関しては筆者の認識不足と思う。小生だったら次のように書き直す。

「『人材不足』の最大の原因は、日本の戦後教育が『リーダー育成』を目的にしてこなかったことにある。戦後教育は自由・平等・人権を重視してきた結果、この分野では相当の成果を収めた。その一方で、『平等』と『均等』をはき違え、神経過敏なまでに『均等』を追求するあまり、教育カリキュラムの中には、『リーダーシップ』の概念すら存在しなかった」と。如何であろうか。いずれにしろ、時代は卓越した指導者を待ち望んでいる。

03
2012

花開く川柳書

東葛川柳会及び江畑哲男の周辺では、今ちょっとした出版ブームとなっている。「東葛を日本一の会にしたい」と公言していたのは故斉藤克美幹事であったが、当会周辺が上げ潮になり、賑やかで華やかなのは大変喜ばしいことだ。

句集の花が咲いている

①まずは、斉藤克美さんの遺句集『草魂』（山陽社、山本由宇呆編、平成二十三年十二月刊、非売品）。

四六判、ハードカバー、一三五ページ。写真一〇点を採り込む。第壱章から第九章までをテーマごとに分類し、句を配置した。それら各章をまた、第一期（初心者修業時代）・第二期（武者修業時代）・第三期（川柳熟成期）と分けて収録。はしがきをご長男の斉藤建己氏が書き、江畑哲男は巻頭言、追悼文宮内みの里幹事、あとがきは山本由宇呆幹事が書いた。

その愚痴がなければ妻に二度惚れる　（「惜しい」）
不器用になってしまったコウノトリ　（「器用」）
女子プロの臍は伊達には出してない　（「プロ」）

本著出版の立役者・山本由宇呆氏はあとがきでこう言う。「……川柳人、特に初心者、発展途上の方々に読んでもらいたい。一つのお手本であると思う」と。

②『竹の園生』（増田幸一著、千葉県川柳作家連盟発行）。県川連創立五〇周年事業の一環として、個人句集シリーズを刊行している。増田幸一当会顧問の場合は、その第二輯として昨秋発刊された。B六判、六十三ページ、ソフトカバー。

酒ありて花咲くもよし散るもよし
副作用だけは確かな薬漬け
名刺ホルダー一期一会が生臭い

大戸和興当会顧問は、『ぬかる道』（昨十二月号）で、次のように紹介をしている。

「好奇心旺盛で、かつ人格円満で、医療関係の役員をされていた現役当時の仕事の経験に裏付けられた、誰にでも分かり、しかも人格が滲み出ている名句ばかり」と。

テーマを持った句集も

一方、こんな句集も出されている。

③『春妙のユーモア句集』（坂牧春妙著、新葉館出版、一〇〇〇円＋税）。B六判、一九三ページ、ソフトカバー。

この句集には固有名詞（個人名）が入っていること。タイトルに「ユーモア」と冠を付けていることが、前二者の句集とは違っている。作者の視点が看板どおりユーモラスだ。

練習の自転車人を轢きたがり
家事すれば男いちいち自慢する
アレだけじゃ分かりませんと分かってる

④『「川柳会・双葉」創立五周年記念句文集』（発行責任者折原淳二、編集長根岸洋）。平成二十四年一月刊。A5判、ソフトカバー、非売品。合同句集にしては一三二ページの大部。会員全員の笑顔が咲き揃う、表紙からして楽しい楽しい合同句集となった。

挨拶文折原淳二、巻頭言江畑哲男、会員のページ、吟行会の記録、双葉年表……と、内容はてんこ盛りだ。

貝合せごめん遊ばせ書院の間　（伊藤　一枝）
地下茎が自己主張する両隣り　（柿内　朋江）
雑踏を避けて散歩の老いふたり　（水ノ江幸江）

巻末にある記念誌編集の班構成や行程表の一覧が、会員の創意と手作りで作成されたことを物語っている。

古川柳へと誘う近刊二冊

⑤『古川柳の名句を楽しむ』（竹田光柳著、新葉館出版、一五〇〇円＋税）。四六判、ソフトカバー、一九三ページ。

「柳多留への遊歩道」というサブタイトルが付いているが、川柳人はこういう読み物をこそ手にとって欲しい。古川柳の名句五六九句に、『柳多留』専門家たる筆者が分かりやすい解説を付けている。

女房をこわがるやつは金が出来
ただも行かれぬがぶさたのなりはじめ
ぶつまねはにぎりこぶしにいきをかけ

今回発見したこと・改めて気づかされたこと。
竹田光柳氏のお父上が心理学者だったという点。古川柳の背景を分かりやすく解説している点。日頃寡黙な筆者がところどころで本音を洩らされている点。例えば、「ぶつまねは……」の句には次の解説が付してある。

「ちょっとした動作を巧みに描き出した句。こういう句も暴力としか受け取れないモンスターの徘徊する学校になってきてもいる」と。

⑥『江戸川柳に見る家族の風景』（難波久著、山陽社、非売品）。B5判、ソフトカバー、一五八ページ。

東葛川柳会維持会員の著書。平成十七年に初版を出したが品切れとなっていた。その筆者が復刻を決意するに至った動機は、東葛川柳会との出会いであった。あとがきに曰く、

「長い間、江戸川柳を耽読し、その句の中に粋（いき、スマートさ）を追い求め、現代川柳に背を向けてきた私ですが、東葛川柳会にめぐり合い、ここに私の希求した世界があることを知りました」と。嬉しい一言である。

復刻にあたっては、江畑哲男の巻頭言と山本由宇呆幹事のお薦めエッセイを付けた。

新しい勉強会のテキストに

⑦『改訂版　川柳の教科書』（堤丁玄坊著、新葉館出版、一〇〇〇円＋税）。A5判、一一三ページ、ソフトカバー。

人気の旧版から、今回改訂版を出すほどに至ったのは売れ行き良好の証左かも。ナルホド川柳の入門書としては良くできている。各章解説がコンパクトな点も、横書き仕様もなかなか現代的だ。著者堤丁玄坊氏は東葛川柳会の維持会員。

「川柳会・双葉」では、かつて文字どおり川柳の教科書として活用させていただいた実績がある。今回新たに発足した「川柳会・江風」（有永俊一会長）でも、教科書として使用すること

を決定！　こういうテキストが欲しかった。

さてさて、今年の冬はともかく寒い。東葛川柳会周辺では川柳書の花開く季節となったが、本物の花便りが待たれる。おかげさまで新春句会は盛会だった。東葛川柳会二十五周年という記念すべき年の好スタートとなった。有り難う！

04
2012

あれから一年

「あれから」一年が経った。早いものである。日本人の冷静さ・我慢強さをしみじみ感じた一年であった。小生としてはじつに十数年ぶりのことだが、時事川柳を創った。実感そのものを句にして投稿したら入選した。

その作品。「長い長いレジ　略奪のない日本」（よみうり時事川柳、平成23年3月17日付け）。

しかしながら、復興は遅々として進まない。政治の貧困を改めて思う。

もはや日本に「人」はいなくなってしまったのか？　どこへ行っても「リーダーの不在」が嘆かれる昨今だ。かつて人材の宝庫であった日本に、なぜこうも「人」がいなくなってしまったのか。そんな苛立ちがこの巻頭言を書かせている。

ある校長先生の著書から

一冊の本をご紹介しよう。装丁から見るに自費出版のようだ。したがって一般の目には触れる機会がない。なればこそぜひ紹介したい一著である。

高岡英幸著『一教師の諾々諤々Ⅱ――教育現場・行政からの発信――』。Ｂ５版、一七八ページ、ソフトカバー。

著者の高岡英幸氏は、千葉県立中学・高校の校長先生。そう、千葉県初の中高一貫校の現職の校長先生である。高校教諭から始まって、県教育庁高校教育課・高校教頭・中学校長・千葉大学の非常勤講師等々を歴任されたあと、千葉中学・高校の校長として着任された。

この本には、中学・高校の長としての式辞や各紙誌への挨拶文、千葉日報等への寄稿など多彩なエッセイを七〇編ほど収録している。そのなかで圧巻だったのは、「東日本大震災時における県立千葉中学・高校の対応」である。

〈1　経過
3月11日（金）午後2時46分に最初の地震が発生。本校では、中学校初めての卒業式を終え、保護者と食堂で、お弁当、お茶、ケーキの昼食会を兼ねた祝う会を実施していた。つまり、卒業生とその保護者、中学の職員全員である。幸い中学1、2年生はすでに午前中で帰宅させていたので、自宅に帰っていた。〉

帰宅困難な中高生と夜明かしを覚悟

〈食堂は実は、ホール中央部には柱が無く、本校では耐震係数が最も低い建物であったので、地震発生時、心配した。最初はテーブルの下と言ったが、そのようなレベルではないと感じたので、近い方の両側の扉から安全な場所に脱出するよう大声で命令。私は駐車場側のドアの場所で、退避する生徒や保護者が将棋倒しにならぬよう、順番で出させた。〉

以下、非常時における校長の的確な指示と対応が続く。

①グランドに全校生徒を集め、点呼。残留生徒を確認。

②その上で、自転車や徒歩で安全に帰れる生徒には帰宅を許可する。

③それ以外の人は、とりあえず本校で最も頑丈な、昨年10月に完成したばかりの中学校体育館に退避するよう指示。（その数、生徒・保護者約二〇〇名）

④職員への指示。家庭が心配な職員には退勤しても可とした。非常時ゆえに特別に生徒を同乗させてOKとも。かなりの生徒が方面別に職員の車で帰宅した。（この時点で、生徒保護者170人、職員35人残留。）

⑤午後6時半。テレビ等の情報から夜明かしを覚悟。本校は避難所ではなかったため、毛布や食糧の備蓄はない。そこで、体育館のマット・柔道場の畳・教室や部室等にあった毛布やジャージ等々、暖を取れる物をすべて運ばせた。退勤する事務職員には、帰路スーパー等から食べられるものを調達し、学校に届けてから帰るように指示。

⑥7時20分。灯油を普段購入している業者に届けて貰う。

⑦8時30分。残留生徒の名前を学校のHPに掲載することを許可（プライバシー注意）。学年主任は生徒の出入りを確認し、1時間ごとにHPを更新し続けた（午前2時まで）。

予備校帰りの生徒を迎えに職員を派遣する

⑧10時ごろ。職員をJR本千葉、千葉、京成中央駅に派遣。放送で、千葉高生は学校の体育館を開放していることを知らせ、戻るように伝える。予備校等に居て、帰宅できなかった生徒30名が学校に戻ってきた。

⑨10時半ごろ。生徒を迎えに来た保護者の車が学校に到着し始める。保護者に要請し、残留生徒に方面別に同乗させてもらえるよう依頼。また要請を受けて、近隣住民の一部も受け入れる。

⑩午前0時半。避難生徒に就寝準備を指示。明かりを半分以下に落とす。

⑪新聞記者来校。生徒への取材を許可。

⑫翌朝6時半起床。交通機関の運行状況を連絡し、掃除等避難所閉所の準備。

⑬7時半。長洲町内会長より、炊き出しの申し出あり。喜んで受け入れ、10時ごろ40人分の朝食（おにぎりと豚汁）の提供を受ける。
⑭午後0時半、避難所閉鎖。

読み終えて、しばし感動を押さえることが出来なかった。危機管理のお手本のような対応である。こんなに素晴らしい校長先生が千葉県におられたのだ。いや、そうではない。立派だったのはこの校長だけはない。おそらくほとんどの学校が、驚き・戸惑い・手探り状態にありながらも結果として適切な対応をしていった、そう信ずる。かく言う東葛高校もそうだったし、他も大同小異だったろう。

社会の公器＝マスコミの役割

問題は、マスコミはなぜこれを書かないのか。なぜいつも欠点ばかりをあげつらうのか、である。

大震災の直後こそ、オールジャパンで国難に立ち向かう機運も垣間見えた。マスコミの論調も変わったかに思えた。

しかしながら、一年も経たずして元の黙阿弥。テレビは相変わらずアホ番組を垂れ流し、新聞は無責任なお役所叩きに終始している。「社会の公器」なる修飾語はもはや死語と化してしまったのか、……。

今月はここまでにしておく。趣味の会の巻頭言としては、いささか書きすぎたかも知れぬ。そう思いつつ筆を擱く。

05
2012

ユーモアを愛す

「第八回川柳とうかつメッセ賞」の受賞者が決まった。今年の受賞者は坂牧春妙（港区）さんである。坂牧春妙と聞けば、「あぁ、あのユーモアの春妙さん」と、一種独特の形容が付くほどのユニークな川柳作家だ。その春妙さんにメッセ賞を贈呈させていただく。おめでとうございます。

ユーモアの復権を

川柳が面白くない。川柳家はユーモア精神を失いつつあるのではないか。そんな声を耳にするようになってから久しい。川柳の三要素から「ユーモア」は抜け落ちてしまったのか。そんな錯覚さえ起こしかねない最近の川柳界である。

不思議なことに、川柳界の外側ではユーモアが持て囃されている。にもかかわらず、逆に川柳界の内側では詩性（特にメタファー）や内面的葛藤、あるいは文芸性などが称賛されているのだ。奇妙な現象である。むろん、現代川柳の多様性・多面性を否定するものではないが、珍なる逆転現象と一般の方々に受け取られても否定できない。

かつて、川上三太郎は次のように述べた。

「もし川柳から／ユーモアが／解消する事があれば／

僕は躊躇なく／川柳を棄てる」
（『川上三太郎の川柳と単語抄』新葉館ブックス）

我らが今川乱魚師は、右の三太郎単語抄を理論的にフォローしつつ、丁寧かつ格調高く次のような箴言を残している。〈私自身は、川柳が客観句であろうが、主観句であろうが喜怒哀楽のすべてを対象として詠まれる文芸と理解している。

今日の川柳界で作品に笑い以外の要素が増えてきていることは事実であり、それが価値の多様化した現代を表す一つの特徴と見られていることに異を唱えるものではないが、それでもなお、私は、もし川柳から笑いが消えるようなことがあれば、それは人間性の後退であり、川柳滅亡への道につながりかねないと思っている。とくに人間性から滲み出るユーモア句は川柳の貴重な詩的財産であり、読む人の悲しみや怒りを中和し、ときには生きる勇気を与えるものと思っている。〉

もう一人。当会の中澤巌幹事長は、ズバリ「句会は楽しく」をモットーとしている。「川柳＝ユーモア」なる図式は必ずしも当て嵌まらないが、「川柳∪（真部分集合）ユーモア」という図式にはどなたも異論はあるまい。

さて、今回のメッセ賞。坂牧春妙さんの受賞は、川柳の原点をある意味で想起させるものと私は信じている。

春妙作品を鑑賞する

メッセ賞授賞に関連して、坂牧春妙さんに次のような連絡を差し上げた。(ア)川柳歴、(イ)代表作品、(ウ)近作10句の提出をお願いします、と。三点の提出には理由がある。(ア)は、巻頭言用の参考資料であり、(イ)は記念品に刻む作品の意思確認。そして(ウ)は、『ぬかる道』読者の皆さんに改めて春妙作品を鑑賞して貰うためであった。

(イ)について一言付言する。ご褒美に貰う賞状や記念品には川柳作品を記して欲しい。つねづねそう願っている。小生が賞などをいただく場合でも、名前だけの賞状はいかにも味気なかった。そんな個人的な体験もあって、記念品には時間と若干の費用がかかったにしても、作品を記しておきたいと考えている。当然であろう、川柳に対する表彰なのだから。

春妙さんの返信は素早かった。その文面も暴露しちゃう。「お返事早いでしょ。私は『すぐやる課』の課長なのです。実はすぐやらないと忘れるかもしれないからです」と記されていた。茶目っ気たっぷり、さすがユーモア作家の返信である。

文面も紹介する。(ア)の川柳歴は、きわめてさらりと書かれてあった。(イ)の代表作品の候補は三句ほど掲げられていた。その中から、私は迷わず次の句を選んだ。

時代おくれといわれるものはみんないい

そう、業者にはこの作品を刻印するよう手配したのだ。そのため、右記資料の提出をお願いした次第である。

近作10句の紹介。紙数の関係で6句ほど掲げておく。

ケータイに呼ばれて客がすぐ帰る
新装開店中味は古いまま
エステ終え犬ヤレヤレと思うだけ
きれいすぎる女は多分男です
影が若いなどと褒め方むずかしい
どこにでもあって要る時無い輪ゴム

ご覧になってお分かりのように、春妙ユーモアの根底には「発見の妙」がある。常識にとらわれない目線があるのだ。そう思う。最近上梓された個人句集と併せて、読者のご鑑賞を乞う。

文化の広告

06
2012

去る四月二十六日(木)~五月七日(月)まで開催されていた、柏高島屋ステーションモール開業二〇周年記念「大正新版画展」を覗いてきた。「浮世絵ルネッサンス　江戸情緒と大正ロマンが香る、世界が認めた日本の美」という触れこみのコピーが付けられていた。川瀬巴水・伊東深水・橋口五葉・笠松紫浪らの版画が、第一会場(ステーションモール8階)と第二会場(高島屋T館地下2階)に展示され、かなり見応えのある催しであった。

素人の鑑賞ながら、……

予めお断りしておくが、小生は美術に関してはズブの素人である。しかしながら、こうした美術展などは極力覗くように心がけてはいる。

その素人が見惚れた作品が二点あった。

①笠松紫浪の「うろこ雲(綾瀬川の対岸)」(大正8)

何ともよい構図だった。うろこ雲の下を鎌持って歩く中年の農夫。自宅に戻ろうとしているのだろうか、その後ろ姿のスケッチだった。顔は見えない。後ろ姿がじつに印象的だったのだ。「綾瀬川の対岸」という副題も、都立江北高校出身の小生としては懐かしかった。

②伊東深水「遊女」(大正5)

こちらの版画も妙に惹きつけられた。たしか、第二会場の三つ目の曲がり角の隅に展示してあったのだが、何度もこの版画の女の前に立ち戻ったほどだ。いかにも遊女然とした曲線の姿態に、きつい目付きが印象に残った。髪に手をやる女の左手の仕草も忘れられない。

素人の鑑賞を続けさせていただこう。

もちろん、川瀬巴水はすばらしい。巴水を知らない人のために少々解説をさせていただく。

〈川瀬巴水（かわせ・はすい、一八八三年（明治16）5月18日〜一九五七年（昭和32）11月7日）は、日本の大正・昭和期の浮世絵師、版画家。本名は川瀬文治郎（かわせ・ぶんじろう）。

衰退した日本の浮世絵版画を復興すべく吉田博らとともに新しい浮世絵版画である新版画を確立した人物として知られる。近代風景版画の第一人者であり、日本各地を旅行し旅先で写生した絵を原画とした版画作品を数多く発表、日本的な美しい風景を叙情豊かに表現し「旅情詩人」「旅の版画家」「昭和の広重」などと呼ばれる。アメリカの鑑定家ロバート・ミューラーの紹介によって欧米で広く知られ、国内よりもむしろ海外での評価が高く、浮世絵師葛飾北斎・歌川広重等と並び称される程の人気がある。

仮名垣魯文は伯父に当たる。〉

その巴水の「手賀沼」（昭和5年）、「関宿の雪晴」（昭和21年）などの地元シリーズをはじめ、今回改めて「東京二十景」を堪能させていただいた。

「文化の広告」があってもよいのではないか

ところで、今回のこの企画。聞けば、市民団体「アート・ウォークかしわ」（代表・鈴木昇）が推進されたそうな。その代表の鈴木昇氏は皆さんご存知の方である。当会にもご縁が深い。そう、（株）「ニフティー」（店名：ギャラリーヌーベル）の社長さんだ。当会とのご縁で言えば、「乱魚ユーモア賞」表彰時に、ジュニア向け賞品（入選作品のタイル焼き）を毎回ご提供いただいている篤志家である。

鈴木昇さんで思い出すのは、一昨年九月の「今川乱魚さんを偲ぶ会」時のご発言だ。

「（今川乱魚さんという）素晴らしい方を失ったのではなく、これから我々の心の中で生かして、大きくしていきませんか！」と参加者に訴えたあのお方である。閉会近くのこの発言には参加者一同が勇気を貰い、大きな拍手が巻き起こった。

話を元に戻す。

今回の「大正新版画展」などは、『ぬかる道』誌上でご紹介できないものか。ふとそんなアイデアが浮かんだ。表紙2・3・4は幸いにしてカラー印刷であり、広告や大会等のお知らせで余裕が全くない訳ではない。柏のデパートでのイベントなら、買い物がてらに覗くことが出来る。文化教養が身に付くと同時に買い物も出来れば、『ぬかる道』の読者にも商店街の皆さんにもプラスになることだろう。掲載は無料で構わない。そう考えた。

アイデアをすぐに実行するのが小生だ。三月下旬に、高島屋の宣伝部に早速電話をかけてみた。しかしながら今回は空振りに終わった。年度末でお忙しかったのか、こちらの意図が先方に充分に伝わらなかったせいか、イエスともノーとも返事はいただけないままだった。ザンネン。

さて、今後である。今後はこうした地元の文化的な行事を応援する意味で、『ぬかる道』広告の門戸を開放してどうだろうか。政治向きの集会を文芸誌に掲載する訳にはいかぬ。また、都内の美術展や展覧会を紹介するのも現実的ではない。あくまで地元である。地元のイベントに誌面を割くことに意味がある。文化的財産を共有することにもなろう。カラー印刷部分の掲載が無理なら、コラム紹介(誌面1―2程度)でよい。すぐに実現とはいかないと思うが、方向づけだけはしておきたい。皆さんはどのようにお考えになられるか。

追筆。そんな折りも折り、流通経済大学の和田律子教授から貴重な資料を頂戴した。同大学図書館に渋沢敬三旧蔵の「祭魚洞文庫」という特別文庫があるらしい。なかに『百人一首全』という題箋のある珍しい版本がある。和歌は一切記されず、歌仙絵のみが刷られている。その研究紀要(抜刷)をいただいた。しかも、右資料に関する公開講座が流通経済大学で開催されると言う。参加無料。6月23日~7月14日の毎土曜全4回。こんなPRも『ぬかる道』誌にあってよい。

人事で一部交替あり。長年その任にあった佐竹明吟幹事が司会を勇退。新年度から、大竹洋・東條勉両幹事が務める。

捨てられないもの

07
2012

待望の句集が上梓された。山本由宇呆副幹事長の『星屑の方舟』(新葉館出版)である。まずは装幀が素晴らしい。「いかにも由宇呆さんらしい」という声が、あちこちから聞こえてきた。折しも金環日食が話題となっていたこともあり、大宇宙を思わせる表紙に話題が集まったのだ。

次に、この句集の進呈にあたっては句会参加者からご芳志を「半強制的」に頂戴した。お一人三〇〇円位を目安にご協力をお願いしたところ、五万円を超える皆様のお気持ちが集まった。この「お気持ち」は、由宇呆さん自身のたってのご希望で、当会25周年基金への寄付としてお受けすることになった。この場をお借りして、句会参加者の皆さんと山本由宇呆さんに改めて御礼申し上げたい。有り難うございます。

古いものは懐かしい!?

さて、話は今年の四月に遡る。校内人事の関係で引っ越しをした。長年根城にしていた図書館から狭い国語科研究室に移ることになったのだ。「よ~し、良い機会だから断捨離を実行するぞ!」という決意に燃えて、公私にわたる資料に勇ましく立ち向かった。はてさて、その結末やいかに？

第八回「とうかつ川柳メッセ賞」の受賞者・坂牧春妙さんの代表作「時代おくれといわれるものはみんないい」ではないが、古いものは限りなく懐かしい。どうしてか。古いものには、その人の思い出が染み込んでいるからであろう。思い出は「思い入れ」に言い換えてもよい。つまりは、一生懸命だった時代の自分と、その品物がセットになっているのだ。

では、学校・自宅双方における今回の断捨離の際に出土した、古くも懐かしいものをいくつか挙げてみよう。
①東葛川柳会創立当初の誌代入金原簿。
〈野田市〉川鍋希芳、佐藤元春、三輪田良子、成島静枝、山崎昇三郎、高梨笑石。

〈柏市〉今川乱魚、窪田和子、宮川ハルヱ、米谷初冬子、荒蒔義典、黒島毅、中島久光、清宮裕子、井ノ口牛歩、塩田雅一郎、倉根六國、神野岳風、穴澤良子、久岡絹子、星野幸一、濱川ひでこ、飯野文明、伊藤春恵、野口寿、西堀泰三、沢田勝雄、山口冨美子、宮脇信子。

（野田市と柏市のみ掲出。諸事情を考慮して、一部お名前は割愛した。）

やっぱり懐かしい！　創立25周年を迎えようとしている当会に、ふさわしい出土品だと確信する。
②合同句集『ぬかる道』（一九九一・一・五）の会計報告。
〈収入〉　参加費　三五一、〇〇〇円
　　　　売上　　三五、〇〇〇円
〈支出〉　印刷費　五〇〇、〇〇〇円
〈差引赤字額〉　一一四、〇〇〇円
当会三周年の記念出版物として、合同句集『ぬかる道』を刊行した。参加者一一七名という数字は、発足間もない会としては相当の勢いがあったという証拠である。（この合同句集の残部は、小生宅にほんのわずか。どうしても欲しいという方は、どうぞご相談下さい。以上、事務連絡）

会議を会議らしく

③『犬吠』の編集会議録（一九九一・四・一〇付け）。
島田駱舟氏の手書きによる議事録。場所は船橋市中央公民館１Ｆ。出席者は、西村在我、冨士寸八、福島久子、梶原三夢、津田暹、江畑哲男、島田駱舟。

決定事項として、「⑴編集部の組織を確立し、分業化を図る。⑵編集部長を津田暹氏とする。」の記述があった。

『犬吠』編集会議としては、あるいは千葉県川柳作家連盟としては、おそらく画期的な会議録であったろう。というのは、当時の川柳界の会議と言ったらともかくナイナイづくし。レジュメがない、記録もない、議長がいない、何を話し合っているのか分からない……、という惨状。思い起こせば、この辺りから千葉柳界の会議が会議らしくなってきた。さらには、その後の千葉県川柳界の発展にもつながっていった。その意味で記念碑的議事録である。

④教育研究集会(国語分科会)における江畑哲男のレジュメ

「生徒と作る川柳の授業」(一九九〇・十一・五)。

これまた懐かしい。このレジュメはいま読み返すと未熟さも目立つが、逆に一生懸命さがビンビン伝わってくる資料である。振り返れば、この研究発表が一つのキッカケとなってその後あちこちに教育実践を書くことになり、角川書店発行の情報誌『国語科通信』(1991年)にも掲載されたりした。したがって、このレジュメは捨てられぬ(笑)。

モノ作り・ヒト作り

東葛川柳会が発足したのは昭和62年(1887)のこと。それから数年後の平成一ケタの時代は、当会が川柳界にまさに新風を巻き起こした、と申し上げても過言ではない。

当時50代の今川乱魚代表をいただき、新鮮なスタッフが懸命に会務を支えた。いち早く電子機器を活用して会報を作り、実務をこなす。川柳界の経歴なんかより人物本位で人材を登用した。会議を重視しつつ、仕事を割り振り、チームワークとフットワークを鍛えた。年に二回、川柳界内外から有識者をお招きし、学びを楽しみながら視野は常に高く広く……。

そんな意気盛んだった頃の、またまた貴重な資料が発掘された。平成8年(1996)、小生が(社)日本将棋連盟を訪問した時の記録だ。

将棋連盟を訪ねたのには訳があった。当時(社)日本将棋連盟では子どもたちの将棋離れの現状を憂い、「将棋という伝統文化をいかにして次世代に残すか」を模索していた。応対してくれたのは、連盟の担当者・小泉雅巳普及事業部開発課次長(当時)であった。小泉次長曰く、ジュニアへの普及対策で大切なことは次の二点。「モノ作り」(ジュニア向けパンフレット「レッツ将棋!」など2種類を作成)と「ヒト作り」(将棋の普及員制度の創設)である、と。ナルホド。

どこからでも学べることは学ぶ

この資料には次なるメモが添えてあった。小泉次長にいたく感銘して、小生が次長の言葉を書き留めたものだ。

「幼少時に覚えたことは途中ブランクが生じても、帰巣本能のように戻ってくることがある」、「したがって、畑を耕し、タネをまき、水をあげることが我々の務め」、……。いま読み返しても至言であろう。

さらには、俳句文学館を訪問した時の資料。こちらは俳句文学館のパンフレットと、学校の教員向け俳句指導講座の派遣依頼文書。後者も充分参考になる資料と信ずる。

「学ぶ」とは「まねぶ」こと。良いことは大いに学びたいものだ。という次第で、「断捨離」の結末はご想像のとおり。ほとんど進展ナシ(笑)に終わった。いやはやオソマツ。

徳島から東葛の大会へ

08
2012

今月はノッケから恋のお話。

「恋のつり橋理論」というのをご存知か？　「恋愛心理学」（そんなものがあるらしい）では、有名な理論なのだそうだ。つまりは、揺れるつり橋でのドキドキした感覚を、恋愛のドキドキ感と勘違い！（笑）することによって起きる心理効果を言うそうな。

ナルホド。だから恋人たちは、レジャーランドのジェットコースターのような乗り物に好んで乗りたがるのか！　ついでに言えば、アメリカの若者はホラー映画が大好き。ホラー映画を見た後なら、連れの顔がとてつもない美男・美女に映るということなのかも知れない（笑）。

全日本徳島大会　好天！

さて、第36回全日本川柳二〇一二徳島大会に参加した。例によって仲間の皆さんとツアーを組んで出かけた。おかげさまで三日間とも天候に恵まれ、大会も観光も楽しむことができた。これまで何度も大会ツアーを企画してきたが、今回が一番好評であったように思われる。

6月9日（土）　ツアー初日。昼12：15徳島空港に予定通り到着。アナウンスは「徳島空港」ではなく、「徳島阿波踊り空港」と紹介。そう言えば、讃岐うどん駅とか、高知龍馬空港、モンゴルのチンギスハーン空港、イタリアのレオナルドダヴィンチ空港等々、話題のネーミングの幾つかを思い出した。一行は腹ごしらえも早々にいざ観光へ。まずは、鳴門公園・渦の道見学へとお迎えのバスに乗り込む。

渦の道。アノ鳴門海峡の渦潮を足下に見せるお散歩コース。渦上45ｍ、淡路島方面の海上にせり出した遊歩道を勇ましく歩く。大鳴門橋の橋桁空間を利用してのコースになっており、ガラス張りの床下に潮流を見ながら記念写真数葉。

スバラシカッタ大塚国際美術館

それにしても、大塚国際美術館はスバラシカッタ。さすが大塚製薬。ボンカレーだけではない。六万六〇〇〇㎡を超える敷地面積に、世界中の名画が原寸大で味わえる。一〇〇〇余点の名画は、いわゆる退色劣化を免れている。その理由。陶板ゆえ。大塚製薬の系列会社の特殊技術によって作製された陶板名画ゆえに、二〇〇〇年以上の風雪に耐えることが出来るのだそうな。その技術で宗教芸術も再現されている。スクロヴェーニ礼拝堂の威容、エル・グレコの大祭壇の復元、繰り返す。ともかく、スバラシカッタ！

茨城から参加の海東昭江・松本晴美のお二人は、美術にお詳しいが全くの方向音痴。鑑賞したい美術品がどこにあるのか、広い館内の地図が読めないらしい。たまたま近くを通りかかった小生は、両女史から臨時案内役を仰せつかる。フェルメールから始まって、ダヴィット、マネ、ルノワール、レンブラント、……。　終点は「ゲルニカ」。「最後の晩餐」の修正前と修正後の比較（イエスの口元・ユダへの光線・イエスの右額の釘跡・食事の内容）、さらには「裸のマハ」と「着衣のマハ」の両者を見比べて観賞できたのは大収穫だった。

　前夜祭。飯泉嘉門徳島県知事の来賓挨拶。その歯切れの良いこと。「徳島に来て良かった！」と改めて実感した。

6月10日（日）　ツアー二日目。中沢広子幹事の手配にて、会場のあわぎんホールに一番乗り。日川協総会、講演、開会式、アトラクション等の記述をこれまた省略するも、大会では当会関係者の呼名が会場に響いた。なかでも特筆すべきは、舟橋豊元幹事の川柳大賞受賞（既報）。オメデトウ！

　スケジュールの合間を縫って、小生だけは秘かに徳島県立文学書道館へと向かう。その前に、タクシーを少々遠回りさせて、名門・徳島大学の正門と図書館棟を車中から拝んだ。実は小生、こういう小技が好きでけっこう面白がっている。文学書道館の目的は、瀬戸内寂聴90歳記念展「恋と革命に生きた女たち」。ザンネンながら、詳細は割愛。

　夜。静岡の加藤鰹さんのお手配による27名限定の反省会。川柳界にしては平均年齢きわめて若く、静岡・青森・大阪の面々と交流を深めた。出席者を見渡せば、濱山哲也、中前棋人、水品団石、真理猫子、勝又恭子、北山まみどりらの各氏。各氏の呼名には、ユニークな作品が多かったことを思い起こした。宴は愉快に、心地よく酔い痴れながらも、「10／27の東葛の大会には参加しますよ」という鰹さんの一言をしっかりと記憶に留めてホテルへと戻った。

6月11日（月）　三日目は朝7：50（早い！）に徳島駅前集合。帰りの飛行機の関係で集合時間を早めていただいたのだ。バスは徳島の山間部へと向かう。吉野川SAで小休止。同じ号車に岡崎守常務理事も同乗していたことに初めて気づく。中澤巌幹事長と三人で、一昨年九月の「乱魚さんを送る会」前夜の思い出話にしばし花を咲かせる。

レトロはやっぱりいいなぁ

最初の目的地は祖谷（いや）のかずら橋。足を踏み外しそうなロープのつり橋を皆さんこわごわ渡る。（本来なら「恋のつり橋理論」はここで真価を発揮するはず!!　しかしながら、熟年組の皆さんにはあまり縁はなかったか。）

　祖谷のかずら橋に出かけるには、バスの乗り換えが要求された。乗り換えたバスは、昭和30年代のレトロなボンネットバス（と呼ぶのだそうだ。by巌）。サービス精神満点の運転手さんで、中村メイコの歌「♬田舎のバス♬」を流しながらの運行。乗客一同大拍手、大喝采!!

　昼食は食べきれないほど出た。別の号車に乗車していた五十嵐修氏が思わず「ええっ、こんなに食べるの？」と第一声。そう言いながらも同乗の川崎信彰幹事らと、昼食にビールを注文。そんな人たちを尻目に、小生はいち早く祖谷温泉名物の展望風呂へと向かう。展望風呂は極楽そのものだった。ぬぁんと、ケーブルカーで風呂に向かうのである。いい湯だな。「下界へは帰りたくないなぁ」とは、岡崎守氏の弁。

大歩危峡の川下りはスリルがなかった半面、情緒満点だった。李白の「早発白帝城（「早に白帝城を発す」）の詩句を思い出しながら、しばし渓谷美を楽しむ。その後、徳島阿波踊り空港から無事帰葉。皆さん、お疲れさま。

10／27大会へ、準備ただいま進行中

さてさて、ひるがえってわが東葛の大会。25周年の記念大会だけに思い入れも深い。大会というのは、準備段階が成功のカギを握る。各種会議、ユーモア賞発表、記念出版の準備（該当ページに急告）、基金のお願い、各吟社への挨拶回り等々、大会成功へと東葛の最新バスはただいま出発進行中。

リベラルアーツ講座とインターンシップ

09

2012

定年まであと半年余りとなった。

定年の年というのは、窓際の席に座って鼻毛でも抜いていればよいのだろうと思いきや、そうではなかった。

今年も忙しい。しかしながら有り難いことに、精神的には今まで以上に漲っていて、毎日の教育活動にいそしんでいる。

画期的な「リベラルアーツ講座」

さて、勤務校の東葛飾高校には「リベラルアーツ講座」という特別講義がある。本校独自の、自慢の教育活動である。「リベラルアーツ」とは、「発展的な教養講座」のこと。「実用的な目的（高校の場合は目前の大学進学か？）から離れた純粋な教養」の習得を目的とする。今年は、四〇講座以上・のべ一四〇日にものぼる東葛高校ならではのユニークな講座が展開されている。実施日は、放課後・長期休業中・土日など、主として授業日以外に設定されている。この授業日以外に設定・実施されているという点がミソで、志の高いところ（えっへん＝自慢の咳払い）なのである。

具体例を幾つか紹介しよう。インターネットを用いたテレビ会議による東京大学金曜特別講座をはじめ、大学教員等による発展的講義や教養講座、模擬裁判（講師：弁護士や検察庁職員）や外交官の職務に関する講演（同：外務省職員）などなど、じつに多彩な講座が用意されているのだ。大学ならいざ知らず、おそらく全国の公立高校では見られない斬新で画期的な教育活動であろうと確信している。

その東葛リベラルアーツ講座に、今年新たに「文学館・博物

館めぐり」(全五回、担当:国語科江畑哲男)をエントリーした。以下は、その具体的なスケジュール。

①6月15日(金、県民の日)　我孫子市白樺文学館
②7月7日(土)　田端文士村記念館
③7月15日(日)　上野鈴本演芸場(↑落語鑑賞)
④10月3日(水、秋休み中)　早稲田大学演劇博物館
⑤12月15日(土)　東京都写真美術館

本講座設置の動機は単純で、高校生たちは案外モノを知らない。有名な場所、よく知られた場所でも、実際には出かけたことがないらしい。我孫子にある白樺文学館すら出かけたことがないというので、「じゃあ、連れて行ってやろうか」という話になった。かくして今年度の新企画となった。むろん、小生が本年最後という事情も遠因にある。この「文学館・博物館めぐり」は、いずれも現地集合という気楽さで、保護者等の参加も歓迎している。

教え子二万人、選句一〇万句

右の「文学館・博物館めぐり」に加えて、さらに今年限定(＝定年後はできない)の特別講座を用意した。

⑥11月17日(土)10:30~12:00
特別講演「川柳の魅力　日本語の魅力」

講座案内には、「本校国語科江畑哲男教諭退職の年の特別講演を一般公開いたします」と紹介されている。対象・条件は「生徒・保護者・一般市民で、上限一〇〇名まで」。もちろん、受講料はタダだ(この点も今年限定⁉)。

右のような特別講座を企画した背景にも、これまた今年度で最後という意識があった。「精神的には今まで以上に張って」いると書いた所以もそのあたりにある。

この特別講演については、地域新聞の記者から過日取材を受けた。記事は「名物教師のさよなら講義」というタイトルを付けてまとめてくれるのだそうで、11月9日発行の同紙に掲載予定。加えて、リベラルアーツ講座の担当教諭からは、コアラテレビに当日来てもらうつもりです、とも言われてしまった。ハテさて、当日はいかなることになるのか。

考えてみれば、教員生活も38年になる。この間の教え子は、約一万人(授業で受け持つ生徒が二百数十人＋部活動などの特別活動の生徒×38年、という計算式)にのぼる。

川柳の指導者としても二〇年が経過。現在は、休日に川柳教室を開催し、大会で選者や講演をさせていただいている。計算式は省略するが、川柳の上での「教え子」も延べ一万人に達する。さらには、これまた暇に任せて計算したら、過去二〇年間の選句数は一〇万句以上にもなった。

「教え子」の総数は約二万人、選句数一〇万句以上。こうした数字には、我ながらビックリしている。

右のような「発見」もあって、11月17日(土)のリベラルアーツ特別講座は一般公開の形をとった。対象を本校生徒に限る

のではなく、むしろかつての教え子も含めて、あるいは川柳教室等で縁のあった一般の方々にも開かれた講義とする方がよい、という判断をさせていただいた次第である。皆さんも、気軽にご参加下さい。（申込方法や概要は、次号『ぬかる道』に掲載予定）

インターンシップから学ぶ

学校の自慢話が続く。

インターンシップも、東葛高校の自慢の一つだ。インターンシップとは「職業体験学習」のことで、「実務的・体験的な就業活動を通して適正な職業観や勤労観を養い、自分の将来の適性を考えることを目的とした事業」である。

東葛高校の場合、受け入れて下さる事業所が並みではない。研究所・新聞社・出版社・病院・弁護士協会などなど、どこも一流の事業所で、夏休みの二日間ほどを割いていただいている。生徒たちにとっては有り難く、得がたい体験をさせていただいているが、事業所側にとっては迷惑な側面もあろうと危惧している。何しろ、受け入れのための準備・当日の対応・事後処理等々で、その間の仕事の邪魔をしてしまうからだ。「職業体験」とは申せ、たった二日間で高校生にさせる仕事など高が知れている。それを考えると頭が下がる。

さてさて、紙数がなくなった。小生が担当したのは、教育関連事業の専門商社として有名な（株）内田洋行。同社には引率生徒ともどもご厄介になり、「フューチャークラスルーム」なるショールームに生徒ともども感激した。詳細割愛するが、教室の照明一つ、机・椅子の仕様一つに工夫がある。近隣の教育施設では、麗澤大学の生涯教育プラザをご覧あれ。内田洋行が発信するＩＣＴ環境には、「ホンモノ」「最新」かつ「細心」の心づかいが感じられた。比べて、余りにも貧しい公立校の施設・設備よ。雨漏りのする学校、ボロボロの体育館、地震で書棚が崩れ落ちた図書室、冷房のない校長室・研究室……、日本の教育設備は果たしてコレで良いのか。

いよいよ、記念大会

10
2012

一〇月二七日（土）、お待ちしております。

おかげさまで、東葛川柳会は創立二五周年を迎えます。その記念大会の日が、いよいよ近づいてまいりました。

本大会のために、私たちは今日まで一生懸命準備をしてまいりました。準備は二年前から進めてきました。

記念誌を刊行します。なかなかユニークな本に仕上がりそうです。記念句会はもちろん、記念講演、さらにはトーク＆記念パーティー等々、必ずやご満足いただけるものと信じております。心よりお待ち申し上げております。

記念講演 in 福島

さて、(通常の文体に戻して)秋は大会シーズンである。その皮切りとして、第五一回福島県芸術祭川柳大会(川柳能因会創立八五周年記念大会)に招かれ、記念講演のお役目を果たした。場所は、JR東北本線白河駅に隣接した白河市白河図書館。図書館のほかに、産業支援センターや地域交流会議室を併設する、真新しく瀟洒な多目的複合施設である。

記念講演の演題は「川柳と国語教育」とした。タイトルは堅いが、そこは小生。新しい学習指導要領のエッセンスを、キーワード等で紹介しながら、国語教育における川柳の役割、その大切さを解説させていただいた。

詳細は省略する。要は国語教育の役割は「言葉と心」を耕すこと。だとするならば、自己を見つめ、他者を見つめ、「言葉と心」を磨こうとする川柳は、国語教育の必須アイテムではないか。多少の我田引水と脱線(やはりコレがないと講演は退屈!?)はあったものの、概ねそのようなお話をさせていただいた。(同大会については、根岸洋幹事が別途レポートをまとめてくれている。ご参照を乞う。)

福島の講演を「川柳と国語教育」としたのには理由がある。一つは、福島が教育県であること。二つ目には、川柳能因会主宰の駒木一枝さんがかつて教職に就かれていたこと。三つ目は、小生にとって今年度が教壇人としてまとめの年に当たること、である。

講演は大好評であった(↑自分で言うか!)。大会のあり方は各吟社各様であるが、川柳の披講だけがプログラムの全てであるという大会は物足りない。その点、講演という付加価値に注目した福島県川柳連盟には敬意を表したい。

もう一つ、書き加えたいこと。

翌日の白河市内巡りバスツアーでは、川柳能因会の皆さまにお世話になった。金売吉次の墓から始まって、皮篭原防塁跡→白河の関→南湖神社→戊辰戦争白河口の戦い碑→宗祇戻し→小南湖→長寿院→小峰城、と案内していただいた。歴史・文学を巡るツアーだったが、南湖神社の被災には言葉を失った。先の東日本大震災で鳥居・石像・灯籠・墓石の多くが倒れ、境内の隅に放置されていた。小峰城の石垣にもシートが掛かっている。胸が痛んだ。復興は、まだまだなんだと改めて実感した次第である。

『ぬかる道』三〇〇号達成!!

ところで、記念と言えば『ぬかる道』誌が本号で三〇〇号を達成した。わが事ながらめでたい。これも皆さまの支えのおかげであり、この機会に御礼申し上げる。創刊直後から編集長として携わり、代表就任後も川柳の向上と小誌の文化的発信力に心を砕いてきた人間として、感無量のものがある。

『ぬかる道』誌への評価で思い出すのは、尾藤三柳先生の一言である。三柳先生からは、当会創立一周年大会の記念講演の冒頭で、次のようなお言葉をいただいた。

〈会報等を拝見していると、「句を作る」だけでなく、「句を考える」ことも会として志向されているようで、その意味で実りある一年であったことと思っています。〉

（「川柳の原点を探って」より、『贈る言葉』所収）

その『ぬかる道』も誌友を回復しつつある。有り難い。本音を申し添えれば、誌友はもっと拡大したい。「楽しく学ぶ」をモットーとする柳誌である。これだけ手をかけている柳誌でもある。豊富な情報量で、しかも五〇〇〇円の誌代を十五年以上据え置いているのは、広く普及せんが為である。

二五周年の基金へのご協力にも感謝申し上げる。これまたもう一回りのご支援を頂戴できるならば、なお有り難い。早くも大会のご祝儀を贈っていただいた方がおられた。諸事情で出席が叶わないから、というお詫びまで付いていた。ただただ感謝、である。また誌面を割いて、記念大会の案内を掲載いただいた各吟社にも心からの御礼を申し上げたい。

記念講演「南極の魅力」

さてさて、大会の記念講演。講師の武田康男先生については、本号でご紹介しておく。まずは先生のプロフィールから。

一九六〇年東京都生まれ、一九八三年東北大学理学部地球物理学科卒業、千葉県の県立高校教諭（地学）を経て、現在は大学講師ほか。県立東葛飾高校時代の、二〇〇八年末から二〇一〇年春まで、第五〇次日本南極地域観測隊員（越冬隊員）として昭和基地などで観測業務に従事した。

気象予報士。日本気象学会会員。日本自然科学写真協会会員。著書に、『すごい空の見つけかた』、『世界一空が美しい大陸　南極の図鑑』（以上草思社）、最新刊には『雲の名前、空のふしぎ』（PHP研究所）などがある。

ともかく有名な先生である。日本TVの「世界一受けたい授業」に何度も出演実績があるし、最近では「ちいさな大自然」（BSフジ）にも出演している。先生のHP「SKY　PAGE」を開けば、「夜明けの金星と木星」「太陽の黒点」など、思わずその魅力に取りつかれる。何より、授業が好き・子どもが好きで、その人間的な魅力に個人的なファンも多い。東葛高校時代の同僚だが、小生が心から尊敬する先生の一人だ。演題は、「南極の魅力（越冬体験から）」を頂戴した。ぜひぜひ、楽しみにしていただきたい。

かくして記念大会。いよいよである。一〇月二七日（土）、ザ・クレストホテル柏へ。皆さんどうぞお出かけ下さい。

川柳の時代来る！

11
2012

川柳の時代がいよいよやってきた。

『思考の整理学』(ちくま文庫)『「人生二毛作」のすすめ』(飛鳥新社)など、数々の名著をお持ちの外山滋比古先生(お茶の水女子大学名誉教授)が、川柳のすばらしさを盛んにアピールしてくれている。

例えば、昨年(平成23)の刈谷中学・高校同窓会総会の記念講演では、次のような一節があったと聞く。

〈三河は江戸時代には世界で一流の文化国でした。たとえば、江戸時代、東京で川柳ができました。いまの日本人は十分に理解していませんが、川柳は俳句よりも高度な知性をもっていました。世界においても、俳句より川柳のほうがはるかに通用するはずで、心ある外国の日本文学研究者は川柳に注目しております。〉

(刈谷中学・高校同窓会東京支部、『亀の子会』会報33号より、資料提供・近藤秀方元幹事)

川柳の理解者たる著名人

今年に入ってからも、外山滋比古先生の川柳に対する肩入れは続く。近著『考えるとはどういうことか』(集英社)では、数ページにわたって川柳に言及しておられる。

〈川柳が生まれたのは、俳句よりもやや遅れた江戸時代中期のことです。飯田橋に作られた拠点で一般から作品を募集するようになると、多くの川柳が寄せられました。都市生活者の知的な表現活動として、かなりの広がりをもっていたわけです。〉

〈川柳は国際的にも通用するレベルのものでした。たとえば、いまの天皇陛下の皇太子時代に英語を教えた故・レジナルドブライス(学習院大学教授)は俳句の研究者でもありましたが、川柳がいちばん面白いと考えていたようです。〉

〈ところが明治維新を経ると、「近代化された西洋の文化こそが優れている。日本の古い文化は価値がない」という風潮になり、川柳も否定されました。和歌や俳句も危機的な状況になりましたが、こちらは正岡子規という傑出した改革者が現れ、近代化を成し遂げ、生き延びました。しかし子規は地方出身者なので、都会的な川柳の洒落た面白さは十分には理解できなかったのでしょう。〉

〈俳句は国語の教科書に載っているのに、川柳は載りません。あからさまには言葉にはしないでしょうが、川柳は低く見られています。かつて全日本川柳協会の会長を務められた今川乱魚さんは、現代川柳を国語の教科書に載せることを悲願にしていましたが、それを果たすことのないまま二〇一〇年に亡くなりました。〉

長い引用になったが、いやはや有り難い川柳への応援歌である。心強い。

何しろ、外山滋比古先生といえば天下一流の英文学者・言語学者・エッセイストである。のみならず、国語の教科書によく登場する執筆者でもある。大学入試問題の頻出著者としてもよく知られている。余談ながら、外山滋比古を知らずして難関大学の突端はあり得ない。その外山先生。老いてなお（失礼！）筆力の衰えを知らず、こうして川柳への思いを語っていただいているのは、嬉しい限りだ。

ついでながら、『考えるとはどういうことか』は、さすがであった。川柳関連部分以外にも、「触媒思考」「選択の判断力」「曖昧の美学」等々で、外山先生の深い思索に触れることができた。ぜひご一読を。

記念誌所収　当会講演録より

話を元に戻す。モチロン私たちの周囲には、川柳への理解者がたくさんおられる。当会創立二五周年記念大会の本日、皆さんのお手元にお届けした記念誌をご覧下さい。その中には、旅行作家の山本鉱太郎先生が「江戸の笑い」を熱っぽく語り、江戸川大学の佐藤毅教授が「わらいが風刺を持つとき」で、川柳の真価を分析的に説いている。このほかにも多くの理解者がおられ、川柳のあたかも一大応援団を形成している。お二人の先生のエッセンスはこの場では引用せず（!?）、記念誌本体をご覧いただくことにしよう。

その記念誌。本のタイトルがようやく決まった。

その名も、『ユーモア党宣言！』。

このタイトル。新葉館の竹田麻衣子記者は言う、「非常にインパクトのあるタイトルです」と。また某実力派女性会員からも「斬新。話題になりそう」というお褒めのメールを頂戴した。会友の皆さんは、如何ですか？

読みごたえのある『ユーモア党宣言！』

では、その『ユーモア党宣言！』の中身をご紹介する。四六判、上製本二八〇ページ余。本著には、内容的にいくつもの要素が詰まっている。

①「第二〇回とうかつユーモア賞」の発表と顕彰。ジュニア部門も含めて例年通りのユーモア賞に、エッセイ部門も付け加えた。川柳作品の顕彰はあっても、エッセイの顕彰はあまり例がないのでは!?　わが東葛の挑戦、でもある。

②第二〇回ユーモア賞の参加者の作品。ご参加有難うございました。

③第一回〜二〇回までの「乱魚ユーモア賞」の記録。この一冊で、ユーモア賞の歴史が一目で分かる。

④過去一〇年間に於ける、東葛川柳会の主な講演録。必見の価値あり、と信ずる。

⑤過去一〇年間に於ける、東葛川柳会のクロノロジー。（それ以前の年譜は、『川柳ほほえみ返し』他に掲載済み）

『ユーモア党宣言！』の普及にご協力を

この『ユーモア党宣言！』、本著をぜひ普及したい。「川柳の時代来る！」に、少しでも貢献したいと願う。その一つ。発刊三カ月以内は販売促進期間とし、特別価格にてご提供する（詳細は別掲）。皆さまのご協力を切に乞う。

ありがとう二五周年

12
2012

さすがに疲れた。

この巻頭言の校正をしている十一月六日（火）早朝も、いまだに疲れが残っている。巻頭言のような場で、このようなことは書くべきではないと重々承知はしているものの、あえて今大会の苦労に触れさせていただきたい。

本来なら、「大きなイベントが終わってほっとしているところだ」とか、「参加してくださった皆様に御礼申し上げたい」と書き始めるのが通常の巻頭言であろう。

しかしながら、小生の場合ほっとする暇がない。まずは、当然のことではあるが学校の仕事があり、通常の会務（東葛川柳会関係の仕事）があり、加えて通常の会務以外の大会の事後処理が山と溜まっている。一種の戦争状態である。

「乱魚さんを偲ぶ会」の思い出

このような状態は、最近の経験で言えば「今川乱魚さんを偲ぶ会」開催日前後にもあった。あの頃のテンパった状態とこの数週間が非常に似ている。

思い起こせば、平成二二年九月五日（日）今大会と同じザ・クレストホテル柏を会場として、「今川乱魚さんを偲ぶ会」は開かれた。出席者二一七名。北は北海道から南は九州・四国・沖縄、さらには遠く台湾からのご参会もあった。「偲ぶ会」当日までの準備作業が、まさに戦争状態であった。いま思い起こしても「よくやった」と胸を張って言うことができる。小冊子『今川乱魚の歩み』も短期間でプロジェクトチームを作って編集し、当日皆さんに配布して喜ばれた。

かくして「偲ぶ会」は笑いと涙のうちに終了。会果てて、喫茶店に二〇人くらいの幹事が集まった。お互いに労をねぎらいながら、コーヒーを啜っていたその時だった。

激しい疲れを覚えた。もう限界だと思った。何しろ、二学期開始直後の公務も偲ぶ会の実務も頂点に達していた。当日は当日で、第Ⅰ部・第Ⅱ部双方の司会進行役を仰せつかり、見事に？その役目を果たした。これらの疲れが一気に噴き出た感じだった。申し訳ないと思いつつも、後事を中澤巌幹事長に頼んで、ひと足先に帰らせていただくことにした、……以上は、今だからお話しできるエピソードである。

大会イベントあれこれ

話を元に戻そう。

「東葛川柳会二五周年記念大会＆パーティー」は、中身の濃い、充実したイベントとなった。おかげさまで、当日出席者一七二名、欠席投句者二〇名で第Ⅰ部を、また一二五名の参加者で第Ⅱ部「トーク&懇親パーティー」を、盛会の裡に終えることができた。

秋山浩保柏市長には、お忙しいなかを表彰式に駆けつけていただいた。にもかかわらず二〇分ほどお待たせした上に、あれこれと便利にお使い立てをしてしまった。お若い市長は慣れたもので、フットワークよろしく、時にコミカルな仕草も見せて、我らが表彰式を演出してくれた。当意即妙のご挨拶もお見事であった。

星野順一郎我孫子市長には、これまたご公務多忙にもかかわらず、第Ⅱ部の「トーク&懇親パーティー」にご出席いただいた。普通こうしたVIPは、挨拶が終わるとすぐに中座をしてしまうのが常である。しかし、星野市長はそうされなかった。「トーク&トーク」に熱心に耳を傾け、来賓席で皆さんと語り合い、さらに当会ご自慢のパーティーゲーム「すき焼きジャンケン」を、心から楽しんでおられたご様子だった。お義理ではない、そんな参加姿勢が嬉しかった。

その「トーク&トーク」。これまたよかった(自画自賛)。「単なる飲み会にはしたくない」という趣旨で、乾杯前の三〇分だけ時間を拝借。「楽しく学ぶ」をテーマに、トークを仕組ませていただいた。東葛高校福島毅教諭からは、電子書籍についてパワーポイントを駆使してのレクチャー。江戸川大学濱田逸郎教授からは、「互学互教」の精神について亡きお父上のエピソードも交えてお話しいただいた。

乾杯は、旅のペンクラブ代表で山本鉱太郎当会顧問によるご発声。楽しい楽しい宴の開幕を宣言した。

来賓の方々、ゴメンナサイ

いやぁ、ともかく盛りだくさん(盛りだくさん過ぎる?)の内容であった。ご来賓の方々をせめてご紹介したいと思っていたのだが、結局時間が取れなかった。お忙しいところをお出でいただいたご来賓の皆さま、この場をお借りしてゴメンナサイ。

NHKテレビいっと6けん川柳欄担当のやすみりえ様、(有)コンパル代表取締役の吉野輝子様、柏市文化連盟会長の鈴木將勝様、かしわインフォメンションセンター事務局長の宮川秀勝様、ドクタープラザ編集長の皆藤英雄様、元我孫子市議会議長の印南宏様、元柏市議会議長の山田一一様、おっと山田議員にはスピーチをしていただいた(やはりまだ疲れは取れていない!)。

遠来の川柳仲間をご披露する時間もなかった。番傘本社の菱木誠編集長、いわき番傘川柳会の真弓明子会長、豊橋番傘の鈴木順子副会長……、本当に有り難うございました。

癒やしは皆さんの激励やねぎらい

大会が終わって嬉しかったのは、参加者からの激励やねぎらいの言葉である。本誌短信欄にその一部を掲載しておいた。こうした声を読ませていただくと、苦労した甲斐があった、一生懸命やってよかったと思う。激励やねぎらいは、人を勇気づける、元気にしてくれる精力剤になる。

「東葛へ行くと、いつも得した気分になれる」。どうやら当会企画の講演を指してのことらしい。当事者は当たり前のように思ってしまいがちだが、改めて評価されるとやはり嬉しい。ほかに、東葛のパワー・チームワーク・おもてなし精神等々が、激励の手紙やメールに書かれている。

当会のチームワークは、これまた誇ることができるものである。幹事の皆さんの献身を一つだけ代表して言えば、大会当日朝、窪田和子顧問が受付配布物を袋詰めしていた姿が忘れられない。最古参の幹事が立ったまま作業してくれたのだ。

反響続々、『ユーモア党宣言!』

文化発信をしていくというのも東葛の伝統になっている。『ユーモア党宣言!』はおかげさまで好評。有り難い。

最後は選者の先生方に深謝。短い時間のご選でご苦労をおかけした。予想通りの個性豊かなご披講であった。

ともあれ東葛二五周年、皆さん本当に有難うございました。

XII

2013~

新たなスタート

01
2013

平成二五年(二〇一三)が、まずは『ぬかる道』誌上からスタートを告げる。

新年明けましておめでとうございます。皆さまにとって健康で良い一年でありますよう、お祈り申し上げます。また、会にとっても良い一年であることを心から願っております。

ありきたりで平凡な言葉だが、年頭の挨拶はやはり大切にしたい。昨十二月六日に還暦を迎えたいま、特にそう思う。

「お持てなし上手の東葛さん」

昨年(平成二四)の二五周年大会前の話に遡る。

大会では事前投句制を採用させていただいた。事前投句用ハガキに、ちょっとした一言を書いて下さる方があった。

そのなかでも、川柳研究社の渡辺梢さんの一言には励まされた。「お持てなし上手の東葛さん。楽しみに参加させて貰います」と、ハガキの余白に書かれてあったのだ。何気ない一言。こうした一言がスタッフを勇気づけてくれた。

大会や懇親会が、果たして「お持てなし上手」だったかは当事者には分からない。しかしながら、諸事心をこめて努めさせていただいたことだけは確かであった。

大会果てて、今度はこちらから御礼状を差し上げる番だ。お世話になった方々に、記念誌『ユーモア党宣言!』をお贈りする。こうした際にも、小生は紋切り型の挨拶状ではなく、記念大会の様子が分かるように、さらには今後の抱負の一端なども書き添えるようにしている。小生のこだわりの一つだ。

陰の声は言う。「そんなことにいちいちこだわっているから、時間を取られて、忙しさが倍加するのだぞ」と。そうかもしれぬ。しかし、大切な気配りだと私は信じている。

御礼状には御礼状。感謝の輪廻のようだが、これまた日本的で奥ゆかしい。御礼状の一部をご紹介させていただこう。

〈読ませます魅せます東葛川柳会

いま一番この時代に、そして川柳界に不足しているユーモア精神が、見事十七文字に凝縮されて刊行されました。ご恵送いただきありがとうございました。……〉

(川柳三日坊主吟社・佐藤良子)

佐藤良子さんは、ご自身のお気持ちを必ず川柳の形にして贈って下さる方である。川柳創作には一手間も二手間もかかる。そのお気持ちが有り難くも嬉しい。

参考になる、他者の見方・他人の評価

〈『ユーモア党宣言!』ありがとうございました。川柳界の第三極のようでおもしろいと思います。……〉

（やしの実川柳社・鈴木如仙）

「第三極」？、そうか、川柳の現況はたしかにそうかも知れない。如仙氏とは、小生二〇代からのお付き合いである。ご自宅にお邪魔させていただいたこともあった。そう言えば、如仙氏はユーモア川柳の大先輩である。

〈啓上　乱魚先生よりバトンタッチされての『ぬかる道』、ますます御発展、乱魚先生もおよろこびのことと存じます。この度は御監修の『ユーモア党宣言！』、深謝申し上げます。……「日本回文協会」の存在を知り、びっくりいたしております。〉

（俳文学者・復本一郎）

復本先生もビックリされた、日本回文協会の存在。その回文の楽しさを、『ユーモア党宣言！』には採録している。

〈拝啓　今年も残すところ二ヶ月となり、寒さを感じるようになりました。この度はお心に掛けられ、『ユーモア党宣言！』および『ぬかる道』をお送り下さり、有り難うございました。

とうかつユーモア賞のエッセイ入賞作品十五は、これまでこういった企画がなかったので、大層楽しく読ませていただきました。乱魚先生以来の東葛川柳会のユーモアの伝統は、貴重と思いました。〉

（宇都宮大学名誉教授・前田安彦）

こちらこそ有難うございます。「よくぞ、エッセイにご注目下さいました！」、そう叫びたくなった一節であった。

こうして御礼状を拝見してみると、こちらが気づかなかった点を逆に教えられることが少なくない。他者の見方というのは、それゆえ参考になるのであろう。

ユーモア大賞に、極上の鑑賞文

「第20回とうかつユーモア大賞」には、長文の反響も寄せられた。書き手は、二年ほど前「読書の楽しみ」をご講演いただいた海老原信考先生である。お読みいただこう。

〈「弛んでるほうが切れない赤い糸」は日本文化を示し印象的で、河合隼雄氏を思い出しました。河合氏はアメリカの学会のレセプションで、学者たちに囲まれ、日本の夫婦関係を絶賛されたそうです。

清教徒にとって愛を誓えばそれは契約で、死ぬまで続きます。夫婦関係はいわば契約を実行する緊張の連続、ご苦労なことです。これは疲れます。疲れすぎて契約不履行が当然発生し、離婚になります。

無常、はかなさ、世も人生も移ろわぬものはない。かつて花のように可愛かった妻は今や野村監督のサッチャー夫人のように強烈、かつての美少年は見る影も無し。移ろいを認め合う、許し合う、共白髪まで過去を共有し合う。これは日本人の叡智でしょう。

日本の若い男女はアメリカ文化の悪影響を受け、男女の緊張関係を当然としているようです。契約条件と契約

締結後が頭にちらついて、怖くて結婚できません。「手鍋下げても」で一緒になればいいだけなのですが。……〉

長い引用になったが、じつに面白い。グローバルな視野からの、かなり豪胆な鑑賞文をご堪能いただけたものと思う。

ご紹介の最後は、リタイアして一〇年余の先輩教員から。

〈江畑様　……美本をありがとうございました。旭日のごとき活躍とでも言うのでしょうか、とても頼もしく思います。俗人の定年とは反対で、これは出発ですね。お祝いを申し上げます。ご活躍を期待します。〉　（S生）

小生が尊敬する先輩からのメールなのだが、「あっ、そうか」と気づかされた。それは定年を「出発」と捉えている点である。ナルホド、図星である。おっしゃるとおりなのだ。

かくして、当会も小生も新たなスタートの年を迎えた。

台湾との合同句集

02

2013

実際には、今月号（二月号）から新しい年が動き始めた。

その新年早々の一月四日（金）、私は台湾に向けて旅立った。三度目の台湾、三泊四日の日程である。一月六日（日）の台湾川柳会新年会に出席して、『日台合同川柳句集』編纂の相談をさせていただくのが主な目的であった。現役の身でありながら、趣味のために海を越える。慌ただしい日程を縫って、我ながらよくやるもんだと、半ば呆れてもいる。

台湾との合同川柳句集にご協力を

さて、この合同句集の話は二年ほど前に持ち上がった。たしか、台湾川柳会第三代会長の頼柏紘さんが逝去された頃（二〇一一年六月）ではなかったか。最初にご提案したのは、私の方からであった。台湾川柳会の重鎮や日本語世代がお亡くなりになっている現状を憂い、いまのうちに（と言っては語弊があるが）台湾の川柳と台湾と日本との川柳交流史をまとめては如何か？　「合同句集＋文化交流史的な内容」をイメージして、台湾側にご提案申し上げた。やはり記録として残しておきたい、と考えたからである。

前年の二〇一〇年に、台湾川柳会第四代会長に就任した涂世俊（青春）さんは、小生の提案にすぐに賛同してくれた。その後の詳しい経過は省かせていただくが、しばらく休眠状態だった企画が昨夏あたりから具体化をし始めた。

いよいよである。そして、おそらく初めてであろう。海を越えた合同川柳句集の発刊というのは。したがって、ぜひぜひ皆さんにご理解とご協力をお願い申し上げたい。

以下、メモ風に『日台合同川柳句集』の概要をご紹介させていただく。

①合同句集には、句集的要素や記録的要素、さらには叶うならば学術的要素をも盛り込みたい。

②句集的要素には、台湾川柳会全員と台湾に何らかの関わりのある日本の多くの川柳人にご参加いただきたい。

③合同句集の応募用紙は作成済み。参加者には、一人十五句と短いエッセイ（台湾の思い出、台湾川柳会とのかかわりなど）を寄せて貰う。（参加費等の詳細は、専用チラシ参照のこと。東葛川柳会ＨＰからもアクセスできます。）

④記録的要素には、次の事項を掲載してはどうか。

(ア)創立句会時の様子（当時の名称は「台北川柳会」）

(イ)仲川たけし（日川協会長：当時）氏をはじめ、台湾を訪れた日本の川柳家（会）の記録。

（団体：佐知川川柳会、池口呑歩一行、陶八雲川柳会、東葛川柳会など。個人：仲川たけし、今川乱魚、三村昌弘、村田倫也、北川拓治、金子茂、上田良一、長谷川酔月、……）

(ウ)歴代台湾川柳会会長の横顔、など。

⑤編集は共著の形を取り、台湾側は涂青春台湾川柳会会長が、日本側は不肖江畑哲男が務めることになった。

バイタリティー溢れる涂さんの活躍

それにしても涂青春さんの活躍は目を瞠る。台湾川柳会第四代会長に就任してからの精力的な活動は、ご承知のとおり。知る人ぞ知る！、である。ともかくエネルギッシュなのだ。

昨年（二〇一二）に限っても、新年早々大阪の川柳塔社、岡山のたましま川柳会、台湾川柳会初代事務局長の三村昌弘・一子夫妻を訪問したのに始まって、六月の全日本徳島大会、九月の秋田銀の笛吟社、九月は東葛句会、十二月には再びたましま川柳会と川柳塔社訪問で締めくくった、と聞く。個人レベルの交流となると、俳人の津田霧笛先生、元大阪経済法科大学の磯田一雄先生、村田倫也氏に大戸和興顧問らの当会の面々、さらには春燈俳句会や早稲田の連句会まで加わってくる……、いやはやじつに多彩な人脈をお持ちである。

こうした涂氏と台湾川柳会の活動を応援しないのは、義が廃る。一肌も二肌も脱いで応援したくなるというものだ。

ところで、なぜ台湾の地に日本の文芸が根づいているのか？　その淵源をたどれば、ご承知のように戦前・日本統治時代にさかのぼる必要があろう。

その意味で、今次合同句集には、

⑥台湾に川柳の種をまいた塚越迷亭

のような項目が求められよう。あるいは、

⑦台湾に根づく日本の文芸（短歌・俳句・川柳・友愛会など）

といった紹介記事。

さらには、台湾側からの発信も大切になる。

⑧なぜ私は日本語で韻文を書き続けているのか？

多少裏話的になるが、本当は涂さんが全面的に仕切っていただくのがよいと考えていた。しかしながら、涂さん曰く、自身の川柳歴が浅いこと。日本の川柳事情に通じていないこと。台湾の政治事情もある（このあたりは小生の想像）ようで、小生に同好の士としての応援を求めてこられたのだ。

　そうそう、当会関係者ならば「今川乱魚さんを偲ぶ会」で故頼柏絃氏と同道された姿が印象深いことと思う。

　という訳で、台湾との合同句集の応募〆切は、三月末日。詳細は、本号『ぬかる道』に別掲してある。ご参照を。

年末年始に読んだ本

　さて、年末年始に読んだ本。

『東京の副知事になってみたら』（猪瀬直樹、小学館一〇一新書）、『突破する力』（猪瀬直樹、青春新書）、『幸福立国ブータン』（大橋照枝、白水社）、『「反原発」の不都合な真実』（藤沢数希、新潮新書）、『試練が人を磨く』（桑田真澄、扶桑社文庫）、『スイートピー』（船本庸子）、『歌のうちそと』（来嶋靖生、河出書房新社）、ほか。

『東京の副知事になってみたら』の第一章「『水ビジネス』で世界へ」、この章だけでも一見の価値あり。生水が飲める有り難い我が国の、宝とノウハウを発信していて興味深い。

　桑田真澄氏が東大野球部の特別コーチに就任。大阪の体罰事件でも発言あり。本著を読めば、桑田真澄がまるごと理解できる。

ただいま就活中

03
2013

まったく個人的な話である。しかも皆さんから笑われてしまいそうな話で恐縮だが、小生ただいま就職活動中である。

そう、平成二四度をもって定年をめでたく!?迎える。満年齢で言えば六〇歳になった（昨十二月）。還暦である。ただし、当人はまだまだ若い気でいる。そこが問題だ（笑）。

ハムレットの心境で

六〇歳にはなったものの、年金は部分支給にしかならない。したがって働かねばならぬ。ご承知のように、川柳では食べていけない。

　公務員の場合は比較的恵まれているのだろう。再任用という制度がある。給料は半分に減るらしいが、フルタイムで働けるという。しかし、フルタイムで働いてしまったら、川柳の活動が思うように出来ない。それは困る。

　ハーフタイムの雇用というのもあるらしい。そちらを希望しようか。ただし、こっちは給料が約五分の一になるそうな。お金を取るか、時間を取るか。「to be or not to be」と、ハムレットのように悩む日が続いた。

　このあたりの事情をいちいち書き連ねるのはさすがに気が

引ける。以下は自作の川柳にて、諸事情を皆さんに斟酌していただくことにしよう。

まだ白いまま定年の予定表
川柳では食えぬ食えぬと書く賀状
世のため人のため川柳のため生きん

江畑　哲男

いずれにしろ、川柳をライフワークとして生きてきた。これからもそのつもり。定年後の人生設計の基軸である。

大学教員への道

大学で教鞭をとる道はあるか。専任に越したことはないが、別に専任にはこだわらない。大学の教員になれれば、何より研究の活動と場所と時間が保証されるはず？　この点は大いなる魅力である。翻って、小生にその能力はあるのだろうか。自問自答の日々が続いた。

大学の人事は、「公募」によって行われる。私的なつながりによる人事は、少なくとも表面的には禁じられている。関連の書籍も何冊か読んだ。『あなたも大学教授になれる』(永井昇、中央公論)、『大学教員　採用・人事のカラクリ』(櫻田大造、中公新書ラクレ)、『最高学府はバカだらけ』(石渡嶺司、光文社新書)、『名ばかり大学生』(河本敏浩、光文社新書)。後掲の二冊は、タイトルからして刺激的であった。『一勝一〇〇敗！あるキャリア官僚の転職記　大学教授公募の裏側』(中野雅至、光文社新書)も面白いらしいが、まだ読んではいない。

研究者人材データベース(JREC-IN)も覗くようになった。こちらは、研究者の多様なキャリアパスの開拓と研究機関における人材活用をサポートするために生まれたサイトである。研究者と研究機関の人間を対象に、すべて無料で情報提供してくれるのは有り難い。

たとえば、A大学で「日本文学」「国語科教育法」「日本語表現」の専任講師を公募していたとする。同サイトを見れば、採用職名から募集人員・募集期間・応募資格・着任時期・応募書類・選考内容まですべて明らかにされている。応募書類は、サイトから書式をダウンロード出来る。

書いた、書いた、恥かいた

大学に提出する書類は、履歴書や教育研究業績書などである。履歴書を書くのは就職して以来初めて！、三八年ぶりの経験だ。

研究業績書!?　そんな大層なものは一介の高校教諭ではあり得ないからやっぱり無理なのか？　そう思って自身の実績を振りかえったら、レベルはともかく相当書いたり喋ったりしているではないか。

千葉県の高校国語部会での実践報告を皮切りに、早稲田大学国語教育学会での研究発表、国語関係誌への寄稿などなど、書いた書いた恥かいた。こうして、研究面から自身の教員人生を振り返ることは意義があった。圧巻は、「日台交流教育会」

第33回教育研究協議会（於中華民国・台湾新竹市中華大学）のレポート発表「韻文の授業と心の教育」であろうか。

著書・編著も五冊。現役教諭としては多い方だろう。

川柳句文集『ぐりんてぃー』（教育出版社、二〇〇〇年）、『ユニークとうかつ類題別秀句集』（編著、新葉館出版、二〇〇七年）、『川柳作家全集　江畑哲男』（新葉館出版、二〇一〇年）、『アイらぶ日本語』（学事出版、二〇一一年）、『ユーモア党宣言！』（新葉館出版、二〇一二年）。

川柳のお陰

大学の公開講座や、カルチャーセンターの講師面接（これまた三八年ぶり!!）で気づかされたことがあった。実績書のなかに書き込んだ「主宰する川柳会でお招きした記念講演者」一覧が注目されたのだ。「へぇ～、こんな有名な先生とも面識があるのですか」と、担当者に驚かれた。

実績書に挙げた主な先生方（順不同、肩書きは当時）。

池井優（慶應義塾大学名誉教授）、林えり子（作家）、泉麻人（コラムニスト）、衞藤瀋吉（東洋英和女学院院長）、渡辺利夫（東京工業大学教授、のち拓殖大学学長）、坂本朝一（ＮＨＫ元会長）、山本鉱太郎（旅行作家）、復本一郎（神奈川大学教授）、渥美雅子（弁護士）、佐瀬勇次（日本将棋連盟八段）、渡辺信一郎（古川柳研究者）、和田律子（流通経済大学教授）、増井光子（横浜ズーラシア動物園園長）、篠弘（歌人、日本ペンクラブ理事長）、やすみりえ（ＮＨＫテレビ「いっとろっけん」きらり☆川柳選者）、……。たしかに壮観だ。それもこれもみんな川柳のお陰である。感謝。

入試の季節

読んだ本。たまには傾向の違う本を紹介する。『デフレ化するセックス』（中村淳彦、宝島新書）、？？？。『ドロボー公務員』（若林亜紀、ベスト新書）、これはヒドイ。

さてさて、厳しかった今年の冬もようやく終わりを告げようとしている。二月は入試の季節である。果たして最後の高校入試事務になるのか。千葉県の日程を左記に示す。

前期選抜：二月十二日（火）・十三日（水）、後期選抜：二月二十八日（水）。合格の笑顔と桜の開花はこの後になる。

「伝えあうこころ」

04
2013

日本史の講義で熟睡してる間に何百年も時代がすぎる
（文化女子大学附属杉並高等学校三年　廣田涼子）

厳しかった部活動を引退し母さんまでも気が抜けている
（県立浦和東高等学校三年　中山貴晴）

「せんぱい」と初めて呼ばれた練習日今ではすっかり「先輩」してる
（福山暁の星女子中学校二年　佐野裕子）

チョークの字筆圧あつくて消しにくい伝わってくる教師の情熱
（広島新庄高等学校一年　川上侑亮）

いやぁ、久々に短歌の魅力にどっぷりと浸かった。理屈抜きで、韻文の世界にしばし心を遊ばせることが出来た。日ごろは読書をしながらも、ついつい余計な「雑念」がよぎる。「雑念」とは何か。この本は生徒たちに紹介してあげたいとか、コレは巻頭言で取り上げるべきであろうとか、はたまた小生の「読書ノート」にデータだけでも保存をしておこうか、……。ともかくそんな余計な神経のことだ。

ところが、今回は全くそれらの「雑念」ヌキで、読書そのものを、韻文の世界そのものを楽しむことができた。楽しかった。嬉しかった。有り難かった。

読み終えて、しばし考えた。う〜ん、コレはやっぱり巻頭言で取り上げないといけないのではないか?、と(笑)。

やまと歌の正統

さて、右の短歌の出典は、東洋大学創立一二五周年記念現代学生百人一首『伝えあうこころ〜かさなるいろ、かさなる想い』(東洋大学)である。

東洋大学では、一九八七年に大学創立百周年の記念事業の一つとして、「現代学生百人一首」のイベントをスタートさせている。以来四半世紀にわたって全国の高校生を中心に（途中から小学生・中学生・大学生ほかにも対象を広げた）、応募を呼びかけてきた。第一回から今回（二六回）までの応募歌の累計は、ナント百万首を超えたとか。この応募数はやはりすばらしい。

短歌は『万葉集』の昔から、日本人の「心のふるさと」である。嬉しいにつけ、哀しいにつけ、人は歌を詠んできた。そうした和歌の伝統に着目して、大学がイベント化した。その慧眼はお見事という他はない。スタート直後から同大学の「現代学生百人一首」は、「時代を映す鏡」という高い評価を受けてきたのも頷けよう。

スカイツリー伊勢崎線の名も変えて業平橋も忘れはしない
（芝浦工業大学中学校二年　椎名洋也）

和英辞典「つ」の欄引けば辿り着くTSUNAMIは悲劇の世界共通語
（十文字中学校三年　近江優花）

好きですとメールで届く告白文直接言えよ草食男子
（横浜平沼高等学校三年　曽田夏希）

そよ風にたんぽぽみんな言っている種をたく配してちょうだい
（コロンビアインターナショナルスクール六年　本木万葉）

こちらは二〇一三年編纂の『現代学生百人一首』(東洋大学)からの引用。第二六回入選作品だから、一番最新のものである。読んでいて楽しいし、若さはやはり羨ましい。

読んだ本、中身を紹介しながら

さて、三月に読んだ本。専門外の本は勝手気ままに読めるから気楽だ。目についたもの、気に入ったものを手に取りさえすればよい。ところでそうした本の紹介だが、いつもは書名を列挙するだけで済ましていた。今回は少々趣向を変えてみた。著書の一部でも彷彿とするように工夫をしてみたが、いかがであろうか。

まずは、『国難』（石破茂、新潮社）。著者は、ご存知の石破茂自由民主党幹事長であるが、本著は自民党大勝前に書き下ろされた本だという。「政治に幻想はいらない」なる副題が付してある。『みんなにいい顔』では通用しない」という一節には、ギリシャ哲学の権威・田中美知太郎京都大学教授の言葉が引用されている。

〈「こうしてくれ、ああしてくれというのは、決して主権者ではない。してもらうのは家来の立場だ。主権者というのは、自分が国家の立場に立ったときにどうするかということを絶えず考えなければならない」。

田中美知太郎〉

次は、『維新・改革の正体』（藤井聡著、産経新聞出版）。こちらの副題は、「日本をダメにした真犯人を捜せ」だ。内容の紹介は、各章及び各節のタイトルを抄出することによって、ご想像いただこう。「日本を財布と見なす『アメリカ』」、「日本をダメにした『行政改革』」、「『次世代投資』を阻むマスメディア」、「社会主義と共振する新自由主義イデオロギー」、……。

『国家漂流』（中央公論新社）。著者は、民主党元事務局長・伊藤惇夫氏であるところが面白い。副題が「そしてリーダーは消えた」になっている。「この二〇年間、なぜ『本物』のリーダーが生まれなかったのか」、「リーダーを育てる社会、潰す社会」、「長丁場が育てるアメリカ大統領」、「エリートの存在を認める社会へ」、「決断は情報力に支えられる」、「『本物』と『偽物』の区別がつかない戦後教育」。

三著ともなぜか硬派の本になった。このような本を読む気にさせたのは、定年という一種の区切りのせいであろうか。

「今年」という特別な年度末・年度始め

今年の年度末は私事も重なって、ことのほか慌ただしい。そんななかではあるが、東葛川柳会は二六回目の春を迎える。全くの偶然だが、東洋大学の前出の企画と同じ年数を閲してきたことになる。

新年度。まずは表紙絵が変わった。川柳会・江風の副会長を務める太田芳夫さんの写真に衣更えをした。芳夫さんは地元写真愛好家のサークル「フォト・ふじごころ」の重鎮であり、写真のストックを相当量お持ちだとも伺っている。楽しみである。一方、「テーブルの上に」という、はんなりとしたタイトルの表紙絵をご提供いただいた川柳会・双葉の大村けいこさん。一年間、見事な絵を有難うございました。

さて、以下は箇条書きにて失礼する。

①吟行句会の申込〆切日が迫った。東京都写真美術館は出

色の地。恵比寿界隈では都会の雰囲気も満喫できよう。
②小生のアンコール講演(3／30)。こちらもヨロシク。
③(事務連絡ばかりで恐縮だが)今年の東葛川柳会の大会は第四土曜日ではない。一〇月十九日(土)第三土曜日に変更になる。行政側の都合でこうなった。ご理解を。大会の詳細はこれから詰めていくが、変更になった日程を記憶に留めて、今からご予定いただきたい。
④人事は四月に発表する。若干のシフトチェンジを行うが、二五周年も済んだので「内部充実」を第一に考えたい。

自然体は素晴らしい

05
2013

「第九回川柳とうかつメッセ賞」は、堤丁玄坊氏(土浦市)に決めさせていただいた。吉例にしたがって、年度始めの四月句会にて表彰式を行う。おめでとうございます。

今年のメッセ賞は、ベテラン堤丁玄坊氏に

堤丁玄坊。大変物静かな有名人である。ご存知ない方のために若干のプロフィールからご紹介させていただこう。

本名将和(まさかず)。昭和十二年生まれ。福岡県出身。長く大学で教鞭を執られ、国立大学の学部長まで務められた。ご専門は農学、具体的には、食品機能学、食品微生物、食品衛生学と伺っている。

二〇〇二年に茨城大学を定年退官。趣味は、バードウォッチング、謡曲、草花づくり、下手な卓球とテニス、ジャンルを問わぬ音楽鑑賞、麻雀、下手な囲碁、……とじつに多彩だ。「下手な」と注記したのは小生ではない(笑)。ご本人である。自身のプロフィールにそう書かれてあったのだ。

モチロン、川柳は多くの趣味の筆頭に位置するに違いない。東葛川柳会の会員でもあり、現在は999川柳会(土浦市)の代表を務めておられる。小さな(失礼！)会報を近年は発行し、創設者今川乱魚氏を偲ぶ記事が散見される一方で、丁玄坊氏の手によるエッセイも数多く盛り込まれている。

東葛川柳会との関連で申せば、『川柳の教科書』(正&改訂版、新葉館出版)の功績は外せない。いくつかの勉強会では、文字通りこの本を教科書として使用している。おかげさまで、成果(成績！)も上昇の一途である。

川柳との出会いは、高校生時代だった

もう少しご紹介を続けよう。

お父上(堤八郎、元久留米市民川柳会会長)が川柳家だった関係で、丁玄坊氏は高校生の頃すでに川柳に手を染めていた。大学卒業後も句会に参加しておられたようだが、仕事の忙しさからか、二〇年間ぐらいのブランクがあったようだ。川柳

に復帰をされたのは、平成二年頃のことと聞いている。(以上は、丁玄坊句集『大河』より)

余談ながら、小生が訴えてきたジュニア川柳の意義が図らずも証明された。「三つ子の魂」ではないが、ジュニア時代に川柳(短詩文芸)の世界に馴染むことは生涯の宝になる、そう訴えてもきた。そうした小生の信念の正しさが丁玄坊氏の経歴からも証明されたようで、個人的にも嬉しい。

さて、その丁玄坊氏。メッセ賞授賞第一報をお知らせしたところ、次のようなコメントをいただいた。

〈川柳をやっていて本当に良かった。心からそう思っている。現役の頃とは違って、肩に余計な力を入れないで済む。有り難い。自然体で過ごせる。ストレスがたまらない。どんな薬よりもよく効く。……〉

メッセ賞 今後の方向は?

お喜びの声の一方で、次のような躊躇や疑問も呈された。こちらも率直に書かせていただこう。

〈果たして、自分が貰ってよいものか。もっと別な方にお渡しした方がよろしくはないですか、哲男さん。メッセ賞を貰って、自身の励みにされる方がほかにおられるのではないでしょうか。〉

有り難い言葉だ。さすがの気配りである。主催する側の、授賞する側の背景や効果を察した上での、ご配慮であり、ご心配であった。堤丁玄坊氏とは、そういうお方なのである。小生のような凡人ではなかなかこうは言えない。

丁玄坊氏のその心配りを有り難くお受けしながら、もう一度堤丁玄坊氏の作品を読み直してみた。結論。やはり、今年のメッセ賞は丁玄坊氏に貰っていただこう。

堤　丁玄坊

親離れ出来ずに親を喜ばせ
裏切ったこともあるので我慢する
生き残るために時々白い旗
教養って難解ですね欠伸する
正論を吐いてむなしい自己矛盾
知恵袋底にいくつか穴がある
人間のリフォーム座禅でもするか

自然体の良さ・すばらしさ。物腰は柔らかいが、芯のしっかりした姿勢と作品は、じつに見事である。

メッセ賞の方向は? 果たしてメッセ賞は、実力重視か新人の顕彰も視野に入れるべきか。堤丁玄坊氏の問題提起は問題提起として、今後の選考に活かして参りたい。

ついでながらもう一言。堤丁玄坊氏には、この機会に自選作家に回っていただく。メッセ賞「一歩手前」の方々には、一層の奮起と個性(テーマ性)を期待したい。

注目すべき巻頭言、いくつか

年度が改まった。川柳界各誌も四月号の装いである。そのゆえであろうか、久々に（と言っては語弊があるが）、各誌の巻頭言が興味深かった。

まずは、『川柳まつやま』。川柳まつやま吟社・田辺進水会長の巻頭言「学問のススメ」。福沢諭吉の有名な冒頭（「天は人の上に〜」）を引用した上で、次のように続けている。「賢い人もいれば、そうでない人もいる。……何故差ができるのか。それは勉強したか、しなかったかによるのである。だから学問のススメに結びつくのである」と。

この指摘は、正しくて深い。福沢諭吉は、「結果の平等」を唱えたのではない。「機会の平等」を唱えたのである。

『川柳さっぽろ』。札幌川柳社・太秦三猿運営同人による「内向きを排し外部への発信を」。長文の評論ながら、ズバリ言い切った点が小気味よい。「優れた川柳評論家になると川柳作家に比して極端に少なくなる。さらにオルガナイザーとなると、これは多分数えるほど」と喝破する。同感。

三つ目は『犬吠』。千葉県川柳作家連盟・津田暹会長の「会長再任に当たって」。穏和なタッチで、県川連の五〇周年関連事業と、再来年の全日本川柳千葉大会を取り上げている。

前者では、「川柳界の句集発刊が少なく世間へのアピール性が薄いこと」に関連して、千葉県の事業の先見性を静かにアピール。後者でも、初めて地元自治体との共催という形で日川協大会が開催されていることの意義を、さりげなく書いてのけた。ぜひご熟読を。

さてさて、ご心配いただいている小生のその後。三月末に定年退職。翌四月一日、再任用（ハーフタイム）教諭として流山市内に転勤になった。川柳の普及と川柳文化の向上・発展はライフワークだが、何だか落ちつかない春である。

ポピュリズムを考える

06
2013

面白い本を読んだ。

まずは、『反ポピュリズム論』（渡邉恒雄著、新潮新書）。この本は今から一年ほど前に書かれた（二〇一二年六月）。筆者渡邉恒雄氏は、読売新聞グループ本社代表取締役会長・主筆。言わずと知れた言論界のドンである。渡邉氏の著書を読むのは初めてだが、タイトルに惹かれて手にした。

ドン氏は冒頭から吠える。「政治が何故、これほどまでに混沌としてしまったのか。その答えはポピュリズム、大衆迎合政治の蔓延にある」と。

ポピュリズムの源流

「どうしてこんなにぶざまな政治になってしまったのか。その一つの大きな転機が、小泉純一郎首相の登場だったように思う」。「ポピュリズム政治に先鞭をつけたのが小泉純一郎首相だとすれば、さらにそれを推し進めて、正真正銘の大衆迎合政治を作り出してしまったのは、鳩山・菅政権下の民主党である」。

「それにしても、脱官僚・政治主導のスローガンは、日本の社会を本当におかしなものにしてしまった。このせいで、日本の頭脳集団といわれた霞ヶ関の官僚たちが、いかに正論を唱えても、その中身をじっくりと吟味することなく、『官僚が言うことだから』という形式だけで忌避されてしまう傾向を作り出したからである。

政治家でも学者でも、消費税増税の必要性を説けば『財務省に毒されている』といわれるし、原発再稼働を唱えれば、経済産業省とつるむ『原子力ムラ』の一味呼ばわりされる。これではまともな議論などできるはずがない」。

ナルホド。その通りかも知れぬ。

もう一冊紹介する。

『NHKスペシャル　生活保護3兆円の衝撃』（NHK取材班、宝島社）。こちらは坂田記念ジャーナリズム賞受賞番組を書籍化したもので、ご存知の方もおられよう。

衝撃だったのは、「働ける世代の大量流入で、205万人を突破した受給者」という現実ではない。国の税収40兆円の12分の1が生活保護費に消える事実にも驚かされたが、それだけではない。貧困ビジネスの横行、拡大する不正受給ビジネスの実態にも怒りを禁じえなかった。

「常識」や「先入観」からの脱却を

しかしながら、この本で最も驚いたのは、学習院大学経済学部経済学科・鈴木亘教授の次なる指摘であった。

「今の生活保護制度は、いったん受給してしまうと、そこから抜け出すインセンティブ（動機）がまったくない制度となっている。そこが一番の問題です」。

鈴木教授は続けて提言する。

「今定められている最低賃金は、生活保護受給者にとって高すぎる」。「それ（最低賃金）を引き下げることで、生活保護受給者の雇用につながる」と主張。これにはもっと驚いた。最低賃金を「引き上げろ！」というのではない。ナント「引き下げろ」と主張しているのである。

「この最低賃金（千葉県の場合は時給七五六円）ついて、鈴木教授は、雇う側にとって、生活保護を受けている人たちに支払うのは躊躇する額だ」と分析。加えて、生活保護受給者の自立を阻害する、とまでおっしゃる。要は、雇用する側にとってのリスクや労働の質、各種保険の企業負担等を考えると、そういった結論になるらしい。

いやはや驚いた。新聞を表面的に読むだけでは、とても行き着かない思考であり、思考の到達点である。

翻ってわが川柳界はどうか。ポピュリズムの影響はないのか。「（古い）常識」や「先入観」にとらわれたりしてはいないであろうか。

句会などで、一時「マニフェスト」や「たられば」が流行った。こういった常套語を使用すると結構句が抜けた。

憲法に対する考え。沖縄に対する見方。新聞を開けば、悪いのは政府や官僚になる。公務員はそもそも悪であり、中でも教師はサイテーの人種!? そんなステレオタイプな見方に、私たちは無意識に影響されていないだろうか。

定例幹事会・総会の報告

さて、四月二七日(土)の午前中。平成二五年度最初の幹事会が持たれた。主な議題は、

①平成二四年度の会計報告、監査報告。

②新年度の人事、他であった。

会計報告は、根岸洋会計部長からなされた。ホワイトボードに、過去数年の詳細なデータをエクセルでグラフ化しての説明があった。この説明には幹事一同感嘆の声。「会計の中身がバッチリ分かる」、「見事な分析」、「まるで株主総会のような資料だ」等々の感想も聞かれた。

長谷川庄二郎監査委員からは、実務へのねぎらいの言葉の後、「収入を増やすことと、出ずるを制すること」の二点が強調された。笹島一江監査委員からは、受付係の経験を通して、出席者減の実感と現状改善の訴えがあった。

それにしても四月中旬の某日、あわせて五時間もかけて監査事務が行われた。頭が下がります。ご苦労様でした。

質疑。「第三種郵便と宅配便との料金比較」に関する質問が出た。この比較は、実は三年ほど前にも当幹事会では検討が成されている。現状は第三種の方が安価であること。加えて「第三種郵便物認可」という有形無形の価値は捨てがたい、という回答を代表としてはさせていただいた。

赤字なんです!! 東葛川柳会

会計報告に戻る。じつは、東葛川柳会も赤字です。

会計部資料によれば、過去数年の決算は左の通り。

平成21年度、約39万円。22年度、60万円。23年度、25万円。

24年度は、16・5万円(という赤字額)。

根岸会計部長の説明がなかなかシャレていた。「(昨年度は)比較的成績の良い赤字だった」と。「成績の良い赤字」とは、文学的表現としては面白い。(面白がっている場合ではないが、……。)

では、今年こそ黒字化を果たそうではないか。「成績の良い赤字」で満足することなく、さらに「(黒字というホンモノの)好成績」を目指してがんばろう!

そのためには、両監査や皆さんもお認めのように、会員の拡大が第一である。まずは誌友を増やすこと。さらにご支援いただける方には、維持会員なり同人への格上げをお願いしたい。きわめて現実的な話で今月は締めくくった。

定年こぼれ話

07
2013

前回主張したことの一つ。『(古い)常識』や『先入観』からの脱却を」。今回は、その続きから。

二年二カ月経った被災地・石巻

小生が選者を務める「旅の日川柳」(日本旅のペンクラブ主催)の表彰式が、五月十六日(木)夕刻仙台市内のホテルで予定されていた。仙台は、二年前の六月に全日本川柳大会が開催された土地である。二年前、3・11直後という事情もあって、日川協はその仙台で全国大会を開催すべきかどうか、議論が沸騰した。会議でも意見が割れた。結局は、地元仙台の熱意に動かされる形でほぼ予定通り大会を実施することになった。結果は大成功であった。

二年前、仙台大会が終了してから、被災地石巻まで足を伸ばそうと小生は考えた。しかし果たせなかった。何しろ大津波直後の石巻である。交通機関も遮断されたままだった。仕方なく、途中の松島まで訪ねて帰葉したのが二年前だった。

あれから二年後の五月十五日(水)夕。小生は上野から東北新幹線に飛び乗って、ともかく仙台をめざした。夜石巻着、石巻泊。

運転手さんとの会話

翌十六日(木)は、朝から被災跡地をタクシーで回った。運転手さんはこの道四〇年のベテランだった。

まずは、日和山公園から市内を望む。テレビ映像で繰り返し映し出されたアノ光景が目に焼き付いた。津波で流された住宅地はほとんど更地になっている。綺麗サッパリと言っては申し訳ないが、見事に何もない。その跡地を眼下に望んだ。

日和山下には、門脇小学校(児童三〇〇人)があった。校舎は津波に襲われ、その後火災も発生して、あたかも空襲後のように丸裸で突っ立っている。校舎には、瓦礫や自動車が押し寄せてぶつかり、さらにガソリンに引火して火災が発生した。火災はナント二昼夜も燃えていたと言う。

運転手さんは言う。「この小学校にいた子どもたちはみんな助かったんです」と。「よかったァ」と思っていたら、その話に続きがあった。大地震当時、学校にいた児童は先生の誘導でみんな無事避難できたのだが、残念ながらすでに下校して自宅にいた児童から犠牲者が出たらしい。

どうしてか?

自宅にいた子どもたちは、大人の指示で住宅の二階に逃げ込んだのだ。大人たちは、かつてのチリ大地震や昭和三陸津波という自身の経験から、二階にいれば大丈夫と思い込んでいたらしい。ところが、今回の津波はその規模が違った。

石巻市と言えば、大川小学校の悲劇を思い起こす。そう、児童数一〇八人中六八名が犠牲(十行方不明者八名)となった学校である。現場にいた教職員で無事だったのもたった一人。校長は当時私用で年休を取っていた。

大川小学校では、現在もアノ日を引きずっている。業務上過失致死傷罪などの立件も取りざたされているとも聞いた。教師の避難誘導が遅れたのではないか。裏山に逃げれば助かったのに、なぜそちらに誘導しなかったのか。そもそも私用で休暇中の校長って何なんだ。上部組織である教育委員会の判断と指導はどうだったのか。

真偽の程は分からない。ただ一点、大川小学校の悲劇だけが非難される一方で、門脇小学校の見事な対応は話題にならない。世間とはそういうものかも知れないが、不公平感が拭えないのは果たして小生だけであろうか。

平地に乏しい日本の海岸線

さらにその日、金華山まで足を伸ばした。万石浦、月浦(ここには支倉常長の銅像があった)、鮎川港(捕鯨の町)と。鮎川からは船に乗って金華山の黄金(こがね)山神社(日本最初の金の産地)にお参りした。その途中の浜という浜はみんな津波にやられていた。むろん、鮎川港も金華山もである。

道すがら改めて気がついたこと。日本の海岸線には平地がきわめて少ないという点である。震災後の議論で、高台移転が話題・課題となった。そうすれば津波の被害を免れると識者は簡単に言うけれど、その高台移転が実際には容易ではない。そもそも高台の適地が日本には乏しいのだ。

運転手さんは言った。高台にある日和山の人たちは日頃の買い物が不便なんだ、と。行きはまだ良い。下り坂だから。問題は帰り。スーパーで買い物をして、重い荷物を抱えて、住宅のある高台まで戻らねばならない。歳をとればとるほどつらく、毎日毎日のことだけになおさら大変らしい。ましてや、工場の高台移転などは現実的でないと。石巻の水産加工工場などは、「山の上さ、持って行げねぇべ」と一蹴する。「机上の空理空論」という言葉があるが、さすがは現地の人。その指摘は重く、ナルホドと実感した次第である。

楽しきかな、新生活

さて、このあとは気楽に書かせていただこう。

①四月からの新しい生活だが、少しずつリズムを摑みかけてきた、というところ。

②勤務はハーフタイム、身分は教諭。勤務日は、月・火・水(午前中)の三日間で、授業のほかに校務の分担も一応はある。若干の戸惑いはあるものの、授業は新鮮である。

③金曜日は、大学のオープンカレッジで川柳入門講座。

④土曜日はこれまで通り勉強会での講義 or 東葛句会。

⑤したがって、木曜日が唯一のお休みになる。

⑥その木曜日をどう過ごすか。吟行会などであちこち飛び回るのもよいが、遊んでばかりいると充電が出来ない。後期は、大学の聴講生にでもなろうかと思案する昨今だ。
⑦通勤時間が長くなった。車で一時間弱。落語のCDを聴いている。桂歌丸師匠の「牡丹灯籠」四話も全部聴いた。
⑧「少し太りましたか?」と聞かれるが、体重は不明。
⑨読書の時間も、ついでにアマゾンの支払いも増えた。
⑩最後にショックな話。尊敬する大学時代の先輩が、体調不良で自宅療養中とか。お見舞いの電話を差し上げたところ、精神面の病い。組合運動一筋でやってきただけに、定年後の虚脱感・喪失感が一因のようだった。先輩曰く、「江畑君のように、川柳でもやっていれば違ったのかも」と。真面目な人ほど節目節目の自己管理が難しいようだ。

定年こぼれ話2

08
2013

今月は、青森大会の報告から。

第37回全日本川柳二〇一三年青森大会は、六月九日(日)出席者六五八名で賑わった。東葛川柳会からは、コアな会員で二〇名、誌友も含めると総勢三〇名を超えた。当日選者を仰せつかっていた小生は、皆さんの応援に大いに励まされながら披講させていただいた。有難う!

観光はやはり楽しい

大会参加記は、大会初参加の藤田光宏さんにお譲りする(別掲)として、ツアーは前日の八戸観光から始まった。

八日昼、新幹線を八戸駅にて途中下車。ジャンボタクシー二台を借り切り、特別参加の駒木一枝さんも含めて総勢十五名が乗り込んだ。まずは、市内南郷図書館に設置されている「三浦文学の部屋」へと向かう。三浦文学とは『忍ぶ川』で芥川賞を受賞した三浦哲郎のこと。彼はこの地の出身なのだ。

石原均館長の応対が嬉しかった。まだまだお若く五〇代の由。以前は金融関係のお仕事をしておられたが、お金に縁のない仕事をしたいということで数年前に転職をされたとか。小生などは逆に、お金と縁を持ちたいと願っているのにままならない(笑)。石原館長は、遠来の我々にお茶を出したり、椅子を運んだり、……。図書館の新しいあり方をも模索しておられるようで、そのお話しぶりの楽しそうな様子がとても印象深かった。かくして、ツアーは好スタートを切った。以下は、駆け足にて失礼させていただく。

是川縄文館。平成21年に国宝指定された合掌土偶が良かった。その他は残念ながら省略する。

名勝・種差(たねさし)海岸は美しかった。これまた詳細省略と思いきや、司馬遼太郎の名言に出会った。「どこかの天体から人がきて、地球の美しさを教えてやらねばならないはめになったとき、一番にこの種差海岸に案内してやろうとおもったりした。」(『陸奥のみち』(朝日文庫)。巧いこと言うねぇ。

かの東山魁夷も言う(……と、またまた話が長くなる)。作品『道』の図案はこの種差海岸の風景が元となった。

「ひとすじの道が、私の心に在った。夏の早朝の野の道である。青森県種差海岸の牧場でのスケッチを見ている時、その道が浮かんできたのである。正面の丘に灯台の見える牧場のスケッチ。その柵や、放牧の馬や、灯台を取り去って、道だけを描いてみたら―と思いついた時から、ひとすじの道の姿が心から離れなくなった……」(『風景との対話』)。

ツアーは、種差海岸から少し北の蕪島(かぶしま)へ。ここはウミネコ繁殖地で、国の天然記念物に指定されている。ウミネコは漁場を知らせてくれる鳥であり、弁天様の使いとして大切にされてきたそうな。見上げれば数万羽?のウミネコがわが物顔で飛び廻っており、視線を落とせばナント道路にウミネコの糞の跡が無数にあるではないか。ファッショナブルな東葛レディーたちが島の小高い神社まで石段を昇ったら、たちどころにウミネコのフンの絨毯爆撃を浴びそうだ。かくして、蕪島弁天神社への御幸は中止と相なった。再び駆け足紀行に。

前夜祭・大会~翌日観光

前夜祭、熱気むんむん三七〇名、満席。

川柳大会、別記の通り。選者室には、長島敏子・田辺進水と小生の当日選者三人。その緊張感たるや大変なもの。

宿泊は青森グランドホテル。前夜祭の会場にもなっていて、かつ連泊というのは有り難かった。

翌日観光は、旅行社手配による青森市内&五所川原。太宰治記念館(ブルジョア!)、津軽三味線会館(三橋三智也の写真と再会)、立ちねぷたの館(スケール大)、三内丸山遺跡(ロマン)等を見学して、新青森駅から上野に戻った。

……という駆け足の記録もよいが、サスガに味気ない。補筆させていただこう。

前夜祭や大会では、旧交を温めることができた。これを大会外交と名づけたのは、たしか豊橋の鈴木如仙氏(やしの実川柳社)だった。森中惠美子、新家完司、天根夢草、辻晩穂、太秦三猿、長谷川酔月、木田比呂夫、阪本高士、真島久美子、太田かつら、石田酎、熊谷岳朗(敬称略)……の各氏らと、一言二言ながら笑顔の交歓が出来た。ナルホド大会というのは格好の場である。

大会終了後は、静岡の加藤鰹さん企画の懇親会もあって、こちらでも盛り上がった。参加者のお名前は省略をさせていただくが、川柳界の若手!?を中心に気勢を上げた(単に酔っぱらっただけ?)。そうそうこの辺りの雰囲気は、新葉館のブログをクリックしてご覧になると面白いかも。

定年こぼれ話(2)

新生活にもだんだん慣れてきた。前月号に書いたとおりだ。一週間のリズムという点で言うならば、月～水は高校教諭。木曜休日。金～日まで川柳人としてのお務め。忙しさは相変わらずだが、張り合いがあると思うことにしている。

七月上旬には定期テストが始まった。その後は採点と成績処理が待っている。夏休みには一週間ほど進学補習に汗をかく。この辺りも昨年までと変わらない。

大切なのは「夏休みの計画」であろう。やりたいことは山ほどある。やらねばならない課題も少なくない。充電もしておきたい。今はそんなことを考えている。

課題の一つに『日台合同句集』がある。諸事情で計画を見直さねばならない。とくに台湾側の事情が厳しい。この点については、原稿をお寄せいただいた方々に暑中見舞いを兼ねて現状報告をさせていただき、ご理解につなげたい。

「川柳人のための連続セミナー」にご参加を

四月五月の全日本川柳協会常任幹事会で、川柳人の高齢化と指導者不足の現状、及びその打開策が話し合われた。常幹会としては珍しく、①紙ベースでの提案があり、②提案に基づいて審議がなされ、③きちんとした結論を導き出した。

結論の一つが、別掲の「川柳人のための連続セミナー」である(本号表紙2参照)。ご覧のとおり、課題にふさわしい豪華キャストをお招きすることが出来た。大いにご期待いただきたい。ふるってのご参加を乞う。遠方の方々にも、上京の折りなどに参加できるよう配慮をしたつもりである。

それにしても暑い。こんな殺人的な猛暑のなか、学校ではクーラーもなしに教育活動が営まれている。信じられない!?、こと。教室はモチロン、教員室にすらクーラーがない。施設設備・教育環境を整えることは、ムダな公共投資では決してない!!　暑中お見舞い、心から申し上げます。

五つのty

09
2013

秋田川柳銀の笛吟社の創立20周年記念大会に、台湾の杜青春会長に連れていってもらう?形で出席させていただいた。別に選者ではなかった。お役目のとくにない大会に、一川柳人として出席するのは久しぶりかも知れない。大会は、七月二一日(日)に開かれた。私にとっては、平成十八年(2006)以来、八年ぶりの秋田であった。

天根夢草氏の柳話

無役のおかげで、大会の一部始終を楽しむことができたのは幸せだった。なかでも記念講演(柳話)の天根夢草氏のお話は存分に楽しませていただいた。

その夢草氏の柳話。演題はなかったように記憶する。自己紹介に始まってのお話で興味深かったのは、「川柳の三要素」に代わる「五つのｔｙ」の提起であった。
①リアリティー（reality、真実味）
②オリジナリティー（originality、独創性）
③シンプリシティー（simplicity、純真さ）
④ディグニティー（dignity、格調・品位）
⑤キャパシティー（capacity、受容力、とくに選者の）
夢草氏は柳話の途中から、『銀の笛』掲載句の欠点や大会運営への注文を具体的に指摘し始めた。これにはいささか驚いた。一参加者の小生などがかえってハラハラして聴いていたのだが、氏にたじろぐ様子はなかった。それこそオリジナリティー溢れる柳論を、堂々と主張し続けたのであった。

銀の笛大会の詳細については、（ゴメンナサイ）紙面の都合で割愛させていただこう。ただし、当会維持会員・長尾美和（船橋市）さんの表彰だけは特記しておきたい。「彩雲抄」で最高の評価を受けて、大会の場で一番に表彰された（哲男が代理受賞）。おめでとう！

一夜明けて、くだんの夢草氏から嬉しい一言を聞くことが出来た。小生が企画をした日川協主催「川柳人のための連続セミナー」へのお褒めの言葉であった。

大会翌日の観光の最中、車中での一言。夢草氏とは四方山話ばかりだったが（観光だから当たり前か）、例の「連続セミナー」のチラシを小生が説明したところ、「こんなもん出来へんで、なかなか」という共感の一言をいただいたのだ。嬉しかった。加えて「選者をちゃんと養成せな、あかんなァ」ともおっしゃる。「うんうん」と頷く小生。分かる人には分かって貰える、それが嬉しかった。（中間報告：同セミナーへは好意的な反応が多く、「こういう企画は今までになかった」という声を未知の人からいただいている。感謝。）

書き落としてはならぬこと。それにしても、大会翌日に男鹿半島一周コースを楽しませていただいた秋田のお仲間の皆さんに、心から御礼申し上げます。有り難うございました。

板垣孝志さんとの「再会」

話は全く変わる。
久しぶりに心に沁みる句集を読ませていただいた。『悔い』（板垣孝志著、新葉館出版）がそれである。第９回川柳マガジン文学賞受賞記念出版の句集と伺っている。
この句集、読むにつれて作者の世界に嵌っていく。嘘のない、美辞麗句に寄りかからない川柳作品ばかりである。
香典を提げて納期を訊きに来る
頬杖の両手の中にあるむかし
ただという餌ニンゲンがよく釣れる
来るものは来る正確に残酷に

各章の間に挟んであるエッセイがまた良い。飾らない、自伝的で断片的なエッセイを挟んでいる。

ん? このタッチ、どこかで読んだことがあるゾ。ハタと思い当たった。そうだ、とうかつユーモア賞応募者の、アノ板垣孝志さんではないか。孝志さんは、岩井三窓氏の「ともすれば賽銭箱を覗く癖」を取り上げて、じつに味わい深いエッセイにまとめてくれた。その人ではないか。小生もこのエッセイは大賞候補に推し、最終的にはとうかつユーモア賞エッセイ部門の佳作入選を果たした。同エッセイは当会編の『ユーモア党宣言!』にモチロン収められている。

作者・板垣孝志氏は昭和21年島根県掛合村生まれ。(そう言えば、前述の天根夢草氏も島根県掛合村生まれ)。現在は、奈良県大和高田市在住とか。団塊世代の生きざまが感じとれた。

英語俳句の創作指導

最後は、夏休み直前のエピソード。

アメリカからの短期留学生のイサベラ・ベガル(Ysabella Bhagroo)さんが、本校(流山おおたかの森高校)にやって来た。ベガルさんに日本文化を味わって貰おうと、担当教諭が苦労をしていた。お茶、書道、日本料理……等々と挙げておられたので、小生からは「それなら俳句(**3-lined poem in English**)指導でもしましょうか」と申し出たのである。

七月八日(月)、梅雨明けの暑い午後であった。

会場の図書室にやってきたベガル嬢は、昼食に出されたそうめん(日本料理!)の様子を楽しそうに話し始めた。短詩の生命は作者の感動にある。「俳句創作」といっても、素人がいきなり句を作ることは難しい。会話しながら(モチロン日本語で)、時折り親父ギャグを交え(なかなか通じなかった)、楽しい雰囲気を醸し出しながら、俳句創作の核心へと迫っていったのである。雑談三〇分、彼女の作品をご覧いただこう。

I have a child's hands.
Somen noodles slipping
from my chopstics.
(Ysabella Bhagroo)

「Ｏｈ、スバラシイ!?」、初めてのＨＡＩＫＵ作品に、手を叩いて喜びあった。その後も二人は二句ほど作りあって、めでたく創作体験はお開きとなったのである。

ちなみに小生の作、「冗談が通じた外交官になれた」。

My English joke
could make you laugh!
I passed diplomat exam!
(Ebata Tetsuo)

とでも、英訳するのであろうか。現役というのは時間的・肉体的に厳しいものだが、刺激があってやっぱり面白い!

10／19東葛の大会です

10
2013

このところ、関東地方を竜巻が襲っている。

九月二日(月)に発生した竜巻は、埼玉県越谷市から千葉県野田市までの長さ19㎞を駆け抜け、六〇〇棟以上の建物損壊をもたらした。四日(水)には栃木県鹿沼市や矢板市を襲って、やはり建物被害が生じた。四日(水)の午前中には震度四の地震もあった。

お気遣いのメールとその返信

さて、そんな天変地異に当会会員を気遣うメールが入る。たとえば、松戸市の老沼正一さん。

〈哲男先生、お早う御座います。東葛川柳会野田支部の皆さん大丈夫でしょうか？　心配しております。正一〉

といった具合である。

こうした心配に対して、川柳人の反応はサスガだ。たとえば、遊人氏(野田市)。会報『ひばり』をメールに添付し、自作の短歌も添えてユーモア溢れる発信をしてくれる。

〈皆さま、竜巻にも震度4にも負けず「ひばり」は飛んでおります。野田川柳会『ひばり』48号をお送りします。でも、地震と言い竜巻と言い猛暑と言い、地球はだんだん人の棲めない星になりつつありますね。「旨いものたらふく食っておけ吾子よそのうち大氷河期が来るぞ」〉

猛暑をやり過ごした読書

それにしても今年の夏は暑かった。猛暑に継ぐ猛暑。かと思えば、水不足にゲリラ豪雨、このたびの竜巻。遊人さんではないが、「地球はだんだん人の棲めない星になりつつ」あるのかも知れない。

3・11以前であれば、地球温暖化が話題となったであろうに、原発事故以後地球温暖化やCO_2の話はとんと聞かれなくなった。一体どうしたのだろうか?、不思議な日本のマスコミである。

それはともかく、この夏はひたすら本を読んだ。猛暑をやり過ごすのには、図書館が最適である。例によって乱読の小生だが、その傾向は幾つかに分かれた。

①意外と多かったのが、経済分野の本。『アベノミスクで超大国日本が復活する!』(三橋貴明、徳間書店)がキッカケだったかも知れない。『仕組まれた円高』(ベンジャミン・フルフォード、青春新書)、『とてつもない日本』(麻生太郎、新潮新書)、『オバマも救えないアメリカ』(林壮一、新潮新書)等々と読み進めた。

変わり種は『コレキヨの恋文』(三橋貴明、小学館)だ。経済小説とでも呼ぶのだろうか、高橋是清とアベノミクスのデフレ脱却物語を小説に仕立てた。これは面白かった。
②政治や歴史の分野では、『転落の歴史に何を見るか』（齋藤健、ちくま文庫）、『悪韓論』（室谷克実、新潮新書）、『官房長官を見れば政権の実力がわかる』（菊池正史、ＰＨＰ新書）、『反中VS親中の台湾』（近藤伸二、光文社新書）などを読む。夏は歴史に強くないといけない。
③文学の分野。『永遠の０』（百田尚樹、太田出版）。久々に小説の面白さを堪能した。川柳関係では、『川柳は凄い』（大野風柳、新葉館出版）、『如仙の川柳　お好み焼き』（鈴木如仙、やしの実川柳社）他を読了。

食べ物の話は興味深い

右の分類には入らないが、『なぜ日本人だけが喜んで生卵を食べるのか』（伊丹由宇、ワニブックスPLUS新書）はオススメの一著である。気軽に読めて、しかも奥が深い。「約三〇年に亘り日本料理を食い尽くした男の歓びの一冊」と書いてある割には、すき焼き・牛丼・ワタミなどの庶民に親しみやすい味が満載だ。

一九七七年の「マクガバン・レポート」をご存知だろうか。大統領の命を受け、アメリカ上院特別栄養委員会が数々の数値を示しながら、「世界中で一番理想的な食は、日本人の食生活である」と認定したレポートだ。同レポートと日本食の関係にも言及したいところだが、内野先生の記念講演と重複があってもいけないので割愛する。

そう、東葛川柳会二六周年大会の記念講演には、東京家政大学の内野美恵先生をお招きする。先生から演題として、「クールジャパン　世界に誇れる日本型食生活」を承った。

内野美恵先生は、健康栄養アドバイザーとして、新聞、ＴＶなどでご活躍中の方。日本障害者スポーツ協会科学委員会委員、車椅子の子どものスポーツ支援をするＮＰＯパラエティクラブジャパン理事、東京食育推進ネットワーク幹事を務めておられる。

やったぜ!!　二〇二〇東京五輪開催決定

ちょうど折しも、ビッグニュースが入った。二〇二〇年のオリンピック・パラリンピックの東京開催が決まった（八日午前五時二〇分）のだ。ヤッター!!　内野先生の肩書きには、「日本パラリンピック委員会栄養サポート代表」もあるので、ワクワクする思いでこの朗報を聞いた。

七日午前の最終プレゼンテーションでは、滝川クリステルさんのフランス語が美しかった。決定の直後、フェンシングの太田選手の嬉し泣きも爽やかだった。高円宮妃久子さまの気品、安倍総理の落ち着いた言動も良かった。いずれにしろ、ＴＯＫＹＯは安定感が一番あったのであろう。

五輪招致の勝因として、日本のチームワークを挙げる方が多かった。チームワークと言えば、ネットワーク・フットワークと並んで、小生が常日ごろ強調している事柄だ。三つのワークのなかでも、特に大切だと信じている。

さてさて、食の話は老いも若きも興味深い。アスリートと一般人との食生活は、どのように違うのか。当会会員の皆さんが、七年後の東京五輪を心身ともに健康で迎えるためにも、内野講演は聞き逃せない。一〇月十九日(土)、柏市中央公民館にぜひお出かけ下さい。

「若手」を意識した大会に

二六周年大会の選者は、川柳界では若手と呼ばれる先生方をお招きした。埼玉川柳社の加藤孤太郎、銚子川柳会の名雪凛々、東京番傘川柳社の佐藤孔亮各先生をお迎えする。さらに、大会では宮内みの里幹事の句集『柿簾』が出版され、出席者は無料でいただける。ますます楽しみだ。

川柳と日本語のリズム 11

2013

右の演題で講演をさせていただいた。

九月二二日(日)、第十一回八千代川柳大会の場においてである。大会は、出席者一五一名の盛会。秋晴れの気持ちよい一日であった。

大会の趣向・イベント

八千代市民文化祭に、川柳の大会が加わって今年で十一年目になるという。その初回から、小生もしくは東葛川柳会は何らかの形で応援させていただいてきた。

そのようなご縁で八千代のお仲間を拝見すると、川柳人口は多いし、勉強熱心な方々も多い。毎年の大会には、物まねや合唱、市内バンドによる演奏など趣向を凝らしたイベントを組み込んで、参加者への行き届いた配慮が感じられる。

講演の依頼は今年の三月、八千代川柳連盟会長の田中まことさんからあった。小生の退職記念講演会(3/30)に田中会長が、わざわざ柏までお運びいただいてのご依頼であった。モチロンその場でOKの返答をさせていただいた。

さて、演題である。

音楽や物まねと違って、講演だ。八千代の会場は参加者と演壇とが物理的に距離のある構造になっており、小生のような真面目で中身の濃い(!?)講演は不向きかナ、そんな思いも去来した。しかも時間帯は、昼食後の小一時間。出席者の中には、一杯機嫌で午後の日程に参加しようとする不届者もいるに違いない。ハテ、どうしたものか。

リズム面から日本語へアプローチ

考えた末に、演題は「川柳と日本語のリズム」とした。これには左のような理由があった。

ここ数年小生は、日本語の魅力について語ってきた。川柳人に対してよりも川柳人以外の方々を対象にして、日本語の蘊蓄を語ることが多かった。語彙の豊かさや多様な表記等を解説しつつ、「日本語の魅力」をさまざまなエピソードを交えながら熱弁を振るってきたように思う。名著！『アイらぶ日本語』（学事出版）のとおりである。

そして今回。

その日本語の魅力を、語彙面や表記面から離れて、音声面での特徴をお話しできないものか。そう考えたのだ。幸いにも、八千代大会の参加者はみな川柳人である。しかも勉強家の多い八千代だ。音声面での日本語の特徴と、小生の問題提起を披露するよい機会かも知れぬ。そんな風に思い始めた。

レジュメは、五日ほど前にお届けした。レジュメには、主として理論的なことを書き留めておくことにした。

レジュメに書いたこと、書かなかったこと

①音声面から見ると、日本語はきわめて単純である。高低アクセントはあるが、強弱や抑揚がないので、音と音との間を切ってリズムを作る。これを音数律と呼ぶ。

②日本語の「音節」（シラブル）と「拍」（モーラ）は、基本的に一致する。つまり、仮名一文字が一音になる（除く、「きゃ」「きゅ」「きょ」などの拗音）のだ。

③（歌を）ヨムは「詠む」「読む」であり、ヨムとは数えること（「さばをヨム」も同じ）。従って、五七五と指を折ることが、日本語では歌をヨムことになる。

④日本語の拍節構造は、二音基調・四音枠組み・八音単位になっている。（具体例はレジュメの通り）

⑤当日の講演では、「四音の枠組」について例題を示しながら解説した。例題は、「取説」「就活」「電卓」「カーナビ」「パソコン」「ゼネコン」などの省略語を板書した。

……と、ここまでまとめを書いても結構難しい内容である。当日の講演も同様。したがって、音声面の特徴を理解して貰うにはどんな例を挙げたらよいか、と当日の朝まで迷った。

そこで、取り上げたのが今から約四〇年前のテレビCMだった。松下電器（当時）の「クイントリックス」というアノ名物コマーシャルである。

一九七四年、坊屋三郎と大柄の外国人が大型テレビを挟んでやり合っている。坊屋が「クイントリックス」と教えるが、外人さんは「Quintrix［kwíntriks］」と発音する。坊屋が何度も「ク・イ・ン・ト・リ・ッ・ク・ス」と繰り返しても、外人さんの発音は変わらない。そこで坊屋はこう言うのだ。「アンタ外人だろ、英語下手だね」（笑）と。

いまネットで再生して、このCMを見直しても可笑しい。英語と日本語の発音の違いを意識させた傑作ではないかと、小生は睨んでいる。ちなみに、18型テレビ・クイントリックス

は、一三八〇〇〇円だったそうな。懐かしい！

川柳、音声面からの問題提起

講演という場での問題提起は難しい。改めてそう感じた。当日用意しておいたエピソードの幾つかは割愛したし、この巻頭言でも講演全体をカバーすることなどは出来ぬ。五音・七音の必然性や、句跨りの引用例については省略をさせていただこう。

講演のまとめと問題提起の前段に、音声面から音数とリズムに齟齬が見られる例を挙げてみた。

(a)本来4音なのに、定型感のあるフレーズ。

「五七五」「ジ・エンド」「身一つ」。

(b)逆に、5音なのに字余り感のあるフレーズ。

「日かがやく」「茶一服」。

前田伍健には、「世のさわぎ知らぬではなし茶一ぷく」という句があった。

(c)6音なのに定型感すら感じるフレーズ。

「体育祭」(←多くが「たいくさい」と発音)、「体育の日」。

では、「運動会」や「新幹線」はどうだろうか？

問題提起の最後は、外来語の音声面からの取り入れ方だった。「クイントリックス」と日本語にして読んだ頃から、時代は大きく変化をしつつある。原語に少しでも近づけようと、発音的にも「Quintrix」になりつつあるのだ。そんな外来語をどのように取り込み、どのように表記するのか。

川柳人としては、どのようにヨムべきか。すなわち、どのように数えるかが今後の課題と言えよう。

おめでとう！ 楽天イーグルス初優勝

最後はプロ野球の話題。東北楽天イーグルスがパリーグを初制覇。近鉄バッファローズ時代からのファンたる小生は、大いに喜んでいる。最下位が定位置だった球団からの優勝。3・11以降の東北を勇気づける優勝でもある。嶋基宏選手の「見せましょう、野球の底力を」との名台詞が浮かんだ。

グッドタイミング

12
2013

それにしても、内野美恵先生の講演はタイムリーだった。オリンピック・パラリンピックのTOKYO招致が決まった直後だっただけに、参加者の関心も高かった。

〈……内野先生の食の講演は、私たちの食生活と健康に結び付いた内容で、大変勉強になりました。また、パラリンピックにおける世界の食の状況は、興味深く聞かせて頂きました。内野先生はお話も上手なので、飽きる事なく全員の方を引き付けていました。〉(松田　重信)

〈……内野先生、いいお勉強が出来、嬉しかったです。特

にパラリンピックのボランティアに関しての感銘深いお話を初めて知り、身にしみました。泣きそうでした。〉

（石川　雅子）

〈内野美恵先生の講演、わかりやすくとても良かったです。和食が世界遺産に申請されるということで、グッドタイミングでしたね。〉

（森　智恵子）

そう、まさしくグッドタイミングだったようだ。

世界に好かれる日本食

日本貿易振興機構（ジェトロ）が世界七つの国・地域で行った調査によると、好きな外国料理のトップは日本食であった。海外における日本食レストランは、五万五〇〇〇店に上っており、その良さが浸透している。和食のだしやうま味は、世界のシェフたちに注目され、フランス料理などにも応用されているようだ。世界に向けて日本食を発信することは、政府の成長戦略たるクールジャパン行動計画の柱の一つでもある。和食の「おもてなし」を楽しみに来日する外国人が、今後ますます増えることを期待したい。

さて、かく言う小生も生粋の「和食党」である。中国を旅行した時も、韓国を訪れた際にも、三日目には我慢できなくなって、日本食のレストランに飛び込んだくらいだ。

それにしても、和食は奥が深い。

山海の豊富な幸を素材に用いる和食は、その味わいはモチロン、栄養のバランスがとてもよい。器の美や盛り付けの工夫も、じつに芸術的である。自然美や季節感を料理で表現すべく、お正月や四季の行事との関連も意識されていて、めでたいことである。

その和食が、この十二月にも世界無形文化遺産に正式に登録される。世界無形文化遺産とは、芸能や社会的慣習、工芸技術などを保護する制度である。食文化では、フランスの美食術や地中海料理、メキシコの伝統料理などに続く登録となるという。（以上、11／3付け読売新聞参照）

一方で、危機が迫る和食文化

和食が世界の文化資産として認められることは大いに喜びたい。だがその一方で、世界に冠たる和食文化に「危機」が迫っているのも事実ではなかろうか。

『亡食の時代』（産経新聞「食」取材班、扶桑社新書）には、衝撃の事実がリポートされている。

「消えてゆく『おふくろの味』」、「『いただきます』の意味すら分からない親」、「親の偏食が食体験の芽を摘む」に始まって、「朝ご飯はガム」、「栄養の塊＝サプリメント依存」、「大人も箸が使えない」、……。

目白大学大学院の谷田貝公昭教授は、箸を正しく使えなくなっていることで、日本人は「真の国際化」から遠ざかっていると危ぶむ。「英語がしゃべれさえすれば、国際社会で尊敬されるわけではない。まず、自国の歴史や文化を学び、しっかりと身につけていかねばなりません」と。

そうそう、同書によれば文部科学省が小中学生を対象に実施した学力テストで、しっかり朝食をとる子どもほど、いい成績をとっていることが判明したそうな。同学力テストで全国一位をキープしているのは秋田県である。秋田の子どもは、正しく箸を使い、しっかりとした朝食をとっているのに違いない。

おめでとう！　東北楽天イーグルス日本一

話は、いったん変わる。

あの東北楽天イーグルスがやってくれた。王者・読売巨人軍と第七戦まで戦って、やっつけて、日本一になった。球団創立九年目にしての快挙だ。思えば、近鉄バッファローズをお払い箱になった選手たちで出発したチーム楽天。球団創設一年目は、一〇〇ちかい負けゲームを演じて、数々の屈辱を味わった楽天。その楽天がついに日本一の頂上に立った。心からおめでとう！、と申し上げたい。

楽天を率いる星野仙一監督にとっても、初めての日本一だった。中日や阪神で果たせなかった日本一。その念願の日本一を、楽天球団で達成した星野監督。闘将の異名を持つ星野監督がインタビューで繰り返したのは、楽天の若い選手たちへの褒め言葉のシャワーであった。

楽天の日本一は、被災地の方々を大いに励ました。多くの人々をたしかに勇気づけた。二年半前の3・11に始まった、被災者と選手たちとを結ぶふれあいのドラマは日本中に報道され、これまた感動に包まれた。

何と言っても、エース田中将大投手の活躍が見事であった。シーズン成績二六勝無敗。昨夏からの三〇連勝も大変な金字塔である。スーパースター田中将大の大活躍の陰には、里田まい夫人の献身愛があった。愛情あふれる手料理（↑話はここでつながる）も絶賛された。田中投手の大記録は、人々の記憶にも長く残るに違いない。

しかしながら、あえて一言付け加えたい。

日本シリーズ第七戦目の投手起用法は、果たしてアレで良かったのか？　前日一六〇球も投げた田中投手を、九回のマウンドに立たせた。いくら田中の志願があったにせよ、闘将・星野監督はいわばそのわがままを許した形になった。田中将大投手の側にも驕りはなかったか。最後の最後だけに、ファンとしてはいささか気になった。

来年三月二日（日）台湾川柳会二〇周年

台湾川柳会創立二〇周年大会が、来年三月二日（日）に開催される。三月一日（土）～四日（火）で大会ツアーを組む。お約束の日台合同川柳句集の出版も、ナントカ間に合わせたい。こちらもグッドタイミングとなるように。

出版適齢期

01
2014

昨秋の宮内みの里さんに続いて、今度は笹島一江さんが句集を出版される。新年（平成二六年）早々、おめでたいニュースである。当会代表としても嬉しい。

詳しくは笹島一江川柳句集『道づれ』の小生序文をご覧いただきたいが、正統・正調の一江流ユーモア川柳に加えて、小気味よいエッセイ数編が収められている。なかなかの出来映えである。一月二五日（土）の新春句会にはぜひご参加下さい。参加者全員に同句集が贈呈される。お楽しみに。

思いきって句集を出しませんか

ひとたび川柳の道に足を踏み入れたならば、いつかは句集を上梓したいと誰もが秘かに思っているのではなかろうか。個人句集は出さないより、出した方がよい。そう思う。

自分の句集のインクの匂いは格別である。自分の句集は、同じ活字でさえ他人の句集のそれとは違う感じがする。ひときわ輝いて見える（笑）のだ。最初の句集（「処女句集」などという陳腐な言い方は好まない）を手にした時の喜びは、それはそれは天にも昇ろうという気持ちになる。

川柳を趣味とする皆さんにとって、句集の出版は一生に一度の慶事に違いない。どうせ出すなら、早いほうがよい。いつか出版するおつもりなら、若いうちの方がよい。費用的に大変かも知れないが、個人句集は可能な限り奮発されたらよかろう。安っぽい句集を出して後悔するより、その方が一生の宝物になる。

「川柳人のための連続セミナー」（第2回、10／31）で、「皆さん、句集を出して下さい！」と佐藤美文理事がマイクで訴えた。日ごろ温厚な美文理事にしては、珍しくハイテンションの訴えであった。川柳の地位向上、川柳界の外側への文化発信に話題が及んだ時の発言だった。

当会関係者を見渡せば、「句集出版適齢期」の方々が少なくない。「出版適齢期」を逃した方々（失礼！）や、逃しそうな方々もおられる。三者を合わせると、その数は優に二桁に達するのではないか。「出版適齢期」というのは、もしかしたらご自分では分かりづらいのかも知れない。「まだまだ、私なんて……」とおっしゃる方は、「もう、そろそろ」と思っていただいて間違いない。時には人生、「いっちょう、やってみるか」といった思い切りも必要なのだ。

日本人特有の「謙譲の美徳」。当会の会員には奥ゆかしい方がとくに多い。川柳の場合、新葉館出版がある。『ぬかる道』印刷所の山陽社だって、UFO書房（山本由宇呆氏によるボランティア）だってある。お声をかけて下されば、喜んで小生もお手伝いやアドバイスをさせていただこう。

新春句会のゲスト

ご案内のとおり、当会新春句会は一月二五日(土)に開催される。場所は、いつもの第一生命会議室である。

新春のゲストスピーカーは、前千葉県銚子市長の野平匡邦先生にお願いした。野平先生は、昭和二二年生まれ。銚子市立興野小学校、市立四中、市立銚子高、東大法学部卒。司法試験に合格後、旧自治省に入省。岡山県副知事、総務省消防庁審議官、銚子市長(二期)等を歴任してこられた。これまで当会がお招きしたゲストには、あまりに見られなかった経歴の先生かも知れない。

行政や政治の世界と別に、先生はじつに多彩な趣味をお持ちである。オペラ鑑賞、合唱、空手、釣り、狂歌。野平大魚という雅号もお持ちである。その狂歌が面白い。……おっと、ここから先は新春特別講演に譲る。演題は「役人一首(野平匡邦の百人一首)創作秘話」。こちらもお楽しみに。

その昔、政治家や軍人にはみな文学的素養というものがあった。維新の志士たちはみんな和歌を残しているし、明治の元勲たちには充分な漢詩漢文の素養があった。

アジアでいち早く近代化を成し遂げた日本。それを可能にした要因の一つに、日本的深化を果たした漢詩漢文や文学的素養が大きかったのではないか。「和魂洋才」——明治維新以降、欧米に範を取りながらも、よちよち歩きの明治国家のリーダーたちは東洋文明をたしかに内蔵していた。

夏目漱石や森鷗外は言うまでもない。両文豪とも二〇〇編以上の漢詩を残している。和歌が下手だった軍人・山県有朋でさえ、千駄木・森鷗外邸の観潮楼歌会に参加している。乃木希典大将の漢詩「金州城外ノ作」はご存知であろう。「山川草木転荒涼(サンセンソウモク、ウタタコウリョウ)」で始まるあの名作だ。外交官だった末松謙澄(英国公使館一等書記)などは十九世紀末に『源氏物語』を英訳して、当時世界一の大国であった大英帝国の人々を驚嘆させている。

文学の素養があったのは、残念ながらノーベル賞の湯川秀樹博士あたりまでだったのか？　元総理では片山哲がいた。元共産党委員長・宮本顕治の文芸評論も鋭かった。石原慎太郎元東京都知事、俳句を嗜んだ中曽根康弘元総理、ぐっと落ちて田中康夫議員、？？……。何だか情けなくなってきた。

新春に二冊のお土産

さて、新春句会の参加費を一五〇〇円に値上げさせていただいた(当局のように「改定」などといういかがわしい日本語は使用しない)。心苦しい限りだが、お許しを乞う。

もっとも、「大会はもともと安すぎたんだよ。講演等のイベントがあるんだから」とおっしゃって下さる方もおられた。有り難いエールではある。

その新春句会にあわせて、江畑哲男は川柳評論集『我思う故に言あり』（新葉館出版）を出版する。『ぬかる道』誌掲載の代表巻頭言（約十三年分）を採録したものである。

もともとは定年の年にお頒けするつもりであった。小生の、たかだか定年の如き節目に際して、多くの方々からお祝いを頂戴した。そのお返しの意味もあって、本当は昨年度中に印刷・配布するつもりであった。しかしながら、定年の年は想定以上に慌ただしく、著書としてまとめる余裕がなかった。

評論集『我思う故に言あり』には、「索引」を付した。索引によって、「今川乱魚」「生涯学習社会」「比喩」など、固有名詞やキーワード、文芸用語等を検索できるように編集をした。読んでいただく工夫の一つである。

小生六冊目の著書になる。小生の場合、川柳は趣味のレベルではなく、ライフワークと呼ぶ方がふさわしいそうな。ライフワークという指摘は、じつは大戸和興顧問に教わった。以来大戸顧問のマインドコントロールに従って、一生懸命励んでいる。拙著も新春句会参加者に貰っていただこう。

江畑哲男 教育&川柳活動の歩み

Ⅰ　著書

・川柳句文集『ぐりんてぃー』(教育出版社、2000年刊)
・『ユニークとうかつ類題別秀句集』(編著、新葉館出版、2007年)
・『川柳作家全集　江畑哲男』(新葉館出版、2010年)
・『アイらぶ日本語』(学事出版、2011年)
・『ユーモア党宣言!』(新葉館出版、2012年)

Ⅱ　主な研究発表

平成8年(1996)2月　千葉県高等学校教育研究会国語部会
レポート発表「現代の川柳を授業に取り入れて」
平成8年(1996)8月　第19回夏季俳句指導講座(俳人協会・俳句文学館)
レポート発表「私の授業実践」
平成18年(2006)12月　早稲田大学教員養成GP・早稲田大学国語教育学会共催
シンポジウム「俳句・川柳で育てる『ことばの力』」
レポート発表「言葉の力と川柳」
平成18年(2006)　『川柳学』誌冬号 研究報告「日本語から見た川柳の可能性」
平成20年(2008)3月　『国語教育』誌45号「報告・考察・実践　川柳二五〇年」
平成21年(2009)12月　「日台交流教育会」第33回教育研究協議会(於中華民国・台湾新竹市 中華大学)　レポート発表「韻文の授業と心の教育」
平成23年(2011)1月　早稲田大学教育学部「国語表現B」(一日外部講師)
平成24年(2012)1月　早稲田大学国語国文学会40周年記念講演「アイらぶ川柳」

Ⅲ　生涯学習関係(抜粋)

① 高等学校開放講座
平成6年〜13年　学校開放講座(於 県立柏陵高校)川柳教室開講
平成16年〜18年　学校開放講座(於 県立東葛飾高校)川柳教室開講
平成23年　かしわまちなかカレッジ(学長・山下洋輔)川柳講座開講
② 大学オープンカレッジ
平成20〜23年　江戸川大学公開講座「川柳入門教室」開講
平成25年　早稲田大学 及び 獨協大学オープンカレッジ講師
③ その他
平成9年11月　NHKラジオ「ラジオ深夜便」出演　「川柳で見る折り返し人生」
平成13年6月　(社)全日本川柳協会2001新潟大会「川柳サミット」登壇
平成13年9月　NHK学園全国川柳大会講演「ジュニア川柳を考える―私の授業実践から」
平成13年11月　第16回 国民文化祭・ぐんま(ジュニア川柳選者)、以降全国大会選者数度
平成21年11月　江戸川大学主催「図書館連携シンポジウム」パネラー
平成24年9月　福島県芸術祭川柳大会記念講演「川柳と国語教育」
平成25年9月　第一生命経済研究所主催「セカンドライフセミナー」講師

Ⅳ　その他

① かしわ川柳大賞選者(NPO法人 かしわインフォメーション協会主催、平成14〜18年)
② 全国高校生ケータイ韻文コンテスト(江戸川大学主催)川柳部門選者(平成22年〜)
③ 「旅の日」川柳(旅のペンクラブ主催)選者(平成22年〜)
④ 県立東葛飾高校読書リスト「志學」作成(平成20〜24年度)

XIII

1989~

代表就任以前の巻頭言

あり方論いくつか

04

1989

当会の事務局長をお引受けしてから、一年半。川柳の勉強もさることながら、川柳会（界）のあり方などについても思いを巡らすことが多くなった。そのいくつかを今回は羅列的に書いてみたい。

①土曜日の句会は今後も増える

東葛川柳会の例会日を第四土曜日の午後とした。日曜日の句会はもう既成の吟社で満杯だったからだ。満杯どころかいくつかの句会が重なっているのが現状。かといって平日の夜に句会を催すには、代表をはじめ現役の人が多すぎてとても無理。余り深く考えもせず、土曜日に設定した訳だが、これからは土曜日の句会が繁盛するのではないかと、ひそかに思っているところである。

その理由。土曜休日が増えていること。その一方で日曜よりも冠婚葬祭等がまだまだ少ないこと。主婦も日曜日よりは出やすいのではないか、などなど。加えて、学校も休みになってくれれば有難いのだが、それは言うまい。

②ベッドタウンに吟社が出来る

東京のドーナツ化現象が顕著だ。都心部はもはや悪いことでもしない限り土地が手に入らない。いや、この柏近辺にしたって地価高騰は相当なもの。川柳家もベッドタウンに居を構える人が増えているし、一般庶民も同様だ。

従ってその地に、川柳に限らず趣味のサークルが出来るのは理の当然と言えよう。千葉番傘しかり、東葛川柳会もそう。小手指（所沢）にも勉強会ができた。ちなみに、各吟社の代表クラスも東京都下より、多摩地区・千葉・埼玉・神奈川にお住まいの人の方が多いのではなかろうか。

③句会も禁煙にすべき時がきている

愛煙家にとってはいささか耳痛い話かもしれないが、〈禁煙〉は今や世界史的流れ。この傾向は誰もおしとどめることはできない。どだい科学的に言っても命を縮め、脳の働きを鈍くすることは証明済み。モウモウとした紫煙の中で句会を開催するのではなく、新鮮な空気の中でよい句を作りたい。女性や子供にもきっと喜ばれるだろう。

④川柳界にも評論家が必要

他文芸がそうであるように、実作者と評論家がそれぞれ仕事をしながら、その分野の発展に寄与する。川柳界もこうありたい。

柳誌は「評論」の分野に今後積極的にページを割くべきであろう。「貧乏と女が乱魚川柳を解く鍵である」とか、「悪女作家＝窪田和子のウソとまこと」なんていう評論が続々登場したら、きっと楽しくなる。川柳作家でない読者も獲得できるにちがいない。

このほか思いつくままに列挙してみよう。⑤近詠には複数の選者を、⑥柳会発展のためすぐれた編集実務者と経営者を、⑦青少年に川柳育成のために特別な体制を、などなど思いつきは勝手に一人歩きする。

ともあれ、既成の概念にとらわれず、川柳と会友のみなさんのためになることは大いに〝実験〟してみたい。代表や幹事、そして何より会友のみなさんと協議しながら進めていくのは言うまでもない。

続・あり方論

08
1996

今川乱魚代表の病状を気にかけながらも、六月二八日(金)二二時三〇分、高速夜行バスで大阪に向かった。第一回オール川柳創刊記念大会に出席するためである。車中は快適とは言えなかったが、橋本ひとしさん(龍ヶ崎市)と一緒になれたのは嬉しかった。

翌二九日(土)九時半、会場の三井アーバンホテル大阪ベイタワー着。全国各地から錚々たる先生方を集めての大会である。

大会司会者は『番傘』編集長の田頭良子さん。良子さんは冒頭「一川柳人・田頭良子として登場しました」と元気良く宣言した。ご存知の通り『月刊・オール川柳』は川柳総合誌である。彼女の宣言は、この場に肩書は相応しくないという意味だと理解して、「あの宣言はよかった」と共鳴の賛辞をあとで贈った。

仲川たけし全日本川柳協会会長挨拶。『オール川柳』発刊の裏話めいたエピソードを披露したのち、「我々が待ちこがれていた川柳総合誌だ」と褒め称えるとともに、「これからが長い道のりだ」という叱咤激励も忘れない。日川協の会長らしい挨拶だった。

オール川柳大会のことばかり書く訳にもいかないので、以下は箇条書き風に感想をまとめておく。
①パネルディスカッション「良い川柳の条件」は惜しかった。渡邊蓮夫・斎藤大雄・橘高薫風・森中惠美子・柏原幻四郎・大野風柳という豪華メンバーの揃い踏みだったが、時間が足りなかった。ふと、先生方の多くが、わが東葛川柳会の大会等においでいただいていることに気がついた。

②そのパネルディスカッションの司会はＮＨＫの大木俊秀先生。俊秀先生のコーディネートが光っていた。
③第一回オール川柳新人賞は、和泉香さんが獲得された。川柳展望の天根夢草さんのところで勉強されている方とか。賞は勉強している人が取るのがよい。

翌三〇日(日)。くらわんか番傘の勉強会にお邪魔した。駅で米田鉱平さんの出迎えを受け、住田英比古さんから選を仰せつかり、恐縮にも儀野いさむ番傘主幹に枚方の町を短時間ご案内いただいた。東京みなと番傘川柳会の縁で多くの方が声を掛けて下さり、番傘の組織の大きさとネットワークを改めて実感しながら帰葉した。

さて、乱魚代表の病気入院のこと。経過から書こう。

・六月二四日(月)朝、乱魚代表は前日からの激しい腹痛のため自宅近くの病院で診察を受ける。そのまま入院を命じられる。胆嚢・肝臓ほかを検査する。
・七月五日(金)経過思わしくなく、入院先から日本医科大学付属千葉北総病院に救急車で転院する。一時は集中治療室に。面会謝絶。奥さまのお話によれば、尿毒症の一歩手前だったと言う。腎臓のことは詳しくないが、一時は生きているのが不思議なほどの数値を示していたと聞いて本当に驚いた。

「乱魚氏入院」の第一報は、小林和子幹事から入った。学校に電話がつながったのが六月二四日の午後。とりあえず病院へ行き、公私にわたる連絡事項を承る。翌日から代表の仕事の穴埋めが始まった。まずは、新富町近隣センター主催の高齢者学級講師。授業をやりくりして、哲男がピンチヒッターを務めた。さらには病状をにらみながら、当面の仕事処理だけでなく中期的な対策も講じることにした。乱魚氏の仕事を書き出してみる。たちまち十数項目に及んだ。「何しろ花火みたいに川柳の仕事をしていましたから……」とは乱魚氏の奥さまの弁だが、それにしても量が多すぎる。一人でその荷を負うと、今度はこっちが潰れてしまいそうだ。何人かの幹事と手分けすることにした。

㋐穴を空けられない原稿類は哲男が代筆。
㋑講座の幾つかは、すでにその方面で実績のある太田紀伊子幹事にお願いする。
㋒流山の講座は中澤巌幹事に取り仕切って貰った。
㋓姉妹会の東京みなと番傘川柳会関係の仕事は、窪田和子女性部長を通じて、犬塚こうすけ氏に。
㋔哲男が抱えていた会務は山本義明事務局長が。

そんな凌ぎ方で三週間が経過した。七月は定例幹事会の月だ。幹事会ではさらに対策を講ずるつもりである。ご迷惑は最小限にとどめたい。

「幹事組織は東葛川柳会の宝の一つ」――改めてそう思う。川柳会のあり方に思いを巡らしながら。

研修の夏

09
1996

教師の夏休みは研修のためにあるとも言える。「研修」は教育委員会など使用者に対しては〈権利〉の側面を持っているが、父母国民に対してはより良い教師になるための〈義務〉的な側面を有している。ありていに言えば、お勉強の嫌いな教師は教師としては失格。先生自身学ぶことが嫌いで、どうして学ぶことの楽しさを生徒に教えられようか。

さて、そのお勉強。七月二九日(月)～三一日(水)「夏季俳句指導講座」(主催・・社団法人・俳人協会、後援・文化庁)に参加した。この講座は今年で一九回目。参加対象は中学・高校の国語科教員、クラブ活動の俳句指導の教員とある。私自身は昨年に引き続いて二度の参加だったが、内容は濃かった。

研修第一日目。俳句文学館の鷹羽狩行理事長が主催者挨拶をされた。戦後三度ほどの俳句ブームの背景を解説したあと、参加の先生方にお願いがあると言う。

「子どもが俳句を作ったら、ぜひほめてあげて下さい。たとえハシにも棒にもかからないような句であっても。ほめられたことがキッカケで、のちのち俳句の道へ進まないとも限りませんから」と。一同苦笑い。

その後は日程に従って、講座が進む。講演としては「高浜虚子――その作品と指導」、「俳句の基本」、「山口誓子」、「俳句鑑賞の基本」と続く。中に退屈な話がないわけではなかったが、日頃研鑽を積んでいる俳人の話には惹きつけられるものがあった。

二日目の午後は「俳句指導の方法と実践」。現場からの実践レポートが毎年二～三本用意され、その場で質疑応答も行われる。質疑になると、俄然教師の研修会らしくなる。昨年私がこの講座に初参加した時、真っ先に手を挙げて質問した。川柳作家である自己の立場を明らかにした上で、現代の世相と季語の制約の兼ね合いを俳句指導上どうお考えか、などと尋ねた。その質問がキッカケになり、今年の講座では実践レポートを依頼される羽目になった訳である。

その私のレポートは、おかげさまで好評だった。

特に、レポートのメインである〈授業の実際〉の場面の説明は、生き生きとした教室の授業風景を思い浮かべていただけたようだ。私の授業の意図＝〈五七五〉が生きた感動の表現だという点も、参加者に伝わったように思われる。

同時に参加対象が中学・高校の教師仲間だということもあって、私なりの問題提起もにじませておいた。

㋐生徒たちがよく聞いてくることに「先生、その俳句の意味を教えて?」がある。俳句や短歌の授業で、意味〈＝通釈〉なるものを型通り板書して、ハイ終り――果たしてこれで良いのだろうか？

㋑高校生の魂に息づいた短歌や俳句が、教科書に掲載されているだろうか。一例を挙げよう。「降る雪や明治は遠くなりにけり」（中村草田男）は、たしかに名作だが、中高年の感傷にしかすぎない。高校生には、別な作品（恋の句・葛藤の句・未完成の自分を見つめる句）をこそ、教師は提供すべきではないか。

本当は次の点も強調したかった。

㋒季語があり、文語・切れ字などの制約のある俳句よりも、川柳の方が高校生の自己表現の形式としては優れているのではないだろうか？

三日間の講座を終えて、川柳界が学ぶべきものを思った。

①教師向けの俳句指導講座が、社団法人・俳人協会として組織的に企画運営されていること。未来の田畑を耕す作業は、組織でこそ取り組まなければならない。

②こうした講座の開催に当たって、実務体制や文書がしっかりしていること。講座の案内文書、各学校への郵送配布、はたまた講師への派遣依頼状、などなど。

③俳句文学館そのものの存在。東京は新宿百人町にある地下三階、地上四階の鉄筋コンクリート造りの建物には、俳句を後世に遺すべく雑誌・図書・資料が整備されている。日川協常務理事の西村在我先生が、川柳家が物故する度に、貴重な資料が散逸してしまうのは耐え難いと述べておられる。川柳文学館（仮称）があればと願うのは、私一人ではないようだ。

09 川柳外交

1999

三年ぶりに巻頭言を書くことになった。今川乱魚代表検査入院のためだが、代表の健康状態について心配は要らない。念のため書き添えておく。

代表は、病院で巻頭言を執筆する旨の意向を小生に洩らしたが、その場でお断りした。「たまには哲男に書かせて下さい」と言って。ベッドに横になっている代表と話をしていると、目線の高低差からだろうか、師弟関係が逆転したようにさえ感じた。「まあ、川柳を忘れてゆっくりして下さい。政治家だって、避暑地で静養する季節なのですから」という具合に。

この『ぬかる道』九月号が皆さんのお手元に届く頃には、検査入院も無罪放免となり、月例句会の「乱魚川柳教室」などで、また元気に会場を沸かせているにちがいない。そう信じている。

たしか渡邊蓮夫氏の作品だったと思う。確かめているゆとりがないので、記憶のままに記す。

句を思う時間を奪う句の仕事

渡邊　蓮夫

蓮夫氏は平成一〇年四月に亡くなった。川柳研究社の代表はもちろんのこと、全日本川柳協会、川柳人協会、ＮＨＫ学園等々、川柳にまつわる多くのお仕事を、晩年近くまで精力的にこなされてきた。『川柳研究』誌の編集も大変そうで、明け方までお仕事されている様子が雑誌から窺えた。「入院へまず『研究』をどうしよう」（平成八年八月号『川柳研究』）という作品もあるほどだ。

好きな川柳の道に入りながら、川柳の用事のために川柳と親しむ時間がない。そんな実感が、前述の句にはよく表現されており、小生にもその心情はよく理解できる。何かの会合の折に、小生のそんな感想を蓮夫先生に申し上げたことがある。蓮夫先生は「ボクにそんな句があったかな」と苦笑いされた。例によって、トレードマークのパイプをくゆらせながら。

さて、小生も忙しい。句会やら大会で人に会うたびに「お忙しいところを……」と、ねぎらわれることが少なくない。たしかにその通りなのだが、正直言えば、句会の出席自体はたいした手間ではないのだ。問題は、蓮夫氏流に言えば「句の仕事」の方だ。

川柳を作るのは楽しい。川柳にまつわるお仕事も嫌いではない。だがそれも程度の問題で、幾つも重なるとさすがに参る。本業も特に忙しいだけになおさらだ。

川柳にまつわる仕事には、忙しくなるというマイナス面だけではないはず。当然、プラス面もある。今回はそのことに触れたい。

①六月二六日(土)、東葛川柳会の句会を早退して、早稲田大学のキャンパスに向った。「国語教育学会」の定例総会に出席するためだ。記念講演があり、講師は作家の三田誠広氏。演題は「国語って、何？」。

氏は、早大文学部の客員教授でもあり、学生に「小説の書き方」を教えている。講演は、日本語の特質を丁寧に説き起こし、日本語の文脈にない文章の氾濫を指摘していく。㈠無生物主語。㈡関係代名詞を使った複文。㈢冠詞付きの名詞、などなど。久々に勉強をした気分になれた。

記念講演のあとは、総会・懇親会と続いた。この学会にはここ二年ほど続いて出席しているが、川柳と国語教育の接点を考える上で、参考になることが多い。また、人との出会いも収穫の一つで、早大教育学部専任講師である大津雄一先生ともここで再会した。大津先生は小生が属していたサークルの後輩であり、中世文学の若手研究者。お住まいが取手だと懇親会の折に伺ったので、柏までお話に来て下さいとお願いしたら、快く引き受けて下さった。東葛川柳会幹事の勉強会組織である。「プラスの会」に「『平家物語』「敦盛最期」を読む」をお話していただくことになった。今から九月十四日(火)の例会が楽しみである。

②七月二五日(日)、「尾藤三柳古希・出版記念祝賀会」が帝国ホテルで行われた。短信欄にも「各界著名人の出席を得て盛大に開催された」と書いておいたが、三柳先生の巨大な人脈と仕事量を思わせる一流の祝賀会だった。古希記念出版の『選者考』(本体価格三三三三円、葉文館刊)も、読みごたえがあった。

印象に残った言葉。三柳氏の謝辞。「(祖父も父も四九歳でなくなったので、)五〇歳を過ぎてからの人生設計を持っていなかった。四五歳で新聞社を辞めてそれ以来ずっと余生のような気がしてきたが、仕事の密度がだんだん濃くなってきたと感じている」と。祝辞の山下一海鶴見大学教授は、三柳氏を「長高し(たけたか)」と評しておられた。「長高し」とは「歌論で、格調高く、崇高・壮大なこと」。「尾藤三柳氏の存在を脅かす人物が、残念ながら現在の川柳界にいない」とも付け加えられた。

出席者に芳忠淳・復子ご夫妻がおられた。芳忠復子さんは、九世川柳・前島和橋ご令孫。短歌の同人誌『萬華鏡』を主宰しておられる。ご主人の芳忠淳さんは、川柳では門外漢とおっしゃるが、義祖父・前島和橋の評伝を勢力的に調査して書かれている。俳人でもあり、随筆で賞を取られるほどの健筆家であるらしい。

お話を伺おうと名刺を差し出すと、小生の名刺の「ジュニア川柳に夢をかける」なるキャッチフレーズに、復子先生は子どものように目を輝かせた。小生自身が、中学校時代に短歌を恩師から教わったことが川柳の世界に入ったキッカケになっていることをお話しすると、さらに喜ばれて、さっそく『萬華鏡』を送って下さった。雑誌を開いて驚いた。「九世柄井川柳、前島和橋」の評伝は二一回目を数え、『萬華鏡』誌には十五世の脇屋川柳先生も執筆しておられるではないか。人の縁というものの深さを感じた。

先を急ごう。

③八月一日(日)、川柳大学第六回全国大会に出席。川柳大学の雰囲気を一度は味わっておきたかった。会場は江戸東京博物館の会議室で、参加者一四三名。華やかである。参加者の七～八割は女性だったろうか。しかも若い!川柳人口の高齢化を嘆く声が少なくない中で、この若さは羨ましい。やはり、時実新子主宰の魅力であろう。関東在住のいわゆる「句会屋さん」の姿は見えなかった。これもまた清々し。

新子主宰の開会の言葉。「川柳大学は、作れて、読めて、書ける作家の育成を目指します。量よりも質です」。ここまでハッキリ宣言できる自信もさすがだ。

プログラムに、川柳作品の朗読があった。出演者が各自にふさわしいBGMを流しながら、自作を朗読する、情感を込めて。自分の作品を大切にしている様子が直に伝わってくる。中には曲を付けて歌い上げる方もいた。ふと、尼崎在住の伊丹三樹彦氏との共通点を思う。三樹彦氏は〈写俳〉(写真と俳句とのドッキング〉や、〈句奏楽〉（音楽と俳句とのドッキング）など、数々の冒険を試みている俳人である。

哲男の句は全没。真夏の太陽に全没の長身を晒しながら、「川柳会のあり方」に思い巡らせて帰宅した。


もう紙数がない。本当はコレは書きたかった。
④今月号の句会レポートにもあるように、小生の勤務校である柏陵高校が、甲子園春夏連続出場を果たした。
「お金も施設設備も乏しいごくごく普通の県立高校が、今やプロ化しつつある甲子園大会に出場するのは快挙だ」と何人もの方が言って下さった。有難く、喜びいっぱいだが、舞台裏はあわただしいことこの上ない。

その中で、嬉しかったエピソード。本校の後援会長・鈴木子郎氏は、「甲子園へ送る会」の会長も引き受けて下さっている。就任以来、東奔西走の毎日で、柏陵高校を甲子園に送っていただいた陰の立役者だ。

早春のある日のこと。鈴木氏が「一句披露して下さいよ」と話しかけてきた。小生が川柳を趣味としているのをよくご存知の上で。「こんな句はどうですか」と、メモして渡したのが次の句である。


甲子園へ春のキップを予約する　江畑　哲男

それから半月ほど経った学校の事務室。鈴木氏が「いやぁ、先生の川柳を使わせて貰っていますよ」と、内輪話を披露してくれた。『甲子園へ春のキップを予約』したけど、寄付が集まらないからお願いしますってね」。

なるほどと思った。川柳は訴える力の強い文芸だから、こんな使い方もあるのかと妙に感心させられた。

そして今回、春に続いての甲子園出場。会友の皆さんからの、川柳を通じた熱い友情表現に、この場をお借りして深く深く感謝。川柳をやってて良かった、と思う。


以上は、川柳を媒介としたあれこれのお付き合いが、組織と自分自身を大きく豊かにしているということのささやかな例である。

その意味で言わせて貰おう。「川柳よ、ありがとう」と。

続々・あり方論

10
1999

今川乱魚代表入院のたびに考えさせられることがある。会のあり方である。それは、わが東葛川柳会のあり方であり、広く言えば川柳界全般に通ずるあり方でもある。

組織と構成員、組織と代表者、組織の核づくり、組織のベクトル等々、代表入院のたびに〈組織問題〉が浮上してくる。問題が浮上するたびに、幹事を中心とした皆さんの知恵と力を集めて問題解決に努力してきたし、またそれなりの〈組織の改善策〉も講じてきたつもりだ。そんな歴史が当会には存在する。

入院の乱魚代表にこの点をお話すると、代表はすかさずのん気なことを宣うた。「それなら、ボクの入院も（会の発展に貢献していることになるのだから）悪くないのかなぁ」などと。乱魚代表は天性のオプチミストらしい。しかし、周囲の人間からすれば「冗談ではない」と言いたい。どうしてもっと自分の体をいたわってくれないのだろうか、と思う。みんな心配しているし、代表の健康を心から気遣っているのである。

だいたい今回の入院も当人が断じて悪い。三年前の入院騒ぎをお忘れなのだろうか。まるであの時の入院などウソのように、乱魚代表は〈絶好調〉で川柳の仕事に飛び回っていた。その無理が今回の事態を招いたのだ、と言えなくもない。

「無理」の向こうに乱魚代表の〈性格〉が透けてくる。仕事への大いなる責任感と「引き受けたからには」という完全主義。日頃研究し培ってきた自己の能力への自信と体力への過信。手紙やお話などにみられるような旺盛なサービス精神と何でも抱え込みたがる貧乏性。全く困った〈性格〉である。

奥さまがあきらめたようにおっしゃっていた。「乱魚は（もう私一人の所有物ではなく）公人ですから」と。会計監査の大戸和興幹事も言う。「酒が悪い。自重ということを知らない」。医学知識に詳しい太田紀伊子幹事も私にこう話す。「三年前に臓器を一つ取った。その分の負担がきっとどこかにかかっていたはずだ」と。なるほど。「忠言は耳に逆らう」（『孔子家語』）とはよく言ったものである。

今年の六月、今川乱魚代表は（社）全日本川柳会の副理事長に就任した。副理事長は理事長を文字どおり補佐する役として今回新たに設けられた。乱魚代表におかれては、その重責に思いをいたし、川柳界の発展のため、ますます健康に留意してがんばっていただきたい。誰もがそう願っている。

いやはや、巻頭言にはふさわしくない内容になってしまったが、乱魚の「弟子」を自称する哲男ゆえの、愛情ある苦言とご理解いただければ幸いだ。さらに言わせて貰えば、巻頭言という「公器」を使って書いたのには訳がある。この機会に、幹事や会友の皆さんのご協力と〈監視〉を切にお願いしたいためでもある。どうぞよろしく。

さて、「続々あり方論」。

①まずは、東葛川柳会の組織について。

おかげさまで、当会もこの秋に発足満十二周年を迎える。組織の現状に大きな支障はなく、さしあたっての問題点も見当たらない。あえて挙げるならば、現状を維持することに一生懸命で、次の飛躍に考えが及びにくいことだろうか。ついつい〈守る〉姿勢になってしまいがちなのも気にかかってはいる。

組織というものは、ちょうど下りのエスカレーターを逆乗りしていくようなもので、絶えず足を踏み出して昇っていかないと発展にはつながらない。東葛川柳会も、中小企業組織から大企業組織への転換期にさしかかっている。三〇名をこえる幹事団の力をいかに発揮するか。事務局や編集部の体制強化も望まれる。

組織にキーパーソンは欠かせない。だがその一方で、特定の個人に寄り掛かりすぎた組織であってはならないと、思う。バックアップシステムが必要なのは、何もコンピュータだけではなさそうだ。

②会員の多様なニーズにどう応えるか。趣味の会のあり方は、ある意味でここが原点かもしれない。

句会。七月の月例句会の出席者は、ついに一〇〇名の大台を突破した。大会に匹敵するほどの人々が、毎月の句会に参加して下さっている。有難いことだ。と同時に新たな課題も芽生えてくる。初心者へのケアもその一つ。たくさんの方が集まって下さるのは嬉しいが、入選率は当然ながら低下する。特に初心者には、〈難しい句会〉と意識されてしまいかねない。そこをどうしたよいか。

対策として、初心者向けの勉強会の開催が考えられよう。土曜・日曜は飽和状態だから、平日が適当かもしれない。平日開催となると、講師の派遣をどうするか。代表・副代表・事務局長は仕事現役組で、参加はむずかしい。ならば幹事諸氏にお願いするしかないが、検討が必要になってくる。この他、例えば席題の導入などもしばしば話題にのぼる事柄だ。

柳誌。『ぬかる道』については、いっそう読みやすく内容豊富になったと自負している。詳しくは『オール川柳』八月号特集「二一世紀の柳誌のあり方」をご参照いただきたい。「面白くてタメになる柳誌をめざして」と題して、『ぬかる道』誌で心がけていることを四点にわたって述べておいた。次は、会友の皆さんの投稿欄を充実させること。「川柳とうかつメッセ」(雑詠欄)の掲載月の拡充もいずれ実現したい。ともあれ、ここでも〈人の配置〉がポイントになってくる。

③最後は会計上の問題。

当会は発足以来、収支のバランスに心を砕いてきた。無駄な経費を省くことはもちろんだが、健全な収入増を図ることも大切なことだ。「健全なる精神は健全なる身体に宿る」。ローマの詩人・ユベナリスのデンで言えば、「健全なる会の運営は健全なる会計に宿る」ということになる。誌友を増やすことと併せて、第三種郵便物として認可される以前から『ぬかる道』誌では地元企業の応援をいただいている。今回新たに広告主を募集しているが、お心当たりの方がいらっしゃれば、ご連絡いただきたい。

さらには、「維持会員」(=仮称)制度の創設なども課題か。一〇周年記念大会時に、今川乱魚代表が挨拶の中で述べた提案でもある。その後具体化を見ないままだが、見直されて良い提案であろう。

趣味の会である。力のある方にはその力を、知恵のある方にはその知恵を、時間のある方にはその時間を提供していただきたい。さらに、お金のある方には……、ということにもつながってくる。

以上、思いつくままに書かせていただいた。巻頭言で「あり方論」に触れるのは、平成元年四月号、平成八年八月号に続いて三度目である。大切なのは、会友の皆様のニーズを基本に置くこと。その上で、幹事の皆さんとその具体化を検討していきたいと思う。

06 2001 「学力低下」論争

平成十四年度から実施される（高等学校は翌十五年度から）小中学校の新しい学習指導要領をめぐって、世間の関心が急速に高まっている。折しも学校完全週五日制（土日はすべて休業日になる）が同じく平成十四年度から実施されることと相まって、「学力低下」を憂う声がかまびすしい。

もとより教育畑の話ではあるが、教育は国家百年の大計。その教育をめぐって国民の関心が高まることは意義のあることと。現場で格闘している者の一人として、この機会に私なりの整理をしてみようと思う。

そもそも子どものしつけや教育は親の私事である。近代国家では近代社会に生きる国民の教育水準に維持向上を図る観点から、教育を〈公〉が肩代わりする仕組みを整備している。それが学校制度であり、学習指導要領は教育課程（＝勉強のメニュー）について定めた大綱的基準と言えよう。

その勉強のメニューが貧しくなる。現行の学習指導要領下でもすでに学力低下現象が見られるのに、「今回の改訂で学習内容を三割も減らせば、さらに深刻な事態を招きかねない」と反対派は警告する。週刊誌などの特集は、「円周率はおおむね三として教える」や、「台形の面積を扱わない」ことなどを、学習内容切り下げの象徴として取り上げる。電車の中吊りで大手学習塾・日能研のポスターをご覧になった方もおられよう。マンガの台形クンが「さようなら、（上低＋下低）×高さ÷2」と泣きながらハンカチを振る、アノ印象的な広告である。

算数に限らず、学習の面白さは、正解に到るまでのプロセスだ。補助線一本を引くことによって、それまで解けなかった図形の難問がいっぺんに氷解する、そのダイナミズム。文章の上では何とも説明しづらいが、台形の面積を求める公式の謎解きなども、その典型的な例だ。ついでながら、大手学習塾や私学はさすがだ。学力低下を危ぶむ声を逆手にとって、「二一世紀、中学校を選ぶ時代が始まります」（日能研）などと、ちゃかりPRをして抜け目がない。

批判は勉強のメニューにとどまらない。土日の完全休業は、学校での学習時間を必然的に奪う。この十年間で第二土曜日が休みになり、さらに第四土曜日も休みになって生み出された時間的「ゆとり」は、子供たちに「ゆるみ」「たるみ」をもたらした。増えたのはテレビの視聴時間など。十数年前には世界一であった日本の子どもの学習時間が、現在では韓国の二分の一、アメリカと比べてさえ少なくなってしまっていると言う。たしかに、町を闊歩する高校生の風体を見ていると、とても勉学の徒とは思えぬ。我々が川柳を詠む時、「詰め込み教育」「管理主義」「知育偏重」などを背景に作句するのはもはや時代遅れか。むろん「子沢山」などはとっくに死語である。

一方、文部科学省側の反批判はどうか。

巷間、「ミスター文部省」と呼ばれる人に、政策課長の寺脇研氏がいる。寺脇氏は、そもそも時代背景が違う、批判は時代に逆行する議論だと一蹴する。箇条書きにしてみる。なお、（　）内は哲男の補足・解説。
①学力低下論は高校進学率が一〇〇%近く、大学進学率が五〇%になっている現状を無視した「古きよき時代へノスタルジー」に過ぎない。（実際、大学の大衆化＝誰でも入れる大学が急速に増えている）
②学習指導要領はミニマムリクワイアント（最低基準）を示したもので、理解の早い子にはより高度な内容を教えることも可。（かつては上限基準の扱い。指導要領にない内容を入試に出題した学校は、「難問奇問」などとバッシングされたりもした）
③その他、学力観の違い。教職員の意識改革。「こころの教育」「総合的な学習の時間」などをキーワードに、要するに、現場での問題解決能力が肝心だと言う。（たしかに学校の体質はなかなか変わらない）
さて、皆さんはこの論争をどうお感じになるであろうか。注目すべきは、今回の論争が特定のイデオロギーから離れて議論されている点だ。実証的な解明もなされようとしている。実証という点で付け加えれば、「生涯学習社会」の中で中高年の学習意欲は逆に極めて旺盛である。

川柳の世界に限った話ではないが。

書きも書いたり

●あとがき

いやはや、我ながらよく書いたものだ。とにかく一生懸命走ってきた。走り続けてきた足跡がこの本である。ゲラを読み返して、半ば呆れながらも、残りの半分は自画自賛する自分がいた。そんな自分をいま強く意識している。

拙著『我思う故に言あり―江畑哲男の川柳美学』は、東葛川柳会機関誌『ぬかる道』の巻頭言をまとめたものである。

私・江畑哲男が東葛川柳会の第二代代表に就任したのは、平成十四年(二〇〇二)四月のことであった。以来、平成二六年一月号まで、巻頭言を書き続けてきた。あしかけ十三年間、『ぬかる道』誌の巻頭言は一度も休んでいない。この間、仕事でも家庭でもさまざまな出来事に遭遇してきたはずなのだが、不思議と書き続けてこられた。

ご存知のように小生は現役である。本業(高校教諭)と趣味の会の代表という、いわば複数の立場をやり繰りしながら、複線的人生を歩んでいる。モチロン、忙しいことは言うまでもない。

巻頭言を書き続けることは、時間的・肉体的にはシンドいことであった。しかしながらいま振り返っても、精神的にシンドいと思ったことはあまりなかった。理由は定かではないが、それだけ漲っていたのであろう。だから休まないで書いてこられたのだ。

親しい友人に本著のゲラを見せた。自分で書くのはいささか気が引けるが、友人の言にしたがって、褒め言葉を箇条書きにて記す。

①（まずは）知的レベルが高い。
②いかにも国文科出身者らしい引用の仕方である。例えば「ママ」注記。「ママ」注記とは、「原文のまま」という意味のルビのこと。引用した元原稿自体が間違っている場合、このように（例：本著二三一ページ下段十九行目）注記するのが原則である。
③その引用は正確で、当然のことながら出典を明示している。このあたりにも国文科気質が窺える。
④本をじつによく読んでいる。目標に向かって活動している様子が伝わってくる。
⑤若々しい。
⑥全体として活気がある。文章が生き生きしている。

小生六冊目の著書になるこの本は、もともと定年の年（平成二五年三月）にお頒けするつもりであった。いうならば「定年祝いの引出物」のつもりであった。

巻頭言集を出すのは簡単だろう。そうタカをくっていた。何しろ巻頭言は毎月書いているし、データはすべて保存してある。あとは印刷に回せばすぐにでも出来上がる。そんな風に軽く考えていた。

ところが、定年の年というのは想定以上に繁忙を極め、とてもとても出版どころの話ではなかった。

そうこうしているうちに、新年度が始まった。平成二五年四月から小生は教諭として近隣の高校に再任用が決まり、週三日ほど勤務をすることになった。さらには、念願だった大学のオープンカレッジも開講の運びとなり、その講師も務めている。川柳の普及、川柳文化の向上・発展のためとは言え、いつしか還暦前と変わらぬ忙しさになっていた。

かくして、定年後九カ月が過ぎた。

そうなると、『ぬかる道』巻頭言集はいつ出版しようか？　いつがふさわしいか？　「今でしょ！」、そう決心したのである。

平成二六年新春句会がその日に選ばれた。新春句会を機に、これまでお世話になってきた皆さま方に、拙著『我思う故に言あり』をお頒けする運びとなったのである。

どうせ出版するなら、読みやすい本にしよう。小生の悪い癖（凝り性、サービス精神）が始まった。読んでいただける工夫を施したい。そうも考えた。

最大の工夫は、拙著に索引を付けたことだ。川柳（作品）の索引ではない。人名別・事項別（「生涯学習」「切れ」など）の索引を作成したのである。小生の巻頭言にはエッセイ的側面があり、エッセイとしても読めるようにという配慮からであった。

人名別索引では、川柳界内外の有名人が登場する。おかげさまで、川柳の活動を通じて多くの先生方のご指導を頂戴することができた。お世話になった方々への感謝の意を込めた索引作成でもある。

また、索引には当会スタッフの名前も数多く登場する。先生方と並べて項目建てをするには多少の躊躇もあったが、ご容赦いただきたい。理由は、『ぬかる道』誌＝会の機関誌という性格からきている。組織の長として、機関誌を通じて会員の皆さんに発信すべき事柄が何かと生じるからである。と同時に、「人は宝」「支え・支えられて、組織は成り立つ」という小生の哲学を反映したものとお考えいただけたら幸いである。

索引に限った話ではないが、特にこの索引作成では、新葉館の竹田麻衣子さんにお世話になった。記して感謝の意を表したい。

拙著は「まなびすと」に読んでいただきたい。「まなびすと」とは、生涯学習社会を前向きに生きようとする人々を指す。

小生がライフワークとする川柳。その川柳が生涯学習社会に於いて何らかのお役に立つことがあるならば、これに優る喜びはない。

平成二五年十二月六日　（小生六一歳の誕生日に）

江畑　哲男

人名索引

あ

い

う

え

お

か

き

く

こ

さ

し

す

せ

た

つ

て

と

な

に

ね

の

は

ひ

ふ

ほ

ま

み

む

も

や

よ

ら

り

ろ

わ

文芸用語関連 索引

あ

か

さ

た

な

は

ま

や

ら

教育関連ほか 索引

あ

か

さ

た

な

は

ま

や

ら

わ

索引

我思う故に言あり
江畑哲男の川柳美学

○

2014年 2月1日　初版
著　者
江　畑　哲　男
発行人
松　岡　恭　子
発行所
新　葉　館　出　版
大阪市東成区玉津1丁目9-16 4F 〒537-0023
TEL06-4259-3777 FAX06-4259-3888
http://shinyokan.ne.jp/
印刷所
株式会社アネモネ

○

定価はカバーに表示してあります。

ISBN978-4-86044-555-3